Der Mord
zum Sonntag

MARY HIGGINS-CLARK

Der Mord zum Sonntag

7 × Spannung
von der Meisterin
des Psycho-Krimis

SCHERZ

Erste Auflage 1993
Gesamtdeutsche Verbreitungsrechte
der lizenzierten deutschen Hardcover-Ausgabe
1993 beim Scherz Verlag, Bern, München, Wien.
Alle Rechte der Verbreitung, auch durch Funk, Fernsehen,
fotomechanische Wiedergabe, Tonträger jeder Art und
auszugsweisen Nachdruck, sind vorbehalten.
Schutzumschlag von Graupner und Partner

Inhalt

Ausgetrickst

An einem Nachmittag im August kamen sie in dem Ferienhaus an, das sie in Dennis, einem Dorf auf Cape Cod, gemietet hatten. Kurz darauf stellte Alvirah Meehan fest, daß mit ihrer Nachbarin, einer erschreckend mageren jungen Frau, schätzungsweise Ende Zwanzig, etwas nicht stimmte.

Zunächst schauten sich Alvirah und Willy ein bißchen im Haus um, äußerten sich beifällig über das Himmelbett aus Ahornholz, die rutschfesten Brücken, die freundliche Küche und die frische, aromatische Meeresbrise, dann packten sie ihre teure neue Garderobe aus. Nachdem er die Koffer, ein luxuriöses Set von Vuitton, weggeräumt hatte, schenkte Willy für sich und Alvirah ein kühles Bier ein, das sie im Vorgarten mit Blick auf die Bucht von Cape Cod trinken wollten.

Willy machte es sich auf einem gepolsterten Korbliegestuhl bequem, der für seine rundliche Figur wie geschaffen war, und bemerkte zufrieden, daß sie einen tollen Sonnenuntergang und gottlob endlich etwas Ruhe und Frieden zu erwarten hätten. Vor zwei Jahren hatten sie vierzig Millionen Dollar in der Lotterie des Staates New York gewonnen. Und seitdem war Alvirah ihm wie ein wandelnder Blitzableiter vorgekommen. Als erstes fuhr sie nach Kalifornien, ins berühmte Cypress Point Spa, und wäre dort um ein Haar ermordet worden. Dann unternahmen sie gemeinsam eine Kreuzfahrt nach Alaska, und auf der wurde ausgerechnet ihr Tischnachbar um die Ecke gebracht. Dennoch war Willy mit der abgeklärten Weisheit seiner 59 Jahre überzeugt davon, daß sie hier auf

Cape Cod zumindest die Ruhe finden würden, nach der er bisher vergeblich gesucht hatte. Wenn Alvirah über diesen Urlaub einen Artikel für den *New York Globe* schreiben würde, wäre darin nur vom Wetter und Angeln die Rede.

Alvirah saß am Gartentisch in Reichweite und hörte ihm zu. Wenn sie doch bloß daran gedacht hätte, einen Sonnenhut aufzusetzen! Die Kosmetikerin bei Sassoon hatte sie ausdrücklich davor gewarnt. «Für Ihr Haar ist diese dezente rötliche Tönung jetzt einfach optimal, Mrs. Meehan. Da wollen wir uns doch keine häßlichen gelben Strähnen zulegen, nicht wahr?»

Nachdem sie sich von dem Mordanschlag in Cypress Point Spa erholt hatte, konnte sie die dreitausend Dollar für die Abmagerungskur dort glatt abschreiben; die Waage zeigte wieder ihr altes Gewicht an, und ihre Kleidergröße schwankte zwischen 42 und 46. Doch Willy betonte regelmäßig, jetzt wisse er wenigstens, daß er eine Frau in den Armen halte und keinen von diesen halbverhungerten Zombies in den Modejournalen, die Alvirah so begeistert studierte.

In vierzig harmonischen Ehejahren hatte Alvirah die Fähigkeit entwickelt, mit einem Ohr Willys Redefluß liebevoll zu lauschen und das andere zuzuklappen. Als sie den Blick jetzt über die Häuser auf dem grasbewachsenen Sanddamm, der als Deich diente, wandern ließ und dann hinunter zu dem blaugrün schillernden Wasser und dem mit Steinen übersäten Strand, dachte sie beunruhigt, daß Willy vielleicht doch recht hatte. Sicher, das Kap war wunderschön, und sie hatte sich von jeher gewünscht, es kennenzulernen; trotzdem konnte es durchaus sein, daß sie hier keinen Stoff für einen Artikel fand, der Charley Evans, ihrem Chefredakteur, interessant genug erschien für eine Veröffentlichung.

Vor zwei Jahren hatte Charley einen Reporter zu den Meehans geschickt, der sie interviewte, wie man sich denn mit einem Lotteriegewinn von vierzig Millionen Dollar fühle. Was würden sie damit anfangen? Alvirah war Putzfrau, Willy Klempner. Gedachten sie weiterzuarbeiten?

Alvirah hatte dem Reporter unmißverständlich klargemacht, so dämlich wäre sie nun wahrhaftig nicht. Einen Besen würde sie erst wieder zur Hand nehmen, wenn sie als Hexe auf einen Kostümball ginge. Danach hatte sie all die Dinge aufgezählt, die sie gern tun wollte, und Punkt eins war der Besuch in Cypress Point Spa – wo sie mit all den Berühmtheiten zusammensein wollte, von denen sie ihr Leben lang gelesen hatte.

Das war der Anlaß für Charley Evans, den Chefredakteur vom *Globe,* sie um einen Artikel über ihren Aufenthalt in Cypress Point zu bitten. Er gab ihr eine rosettenförmige Anstecknadel mit eingebautem Mikrofon, so daß sie ihre sämtlichen Gespräche aufzeichnen und das Band abspielen konnte, wenn sie ihren Artikel schrieb.

Beim Gedanken an ihre Brosche mußte Alvirah unwillkürlich lächeln.

Sie hatte sich in Cypress Point gehörig in die Nesseln gesetzt, wie Willy das ausdrückte. Sie war dahintergekommen, was wirklich vor sich ging, und wäre deshalb um ein Haar ermordet worden. Trotzdem hatte sie die ganze Aufregung genossen, und jetzt verband sie mit allen dort eine herzliche Freundschaft, und sie konnte jedes Jahr als Gast nach Cypress Point kommen. Und als Dank für ihre Hilfe bei der Aufklärung des Mordes auf dem Schiff im vorigen Jahr waren sie beide zu einer kostenlosen Kreuzfahrt nach Alaska eingeladen, wann immer sie wollten.

Cape Cod war wunderschön, doch Alvirah wurde den schleichenden Verdacht nicht los, daß dies zu einem ganz normalen Urlaub geraten könnte und daher völlig ungeeignet für eine Veröffentlichung im *Globe* wäre.

Genau in diesem Augenblick schaute sie hinüber zu der Hecke, die ihr Grundstück auf der rechten Seite einzäunte, und bemerkte eine junge Frau, die nebenan am Geländer ihrer Veranda stand und düster auf die Bucht hinunterstarrte.

Es war die Art, wie ihre Hände das Geländer umklammerten – hochgradige Anspannung, dachte Alvirah. Sie vibriert ja förmlich. Es war die Art, wie die junge Frau den Kopf wandte, Alvirah direkt in die Augen sah, sich dann wieder wegdrehte. Sie hat mich nicht mal wahrgenommen, befand Alvirah. Obwohl die Entfernung zwischen ihnen fünfzehn bis zwanzig Meter betrug, spürte sie den Schmerz und die Verzweiflung, die von der jungen Frau ausstrahlten.

Höchste Zeit, in Erfahrung zu bringen, was da los war. «Ich glaube, ich mach' mich mal eben mit unserer Nachbarin bekannt», teilte sie Willy mit. «Bei der ist irgendwas im Busch.» Sie erhob sich und schlenderte zu der Hecke hinüber. «Hallo», begann sie mit äußerster Wärme. «Ich hab' Sie reinfahren sehen. Wir sind vor zwei Stunden angekommen, da ist es ja wohl an uns, Sie hier zu begrüßen. Ich bin Alvirah Meehan.»

Die junge Frau drehte sich um, und Alvirah empfand sofort tiefes Mitgefühl. Sie muß eine schwere Krankheit hinter sich haben, dachte sie. Diese geisterhafte Blässe, die erschlafften Arm- und Beinmuskeln. «Ich bin hergekommen, weil ich allein sein möchte, ich lege keinen Wert auf Gesellschaft», erklärte sie ruhig. «Entschuldigen Sie mich bitte.»

Damit hätte sich der Fall vermutlich erledigt, wie Alvirah später feststellte, doch als sie auf dem Absatz kehrtmachte, stolperte sie über einen Schemel und stürzte auf die Veranda. Alvirah eilte ihr zu Hilfe und lehnte es energisch ab, sie allein ins Haus gehen zu lassen. Und weil sie sich für den Unfall mitverantwortlich fühlte, versorgte sie das rasch anschwellende Handgelenk mit einer Eispackung. Sie überzeugte sich, daß es nur verstaucht war, kochte ihr eine Tasse Tee und erfuhr dabei, daß sie Cynthia Rogers hieß, Lehrerin war und aus Illinois stammte. Diese Mitteilung ließ Alvirah aufhorchen, dann klingelte es bei ihr, und binnen zehn Minuten hatte sie die neue Nachbarin erkannt, wie sie Willy berichtete, als sie eine Stunde später zurückkam. «Von mir aus soll sie sich Cynthia Rogers nennen, aber ihr richtiger Name ist Cynthia Lathem. Vor zwölf Jahren ist sie wegen Mordes an ihrem Stiefvater verurteilt worden. Der war stinkreich. Ich erinnere mich an den Prozeß, als wär's gestern gewesen.»

«Du erinnerst dich an alles, als sei's gestern passiert», kommentierte Willy.

«Stimmt auffallend. Du weißt doch genau, wie ich solche Berichte über Mordfälle immer verschlinge. Die Sache ist jedenfalls hier auf Cape Cod passiert. Cynthia hat geschworen, sie wär unschuldig, und dauernd von einer Zeugin gesprochen, die bestätigen könnte, daß sie um die Tatzeit außer Haus war; aber die Geschworenen haben ihr die Geschichte nicht abgenommen. Ich frag' mich, warum sie zurückgekommen ist. Ich muß im *Globe* anrufen; Charley Evans soll mir alles herschicken, was sie im Archiv darüber haben.» Alvirahs Augen begannen zu blitzen und zu funkeln, als sie fortfuhr: «Vielleicht sucht sie immer noch nach der verschwundenen Zeugin, die ihre Geschichte bestätigen kann. Meine Güte, Willy, das wird 'ne aufregende Zeit, ich spür's in den Knochen!»

Zu Willys Schrecken holte Alvirah aus der obersten Schublade der Frisierkommode die bewußte Brosche mit dem eingebauten Mikrofon und machte sich dann zielstrebig daran, ihren Chefredakteur in New York unter seiner direkten Durchwahlnummer zu erreichen.

An jenem Abend aßen Willy und Alvirah im *Red Pheasant Inn*. Alvira trug ein beige und blau gemustertes Baumwollkleid, das sie bei Bergdorf Goodman gekauft hatte, das aber, wie sie sich bei Willy beschwerte, an ihr auch nicht viel anders aussah als das damals, kurz vor dem Lotteriegewinn, in einem Ramschladen erstandene Sonderangebot. «Ich bin eben zu dick, daran liegt's», jammerte sie und bestrich einen warmen Preiselbeermuffin mit Butter. «Also diese Muffins hier schmecken einfach himmlisch. Du, Willy, ich bin richtig froh, daß du dir die gelbe Leinenjacke gekauft hast. Die bringt deine blauen Augen prima zur Geltung, und dein Haar ist auch immer noch so schön voll.»

«Ich komm' mir vor wie ein Kanarienvogel mit zwei Zentner Lebendgewicht», meinte Willy. «Aber Hauptsache, dir gefällt's.»

Nach dem Abendessen gingen sie ins *Cape Cod Playhouse* und bewunderten Debbie Reynolds in einer neuen Komödie, die nach der Erprobung in der Provinz am Broadway herauskommen sollte. Als sie in der Pause auf dem Rasen vor dem Theater ein Ginger Ale tranken, verbreitete sich Alvirah über Debbie Reynolds, für die sie von jeher eine Vorliebe hatte, schon seit deren gemeinsamen Auftritten mit Mickey Rooney in Musicals, und über die furchtbare Geschichte, wie Eddie Fisher sie mit den zwei kleinen Kindern hatte sitzenlassen. «Und was hat es ihm gebracht?» sinnierte Alvirah, als das Ende der Pause signalisiert wurde. «Viel Glück hat er danach nicht mehr gehabt. Wer unrecht handelt, kriegt am Schluß eben doch die Quittung präsentiert.» Dabei mußte Alvirah wieder an ihre Nachbarin denken, und sie fragte sich, ob Charley Evans das erbetene Material mit Eilboten abgeschickt hatte. Hoffentlich – sie konnte es kaum abwarten, es zu lesen.

Während Alvirah und Willy sich über Debbie Reynolds amüsierten, begann Cynthia Lathem endlich klar zu werden, daß sie tatsächlich frei war, daß zwölf Jahre Haft hinter ihr lagen. Vor zwölf Jahren ... Ihr vorletztes Studienjahr vor der Graduierung an der *Rhode Island School of Design* hatte gerade angefangen, als ihr Stiefvater Stuart Richards im Arbeitszimmer seiner Villa, einem stattlichen Kapitänshaus aus dem 18. Jahrhundert in Dennis, erschossen aufgefunden wurde.

Am Nachmittag war Cynthia auf dem Weg zum Ferienhaus dort vorbeigefahren und von der Straße abgebogen, um es genau zu betrachten. Wer wohnte jetzt wohl in der Villa? Hatte ihre Stiefschwester Lillian das Anwesen verkauft oder es behalten? Es war seit drei Generationen im Familienbesitz, doch sentimental war Lillian Richards noch nie gewesen. Und dann hatte Cynthia Gas gegeben, wie gejagt von den auf sie einstürmenden Erinnerungen an jene grauenhafte Nacht und an die darauffolgenden Tage. Die Anklage. Haft, Verhör, Verhandlung. Ihre feste Zuversicht zu Anfang: «Ich kann einwandfrei nachweisen, daß ich um 20 Uhr das Haus verlassen habe und erst nach Mitternacht zurückgekommen bin. Ich hatte eine Verabredung.»

Fröstelnd wickelte Cynthia den hellblauen wollenen Morgenmantel enger um den schlanken Körper. Als sie ins Gefängnis ging, hatte sie 57 Kilo gewogen; ihr jetziges Gewicht von knapp einem Zentner war bei 1,70 Meter Größe entschieden zu wenig. Ihr früher dunkelblondes Haar war in diesen Jahren mittelbraun geworden. Fad, dachte sie beim Bürsten. Die haselnußbraunen Augen, die sie von ihrer Mutter geerbt hatte, blickten teilnahmslos, leer. An jenem letzten Tag hatte Stuart Richards beim Lunch erklärt: «Du siehst deiner Mutter immer ähnlicher. Ich hätte soviel Verstand haben müssen, sie nicht aufzugeben.» Von seinen beiden Ehen hatte die mit ihrer Mutter am längsten gehalten. Als sie heirateten, war Cynthia acht und bei der Scheidung gerade zwölf. Lillian, sein einziges leibliches Kind, zehn Jahre älter als Cynthia, lebte bei ihrer Mutter in New York und kam selten nach Cape Cod.

Cynthia legte die Bürste auf die Frisierkommode. War es ein verrückter Einfall, diese Gegend wieder aufzusuchen? Zwei Wochen aus dem Gefängnis entlassen, kaum genügend Geld für die nächsten sechs Monate, keine Ahnung, was sie mit ihrem Leben anfangen könnte oder sollte. Hätte sie sich die Miete für dieses Haus, für den Wagen überhaupt leisten dürfen? Gab es dafür auch nur den leisesten plausiblen Grund? Was hoffte sie, damit zu erreichen?

Eine Stecknadel im Heuhaufen, dachte sie. Als sie in das kleine Wohnzimmer ging, zog sie einen Vergleich zwischen Stuarts prachtvoller Villa und diesem winzigen Häuschen, das ihr freilich nach Jahren der Haft wie ein Palast vorkam. Draußen peitschte der Wind die aufschäumende Brandung in die Bucht. Cynthia trat hinaus auf die Veranda, ohne sonderlich auf das pochende Handgelenk zu achten, kreuzte die Arme über der Brust, zum Schutz gegen die Kälte. Aber dann – frische, reine Luft zu atmen, zu wissen, daß sie kein Mensch daran hindern konnte, bei Tagesanbruch aufzustehen und am Strand spazierenzugehen wie in ihrer Kindheit, wenn sie Lust hatte. Der Mond, dreiviertelvoll, übergoß das Wasser mit silbrigem mitternachtsblauem Schimmer; an den nicht beschienenen Stellen wirkte es dunkel, unergründlich.

Cynthia blickte unverwandt aufs Meer, während sie an die Nacht dachte, in der Stuart erschossen wurde. In jenem Sommer hatte sie ein paar zusätzliche Kurse an der Universität belegt, weil sie durch viel Arbeit über den plötzlichen Tod ihrer Mutter vor drei Monaten hinwegzukommen hoffte. Stuart hatte sie telefonisch über das Wochenende eingeladen. «Ich war in Europa», erklärte er. «Deswegen hab' ich's eben erst erfahren. Es tut mir so leid, Cindy.»

Sie war zu ihm gefahren, weil sie wußte, daß Stuart, bei all seiner Schwierigkeit und Egozentrik, ihre Mutter auf seine Weise geliebt hatte, und weil sie das Gefühl brauchte, daß er an ihrem tiefen Schmerz ein wenig Anteil nahm.

Stuart war damals um die Sechzig, gutaussehend – weißes Haar, lebhafte blaue Augen, beeindruckendes Profil, straffe Haltung. Ein erfolgreicher Geschäftsmann, der aus einem bescheidenen Erbe zwanzig Millionen Dollar gemacht hatte, ein Mann, der charmant sein konnte, der aber mit seinen Wutausbrüchen Ehefrauen, Freunde und Angestellte verscheuchte.

An jenem Wochenende war es trübe und bewölkt. Stuarts Stimmung entsprach dem Wetter: niedergeschlagen, in sich gekehrt. Seine Haushälterin habe gekündigt, erzählte er, jetzt müsse er sich mit einer Putzfrau behelfen, die vormittags nur ein paar Stunden zum Saubermachen komme.

Am Freitag hatten sie im *Wianno Country Club* zu Abend gegessen. Er wiederholte mehrmals, daß sie ihrer Mutter immer ähnlicher werde. Er erkundigte sich eingehend nach ihren Finanzen. «Deine Mutter war im Umgang mit Geld immer sehr großzügig. Ich wette, sie hat die Abfindung auf den Kopf gehauen.»

So üppig war die Abfindung auch nicht gewesen. Cynthia erinnerte sich an ihren rasch aufschießenden Groll, als sie erwiderte: «Du hast gesagt, es tut dir leid, sie nicht gehalten zu haben. Da liegst du ganz richtig. Wenn du ihr nicht jeden Cent vorgerechnet hättest, wäre sie nicht weggegangen. Sie liebte dich immer noch, auch nachher.»

Die berüchtigte Zornesröte hatte Stuarts Gesicht übergossen. «Ich hab' dich hierher eingeladen, weil ich mich irgendwie für dich verantwortlich fühle, Schätzchen, und weil ich mich mit dir über deine Zukunft unterhalten wollte. Untersteh dich, an mir rumzumäkeln.»

In diesem Moment wurde ihr bewußt, daß jemand um die Hausecke auf die rückwärtige Veranda zukam und sie vermutlich belauscht hatte. Samstagnachmittag. Der Anfang des Alptraums.

Stuart begrüßte den Ankömmling herzlich und machte sie miteinander bekannt. Ned Creighton. «Ich kenne Ned seit seiner Geburt», erklärte er. «Wie lang ist das jetzt her, Ned?»

«Beinah dreißig Jahre.» Er lächelte zu Cynthia hinüber. «Wir sind uns schon mal in einem Sommer begegnet, Cynthia. Sie waren da ungefähr zehn. Seitdem haben Sie sich ganz hübsch rausgemacht.» Ein gewinnendes Lächeln…

Sie konnte sich zwar nicht erinnern, entschied aber spontan, das müsse an einem jener seltenen Wochenenden gewesen sein, zu denen Lillian erschienen war. Es überraschte sie, daß sie Ned überhaupt kennengelernt hatte, da Lillian sie aus Haß nie in irgend etwas einbezog. Als Ned sie später zum Dinner und zu einer Fahrt in seinem neuen Boot einlud, hatte Stuart darauf bestanden, daß sie mitging. «Ich hab' einen Haufen Schreibkram zu erledigen. Dinge, die ich morgen mit dir besprechen möchte. Geld. Und mein Testament, zum Beispiel.» Seine Miene hatte sich verdüstert.

Sie und Ned hatten im *Captain's Table* zu Abend gegessen. Er war fröhlich und amüsant. «Ich fand, Sie verdienen was Besseres, als ein Wochenende mit Stuart ohne jede Unterbrechung zu verbringen. Der haut einen doch glatt um, was? Als Kind hab' ich aus lauter Angst vor ihm nie den Mund aufgekriegt.» Lachfältchen um die Augen, das sonnengebleichte Haar, das zu den porzellanblauen Augen kontrastierte, der schlanke, muskulöse Körper, den Sporthemd, grüne Leinenjacke und weiße Hose voll zur Geltung brachten, mit einem Wort: der Charme in Person. Er beabsichtige, eine alte Villa in Barnstable zu kaufen und sie zu einem Lokal umzubauen, erzählte er ihr; die notwendigen Investitionen seien auch schon abgesichert. «Tolle Lage. Könnte ein Volltreffer werden. Vielleicht lade ich Sie nächstes Jahr um diese Zeit dorthin ein und lasse Ihnen ein Essen servieren, wie Sie es nirgends auf Cape Cod finden.»

Er erkundigte sich nach ihren Plänen. «Ich möchte das College abschließen. Stuart hat mein Studium bezahlt. Dazu ist er ja nicht verpflichtet. Ich glaube, er war so großzügig zu mir, weil er immer noch hoffte, meine Mutter zurückzugewinnen, und das geht ja nun nicht mehr. Stuart tut nichts ohne Gegenleistung. Haben Sie seine Bemerkung über Geld und sein Testament mitgekriegt?»

Ned nickte. «Ja. Viel Glück.»

Cynthia erinnerte sich, wie sie lachend festgestellt hatte, daß sie das Kap auf dieser Seite überhaupt nicht kannte. Vom *Captain's Table* waren sie vierzig Minuten zu einem privaten Anlegeplatz in der Gegend von Cotuit gefahren, eine einsame Stelle hinter einem offenbar unbewohnten Haus.

Ned wies auf das 6,5 Meter lange Motorboot und bemerkte: «In zwei Jahren lade ich Sie zu einem Ausflug auf meine Jacht ein.» Er steuerte so weit hinaus in die Bucht, daß die Küstenlinie kaum noch zu erkennen war. Eine dunkle, bewölkte Nacht mit frischer Brise und Salzgeruch. Weit und breit kein Boot zu erblicken. Ned warf den Anker aus. «Höchste Zeit für einen Umtrunk.»

In den endlosen Stunden ihrer Haft dachte Cynthia immer wieder über diese Nacht nach. Ned, wie er die Champagnerflasche öffnete, ihr gegenübersaß, lächelnd, ihr Glas nachfüllte, sich mit ihr einig war über die Faszination, die Cape Cod auf jeden ausübte. «Es hat mir unheimlich gefehlt», hatte sie ihm gestanden. Zum erstenmal seit dem Tod ihrer Mutter fühlte sie sich unbeschwert, erzählte ihm von ihren beruflichen Plänen, daß sie Gebrauchsgraphikerin werden wollte. Er stellte intelligente Fragen. Wo sie sich zu bewerben gedenke? Wahrscheinlich in New York, antwortete sie, es gab ja jetzt keine familiären Bindungen mehr in Boston.

Er erkundigte sich nach ihrem Verhältnis zu Stuart. Zum Zeitpunkt der Scheidung habe sie ihn regelrecht gehaßt, erwiderte sie. «Ich war doch erst zwölf. Ich erkannte genau, wie sehr meine Mutter ihn liebte, aber sie konnte eben nicht mit ihm leben. Wenn Sie ihn gut kennen, haben Sie vermutlich auch seine Stimmungsumschwünge mitgekriegt. Er konnte furchtbar despotisch sein. Bei der kleinsten Unordnung bekam er einen Tobsuchtsanfall, brüllte meine Mutter an und warf ihr vor, sie könne eben nicht richtig mit dem Personal umgehen. Sie war wirklich bildschön, aber sobald sie zu einem wichtigen Dinner gingen, erklärte er ihr jedesmal kurz davor, ihm gefalle ihr Kleid nicht. Und so wurde aus einer glücklichen Frau voller Selbstvertrauen ein Nervenbündel, das schon zu zittern anfing, wenn eine Tür zuknallte. Komischerweise war er zu mir immer sehr freundlich. Er wollte mich sogar adoptieren. Das hat sie nicht zugelassen.»

«Haben Sie ihn in den vergangenen sieben Jahren oft gesehen?» wollte Ned wissen.

«Nicht oft. Er wohnte den Winter über in New York und war viel auf Reisen. Aber er kam zwei- bis dreimal im Jahr vorbei und holte mich zum Essen ab. Am Telefon sagte er immer: ‹Richte bitte deiner Mutter aus, wenn sie uns begleiten möchte, würde ich mich sehr freuen.› Das tat sie nie, und ich frage mich manchmal, ob Stuart wirklich daran lag, mich zu sehen, oder ob er nur etwas über sie erfahren wollte. Andererseits war er der einzige, den ich je als Vater erlebt habe, deshalb freute ich mich auf unser Zusammensein, und zugleich tat er mir irgendwie leid. Ganz schön verrückt, oder?»

Dann hatte sie gesagt: «Es ist schon reichlich spät, allmählich wird's Zeit für die Rückfahrt.» Doch als Ned zu starten versuchte, sprang der Motor nicht an. «Und das verdammte Funkgerät ist nicht angeschlossen», murrte er. «Kein Grund zur Aufregung. Ich krieg' das schon irgendwie hin.»

Es war kurz vor elf, als der Motor endlich lostuckerte. Cynthia hatte inzwischen einen Mordshunger. Deshalb fragte sie nach dem Anlegen, ob er nicht unterwegs kurz halten und einen Hamburger holen könnte.

«Warum machen Sie sich nicht lieber zu Hause was zurecht?» meinte Ned ungeduldig.

«Weil man eben in Stuarts Küche nicht herummurkst», antwortete sie lachend.

Er fuhr zu einem einschlägigen Lokal, aus dem ohrenbetäubende Rockmusik drang. «Warten Sie hier im Wagen», sagte er. Das war ein Befehl, wie Cynthia später klar wurde.

Sie kurbelte das Fenster herunter und beobachtete amüsiert die korpulente Frau im Auto nebenan, die sie nicht bemerkte und ihrem Herzen Luft machte: «Diese Rotznasen töten einem noch den letzten Nerv mit ihrem Radau. Vierzig Jahre am Kap, und von Tag zu Tag wird's schlimmer mit dem Krach.»

Bei diesen Worten stieß sie ihre Wagentür auf, die seitwärts gegen Neds Buick knallte. Die Frau steckte den Kopf durch das offene Wagenfenster. «Also das tut mir ehrlich leid. Bei dem ewigen Rock-and-Roll-Getöse möcht ich ja am liebsten jemand umbringen, aber ich lasse meine Wut sicher nicht an fremdem Eigentum aus.» Sie zog den Kopf zurück und untersuchte die Seitenfront von Neds Wagen gründlich. «Nicht mal 'ne Delle. Ehrenwort.»

«Das glaub' ich auch», erwiderte Cynthia. Sie blickte der Frau nach, als sie auf die Tür des Lokals zuging. Mitte bis Ende Vierzig, untersetzt, orangerot gefärbtes Haar, Stufenschnitt, Kittelbluse, Lastexhose, energischer, zielstrebiger Gang.

Ned kam sichtlich verärgert zurück, in der Hand eine Schachtel. «Diese verdammten Gören können sich einfach nicht entschließen, was sie bestellen sollen. Falls ihr Spatzenhirn überhaupt so weit reicht.»

Aus irgendeinem Grund entschied Cynthia, ihm nichts von der Begegnung mit der Frau zu erzählen. Die Stimmung war sowieso verflogen. Ned gab ihr die Schachtel mit dem Hamburger und erklärte barsch, er habe keinen Hunger. Für sich hatte er nichts gekauft.

Die Rückfahrt nach Dennis über unbekannte Straßen dauerte fünfundvierzig Minuten. Ned öffnete ihr die Wagentür, als sie vor Stuarts Haus hielten. «Das war toll, Cynthia», verabschiedete er sich hastig.

Die Unhöflichkeit, sie nicht zur Haustür zu begleiten, konsternierte Cynthia ebenso, wie sie dieser fluchtartige Aufbruch enttäuschte; sie betrat das stille Haus, bemerkte das Licht in Stuarts Arbeitszimmer, klopfte an die einen Spaltbreit geöffnete Tür und blickte dann hinein. Stuart lag neben seinem Schreibtisch auf den Boden hingestreckt – blutbedeckte Stirn, blutverkrustetes Gesicht, blutgetränkter Teppich. Sie war zu ihm geeilt, in der Annahme, es könnte ein Schlaganfall gewesen sein, der ihn stürzen ließ. Als sie ihm die Hand auf den Kopf legte und das Haar zurückstrich, sah sie die Einschußstelle an der Stirn, dann die Waffe neben seiner Hand, hob sie wie betäubt auf, legte sie auf den Schreibtisch und rief die Polizei an. «Ich glaube, mein Stiefvater Stuart Richards hat Selbstmord begangen.» Die Polizei fand Cynthia neben dem Toten sitzend vor – im Schock.

Als man ihre Darstellung überprüfte, schwor Ned, nach 20 Uhr nicht mehr mit ihr zusammengewesen zu sein. «Ich hab' sie direkt vom *Captain's Table* heimgebracht», erklärte er. «Ihr Stiefvater wollte Familienangelegenheiten mit ihr besprechen.»

Cynthia schüttelte den Kopf. Schluß jetzt mit den Erinnerungen an jene Nacht. Höchste Zeit, die friedliche Stille hier auf sich wirken zu lassen und zu Bett zu gehen. Sie ließ die Fenster weit geöffnet, so daß der aufkommende heftige Nachtwind durch die Räume fegte, die Kopfkissen aufplusterte, sie im Schlaf nötigte, sich fester in die Bettdecke einzuwickeln. Sie wachte zeitig auf und ging zum Strand, spürte den feuchten Sand unter den Füßen und suchte Muscheln, wie sie es als Kind getan hatte. Morgen... Morgen früh würde sie es noch einmal probieren, innerlich aufzutanken und dann mit der

Suche zu beginnen, die wahrscheinlich aussichtslos war, der Suche nach dem einzigen Menschen, der wußte, daß sie die Wahrheit gesagt hatte.

Am nächsten Morgen fuhr Willy ins Dorf, um die Zeitungen zu holen, während Alvirah das Frühstück zubereitete. Er brachte zusätzlich eine Tüte mit ofenfrischen Blaubeer-Muffins mit. «Ich hab' rumgefragt», erzählte er der entzückten Alvirah. «Ich soll zu *Just Desserts* neben der Post gehen, dort gibt's die besten Muffins auf Cape Cod, das hat mir jeder gesagt.»

Sie frühstückten im Vorgarten. Während sie genußvoll das zweite Blaubeer-Muffin verspeiste, beobachtete Alvirah die Frühaufsteher beim Jogging am Strand. «Schau mal, da ist sie!»

«Wer denn?»

«Cynthia Lathem. Sie ist seit wenigstens anderthalb Stunden auf Trab. Ich wette, sie ist halb verhungert.»

Als Cynthia vom Strand heraufkam, wurde sie an den Stufen zu ihrer Terrasse von Alvirah abgefangen, die sich strahlend bei ihr einhakte. «Ich koche den besten Kaffee weit und breit und habe frisch ausgepreßten Orangensaft zu bieten. Und warten Sie, bis Sie erst die Blaubeer-Muffins kosten.»

«Ich möchte wirklich nicht...» Cynthia versuchte einen Rückzieher, wurde aber über den Rasen dirigiert. Willy sprang auf und rückte eine Bank für sie zurecht.

«Wie steht's mit Ihrem Handgelenk?» erkundigte er sich. «Alvirah war ganz außer sich, daß Sie sich's ausgerechnet bei ihrem Besuch verstaucht haben.»

Cynthia spürte, wie die aufsteigende Verärgerung sich wieder legte, als sie die echte Wärme und Herzlichkeit in beiden Gesichtern entdeckte. Willy – mit seinen runden Wangen, der offenen, freundlichen Miene und dem vollen weißen Schopf – erinnerte sie an Tip O'Neill. Das sagte sie ihm.

Willy strahlte. «Eben in der Bäckerei hat das auch wer festgestellt. Da gibt's nur einen Unterschied – Tip hat als Sprecher des Repräsentantenhauses in der Öffentlichkeit gewirkt, während ich die stillen Örtchen in Ordnung gebracht habe. Ich war mal Klempner, jetzt im Ruhestand.»

Cynthia trank frischen Orangensaft und Kaffee, aß den Muffin und hörte erst ungläubig, dann respektvoll zu, als Alvirah von dem Lotteriegewinn erzählte, von ihrem Aufenthalt in Cypress Point

Spa, von ihrer Mitwirkung beim Aufspüren eines Mörders, dann von der Kreuzfahrt nach Alaska und der Entlarvung des Täters, der ihren Tischnachbarn umgebracht hatte.

Sie ließ sich eine zweite Tasse Kaffee nachschenken. «Sie haben mir das doch aus einem bestimmten Grund erzählt, nicht wahr?» fragte Cynthia. «Sie haben mich gestern wiedererkannt, richtig?»

Alvirah wurde ernst. «Ja.»

Cynthia schob ihren Stuhl zurück. «Sie waren sehr nett und möchten mir sicher helfen, aber das können Sie am besten dadurch tun, daß Sie mich in Ruhe lassen.»

Alvirah folgte der schlanken jugendlichen Gestalt mit den Blikken, als sie den Rasen überquerte. «Sie hat ein bißchen Sonne abgekriegt heut früh», bemerkte sie. «Steht ihr prima. Ein paar Pfund mehr, und sie ist 'ne richtige Schönheit.»

«Mit Rausfüttern ist da nichts, und die Sonne kannst du ihr auch nicht auf Bestellung liefern», kommentierte Willy. «Du hast doch gehört, wie sie explodiert ist.»

«Ach, vergiß es. Wenn Charley mir die Prozeßunterlagen schickt, laß ich mir schon was einfallen, wie man ihr helfen kann.»

«Großer Gott», stöhnte Willy. «Ich hätt's wissen müssen. Da wären wir wieder mal soweit.»

«Keine Ahnung, wie Charley so was hinkriegt», seufzte Alvirah ein paar Stunden später. Die Eilsendung war unmittelbar nach dem Frühstück angekommen. «Er hat alles geschickt, bis auf ein Protokoll der Gerichtsverhandlung, und das beschafft er innerhalb der nächsten zwei Tage.» Sie spitzte den Mund.

Willy ruhte auf dem gepolsterten Liegestuhl, den er sich als Stammplatz erkoren hatte, und war fast fertig mit dem Sportteil der vierten der am Morgen mitgebrachten Zeitungen. «Die Mets muß ich wohl abschreiben», klagte er.

Alvirah hörte nicht zu. «Willy», begann sie, und er erkannte am Ton, daß sie ihm eine wichtige Frage stellen wollte. «Glaubst du, das Mädchen ist verrückt?»

Er wußte sofort, wen sie meinte. «Ich finde, sie ist ein nettes Ding. Mir tut sie leid.»

«Mir auch. Hältst du sie für intelligent?»

«Ein ganz heller Kopf. Das merkt man doch gleich.»

«Du hast recht. Ich hab' jetzt sämtliche Zeitungsartikel über den Fall noch mal gelesen. Nun frag' ich dich: Wieso tischt eine intelligente junge Person, auch mit neunzehn, eine derart haarsträubende

Lügengeschichte auf, wo sie zur Tatzeit war? Müßte sie nicht entweder übergeschnappt oder dämlich sein, wenn sie darauf setzt, daß ein Fremder ihretwegen lügt?» Alvirah schüttelte den Kopf. «Jemand lügt hier, das ist sonnenklar, aber nicht Cynthia, da bin ich absolut sicher. Also warum ist sie hergekommen?» Sie jubelte jetzt förmlich. «Ich verrat's dir, Willy. Sie möchte immer noch rausfinden, was in der Nacht damals mit Stuart Richards passiert ist. Und sie will ihren Namen reinwaschen.» Alvirah strahlte. «Ist das nicht ein Glück, daß ich gerade hier bin und ihr helfen kann?»

Willy ließ den Sportteil sinken. «Großer Gott», murmelte er wiederum.

Nach dem ausgiebigen ruhigen Nachtschlaf und dem anschließenden Morgentraining begann sich die Gefühlsstarre zu lösen, in der Cynthia seit dem Schuldspruch der Geschworenen vor zwölf Jahren verharrt hatte. Beim Duschen und Anziehen dachte sie über diese Zeit nach, ein Alptraum, den sie nur dadurch überleben konnte, daß sie ihre Emotionen quasi einfror. Sie war ein musterhafter Häftling, hatte ganz für sich gelebt, keine Freundschaften geschlossen. Sie hatte jede der angebotenen Ausbildungsmöglichkeiten wahrgenommen, zunächst in der Wäscherei und in der Küche gearbeitet und war dann als Schreibkraft in der Bibliothek und als Hilfslehrerin im Kunstunterricht eingesetzt worden. Und als sie nach einer Weile das Geschehene voll zu realisieren begann, hatte sie zu zeichnen angefangen. Das Gesicht der Frau auf dem Parkplatz. Das Lokal. Neds Motorboot. Jede Einzelheit, die sie ihrem Gedächtnis abringen konnte. Als sie fertig war, hatte sie Bilder von einer Imbißstube, wie man sie überall in den Vereinigten Staaten finden konnte, von einem Boot, das genau dem in jenem Jahr auf den Markt gebrachten Modell glich. Die Frau war ein wenig deutlicher geraten, aber auch nicht nennenswert. Es war dunkel gewesen, und die Begegnung hatte nur sekundenlang gedauert. Trotzdem war die Frau ihre einzige Hoffnung.

Das Resümee des Anklägers in der Schlußverhandlung: «Meine Damen und Herren Geschworenen, Cynthia Lathem kam am 2. August 1976 irgendwann zwischen 20.00 Uhr und 20.30 Uhr in das Haus von Stuart Richards zurück. Sie ging ins Arbeitszimmer ihres Stiefvaters. An jenem Nachmittag hatte Stuart Richards Cynthia mitgeteilt, daß er sein Testament zu ändern gedenke. Ned Creighton hatte dieses Gespräch mitgehört, hatte Cynthia und Stuart streiten hören. Vera Smith, die Kellnerin im *Captain's Table,* hörte Cynthias Äußerung Ned gegenüber, daß sie die Hochschule verlassen müsse, falls ihr Stiefvater sich weigerte, weiter für ihr Studium aufzukommen. Cynthia Lathem kehrte an jenem Abend aufgebracht und von Ängsten gequält in Richards Villa zurück. Sie ging ins Arbeitszimmer und bot Stuart Richards die Stirn. Er gehörte zu den Menschen, die sich ein Vergnügen daraus machen, ihre Umgebung aus der Fassung zu bringen. Er hatte sein Testament geändert. Er wäre am Leben geblieben, wenn er seiner Stieftochter mitgeteilt hätte, daß er ihr anstelle von ein paar tausend Dollar die Hälfte seines Vermögens hinterlassen würde. Statt dessen spielte er zu lange Katz und Maus mit ihr. Und ihr aufgespeicherter Groll darüber, wie er ihre Mutter behandelt hatte, die in ihr hochkochende Wut bei dem Gedanken, die Universität verlassen zu müssen, buchstäblich ohne einen Cent ins Leben gestoßen zu werden, lenkten ihre Schritte zu dem Schrank, in dem er eine Waffe aufbewahrte. Die nahm sie heraus und schoß dreimal direkt in die Stirn des Mannes, der sie so liebte, daß er sie als Erbin einsetzte.

Ironie des Schicksals. Eine Tragödie. Aber auch Mord. Cynthia bat Net Creighton, auszusagen, sie habe den Abend mit ihm auf seinem Motorboot verbracht. Kein Mensch hat die beiden draußen auf dem Boot gesehen. Sie erwähnt eine Imbißstube, bei der sie gehalten hätten, um Hamburger zu kaufen. Aber sie weiß die Adresse nicht. Sie gibt zu, die Lokalität nicht betreten zu haben. Sie redet von einer Unbekannten mit orangerotem Haar, mit der sie auf einem Parkplatz gesprochen habe. Warum hat sich diese Frau nicht gemeldet, bei der enormen Publizität dieses Falles? Sie kennen den Grund. Weil sie nicht existiert. Weil sie, genau wie die Imbißstube und die auf einem Motorboot in der Bucht von Cape Cod verbrachten Stunden, ein reines Phantasieprodukt von Cynthia Lathem ist.»

Cynthia hatte das Prozeßprotokoll so oft gelesen, daß sie das Resümee des Staatsanwalts auswendig konnte. «Aber die Frau hat existiert», sagte sie laut. «Es gibt sie.» Mit Hilfe der bescheidenen Versicherungssumme, die ihr die Mutter hinterlassen hatte, wollte sie in den nächsten sechs Monaten versuchen, diese Frau ausfindig zu machen. Vielleicht ist sie mittlerweile tot oder nach Kalifornien verzogen, dachte Cynthia, als sie sich das Haar bürstete und es zum Knoten drehte.

Vom Schlafzimmer des Hauses hatte man Aussicht aufs Meer.

Cynthia ging zur Schiebetür und öffnete sie. Unten am Strand sah sie Eltern mit Kindern umherwandern. Falls sie jemals ein normales Leben führen wollte, mit Mann und Kind, mußte sie ihren Namen reinwaschen.

Jeff Knight. Sie hatte ihn voriges Jahr kennengelernt, bei den Dreharbeiten für eine Fernsehserie über weibliche Strafgefangene, die er interviewte. Seine Aufforderung, dabei mitzuwirken, hatte sie rundweg abgelehnt. Er ließ nicht locker, sein intelligentes, energisches Gesicht verriet besorgte Anteilnahme. «Verstehen Sie das denn nicht, Cynthia, dieses Programm wird von Millionen Menschen in Neuengland gesehen. Die Frau, der Sie damals nachts kurz begegnet sind, könnte doch zu den Zuschauern gehören.»

Deshalb hatte sie mitgemacht, seine Fragen beantwortet, von der Nacht berichtet, in der Stuart umkam, die Porträtskizze der Frau, mit der sie gesprochen hatte, vor die Kamera gehalten, ebenso die Zeichnung von der Imbißstube. Und niemand hatte sich gemeldet. Lillian gab in New York eine Erklärung ab: Die während des Prozesses gemachten Aussagen beruhten auf Wahrheit, denn dem hätte sie nichts hinzuzufügen. Ned Creighton, jetzt Inhaber vom *Mooncusser*, einem beliebten Restaurant in Barnstable, wiederholte, wie unendlich leid es ihm um Cynthia täte.

Nach der Sendung erschien Jeff weiterhin regelmäßig an den Besuchstagen. Das allein rettete sie davor, in völlige Verzweiflung zu verfallen, als jedes Echo auf die Serie ausblieb. Er kam jedesmal in einem etwas nachlässigen Aufzug daher, die Jacke spannte an den breiten Schultern, die wirre dunkelbraune Mähne mit den Stirnlocken, die freundlichen, ausdrucksvollen braunen Augen, die langen Beine, die in dem überfüllten Besuchsraum keinen Platz fanden. Als er sie bat, nach der Entlassung seine Frau zu werden, antwortete sie, daran sei überhaupt nicht zu denken. Er bekam bereits Angebote von den verschiedenen Sendern. Eine überführte Mörderin konnte er da wirklich nicht gebrauchen. Sie durfte seiner Karriere nicht im Weg stehen, er mußte sie vergessen.

Aber wenn ich nun nicht des Mordes überführt wäre, dachte Cynthia, als sie sich vom Fenster abwandte. Sie ging hinüber zu der Frisierkommode aus Ahornholz, suchte ihre Geldtasche und eilte nach draußen zu ihrem Mietwagen.

Sie kehrte erst am frühen Abend nach Dennis zurück. Die Enttäuschung über die vergeudeten Stunden trieb ihr Tränen in die Augen. Sie trocknete sie nicht, ließ sie ungehindert die Wangen hinunterrollen. Sie war nach Cotuit gefahren, in der Hauptstraße umhergelaufen, hatte den anscheinend alteingesessenen Inhaber des Buchladens nach einem auf Hamburger spezialisierten Lokal gefragt, das ein Treffpunkt für Teenager war. Wo könnte sie so etwas finden? Achselzucken, dann die Antwort: «Die schießen wie Pilze aus dem Boden und verschwinden ebenso schnell wieder. Ein Bauunternehmer reißt sich ein Grundstück unter den Nagel, stellt ein Einkaufszentrum hin oder sonst was Klotziges, und der Hamburger-Laden fliegt raus.» Danach hatte sie versucht, im Rathaus die Restaurationsbetriebe zu ermitteln, denen 1977 eine Konzession erteilt oder verlängert worden war. Es existierten noch zwei in Frage kommende Lokale, das dritte hatte man entweder umfunktioniert oder abgerissen. Keins davon weckte bei ihr irgendeine Erinnerung. Und natürlich wußte sie nicht einmal genau, ob sie tatsächlich in Cotuit gehalten hatten. Ned könnte auch in diesem Punkt gelogen haben. Und wie erkundigte man sich wohl bei fremden Leuten, ob sie eine Frau in mittleren Jahren mit orangefarbenem Haar und untersetztem Körperbau kennen, die vierzig Jahre am Kap ständig oder den Sommer über gewohnt hatte und Rock-and-Roll-Musik haßte?

In Dennis folgte Cynthia einem Impuls und bog nicht zu ihrem Ferienhaus ab, sondern fuhr wieder an Richards' Villa vorbei. Als sie dort passierte, kam eine schlanke blonde Frau die Treppe hinunter. Selbst auf diese Entfernung erkannte sie Lillian. Cynthia reduzierte auf Schrittempo, beschleunigte jedoch gleich wieder, als Lillian in ihre Richtung blickte, und kehrte um. Beim Aufschließen ihrer Haustür hörte sie das Telefon klingeln. Es läutete zehnmal, ehe es verstummte. Das mußte Jeff gewesen sein, und mit ihm wollte sie nicht sprechen. Nach wenigen Minuten schrillte es erneut. Wenn Jeff tatsächlich die Nummer herausgefunden hätte, würde er garantiert nicht lockerlassen, bis er sie erreichte.

Cynthia nahm den Hörer ab. «Hallo!»

«Mein Zeigefinger ist schon lahm vom dauernden Nummerntippen», erklärte Jeff. «Da hast du dir ja einen sauberen Trick ausgedacht, einfach so von der Bildfläche zu verschwinden.»

«Wie hast du mich denn gefunden?»

«Kein Kunststück. Ich wußte, daß du wie eine Brieftaube Cape Cod ansteuern würdest, und der für dich zuständige Beamte hat's bestätigt.»

Sie sah ihn vor sich – in den Sessel zurückgelehnt, nervös einen

Kugelschreiber herumwirbelnd, ernster Augenausdruck, der den leichten Ton Lügen strafte. «Jeff, vergiß mich, bitte. Tu uns beiden den Gefallen.»

«Abgelehnt. Ich versteh’ dich ja, Cindy. Aber wenn du die Frau nicht finden kannst, mit der du gesprochen hast, besteht keinerlei Hoffnung, deine Unschuld zu beweisen. Und glaub mir, Schatz, ich hab’ mich wirklich bemüht, sie aufzutreiben. Ich hab’ dir nie was von den Rechercheuren erzählt, die ich losgeschickt habe, während die Sendung lief. Wenn die sie nicht finden konnten, schaffst du’s erst recht nicht. Ich liebe dich, Cindy. Du weißt, daß du unschuldig bist, und ich weiß es auch. Ned Creighton hat gelogen, aber das werden wir nie beweisen können.»

Cindy schloß die Augen. Jeff hatte völlig recht damit, das war ihr klar.

«Steck’s auf, Cindy. Pack deinen Koffer und fahr zurück. Ich hol’ dich heute abend Punkt acht zu Hause ab.»

Zu Hause. Das möblierte Zimmer, das sie zusammen mit dem für ihre Überwachung zuständigen Beamten besichtigt und gemietet hatte. *Ich möchte Ihnen meine Freundin vorstellen. Sie ist gerade aus dem Gefängnis entlassen. – Was hat deine Mutter vor der Ehe gemacht? Sie war im Knast?*

«Leb wohl, Jeff.» Cynthia trennte die Verbindung, legte den Hörer nicht auf und drehte dem Telefon den Rücken zu.

Alvirah hatte Cynthias Rückkehr registriert, aber nicht versucht, Kontakt mit ihr aufzunehmen. Willy war nachmittags in einem gemieteten Boot zum Fischen rausgefahren und triumphierend mit zwei Makrelen zurückgekommen. Während seiner Abwesenheit studierte Alvirah Zeitungsausschnitte über den Mordfall Stuart Richards. In Cypress Point Spa hatte sie gelernt, wie nützlich es war, ihre Gedanken und Einfälle auf Band zu sprechen. An diesem Nachmittag blieb ihr Recorder voll ausgelastet.

«Der springende Punkt in dem ganzen Fall ist: Warum hat Ned Creighton gelogen? Er kannte Cynthia doch kaum. Warum hat er alles so eingefädelt, daß sie als Schuldige dastand? Stuart Richards hatte massenhaft Feinde. Neds Vater hatte früher mal geschäftlich mit Stuart zu tun, und da gab’s Krach, aber Ned war damals noch ein Kind. Ned war mit Lillian Richards befreundet. Lillian hat unter Eid ausgesagt, sie habe keine Ahnung davon gehabt, daß ihr Vater sein Testament ändern wollte; ihr sei nur bekannt gewesen, daß sie eine

Hälfte des Vermögens erben sollte und das Dartmouth College die andere. Sie habe zwar gewußt, sagte sie, daß er außer sich war, als Dartmouth sich zur Zulassung von Studentinnen entschloß, aber daß er deswegen sein Testament umstoßen und das Dartmouth zugedachte Geld Cynthia vermachen würde, sei ihr neu.»

Alvirah schaltete den Recorder aus. Bestimmt mußte jemand auf den Gedanken gekommen sein, daß Cynthia bei einem Schuldspruch auch ihren Anteil verlieren und Lillian Alleinerbin würde. Lillian hatte kurz nach dem Prozeß einen Mann aus New York geheiratet. Seitdem war sie dreimal geschieden worden. Es sah also nicht danach aus, als hätten Ned und sie je was miteinander gehabt. Blieb nur das Restaurant. Wer waren Neds Hintermänner?

Willy kam herein mit den bratfertigen Makrelenfilets. «Immer noch am Ball?» erkundigte er sich.

«Hm.» Alvirah suchte einen Zeitungsausschnitt heraus. «Orangerotes Haar, untersetzt, Ende Vierzig. Die Beschreibung hätte doch vor zwölf Jahren haargenau auf mich gepaßt, meinst du nicht?»

«Du weißt, daß ich dich nie untersetzt nennen würde», protestierte Willy.

«Hab' ich auch nicht behauptet. Ich bin gleich wieder da. Ich möchte mit Cynthia reden, hab' sie vor ein paar Minuten zurückkommen sehen.»

Am folgenden Nachmittag verfrachtete sie Willy wiederum in ein Mietboot zum Fischen, steckte die rosettenförmige Brosche an ihrem neuen, purpurrot bedruckten Baumwollkleid fest und fuhr mit Cynthia nach Barnstable ins *Mooncusser.* Unterwegs bleute Alvirah ihr ein: «Denken Sie ja dran: Wenn er da ist, müssen Sie ihn mir sofort zeigen. Ich lasse ihn dann nicht mehr aus den Augen. Garantiert erkennt er Sie. Es bleibt ihm gar nichts anderes übrig, er muß an unseren Tisch kommen. Sie wissen doch, was Sie sagen müssen, oder?»

«Klar.» Bestand da eine Möglichkeit? Würde Ned ihnen das abnehmen?

Zu dem Restaurant, einem eindrucksvollen weißen Gebäude im Kolonialstil, gelangte man über eine lange, kurvenreiche Zufahrt. Alvirah taxierte das Haus, das von einem Landschaftsarchitekten meisterhaft gestaltete Grundstück, das sich bis zum Wasser erstreckte. «Sündhaft teuer», verkündete sie. «So was hat er nicht mit ein paar lumpigen Kröten aufgezogen.»

Die Innenräume waren in Wedgwoodblau und Weiß gehalten. Die Wandgemälde waren erstklassig. Vor dem Lotteriegewinn hatte Alvirah zwanzig Jahre lang jeden Dienstag bei Mrs. Rawlings geputzt, und das Haus war ein regelrechtes Museum. Mrs. Rawlings gab zu jedem Bild genüßlich ausführliche Kommentare ab, wieviel sie seinerzeit dafür bezahlt hatte und – voller Genugtuung – was es jetzt wert war. Mit etwas Übung könnte ich vermutlich perfekte Museumsführungen veranstalten, dachte Alvirah oft. «Beachten Sie die Komposition, die raffinierten Valeurs, die gekonnte Technik, mit der die staubbedeckte Tischplatte unter dem einfallenden Sonnenlicht fluoresziert.» Die ganze Platte von Mrs. Rawlings hatte sie bis heute parat.

Sie wußte, wie nervös Cynthia war, und versuchte, sie durch Geschichten über Mrs. Rawlings abzulenken, nachdem der Oberkellner sie zu einem Fenstertisch geführt hatte.

Cynthia konnte nicht umhin, ein wenig zu lächeln, als Alvirah ihr mit dramatischem Unterton verkündete, Mrs. Rawlings habe bei all ihrem Geld in den zwanzig Jahren zu Weihnachten für sie keine einzige Glückwunschkarte übrig gehabt. «Sie war das geizigste, schäbigste Luder der Welt, aber irgendwie hat sie mir leid getan. Nach mir hat sie keine Dumme mehr gefunden. Aber wenn meine letzte Stunde gekommen ist, will ich dem lieben Gott vorrechnen, daß ich auf der Habenseite eine Menge Rawlings-Pluspunkte gesammelt habe.»

«Falls das klappen sollte, können Sie sich auch eine Menge Lathem-Punkte gutschreiben.»

«Darauf geh' ich jede Wette ein. Lächeln Sie bloß weiter so. Sie müssen aussehen wie die Katze, die eben den Kanarienvogel verspeist hat. Ist er da?»

«Ich hab' ihn noch nicht entdeckt.»

«Wenn dieser aufgeblasene Typ mit der Speisekarte anrückt, fragen Sie nach ihm.»

Der Oberkellner näherte sich, höfliche Miene, das obligate Lächeln. «Wünschen Sie etwas zu trinken?»

«Ja. Zwei Gläser Weißwein. Ist Mr. Creighton im Hause?»

«Soviel ich weiß, bespricht er gerade etwas mit dem Küchenchef.»

«Ich bin eine alte Freundin. Bitten Sie ihn vorbeizuschauen, wenn er Zeit hat.»

«Selbstverständlich.»

«Sie sind die geborene Schauspielerin», flüsterte Alvirah und hielt sich die Speisekarte vors Gesicht. Sie fand diese Vorsichtsmaßnahme angebracht, weil einem ja immer jemand die Worte von den Lippen ablesen könnte. «Ich bin richtig froh, daß ich Sie morgens zu dem Kleiderkauf überredet hab'. Alles, was bei Ihnen im Schrank hing, konnte man vergessen.»

Cynthia trug eine kurze zitronengelbe Leinenjacke zu einem schwarzen Leinenrock; ein gelb-schwarz-weiß gemusterter Seidenschal war schwungvoll an der Schulter verknotet. Außerdem hatte Alvirah sie auch in den Kosmetiksalon begleitet. Cynthias halblanges Haar umrahmte jetzt weich und locker das Gesicht. Ein hellbeige getöntes Make-up überdeckte die unnatürliche Blässe und gab ihren haselnußbraunen Augen wieder Glanz und Farbe.

«Sie sehen einfach umwerfend aus», bemerkte Alvirah.

Sie selbst hatte sich zu ihrem Kummer einer entgegengesetzten Metamorphose unterzogen, ihr Haar, dieses Meisterwerk von Sassoon, in das alte Orangerot zurückgefärbt und ihm einen ungleichmäßigen, gestuften Schnitt verpaßt. Ihre Nägel waren nicht mehr kunstvoll verlängert und unlackiert. Nachdem sie Cynthia beim Aussuchen geholfen hatte, war sie zu dem Ständer mit den Sonderangeboten marschiert, wo das purpurrot bedruckte Baumwollkleid, das sie jetzt trug, aus gutem Grund für ganze zehn Dollar verramscht werden sollte. Da es ihr eine Nummer zu klein war, zeichneten sich sämtliche Fettwülste ab, von denen Willy immer behauptete, damit wolle uns die Natur nur vorsorglich abpolstern gegen den letzten tiefen Absturz.

Als Cynthia gegen die schändliche Verunstaltung von Alvirahs Frisur und Fingernägeln Einspruch erhob, wurde sie kurz abgefertigt: «Sie haben diese Frau, die unauffindbare Zeugin, doch immer gleich beschrieben – pummelig, gefärbtes Haar und Klamotten vom Wühltisch. Ich muß schließlich glaubhaft wirken.»

«Ich habe gesagt, ihre Kleidung sah nicht teuer aus», korrigierte Cynthia.

«Wortklauberei.»

Cynthias Lächeln schwand dahin. «Er kommt?» fragte Alvirah, als sie es bemerkte.

Cynthia nickte.

«Lächeln Sie mich an. Los doch. Ganz locker. Zeigen Sie ihm ja nicht, daß Sie nervös sind.»

Cynthia dankte ihr mit einem warmen, herzlichen Lächeln und stützte leger die Ellbogen auf.

Vor ihnen stand ein Mann, Schweißperlen auf der Stirn, trockene Lippen, die er mit der Zunge befeuchtete. «Cynthia, ist das eine Freude, Sie zu sehen.» Er ergriff ihre Hand.

Alvirah musterte ihn eingehend. Kein übler Typ, aber irgendwie quallig. Aufgedunsenes Gesicht, eingesunkene, zusammengekniffene Augen. Er wog gute zwanzig Pfund mehr als auf den Zeitungsfotos. Ausgesprochen attraktiv in jungen Jahren, und danach geht's rapide bergab.

«Freuen Sie sich wirklich, mich zu sehen, Ned?» erkundigte sich Cynthia, immer noch lächelnd.

«Das ist er», verkündete Alvirah mit Nachdruck. «Da bin ich hundertprozentig sicher. Er stand direkt vor mir in der Schlange im Lokal. Er ist mir aufgefallen, weil er so stocksauer war, daß die Gören so rumnölten und sich partout nicht entschließen konnten, wie sie denn nun ihre Hamburger haben wollten.»

«Wovon reden Sie eigentlich?» erkundigte sich Ned Creighton.

«Warum setzen Sie sich denn nicht, Ned?» fragte Cynthia. «Ich weiß, das Restaurant gehört Ihnen, aber trotzdem fühle ich mich verpflichtet, Sie einzuladen. Schließlich haben Sie mir vor Jahren ein Abendessen spendiert.»

Gut gemacht, dachte Alvira. «Ich bin ganz sicher, daß Sie das waren an dem Abend damals, auch wenn Sie inzwischen dicker geworden sind», fuhr sie Creighton an. «So ein himmelschreiender Skandal. Sie mit Ihren Lügen sind schuld, daß diese Frau zwölf Jahre ihres Lebens im Knast hocken mußte.»

Cynthias Miene verdüsterte sich. «Zwölf Jahre, sechs Monate und zehn Tage», verbesserte sie. «Ein volles Jahrzehnt, in dem ich normalerweise wie jeder Twen das College absolviert, den ersten Job bekommen und regelmäßig Verabredungen gehabt hätte.»

Ned Creightons Gesicht wurde hart. «Sie bluffen. Das ist doch nur ein billiger Trick.»

Der Kellner brachte zwei Gläser Wein und stellte sie Alvirah und Cynthia hin. «Und Sie, Mr. Creighton?»

«Nichts», beschied ihm Ned mit finsterem Blick.

«Das ist wirklich ein bezauberndes Restaurant», bemerkte Cynthia ruhig. «Muß eine schöne Stange Geld gekostet haben. Woher hatten Sie das? Von Lillian? Mein Erbanteil belief sich auf ungefähr zehn Millionen Dollar. Wieviel davon hat sie Ihnen gegeben?» Sie wartete die Antwort nicht ab. «Ned, diese Frau ist die Zeugin, die ich damals nirgends auftreiben konnte. Sie erinnert sich daran, daß wir in jener Nacht miteinander gesprochen haben. Niemand hat mir geglaubt, als ich von der Frau erzählte, die ihre Wagentür so heftig aufgestoßen hat, daß sie seitwärts gegen Ihr Auto geknallt ist. Aber sie erinnert sich an den Zwischenfall. Und sie erinnert sich auch, daß sie Sie genau gesehen hat. Sie hat ihr Leben lang Tagebuch geführt und noch am gleichen Abend notiert, was auf dem Parkplatz passiert ist.»

Alvirah nickte bestätigend und fixierte dabei Ned. Er kommt ins Schwitzen, dachte sie, aber überzeugt ist er noch nicht. Jetzt war sie wieder an der Reihe. «Tags darauf bin ich abgereist. Ich wohne in Arizona. Mein Mann war krank, schwer krank. Deshalb sind wir nicht mehr ans Kap gefahren. Voriges Jahr hab' ich ihn verloren.» Entschuldige, Willy, dachte sie, aber das mußte sein. «Vergangene Woche hab' ich dann in die Röhre geguckt – na, Sie wissen ja, wie stinklangweilig das Sommerprogramm meistens ist. Ich dachte, mich tritt ein Pferd, wie ich 'ne Wiederholung der Serie über Frauen im Gefängnis sehe und plötzlich ein Bild von mir auf der Mattscheibe erscheint.»

Cynthia griff nach dem Umschlag, den sie neben ihren Stuhl gelegt hatte. «Das ist meine Porträtskizze von der Frau, mit der ich auf dem Parkplatz gesprochen habe.»

Ned Creighton streckte die Hand danach aus.

«Ich halte sie», sagte Cynthia.

Die Zeichnung zeigte das Gesicht einer Frau, eingerahmt von einem offenen Wagenfenster. Trotz der einigermaßen undeutlichen Züge und des dunklen Hintergrundes war die Ähnlichkeit mit Alvirah frappant.

Cynthia schob ihren Stuhl zurück. Alvirah stand ebenfalls auf. «Die zwölf Jahre können Sie mir nicht zurückgeben. Ich weiß, was Sie jetzt denken. Selbst mit diesem Beweis könnte es passieren, daß eine Jury mir nicht glaubt. Vor zwölf Jahren haben die Geschworenen mir ja auch nicht geglaubt. Aber es wäre immerhin möglich. Und das sollten Sie meiner Meinung nach nicht riskieren, Ned. Ich halte es für besser, wenn Sie das Ganze mit der Person besprechen, die Sie dafür bezahlt hat, mich damals reinzureiten. Und teilen Sie dem oder der Betreffenden mit, daß ich zehn Millionen Dollar verlange. Das ist mein rechtmäßiger Anteil an Stuarts Nachlaß.»

«Sie sind ja verrückt.» In Neds Gesicht war keine Spur von Angst mehr, nur noch blanke Wut.

«Tatsächlich? Da bin ich anderer Meinung.» Cynthia langte in ihre Tasche. «Hier ist meine Adresse und Telefonnummer. Alvirah wohnt bei mir. Rufen Sie mich heute bis 19 Uhr an. Wenn ich nichts von Ihnen höre, nehme ich mir einen Anwalt und lasse ein Wiederaufnahmeverfahren beantragen.» Sie warf einen Zehndollarschein auf den Tisch. «Das dürfte reichen für den Wein. Ich lasse mir nichts schenken, auch nicht das Abendessen, das Sie mir damals spendiert haben.»

Sie eilte hinaus, dicht gefolgt von Alvirah, die das lebhafte Stimmengewirr registrierte. Die Leute haben mitgekriegt, daß was im Gange ist, dachte sie. Ausgezeichnet.

Die beiden wechselten kein Wort, bis sie wieder im Wagen saßen. Dann erkundigte sich Cynthia mit schwacher Stimme: «Wie war ich?»

«Phantastisch.»

«Das klappt nicht, Alvirah. Bei einem Vergleich mit der Zeichnung, die Jeff in der Sendung gezeigt hat, entdeckt man doch sofort, was ich alles hinzugefügt habe, damit's Ihnen ähnlich sieht.»

«Für so was bleibt denen gar keine Zeit. Sind Sie sicher, daß Sie gestern Ihre Stiefschwester vor der Villa gesehen haben?»

«Hundertprozentig.»

«Dann dürfte das Gespräch zwischen den beiden in diesem Augenblick stattfinden.»

Cynthia fuhr mechanisch, ohne etwas von diesem strahlenden Nachmittag wahrzunehmen. «Es gab massenhaft Leute, die Stuart verabscheuten. Warum sind Sie so überzeugt davon, daß Lillian in die Geschichte verwickelt ist?»

Alvirah zog den Reißverschluß ihres purpurroten Baumwollkleides auf. «Meine Güte, ist der Fetzen eng. Ich ersticke ja darin.» Kummervoll fuhr sie sich durch das höchst eigenwillig abgesäbelte Haar. «Wenn die mich bei Sassoon wieder hinkriegen wollen, müssen die ihre gesamte Mannschaft dransetzen. Ich gehe wohl am besten wieder nach Cypress Point Spa zur Generalüberholung. Was haben Sie gefragt? Richtig, Lillian. Sie muß mit drinstecken. Sehen Sie's doch mal von der Seite. Es gab massenhaft Leute, die Ihren Stiefvater nicht ausstehen konnten, aber die hätten doch keinen Ned Creighton nötig, um Sie reinzulegen. Lillian hat von jeher gewußt, daß das Dartmouth College laut Testament die Hälfte des Geldes bekommen sollte. Stimmt's?»

«Ja.» Cynthia bog in die Straße ein, die zu den Ferienhäusern führte.

«Mir ist's schnuppe, wie viele Leute Ihren Stiefvater möglicherweise gehaßt haben. Lillian war jedenfalls die einzige, die davon profitierte, wenn Sie zum Sündenbock für diesen Mord gestempelt wurden. Sie kannte Ned. Und der versuchte, Geld aufzutreiben, um ein Restaurant zu eröffnen. Sie muß von ihrem Vater erfahren haben, daß er Ihnen anstelle von Dartmouth die Hälfte seines Vermögens hinterlassen würde. Sie waren ihr von jeher verhaßt. Das haben Sie mir selber gesagt. Also trifft sie ein Abkommen mit Ned. Er lädt Sie zu einem Ausflug in seinem Motorboot ein und täuscht eine Panne vor. Jemand bringt Stuart Richards um. Lillian hatte ein Alibi. Sie war in New York. Wahrscheinlich hat sie jemand engagiert, der ihren Vater ermorden sollte. Als Sie in der Nacht unbedingt einen Hamburger haben wollten, hätten Sie um ein Haar alles vermasselt. Und Ned wußte nicht, daß Sie mit jemand gesprochen haben. Die beiden müssen ordentlich Schiß gehabt haben, daß diese Zeugin auftauchen könnte.»

«Und wenn ihn nun in der Nacht irgendwer erkannt und ausgesagt hätte, er habe ihn einen Hamburger kaufen sehen?»

«In dem Fall wäre er sofort mit einer plausiblen Erklärung bei der Hand gewesen: Er ist mit seinem Boot rausgefahren, hat sich danach irgendwo einen Hamburger geholt, und Sie haben ihn dann in Ihrer Verzweiflung um ein Alibi angefleht. Aber es ist ja eben niemand aufgekreuzt.»

«Das Ganze hört sich so riskant an», wandte Cynthia ein.

«Von wegen riskant. Ein Kinderspiel», korrigierte Alvirah. «Glauben Sie mir, auf dem Gebiet hab' ich jede Menge Erfahrungen gesammelt. Sie würden sich wundern, in wie vielen Fällen der Mörder als Hauptleidtragender hinter dem Sarg hergeht.»

Sie waren angelangt. «Was jetzt?» wollte Cynthia wissen.

«Jetzt gehen wir zu Ihnen und warten auf den Anruf von Ihrer Stiefschwester.» Kopfschüttelnd musterte sie Cynthia. «Sie glauben mir immer noch nicht. Abwarten und Tee trinken. Wie wär's übrigens mit einer schönen Tasse Tee? Ich koche uns welchen. Ein Jammer, daß Creighton aufkreuzte, bevor wir den Lunch bestellen konnten. Die Speisekarte klang vielversprechend.»

Sie aßen Sandwiches mit Thunfischsalat im Vorgarten, als das Telefon klingelte. «Lillian», erklärte Alvirah lakonisch. Sie folgte Cynthia in die Küche und blieb neben ihr stehen.

«Hallo.» Cynthia meldete sich fast im Flüsterton. Alvirah beobachtete, wie ihr die Farbe aus dem Gesicht wich. «Hallo, Lillian.»

Alvirah preßte Cynthias Arm und nickte heftig.

«Ja, Lillian, ich war gerade bei Ned. Nein, ich mache keine Witze. Ich kann an der Sache nichts Komisches finden. Ja. Ich komme abends vorbei. Bloß keine Umstände mit dem Essen. In deiner Gegenwart schnürt's mir sowieso die Kehle zu. Noch eins, Lillian – ich hab' Ned gesagt, was ich verlange. Das ist mein letztes Wort.» Cynthia legte auf und ließ sich auf einen Stuhl fallen. «Alvirah, Lillian sagt, meine Anschuldigung sei geradezu lachhaft, aber sie wisse genau, daß ihr Vater jeden so weit treiben konnte, bis er die Beherrschung verlor. Sie ist gerissen.»

«Das hilft uns nicht, Ihren Namen reinzuwaschen. Ich gebe Ihnen meine Anstecknadel. Sie müssen sie dazu bringen, klipp und klar zuzugeben, daß Sie mit dem Mord nicht das geringste zu tun hatten, daß sie Ned veranlaßt hat, Ihnen eine Falle zu stellen. Um welche Zeit haben Sie sich angesagt?»

«Acht Uhr. Ned wird auch dort sein.»

«Bestens. Willy begleitet Sie. Er rollt sich im Fond auf dem Boden zusammen, das kann er prima, trotz seines Umfangs. Er ist gelenkig wie 'ne Gummipuppe. Er wird ein Auge auf Sie haben. Dort im Haus versuchen die beiden garantiert keine krummen Touren. Das wäre zu riskant.» Alvirah nahm die rosettenförmige Brosche ab. «Das ist, gleich nach Willy, mein größter Schatz», erklärte sie. «Ich zeig' Ihnen jetzt, wie das funktioniert.»

Den ganzen Nachmittag über bleute sie Cynthia ein, was sie ihrer Stiefschwester sagen sollte. «Sie muß das Geld für das Restaurant gegeben haben. Wahrscheinlich hat sie irgendwelche Investmentgesellschaften vorgeschoben. Hämmern Sie ihr ein, wenn sie nicht berappt, setzten Sie sich mit einem namhaften Wirtschaftsprüfer in Verbindung, der oft im Auftrag der Regierung arbeitet.»

«Sie weiß doch, daß ich kein Geld habe.»

«Sie hat aber keine Ahnung, wer sich sonst noch für Ihren Fall interessieren könnte. Zum Beispiel der Knabe, der die Sendung über weibliche Sträflinge gemacht hat, stimmt's?»

«Ja. Jeff hat sich dafür interessiert.»

Alvirah kniff die Augen zusammen, riß sie dann weit auf. «Ist da was zwischen Ihnen und Jeff?»

«Sollte ich freigesprochen werden – ja. Andernfalls wird es nie eine Beziehung für mich geben, weder zu Jeff noch zu sonst jemand.»

Um 18 Uhr läutete das Telefon abermals. «Ich geh' ran», sagte

Alvirah. «Die sollen ruhig wissen, daß ich hier bei Ihnen bin.» Auf ihr brummiges Hallo folgte ein herzlicher Wortschwall. «Jeff, gerade haben wir von Ihnen gesprochen. Cynthia sitzt neben mir. Meine Güte, ist das eine bildhübsche Person! Sie sollten sie mal sehen in ihrer neuen Aufmachung. Sie hat mir alles über Sie erzählt. Moment, ich geb' sie Ihnen.»

Alvirah hörte ungeniert zu, als Cynthia erklärte: «Alvirah hat das Haus nebenan gemietet. Sie hilft mir. Nein, ich komme nicht zurück. Ja, es gibt einen Grund hierzubleiben. Vielleicht kriege ich heute abend den Beweis dafür, daß ich unschuldig bin an Stuart Richards Tod. Nein, komm nicht her. Ich möchte dich nicht sehen, Jeff, nicht jetzt... Jeff, ja, ja, ich liebe dich. Ja, wenn ich voll und ganz rehabilitiert bin, werde ich deine Frau.»

Als Cynthia auflegte, war sie den Tränen nahe. «Alvirah, ich wünsche mir nichts so sehr wie ein Leben mit ihm. Wissen Sie, was er eben gesagt hat? Er hat die Bibel zitiert: ‹Tod, wo ist dein Stachel! Hölle, wo ist dein Sieg!› Ich eile zu dir, und wenn die Welt voll Teufel wär – das kam am Schluß.»

«Ich mag ihn», stellte Alvirah fest. «Ich kann aus einer Stimme am Telefon genau heraushören, mit was für einem Menschen ich es zu tun habe. Kommt er heute noch? Ich möchte nicht, daß Sie sich aufregen oder sich das Ganze ausreden lassen.»

«Nein. Er muß die Zehn-Uhr-Nachrichten moderieren. Aber ich gehe jede Wette ein, daß er gleich morgen losfährt.»

«Da müssen wir uns was überlegen. Je mehr Leute da mitmischen, desto eher könnten Ned und Lillian den Braten riechen.» Sie schaute aus dem Fenster. «Sehen Sie mal, da kommt Willy. Heiliger Strohsack, er hat schon wieder ein paar von den verdammten Makrelen geangelt. Ich kriege davon Sodbrennen, aber das verrate ich ihm nicht. Deshalb hab' ich immer ein Magnesiumpräparat in der Tasche.»

Sie öffnete ihm die Tür, und Willy stapfte freudestrahlend herein. Voller Stolz zeigte er auf die Angelrute, an der zwei einsame Makrelen baumelten. Sein Lächeln erstarb beim Anblick von Alvirahs grellroten Zotteln und dem purpurfarbenen Baumwollkleid, in dem überall die quellenden Fettwülste sichtbar wurden. «Da haut's einen glatt um», kommentierte er. «Wieso haben die jetzt auf einmal das Geld von der Lotterie zurückverlangt?»

Um 19.30 Uhr, nach dem Abendessen, zu dem Alvirah wohl oder übel Willys heutige magere Ausbeute aufgetischt hatte, stellte sie

Cynthia eine Tasse Tee hin. «Sie haben keinen Bissen gegessen», sagte sie streng. «Sie müssen aber was im Magen haben, sonst können Sie nicht mehr klar denken. Na, haben Sie alles kapiert?» Cynthia fingerte an der Anstecknadel. «Ich glaube schon. Mir scheint alles klar zu sein.»

«Vergessen Sie nicht, zwischen den beiden ist unter der Hand Geld verschoben worden. Mit welchem Dreh, ist mir piepe, das kann man verfolgen. Wenn sie einwilligen, Sie auszuzahlen, bieten Sie ihnen einen Tauschhandel an: Sie gehen mit Ihrer Forderung runter und verlangen als Gegenleistung, daß die beiden mit der vollen Wahrheit rausrücken, also ein hieb- und stichfestes Geständnis. Kapiert?»

«Kapiert.»

Um 19.50 Uhr fuhr Cynthia den kurvenreichen Weg hinunter, mit Willy im Fond, der sich auf dem Boden zusammengerollt hatte.

Nach dem strahlend sonnigen Tag hatte es sich abends bewölkt. Alvirah durchquerte das Haus und trat vor die Hintertür. Wind fegte über die Bucht hinweg, peitschte die aufschäumenden Wellen ans Ufer. In der Ferne hörte man Donnergrollen. Die Temperatur war gesunken, plötzlich herrschte im August herbstliche Kühle. Fröstelnd überlegte sie, ob sie sich nebenan einen Pullover holen sollte, ließ es dann aber doch. Falls jemand anrief, wollte sie lieber an Ort und Stelle sein.

Sie goß sich eine zweite Tasse Tee auf und setzte sich, mit dem Rücken zur Haustür, an den Ecktisch, wo sie mit dem ersten Entwurf für den Artikel begann, den sie sicher bald an den *New York Globe* abschicken konnte. *Cynthia Lathem, die mit neunzehn Jahren zu zwölf Jahren Gefängnis verurteilt wurde für einen Mord, den sie nicht begangen hatte, kann jetzt ihre Unschuld beweisen.*

Hinter ihr sagte eine Stimme: «Nun, ich denke nicht, daß es dazu kommen wird.»

Alvirah wirbelte herum und starrte fassungslos in das finstere, wütende Gesicht von Ned Creighton.

Cynthia wartete auf den Verandastufen vor Richards' Villa. Durch die hübsche Mahagonitür hörte sie leisen Glockenklang. Ihr kam der absurde Gedanke, daß sie ja immer noch einen eigenen Hausschlüssel besaß, und sie fragte sich, ob Lillian wohl das Schloß ausgewechselt hatte.

Die Tür öffnete sich. Lillian stand in der weiträumigen Eingangshalle, die Tiffany-Deckenlampe hob ihre hohen Backenknochen hervor, die großen blauen Augen, das silberblonde Haar. Ein eisiger Schauer durchrann Cynthia vom Scheitel bis zur Sohle. Lillian war in diesen zwölf Jahren zum Ebenbild von Stuart Richards geworden. Kleiner natürlich. Jünger, aber trotzdem äußerlich genauso attraktiv wie er, nur in weiblicher Ausgabe. Und um die Augen der gleiche Zug, der einen Hang zur Grausamkeit andeutete.

«Tritt ein, Cynthia.» Lillians Stimme hatte sich nicht verändert. Klar, wohlerzogen, aber mit diesem vertrauten scharfen, aufgebrachten Unterton, der typisch für Stuart Richards gewesen war.

Stumm folgte sie Lillian durch die Halle. Im Wohnzimmer herrschte gedämpfte Beleuchtung. Hier sah es fast genauso aus, wie sie es in Erinnerung hatte. Die Anordnung der Möbel, die Orientteppiche, das Gemälde über dem Kamin – alles unverändert. Das prunkvolle Speisezimmer links wirkte so unbenutzt wie eh und je. Sie hatten die Mahlzeiten gewöhnlich in dem kleinen Eßzimmer neben der Bibliothek eingenommen.

Sie hatte erwartet, daß Lillian sie in die Bibliothek führen würde. Statt dessen ging sie geradewegs in das Arbeitszimmer, in dem Stuart gestorben war. Cynthia verzog den Mund, tastete nach der rosettenförmigen Brosche. Sollte sie auf diese Weise eingeschüchtert werden?

Lillian setzte sich hinter den wuchtigen Schreibtisch.

Cynthia dachte abermals an die Nacht, in der sie hier hereingestürzt war und Stuart auf den Teppich hingestreckt gefunden hatte. Sie spürte, wie ihre Hände feucht wurden, wie ihr der Schweiß auf der Stirn stand. Draußen hörte sie den Wind mit ständig steigender Geschwindigkeit heulen.

Lillian faltete die Hände und blickte zu Cynthia hoch. «Du kannst dich ebensogut hinsetzen.»

Cynthia biß sich auf die Lippen. Was sie in den nächsten Minuten sagte, würde über ihr weiteres Leben entscheiden. «Meiner Meinung nach bin ich es, die hier die Sitzordnung bestimmen sollte», erklärte sie. «Dein Vater hat mir dieses Haus hinterlassen. Bei deinem Anruf hast du von einer Regelung gesprochen. Keine faulen Tricks jetzt! Und versuch ja nicht, mich einzuschüchtern. Der Knast hat mir jede Scheu gründlich abgewöhnt, das garantiere ich dir. Wo ist Ned?»

«Der muß jeden Augenblick hier sein. Deine Anschuldigungen ihm gegenüber sind doch einfach verrückt. Und das weißt du auch.»

«Ich dachte, ich bin hergekommen, um über die Regelung meiner Erbansprüche zu reden.»

«Du bist hergekommen, weil du mir leid tust und weil ich dir eine Chance geben möchte, irgendwo ein neues Leben anzufangen. Ich bin bereit, einen Treuhandfonds einzurichten, aus dem du ein monatliches Einkommen beziehst. Eine andere wäre nicht so großzügig gegenüber der Mörderin ihres Vaters.»

Cynthia fixierte Lillian, registrierte den verächtlichen Augenausdruck, die eisige Ruhe, mit der sie auftrat. Sie mußte diese Ruhe erschüttern. Sie ging hinüber zum Fenster und schaute hinaus. Regen trommelte an die Hausmauern. Donnerschläge durchbrachen die Stille im Raum. «Ich frage mich, was Ned wohl getan hätte, um mich vom Haus fernzuhalten, wenn es damals so geschüttet hätte wie heute», sagte sie. «Das Wetter hat ihm geholfen, stimmt's? Warm und bewölkt. Kein Boot in der Nähe. Nur diese eine Zeugin, und die habe ich jetzt gefunden. Hat Ned dir nicht erzählt, daß sie ihn einwandfrei identifiziert hat?»

«Wie viele Leute würden das wohl glauben, daß jemand einen Fremden nach fast dreizehn Jahren wiedererkennen könnte? Ich habe keine Ahnung, wen du für diese Maskerade angeheuert hast, aber ich warne dich: Laß den Blödsinn. Entweder du akzeptierst mein Angebot oder ich hole die Polizei und lasse dich wegen Hausfriedensbruchs verhaften. Vergiß nicht, die bedingte Haftentlassung von Kriminellen kann man mühelos rückgängig machen.»

«Auf Kriminelle trifft das allerdings zu. Aber ich bin keine Kriminelle, und das weißt du.» Cynthia ging zu dem antiken Schrank, zog die oberste Schublade auf. «Mir war bekannt, daß Stuart hier eine Waffe aufbewahrte. Aber dir mit Sicherheit auch. Du hast behauptet, er habe dir gegenüber kein Wort davon verlauten lassen, daß er sein Testament geändert und die Dartmouth zugedachte Hälfte seines Vermögens mir hinterlassen hatte. Doch du hast gelogen. Wenn Stuart mich herzitierte, um mich darüber zu informieren, dann hat er dich garantiert nicht über seine Absichten im unklaren gelassen.»

«Er hat mir kein Wort gesagt. Ich hatte ihn seit drei Monaten nicht gesehen.»

«Du hast ihn vielleicht nicht gesehen, aber mit ihm gesprochen, oder etwa nicht? Mit der Hälfte für Dartmouth hättest du dich abfinden können, doch der Gedanke, sein Geld mit mir zu teilen, war dir unerträglich. Du hast mich gehaßt, weil ich Jahre in diesem

Haus gewohnt habe, weil er mich gern hatte. Ihr beide seid dagegen dauernd aneinandergeraten. Deinen niederträchtigen Charakter, den hast du von ihm geerbt.»

Lillian stand auf. «Du weißt ja nicht, wovon du sprichst.»

Cynthia knallte die Schublade zu. «O doch, ganz genau. Und jede Tatsache, die mich überführt hat, wird dich überführen. Ich besaß einen Hausschlüssel. Du auch. Es gab keinerlei Kampfspuren. Ich meine nicht, daß du jemand hergeschickt hast, um ihn umzubringen. Ich meine, du hast es selber getan. Stuart hatte einen Alarmknopf an seinem Schreibtisch. Er hat ihn nicht gedrückt. Er wäre nie auf die Idee verfallen, daß seine eigene Tochter ihm etwas antun würde. Warum kam Ned ausgerechnet an jenem Nachmittag hereingeschneit? Du wußtest, daß Stuart mich über das Wochenende eingeladen hatte. Du wußtest, daß er mir zureden würde, mit Ned auszugehen. Stuart hatte gern Gesellschaft, und dann war er auch wieder gern allein. Vielleicht hat Ned dir eins nicht deutlich übermittelt. Die Zeugin, die ich ausfindig gemacht habe, führt Tagebuch. Sie hat es mir gezeigt. Seit ihrem zwanzigsten Lebensjahr trägt sie Abend für Abend alles ein, was tagsüber passiert ist. Irgendeine Manipulation ist demnach mit Sicherheit auszuschließen. Sie hat mich genau beschrieben und Neds Wagen ebenso. Sogar die lärmenden Halbwüchsigen in der Schlange hat sie erwähnt und auch, wie sich alle über sie aufregten.»

Ich dringe zu ihr durch, dachte Cynthia. Lillians Gesicht war bleich, ihre Haltung verkrampft. Cynthia ging ruhig zum Schreibtisch zurück, so daß die rosettenförmige Brosche direkt auf Lillian gerichtet war. «Du hast es schlau eingefädelt, oder?» fragte sie. «Ned hat erst angefangen, Geld in das Restaurant zu stecken, als ich hinter Gittern saß. Und ich bin sicher, er hatte ein paar angesehene Investoren als Strohmänner vorgeschoben. Aber die Regierung hat heutzutage hervorragende Methoden, um Fällen von Geldwäsche auf die Spur zu kommen. *Dein* Geld, Lillian.»

«Das kannst du nie beweisen.» Doch Lillians Stimme klang schrill.

Mein Gott, wenn ich sie doch bloß dazu bringen kann, es zuzugeben, dachte Cynthia. Sie umklammerte die Schreibtischkante und beugte sich vor. «Möglicherweise nicht. Aber laß es nicht darauf ankommen. Ich werde dir sagen, wie man sich bei Fingerabdrücken und in Handschellen fühlt. Wie einem zumute ist, wenn man neben einem Rechtsanwalt sitzt und hört, wie einen der Staatsanwalt des

Mordes anklagt. Was das für ein Gefühl ist, die Gesichter der Geschworenen zu studieren. Lauter normale Durchschnittsbürger. Alt. Jung. Schwarze. Weiße. Gut angezogen. Schäbig. Aber in ihren Händen liegt dein weiteres Leben. Und das wird dir kein bißchen behagen, Lillian. Das Warten. Das vernichtende Beweismaterial, das auf dich weitaus mehr zutrifft als jemals auf mich. Du hast weder das Naturell noch den Schneid, das durchzustehen.»

Lillian erhob sich. «Denk daran, daß hohe Steuern zu zahlen waren, nachdem die Aufstellung sämtlicher Vermögenswerte vorlag. Wieviel verlangst du?»

«Sie hätten in Arizona bleiben sollen», sagte Ned Creighton, die Waffe auf Alvirahs Brust gerichtet. Sie saß am Ecktisch und erwog ihre Fluchtchancen. Es gab keine. Er hatte ihre Geschichte geschluckt, und jetzt mußte er sie umbringen. Alvirah schoß es durch den Kopf, daß sie es ja schon immer gewußt habe, was für eine fabelhafte Schauspielerin in ihr steckte. Sollte sie ihm mitteilen, daß ihr Mann jeden Moment zurückkommen würde? Nein. Im Restaurant hatte sie ihm erzählt, sie sei verwitwet. Wie lange würden Willy und Cynthia ausbleiben? Zu lange. Lillian würde Cynthia nicht weglassen, ehe sie sicher war, daß es keine lebenden Zeugen gab, aber vielleicht fiel ihr irgendwas ein, wenn sie ihn zum Reden brachte. «Wieviel haben Sie für Ihre Rolle bei dem Mord kassiert?» erkundigte sie sich.

Ned Creighton verzog die schmalen Lippen zu einem spöttischen Lächeln. «Drei Millionen. Reichte gerade, ein erstklassiges Restaurant zu eröffnen.»

Alvirah bedauerte, daß sie ihre rosettenförmige Ansteckadel Cynthia geliehen hatte. Der Beweis. Der eindeutige, klare Beweis, und sie war außerstande, das aufzuzeichnen. Und sollte ihr etwas zustoßen, würde niemand davon erfahren. Falls ich da heil rauskomme, dachte sie, muß ich Charley Evans bitten, mir einen Ersatz zu beschaffen. Diesmal vielleicht eine Zweitbrosche in Silber.

«Stehen Sie auf», befahl Creighton und schwenkte dabei die Pistole.

Alvirah stieß den Stuhl zurück, stützte die Hände auf den Tisch. Die Zuckerdose stand direkt vor ihr. Sollte sie den Versuch riskieren? Sie konnte zwar gut zielen, aber eine Schußwaffe war in jedem Fall schneller als eine Zuckerdose.

«Gehen Sie ins Wohnzimmer.» Als sie um den Tisch herumkam,

schnappte sich Creighton ihre Notizen samt dem angefangenen Artikel und stopfte alles in die Tasche.

Creighton deutete auf den hölzernen Schaukelstuhl neben dem Kamin. «Setzen Sie sich da hin.»

Alvirah ließ sich schwerfällig nieder. Neds Waffe war immer noch auf sie gerichtet. Wenn sie nun den Schaukelstuhl so weit vornüberkippte, daß sie auf ihn katapultiert wurde? Ob sie sich dann auch rechtzeitig absetzen könnte? Creighton langte nach einem schmalen Schlüssel, der am Kaminsims baumelte. Er beugte sich vor, steckte ihn in einen Zylinder, der in einen Ziegel eingelassen war, und drehte ihn um. Aus dem Kamin drang das zischende Geräusch von ausströmendem Gas. Er richtete sich auf, zog aus einer Streichholzschachtel auf dem Kaminsims ein langes Sicherheitszündholz, benutzte den Ziegel als Reibfläche, blies die Flamme aus, warf es dann auf den Rost. «Es wird kalt», sagte er. «Sie beschlossen, Feuer zu machen, drehten den Gashahn auf, warfen ein Streichholz hinein, aber es klappte nicht. Als Sie sich hinunterbeugten, um das Gas abzudrehen und das Ganze noch mal zu versuchen, verloren Sie das Gleichgewicht und stürzten. Sie schlugen mit dem Kopf auf die steinerne Einfassung und wurden ohnmächtig. So eine nette Frau und so ein schrecklicher Unfall! Cynthia wird außer sich sein.»

Gasgeruch erfüllte den Raum. Alvirah versuchte, den Schaukelstuhl vorzukippen. Sie mußte es riskieren, Creighton einen Kopfstoß zu versetzen, damit er die Pistole fallen ließ. Zu spät. Ein Schraubstock schien ihre Schultern zu umklammern. Das Gefühl, vorwärtsgezogen zu werden. Ihr Kopf, der seitlich gegen Stein prallte. Als sie das Bewußtsein verlor, nahm Alvirah den widerwärtigen Gasgeruch wahr, der sich in ihren Atemwegen ausbreitete.

«Da kommt Ned», erklärte Lillian gelassen, als die Türglocke läutete. «Ich mache ihm auf.»

Cynthia wartete. Lillian hatte immer noch nicht das mindeste zugegeben. Ob sie Ned Creighton dazu bringen konnte, sich selbst zu beschuldigen? Sie fühlte sich wie eine Seiltänzerin, die auf einem schlüpfrigen Seil zentimeterweise einen Abgrund zu überqueren suchte. Wenn es ihr mißlang, wäre ihr Leben nicht mehr lebenswert.

Creighton betrat hinter Lillian das Zimmer. «Cynthia.» Ein unpersönliches, aber nicht unfreundliches Nicken. Er zog sich einen Stuhl an den Schreibtisch, auf dem Lillian einen aufgeschlagenen Ordner mit Computerausdrucken deponiert hatte.

«Ich vermittle Cynthia gerade eine Vorstellung davon, wie stark das Vermögen nach Entrichtung der Steuern zusammengeschmolzen ist», teilte sie Creighton mit. «Danach taxieren wir ihren Anteil.»

«Was immer du Ned bezahlt hast, wird nicht in Abzug gebracht, das stammte ja aus dem mir rechtmäßig zustehenden Geld.» Cynthia bemerkte den wütenden Blick, den er Lillian zuwarf. «Also bitte, unter uns müssen wir drei doch kein Blatt vor den Mund nehmen», sagte sie barsch.

Lillian konterte kalt: «Ich hab' dir doch erklärt, daß ich dich am Nachlaß beteiligen wollte. Ich weiß, daß mein Vater die Menschen bis zur Weißglut reizen konnte, so daß sie nicht mehr wußten, was sie taten. Ich tue das, weil ich Mitleid mit dir habe. Hier sind also die Zahlen.»

In den folgenden fünfzehn Minuten zog Lillian eine Aufstellung nach der anderen heraus. «Abzüglich der Steuern und unter Hinzurechnung der Zinserträge würde sich dein Anteil jetzt auf fünf Millionen Dollar belaufen.»

«Und dieses Haus», warf Cynthia ein. Bestürzt realisierte sie, daß Lillian und Ned von Minute zu Minute sichtlich entspannter wurden. Beide lächelten.

«O nein, das Haus nicht», protestierte Lillian. «Das würde zuviel Klatsch verursachen. Wir lassen das Haus schätzen, und ich zahle dir dann den Schätzpreis. Vergiß nicht, Cynthia, ich bin überaus großzügig. Mein Vater spielte mit Menschenleben. Er war grausam. Hättest nicht du ihn umgebracht, wäre es jemand anders gewesen. Deshalb tue ich das.»

«Du tust es, weil du nicht in einem Gerichtssaal sitzen und Gefahr laufen willst, wegen Mordes verurteilt zu werden, das ist der wahre Grund.» Mein Gott, es ist sinnlos, dachte Cynthia. Wenn ich sie nicht dazu bringen kann, alles zuzugeben, ist es aus und vorbei. Dann hätten Lillian und Ned morgen Gelegenheit, Alvirah zu überprüfen. «Du kannst das Haus haben», sagte sie. «Ohne mir etwas dafür zu bezahlen. Gib mir nur die Genugtuung, die Wahrheit zu hören, das Eingeständnis, daß ich mit dem Mord an deinem Vater nichts zu tun hatte.»

Lillian blickte rasch zu Ned, dann auf die Uhr. «Ich meine, um diese Zeit sollten wir dem auch Folge leisten.» Sie fing an zu lachen. «Cynthia, ich bin tatsächlich so wie mein Vater. Ich genieße es, mit Menschen Katze und Maus zu spielen. Mein Vater *hat* mich angerufen und über die Testamentsänderung informiert. Ich konnte mich damit abfinden, daß Dartmouth die Hälfte seines Vermögens bekommt, aber nicht du. Er erzählte mir, daß er dich erwartet – und der Rest war ein Kinderspiel. Meine Mutter war eine wunderbare Frau. Sie hat liebend gern bestätigt, daß ich an dem bewußten Abend bei ihr in New York war. Ned war entzückt, eine stattliche Summe dafür zu erhalten, daß er mit dir einen Bootsausflug unternahm. Du bist klug, Cynthia. Klüger als der Staatsanwalt und seine Leute. Klüger als dieser Trottel von einem Anwalt, der dich verteidigt hat.»

Gott gebe, daß der Recorder funktioniert, betete Cynthia. «Und klug genug, die Zeugin ausfindig zu machen, die meine Aussage bestätigen konnte», ergänzte sie.

Lillian und Ned brachen in schallendes Gelächter aus. «Was denn für eine Zeugin?» fragte Ned.

«Raus hier», fauchte Lillian. «Verschwinde auf der Stelle. Und laß dich nie wieder blicken.»

Jeff Knight brauste über die Route 6, bemühte sich angestrengt, durch die von einem wahren Wolkenbruch überschwemmte Windschutzscheibe die Schilder zu entziffern. Ausfahrt 8. Er näherte sich seinem Ziel. Der für die Zehn-Uhr-Nachrichten verantwortliche Redakteur hatte sich überraschend verständnisvoll gezeigt. Natürlich nicht ohne Grund. «Fahren Sie los. Wenn Cynthia Lathem sich am Kap aufhält und meint, einen brauchbaren Hinweis für den Tod ihres Stiefvaters zu haben, dann fällt Ihnen ein echter Knüller in den Schoß.»

Jeff war nicht an einem Knüller interessiert. Seine ganze Sorge galt Cynthia. Seine langen, kräftigen Finger umklammerten das Lenkrad. Ihre Adresse nebst Telefonnummer hatte er dem mit der Schutzaufsicht betrauten Beamten entlockt. Cape Cod war ihm durch viele Sommeraufenthalte vertraut, deshalb hatte ihm die Enttäuschung auch so zugesetzt, als er sich vergebens bemühte, Beweise für Cynthias Aussage zu finden. Sein ständiges Feriendomizil war allerdings auch in Eastham, gute 80 km von Cotuit entfernt.

Ausfahrt 8. Er bog ein in die Union Street, fuhr weiter in Richtung Route 6 A. Noch ein paar Kilometer. Wieso hatte er dieses Gefühl einer drohenden Katastrophe? Sollte Cynthia tatsächlich einen hilfreichen Hinweis haben, könnte sie in Gefahr schweben.

An der Nobscusset Road mußte er scharf bremsen. Ein Wagen übersah das Stoppschild und überquerte die Route 6 A in mörderischem Tempo. Verdammter Idiot, dachte Jeff, als er nach links in Richtung Bucht abbog. Er registrierte, daß die ganze Gegend im Dunkeln lag. Stromausfall. Am Ende der Sackgasse bog er links ein. Das Haus mußte an diesem Pfad liegen. Nummer sechs. Er fuhr langsam, versuchte, mit Hilfe der Scheinwerfer die Hausnummern an den Briefkästen auszumachen. Zwölf. Acht. Sechs. Jeff stellte den Wagen in der Auffahrt ab, riß die Tür auf und rannte durch den prasselnden Regen auf das Haus zu. Er drückte auf die Klingel, bis ihm klar wurde, daß sie ja wegen des Stromausfalls nicht funktionieren konnte. Er hämmerte mehrmals an die Tür. Keine Antwort. Cynthia war nicht zu Hause.

Er machte bereits kehrt, als ihn plötzlich eine begründete Furcht überfiel und er abermals an die Haustür hämmerte, dann am Knauf drehte. Der bewegte sich, er stürmte hinein, begann zu rufen: «Cynthia!» Da spürte er den Gasgeruch, hörte das Zischen, mit dem es aus dem Kamin strömte. Als er hinraste, um es abzudrehen, stolperte er über eine reglos auf dem Bauch liegende Gestalt.

Willy rutschte unruhig auf dem Rücksitz von Cynthias Wagen hin und her. Sie war jetzt seit über einer Stunde in der Villa. Der Kerl, der nach ihr gekommen war, verweilte auch schon eine Viertelstunde dort drin. Willy wußte nicht recht, was er tun sollte. Alvirah hatte keine präzisen Instruktionen erteilt. Sie wollte ihn lediglich in greifbarer Nähe haben, um sicherzustellen, daß Cynthia das Haus nicht in irgendeiner Begleitung verließ.

Während er noch mit sich zu Rate ging, hörte er Sirenengeheul. Streifenwagen. Sie kamen näher. Erstaunt beobachtete Willy, wie sie in die lange Zufahrt einbogen und mit ohrenbetäubendem Lärm auf ihn zurasten. Polizisten stürmten aus den Streifenwagen, sausten die Stufen hinauf und hämmerten an die Tür.

Kurz darauf bog eine Limousine in die Zufahrt ein und hielt hinter den Streifenwagen. Willy sah den Hünen im Trenchcoat mit einem Satz herausspringen und zur Veranda hinaufeilen, immer zwei Stufen auf einmal. Willy erhob sich schwerfällig und wuchtete sich aus dem Wagen.

Er kam gerade zurecht, um Alvirah zu packen, als sie hinten aus der Limousine wankte. Sogar im Dunkeln konnte er die Schramme auf ihrer Stirn sehen. «Schätzchen, was ist denn passiert?»

«Ich erzähl's dir später. Bring mich rein. Ich möchte das keinesfalls verpassen.»

Im Arbeitszimmer des verstorbenen Stuart Richards erlebte Alvirah ihre Sternstunde. Sie deutete mit dem Finger auf Ned und verkündete mit aller ihr zu Gebote stehenden Lautstärke: «Er hat eine Pistole auf mich gerichtet. Er hat den Gashahn aufgedreht. Er hat mich mit dem Schädel gegen den Kamin geschmettert. Und mir gesagt, daß Lillian Richards ihm drei Millionen Dollar dafür bezahlt hat, daß er Cynthia mit fingierten Beweisen als Mörderin hinstellte.»

Cynthia starrte ihre Stiefschwester unverwandt an. «Und wenn die Batterien in Alvirahs Recorder nicht leer sind, habe ich das Schuldgeständnis von beiden auf Band.»

Am nächsten Morgen sorgte Willy für ein spätes Frühstück, das er auf der Terrasse servierte. Der Sturm hatte sich gelegt, und der Himmel war wieder strahlend blau. Möwen stießen herunter und schnappten die an der Oberfläche schwimmenden Fische. Die Bucht war ruhig, und im feuchten Sand bauten Kinder friedlich ihre Strandburgen.

Alvirah, nicht allzu sehr mitgenommen, hatte ihren Artikel beendet und ihn Charley Evans durchtelefoniert. Charley hatte ihr die prachtvollste Brosche mit allen nur denkbaren Verzierungen versprochen, die Juweliere zu bieten hatten, und das eingebaute Mikrofon sollte so empfindlich sein, daß es sogar das Niesen einer Maus im Raum nebenan auffing.

Jetzt kaute sie schmatzend an einem Krapfen mit Schokoladenguß und schlürfte dazu Kaffee. «Da kommt ja Jeff! Ein Jammer, daß er gestern nacht noch nach Boston zurückfahren mußte. Aber war sein Bericht über die Sache heute früh in den Nachrichten nicht einfach fabelhaft? Der bringt's noch mal weit beim Fernsehen, das kannst du mir glauben.»

«Der Junge hat dir das Leben gerettet, Schätzchen», kommentierte Willy. «Bei mir ist er gut angeschrieben. Ich kann's einfach nicht fassen, daß ich da hinten im Wagen wie ein Schachtelmännchen zusammengerollt war, während du mit dem Kopf neben dem Gasbrenner lagst.»

Sie beobachteten, wie Jeff ausstieg und Cynthia in seine Arme flog.

Alvirah schob ihren Stuhl zurück. «Ich geh' mal auf einen Sprung rüber. Eine reine Freude, wie die beiden sich anschauen. So was von verliebt!»

Willy legte ihr sanft, aber energisch die Hand auf die Schulter.

«Alvirah, mein Schatz, sei so lieb und kümmere dich ausnahmsweise wenigstens fünf Minuten mal nur um deine eigenen Angelegenheiten.»

Die Leiche
im Schrank

Wenn Alvirah Meehan an jenem Augustabend gewußt hätte, was sie in ihrer neuen Luxuswohnung in Central Park South erwartete, wäre sie niemals aus dem Flugzeug ausgestiegen. Doch diesmal gab ihr die bewährte innere Stimme auch nicht das leiseste Alarmsignal.

Auch wenn sie und Willy nach dem Lotteriegewinn das Reisefieber gepackt hatte, kehrte Alvirah immer gern nach New York zurück. Die Wolkenkratzer, deren Umrisse sich gegen die Wolken abhoben, und die Lichter der Brücke, die den East River überspannte, boten einen herzerwärmenden Anblick.

Willy tätschelte ihre Hand, und Alvirah drehte sich liebevoll lächelnd zu ihm um. Er sieht einfach fabelhaft aus in der neuen blauen Leinenjacke, die genau zu seiner Augenfarbe paßt, dachte sie. Mit diesen Augen und dem dichten weißen Haarschopf konnte Willy ohne weiteres als Doppelgänger von Tip O'Neill passieren.

Alvirah strich das rotbraune Haar glatt, das Dale in London kürzlich getönt und gestylt hatte. Als Dale hörte, daß Alvirah sechzig war, rang er nach Luft. «Sie machen Witze», stammelte er.

An ihrem Revers funkelte die rosettenförmige Anstecknadel mit dem eingebauten Mikrofon. Damit zeichnete Alvirah Gespräche auf, die sie für ihre Arbeit im *New York Globe* gebrauchen konnte. «Diese Reise war wundervoll», bemerkte sie, «aber kein Erlebnis, über das ich schreiben könnte. Die Story, wie die Queen zum Tee im Stafford Court Hotel erschien und die Katze des Direktors auf ihre Corgis losging, mußte ja schon als Knüller herhalten.»

«Ich bin richtig froh, daß wir 'nen hübschen, ruhigen Urlaub hatten», entgegnete Willy. «Von der Sorte, wo du unbedingt Verbrechen aufklären mußt und dabei beinahe abgemurkst wirst, kann ich nicht mehr viel verkraften.»

Die Stewardeß von British Airways kontrollierte auf ihrem Rundgang durch die Erster-Klasse-Kabine, ob sich die Passagiere angeschnallt hatten. «Ich hab' mich wirklich gern mit Ihnen unterhalten», erklärte sie. Willy hatte erzählt, daß er Klempner und Alvirah Putzfrau gewesen waren, bevor sie in der Lotterie vierzig Millionen gewannen. «Meine Güte», sagte sie jetzt zu Alvirah, «ich kann's einfach nicht glauben, daß Sie mal Reinemachefrau waren.»

Erfreulich bald nach der Landung saßen sie in einem Taxi, ihr Gepäck, ein exklusives Set von Vuitton, stapelte sich im Kofferraum. New York war heiß, schwül und stickig, wie immer im August. Das Taxi glich einer Sauna, und Alvirah sehnte den Augenblick herbei, in dem sie die neue Wohnung in Central Park South betreten konnte, wo es natürlich herrlich kühl war. Ihre alte Dreizimmerwohnung in Flushing wollten sie beibehalten, immerhin hatten sie dort dreißig Jahre gelebt, bevor der Lotteriegewinn alles veränderte. Man könne ja nie wissen, argumentierte Willy, ob New York nicht eines Tages pleite gehen und den Gewinnern mitteilen würde, sie sollten die restlichen Schecks in den Wind schreiben. Für den Fall der Fälle behielten sie die Wohnung bei und einen Notgroschen in der Citizens of Flushing Bank.

Als das Taxi vor dem Wohnhaus hielt, öffnete ihnen der Pförtner, in Rot und Gold mit wuchtigem schwarzen Pelzhut, die Tür. «Sie müssen ja zerfließen», meinte Alvirah. «Man fragt sich, wozu die Sie so ausstaffieren, bevor sie mit den Renovierungen fertig sind.»

Das Gebäude wurde einer kompletten Instandsetzung unterzogen. Als sie die Wohnung im Frühjahr kauften, hatte ihnen der Immobilienmakler versichert, die Renovierung wäre innerhalb von Wochen abgeschlossen. Die Gerüste in der Halle widerlegten diesen ungezügelten Optimismus eindeutig.

Vor den Fahrstühlen trafen sie auf ein Ehepaar, einen hochgewachsenen Fünfziger und eine schlanke Frau im weißseidenen Abendkostüm; sie macht ein Gesicht wie jemand, dem beim Öffnen des Kühlschranks der Geruch nach faulen Eiern in die Nase steigt, fand Alvirah. Die beiden kenne ich doch, dachte sie und begann ihr phänomenales Gedächtnis zu durchforschen. Er war Carleton Rumson, der legendäre Broadway-Produzent, und sie seine Frau Victoria, eine ehemalige Schauspielerin, vor dreißig Jahren Zweite bei der Wahl zur Miss America.

«Mr. Rumson!» Mit einem Lächeln, das ihre etwas vorspringende, scharfe Kinnpartie weicher machte, streckte sie ihm die Hand entgegen. «Ich bin Alvirah Meehan. Wir haben uns in Cypress Point Spa in Pebble Beach kennengelernt. Was für eine nette Überraschung! Das ist mein Mann, Willy. Wohnen Sie hier?»

Rumson lächelte dünn. «Wir unterhalten eine Zweitwohnung für den Bedarfsfall.» Er nickte Willy zu, stellte dann widerwillig seine Frau vor. Die Fahrstuhltür öffnete sich, als Victoria Rumson sie mit einem Lidzucken zur Kenntnis nahm.

Kalt wie 'ne Hundeschnauze, dachte Alvirah, während sie das makellose, wenngleich hochmütige Profil registrierte, das hellblonde, zu einem straffen Nackenknoten gesteckte Haar. Die langjährige Lektüre von *People, US, National Enquirer* und Klatschspalten hatte Alvirah zur unerschöpflichen Informationsquelle über die Reichen und Berühmten programmiert.

Sie hielten gerade im vierunddreißigsten Stock, als Alvirah intime Details zu Rumson einfielen. Er war als Casanova berühmt. Das Geschick, mit dem seine Frau seine Eskapaden übersah, hatte ihr den Spitznamen «einäugige Vicky» eingetragen.

«Mr. Rumson», begann Alvirah, «Willys Neffe, Brian McCormack, ist ein fabelhafter Dramatiker. Er hat gerade sein zweites Stück fertig. Ich würde es Ihnen zu gern zu lesen geben.»

Rumson blickte verärgert drein. «Mein Büro steht im Telefonbuch», sagte er.

«Brians erstes Stück läuft zur Zeit Off-Broadway.» Alvirah ließ nicht locker. «Ein Kritiker hat geschrieben, er wär 'n junger Neil Simon.»

«Komm schon, Schatz», drängte Willy. «Du hältst die Leute auf.»

Plötzlich schmolz die eisige Starre in Victoria Rumsons Gesicht dahin. «Darling», sagte sie, «ich hab schon von Brian McCormack gehört. Warum liest du das Stück denn nicht hier? Wenn du dir's ins Büro schicken läßt, geht's doch bloß unter.»

«Das ist wirklich nett von Ihnen, Victoria», entgegnete Alvirah herzlich. «Morgen kriegen Sie's.»

Auf dem Weg vom Fahrstuhl zur Wohnung fragte Willy: «Meinst du nicht, Schätzchen, daß du 'n bißchen zu stark auf die Tube gedrückt hast?»

«Keine Spur», erwiderte Alvirah. «Wer nicht wagt, der nicht

gewinnt. Wenn ich Brian bei seiner Karriere helfen kann, ist mir jedes Mittel recht.»

Ihre Wohnung bot einen umfassenden Blick auf den Central Park. Beim Hereinkommen dachte Alvirah jedesmal daran, daß sie noch vor nicht allzu langer Zeit das Haus von Mrs. Chester Lollop in Little Neck, bei der sie jeden Donnerstag putzte, für ein Schlößchen gehalten hatte. Die letzten paar Jahre hatten ihr erst richtig die Augen geöffnet!

Sie hatten die Wohnung komplett möbliert von einem Börsenmakler erworben, der wegen irgendwelcher Manipulationen unter Anklage stand. Er hatte sie gerade von einem Designer einrichten lassen, dem absoluten Hit in Manhattan, wie er ihnen versicherte. Insgeheim bezweifelte Alvirah das mittlerweile ernsthaft. Wohnzimmer, Eßzimmer und Küche waren ganz in Weiß gehalten. Es gab niedrige weiße Sofas, aus denen sie sich hochwuchten mußte, dicke weiße Teppiche, auf denen der kleinste Fleck zu sehen war, weiße Tische und Schränke und Marmor und Geräte.

An der Terrassentür klebte ein großes gedrucktes Schild.

Eine Gebäudeinspektion hat ergeben, daß diese Wohnung zu den wenigen gehört, bei denen an Geländer sowie Einfassung der Terrasse bedenkliche Konstruktionsmängel festgestellt wurden. Ihre Terrasse kann ohne jedes Risiko normal genutzt werden, doch vermeiden Sie es, sich auf das Geländer zu stützen oder dies anderen zu gestatten. Die Reparaturarbeiten werden so schnell wie möglich ausgeführt.

Alvirah zuckte die Achseln. «So schlau bin ich ja nun von allein, mich auf kein Geländer zu stützen, Risiko hin oder her.»

Willy lächelte verzagt. Er litt unter einer heillosen Höhenangst und hatte die Terrasse noch nie betreten. Beim Kauf der Wohnung hatte er erklärt: «Du magst 'ne Terrasse. Ich hab' gern festen Boden unter den Füßen.»

Willy ging in die Küche, um den Kessel aufzusetzen. Alvirah öffnete die Terrassentür und trat hinaus. Die schwüle Luft schlug ihr glühend heiß ins Gesicht, doch das machte ihr nichts aus. Es hatte seinen besonderen Reiz, da draußen zu stehen, über den Park hinweg auf die festlich leuchtenden geschmückten Bäume um die *Tavern on the Green* zu schauen, die endlose Kette der Autoscheinwerfer, die Pferdekutschen im Hintergrund.

Wie gut, daß wir wieder daheim sind, dachte sie abermals, als sie hineinging und das Wohnzimmer inspizierte, mit sachkundigem Blick den Wirkungsgrad des wöchentlichen Reinigungsdienstes einschätzte, der am Vortag fällig gewesen wäre. Zu ihrem Erstaunen entdeckte sie auf der Glasplatte des Couchtisches überall Fingerspuren. Automatisch griff sie nach einem Taschentuch und rubbelte sie weg. Dann stellte sie fest, daß neben der Terrassentür die Vorhangschlaufe verschwunden war. Hoffentlich ist sie nicht im Staubsauger gelandet, dachte sie. Wenigstens war *ich* eine gute Putzfrau. Sie erinnerte sich an die Worte der Stewardeß im Flugzeug.

«He, Alvirah», rief Willy. «Hat Brian 'ne Nachricht hinterlassen? Sieht so aus, als hätte er jemanden erwartet.»

Brian, Willys Neffe, war das einzige Kind seiner ältesten Schwester, Madelaine. Von Willys sieben Schwestern waren sechs ins Kloster gegangen. Madelaine hatte als Vierzigerin geheiratet und in den Wechseljahren noch ein Baby zur Welt gebracht, Brian, inzwischen sechsundzwanzig. Er war in Nebraska aufgewachsen, hatte für eine dortige Repertoirebühne Stücke geschrieben und war nach New York gekommen, als Madelaine vor zwei Jahren starb. Brian mit seinem mageren, empfindsamen Gesicht, dem widerspenstigen rotblonden Haar und dem scheuen Lächeln weckte in Alvirah all ihre unverbrauchten mütterlichen Instinkte. «Mehr könnte ich ihn auch nicht lieben, wenn ich ihn neun Monate unter dem Herzen getragen hätte», sagte sie oft zu Willy.

Als sie im Juni nach England abflogen, hatte Brian gerade den ersten Entwurf für sein neues Stück fertig und hatte ihr Angebot, ihm den Wohnungsschlüssel zu überlassen, mit Freuden akzeptiert. «Dort schreibt sich's viel leichter als hier in meiner Bude», bemerkte er dankbar. Er wohnte in einem Mietshaus ohne Fahrstuhl, mit lauter geräuschvollen Familien als Nachbarn.

Alvirah ging in die Küche, blickte sich um. Zwei Champagnergläser und eine Flasche Champagner in einem Weinkühler standen auf einem silbernen Tablett. Der Champagner, ein Geschenk des Maklers, der den Wohnungskauf gehandhabt hatte, kostete fünfhundert Dollar je Flasche und gehörte zu den Lieblingssorten der Queen, wie er mehrfach betonte.

Willy wirkte beunruhigt. «Das ist doch dieses sündteure Gesöff, stimmt's? An so was geht Brian nicht ran, ausgeschlossen. Da ist irgendwas nicht koscher.» Alvirah wollte ihn beschwichtigen, unterließ es dann doch. Irgend etwas stimmte nicht, und ihr Riecher sagte ihr, daß sich Ärger zusammenbraute.

Die Türglocke läutete. Ein reumütiger Gepäckträger brachte ihre Koffer. «Entschuldigung, daß es so lange gedauert hat, Mr. Meehan. Seit die Umbauten im Gange sind, benutzen so viele Bewohner den Lastenaufzug, daß die Angestellten Schlange stehen müssen.» Auf Willys Bitte brachte er das Gepäck ins Schlafzimmer, verabschiedete sich dann lächelnd, die Fünfdollarnote in der geschlossenen Hand.

Willy und Alvirah saßen in der Küche bei einer Kanne Tee. Willy starrte unverwandt auf den Champagner. «Ich ruf' mal bei Brian an», entschied er.

«Der wird noch im Theater sein», meinte Alvirah, schloß die Augen, konzentrierte sich und gab ihm die Nummer der Kasse.

Willy wählte, lauschte, legte dann auf. «Da läuft eine Tonbanddurchsage», erklärte er. «Brians Stück ist abgesetzt. Sie geben bekannt, wie man die Rückerstattung für die Billetts kriegt.»

«Der arme Junge», flüsterte Alvirah. «Versuch's mal in seiner Wohnung.»

«Nur der Anrufbeantworter», verkündete er gleich darauf. «Ich hinterlasse ihm 'ne Nachricht.»

Alvirah merkte plötzlich, wie erschöpft sie war. Beim Abräumen machte sie sich klar, daß es fünf Uhr früh, englischer Zeit, war, sie also ein Recht darauf hatte, ihre sämtlichen Knochen schmerzhaft zu spüren. Sie stellte die Teetassen in den Geschirrspüler, zögerte, spülte dann die unbenutzten Champagnergläser aus und deponierte sie ebenfalls in der Maschine. Ihre Freundin, die Baronin Min von Schreiber – ihr gehörte Cypress Point Spa, wohin Alvirah sich nach dem Lotteriegewinn zwecks gründlicher Regeneration begeben hatte –, pflegte ihr einzuschärfen, daß man teure Weine nicht stehend aufbewahren dürfe. Mit einem feuchten Schwamm rieb sie die ungeöffnete Flasche kräftig ab, ebenso das silberne Tablett und den Weinkühler und verstaute alles. Sie löschte das Licht und ging ins Schlafzimmer.

Willy hatte angefangen auszupacken. Alvirah mochte das Schlafzimmer, das für den Börsenmakler, einen Junggesellen, eingerichtet worden war: ein überbreites Bett, ein dreiteiliger Toilettentisch, geräumige Nachttische, auf denen man Bücher, Lesebrillen und Salben für Alvirahs rheumatische Knie unterbringen konnte, und bequeme Sessel am Fenster. Das Dekor jedoch bestärkte sie in der Überzeugung, daß der Designer seine Berufung zum Trendsetter prägenden Kindheitseindrücken in der Arktis verdanken mußte. Weiße Bettdecke. Weiße Vorhänge. Weißer Teppich.

Der Gepäckträger hatte Alvirahs Kleidersack auf dem Bett deponiert. Sie öffnete ihn und begann die Kostüme und Kleider herauszunehmen. Baronin von Schreiber flehte sie ständig an, ja nicht allein einkaufen zu gehen. «Du bist das geborene Opfer für Verkäuferinnen, die Anweisung haben, die Fehlgriffe des Einkäufers loszuschlagen, Alvirah», argumentierte Min. «Sie wittern dein Kommen, während du noch im Fahrstuhl bist. Ich bin oft genug in New York. Du besuchst Cypress Point Spa mehrmals im Jahr. Ich werde mit dir einkaufen gehen.»

Alvirah fragte sich, ob Min wohl das Schottenkostüm in Orange und Pink gutheißen würde, von dem die Verkäuferin bei Harrod's so geschwärmt hatte. Mit Sicherheit nicht...

Die Arme voller Kleider, öffnete sie die Tür zum Wandschrank, blickte nach unten und stieß einen Schrei aus. Auf dem Teppichboden, zwischen Alvirahs aufgereihten Maßschuhen, Größe 42, extra weit, lag die Leiche einer schlanken jungen Frau: starrende grüne Augen, von blonden Locken umrahmtes Gesicht, Zunge ein wenig herausgestreckt und um den Hals die fehlende Vorhangschlaufe.

«Großer Gott!» ächzte Alvirah, als ihr die Kleider aus den Armen fielen.

«Was ist denn los, Schatz?» erkundigte sich Willy, der zu ihr eilte. «Ach, du lieber Himmel», flüsterte er. «Wer zum Teufel ist das?»

«Es ist... Es ist... du weißt schon. Die Schauspielerin. Die Hauptdarstellerin in Brians Stück. Von der er so begeistert ist.» Alvirah kniff die Augen zu, erleichtert, nicht in das starre, wächserne Gesicht der Leiche zu ihren Füßen sehen zu müssen. «Fiona ist das. Fiona Winters.»

Willy führte Alvirah sicher zu der niedrigen Couch im Wohnzimmer, auf der sie immer glaubte, ihre Knie müßten sich gleich ins Kinn bohren. Als er die Nummer 911 wählte, zwang sie sich, klar zu denken. Man brauchte keine Leuchte zu sein, um zu wissen, daß diese Sache sehr übel für Brian aussehen könnte, ich muß also mein Gedächtnis anstrengen, mich möglichst an alles erinnern, was ich von dem Mädchen weiß. Sie war so gemein zu Brian. Hatten sie Streit?

Willy durchquerte das Zimmer, setzte sich neben sie, ergriff ihre Hand. «Es kommt alles in Ordnung, Schatz», tröstete er sie. «Die Polizei ist in ein paar Minuten hier.»

«Ruf noch mal bei Brian an», meinte Alvirah.

«Gute Idee.» Willy wählte rasch die Nummer. «Bloß wieder das verdammte Ding. Ich hinterlasse noch 'ne Nachricht. Ruh dich 'n bißchen aus.»

Alvirah nickte, schloß die Augen und konzentrierte sich sofort auf den Abend im vergangenen April, als Brians Stück Premiere hatte. Das Theater war gerappelt voll. Brian verschaffte ihnen Plätze in der ersten Reihe, Mitte, und Alvirah trug ihr neues Kleid, schwarz und silbern, mit Ziermünzen benäht. Das Stück, *Gratwanderungen,* spielte in Nebraska und handelte von einem Familientreffen. Fiona Winters spielte die Vertreterin der Schickeria, die ihre unbedarfte angeheiratete Verwandtschaft unsäglich anödet, und das sehr glaubhaft, wie Alvirah zugeben mußte. Die Darstellerin der zweiten Hauptrolle gefiel ihr wesentlich besser. Emmy Laker hatte leuchtend rotes Haar, blaue Augen und lieferte mit einer Mischung aus Komik und Nachdenklichkeit eine perfekte Charakterstudie.

Die Darsteller erhielten stehende Ovationen, und Alvirah platzte fast vor Stolz, als der Ruf nach dem Autor ertönte und Brian auf die Bühne kam. Ihm wurde ein Blumenstrauß überreicht, er beugte sich über die Rampe und gab ihn weiter an Alvirah, die zu weinen begann.

Die Premierenfeier fand im Obergeschoß von Gallagher's Steak House statt. Brian plazierte Alvirah und Fiona Winters neben sich. Willy und Emmy Laker saßen gegenüber. Alvirah brauchte nicht lange, um die Lage zu peilen. Brian wachte über Fiona Winters wie ein liebeskranker Vollidiot. Sie strafte ihn mit Verachtung und ließ die anderen wissen, daß sie aus allerbesten Kreisen stammte: «Die Familie war entsetzt, als ich nach Foxcroft beschloß, zum Theater zu gehen.» Dann eröffnete sie Willy und Brian, die sich gerade an einer gemischten Bratenplatte, einer Spezialität des Hauses, delektierten, daß sie zur Risikogruppe der vom Herzinfarkt Bedrohten gehörten. Sie selber esse kein Fleisch.

Die hat jeden von uns in die Pfanne gehauen, erinnerte sich Alvirah. Mich fragte sie, ob ich die Putzarbeit vermisse. Dann erklärte sie mir, daß Brian unbedingt lernen müsse, sich anzuziehen, sie wundere sich, daß wir mit unserem Einkommen ihm da nicht unter die Arme griffen. Und als diese reizende Emmy Laker meinte, Brian habe über wichtigere Dinge nachzudenken als über seine Garderobe, fuhr sie ihr heftig über den Mund.

Auf dem Heimweg war sie sich mit Willy völlig einig, daß Brian noch viel lernen müsse, wenn er nicht merkte, was für eine miese Type Fiona war. «Ich hätt's gern, wenn er mit Emmy Laker zusammen wär'», hatte Willy verkündet. «Wenn er den Verstand, den er mitbekommen hat, benutzen würde, dann wüßte er, daß sie ganz versessen auf ihn ist. Und daß Fiona kein unbeschriebenes Blatt ist. Sie muß gut und gern acht Jahre älter sein als er.»

Es läutete Sturm. Du lieber Himmel, dachte Alvirah, wenn ich doch nur eine Chance hätte, mit Brian zu reden.

Die nächsten Stunden verstrichen, blieben irgendwie nebelhaft. Als ihr Kopf etwas klarer wurde, merkte Alvirah, daß sie die verschiedenen Sparten von Gesetzeshütern, die in der Wohnung herumwimmelten, sehr wohl auseinanderzuhalten vermochte. Da waren zunächst die Polizisten in Uniform. Dann Kriminalbeamte, Fotografen, Leichenbeschauer. Sie und Willy saßen stumm nebeneinander und beobachteten alles.

Ihre Aussagen hatten die ersten beiden Polizisten aufgenommen. Um drei Uhr früh öffnete sich die Schlafzimmertür. «Schau nicht hin, Schatz», sagte Willy. Doch Alvirah konnte den Blick nicht von der Tragbahre wenden, die zwei Männer mit düsterem Gesicht herausbrachten. Wenigstens war der Körper von Fiona Winters zugedeckt. Ruhe in Frieden, betete Alvirah, als sie das zerzauste blonde Haar und die hervorstehenden Lippen wiedersah. Sie war kein angenehmer Mensch, dachte sie, aber den Tod hat sie bestimmt nicht verdient.

Jemand ließ sich ihnen gegenüber nieder, ein langbeiniger Vierziger, der sich als Detective Rooney vorstellte. «Ich habe Ihre Artikel im *Globe* gelesen, Mrs. Meehan, und zwar mit dem größten Vergnügen», sagte er zu Alvirah.

Willy lächelte verständnisvoll, doch Alvirah ließ sich nicht hinters Licht führen. Sie wußte, daß Rooney ihr Honig ums Maul schmierte, um ihr Vertrauen zu gewinnen. Sie suchte fieberhaft nach Möglichkeiten, Brian zu schützen. Automatisch schaltete sie das Mikrofon in der rosettenförmigen Anstecknadel ein. So konnte sie später alles Gesagte noch einmal durchgehen.

Rooney zog seine Notizen zu Rate. «Wie Sie zuvor ausgesagt haben, sind Sie gerade erst von einem Auslandsurlaub zurückgekehrt und gegen 22 Uhr hier eingetroffen. Kurz darauf fanden Sie das Opfer, Fiona Winters. Sie erkannten Miss Winters, weil sie in dem Stück ihres Neffen, Brian McCormack, die Hauptrolle spielte.»

Alvirah nickte. Sie merkte, daß Willy etwas sagen wollte, und legte ihm warnend die Hand auf den Arm. «Das ist richtig.»

«Soviel ich verstanden habe, sind Sie Miss Winters nur einmal persönlich begegnet», fuhr Rooney fort. «Wie erklären Sie es sich, daß sie in Ihrem Wandschrank ihr Ende fand?»

«Keine Ahnung», entgegnete Alvirah.

«Wer hatte einen Schlüssel zu dieser Wohnung?»

Wieder spitzte Willy den Mund. Diesmal kniff ihn Alvirah in den Arm. «Schlüssel zu dieser Wohnung», wiederholte sie nachdenklich. «Lassen Sie mich überlegen. Der Reinigungsdienst Eins-Zwei-Drei hat einen. Nein, eigentlich nicht direkt. Die holen sich einen beim Portier und geben ihn dort wieder ab, wenn sie fertig sind. Meine Freundin Maude hat einen Schlüssel. Sie kam am Muttertag übers Wochenende in die Stadt, weil sie mit ihrem Sohn und seiner Frau ins Theater gehen wollte. Die beiden haben 'ne Katze, und Maude ist allergisch gegen Katzen, da hat sie auf unserer Couch geschlafen. Dann hat Willys Schwester, Schwester Patricia, 'nen Schlüssel. Und dann...»

«Hat Ihr Neffe Brian McCormack einen Schlüssel, Mrs. Meehan?» unterbrach Rooney.

Alvirah biß sich auf die Lippen.

«Brian McCormack hat einen Schlüssel.» Diesmal sprach Rooney mit leicht erhobener Stimme. «Dem Portier zufolge hat er diese Wohnung während Ihrer Abwesenheit häufig benutzt. Übrigens liegt der Zeitpunkt des Todes nach Schätzung des Leichenbeschauers gestern zwischen 11 und 15 Uhr, wobei eine exakte Festlegung vor der Autopsie natürlich unmöglich ist.» Sein Ton wurde nachdenklich. «Zu erfahren, wo Brian McCormack in dieser Zeit war, dürfte aufschlußreich sein.»

Sie wurden informiert, daß sie nicht in der Wohnung bleiben könnten, bevor die Spurensuche Fingerabdrücke und sonstige Hinweise sichergestellt hätte. «Es ist alles so, wie Sie es vorgefunden haben?» fragte Rooney.

«Außer...», begann Willy.

«Außer, daß wir eine Kanne Tee aufgebrüht haben», fiel ihm Alvirah ins Wort. Von den Gläsern und dem Champagner kann ich ihnen immer noch erzählen, aber zurücknehmen kann ich nichts, dachte sie. Dieser Kriminalbeamte wird herausfinden, daß Brian verrückt nach Fiona war, und es als im Affekt begangenes Verbrechen einstufen. In diese Theorie muß sich dann alles einfügen.

Rooney klappte seinen Notizblock zu. «Wie ich höre, stellt die Verwaltung eine möblierte Wohnung zur Verfügung, in der Sie übernachten können.»

Fünfzehn Minuten später lag Alvirah im Bett und kuschelte sich dankbar an den bereits eingedösten Willy. Bei aller Müdigkeit war es gar nicht so einfach, sich in einem fremden Bett zu entspannen. Das Ganze könnte sehr übel für Brian aussehen, dachte sie. Es muß eine Erklärung geben. Brian hätte sich niemals an einer Flasche Champagner zu fünfhundert Dollar vergriffen und Fiona Winters bestimmt nicht umgebracht. Aber wie hat sie in meinem Wandschrank ihr Ende gefunden?

Trotz der kurzen Nacht waren Alvirah und Willy um sieben wieder auf den Beinen. Der Schock, den sie beide erlitten hatten, ebbte ab, und nun setzten die Sorgen um Brian ein. «Kein Grund zur Aufregung», meinte Alvirah ohne innere Überzeugung. «Wenn wir mit ihm sprechen, wird sich alles aufklären, da bin ich sicher. Mal sehen, ob wir wieder in unsere Wohnung reinkönnen.»

Sie zogen sich rasch an und eilten nach draußen. Carleton Rumson stand an den Fahrstühlen. Seine sonst rosige Gesichtsfarbe war fahl; dunkle Augensäcke machten ihn zehn Jahre älter. Wieder schaltete Alvirah automatisch das Mikrofon in ihrer Anstecknadel ein.

«Haben Sie schon von dem gräßlichen Mord in unserer Wohnung gehört, Mr. Rumson?» erkundigte sie sich.

Er drückte heftig auf den Fahrstuhlknopf. «Ja, allerdings. Freunde im Haus haben uns angerufen. Schrecklich für die junge Dame, schrecklich auch für Sie.»

Der Lift kam. Als sie drin waren, sagte Rumson: «Mrs. Meehan, meine Frau hat mich noch mal an das Stück Ihres Neffen erinnert. Wir fliegen morgen früh nach Mexiko. Ich würde es furchtbar gern heute lesen.»

Alvirah fiel das Kinn herunter. «Oh, das ist wirklich fabelhaft von Ihrer Frau, daß sie deswegen so hinter Ihnen her ist. Wir schicken's Ihnen bestimmt rauf.»

Als sie und Willy auf ihrer Etage ausstiegen, sagte sie: «Das könnte für Brian der große Durchbruch sein. Vorausgesetzt, daß...» Sie hielt abrupt inne.

Vor ihrer Wohnungstür hielt ein Polizist Wache. Drinnen hatte die Spurensuche ihrerseits überall Spuren hinterlassen. Und gegenüber von Rooney saß Brian, verwirrt, hilflos. Er sprang auf. «Tut mir leid, Tante Alvirah. Das ist ja schrecklich für euch.»

Für Alvirah sah er wie ein Zehnjähriger aus. Sein T-Shirt und die Khakihose waren zerknittert; bei einer Flucht aus einem brennenden Gebäude hätte er auch nicht schlimmer aussehen können.

Alvirah strich ihm das rotblonde Haar aus der Stirn, während Willy seine Hand ergriff. «Bist du okay?» fragte er.

Brian lächelte gequält. «Ich denke schon.»

Rooney unterbrach: «Mr. McCormack ist eben gekommen, und ich wollte ihn davon in Kenntnis setzen, daß er im Fall Fiona Winters als tatverdächtig gilt und das Recht auf einen Anwalt hat.»

«Soll das ein Witz sein?» fragte Brian ungläubig.

«Ich mache keine Witze, mein Wort darauf.» Rooney zog ein Blatt aus der Brusttasche, las Brian seine Rechte vor und gab es ihm dann. «Lassen Sie mich bitte wissen, ob Sie das in allen Punkten verstanden haben.» Mit einem Blick auf Alvirah und Willy sagte er: «Unsere Leute sind fertig. Sie können jetzt in der Wohnung bleiben. Mr. McCormacks Aussage nehme ich im Präsidium auf.»

«Du sagst kein Wort, Brian, bis wir dir einen Anwalt besorgt haben», befahl Willy.

Brian schüttelte den Kopf. «Ich habe nichts zu verbergen, Onkel Willy. Ich brauche keinen Anwalt.»

Alvirah gab Brian einen Kuß. «Sobald du's hinter dir hast, kommst du gleich wieder her.»

Der Zustand der Wohnung gab ihr einiges zu tun. Sie schickte Willy mit einer langen Einkaufsliste los, schärfte ihm ein, den Lastenaufzug zu benutzen und so den Reportern zu entwischen.

Während sie sich mit Staubsauger, Schrubber, Mop und Staubtuch betätigte, realisierte sie mit wachsender Furcht, daß Polizisten die obligate Rechtsbelehrung, den Miranda Act, nur dann verlesen, wenn sie einen wohlbegründeten Tatverdacht haben.

Am schwersten fiel es ihr, den Teppichboden im Wandschrank zu saugen. Sie meinte, die weit aufgerissenen Augen von Fiona Winters wieder emporstarren zu sehen. Das brachte sie auf einen Gedanken. Wenn Fiona von jemandem erwürgt worden war, der sich von hinten angeschlichen hatte, dann wäre sie nicht auf dem Rücken liegend, mit nach oben gewandtem Gesicht gefunden worden.

Alvirah stellte den Staubsauger ab. Sie dachte über die Fingerabdrücke auf dem Couchtisch nach. Wenn Fiona Winters auf der Couch gesessen, sich vielleicht etwas vorgebeugt hatte, während ihr Mörder auf der Rückseite stand, ihr die Vorhangschlaufe um den Hals legte und dann zudrehte, wäre da ihre Hand nicht automatisch zurückgezogen worden und hätte die Fingerabdrücke auf der Glasplatte hinterlassen? «Du lieber Himmel», flüsterte Alvirah, «ich wette, ich hab' Beweismittel vernichtet.»

Als sie ihre Anstecknadel am Revers befestigte, läutete das Telefon. Baronin Min von Schreiber rief von Cypress Point Spa in Pebble Beach, Kalifornien, an, nachdem sie die Nachrichten gehört hatte. «Was hat sich diese gräßliche Person bloß dabei gedacht, sich ausgerechnet in deinem Wandschrank umbringen zu lassen?» fragte Min.

«Glaub mir, Min, ich bin ihr nur einmal begegnet, als wir uns Brians Stück angesehen haben. Brian wird jetzt eben von der Polizei vernommen. Ich bin ganz krank vor Angst. Sie halten ihn für den Täter.»

«Du irrst dich, Alvirah. Du hast Fiona Winters hier bei uns getroffen.»

«Ausgeschlossen», widersprach Alvirah energisch. «Die war so 'ne Nervensäge, die kann man gar nicht vergessen!»

Pause. «Ich überlege gerade. Du hast recht. Sie war zu einer anderen Zeit hier und hat mit ihrem Begleiter das Wochenende im Bungalow verbracht. Die beiden haben sich sogar die Mahlzeiten dort servieren lassen. Sie hat alles versucht, diesen Produzenten zu ködern. Ein dicker Fisch – Carleton Rumson. Du erinnerst dich doch an ihn, Alvirah? Du hast ihn einmal kennengelernt, als er allein hier war.»

Als Carleton Rumson mittags zurückkam, umlagerten ihn die Reporter und bestürmten ihn mit Fragen.

«Ja, Miss Winters hat in mehreren meiner Produktionen mitgewirkt. Nein, ich hatte keine Ahnung, daß sie sich im Hause aufhielt. Wenn Sie mich jetzt entschuldigen wollen, ich muß...»

Es gelang ihm, sich einen Weg durch die Menge zu bahnen. Hatte er tags zuvor etwas in dieser Wohnung angefaßt? Fingerabdrücke hinterlassen? Bei diesem Gedanken durchrieselte es ihn eiskalt.

Alvirah durchquerte das Wohnzimmer und trat auf die Terrasse. Die Luftfeuchtigkeit näherte sich dem Sättigungsgrad. Im Park regte sich kein Blatt. Trotzdem seufzte Alvirah befriedigt auf. Wie kann jemand, der in New York geboren ist, es lange woanders aushalten, fragte sie sich.

Willy brachte vom Einkaufen auch die Zeitungen mit. Eine Schlagzeile lautete *Mord in Central Park South*; eine andere *Lotteriegewinnerin findet Leiche*.

Alvirah las die Schauerberichte genau. «Ich hab' nicht geschrien und bin auch nicht in Ohnmacht gefallen», spottete sie. «Wo haben die denn diese Schnapsidee her?»

«Laut *Post* hast du gerade die sagenhafte neue Garderobe aufgehängt, die du dir in London zugelegt hast», sagte Willy.

«Von wegen sagenhafte neue Garderobe! Das einzige teure Stück, das ich gekauft habe, war das Schottenkostüm in Orange und Pink – und da weiß ich schon jetzt, Min schafft's, daß ich's verschenke.»

Es gab Artikel über die Vorgeschichte von Fiona Winters: der Bruch mit ihrer noblen Familie, als sie zur Bühne ging. Ihre zwiespältige Karriere. Sie hatte einen Tony gewonnen, galt aber als extrem schwierig in der Zusammenarbeit, was sie eine Reihe von Traumrollen gekostet hatte. Ihr Zerwürfnis mit dem Dramatiker Brian McCormack, als sie abrupt aus seinem Stück *Gratwanderungen* ausstieg, das daraufhin abgesetzt werden mußte.

«Das Motiv», bemerkte Alvirah tonlos. «Ab morgen wird der Fall in den Zeitungen verhandelt und Brian dann schuldig gesprochen.»

Um halb eins kam Brian zurück. Nach einem Blick in sein aschfahles Gesicht befahl Alvirah, er solle sich hinsetzen. «Ich mache dir eine Kanne Tee und einen Hamburger», erklärte sie. «Du siehst aus, als ob du jeden Augenblick umkippst.»

«Ich denke, ein Schluck Scotch wäre besser für ihn», meinte Willy.

Brian brachte ein mattes Lächeln zustande. «Ich glaube, du hast recht, Onkel Willy.» Bei Hamburgern und Fritten berichtete er, wie alles verlaufen war. «Ich habe nicht erwartet, daß sie mich wieder gehen lassen, das schwör' ich euch. Die sind felsenfest davon überzeugt, daß ich sie umgebracht habe.»

«Ist's dir recht, wenn ich mein Mikrofon einschalte?» fragte Alvirah. Sie machte sich an der Ansteckhnadel zu schaffen. «So, jetzt sagst du uns genau, was du ihnen erzählt hast.»

Brian runzelte die Stirn. «Eine Menge über meine persönliche Beziehung zu Fiona. Ich hatte die Nase voll von ihr und ihrem ganzen Gehabe und war dabei, mich in Emmy zu verlieben. Ich habe ihnen erzählt, daß es mir den Rest gegeben hat, wie sie ihre Rolle hinschmiß und die Aufführung platzen ließ.»

«Aber wie ist sie denn in meinen Wandschrank gekommen?» fragte Alvirah. «Du mußt sie doch in die Wohnung reingelassen haben.»

«Stimmt. Ich hab' viel hier gearbeitet. Ihr solltet zurückkommen, und da hab' ich vorgestern mein Zeug weggebracht. Gestern rief dann Fiona an, sie wär wieder in New York und würde gleich mal bei mir vorbeischauen. Aus Versehen habe ich meine Notizen für die Endfassung samt dem Korrekturexemplar hier zurückgelassen. Ich sagte ihr, es wäre Zeitverschwendung, ich wolle mir gerade hier meine Notizen holen, mich dann den ganzen Tag an die Schreibmaschine setzen und die Tür nicht aufmachen. Wie ich herkam, fand ich sie unten in der Halle vor. Ich wollte keine Szene und nahm sie mit nach oben.»

«Was wollte sie denn?» erkundigten sich Alvirah und Willy.

«Nichts Besonderes. Bloß die Hauptrolle in *Nächte in Nebraska.*»

«Nachdem sie im ersten Stück alles hingeschmissen hat!»

«Sie hat die Schau ihres Lebens abgezogen. Mich angefleht, ihr zu verzeihen. Sie wäre ein Vollidiot gewesen. Mit ihrer Rolle im Film wurde im Schneideraum kurzer Prozeß gemacht, und die schlechte Presse über den Theaterskandal hatte ihr geschadet. Sie wollte wissen, ob *Nächte in Nebraska* schon fertig wäre. Ich bin auch nur ein Mensch. Hab' damit angegeben, gesagt, es würde wohl 'ne Weile dauern, den geeigneten Produzenten zu finden, aber wenn ich den hätte, würde es ein Bombenerfolg.»

«Hatte sie's mal gelesen?» fragte Alvirah.

Brian betrachtete die Teeblätter in seiner Tasse. «Zum Wahrsagen taugen die nicht viel», meinte er. «Sie wußte, worum sich's handelt und daß 'ne tolle weibliche Hauptrolle drin ist.»

«Und die hast du ihr bestimmt nicht versprochen?» bohrte Alvirah.

Brian schüttelte den Kopf. «Tante Alvirah, ich weiß, sie hat mich zum Narren gehalten, aber daß sie mir solchen Schwachsinn zutraut, das konnte ich einfach nicht glauben. Sie bat mich, ein Abkommen zu treffen. Sie hätte Verbindung zu einem der wichtigsten Produzenten am Broadway. Wenn sie's ihm geben könnte und er's nähme, dann wollte sie die Diane spielen – die Beth, meine ich.»

«Wer ist das?» erkundigte sich Willy.

«Die weibliche Hauptrolle. Vergangene Nacht habe ich den Namen in der Endfassung geändert. Ich sagte Fiona, sie mache wohl Witze, aber wenn sie das zuwege brächte, würde ich's mir vielleicht überlegen. Dann habe ich meine Notizen zusammengepackt und versucht, sie rauszukomplimentieren. Sie hätte 'nen Vorsprechtermin im Lincoln Center und würde gern 'ne Stunde hierbleiben, sagte sie. Sie würde sich auch nicht von der Stelle rühren. Schließlich fand ich, es wäre wahrscheinlich gar nichts dabei, wenn ich sie da lasse und mich an die Arbeit machen kann. Gesehen habe ich sie zum letztenmal gegen zwölf, und da saß sie dort auf der Couch.»

«Wußte sie, daß du eine Kopie des neuen Stücks hier hattest?» fragte Alvirah.

«Klar. Ich hab's aus der Schreibtischschublade genommen, als ich die Notizen holte.» Er zeigte in Richtung Diele.

«Es liegt jetzt in der Schublade dort.»

Alvirah stand auf, eilte in die Diele und öffnete die Schublade. Sie war leer, wie sie erwartet hatte.

Emmy Laker hockte regungslos in dem riesigen Clubsessel in ihrer Atelierwohnung auf der West Side. Seitdem sie in den Siebenuhrnachrichten von Fionas Tod erfahren hatte, versuchte sie Brian zu erreichen. War er verhaftet worden? Verzweifelt starrte sie auf das Gepäck in der Zimmerecke. Fionas Gepäck.

Tags zuvor hatte es um halb neun Uhr morgens geläutet. Als sie die Tür aufmachte, rauschte Fiona herein. «Wie kannst du's nur aushalten in einem Haus ohne Fahrstuhl zu wohnen?» fragte sie.

«Zum Glück war gerade ein Botenjunge auf Tour und hat mir das Zeug raufgetragen.» Sie stellte ihre Koffer ab und griff zur Zigarette. «Ich bin mit der Frühmaschine gekommen. War 'ne Kateridee, den Job zu akzeptieren. Ich hab' dem Regisseur die Meinung gegeigt, und er hat mich gefeuert. Hab' versucht, Brian zu erreichen. Hast du 'ne Ahnung, wo er steckt?»

Bei der Erinnerung wallte Wut auf in Emmy. «Ich habe sie gehaßt», sagte sie laut. Sie sah Fiona so deutlich vor sich, als wäre sie noch im Zimmer, ihr zerzaustes blondes Haar, der hautenge einteilige Hosenanzug, der die makellose Figur voll zur Geltung brachte, die Katzenaugen, frech und anmaßend.

Sie war fest davon überzeugt, daß sie wieder in Brians Leben treten konnte, auch wenn sie ihn noch so schlecht behandelt hatte, dachte Emmy, und erinnerte sich an all die Monate, in denen sie beim Anblick von Brian mit Fiona Höllenqualen ausgestanden hatte. Wäre es wieder dazu gekommen? Tags zuvor hatte sie es für denkbar gehalten.

Fiona rief ununterbrochen bei Brian an, bis sie ihn endlich erreichte. Als sie den Hörer auflegte, sagte sie: «Hast du was dagegen, wenn ich meine Koffer hierlasse? Er ist auf dem Weg zum Traumschloß der Putzfrau. Ich werd' ihn abfangen.» Dann zuckte sie die Achseln. «Er ist so 'n verdammter Spießer, dabei sind erstaunlich viele Leute an der Westküste über ihn im Bilde. Ich muß schon sagen, nach allem, was ich über *Nächte in Nebraska* gehört habe, sind da sämtliche Voraussetzungen für 'nen richtigen Knüller drin – und ich hab' vor, die Hauptrolle zu spielen.»

Emmy erhob sich. Ihr Körper fühlte sich steif an und schmerzte. Die uralte Klimaanlage ratterte und keuchte, aber trotzdem war es heiß und feucht im Zimmer. Eine kalte Dusche und eine Tasse Kaffee, dachte sie. Vielleicht bekomme ich dann einen klaren Kopf. Sie wollte Brian sehen. Sie wollte ihn in die Arme schließen. Es tut mir kein bißchen leid, daß Fiona tot ist, gestand sie sich ein, aber wie kannst du erwarten, Brian, daß du ungestraft davonkommst?

Sie hatte sich gerade ein T-Shirt zum Baumwollrock übergestreift und ihr langes, leuchtend rotes Haar zu einem Nackenknoten gedreht, als es an der Haustür klingelte. Über die Sprechanlage teilte der Kriminalbeamte Rooney mit, er sei unterwegs nach oben.

«Allmählich ergibt das Sinn», sagte Alvirah. «Hast du irgend etwas ausgelassen, Brian? Zum Beispiel, ob du die Flasche Champagner, Hausmarke der Queen, gestern in den silbernen Weinkühler gestellt hast?»

Brian war konsterniert. «Warum sollte ich das tun?»

«Das hab' ich ja auch nicht angenommen. Meine Güte, so 'ne unglaubliche Geschichte. Fiona hat nicht hier rumgelungert, weil sie zum Vorsprechen mußte. Ich gehe jede Wette ein, daß sie Carleton Rumson angerufen und hergebeten hat. Deshalb standen die Gläser und der Champagner hier. Sie gab ihm das Manuskript, und dann sind sie sich in die Haare geraten, wer weiß, warum. Ich hab' nämlich meine kleinen grauen Zellen mobilisiert. Fahr jetzt nach Hause, Brian, und hol die Endfassung von deinem Stück. Ich hab' mit Carleton Rumson, dem Produzenten, darüber gesprochen, er möchte sich's heute ansehen.»

«Carleton Rumson!» rief Brian. «Der ist doch am Broadway die Nummer eins und am schwersten zu erreichen. Du mußt zaubern können!»

«Ich erzähle dir das später. Er verreist mit seiner Frau, deshalb laß uns das Eisen schmieden, solange es heiß ist.»

Brian schaute zum Telefon hinüber. «Ich müßte Emmy anrufen. Sie hat das mit Fiona inzwischen bestimmt erfahren.» Er wählte die Nummer, wartete, sagte dann enttäuscht: «Sie ist anscheinend nicht zu Hause.»

Emmy war sicher, daß der Anruf von Brian kam, machte aber keine Anstalten, den Hörer abzunehmen. Der magere Mann mit dem finsteren Gesicht ihr gegenüber hatte sie gerade gebeten, genau zu schildern, was sie am Vortag getan hatte. Emmy wählte ihre Worte sorgfältig. «Ich bin vormittags gegen elf zum Jogging gegangen. Gegen halb zwei bin ich zurückgekommen und den Rest des Tages zu Hause geblieben.»

«Allein?»

«Ja.»

«Haben Sie Fiona Winters gestern gesehen?»

Emmys Blick glitt in die Ecke, wo die Koffer gestapelt waren. «Ich...» Sie hielt inne.

«Miss Laker, ich muß Sie wohl darauf aufmerksam machen, daß es zu Ihrem Vorteil ist, wenn Sie ganz wahrheitsgemäß antworten.» Rooney zog seine Aufzeichnungen zu Rate. «Fiona Winters kam mit einer Maschine aus Los Angeles, die etwa um 7 Uhr 30 landete. Sie nahm sich ein Taxi und fuhr hierher. Ein Botenjunge, der sie erkannte, half ihr mit dem Gepäck. Sie erzählte ihm, daß Sie sich nicht gerade freuen würden, sie zu sehen, weil Sie hinter ihrem Freund her seien. Als Miss Winters ging, folgten Sie ihr. Ein Pförtner von Central Park South hat Sie erkannt. Sie saßen auf einer Bank gegenüber, beobachteten das Haus annähernd zwei Stunden lang und betraten es dann durch den Lieferanteneingang, den die Maler abgesichert und offengelassen hatten.» Rooney beugte sich vor. Sein Ton wurde vertraulich. «Sie fuhren nach oben zu der Wohnung der Meehans, stimmt's? War Miss Winters schon tot?»

Emmy starrte ihre Hände an. Brian neckte sie immer damit, daß sie so klein wären. «Aber kräftig», lachte er, wenn sie miteinander rangen. Brian. Was sie auch sagte, sie würde ihm schaden. Sie blickte Rooney an. «Ich möchte mit einem Anwalt sprechen.»

Rooney stand auf. «Das ist selbstverständlich Ihr gutes Recht. Ich möchte Sie jedoch daran erinnern, daß Sie sich mitschuldig machen können, wenn Brian McCormack seine ehemalige Geliebte tatsächlich ermordet hat und Sie Beweise zurückhalten. Und damit tun Sie ihm keinen Gefallen, das versichere ich Ihnen.»

Als Brian in seine Wohnung kam, fand er eine Nachricht von Emmy auf dem Anrufbeantworter vor. «Ruf mich an, Brian. Bitte.» Mit fliegenden Fingern wählte er ihre Nummer.

«Hallo», flüsterte sie.

«Emmy, was ist los? Ich hab's schon mal versucht, aber da warst du nicht zu Hause.»

«Ich war hier. Ein Kriminalbeamter hat mich besucht. Ich muß dich unbedingt sehen, Brian.»

«Nimm dir ein Taxi und komm in die Wohnung meiner Tante. Ich bin auf dem Weg dorthin.»

«Ich möchte allein mit dir reden. Es geht um Fiona. Sie war gestern hier bei mir. Ich bin ihr gefolgt.»

Brian schnürte es die Kehle zu. «Kein Wort mehr am Telefon.»

Um vier Uhr nachmittags läutete es stürmisch. Alvirah sprang auf. «Brian hat seinen Schlüssel vergessen», erklärte sie Willy. «Ich hab' ihn auf dem Tisch in der Diele gesehen.»

Doch vor der Tür stand Carleton Rumson. «Mrs. Meehan, bitte entschuldigen Sie die Störung.» Damit trat er ein. «Ich erwähnte einem meiner Assistenten gegenüber, daß ich mir das Stück Ihres Neffen mal anschauen will. Er hat offenbar den Erstling gesehen und sehr gut gefunden.» Rumson ließ sich im Wohnzimmer nieder, trommelte nervös auf der Glasplatte des Couchtisches herum.

«Kann ich Ihnen etwas zu trinken anbieten?» erkundigte sich Willy. «Vielleicht ein Bier?»

«Aber Willy», tadelte ihn Alvirah. «Ich bin sicher, Mr. Rumson trinkt nur erstklassigen Champagner. Hab' ich wohl in *People* gelesen.»

«Stimmt genau, aber nicht jetzt, vielen Dank.» Rumsons Miene war durchaus freundlich, doch Alvirah registrierte das heftige Pulsieren an seiner Kehle. «Wo kann ich Ihren Neffen erreichen?»

«Er muß jeden Augenblick hier sein. Ich rufe Sie dann sofort an.»

«Ich lese sehr schnell. Wenn Sie mir das Manuskript heraufschikken würden, könnten er und ich uns ungefähr eine Stunde später zusammensetzen.»

Nachdem Rumson sich verabschiedet hatte, fragte Alvirah: «Was meinst du, Willy?»

«Daß er für 'nen Starproduzenten ein ziemliches Nervenbündel ist. Ich kann Leute nicht ausstehen, die auf Tischen rumtrommeln. Macht mich ganz kribbelig.»

«Ihn hat's kribbelig gemacht, daß er hier nicht zum Zug gekommen ist.» Alvirah lächelte geheimnisvoll.

Eine knappe Minute später klingelte es abermals. Alvirah eilte zur Tür. Emmy Laker, rote Haarsträhnen hatten sich aus dem Nackenknoten gelöst, eine riesige Sonnenbrille verdeckte das halbe Gesicht, das T-Shirt klebte an ihrem schlanken Oberkörper.

«Der Mann, der eben gegangen ist...» stammelte Emmy. «Wer war das?»

«Carleton Rumson, der Produzent», erwiderte Alvirah rasch.

«Wieso?»

«Weil...» Emmy nahm die Brille ab, sie hatte ganz verschwollene Augen.

Alvirah legte ihr beide Hände auf die Schultern. «Was ist los, Emmy?»

«Ich weiß nicht, was ich tun soll», sagte Emmy. «Ich weiß wirklich nicht, was ich tun soll.»

Carleton Rumson kehrte in seine Wohnung zurück, Schweißperlen auf der Stirn. Diese Alvirah Meehan war kein Dummkopf. Der Seitenhieb mit dem Champagner war keine Höflichkeitsfloskel. Wieviel ahnte sie?

Victoria stand auf der Terrasse, die Hände locker auf das Geländer gelegt. «Zum Donnerwetter, hast du die Anschläge nicht gelesen, die überall kleben?» fragte er. «Ein kräftiger Stoß, und das Geländer ist futsch.»

Victoria trug weiße Hosen und einen weißen Pullover. Ein wahrer Jammer, daß irgend jemand einmal in einer Modekolumne geschrieben hatte, eine hellblonde Schönheit wie Victoria Rumson sollte nie etwas anderes als Weiß tragen, dachte er mißmutig. Victoria hatte diesen Rat wörtlich genommen.

Sie entgegnete ruhig: «Das kenne ich, immer wenn dich etwas aus dem Gleichgewicht bringt, wirst du mir gegenüber ausfallend. Wußtest du, daß Fiona Winters sich hier im Haus aufgehalten hat? Vielleicht auf deine Bitte hin.»

«Vic, ich habe Fiona seit fast zwei Jahren nicht mehr gesehen. Wenn du mir nicht glaubst, ist das eben Pech.»

«Solange du sie nicht gestern gesehen hast, Darling. Wie ich höre, stellt die Polizei eine Menge Fragen. Dabei wird unweigerlich herauskommen, daß ihr beide, sie und du, 'ne Story abgegeben habt, wie's die Journalisten nennen. Bist du Brian McCormack auf der Spur geblieben? Ich hab' da wieder mal den gewissen Riecher.»

Rumson räusperte sich. «Diese Alvirah Meehan will McCormack veranlassen, mir das Stück zu bringen. Sobald ich's gelesen habe, gehe ich runter und treffe ihn.»

«Laß es mich auch lesen. Dann könnte ich mitkommen. Ich würde brennend gern sehen, wie eine Putzfrau eingerichtet ist.» Sie hakte ihren Mann unter. «Mein armer Darling. Warum bist du so nervös?»

Als Brian, sein Stück unter dem Arm, in die Wohnung stürzte, lag Emmy unter einer leichten Decke auf der Couch. Alvirah machte die Tür hinter ihm zu und beobachtete, wie er sich neben Emmy hinkniete und sie in die Arme schloß. «Ich geh' nach hinten und laß euch ungestört reden.»

Willy war im Schlafzimmer und breitete Kleidungsstücke aus. «Welche Jacke, Schatz?» Er hielt zwei Sportsakkos hoch. Alvirah runzelte die Stirn. «Du möchtest nett aussehen, wenn Pete seine Pensionierung feiert, aber es soll nicht angeberisch wirken. Zieh die blaue Jacke an und dazu das weiße Sporthemd.»

«Ich laß dich trotzdem ungern allein heute abend», protestierte Willy.

«Du darfst bei Petes Dinner nicht fehlen», erklärte Alvirah bestimmt. «Und wenn's zu sehr rundgeht, Willy, dann mußt du mir versprechen, daß du nicht nach Hause fährst, sondern in der alten Wohnung übernachtest. Du weißt doch, wie du loslegen kannst, wenn du mit den Brüdern zusammen bist.»

Willy lächelte verdattert. «Du meinst, wenn ich ‹Danny Boy› öfter als zweimal singe, ist das 'n Alarmzeichen für mich.»

«Genau.»

«Schatz, ich bin so kaputt von der Reise und dem Schreck letzte Nacht, daß ich ebenso gern bei Pete ein paar Bierchen kippen und dann heimkommen würde.»

«Das wäre unfreundlich. Pete ist auf unserer Party zum Lotteriegewinn bis zum Morgen geblieben, als der Verkehr auf der Schnellstraße schon voll im Gange war. Jetzt müssen wir mit den jungen Leuten reden.»

Im Wohnzimmer saßen Emmy und Brian Hand in Hand nebeneinander. «Habt ihr zwei schon alles geklärt?» erkundigte sich Alvirah.

«Nicht direkt», sagte Brian. «Als Emmy es ablehnte, Rooneys Fragen zu beantworten, hat er ihr offenbar heftig zugesetzt.»

Alvirah schaltete ihr Mikrofon ein. «Ich muß alles wissen, was er von Ihnen gewollt hat.»

Emmy berichtete zögernd. Ihre Stimme wurde ruhiger, und ihre Sicherheit kehrte zurück, als sie sagte: «Man wird dich anklagen,

Brian. Er will mich dazu bringen, Dinge zu äußern, die dir schaden.»

«Du meinst, du beschützt mich.» Brian machte ein erstauntes Gesicht. «Das ist nicht notwendig. Ich habe nichts getan. Ich dachte...»

«Du dachtest, Emmy sitzt in der Klemme», ergänzte Alvirah. Sie ließ sich mit Willy auf der gegenüberliegenden Seite der Couch nieder und musterte die beiden. Ihr wurde klar, daß Brian und Emmy direkt vor der Stelle saßen, wo die Tischplatte mit Fingerabdrücken übersät gewesen war. Der Vorhang befand sich etwas mehr rechts. Wer immer auf dieser Couch saß, hatte die Schlaufe genau im Blickfeld gehabt. «Ich werde euch beiden jetzt was erzählen», verkündete sie. «Jeder von euch denkt, der andere könnte vielleicht was damit zu tun haben – und ihr irrt euch beide. Hast du irgend etwas verschwiegen über deine gestrige Begegnung mit Fiona Winters, Brian?»

«Nicht das geringste», erwiderte er.

«Gut. Jetzt sind Sie dran, Emmy.»

Emmy ging zum Fenster hinüber. «Ich mag diese Aussicht.» Sie wandte sich zu Alvirah und Willy. «Als Fiona gestern meine Wohnung verließ, um sich mit Brian zu treffen, habe ich wohl etwas durchgedreht. Er ist ja so auf sie fixiert gewesen. Fiona gehört – gehörte zu den Frauen, die nur mit dem Finger zu schnippen brauchen. Ich hatte Angst, daß Brian wieder mit ihr anbändelt.»

«Niemals...», protestierte Brian.

«Du hältst den Mund», kommandierte Alvirah.

«Ich habe lange auf der Parkbank gesessen», fuhr Emmy fort. «Ich sah Brian weggehen. Als Fiona nicht runterkam, dachte ich zuerst, vielleicht hat Brian ihr gesagt, sie solle warten. Endlich entschloß ich mich zur Auseinandersetzung mit ihr. Ich fuhr mit dem Lastenaufzug nach oben, weil ich von niemandem gesehen werden wollte. Ich läutete an der Wohnungstür, wartete, läutete noch mal und ging dann.»

«Das ist alles?» fragte Brian. «Warum hattest du Angst, das Rooney zu erzählen?»

«Weil sie dachte, als sie von Fionas Tod erfuhr, daß du sie da bereits umgebracht hattest und sie deshalb nicht mehr aufmachen konnte.» Alvirah beugte sich vor. «Warum haben Sie sich vorhin nach Carleton Rumson erkundigt, Emmy? Sie haben ihn gestern gesehen, stimmt's?»

«Als ich den Korridor entlanglief, ging er vor mir zum Personen-
aufzug. Er kam mir bekannt vor, erkannt habe ich ihn aber erst, als
ich ihn eben wiedersah.»

Alvirah stand auf. «Ich denke, wir sollten Mr. Rumson anrufen
und ihn bitten, herunterzukommen, und ich denke, wir sollten
Rooney ebenfalls telefonisch herbitten. Aber zuerst gibst du Willy
dein Stück, Brian, damit er's den Rumsons raufbringt. Mal überlegen. Jetzt ist's kurz vor fünf. Rumson soll anrufen, wenn er's gelesen
hat und es zurückbringen kann, sag ihm das bitte, Willy.»

Der Summer der Sprechanlage ertönte. Willy meldete sich. «Rooney ist unten. Er sucht dich, Brian.»

Rooney gab sich kalt und unpersönlich. «Mr. McCormack, ich
muß Sie bitten, mich zwecks weiterer Vernehmung aufs Revier zu
begleiten. Über Ihre Rechte sind Sie informiert worden. Ich wiederhole, daß alles, was Sie sagen, gegen Sie verwendet werden kann.»

«Er wird nirgendwohin gehen», erklärte Alvirah energisch. «Ich
hab' Ihnen allerhand mitzuteilen, Mr. Rooney.»

Zwei Stunden später, kurz vor sieben, rief Carleton Rumson an.
Alvirah und Willy hatten Rooney von dem Champagner und den
Gläsern, von den Fingerabdrücken auf dem Couchtisch und von
Emmys Begegnung mit Carleton Rumson berichtet, aber nichts
davon machte sonderlichen Eindruck, wie Alvirah feststellte. Er
sperrt sich gegen alles, was nicht zu seiner Theorie über Brian paßt,
dachte sie.

Ein paar Minuten darauf sah Alvirah zu ihrem Erstaunen beide
Rumsons hereinkommen. Victoria Rumson lächelte herzlich. Als sie
mit Brian bekannt gemacht wurde, ergriff sie seine Hände und sagte:
«Sie sind ein junger Neil Simon. Ich habe Ihr Stück gelesen.
Gratuliere.»

Als Rooney vorgestellt wurde, verfärbte sich Carleton Rumsons
Gesicht aschgrau. Er wandte sich stammelnd an Brian: «Tut mir
furchtbar leid, daß ich ausgerechnet jetzt störe. Ich mach's ganz
kurz. Ihr Stück ist großartig. Ich möchte eine Option darauf. Bitte
veranlassen Sie Ihren Agenten, daß er sich morgen mit meinem Büro
in Verbindung setzt.»

Victoria Rumson stand an der Terrassentür. «Sie waren so gescheit, die Aussicht nicht zu verdecken», lobte sie Alvirah. «Mein
Dekorateur hat auf Gardinen und Vorhängen bestanden und dadurch das Panorama auf Postkartenformat reduziert.»

Kein Zweifel, sie hat auf Charme geschaltet, dachte Alvirah.

«Wir sollten wohl alle besser Platz nehmen», schlug Rooney vor.
Und dann: «Mr. Rumson, Sie kannten Fiona Winters.»
Sie habe Rooney vielleicht doch unterschätzt, vermutete Alvirah.
Er beugte sich vor, in seinem Gesicht spiegelte sich gespannte
Aufmerksamkeit.
«Miss Winters hat vor ein paar Jahren in mehreren meiner Pro-
duktionen mitgewirkt», erklärte Rumson.
Er saß auf einer Couch neben seiner Frau. Alvirah bemerkte, daß
er nervös zu ihr herüberblickte.
«Was vor Jahren war, interessiert mich nicht», erklärte Rooney.
«Mich interessiert, was gestern passiert ist. Haben Sie sie gesehen?»
«Nein.» Für Alvirah hörte sich das gezwungen an; Rumson
befand sich in der Defensive...
«Hat sie Sie aus dieser Wohnung angerufen?» fragte sie.
«Ich stelle hier die Fragen, Mrs. Meehan, wenn Sie nichts dagegen
haben.»
«Reden Sie nicht in dem Ton mit meiner Frau», ereiferte sich
Willy.
«Ich meinte ja bloß, wenn sie von hier aus telefoniert hat, gibt's
davon 'ne Aufzeichnung, und da wollte ich vermeiden, daß Mr.
Rumson durch 'ne Lüge ins Gedränge kommt.»
Victoria Rumson tätschelte den Arm ihres Mannes.
«Ich glaube, du willst meine Gefühle schonen, Darling. Falls diese
unmögliche Person dich wieder belästigt hat, nimm bitte keine
Rücksicht auf mich und sag genau, was sie von dir wollte.»
Vor ihren Augen schien Rumson sichtbar zu altern. Als er zu
sprechen begann, klang seine Stimme matt, erschöpft. «Wie ich
Ihnen bereits sagte, hat Fiona Winters in mehreren meiner Produk-
tionen gespielt. Sie...»
«Sie hatte auch eine persönliche Beziehung mit Ihnen», warf
Alvirah ein. «Sie haben sie häufig mitgebracht nach Cypress Point
Spa.»
«Ich habe seit mehreren Jahren nichts mit Fiona Winters zu tun
gehabt. Ja, sie hat gestern gegen Mittag angerufen. Sie hatte ein Stück
an der Hand, das sie mir zu lesen geben wollte. Es erfüllte sämtliche
Voraussetzungen für einen Kassenschlager, versicherte sie mir, und
sie wolle die Hauptrolle spielen. Ich erwartete ein Ferngespräch aus
Europa und willigte ein, sie in etwa einer Stunde hier unten aufzusu-
chen.»
«Das bedeutet, sie hat angerufen, nachdem Brian gegangen war»,

triumphierte Alvirah. «Deshalb standen die Gläser und der Champagner bereit. Sie waren für Sie bestimmt.»

«Sind Sie in diese Wohnung gekommen, Mr. Rumson?» fragte Rooney.

Wieder zögerte Rumson.

«Ist schon in Ordnung, Darling», redete ihm Victoria Rumson sanft zu.

Ohne Rooney dabei anzublicken, verkündete Alvirah: «Emmy hat Sie hier auf dem Korridor kurz nach eins gesehen.»

Rumson sprang auf. «Mrs. Meehan, ich verbitte mir alle weiteren Anspielungen! Ich befürchtete, Fiona würde mich nicht in Ruhe lassen, wenn ich nicht reinen Tisch machte. Also kam ich her und klingelte. Es rührte sich nichts. Die Tür war nicht richtig zu, ich stieß sie auf und rief nach ihr. Wenn ich schon mal da war, wollte ich's auch hinter mich bringen.»

«Haben Sie die Wohnung betreten?» fragte Rooney.

«Ja. Ich durchquerte dieses Zimmer, steckte den Kopf in die Küche und warf einen Blick ins Schlafzimmer. Sie war nirgends zu sehen. Ich hoffte, sie hätte sich das mit dem Treffen anders überlegt, und war erleichtert, das kann ich Ihnen versichern. Als ich dann heute früh die Nachrichten hörte, hatte ich nur einen Gedanken – vielleicht lag ihre Leiche in dem Wandschrank, während ich unten war, und dann würde ich ins Kreuzfeuer geraten.» Und an seine Frau gewandt: «Im Kreuzfeuer stehe ich ja wohl schon, aber ich schwöre, das ist die Wahrheit.»

Victoria berührte seine Hand. «Ausgeschlossen, daß man dich da hineinzieht. Wie konnte diese unverschämte Person nur auf die Idee kommen, sie würde die Hauptrolle in *Nächte in Nebraska* spielen.» Victoria wandte sich an Emmy. «Jemand in Ihrem Alter sollte die Diane spielen.»

«Wird sie auch», erklärte Brian. «Ich hab's ihr bloß noch nicht gesagt.»

Rooney klappte seinen Notizblock zu. «Mr. Rumson, ich muß Sie bitten, mich ins Präsidium zu begleiten. Von Ihnen, Miss Laker, hätte ich ebenfalls gern eine komplette Aussage. Mit Ihnen, Mr. McCormack, müssen wir uns nochmals unterhalten, und ich rate Ihnen dringend, sich einen Anwalt zu nehmen.»

«Einen Augenblick bitte», sagte Alvirah ungehalten. «Ich kann feststellen, daß Sie Mr. Rumson mehr Glauben schenken als Brian.» Da geht die Option auf das Stück flöten, aber das ist wichtiger, dachte sie. «Sie meinen damit, daß Brian möglicherweise aufbrechen wollte, sich dann entschloß, zurückzukommen und Fiona zu sagen, sie solle verschwinden, und sie schließlich umgebracht hat. Ich erkläre Ihnen jetzt, wie's meiner Meinung nach gelaufen ist. Rumson tauchte hier auf und kriegte Krach mit Fiona. Er erwürgte sie, war aber schlau genug, das Manuskript mitzunehmen, das sie ihm zeigte.»

«Das ist von A bis Z falsch», konterte Rumson gereizt.

«Ich wünsche hier keine weiteren Erörterungen», ordnete Rooney an. «Miss Laker, Mr. Rumson, Mr. McCormack, unten wartet ein Wagen.»

Als sich die Tür hinter ihnen schloß, nahm Willy Alvirah in die Arme. «Schätzchen, ich laß die Party bei Pete sausen. Du bist fix und fertig und darfst einfach nicht allein bleiben.»

Alvirah drückte ihn an sich. «Nein, kommt gar nicht in Frage. Ich habe alles aufgezeichnet. Ich muß das Band abhören, und das mache ich besser allein. Du amüsierst dich inzwischen gut.»

«Ich weiß schon – wenn ich ‹Danny Boy› öfter als zweimal singe, soll ich in der alten Bude übernachten.»

Die Wohnung erschien unheimlich still, nachdem Willy gegangen war. Alvirah entschied sich für ein warmes Bad, das würde ihren steifen Körper lockern und den Kopf klar machen.

Danach zog sie ihr Lieblingsnachthemd an und Willys gestreiften Bademantel. Sie stellte den teuren Kassettenrecorder, den ihr der Chefredakteur vom *New York Globe* gekauft hatte, auf den Eßzimmertisch, nahm die winzige Kassette aus der Rosette, legte sie ein und drückte die Rücklauftaste. Für den Fall, daß sie ihre Gedanken laut artikulieren wollte, schob sie eine neue Kassette hinten in die Brosche, die sie am Bademantel befestigte. Sie saß da, hörte sich ihre Gespräche mit Brian an, mit Rooney, mit Emmy, mit den Rumsons.

Was war es, das sie an Carleton Rumson so heftig irritierte? Systematisch ließ sie die erste Begegnung mit den Rumsons Revue passieren. An jenem Abend war er ganz schön frostig, aber als wir am nächsten Morgen mit ihm zusammenprallten, hatte sich sein Ton gründlich verändert, er erinnerte mich sogar, daß er das neue Stück gleich lesen wollte. Brians Worte fielen ihr ein, daß niemand an Carleton Rumson herankommen könne.

Das ist's, dachte sie. Er wußte bereits, wie gut das Stück ist. Er konnte nicht zugeben, daß er es schon gelesen hatte. Abwarten, bis ich Rooney davon überzeugt habe…

Das Telefon läutete. Verdutzt eilte Alvirah an den Apparat. Emmy. «Mrs. Meehan», flüsterte sie, «sie vernehmen Brian und Mr. Rumson immer noch, aber ich weiß, sie halten Brian für schuldig.» «Ich hab' gerade alles ausgetüftelt», jubelte Alvirah. «Wie gut konnten Sie Carleton Rumson gestern im Flur sehen?» «Recht gut.» «Dann konnten Sie doch auch sehen, daß er das Manuskript bei sich trug, stimmt's? Ich meine, wenn er die Wahrheit gesagt hat, daß er nur runtergegangen ist, um Fiona die Leviten zu lesen, dann hätte er das Manuskript garantiert nicht mitgenommen. Aber wenn sie sich darüber unterhalten haben und er darin gelesen hat, bevor er sie umbrachte, dann hätte er's eingesackt. Emmy, ich glaub', ich hab' den Fall gelöst.»

Emmys Stimme war kaum vernehmbar. «Mrs. Meehan, ich schwöre, Carleton Rumson hat nichts bei sich getragen, als ich ihn sah. Was ist, wenn mir Rooney nun diese Frage stellt? Mit einer wahrheitsgemäßen Antwort würde ich doch Brian schaden.»

«Sie müssen die Wahrheit sagen», erwiderte Alvirah bekümmert.

«Keine Sorge, mein Gehirn arbeitet immer noch auf Hochtouren.» Sie legte auf, schaltete den Kassettenrecorder wieder ein und begann die Bänder nochmals abzuspielen. Sie hörte ihre Gespräche mit Brian mehrfach ab. Er hatte ihr doch etwas erzählt, das ihr anscheinend entgangen war...

Schließlich stand sie auf, weil sie fand, daß ein wenig frische Luft nicht schaden könnte. Frisch ist die New Yorker Luft ja nun nicht gerade, dachte sie, als sie die Terrassentür öffnete und hinaustrat. Diesmal ging sie geradewegs zur Brüstung und legte die Finger auf das Geländer. Wenn Willy hier wäre, würde er 'nen Koller kriegen, dachte sie, aber ich werde mich nicht aufstützen. Der Blick über den Park hat nur so etwas Beruhigendes. Ich glaube, der Tag, an dem Mama als Sechzehnjährige eine Schlittenfahrt durch den Park gemacht hat, zählte zu ihren schönsten Erinnerungen. Immer wieder hat sie davon gesprochen. Ihre Freundin Beth hatte sich das zum Geburtstag gewünscht.

Beth!

Beth!

Das ist es, dachte Alvirah. Wieder hörte sie Brian sagen, Fiona Winters wolle die Rolle der Diane spielen. Dann verbesserte er sich – ich meine, die Beth. Willy erkundigte sich, wer das sei, und Brian antwortete, so hieße die weibliche Hauptdarstellerin in seinem neuen Stück, er habe den Namen in der Endfassung geändert. Alvirah schaltete ihr Mikrofon ein und räusperte sich. Sie sollte das Ganze lieber festhalten. Dann könnte sie auf ihre unmittelbare Reaktion zurückgreifen, wenn sie den Artikel für den *Globe* schrieb. «Es war nicht Rumson, der Fiona Winters umbrachte», sagte sie kategorisch. «Es war seine Frau, die ‹einäugige Vicky›. Sie war es, die Rumson drängte, das Stück zu lesen. Sie war es, die sagte, Emmy sollte die Diane spielen. Sie wußte nicht, daß Brian den Namen geändert hatte. Sie muß mitgehört haben, als Fiona ihren Mann anrief. Sie kam, während er auf seine Gespräche aus Europa wartete. Sie wollte nicht, daß Fiona sich abermals an Rumson heranmachte, brachte sie um, nahm dann das Manuskript an sich. Sie hat die Kopie gelesen, nicht die Endfassung.»

«Wie überaus scharfsinnig, Mrs. Meehan.»

Die Stimme erklang unmittelbar hinter ihr. Alvirah spürte kräftige Hände an ihrem Kreuz. Sie versuchte sich umzudrehen und fühlte, wie ihr Körper gegen Brüstung und Geländer gedrückt wurde. Wie ist Victoria Rumson hier hereingekommen, überlegte sie, dann fiel ihr blitzartig ein, daß Brians Schlüssel auf dem Tisch gelegen hatte. Mit voller Kraft versuchte sie, sich auf ihre Angreiferin zu werfen, doch da traf sie ein Schlag seitlich am Hals und betäubte sie. Sie wurde herumgewirbelt und sackte am Geländer zusammen. Aus weiter Ferne nahm sie ein knirschendes, splitterndes Geräusch wahr und Willys Schreckensrufe.

Willy war nicht so lange geblieben, um auch nur einen Refrain von «Danny Boy» zu singen. Nach dem Dinner, ein paar Gläsern Bier und der Gratulationscour bei Pete hatte ihn eine innere Stimme gedrängt, nach Hause zu gehen. Als er die Wohnung betrat und die kämpfenden Gestalten an der Terrassenbrüstung sah, erstarrte er vor Entsetzen. Unter lauten Rufen nach Alvirah stürzte er durch das Zimmer.

«Komm rein, Schatz», flehte er, «Komm zurück.» Dann wurde ihm klar, was die andere Frau tat. Er betrat die Terrasse, sah, wie sich ein Mauerteil löste und niederfiel, so daß neben Alvirah jetzt . eine gähnende Lücke klaffte. Willy ging den zweiten Schritt darauf zu und kippte um.

Beth! Diane! Während der ganzen Taxifahrt vom Polizeirevier nach Central Park South balancierte Emmy auf der Sitzkante. Sie hatte dort gewartet, bis ihre Aussage getippt vorlag, in verzweifelter

Angst um Brian; sie erinnerte sich, wie er sie angeschaut hatte, als er Victoria Rumson erzählte, daß sie die Hauptrolle in seinem neuen Stück spielen würde. An der Diane liegt mir nichts, wenn nur mit Brian alles in Ordnung ist, dachte sie. Nicht Diane, sondern Beth. Brian hatte den Namen geändert. Dann hörte sie Victoria Rumson sagen: «Sie sollten die Rolle der Diane spielen.» Damit paßte alles ins Bild. Victoria Rumson, von rasender Eifersucht erfüllt, Victoria, die ihren Mann vor ein paar Jahren beinahe an Fiona verloren hätte...

Emmy war aufgesprungen und aus dem Revier davongestürzt. Sie mußte mit Alvirah sprechen, bevor sie ein Wort zu den Polizisten sagte. Sie hörte einen Polizisten hinter sich herrufen, reagierte jedoch nicht, als sie dem Taxi winkte.

In Central Park South angekommen, raste sie zum Fahrstuhl. Als sie den Flur entlangging, hörte sie Willy schreien. Die Tür war offen. Sie sah Willy die Terrasse betreten und umfallen. Sie sah die Silhouetten von zwei Frauen und erkannte, was sich da abspielte.

Wie ein geölter Blitz raste Emmy auf die Terrasse. Sie fand sich Alvirah gegenüber, die über dem Abgrund hing. Ihre rechte Hand umklammerte den noch vorhandenen Teil des Geländers. Victoria Rumson schlug mit beiden Fäusten auf diese Hand ein.

Emmy packte Victorias Arme und drehte sie ihr auf dem Rücken zusammen. Victorias wütendes Wehgeschrei übertönte das Krachen, mit dem die Terrassenmauer auf die Straße stürzte. Emmy stieß sie beiseite und konnte die Kordel von Alvirahs Bademantel packen. Alvirah schwankte. Ihre Pantoffeln rutschten nach hinten weg. Ihr Körper schwebte 34 Etagen über dem Gehsteig. Mit äußerster Kraftanstrengung zerrte Emmy sie zurück, und sie fielen zusammen auf den bewußtlos daliegenden Willy.

Alvirah und Willy schliefen bis Mittag. Als sie endlich aufwachten, bestand Willy darauf, daß Alvirah liegenblieb. Er ging in die Küche, kam nach fünfzehn Minuten zurück mit einem Krug Orangensaft, einer Kanne Tee und einem Teller Toast. Nach der zweiten Tasse Tee war Alvirahs gewohnter Optimismus zurückgekehrt. «Junge, Junge, war das ein Segen, daß Rooney gleich nach Emmy reingeplatzt kam und sich Victoria Rumson geschnappt hat, bevor sie fliehen konnte. Und weißt du, was ich denke, Willy?»

«Ich weiß nie, was ich denken soll, Schatz», seufzte Willy.

«Einer der Gründe, weshalb Carleton Rumson nie 'ne Scheidung verlangt hat, ist das Geld – er wollte keine Vermögensteilung. Wenn die einäugige Vicky im Kittchen sitzt, braucht er sich darüber keine Gedanken mehr zu machen. Und ich gehe jede Wette ein, daß er Brians Stück trotzdem herausbringt.»

Nach kurzer Pause fuhr Alvirah fort: «Und noch was, Willy. Ich möchte, daß du mit Brian sprichst und ihm sagst, er soll diese reizende Emmy lieber heiraten, bevor sie ihm ein anderer wegschnappt.» Sie strahlte. «Ich hab' auch genau das richtige Hochzeitsgeschenk für die beiden, jede Menge weißer Möbel.»

Es klingelte. Willy schlüpfte mit einiger Mühe in seinen Morgenrock und eilte zur Tür. Als er aufmachte, kamen Brian und Emmy hereinspaziert. Nach einem Blick in ihre freudestrahlenden Gesichter und auf die fest ineinander verschlungenen Hände meinte Willy: «Ich hoffe nur, daß Weiß eure Lieblingsfarbe ist.»

Klempner Willys Meisterstück

Hätte sich Alvirah Meehan in einer Kristallkugel Einblick verschaffen können über den Verlauf der nächsten zehn Tage, dann hätte sie Willy bei der Hand genommen und fluchtartig den grünen Raum verlassen. So aber saß sie seelenruhig da und plauderte mit den übrigen Gästen der Sendung von Phil Donahue. Diesmal standen weder Sexorgien noch ramponierte Ehemänner auf dem Programm, sondern Menschen, die sich ihr Leben durch einen stattlichen Lotteriegewinn verpfuscht hatten. Die Donahue-Show hatte sich mit dem Hilfskomitee für Lotteriegewinner in Verbindung gesetzt und einige der schlimmsten Fälle ausgesucht. Alvirah und Willy sollten dazu das Gegenbeispiel abgeben, hatte ihnen die Reporterin erklärt. «Weiß der Himmel, was sie damit gemeint hat», lautete Alvirahs Kommentar nach dem ersten Interview.

Für ihren Auftritt hatte sie sich das Haar frisch färben lassen in dem gedämpften Erdbeerrot, das ihr scharfgeschnittenes Gesicht weicher erscheinen ließ. Morgens hatte Willy ihr versichert, sie sähe noch haargenau so aus wie damals vor vierzig Jahren, als sie sich beim Tanz am Kolumbustag zum erstenmal begegnet waren. Baronin Min von Schreiber war von Cypress Point Spa in Pebble Beach nach New York geflogen, um Alvirahs Garderobe für die Sendung auszusuchen. «Vergiß ja nicht zu erwähnen, daß du sofort nach dem Lotteriegewinn als erstes nach Cypress Point Spa gekommen bist», schärfte sie Alvirah ein. «Bei dieser verdammten Rezession blüht das Geschäft nicht gerade.»

Alvirah trug ein hellblaues Seidenkostüm mit weißer Bluse und als Markenzeichen ihre rosettenförmige Ansteckadel.

Wenn sie es doch nur geschafft hätte, die zwanzig Pfund wieder loszuwerden, die sie bei der gemeinsamen Spanienreise im August zugelegt hatte! Und doch wußte Alvirah, daß sie sehr hübsch aussah. Das heißt – für ihre Verhältnisse. Sie machte sich keine Illusionen, daß sie mit ihrem etwas vorspringenden Unterkiefer und dem kompakten Körperbau jemals ausersehen würde, an einer Schönheitskonkurrenz teilzunehmen.

Außer ihnen waren zwei weitere Gruppen geladen: drei Mitarbeiter einer Damenwäschefabrik, die vor sechs Jahren zusammen zehn Millionen Dollar gewonnen hatten. Im festen Glauben an ihre Glückssträhne beschlossen sie, das Geld in Rennpferde zu investieren, und nun waren sie pleite. Mit den noch zu erwartenden Schecks mußten sie ihre Schulden bei der Bank und bei Onkel Sam abdecken. Die anderen, ein Ehepaar, hatten mit ihrem Gewinn von sechzehn Millionen Dollar ein Hotel in Vermont gekauft und rackerten sich sieben Tage in der Woche bei dem Versuch ab, die Unkosten zu decken. Was sie erübrigen konnten, wurde für Zeitungsanzeigen verwendet, in der Hoffnung, das Hotel anderweitig zu verscherbeln.

Ein Assistent erschien, um sie ins Aufnahmestudio zu bringen.

Alvirah war mittlerweile an Fernsehauftritte gewöhnt. Sie wußte, daß sie sich ein wenig schräg hinsetzen mußte, um etwas schlanker zu wirken. Sie trug keine klobigen Schmuckstücke, um störende Nebengeräusche zu vermeiden. Sie äußerte sich in kurzen, präzisen Sätzen.

Willy dagegen scheute nach wie vor die Öffentlichkeit. Auch wenn Alvirah ihm immer wieder versicherte, wie toll er aussähe und daß die Leute ihn für Tip O'Neill hielten, war er am glücklichsten, wenn er mit einer Zange in der Hand eine undichte Leitung reparierte. Willy war der geborene Klempner.

Donahue begann in seinem üblichen forschen, leicht skeptischen Tonfall. «Können Sie sich vorstellen, daß Sie ein Hilfskomitee benötigen, nachdem Sie etliche Millionen Dollar in der Lotterie gewonnen haben? Können Sie sich vorstellen, daß Sie pleite sind, auch wenn immer noch dicke Schecks bei Ihnen eingehen?»

«Nein», brüllte das Publikum im Studio pflichtschuldig.

Alvirah zog den Bauch ein, ergriff dann Willys Hände und verschränkte ihre Finger ineinander. Sie wollte nicht, daß er auf dem

Bildschirm nervös wirkte, wenn viele ihrer Verwandten und Freunde zuschauten. Schwester Cordelia, Willys älteste Schwester, hatte einen ganzen Haufen im Ruhestand lebender Nonnen ins Kloster eingeladen, damit sie sich die Sendung ansehen konnten.

Drei Männer, die das Programm begierig verfolgten, zählten nicht zu Donahues Stammpublikum. Sammy, Clarence und Tony waren gerade aus dem Hochsicherheitstrakt des Gefängnisses bei Albany entlassen worden, wo sie zwölf Jahre wegen Beteiligung an dem bewaffneten Raubüberfall auf einen Geldtransport gesessen hatten. Zu ihrem Pech blieb ihnen jedoch jede Gelegenheit versagt, die erbeuteten sechshunderttausend Dollar zu verjubeln. Der Flucht-wagen hatte, einen Häuserblock vom Schauplatz des Verbrechens entfernt, eine Reifenpanne.

Nach Begleichung ihrer Schuld an die Gesellschaft, suchten sie jetzt einen neuen Weg, reich zu werden. Die Idee, den Angehörigen eines Lotteriegewinners zu entführen, stammte von Clarence. Aus diesem Grund sahen sie sich in ihrem schäbigen Hotelzimmer im Lincoln Arms die Sendung von Donahue an. Tony war mit fünf-unddreißig zehn Jahre jünger als die beiden anderen, breitbrüstig, mit muskulösen Armen wie sein Bruder Sammy. Die kleinen Augen verschwanden unter schweren, von Fleischwülsten umrandeten Lidern. Das dicke dunkle Haar war ungekämmt. Er gehorchte seinem Bruder blind, und sein Bruder gehorchte Clarence.

Clarence war das komplette Gegenstück zu den beiden. Klein, drahtig, mit leiser Stimme verbreitete er zum sich herum eine eisige Atmosphäre. Die instinktive Angst, die Menschen vor ihm empfan-den, war durchaus begründet. Clarence fehlte von Geburt an jedes Gewissen, und wenn er während der Haft im Schlaf geredet hätte, wäre eine Reihe von ungeklärten Mordfällen gelöst worden.

Sammy hatte Clarence gegenüber nie zugegeben, daß Tony in der Nacht vor dem Raubüberfall mit dem Fluchtauto herumkutschiert und durch eine Straße voller Glasscherben gerast war. Dann wäre Tony nicht einmal Zeit geblieben, sein Bedauern darüber auszuspre-chen, daß er die Reifen nicht überprüft hatte.

Einer der Lotteriegewinner, die in Pferde investiert hatten, jam-merte: «Kein Geld der Welt hätte gereicht, diese Klepper satt zu kriegen.» Seine Partner nickten nachdrücklich.

Sammy lachte höhnisch. «Diese Schwachköpfe können ja nicht mal 'n paar lumpige Kröten zusammenkratzen.» Er wollte den Fernseher abschalten.

«Warte doch noch», fuhr ihn Clarence an.

Alvirah hatte das Wort. «Wir waren nicht an Geld gewohnt», erklärte sie. «Ich meine, wir haben anständig gelebt. Wir hatten 'ne Dreizimmerwohnung in Flushing, und die behalten wir auch, nur für den Fall, daß der Staat pleite macht und uns mitteilt, wir könnten die restlichen Schecks in den Wind schreiben. Aber ich war Putzfrau und Willy Klempner, und wir mußten sparen.»

«Installateure verdienen doch blendend», wandte Donahue ein.

«Nicht Willy.» Alvirah lächelte. «Er hat wenigstens die Hälfte seiner Zeit damit verbracht, in Pfarrhäusern und Klöstern und bei Leuten, die sich schwer taten, Reparaturen umsonst zu machen. Sie kennen das doch. Es kostet ein Heidengeld, Spülsteine und Toiletten und Badewannen in Schuß zu halten, und Willy fand, das wär seine Art, anderen das Leben zu erleichtern. Das tut er immer noch.»

«Ja, Sie hatten bestimmt auch ein paar Annehmlichkeiten durch das Geld?» erkundigte sich Donahue. «Sie sind sehr gut angezogen.»

Alvirah vergaß den werbewirksamen Hinweis auf Cypress Point Spa nicht, als sie erklärte, sie hätten sich in der Tat einige Annehmlichkeiten geleistet. Die Eigentumswohnung in Central Park South. Die vielen Reisen. Spenden für wohltätige Zwecke. Außerdem schrieb sie Artikel für den *New York Globe* und hatte obendrein das Glück, da und dort ein paar Verbrechen aufklären zu können. Der Beruf des Detektivs war von jeher ihr Wunschtraum. «Und dennoch haben wir in den fünf Jahren seither von jedem einzelnen Scheck die Hälfte gespart. Und das ganze Geld liegt auf der Bank.»

Clarence, gefolgt von Sammy und Tony, stimmte in den stürmischen Applaus der Studiogäste ein. Er lächelte jetzt, verkniffen, freudlos. «Zwei Millionen Mäuse im Jahr. Sagen wir mal, die Hälfte geht drauf für Steuern, dann bleibt ihnen also etwas über 'ne Million im Jahr, und davon legen die die Hälfte auf die hohe Kante. Die müssen zwei Millionen auf der Bank haben. Damit hätten wir 'ne Weile ausgesorgt.»

«Schnappen wir sie uns?» fragte Tony und zeigte auf den Bildschirm.

Clarence musterte ihn mit vernichtendem Blick. «Nein, du Trottel. Schau dir doch die beiden an. Er klammert sich an sie wie an 'nen Rettungsring. Der würde durchdrehen und zu den Bullen rennen. Wir nehmen ihn. Sie kriegt ihre Anweisungen und wird blechen, um ihn wiederzubekommen.» Er sah sich um. «Ich hoffe, Willy genießt das Zusammensein mit uns.»

Tony runzelte die Stirn. «Wir müssen ihm die Augen verbinden. Der darf mich nicht wiedererkennen, bei keiner Gegenüberstellung oder so was.»

Sammy seufzte tief. «Zerbrich dir darüber nicht den Kopf, Tony. Sowie wir die Knete haben, kann Willy Meehan im Hudson nach undichten Stellen suchen.»

Zwei Wochen danach ließ sich Alvirah im Salon von Louis Vincent, um die Ecke von der Wohnung im Central Park South, frisieren. «Seit der Sendung krieg' ich jede Menge Post», erzählte sie Vincent. «Sogar einen Brief vom Präsidenten, können Sie sich das vorstellen? Er hat uns zu unserer vernünftigen Finanzgebarung beglückwünscht. Wir seien ein Musterbeispiel für stetige Vermögensbildung, schreibt er. Ich wünschte, er hätte uns zum Dinner ins Weiße Haus eingeladen. Davon hab' ich schon immer geträumt. Na, vielleicht klappt's irgendwann mal.»

«Denken Sie bloß daran, sich dann rechtzeitig bei mir anzumelden», ermahnte Vincent sie, als er ihrer Frisur den letzten Schliff gab. «Bekommen Sie eine Maniküre?»

Im nachhinein wußte Alvirah, sie hätte auf diese seltsame innere Stimme hören müssen, die ihr riet, in die Wohnung zurückzukehren. Dann hätte sie Willy noch erwischt, bevor er zu den Männern im Wagen stürzte.

Als der Portier sie eine halbe Stunde später sah, lächelte er erleichtert. «Mrs. Meehan, das muß ein Irrtum gewesen sein. Ihr Mann war völlig außer sich.»

Ungläubig hörte Alvirah zu, als José ihr berichtete, daß Willy in Tränen aufgelöst aus dem Fahrstuhl gerast kam. Alvirah habe unter der Trockenhaube einen Herzanfall gehabt, schrie er, und sei sofort ins Roosevelt Hospital gebracht worden.

«Draußen wartete ein Typ mit einem schwarzen Cadillac», erläuterte José. «Er bog in die Auffahrt ein, als ich die Tür öffnete. Der Arzt hat Mr. Meehan seinen Privatwagen geschickt.»

«Hörst sich komisch an», sagte Alvirah langsam. «Ich sause gleich rüber zum Krankenhaus.»

«Ich ruf' Ihnen ein Taxi», erbot sich der Portier. Sein Telefon klingelte. Er lächelte entschuldigend, als er den Hörer abnahm. «Zwo-elf Central Park South.» Er lauschte, sagte dann verblüfft: «Es ist für Sie, Mrs. Meehan.»

«Für mich?» Alvirah griff zum Telefon und hörte entgeistert auf diese Flüsterstimme: «Alvirah, passen Sie genau auf. Sagen Sie dem

Portier, daß es Ihrem Mann bestens geht. Das Ganze war ein Mißverständnis. Er wird Sie später treffen. Dann fahren Sie nach oben in Ihre Wohnung und warten auf weitere Anweisungen.»

Willy war entführt worden. Alvirah wußte es. Mein Gott, dachte sie. «Sehr gut», brachte sie mühsam heraus. «Sagen Sie Willy, ich hole ihn in einer Stunde ab.»

«Sie sind wirklich auf Draht, Mrs. Meehan», flüsterte die Stimme. Ein Klicken. Alvirah wandte sich zu José.

«Falscher Alarm natürlich. Der arme Willy.» Sie versuchte zu lachen. «Ah... ha... ha...»

José strahlte. «In Puerto Rico hab ich noch nie was davon gehört, daß ein Arzt seinen eigenen Wagen schickt.»

Die Wohnung lag im zweiundzwanzigsten Stock und hatte eine Terrasse mit Aussicht auf den Central Park. Normalerweise lächelte Alvirah, sobald sie die Tür öffnete. Das Apartment war so hübsch, und sie hatte einen Blick für Möbel, wie sie selber sagte. All die Jahre, in denen sie die Häuser von anderen Leuten putzte, hatten ihr viel über Inneneinrichtung beigebracht.

Doch diesmal blieb die Wirkung aus. Die elfenbeinfarbene Couch und das passende zweisitzige Sofa, Willys tiefer, bequemer Sessel mit dazugehörigem Sitzpolster, der karminrote und königsblaue Orientteppich, der schwarz lackierte Tisch und die Stühle in der Eßecke, die späte Nachmittagssonne, die über die Decke aus buntem Herbstlaub im Park tanzte – nichts vermochte sie zu trösten.

Wozu war all das gut, wenn Willy irgend etwas zustieß? Alvirah wünschte aus tiefstem Herzen, sie hätten nie in der Lotterie gewonnen und wären wieder in Flushing, in ihrer Wohnung über der Schneiderwerkstatt von Orazio Romano. Um diese Zeit würde sie gerade vom Saubermachen bei Mrs. O'Keefe zurückkommen und aus Jux zu Willy sagen, Mrs. O'Keefe müsse mit einer Grammophonnadel geimpft worden sein. «Sie hält nie die Klappe, Willy, überschreit sogar noch den Staubsauger. Ein Segen, daß sie wenigstens nicht schlampig ist. Sonst würde ich im Leben nicht mit der Arbeit fertig.»

Das Telefon läutete. Alvirah sauste zum Apparat im Wohnzimmer, überlegte es sich dann anders und hastete ins Schlafzimmer. Dort befand sich der Anrufbeantworter. Sie schaltete ihn ein, als sie den Hörer abnahm.

Wiederum die Flüsterstimme. «Alvirah?»

«Ja. Wo ist Willy? Was immer Sie vorhaben, tun Sie ihm ja

nichts.» Die Geräusche im Hintergrund hörten sich an wie startende Flugzeuge. War Willy auf einem Flugplatz?

«Wir tun ihm nichts, solange wir das Geld kriegen und solange Sie nicht die Bullen reinziehen. Sie haben sie doch nicht etwa verständigt, oder?»

«Nein. Ich möchte mit Willy sprechen.»

«Gleich. Wieviel Geld haben Sie auf der Bank?»

«Etwas über zwei Millionen Dollar.»

«Sie sind 'ne ehrliche Person, Alvirah. Stimmt ziemlich genau mit unserer Schätzung überein. Wenn Sie Willy zurückhaben wollen, fangen Sie besser schon mal an, was abzuheben.»

«Sie können alles kriegen.»

Ein leises Kichern. «Ich mag Sie, Alvirah. Zwei Millionen sind prima. Lassen Sie sich's bar auszahlen. Und keine Andeutung, daß irgendwas faul ist. Keine markierten Scheine, Baby. Und gehen Sie ja nicht zur Polente. Wir behalten Sie im Auge.»

Der Fluglärm wurde fast ohrenbetäubend. «Ich kann Sie nicht hören», sagte Alvirah verzweifelt. «Und ich gebe Ihnen keinen müden Cent, bevor ich nicht sicher weiß, daß Willy noch lebt.»

«Reden Sie mit ihm.»

Nach einer Minute sagte eine verängstigte Stimme: «Hallo, mein Schatz.»

Unendliche Erleichterung erfüllte Alvirah. Ihr sonst so wacher, erfindungsreicher Verstand, seit Josés Bericht über Willys Einstieg in den «Arzt-Wagen» wie gelähmt, begann jetzt wieder messerscharf zu funktionieren.

«Darling», kreischte sie, damit seine Entführer es auch hören konnten, «sag diesen Typen, sie sollen gut auf dich achtgeben. Sonst kriegen sie nicht das Schwarze unterm Nagel.»

Willy sah, wie der Boß, Clarence, den Daumen auf die Gabel drückte und die Verbindung unterbrach. «Hast 'ne echt tolle Frau, Willy», sagte er. Dann schaltete Clarence den Apparat ab, der Fluggeräusche simulierte.

Willy fühlte sich schuldbewußt. Wenn Alvirah wirklich einen Herzanfall gehabt hätte, wäre er von Louis oder Vincent verständigt worden. Das hätte er wissen müssen. Was war er doch für ein Idiot. Er schaute sich um. Eine lausige Räuberhöhle. Als er in den Wagen einstieg, hatte ihm der auf dem Rücksitz versteckte Typ eine Kanone ins Genick gedrückt. «Keinen Muckser, sonst puste ich dich weg.»

In Tuchfühlung mit der Waffe bugsierten sie ihn durch die Halle, dann im wackeligen Fahrstuhl hinauf in diese Bruchbude. Das Hotel war nur einen Häuserblock entfernt vom Lincoln Tunnel. Trotz der fest geschlossenen Fenster verpesteten die Abgase von Bussen, Lastwagen und Autos die Luft unerträglich. Willy hatte Tony und Sammy rasch eintaxiert. Nicht allzu hell im Kopf. Ihnen könnte er vielleicht irgendwie entwischen. Doch als Clarence auf den Plan trat und mit seiner Warnung an Alvirah herausrückte, den Portier in dem Glauben zu lassen, alles sei in Butter, da verspürte Willy zum erstenmal richtige Angst. Clarence erinnerte ihn an Nutsy, einen gleichaltrigen Jungen aus Kindertagen. Nutsy pflegte mit seinem Luftgewehr in Vogelnester zu schießen.

Es bestand kein Zweifel, daß Clarence der Boß war. Er rief Alvirah an und sprach mit ihr über das Lösegeld. Er traf die Entscheidung, Willy ans Telefon zu holen. Jetzt befahl er: «Verfrachtet ihn zurück in den Schrank.»

«He, Moment mal», protestierte Willy. «Ich hab' Kohldampf.»

«Wir lassen Hamburger und Fritten kommen», erklärte Sammy, während er ihn knebelte. «Du kriegst schon was zu futtern.»

Er verschnürte und verknotete Willys Füße und Beine, dann band er ihm die Hände zusammen und schob ihn in den engen Schrank. Die Tür schloß nicht dicht, so daß Willy das leise Gespräch mithören konnte. «Zwei Millionen Mäuse heißt, daß sie zwanzig Banken aufsuchen muß. Die hat auf keiner mehr als hundert Riesen, dafür ist sie viel zu gerissen – schon von wegen Versicherung. Dann muß sie Formulare ausfüllen, die Bank muß das Geld abzählen, also geben wir ihr drei, vier Tage, bis sie alles zusammenhat.»

«Sie braucht vier», erklärte Clarence. «Bis Freitagabend kriegen wir die Kohle. Wir sagen ihr, daß wir's nachzählen, und dann kann sie Willy abholen.» Er lachte. «Dann schicken wir 'ne Karte und markieren die Stelle, wo der Bagger anfangen soll.»

Alvirah saß in Willys Sessel, starrte blicklos nach draußen, wo die späte Nachmittagssonne die Schatten im Central Park immer länger werden ließ. Als auch die letzten Strahlen verlöscht waren, zündete sie die Lampe an und erhob sich langsam. Es war sinnlos, an all die guten Zeiten zu denken, die sie und Willy in diesen vierzig Jahren verbracht hatten, oder an die Prospekte, die sie noch morgens durchgeblättert hatten, um ihre Wahl zu treffen zwischen einem Kamelritt durch Indien oder einer Ballon-Safari in Westafrika.

Ich hole ihn mir zurück, beschloß sie, wobei sie das Kinn noch etwas angriffslustiger vorstreckte. Zuallererst mußte sie sich eine Tasse Tee aufgießen. Als nächstes sämtliche Kontobücher heraus- nehmen und die Reihenfolge festlegen, in der sie eine Bank nach der anderen aufsuchen und Geld abheben wollte.

Die Banken lagen über Manhattan und Queens verstreut. In jeder unterhielten sie ein Konto von jeweils hunderttausend Dollar und natürlich die anfallenden Zinsen, die sie Ende des Jahres abhoben und damit ein neues Konto einrichteten. «Irgendwelche Spekulatio- nen sind für uns nicht drin», darüber waren sie sich einig. Auf die Bank. Versichert. Punktum. Als jemand sie zu überreden versuchte, Wertpapiere mit einer Laufzeit von zehn bis fünfzehn Jahren zu erwerben, hatte Alvirah erwidert: «In unserem Alter kommt nichts in Frage, was sich in zehn Jahren auszahlt.»

Lächelnd erinnerte sie sich an Willys Einwurf: «Und wir kaufen auch keine grünen Bananen.»

Alvirah schluckte einen Riesenkloß im Hals herunter, als sie den Tee trank, und beschloß, am nächsten Morgen in der 75th Street bei der Chase Manhattan anzufangen, dann zur Chemical gegenüber zu gehen, die Park Avenue abzuklappern, von der Citibank an, und dann die Wall Street.

Sie lag die ganze Nacht über wach und grübelte, ob Willy auch nichts geschehen war. Ich werde sie dazu bringen, daß sie mich jeden Abend mit Willy sprechen lassen, bis ich das Geld zusammenhabe, gelobte sie sich. Dann können sie ihm auch nichts tun, bis ich irgendwas ausgeknobelt habe.

Bei Tagesanbruch war sie versucht, die Polizei zu verständigen. Als sie dann um sieben aufstand, verwarf sie den Gedanken. Viel- leicht hatten diese Leute einen Spion im Gebäude sitzen, der solche auffälligen Aktivitäten in der Wohnung melden würde. Sie durfte kein Risiko eingehen.

Willy verbrachte die Nacht im Schrank. Sie lockerten die Stricke soweit, daß er ein wenig Bewegungsfreiheit hatte. Eine Decke oder ein Kissen gaben sie ihm allerdings nicht, und sein Kopf lag auf irgendeinem Schuh. Unmöglich, den wegzuschieben. Der Schrank war viel zu vollgestopft mit allem möglichen Krempel. Als er irgendwann eindöste, träumte er, sich an der Außenwand vom Mount Rushmore, direkt unter dem Antlitz von Teddy Roosevelt, zu befinden, festgeklammert mit einer steinernen Halskrause.

Die Banken öffneten erst um neun. Um 8 Uhr 30 hatte Alvirah in einem Anfall von überschäumender Energie die bereits blitzsaubere Wohnung geputzt. Im Schrank hatte sie eine wurstförmige Plastiktasche ausgegraben, das einzige in Central Park South vorhandene Überbleibsel aus der Zeit, in der sie und Willy mit dem Greyhound Ferienreisen in die Catskill Mountains unternahmen.

Es war ein frischer Oktobermorgen, und Alvirah trug ein hellgrünes Kostüm, das sie sich während einer ihrer Schlankheitskuren gekauft hatte. Der Rockbund klaffte, aber dieses Problem war mit Hilfe einer großen Sicherheitsnadel zu lösen. Automatisch befestigte sie die rosettenförmige Anstecknadel mit dem eingebauten Aufnahmegerät am Revers.

Immer noch zu früh für den Aufbruch. Alvirah bemühte sich, an den positiven Gedanken festzuhalten, daß alles in Butter wäre, sobald das Geld bezahlt war, setzte den Wasserkessel wieder auf und schaltete die Morgennachrichten ein.

Die Schlagzeilen waren diesmal halbwegs zivil. Kein Mafiaboß vor Gericht. Kein spektakulärer Mordfall. Keine Verhaftung von Dealern, die gepanschten Stoff verkauften.

Alvirah nippte an ihrem Tee und wollte gerade abschalten, als der Nachrichtensprecher mitteilte, vom heutigen Tage an könnten die New Yorker das Gerät benutzen, das die Telefonnummern von Anrufern aufzeichnete.

Sie brauchte einen Moment, bis ihr klar wurde, was das bedeutete. Dann sprang Alvirah auf und rannte zum Materialschrank. Unter den diversen elektronischen Geräten, die sie und Willy mit Begeisterung heimschleppten, befand sich auch eines, das die Telefonnummern von Anrufern aufzeichnete. Beim Kauf hatten sie übersehen, daß es in New York zwecklos war.

Lieber Gott, betete sie, als sie die Schachtel aufriß, den Recorder entnahm und ihn mit zitternden Fingern gegen den Anrufbeantworter im Schlafzimmer austauschte. Gib, daß sie Willy in New York festhalten. Gib, daß sie von dem Versteck aus anrufen.

Sie mußte noch eine Mitteilung auf Band sprechen. «Sie sind mit der Wohnung von Alvirah und Willy Meehan verbunden. Bitte warten Sie den Signalton ab und hinterlassen Sie dann eine Nachricht. Wir rufen Sie baldmöglichst zurück.» Sie hörte die Ansage ab. Ihre Stimme klang verändert, besorgt, angespannt.

Schließlich hatte sie bei einer Schulaufführung in der Bronx einmal einen Preis gewonnen, rief sie sich ins Gedächtnis. Zeig, was du als

Schauspielerin kannst, ermahnte sie sich. Sie holte tief Luft und begann von neuem: «Hallo. Sie sind mit der Wohnung...» Das klingt schon besser, fand sie beim Abhören der neuen Version. Dann griff sie nach ihrer Schultertasche und machte sich auf den Weg zur Chase Manhattan Bank, um das Lösegeld für Willy zusammenzubringen.

Ich werd' noch verrückt, dachte Willy, als er die Arme zu biegen versuchte, die einerseits erstarrt waren und zugleich schmerzten. Seine Beine waren immer noch fest zusammengebunden. Die konnte man vergessen. Um halb neun hörte er leises Klopfen. Vermutlich der sogenannte Zimmerservice in dieser Absteige. Sie brachten Schlangenfraß auf Papptellern. Zumindest waren die Hamburger am Vorabend auf diese appetitliche Weise serviert worden. Egal, der Gedanke an eine Tasse Kaffee und eine Scheibe Toast machte Willy den Mund wäßrig.

Kurz darauf öffnete sich die Schranktür. Sammy und Tony glotzten zu ihm herunter. Sammy hielt die Kanone, während Tony den Knebel abnahm. «Na, gut gepennt?» Tonys abstoßendes Lächeln entblößte einen abgebrochenen Eckzahn.

Willy wünschte sich sehnlichst, bloß zwei Minuten die Hände frei zu haben. Die juckte es, Tonys anderen Eckzahn dem ersten anzugleichen und so für Symmetrie zu sorgen. «Geschlafen wie ein Säugling», log er. Er nickte in Richtung Badezimmer. «Wie wär's damit?»

«Was?» Tony blinzelte, sein zerknautschtes Gesicht glich einer verwirrten Gummipuppe.

«Er muß auf den Topf», erläuterte Clarence. Er durchquerte den engen Raum und beugte sich über Willy. «Siehste die Kanone?» Er deutete darauf. «Hat 'nen Schalldämpfer. Eine falsche Bewegung und aus der Traum. Sammy hat 'nen sehr nervösen Zeigefinger. Dann sind wir alle stocksauer, weil du uns so viel Mühe gemacht hast. Und die Wut müssen wir dann an deiner Alten auslassen. Kapiert?»

Willy war fest davon überzeugt, daß Clarence es ernst meinte. Tony mochte dämlich sein. Sammy hatte ja vielleicht einen nervösen Zeigefinger, aber ohne Einwilligung von Clarence würde er garantiert nichts unternehmen. Und Clarence war ein Killer. Er bemühte sich um einen ruhigen Tonfall. «Ich hab's kapiert.»

Irgendwie gelang es ihm, zum Badezimmer zu humpeln. Tony

lockerte die Handfesseln, so daß er sich etwas Wasser ins Gesicht spritzen konnte. Willy schaute sich angewidert um. Der Fliesenfußboden war brüchig und anscheinend seit Jahren nicht mehr geputzt worden. Auf der Beschichtung von Wanne und Waschbecken hatten sich überall Rostflecken eingefressen. Am schlimmsten war das ständige Tropfen aus Wasserbehälter, Hähnen und Dusche. «Hört sich an wie die Niagarafälle», bemerkte er zu Tony, der an der Tür stand.

Tony schubste ihn zu dem wackeligen Spieltisch, an dem Sammy und Clarence saßen und der mit Kaffeebechern und Abfällen von irgendwelchen Gepäckverpackungen übersät war. Clarence wies mit einer Kopfbewegung auf den Klappstuhl neben Sammy. «Setz dich dahin.» Dann drehte er sich ruckartig um. «Mach die verdammte Tür zu», befahl er Tony. «Ich werd' wahnsinnig bei dem elenden Getropfe. Hat mich die halbe Nacht nicht schlafen lassen.»

Willy kam eine Idee. Er versuchte, möglichst beiläufig zu klingen. «Ich schätze, wir bleiben 'n paar Tage hier. Wenn ihr mir die richtigen Werkzeuge besorgt, kann ich das für euch reparieren. Ich bin nämlich der beste Klempner, den ihr je entführt habt.»

Alvirah lernte, daß es viel leichter war, Geld in einer Bank zu deponieren als es wieder herauszubekommen. Als sie ihren Abhebungsschein in der Chase Manhattan vorlegte, bekam der Kassierer Stielaugen. Dann bat er sie, sich zu einem Direktionsassistenten zu bemühen. Fünfzehn Minuten später beteuerte Alvirah immer noch beharrlich, sie sei keineswegs unzufrieden mit dem Kundendienst, nein. Ja, sie wünsche ohne jeden Zweifel eine Barauszahlung. Ja, sie habe verstanden, was ein von der Bank bestätigter Scheck sei. Schließlich fragte sie unverblümt: «Ist es nun mein Geld oder nicht?»

«Natürlich. Selbstverständlich.» Man müsse sie nur bitten, ein paar Formulare auszufüllen – eine Vorschrift bei Barabhebungen über mehr als zehntausend Dollar.

Danach mußten sie das Geld zählen. Wiederum Stielaugen, als Alvirah mitteilte, sie wünsche fünfhundert Hundertdollarscheine und tausend Fünfzigdollarnoten. Das brauchte seine Zeit.

Es wurde kurz vor zwölf, bis Alvirah einem Taxi winken konnte, das sie die drei Häuserblocks bis zur Wohnung brachte. Sie stopfte das Geld in eine Kommodenschublade und machte sich wieder auf den Weg zur Chemical Bank in der Eighth Avenue.

Abends hatte sie von den benötigten zwei Millionen nur dreihunderttausend zusammenbekommen. Nun saß sie in der Wohnung und starrte auf das Telefon. Es gab eine Möglichkeit, das Verfahren zu beschleunigen. Am nächsten Morgen würde sie bei den restlichen Banken anrufen und ihre Abhebungen ankündigen. Fangt schon mal zu zählen an, Leute...

Um halb sieben klingelte das Telefon. Als Alvirah nach dem Hörer griff, erschien auf dem Anrufbeantworter eine Nummer. Eine wohlbekannte. Die unvergleichliche Schwester Cordelia war am Apparat.

Willy hatte sieben Schwestern, von denen sechs ins Kloster gegangen waren. Die inzwischen verstorbene siebente war die Mutter von Brian, dem Dramatiker, den Alvirah und Willy wie einen Sohn liebten. Brian befand sich derzeit in London. Alvirah hätte sich an ihn um Hilfe gewandt, wenn er in New York gewesen wäre. Cordelia jedoch gedachte sie kein Wort von Willys Entführung zu sagen. Die würde prompt im Weißen Haus anrufen und vom Präsidenten verlangen, er solle unverzüglich die Army in Marsch setzen, um ihren Bruder zu retten.

Cordelia hörte sich etwas verärgert an. «Alvirah, Willy sollte heute nachmittag herkommen. Bei einer von den alten Damen, die wir betreuen, muß die Toilette repariert werden. Sieht ihm gar nicht ähnlich, so was zu vergessen. Gib ihn mir mal.»

Alvirah lachte, ein Hahaha, das selbst in ihren Ohren klang wie die Tonkonserven miserabler Fernsehshows. «Cordelia, das muß er glatt verschwitzt haben. Willy ist... er...» Plötzlich kam ihr eine Erleuchtung. «Willy ist in Washington, er soll sich dazu äußern, wie sich die Installationen in den vom Staat restaurierten Wohnhäusern am preisgünstigsten reparieren lassen. Der Präsident hat gelesen, daß Willy in solchen Sachen genial ist, und nach ihm geschickt.»

«Der Präsident!» Cordelias ungläubiger Ton erweckte in Alvirah den Wunsch, sie hätte besser irgendeinen Kongreßabgeordneten zitiert. Ich lüge eben nie, dachte sie wütend. Ich kann's einfach nicht.

«Willy würde nie ohne dich nach Washington fahren», ereiferte sich Cordelia.

«Sie haben ihn mit dem Wagen abgeholt.» Na, wenigstens das ist wahr, dachte Alvirah.

Sie hörte das langgedehnte Hm... am anderen Ende der Leitung. Cordelia ließ sich von keinem zum Narren halten. «Na schön, wenn er zurückkommt, sage ihm bitte, er soll gleich mal vorbeischauen.»

Nach zwei Minuten klingelte es wieder. Diesmal erschien keine bekannte Nummer. Das sind SIE, dachte Alvirah. Sie sah ihre Hand zittern, zwang sich, an ihren Schauspielerpreis zu denken, und nahm den Hörer ab. Ihr Hallo kam forsch und zuversichtlich.

«Wir hoffen, Sie haben die Banken abgeklappert, Mrs. Meehan.»

«Ja, hab' ich. Geben Sie mir Willy.»

«Gleich können Sie mit ihm reden. Freitagabend wollen wir das Geld.»

«Freitagabend! Heut ist Dienstag. Da bleiben mir nur drei Tage. Es dauert 'ne Weile, das Ganze zusammenzukriegen.»

«Halten Sie sich ran. Und jetzt Ihr Hallo an Willy.»

«He, Schatz.» Willys Stimme klang gedämpft. Dann sagte er: «Laßt mich doch reden.»

Alvirah hörte etwas zu Boden fallen. «Okay, Alvirah», sagte die Flüsterstimme. «Wir rufen Sie erst wieder am Freitagabend um sieben Uhr an. Dann lassen wir Sie mit Willy reden und sagen Ihnen, wo Sie uns treffen. Vergessen Sie nicht – irgendwelche Mätzchen, und Sie müssen Ihre Klempnerrechnung bezahlen. Willy steht dann für Reparaturen nicht mehr zur Verfügung.»

Ein Klicken. Willy. Willy. Sie umklammerte immer noch den Hörer, starrte die aufgezeichnete Nummer an: 555-70 00. Sollte sie zurückrufen? Aber falls sich einer von denen meldete, wüßten sie, daß sie ihnen nachspürte. Also versuchte sie es beim *Globe*. Jim, ihr Chefredakteur, saß noch am Schreibtisch, wie erwartet. Sie erklärte, was sie brauchte.

«Klar, das kann ich für Sie rauskriegen, Alvirah. Sie klingen irgendwie mysteriös. Arbeiten Sie an einem Fall, über den Sie einen Artikel für uns schreiben können?»

«Das weiß ich noch nicht genau.»

Zehn Minuten später rief er zurück. «He, Alvirah, das ist 'n ganz obskures Etablissement, nach dem Sie fahndeten. Heißt Lincoln Arms Hotel, in der Ninth Avenue, in der Nähe vom Tunnel. Absteige wär noch geprahlt.»

Lincoln Arms Hotel. Alvirah rang sich noch einen Dank an Jim ab, bevor sie den Hörer hinknallte und hinausstürzte.

Vorsichtshalber verließ sie das Gebäude durch die Garage und nahm ein Taxi. Sie wollte dem Fahrer die Adresse des Hotels nennen, überlegte es sich dann anders. Wenn nun einer von Willys Entführern sie entdeckte? Sie ließ sich am Busbahnhof absetzen. Das war nur einen Block vom Lincoln Tunnel entfernt.

Mit Kopftuch und hochgeschlossenem Mantelkragen ging Alvirah am Lincoln Arms Hotel vorbei. Zu ihrem Schrecken stellte sie fest, daß es sich um einen recht umfänglichen Komplex handelte. Sie schaute zu den Fenstern hinauf. Befand sich Willy hinter einem? Das Haus sah aus, als sei es vor dem Bürgerkrieg erbaut worden, aber es hatte mindestens zehn bis zwölf Stockwerke. Wie konnte sie ihn dort jemals finden? Wiederum überlegte sie, ob sie die Polizei rufen solle, und dann erinnerte sie sich wieder an den Fall, in dem eine Ehefrau genau das gemacht hatte; die Bullen wurden am vereinbarten Ort bei der Übergabe des Lösegelds entdeckt, und die Entführer rasten davon. Die Leiche fand man nach drei Wochen.

Alvirah stand an der Seitenfront des Hotels im Dunkeln und betete. Und dann sah sie es. Ein Schild im Fenster. BEDIENUNG GESUCHT. Schichtdienst von 16 bis 24 Uhr. Zimmerkellnerin? Sie mußte diesen Job unbedingt kriegen, aber nicht in diesem Aufzug.

Ohne auf die Lastwagen, Autos und Busse zu achten, die auf den Tunnel zurasten, schoß Alvirah auf die Straße, schnappte sich ein Taxi und nannte die Adresse in Flushing.

Vierzig Jahre lang war die alte Wohnung ihr Zuhause gewesen, und sie sah noch genauso aus wie an dem Tag, als sie in der Lotterie gewonnen hatten. Die dunkelgraue Samtcouch mit den tiefen Polstern und dem passenden Sessel, der kleine Teppich in Grün und Orange, den die Dame, bei der sie dienstags putzte, ausrangiert hatte, die Schlafzimmereinrichtung mit Mahagonifurnier, von Willys Mutter mit in die Ehe gebracht.

Im Schrank hingen all die Sachen, die sie damals getragen hatte. Farbenfrohe Baumwollkleider. Lange Hosen und Sweatshirts aus Polyester, Turnschuhe und ebenso hochhackige Schuhe, alles Sonderangebote. Im Spiegelschrank im Badezimmer fand sie die Hennatönung, mit der ihr Haar die gleiche Farbe bekam wie die aufgehende Sonne auf der japanischen Flagge.

Eine Stunde später war keine Spur mehr übrig von der zur feinen Dame avancierten Lotteriegewinnerin. Leuchtend rote Haarsträhnen umrahmten ein Gesicht, grell geschminkt, wie sie es bevorzugte, bevor Baronin Min ihr beibrachte, daß weniger mehr war. Der alte Lippenstift paßte zum flammendroten Haar. Ihre Augen waren farbenprächtig dekoriert. Arbeitshosen, die über dem Gesäß spannten, knöchellange, dicke Wollsocken, abgetragene Turnschuhe, ein Sweatshirt mit Fellbesatz und der bunten Skyline von Manhattan auf dem Rücken machten die Verwandlung komplett.

Alvirah begutachtete das Ergebnis tiefbefriedigt. Ich sehe genau aus wie jemand, der sich in dem lausigen Hotel um einen Job bewirbt, befand sie. Zögernd ließ sie die rosettenförmige Anstecknadel in der Schublade. Die paßte einfach nicht auf das Sweatshirt.

Als sie ihren alten Allwettermantel anzog, fiel ihr ein, daß sie Geld und Schlüssel noch umräumen müßte in die schwarz-grüne Einkaufstasche, die sie immer zu ihren Putzstellen mitgenommen hatte. Nach vierzig Minuten war sie im Lincoln Arms Hotel. Die schmuddelige Halle bestand aus einem abgenutzten Schreibtisch vor einer mit Briefkästen bestückten Wand sowie vier Sesseln in unterschiedlich ramponiertem Zustand. Der fleckige braune Teppich war durchlöchert, darunter erkannte man den uralten Linoleumbelag.

Was heißt hier Zimmerkellnerin, dachte Alvirah, die sollten sich nach einer Putzfrau umschauen.

Als sie auf den Schreibtisch zuging, blickte der sogenannte Empfangschef auf, ein bleichgesichtiger Typ mit trüben Augen.

«Sie wünschen?»

«Einen Job. Bin 'ne gute Kellnerin.»

Er verzog mehr höhnisch als lächelnd den Mund. «Gut brauchen Sie gar nicht zu sein, nur fix. Wie alt?»

«Fünfzig», schwindelte Alvirah.

«Wenn Sie fünfzig sind, bin ich zwölf. Scheren Sie sich weg.»

«Ich brauche unbedingt 'nen Job.» Alvirah ließ nicht locker. Sie hatte Herzklopfen, spürte Willys Gegenwart. Sie konnte darauf schwören, daß er irgendwo in diesem Hotel versteckt war. «Geben Sie mir eine Chance. Ich arbeite auch von vier Tagen drei umsonst. Wenn sich nicht bis – sagen wir, Samstag – rausstellt, daß ich die beste Kraft bin, die Sie je gehabt haben, können Sie mich rausschmeißen.»

Er zuckte die Achseln. «Was kann ich da schon groß verlieren? Also kommen Sie morgen, Punkt vier. Wie heißen Sie doch gleich?»

«Tessie», entgegnete Alvirah unbeirrt. «Tessie Magink.»

Am Mittwochmorgen spürte Willy, wie die Spannung zwischen seinen Entführern wuchs. Clarence verweigerte Sammy rundweg die Erlaubnis, den Raum zu verlassen. Als Sammy sich beschwerte, fuhr Clarence ihn an: «Nach zwölf Jahren im Knast dürfte es dir ja nicht schwerfallen, seßhaft zu bleiben.»

Weit und breit kein Zimmermädchen, das anklopfte, um sauberzumachen. Aber hier war anscheinend sowieso seit einem Jahr nicht mehr geputzt worden, befand Willy. Die drei Feldbetten standen nebeneinander, mit dem Kopfende an der Badezimmerwand. Eine schmale Frisierkommode, von der die Kunststoffolie sich ablöste, ein Schwarzweißfernseher und ein runder Tisch mit vier Stühlen vervollständigten die Einrichtung.

Dienstagabend hatte Willy seine Wärter überredet, ihn im Badezimmer auf dem Fußboden schlafen zu lassen. Dort war mehr Platz als im Schrank, und wenn er sich besser ausstrecken konnte, würde ihm auch das Gehen leichter fallen nach der Übergabe des Lösegeldes. Die Blicke, die sie bei diesem Vorschlag wechselten, entgingen ihm keineswegs. Sie dachten gar nicht daran, ihn laufenzulassen. Das hieß, ihm blieben etwa achtundvierzig Stunden, einen Fluchtweg aus dieser Mausefalle zu ersinnen.

Um drei Uhr früh, als er Sammy und Tony im Duett schnarchen und Clarence schwer, aber regelmäßig atmen hörte, hatte Willy es geschafft, sich hochzurappeln und zur Toilette zu humpeln. Das Seil, mit dem er am Badewannenhahn festgebunden war, gewährte ihm gerade genügend Spielraum, den Deckel des Wassertanks zu fassen. Mit seinen gefesselten Händen hob er ihn an, legte ihn aufs Waschbecken und langte in das schmutzige, mit Rost durchsetzte Wasser. Binnen weniger Minuten war das Tropfen lauter, häufiger und hartnäckiger geworden.

Das nervtötende, andauernde Glucksen hatte Clarence geweckt. Willy lächelte boshaft in sich hinein, als Clarence geiferte: «Ich werd' noch wahnsinnig. Hört sich an wie 'n pissendes Kamel.»

Als das Frühstück gebracht wurde, lag Willy bereits wieder gefesselt und geknebelt im Schrank, diesmal mit Sammys Kanone an der Schläfe. Vom Korridor hörte er das leise Krächzen des offenbar alten Mannes, vermutlich der einzige Zimmerkellner. Den alarmieren zu wollen, wäre reine Zeitverschwendung.

Am Nachmittag machte sich Clarence daran, die Badezimmertür mit Handtüchern zu verpflastern, doch das penetrante Geräusch rinnenden Wassers ließ sich nicht blockieren. «Ich krieg' wieder mal meine gräßlichen Kopfschmerzen», knurrte er und ließ sich auf dem ungemachten Bett nieder. Kurz darauf begann Tony zu pfeifen. Sammy brachte ihn sofort zum Schweigen. «Wenn Clarence einen von seinen Kopfschmerzanfällen kriegt, heißt's aufpassen.»

Tony langweilte sich eindeutig. Seine Frettchenaugen wurden glasig, als er sich vor den Fernseher hockte, die Lautstärke auf ein Minimum drosselte. Willy saß neben ihm, an den Stuhl gefesselt, den Knebel so weit gelockert, daß er durch die fast geschlossenen Lippen sprechen konnte.

Am Tisch spielte Sammy unentwegt Solitär. Am Spätnachmittag hatte Tony genug vom Fernsehen und schaltete ab. «Hast du Kinder?» fragte er Willy.

Wenn es für ihn irgendeine Hoffnung gab, lebend aus dieser Bruchbude herauszukommen, dann mußte er auf Tony setzen. Das war Willy klar. Bemüht, seine teils verkrampften, teils erstarrten Gliedmaßen zu ignorieren, erklärte er Tony, daß ihm und Alvirah zwar Kinder versagt geblieben seien, sie aber seinen Neffen Brian wie ihren eigenen Sohn liebten, vor allem, seit dem Heimgang seiner Mutter, Willys Schwester. «Ich hab' außerdem noch sechs Schwestern», erläuterte er. «Alle Nonnen. Cordelia ist die älteste. Am einundzwanzigsten wird sie achtundsechzig.»

Tony fiel die Kinnlade herunter. «Mach Sachen. Als Junge hab' ich mich viel auf der Straße rumgetrieben und mir 'n paar Kröten damit verdient, daß ich Frauen um ihren Geldbeutel erleichtert hab', du verstehst schon. Aber mit Nonnen bin ich nie Schlitten gefahren, nicht mal auf dem Weg zum Supermarkt, wo sie ja Bares bei sich haben mußten. Und von 'nem guten Reibach hab ich immer zwei Dollar in den Briefkasten vom Kloster geschoben, so 'ne Art Dank.»

Willy tat beeindruckt von Tonys Freigebigkeit.

«Wollt ihr wohl die Klappe halten?» herrschte Clarence sie an. «Mir platzt der Schädel.»

Willy betete im stillen, als er sagte: «Ich brauche ja bloß 'nen Franzosen und 'nen Schraubenzieher, dann könnt ich's abdichten.»

Wenn ich nur Hand an den Behälter legen könnte, dachte er. Alles unter Wasser setzen. Sie könnten ihn nicht gut erschießen, wenn Leute angerannt kämen, um die Überschwemmung zu stoppen.

Schwester Cordelia wußte, daß irgend etwas nicht stimmte. Bei aller Liebe zu Willy konnte sie sich nicht vorstellen, daß der Präsident ihn mit einem Privatwagen abholen ließ. Außerdem: Alvirah war immer so offen, daß man in ihr lesen konnte wie in einem offenen Buch. Doch als Cordelia sie am Mittwochmorgen telefonisch zu erreichen versuchte, meldete sie sich nicht. Und als sie sie dann um halb vier erwischte, schien sie außer Atem zu sein. Sie habe gerade einen anstrengenden Lauf hinter sich, erklärte sie, ohne nähere Angaben zu machen. Natürlich ging es Willy blendend. Warum auch nicht? Am Wochenende wäre er wieder daheim.

Das Kloster befand sich in einer Wohnung in einem alten Haus in der Amsterdam Avenue Ecke 110th Street. Schwester Cordelia lebte dort zusammen mit vier älteren Nonnen und einer einzigen Novizin, der siebenundzwanzigjährigen Schwester Maeve Marie, einer ehemaligen Polizistin, die nach drei Dienstjahren erkannt hatte, wozu sie berufen war.

Nach Beendigung ihres Gesprächs mit Alvirah ließ sich Cordelia schwer auf einen massiven Küchenstuhl sinken. «Maeve, irgendwas stimmt nicht mit Willy», sagte sie. «Ich spür' das genau.»

Das Telefon klingelte abermals. Arturo Morales, Direktor der Bank in Flushing, gleich um die Ecke von Willys und Alvirahs alter Wohnung.

«Schwester», begann er, «ich belästige Sie höchst ungern, aber ich mache mir Sorgen.»

Cordelia hörte beklommen zu, als Arturo ihr erklärte, Alvirah habe versucht, hunderttausend Dollar abzuheben. Sie konnten ihr nur zwanzigtausend auszahlen, hatten ihr aber die restliche Summe bis Freitagmorgen versprochen.

Cordelia bedankte sich für die Information, gelobte striktes Stillschweigen darüber, daß er das Bankgeheimnis verletzt hatte, legte auf und herrschte Maeve an: «Los, mach schon. Wir gehen zu Alvirah.»

Alvirah meldete sich pünktlich um vier im Lincoln Arms Hotel zur Stelle. Sie hatte sich in der Hafenbehörde umgezogen. Als sie jetzt vor dem Portier stand, fühlte sie sich in ihrer Verkleidung ganz sicher. Er bedeutete ihr mit einer ruckartigen Kopfbewegung, daß sie den Korridor hinuntergehen müsse bis zu der Tür mit der Aufschrift EINTRITT VERBOTEN.

Die führte in die Küche. Der Chefkoch, ein knochiger Siebziger, der Gabby Hayes, dem Cowboystar der vierziger Jahre, verblüffend ähnlich sah, bereitete Hamburger zu. Von den Fettspritzern auf dem Bratrost stiegen Rauchwolken zur Decke. Er blickte hoch. «Du bist Tessie?»

Alvirah nickte.

«Okay. Ich bin Hank. Fang schon mal mit Aufträgen an.»

Finessen gab es in der Abteilung Zimmerservice nicht. Braune Plastiktabletts, wie sie in den Cafeterias der Krankenhäuser zu finden sind, derbe Servietten, Plastikgeschirr, Senf, Ketchup und Gewürze in Probetüten.

Hank schaufelte schwammige Hamburger auf Brötchen. «Schenk den Kaffee ein. Nicht zu voll. Fritten auftun.»

Alvirah gehorchte. «Wieviel Zimmer gibt's hier?» erkundigte sie sich, während sie die Tabletts herrichtete.

«Hundert.»

«So viele!» Hank grinste, entblößte dabei ein von Nikotin verfärbtes Gebiß. «Nur vierzig Übernachtungen. Der Stundenbetrieb verlangt keinen Zimmerservice.»

Alvirah überlegte. Vierzig – das ging noch. Ihrer Schätzung nach mußten mindestens zwei Männer an der Entführung beteiligt sein. Ein Fahrer, einer, der Willy in Zaum hielt. Womöglich sogar noch einer, der das erste Telefongespräch führte. Sie mußte also auf große Bestellungen achten. Das war wenigstens ein Anfang.

Sie machte sich ans Servieren, von Hank eindringlich ermahnt, sofort zu kassieren. Die Hamburger gingen an die Theke, wo etwa ein Dutzend brutale Typen herumlungerten, denen man nicht im Dunkeln begegnen wollte. Die zweite Bestellung brachte sie dem Empfangschef und dem Hoteldirektor, die in einem stickigen Raum hinter der sogenannten Rezeption residierten. Ihre Riesensandwiches gingen auf Kosten des Hauses. Ihr nächstes Tablett mit Cornflakes sowie einem doppelten Whiskey nebst Bier bekam ein verlotterter, triefäugiger Rentner. Alvirah war überzeugt, daß ihm die Cornflakes erst nachträglich eingefallen waren.

Danach wurde sie mit einem schweren Tablett zu vier Männern beordert, die im neunten Stock Karten spielten. Eine weitere Runde in der siebenten Etage bestellte Pizzas. Im achten Stock empfing sie ein vierschrötiger Kerl an der Tür mit den Worten: «Ach, Sie sind neu. Ich nehm's schon. Hämmern Sie nicht an die Tür, wenn Sie's abholen kommen. Mein Bruder hat gräßliche Kopfschmerzen.» Hinter ihm konnte Alvirah einen Mann erkennen, der auf einem Bett lag, die Augen mit einem Tuch bedeckt. Ein unablässiges Tropfgeräusch im Badezimmer erinnerte sie übermächtig an Willy. Er hätte das im Nu abgedichtet.

Sonst war eindeutig niemand im Raum, und der Typ an der Tür machte den Eindruck, als könne er alles auf dem Tablett spielend allein verputzen.

Die Wünsche nach Zimmerservice hielten Alvirah von sechs bis etwa zehn Uhr in Trab. Aus ihren eigenen Beobachtungen und aus den Erklärungen von Hank, der immer geschwätziger wurde, je mehr er ihre Tüchtigkeit schätzen lernte, konnte sich Alvirah ein klares Bild machen. Es gab zehn Etagen mit jeweils zehn Zimmern. Die ersten sechs Stockwerke waren für Stundengäste reserviert. Die Zimmer in der oberen Etage waren am geräumigsten, alle mit Bad, und zur Vermietung für zumindest einige Tage gedacht.

Bei einem handfesten Hamburger, den sie ihm um zehn zubereitete, erfuhr sie von Hank, daß sich hier jeder unter falschem Namen eintrug. Alle zahlten bar. «Einer kommt her, um seine privaten Postfächer zu leeren. Er publiziert Pornohefte. Ein anderer organisiert Kartenspiele. Viele saufen sich hier einen an, wenn sie eigentlich auf Geschäftsreise sein sollen. In der Preislage. Keine krummen Touren. Mehr so 'ne Art Privatclub.»

Hanks Kopf begann allmählich herabzusinken, nachdem er das dritte Glas Bier geleert hatte. Ein paar Minuten später war er eingeschlafen. Leise schlich Alvirah sich an den Tisch, der zugleich als Arbeitsplatte und Ablagefläche diente. Wenn sie eine Bestellung ausgeführt und abkassiert hatte, mußte sie das Geld hier in eine Zigarrenkiste tun. Der Bestellzettel mit Preisangabe kam in die Schachtel daneben. Laut Hanks Erklärung endete der Zimmerservice um Mitternacht, der Portier zählte das Geld nach, kontrollierte die Summe anhand der Quittungen und deponierte es im Safe, der unten im Kühlschrank versteckt war. Die Bestellzettel wurden dann in einen unter dem Tisch befindlichen Karton geworfen. Im Augenblick türmte sich ein ganzer Berg darin.

Wenn ein paar von ihnen fehlten, würde das keinem auffallen. Die neuesten dürften obenauf liegen, kalkulierte Alvirah, fischte einen Stapel heraus und stopfte ihn in ihre voluminöse Tragtasche. Zwischen elf und zwölf brachte sie drei weitere Bestellungen in die Bar. Es war ihr unmöglich, müßig in der schmutzigen Küche herumzustehen, und so machte sich Alvirah ans Putzen, mit dem benebelten Hank als Zuschauer.

In der Hafenbehörde zog sie sich geschwind wieder um, wischte sich die Schminke aus dem Gesicht, wickelte sich einen Turban um das grellrote Haar und landete dann um Viertel nach eins mit dem Taxi in Central Park South. Ramon, der Nachtportier, empfing sie mit der Mitteilung: «Schwester Cordelia war hier. Sie hat 'ne Menge Fragen gestellt, wo Sie sind.»

Cordelia ist kein Dummkopf, mußte Alvirah widerwillig zugeben. Doch da begann ein Plan Gestalt anzunehmen, in dem Cordelia eine Rolle spielte.

Noch bevor Alvirah ihren erschöpften Körper in das nach Ölen duftende Schaumbad sinken ließ, ordnete sie die schmierigen Bestellzettel. Binnen einer Stunde hatte sie die Möglichkeiten eingeengt. Aus sieben Zimmern kamen regelmäßig große Bestellungen. Sie schob die nagende Furcht weit von sich, daß die Bewohner durchweg Kartenspieler oder sonstige Glücksritter waren, und Willi sich jetzt vielleicht schon in Alaska befand. Ihr Instinkt hatte gleich nach Betreten des Hotels gesagt, daß er ganz in der Nähe war. Es war fast drei Uhr, als sie sich in das Doppelbett legte. Trotz ihrer Müdigkeit konnte sie einfach nicht einschlafen. Schließlich sah sie ihn im Geiste neben sich. «Gute Nacht, mein Schatz», sagte sie laut und hörte ihn in Gedanken antworten: «Schlaf gut, Liebling.»

Am Donnerstagmorgen waren die Kopfschmerzen so unerträglich geworden, daß sie Clarence den Schädel zu sprengen drohten und er zu schielen anfing. Selbst Tony bemühte sich, ihm nicht in die Quere zu kommen. Er rührte den Fernseher nicht an, sondern begnügte sich damit, neben Willy zu sitzen und ihm heiser flüsternd seine Lebensgeschichte zu erzählen. Er war gerade dabei, wie er als Siebenjähriger entdeckt hatte, daß Ladendiebstahl im Süßwarengeschäft ein Kinderspiel war, als Clarence vom Bett blaffte: «Du sagst, du kannst das verdammte Ding abdichten?»

Willy wollte seine Aufregung nicht allzu deutlich zeigen, aber seine Kehle war wie zugeschnürt, als er heftig nickte.

«Was brauchste?»

«Einen Franzosen», krächzte Willy durch den Knebel. «Einen Schraubenzieher. Draht.»

«In Ordnung. Du hast's gehört, Sammy. Zieh los und schaff das Zeug her.»

Sammy spielte wieder Solitär. «Ich schick' Tony.»

Clarence fuhr hoch. «DU gehst, hab ich gesagt. Dein dämlicher Bruder quatscht doch jeden an und bindet ihm auf die Nase, wohin er geht, warum er's macht, für wen er's besorgt. Hau jetzt ab.»

Sammy zitterte bei dem Tonfall, ihm fiel ein, wie Tony mit dem Fluchtwagen eine Vergnügungsfahrt unternommen hatte. «Sicher, Clarence, klar», besänftigte er ihn. «Und wo ich schon mal unterwegs bin, könnt' ich doch was zu essen mitbringen vom Chinesen, wie wär's? Mal 'ne Abwechslung.»

Die finstere Miene hellte sich sofort auf. «Okay. Und jede Menge Sojasoße, denk dran.»

Schwester Cordelia erschien am Donnerstagmorgen um sieben Uhr. Alvirah war darauf gefaßt. Sie war vor einer halben Stunde aufgestanden, in Willys karierten Bademantel geschlüpft, der leicht nach seinem Rasierwasser roch, und hatte ein Kanne Kaffee auf dem Herd. «Was ist los?» fragte Cordelia schroff.

Bei Kaffee und Gebäck erklärte Alvirah die Lage. «Wenn ich behaupten würde, ich hätte keine Angst, wär' das glatt gelogen, Cordelia», schloß sie. «Ich hab' 'ne Todesangst um Willy. Aber wenn jemand das Haus beobachtet oder womöglich einen Botenjungen als Spitzel angeheuert hat und so erfährt, daß auffällige Typen dort ein- und ausgehen, bringen sie Willy um. Er ist in dem Hotel, Cordelia, das schwör' ich dir, und ich hab' 'nen Plan. Maeve hat doch noch ihren Waffenschein, oder?»

«Ja.» Schwester Cordelias graue Augen fixierten Alvirah mit durchdringendem Blick.

«Und sie steht immer noch gut mit den Typen, die sie in den Knast geschickt hat, stimmt's?»

«Aber sicher. Die lieben sie alle abgöttisch. Du weißt ja, wie sie Willy bei Reparaturen zur Hand gehen, und unseren Kranken bringen sie immer abwechselnd das Essen.»

«Genau darauf will ich hinaus. Sie passen dort prima ins Bild. Ich hätt's gern, daß drei oder vier von ihnen sich morgen abend im Lincoln Arms einquartieren. Sie sollen 'ne Kartenrunde zusammentrommeln. Das ist dort an der Tagesordnung. Morgen abend um sieben krieg' ich den Anruf, wo ich das Geld deponieren soll. Sie wissen, daß ich's erst übergebe, wenn ich mit Willy gesprochen hab'. Sie dürfen ihn nicht rausschaffen, deshalb möchte ich, daß Maeves Leute die Ausgänge sichern. Das ist unsere einzige Chance.»

Cordelia starrte finster ins Leere und sagte dann: «Willy hat mir immer geraten, ich soll mich auf deinen sechsten Sinn verlassen, Alvirah. Ich denke, das sollte ich jetzt wohl besser tun.»

Das chinesische Mahl bot eine willkommene Abwechslung. Nach dem Essen wurde Willy von Clarence ins Bad beordert, um dort das lästige Tropfen zu beseitigen. Sammy begleitete ihn. Willy sank der Mut, als Sammy sagte: «Ich hab' keinen Schimmer, wie man so was repariert, aber ich weiß, wie man's nicht macht, also keine krummen Touren.»

Mein großartiger Plan wäre damit ja im Eimer, dachte Willy. Na ja, vielleicht kann ich's so lange rausziehen, bis mir was anderes einfällt. Er begann am Boden des Behälters den in Jahren angesetzten Rost wegzustemmen.

Um zwanzig vor vier stellte Alvirah den Koffer mit ihrer letzten Bankabhebung ab; es blieb kaum noch Zeit, zur Hafenbehörde zu rasen, sich umzuziehen und sich zur Arbeit zu melden. Auf dem Weg durch die Halle vom Lincoln Arms bemerkte sie eine Nonne in Ordenstracht mit ausgesprochen liebem Gesicht. Mit einem Korb in der Hand machte sie geräuschlos die Runde bei den Bargästen. Jeder warf etwas hinein. In der Küche erkundigte sich Alvirah bei Hank nach der Nonne.

«Ach die. Ja. Die läßt's den Kindern hier in der Gegend zukommen. Für jeden 'n gutes Gefühl, wenn er ihr 'nen Dollar oder auch zwei hinwirft. Irgendwie erhebend, du weißt schon.»

An diesem Abend liefen die Bestellungen nicht so flott wie letzte Nacht. Alvirah schlug Hank vor, die alten Bestellzettel in der Schachtel zu sortieren.

«Warum?» Hank machte ein erstauntes Gesicht.

Alvirah zupfte an ihrem Sweatshirt. Es trug die Aufschrift ICH HAB DIE NACHT MIT BURT REYNOLDS VERBRACHT; Willy hatte es aus Jux gekauft, als sie das Reynolds Theater in Florida besuchten. Sie bemühte sich, eine geheimnisvolle Miene aufzusetzen. Warum sollte jemand wertlose Zettel sortieren? «Man kann nie wissen», flüsterte sie.

Die Antwort schien Hank zu genügen.

Die bereits sortierten Zettel ließ sie unter dem Haufen verschwinden, den sie auf den Tisch kippte. Sie wußte bereits, wonach sie suchte. Bestellungen, die seit Montag in gleichbleibender Größenordnung erfolgt waren. Es blieben dieselben vier Zimmer, die sie schon zu Hause in die engere Wahl gezogen hatte.

Um sechs wurde der Betrieb plötzlich lebhaft. Um halb neun hatte sie drei von den vier in Frage kommenden Zimmern beliefert. Zwei waren von den unentwegten Kartenspielern okkupiert. Im dritten wurde jetzt gewürfelt. Sie mußte zugeben, daß die Beteiligten alle nicht wie Kidnapper aussahen. Vom Zimmer 802 kam keine telefonische Bestellung. Vielleicht war der Typ mit den gräßlichen Kopfschmerzen samt Bruder ausgezogen. Als Alvirah um Mitternacht entmutigt gehen wollte, brummelte Hank: «Mit dir klappt die Arbeit prima. Der Typ von der Tagesschicht geht, und die lassen 'nen Jungen einspringen, der vermasselt jede Bestellung.»

Mit einem stummen Dankgebet erbot sich Alvirah unverzüglich, die Frühschicht von sieben bis eins zu übernehmen, zusätzlich zu ihrer üblichen von vier bis zwölf. Dann könnte sie trotzdem noch zu den Banken rasen, die ihr das Geld zwischen Viertel nach zwölf und drei Uhr zugesagt hatten.

«Bin um sieben wieder hier», versprach sie.

«Ich dito», jammerte er. «Der Koch von der Tagesschicht haut auch ab.»

Im Hinausgehen bemerkte Alvirah ein paar bekannte Gesichter an der Bar. Louie, der sieben Jahre wegen Bankraub gesessen hatte und Träger des schwarzen Karategürtels war; Al, früher Leibwächter bei einem Pfandleiher und vier Jahre im Knast wegen tätlicher Beleidigung; Lefty, spezialisiert auf gestohlene Autos. Die drei hatten sie bestimmt gesehen, hielten sich jedoch an die Spielregeln und ließen sich nicht das geringste anmerken.

Willy brachte das Tropfen auf den ursprünglichen Störeffekt zurück, als ihm Clarence gereizt zubrüllte, er solle gefälligst das Hämmern einstellen. «Mit der Lautstärke kann ich's noch mal vierundzwanzig Stunden aushalten.»

Und was dann, fragte sich Willy. Es gab eine Hoffnung. Sammy ödete es an, ihn zu überwachen, während er am Wasserbehälter herumfummelte. Tags darauf würde er das lässiger handhaben. Nachts stellte Willy sicher, daß seine Dienste auch weiterhin benötigt würden, indem er das Tropfen wieder verstärkte.

Am nächsten Morgen glänzten Sammys Augen fiebrig. Tony schwadronierte von einer alten Freundin, die er aufsuchen wolle, sobald sie das Versteck in Queens bezogen hatten, und keiner verbot ihm den Mund. Also macht's ihnen nichts aus, daß ich zuhöre, dachte Willy.

Als das Frühstück gebracht wurde, fuhr der sicher im Schrank verstaute Willy so jählings hoch, daß Sammys Kanone um ein Haar losgeballert hätte. Er hörte nicht nur einen Tonfall, der ihn an Alvirah erinnerte, sondern ihre unverwechselbare Stimme, die sich erkundigte, ob die Kopfschmerzen des Bruders sich gebessert hätten.

Perplex zischte Sammy ihm ins Ohr: «Bist wohl plemplem?»

Alvirah suchte nach ihm. Willy mußte ihr dabei helfen, sich im Badezimmer wieder am Wasserbehälter zu schaffen machen und mit dem Schraubenschlüssel den Takt der Melodie angeben, nach der er damals, vor über vierzig Jahren, zum erstenmal mit Alvirah getanzt hatte.

Vier Stunden später erhielt er seine Chance, als er, Schraubenschlüssel und Schraubenzieher in der Hand, den zappeligen Sammy neben sich, dem wütenden Befehl von Clarence gehorchte und sich wieder der Aufgabe widmete, zu reparieren und gleichzeitig zu sabotieren.

Er hütete sich, die Sache zu übertreiben, setzte dem protestierenden Sammy plausibel auseinander, daß er doch gar nicht so viel Krach mache und man sich hier bestimmt freuen würde, wenigstens eine ordentliche Toilette zu haben. Er kratzte sich den vier Tage alten Bartwuchs, genierte sich heftig in den zerknitterten Sachen und begann, im Abstand von drei Minuten musikalische Signale auszusenden.

Alvirah hörte sie, als sie in Zimmer 702 Pizzas ablieferte. Dieses Klopfen. Sie bekam weiche Knie und stellte das Tablett auf die schiefe Tischplatte. Der Bewohner des Zimmers, ein gutaussehender Dreißiger, war von einer Sauftour zurückgekehrt. Er zeigte zur Decke. «Macht Sie das denn nicht auch wahnsinnig? Die renovieren wohl oder so was.»

«Muß in 802 sein», entschied Alvirah im Gedanken an den Typ auf dem Bett, den Türsteher, das offene Badezimmer. Sie müssen Willy in den Schrank stecken, wenn sie was beim Zimmerservice bestellen. Obwohl ihr Herz unter dem Sweatshirt mit der Aufschrift SEI KEIN UMWELTSÜNDER hämmerte, nahm sie sich die Zeit, den Säufer zu warnen, daß noch mehr Alkohol sein Verderben wäre.

Im Korridor neben der Bar war ein Telefon. Alvirah rief rasch bei Cordelia an und hoffte nur, daß der Portier sie nicht beobachtete. «Um sieben werden sie mich anrufen«, schloß sie.

Um Viertel vor sieben erstarrten die Gäste in der Bar vom Lincoln Arms Hotel vor Ehrfurcht beim Anblick von acht zumeist älteren Nonnen in langen Ordensgewändern mit Schleier und Brusttuch, die beim Betreten der Halle leise ein Kirchenlied summten. Der Portier sprang auf und zeigte unmißverständlich auf die Drehtür hinter ihnen. Alvirah, das Tablett auf den Armen, beobachtete Maeve, die als Wortführerin den Portier von oben herab musterte.

«Wir haben die Genehmigung des Eigentümers, in jedem Stockwerk zu singen und um Spenden zu bitten», teilte sie ihm mit.

«Erzählen Sie keine Märchen.»

Sie flüsterte gedämpft: «Wir haben die Genehmigung von Mr....»

Er erblaßte. «Ihr haltet jetzt gefälligst die Klappe und holt die Piepen raus», brüllte er zu den Bargästen hinüber. «Die Schwestern hier singen jetzt Lieder für euch.»

«Nein, wir fangen oben an», korrigierte ihn Maeve. «Wir beenden das Konzert hier.»

Alvirah bildete die schützende Nachhut, als die Nonnenschar unter Führung von Cordelia singend den Fahrstuhl betrat.

Sie fuhren geradewegs in den achten Stock und versammelten sich im Korridor, wo Lefty, Al und Louie bereits warteten. Um Punkt sieben klopfte Alvirah an die Tür. «Zimmerservice», rief sie.

«Wir haben nichts bestellt», knurrte eine Stimme.

«Doch, irgend jemand war's, und ich muß kassieren», beharrte sie lautstark.

Sie hörte Schlurfen. Eine Tür schlug zu. Der Schrank. Sie versteckten Willy. Die Zimmertür öffnete sich einen Spalt breit. Ein nervöser Tony gab Anweisung: «Lassen Sie das Tablett draußen. Wieviel?»

Alvirah klemmte den Fuß fest zwischen die Tür, als fromme Klänge im Korridor erschallten. Die ältesten Nonnen tauchten hinter Alvirah auf. Clarence hatte das Telefon in der Hand. «Ruhe da draußen», schrie er.

«He, so redet man doch nicht mit den Schwestern», protestierte Tony. Er trat ehrerbietig beiseite, um sie Einzug halten zu lassen.

Schwester Maeve bildete die Nachhut, die Hände in den weiten Ärmeln ihres Gewandes gefaltet. Blitzschnell postierte sie sich im Rücken von Clarence, zog die Rechte mit einem Ruck heraus und hielt ihm eine Waffe an die Schläfe. In dem knappen, entschiedenen Ton, der sie als Polizistin ausgezeichnet hatte, flüsterte sie: «Keine Bewegung, oder ich schieße.»

Tony öffnete den Mund zum Warnschrei, der jedoch von etlichen lauten Hallelujas erstickt wurde, während Louie ihn mit Karateschlägen bewußtlos machte. Danach brachte er Clarence mit einem gezielten Hieb ins Genick zum Schweigen, der ihn neben Tony zu Boden gehen ließ.

Lefty und Al scheuchten die zögernde Schwester Cordelia mitsamt ihrer betagten Gefolgschaft auf den sicheren Korridor. Höchste Zeit, Willy zu retten. Louies Hand holte zum Schlag aus. Schwester Maeve zielte mit der Waffe. Alvirah riß die Schranktür auf, während sie lauthals brüllte: «Zimmerservice.»

Sammy stand neben Willy, bohrte ihm die Kanone ins Genick.

«Raus mit euch», fauchte er. «Lassen Sie die Waffe fallen, Lady.»
Maeve zögerte, gehorchte dann.

Sammy entsicherte den Revolver.

Er sitzt in der Falle, und er ist verzweifelt, dachte Alvirah in panischer Aufregung. Er wird meinen Willy umbringen. Sie zwang sich zu einem ruhigen Ton. «Ich hab' vor dem Hotel einen Wagen stehen», sagte sie zu ihm. «Da sind zwei Millionen Dollar drin. Nehmen Sie Willy und mich mit. Sie können das Geld überprüfen, wegfahren und uns dann irgendwo rauslassen.» Sie wandte sich an Louie und Maeve: «Versucht ja nicht, uns aufzuhalten, damit er Willy nichts tut. Raus mit euch!» Sie hielt den Atem an und fixierte Willys Aufseher, zwang sich, ihrer Sache sicher zu erscheinen.

Sammy zögerte kurz. Alvirah sah, wie er seine Waffe auf die Tür richtete. «Dort geht's besser», fuhr er sie an. «Bind ihm die Füße los, Lady.»

Gehorsam kniete sie sich hin und zerrte an den Knoten. Als sie den letzten löste, blickte sie kurz auf. Die Waffe war immer noch auf die Tür gerichtet. Alvirah erinnerte sich, wie sie immer die Schulter unter das Klavier von Mrs. O'Keefe geschoben und es hochgewuchtet hatte, um den Teppich glattzuziehen. Eins, zwei, drei. Sie schnellte in die Höhe wie ein Pfeil, rammte ihre Schulter in Sammys Rechte. Als er die Waffe fallen ließ, drückte er ab. Die Kugel ließ Farbbrocken aus der abblätternden Decke spritzen.

Willy nahm mit seinen gefesselten Händen Sammy in die Zange und umarmte ihn stürmisch, bis die anderen zurückgerannt kamen.

Wie im Traum schaute Alvirah zu, als Lefty, Al und Louie ihren Willy von sämtlichen Stricken befreiten und dann die Entführer fest verschnürten. Sie hörte, wie Maeve die 911 wählte und sagte: «Officer Maeve O'Reilly, ich meine... Schwester Maeve Marie meldet einen Fall von Kidnapping, Mordversuch sowie Festnahme der Täter.»

Alvirah fühlte Willys Arme, die sie umschlossen. «He, Schatz», flüsterte er.

Vor lauter Freude brachte sie kein Wort über die Lippen. Sie blickten sich nur an. Sie betrachtete seine blutunterlaufenen Augen, die Bartstoppeln, das glanzlose Haar. Er musterte ihr grelles Make-up und das Sweatshirt mit der albernen Aufschrift. «Du bist einfach großartig, Liebling», erklärte er begeistert. «Tut mir leid, daß ich aussehe wie einer von den Smith Brothers.»

Alvirah rieb ihre Wange an seiner. Die Tränen der Erleichterung, die ihr in die Kehle stiegen, waren wie weggeblasen, als sie zu lachen begann. «Ach, Schätzchen», rief sie, «für mich wirst du immer wie Tip O'Neill aussehen.»

Der blinde
Passagier

Carol fröstelte in ihrer rauchblauen Uniformjacke und versuchte, ihr wachsendes Unbehagen zu ignorieren. Als sie sich im Warteraum des Flugplatzes umsah, dachte sie, daß die farbenfroh gewandeten Trachtenpuppen in den Schaukästen einen unpassenden Hintergrund abgaben für die finster dreinblickenden Polizisten, die vor ihnen patrouillierten. Die Handvoll Passagiere standen dicht beieinander, beobachteten sie mit haßerfüllten Augen.

Sie ging auf sie zu und hörte einen der Passagiere sagen: «Die Verfolgungsjagd dauert zu lange. Das mißfällt den Jagdhunden.» Er wandte sich an Carol: «Wie lange fliegen Sie schon, Stewardeß?»

«Drei Jahre», erwiderte Carol.

«Auch dafür sehen Sie noch viel zu jung aus. Aber wenn Sie erst mein Land vor der Besetzung gekannt hätten... In diesem Raum herrschte immer so eine heitere Stimmung. Als ich nach meinem letzten Besuch in die Staaten zurückflog, gaben mir zwanzig Verwandte das Geleit. Diesmal hat sich kein einziger hergewagt. Es ist nicht ratsam, sich mit amerikanischen Angehörigen in der Öffentlichkeit zu zeigen.»

Carol senkte die Stimme. «Heute sind so viel mehr Polizisten hier als sonst. Wissen Sie, warum?»

«Ein Mitglied der Untergrundbewegung ist geflohen», flüsterte er. «Vor einer Stunde wurde er hier in der Nähe gesichtet. Sie werden ihn sicher erwischen, aber das muß ich hoffentlich nicht mit ansehen.»

«Wir gehen in fünfzehn Minuten an Bord», beruhigte ihn Carol. «Jetzt entschuldigen Sie mich bitte. Ich muß zum Captain.»

Tom war gerade vom Navigationsbüro hereingekommen. Er nickte ihr zu, als sich ihre Blicke trafen. Carol fragte sich, wann ihr Herz endlich aufhören würde, schmerzhaft und wie verrückt zu hämmern, sobald sie ihn auch nur flüchtig sah. Höchste Zeit, daß er für sie zu einem Piloten unter vielen würde und sie den hochgewachsenen, attraktiven Mann in der dunklen Uniform vergäße, den sie von ganzem Herzen geliebt hatte.

Ihre Stimme klang unverbindlich, ihre grauen Augen musterten ihn kühl: «Sie wünschten mich zu sprechen, Captain?»

Tom erwiderte im gleichen sachlichen Ton: «Ich wollte wissen, ob Sie nach Paul geschaut haben.»

Beschämt mußte Carol zugeben, daß sie seit der Landung in Danubia vor einer Stunde nicht mehr an den Chefsteward gedacht hatte. Paul litt unter den Folgeerscheinungen mehrerer Seruminjektionen und war in der Koje geblieben, während die Maschine für den Rückflug nach Frankfurt aufgetankt wurde.

«Nein, Captain. Das Versteckspiel, das unsere Freunde veranstalten, hat mich zu sehr abgelenkt.»

Tom nickte. «Ich möchte um keinen Preis in der Haut dieses armen Kerls stecken, wenn sie ihn schnappen. Sie sind sich ganz sicher, daß er hier irgendwo auf dem Flugplatz ist.»

Für einen kurzen Augenblick klang Toms Stimme vertraut, freundschaftlich, und Carol sah ihn gespannt an. Doch dann wurde er wieder ganz Captain, der zur Stewardeß sprach. «Gehen Sie bitte an Bord und stellen Sie fest, ob Paul etwas braucht. Die Passagiere lasse ich dann vom Check-in-Mitarbeiter nach draußen bringen.»

«In Ordnung, Captain.» Und damit wandte sie sich zum Ausgang.

Der kalte Flugplatz wirkte trostlos im Halbdunkel des Oktoberabends. Drei Polizisten kletterten in die nebenan geparkte Maschine. Der Anblick ließ sie erschauern, als sie an Bord ging und sich auf die Suche nach Paul machte.

Er schlief, sie breitete behutsam eine weitere Decke über ihn und kehrte in die Kabine zurück. Noch zehn Minuten, dann sind alle eingestiegen, dachte sie nach einem Blick auf die Uhr. Sie zog ihren Taschenspiegel hervor und fuhr sich mit dem Kamm durch die kurzen blonden Locken, die unter der Mütze hervorquollen. Da entdeckte sie, wie gelähmt vor Angst, das Spiegelbild einer mageren Hand, die sich um die Stange des kleinen offenen Schrankes hinter ihrem Sitz klammerte. *Jemand versuchte, sich in dieser winzigen Nische zu verstecken!* Panisch spähte sie durch das Fenster, hielt Ausschau nach Hilfe. Die Polizeistreife hatte die andere Maschine verlassen und steuerte jetzt in ihre Richtung.

«Legen Sie den Spiegel weg, Mademoiselle.» Die Worte kamen leise, verständlich, mit starkem Akzent. Sie hörte, wie die Kleiderbügel beiseite geschoben wurden, fuhr herum und sah sich einem mageren, etwa siebzehnjährigen Jungen mit dichtem blonden Haar und intelligenten blauen Augen gegenüber.

«Bitte – haben Sie keine Angst. Ich tue Ihnen nichts.» Er sah aus dem Fenster auf die rasch herannahende Polizei. «Gibt's hier noch einen zweiten Ausgang?»

Carols Angst änderte sich schlagartig. Das Gefühl einer drohenden Katastrophe, das sie erfüllte, galt jetzt ihm. In seinen Augen spiegelte sich Schrecken, wie ein gefangenes Tier wich er vom Fenster zurück, streckte Carol die Hand entgegen, bittend, drängend, seine Stimme klang flehend: «Wenn sie mich finden, werden sie mich töten. Wo kann ich mich verstecken?»

«Ich kann Sie nicht verstecken», protestierte Carol. «Die werden Sie finden, wenn sie die Maschine durchsuchen, und ich kann die Fluggesellschaft da unmöglich mit reinziehen.» Sie sah Toms Gesicht deutlich vor sich, wenn die Polizei einen blinden Passagier an Bord entdeckte, noch dazu, wenn sie ihn verbarg.

Füße stapften die Gangway hinauf, Metall klirrte unter schweren Schuhen. Pausenloses, lautes Hämmern an der geschlossenen Tür.

Wie hypnotisiert starrte Carol dem Jungen in die Augen, sah die düstere Hoffnungslosigkeit darin. Hektisch schaute sie sich in der Kabine um. Pauls Uniformjacke hing im Kleiderschrank. Sie zerrte sie heraus und angelte sich die Mütze von der Hutablage. «Ziehen Sie das an, fix.»

Ein Hoffnungsschimmer erhellte sein Gesicht. Mit Windeseile machte er die Knöpfe zu und stopfte das Haar unter die Mütze. Es hämmerte wieder gegen die Tür.

Carols Hände waren feucht, ihre Finger taub. Sie schob den Jungen auf den Sitz in der letzten Reihe, öffnete zitternd die Mappe mit den Reisepapieren und warf ihm Zolldeklarationen in den Schoß. «Machen Sie ja nicht den Mund auf. Wenn sie mich nach Ihrem Namen fragen, werde ich sagen, Sie heißen Joe Reynolds, und kann dann nur beten, daß sie die Pässe nicht kontrollieren.»

Ihre Beine trugen sie kaum zur Kabinentür. Als sie am Griff zog, überfiel sie schockartig die Erkenntnis, was sie da tat und wie jämmerlich durchsichtig die Tarnung war. Sie fragte sich, ob sie die Polizei irgendwie von einer Durchsuchung der Maschine abhalten könnte. Die Tür schwang auf. Sie blockierte den Eingang und zwang sich zu einem verärgerten Ton, als sie den Polizisten gegenüberstand. «Der Steward und ich sind mit der Prüfung unserer Papiere beschäftigt. Was ist der Anlaß für diese Störung?»

«Sie wissen doch sicher, daß eine Fahndung nach einem entflohenen Verräter stattfindet. Sie haben kein Recht, die Polizei bei ihrer Arbeit zu behindern.»

«Hier wird *meine* Arbeit behindert. Ich werde das dem Captain melden. Sie haben kein Recht, ein amerikanisches Flugzeug zu betreten.»

«Wir durchsuchen jede Maschine auf dem Platz», herrschte sie der Anführer an. «Gehen Sie jetzt zur Seite? Es wäre höchst unliebsam, wenn wir uns gewaltsam Zutritt verschaffen müßten.»

Carol sah ein, daß es keinen Sinn hatte, weiter zu streiten, und ließ sich schleunigst auf dem Platz neben dem Jungen nieder, drehte sich mit dem ganzen Körper zu ihm, so daß ihr Rücken der Polizei den direkten Blick auf ihn verwehrte. Sein Kopf war über die Papiere gebeugt. In der schwachen Beleuchtung wirkte die Uniform durchaus annehmbar, und das Fehlen einer Krawatte fiel bei der gebückten Haltung nicht auf.

Carol nahm ein paar Deklarationen von seinem Schoß und sagte: «Los, Joe, bringen wir's hinter uns. ‹Kralik, Walter, sechs Flaschen Kognak, Wert dreißig Dollar. Eine Uhr, Wert...›»

«Wer ist außerdem noch an Bord?» fragte der Anführer.

«Der Chefsteward, er schläft in der Koje», erwiderte Carol nervös. «Er war sehr krank.»

Der Blick des Wortführers glitt ohne jedes Interesse über «Joe» hinweg. «Sonst niemand? Das ist die einzige amerikanische Maschine hier. Wäre nur folgerichtig, daß der Verräter auf die zusteuert.»

Der zweite Polizist hatte die Toiletten, den Kleiderschrank und den Boden unter den Sitzen untersucht. Der dritte kam aus der Kanzel zurück. «Da vorn ist nur ein Mann, der schläft. Viel zu alt für unseren Gefangenen.»

«Er wurde vor fünfzehn Minuten hier in der Nähe gesichtet», ereiferte sich der Wortführer. «Er muß irgendwo stecken.»

Carol sah auf die Uhr. Eine Minute vor acht. Die Passagiere mußten auf dem Weg über den Flugplatz sein. Sie mußte die Polizei loswerden, den Jungen verstecken – alles in einer Minute...

Sie erhob sich, achtete darauf, daß sie Joe mit ihrem Körper verdeckte. Durch das gegenüberliegende Fenster sah sie, daß sich die Tür des Warteraums öffnete, und wandte sich an den Wortführer. «Sie haben das Flugzeug durchsucht. Meine Passagiere gehen gleich an Bord. Würden Sie jetzt bitte die Maschine verlassen?»

«Sie scheinen es merkwürdig eilig zu haben, uns loszuwerden, Stewardeß.»

«Ich habe meinen Papierkram noch nicht erledigt. Wenn ich mich um die Passagiere kümmere, läßt sich das schwer nachholen.»

Schritte eilten die Gangway herauf. Ein Bote erschien und teilte dem Wortführer mit: «Der Kommissar wünscht unverzüglich einen Bericht über die Durchsuchung.»

Zu Carols Erleichterung hasteten alle drei Polizisten hinaus.

Der Check-in-Mitarbeiter und die Passagiere standen am Fuß der Gangway, als die Polizisten herunterkamen. Die Besatzung stieg durch den Vordereingang ein.

«Joe!» rief Carol. Der Junge hatte den Sitz verlassen und kauerte im Gang. Carol zog ihn ins Heck und zeigte auf die Herrentoilette. «Da rein. Ziehen Sie die Uniform aus und machen Sie niemandem auf, nur mir.»

Sie stand an der Kabinentür und empfing den Check-in-Mitarbeiter und die Fluggäste mit einem gezwungenen Lächeln. Er überreichte ihr die Passagierliste und wartete, während sie alle begrüßte und plazierte.

Die Liste enthielt sechs Namen. Fünf waren getippt, der letzte, «Wladimir Karlow», handschriftlich eingetragen. Daneben stand: VIP.

«Wer ist diese sehr wichtige Person?» erkundigte sich Carol leise.

«Ein ganz hohes Tier, der Polizeichef von Danubia. Einer der grausamsten Bluthunde hier, also fassen Sie ihn mit Glacéhandschuhen an. Er hat kurz haltgemacht, um mit dem Suchtrupp über den entflohenen Häftling zu reden.»

Der Polizeichef – auf ihrem Flug! Carol wurde übel, doch als er die Gangway erklomm, streckte sie ihm lächelnd die Hand entgegen. Ein hochgewachsener Fünfziger, spitznasig, schmallippig.

«Ich bin für Platz 42 vorgemerkt.»

Sie konnte ihn unmöglich hinten sitzen lassen, das war Carol klar.

Dann würde er «Joe» mit Sicherheit sehen, wenn sie ihn aus der Toilette schleuste. «Der Flug nach Frankfurt ist fantastisch», erklärte sie unbefangen lächelnd. «Es wäre geradezu unverzeihlich, auf einen Platz vor der Tragfläche zu verzichten...»

«Ich sitze lieber hinten», unterbrach er sie. «Das macht den Flug wesentlich ruhiger.»

«Diese Route ist eine unserer gemütlichsten, so gut wie gar keine Böen. Auf den vorderen Plätzen gibt's kein Rütteln, und Sie haben eine bessere Sicht.»

Der Polizeichef zuckte die Achseln und folgte ihr den Gang hinunter. Sie schaute in die Passagierliste und überlegte, ob sie ihn neben einen anderen Fluggast plazieren sollte. Wenn sie es tat, kamen die beiden vielleicht ins Gespräch, und er wäre eher abgelenkt, wenn sie Joe aus der Herrentoilette holte. Doch dann erinnerte sie sich an die erbitterten Bemerkungen über die Durchsuchung, führte ihn zu Platz 3, verstaute seine Reisetasche im Gepäcknetz und bat ihn, sich anzuschnallen.

Der Passagier auf Platz 7 stand auf und wollte nach hinten gehen. Carol holte in an der Tür zur Herrentoilette ein. «Bitte behalten Sie Platz. Die Maschine setzt gleich zum Start an.»

Er war kreidebleich. «Bitte, Stewardeß, mir wird schlecht. Ich krieg's immer ein bißchen mit der Angst zu tun, wenn das Flugzeug abhebt.»

Carol ergriff seine Hand und zwang ihn, den Griff loszulassen, bevor er merkte, daß die Tür verschlossen war. «Ich hab' Tabletten dabei, die helfen bestimmt. Sämtliche Passagiere müssen auf ihren Plätzen bleiben, bis wir in der Luft sind.»

Sie wartete, bis er sich gesetzt hatte, und griff dann zum Mikrofon. «Guten Abend, ich bin Ihre Stewardeß und heiße Carol Dowling. Bitte schnallen Sie sich an und rauchen Sie nicht, bis die Leuchtschrift über der Vordertür erloschen ist. Unser Ziel ist Frankfurt, die voraussichtliche Flugdauer beträgt zwei Stunden und fünf Minuten. Ein leichtes Abendessen wird in Kürze serviert. Bitte zögern Sie nicht, Ihre Wünsche zu äußern. Angenehmen Flug.»

Als sie ins Cockpit ging, rollte die Maschine nicht mehr, und die Motoren dröhnten. Sie beugte sich über Tom. «Kabine klar, Captain.»

Tom drehte sich so rasch um, daß seine Hand ihr Haar streifte. Ihr wurde glühend heiß bei der Berührung, ihr Arm schnellte unwillkürlich nach oben.

«Okay, Carol.»

Die Motoren donnerten – es war schwer, seine Worte zu erfassen. Vor einem Jahr hätte er zu ihr hochgeblickt und sie ein «ich liebe dich, Carol» von seinen Lippen ablesen lassen, aber das war jetzt vorbei. Sie verspürte kurzes, heftiges Bedauern, daß sie ihren Streit nicht beigelegt hatten. In schlaflosen Nächten mußte sie sich eingestehen, daß Tom es versucht, daß er den Anfang gemacht hatte, doch sie war ihm keinen Schritt entgegengekommen. So hatten seine Versöhnungsversuche nur mit noch heftigeren Auseinandersetzungen geendet, dann wurde er für sechs Monate nach London versetzt, in denen sie sich nicht sahen. Und jetzt befanden sie sich auf einem gemeinsamen Flug, zwei höfliche Kollegen, die sich nicht anmerken ließen, daß es je anders zwischen ihnen gewesen war.

Sie wollte in die Kabine zurückgehen, doch Tom winkte ihr zu warten. Er nickte dem ersten Offizier zu, und der Motorenlärm wurde gedämpft. Sie fühlte sich unendlich einsam, als er sich von ihr abwandte. Auf diesem Flug hatte es ein paar Augenblicke gegeben, in denen er freundlich wirkte, herzlich – Momente, in denen es den Anschein hatte, als könnten sie sich gründlich aussprechen. Doch das hier gibt der Sache den Rest, dachte sie. Selbst wenn ich Joe nach Frankfurt bringen kann, wird Tom mir das nie verzeihen.

«Haben Sie schon mit dem Polizeichef gesprochen, Carol?»

«Nur als ich ihm seinen Platz zeigte. Er ist nicht sehr redselig.»

«Behandeln Sie ihn äußerst zuvorkommend. Ein wichtiger Mann. Es ist die Rede davon, Danubia für amerikanische Flugzeuge zu sperren. Wenn er mit dem Service zufrieden ist, könnte das vielleicht etwas helfen. Ich schicke Dick nach hinten, sobald wir auf Kurs sind, damit er Ihnen beim Dinner behilflich ist.»

«Bloß nicht! Ich meine, ein kaltes Abendessen und nur sechs Passagiere, das schaff' ich allein.»

Als sie in der Kabine an dem Mann vorbeikam, der beim Start Ängste hatte, lächelte sie ihm aufmunternd zu. Das Flugzeug hatte die Rollbahn erreicht, und die Motoren dröhnten ohrenbetäubend. Sämtliche Passagiere, der Polizeichef eingeschlossen, starrten aus den Fenstern. Sie ging nach hinten, klopfte an die Tür der Herrentoilette und rief leise nach Joe.

Geräuschlos schlüpfte er heraus. Bei dem trüben Licht glich seine magere Gestalt mehr einem Schatten als einem menschlichen Wesen. Sie flüsterte ihm ins Ohr: «Der letzte Sitz rechts. Legen Sie sich auf den Boden, ich werfe Ihnen dann eine Decke über.»

Er bewegte sich vorsichtig und verschwand unter dem Sitz. Er schleicht wie eine Katze, befand Carol. Sie dachte an den weichen Flaum, der ihr Gesicht gestreift hatte, und verbesserte sich – wie ein ganz junges Kätzchen...

Es fiel ihr schwer, in dem abhebenden Flugzeug die Balance zu halten, sie stützte sich mit einer Hand an der Wand ab, ließ sich auf dem Gangplatz neben Joe nieder, angelte sich eine Decke aus dem Gepäckfach, breitete sie über ihn. Bei flüchtiger Betrachtung mochte das hingehen; wer genauer hinsah, würde sich bestimmt über die merkwürdigen Wölbungen wundern.

Sie heftete ihre Blicke unverwandt auf die Leuchtschrift über der Kabinentür. Solange sie den Passagieren signalisierte, angeschnallt zu bleiben und das Rauchen zu unterlassen, gewährte ihr das eine Atempause. Aber wenn sie erlosch, mußte sie die normale Kabinenbeleuchtung wieder einschalten, was Joes Versteck zur Farce machen und die Fluggäste animieren würde, ihre Plätze zu verlassen.

Zum erstenmal dachte sie ernsthaft darüber nach, welche Folgen sich aus ihrer Hilfsaktion für sie ergeben würden. Sie überlegte, was Tom wohl dazu sagen würde, und erinnerte sich verzagt an seine Reaktion im vergangenen Jahr, als sie in seinem Flugzeug Ärger verursacht hatte...

«Was ist denn schon dabei, Tom», hatte sie protestiert, «daß ich das arme Kind seinen Hund aus dem Korb nehmen ließ? Die Kleine reiste mutterseelenallein, sollte von irgendwelchen Fremden adoptiert werden. Es war Nacht und dunkel in der Kabine. Kein Mensch hätte was davon erfahren, wenn nicht diese Frau zu ihr rübergegangen wäre und für diese Ruhestörung einen Hundebiß abbekommen hätte.»

Und Tom hatte entgegnet: «Vielleicht lernst du es eines Tages, dich an die Grundregeln zu halten. Bei der Frau handelte es sich um eine Aktionärin, und die hat Cain in der Chefetage alarmiert. Ich habe die Verantwortung dafür übernommen, daß der Hund herausgelassen wurde, weil ich genau wußte, das würde mich nicht den Job kosten. Aber nach sieben Jahren ohne jede Beanstandung bin ich nicht sonderlich erbaut, daß meine Personalakte jetzt einen Verweis enthält.»

Beklommen erinnerte sie sich, was sie ihm darauf ins Gesicht geschleudert hatte: Sie sei entzückt, daß er nun keine tadellose Personalakte mehr habe, nach der er sich richten müsse – vielleicht würde er jetzt lockerer und benähme sich menschlich – vielleicht würde er die Dienstvorschriften in Zukunft nicht mehr als Bibel betrachten. Es fiel nicht schwer, sich an jede Einzelheit ihres Wortwechsels zu erinnern, so oft hatte sie den Streit in Gedanken rekapituliert.

Sie versuchte sich auszumalen, was Charley Wright, Flughafendirektor in Frankfurt, wohl tun würde. Auch für Charley hatte die Firma unbedingten Vorrang. Er schätzte es, wenn die Flugzeuge pünktlich starteten und landeten und die Passagiere zufrieden waren. Charley wäre bestimmt außer sich, der Zentrale einen blinden Passagier melden zu müssen, und würde sie zweifellos auf der Stelle vom Dienst suspendieren oder sie gleich hinauswerfen.

Joes Decke bewegte sich leicht, und sie schaltete prompt wieder auf das Problem um, ein sicheres Versteck für ihn zu finden. Das Flugzeug hob ab. Als die Leuchtschrift erlosch, erhob sie sich langsam. Widerstrebend betätigte sie den Wandschalter und ließ die gedämpfte Kabinenbeleuchtung hell aufflammen.

Sie begann, Zeitungen und Zeitschriften zu verteilen. Der Passagier mit den Angstzuständen vor dem Start wirkte jetzt völlig entspannt. «Die Tablette hat prima geholfen, Stewardeß.» Er ließ sich eine Zeitung geben und fahndete nach seiner Brille. «Sie muß im Mantel sein.» Er stand auf und machte sich auf den Weg zum Heck.

«Ich hole sie Ihnen», stammelte Carol.

«Kommt nicht in Frage.» Er ging an Joes Versteck vorbei – gefolgt von Carol, die kaum zu atmen wagte. Die Decke wirkte in der ordentlichen Kabine als eklatanter Fremdkörper. Der Passagier fand seine Brille, kehrte um, blieb unvermittelt stehen. Er ist ein ordnungsliebender Typ, überlegte Carol geschwind – hatte er nicht seinen Mantel auf dem Bügel glattgestrichen, genauso die Zeitungsseiten? In der nächsten Sekunde würde er die Decke aufheben. Er bückte sich danach: «Die muß runtergefallen sein...»

«Bitte!» Carols Hand umklammerte seinen Arm mit festem Griff. «Bitte bemühen Sie sich nicht. Ich mache das gleich.» Sie schob ihn sanft weiter und erklärte leichthin: «Sie sind unser Gast. Wenn der Captain mich erwischt, wie ich Sie aufräumen lasse, wirft er mich glatt aus dem Fenster.»

Er lächelte, ging jedoch widerspruchslos zu seinem Platz zurück.

Verzweifelt sah sich Carol überall in der Kabine um. Die Decke war einfach zu auffällig. Sobald jemand nach hinten ging, konnte Joe entdeckt werden.

«Eine Zeitschrift, Stewardeß.»

«Selbstverständlich.» Carol brachte dem Passagier, der hinter dem Polizeichef saß, eine Auswahl, trat dann nach vorn. «Möchten Sie sich vielleicht eine Zeitschrift anschauen, Mr. Karlow?» Der Polizeichef trommelte mit seinen mageren Fingern auf der Armlehne herum, spitzte nachdenklich den Mund. «Irgendwo fehlt mir ein Detail, Stewardeß. Eine Information, die ich bekommen habe, paßt nicht ins Bild. Wie dem auch sei...», er lächelte eisig, «es wird mir wieder einfallen. Wie immer.» Er wies die Zeitschrift mit einer Handbewegung zurück. «Wo ist der Wasserbehälter?»

«Ich bringe Ihnen ein Glas Wasser», erbot sich Carol.

Er wollte aufstehen. «Bemühen Sie sich nicht. Ich hasse es, so lange stillzusitzen. Ich hol's mir selber.»

Der Wasserbehälter befand sich gegenüber von Joes Versteck. Der Polizeichef war kein unkritischer Beobachter, sondern würde die Decke bestimmt inspizieren.

«Nein!» Sie blockierte ihm den Weg. «Es wird böig. Der Captain möchte nicht, daß die Passagiere dann herumlaufen.»

Der Polizeichef blickte vielsagend auf die abgeschaltete Leuchtschrift. «Würden Sie mich jetzt vorbeilassen...»

Das Flugzeug neigte sich leicht zur Seite, Carol geriet ins Wanken, prallte gegen den Polizeichef, ließ absichtlich die Zeitschriften fallen. Es wurde tatsächlich stürmisch.

Wenn sie ihn bloß etwas hinhalten könnte, Tom würde sicher die Leuchtschrift einschalten. Der Polizeichef hob, sichtlich gereizt, ein paar Zeitschriften auf.

Sie verstellte ihm weiterhin den Weg, klaubte langsam die restlichen auf, sortierte sie sorgfältig nach Größe. Schließlich war sie mit ihrer Verzögerungstaktik am Ende und richtete sich auf. Und da leuchtete das Signal auf – BITTE ANSCHNALLEN.

Der Polizeichef lehnte sich zurück und beobachtete Carol scharf, als sie zum Wasserbehälter ging, ein Glas füllte und es ihm brachte. Er bedankte sich nicht, sondern bemerkte nur: «Das Zeichen kam Ihnen bei Ihren Ausreden ja wie gerufen, Stewardeß. Es muß für Sie überaus wichtig gewesen sein, daß ich meinen Platz nicht verlasse.»

Carol erfaßte erst Angst, dann Zorn. Er wußte, daß etwas im Busch war, und es machte ihm einen Heidenspaß, sich an ihrer Verlegenheit zu weiden. Sie nahm ihm das fast unberührte Glas ab. «Ich werde Sie in ein Berufsgeheimnis einweihen, Sir. Wenn wir eine sehr bedeutende Persönlichkeit an Bord haben, wird neben dem

Namen auf der Passagierliste ein Zeichen gemacht. Diese Markierung bedeutet, daß wir diese Persönlichkeit mit äußerster Zuvorkommenheit behandeln sollen. Auf diesem Flug sind Sie der bewußte Passagier, und ich bemühe mich, Ihnen die Reise so angenehm wie möglich zu machen. Bedauerlicherweise gelingt mir das nicht.»

Die Tür zum Cockpit öffnete sich, und Tom kam herunter. Die Passagiere saßen alle in der vorderen Kabinenhälfte. Carol stand neben dem am weitesten hinten Plazierten. Höchstwahrscheinlich wollte Tom nur alle begrüßen. Er würde sich nicht die Mühe machen, durch die leeren Sitzreihen zu gehen.

Tom schüttelte erst dem Polizeichef die Hand, dann dem Mann hinter ihm, wies die beiden Schachspieler auf eine Wolkenbank hin. Carol registrierte jede seiner Bewegungen mit großem Schmerz. Bei jeder Begegnung tauchte eine andere Erinnerung blitzartig auf. Diesmal war es der Memorial Day in Gander, und ihr Flug wurde wegen eines heftigen Schneesturms anulliert. Spät in der Nacht gab es zwischen ihr und Tom eine Schneeballschlacht. Tom hatte auf die Uhr geschaut und gesagt: «Ist dir klar, daß in zwei Minuten der erste Juni beginnt? Ich hab' noch nie ein Mädchen bei Schneesturm am ersten Juni geküßt.» Seine Lippen streiften ihre Wange und waren kalt, fanden ihren Mund und waren ganz warm. «Ich liebe dich, Carol.» Es war das erste Mal, daß er das gesagt hatte.

Carol schluckte ihren Kummer hinunter und kehrte auf den Boden der Tatsachen zurück. Sie stand im Gang, Tom vor ihr, Joe war in Gefahr, und es gab keinen Ausweg.

«Wollen Sie wirklich keine Hilfe beim Dinner, Carol?» Sein Ton war unpersönlich, doch sein Blick suchte den ihren. Sie fragte sich, ob auch er solche spontanen Erinnerungen hatte.

«Nicht nötig», erwiderte sie. «Ich fange gleich damit an.» Das bedeutete, in die Küche hinaufzugehen und Joe der Entdeckung auszusetzen, aber...

Tom räusperte sich und suchte offenbar nach Worten. «Wie fühlt man sich so als einzige Frau an Bord, Carol...»

Der Satz blieb hängen, doch es dauerte Sekunden, bis Carol seine volle Bedeutung erfaßte. Ihr Blick wanderte von einem Passagier zum anderen: alles Männer. Sie hatte um ein Versteck für Joe gebetet und ausgerechnet von Tom den entscheidenden Hinweis bekommen! Die Damentoilette! Perfekt. Und so einfach.

Tom betrachtete sie prüfend, als sie lässig erwiderte: «Gefällt mir großartig, hier die einzige Frau zu sein, Captain. Keine Konkurrenz.»

Tom wollte gehen, hielt zögernd inne. «Carol, trinken Sie in Frankfurt eine Tasse Kaffee mit mir. Wir müssen miteinander reden.» Es war geschehen. Sie fehlte ihm auch. Wenn sie jetzt zu ihm sagte: «Ich hab' einen blinden Passagier an Bord entdeckt», wäre alles ganz einfach. Tom könnte die Anerkennung einheimsen, und Danubia wäre dankbar. Es könnte eine Verlängerung der Flugverkehrsrechte für Northern bedeuten und ihn für die Scherereien im vergangenen Jahr entschädigen. Aber sie konnte Joe nicht dem Tod ausliefern, auch nicht um den Preis von Toms Liebe. «Fragen Sie mich das in Frankfurt, wenn Sie's dann immer noch möchten», sagte sie.

Nachdem Tom im Cockpit verschwunden war, kehrte sie auf den Platz neben Joe zurück und überprüfte die Passagiere mit raschem Blick. Die beiden Freunde waren in ihr Schachspiel vertieft. Der ältere Herr war eingenickt. Der Vierziger betrachtete die Wolken. Der Pedant beugte sich über seine Zeitung. Der Kopf des Polizeichefs ruhte an der Sessellehne. Die Hoffnung, daß er ein Schläfchen machte, dürfte wohl übertrieben sein. Bestenfalls war er in Gedanken versunken und würde sich vielleicht nicht umdrehen.

Sie beugte sich hinunter. «Joe, Sie müssen sich nach hinten, ins Heck der Maschine, schleichen. Die Damentoilette ist auf der linken Seite. Gehen Sie rein und verschließen Sie die Tür gut.»

Gerade in diesem Moment begegnete sie dem Blick des Polizeichefs, als er sich umdrehte. «Joe, ich muß die Beleuchtung ausschalten. Wenn ich das tue, verschwinden Sie schleunigst! Haben Sie verstanden?»

Joe streifte sich die Decke vom Kopf. Sein Haar war zerzaust, und die Augen blinzelten in dem hellen Licht. Er sah aus wie ein Zwölfjähriger, den man aus festem Schlaf geweckt hatte. Doch als sich seine Augen an das Licht gewöhnt hatten, waren es die Augen eines Mannes – müde, angespannt.

Er nickte leicht, für Carol eine ausreichende Bestätigung, daß er begriffen hatte. Sie erhob sich. Der Polizeichef hatte seinen Platz verlassen und eilte auf sie zu.

Sekundenschnell war sie am Lichtschalter und tauchte die Kabine in Dunkel. Die Passagiere reagierten mit Schreckensrufen. Carol

schrie noch lauter als die anderen. «Entschuldigung! Wie dumm von mir! Ich kann anscheinend den richtigen Schalter nicht finden...»
Ein Türklappen – hatte sie das Klicken gehört, oder war es bloß Wunschdenken?
«Schalten Sie die Beleuchtung ein, Stewardeß.» Eine eisige Stimme, eine harte Hand auf ihrem Arm.
Carol betätigte den Schalter und starrte in das wutverzerrte Gesicht des Polizeichefs.
«Warum?» herrschte er sie an.
«Wie meinen Sie das, Sir? Ich wollte bloß das Mikrofon einschalten, um das Dinner anzukündigen. Sehen Sie – der Schalter liegt direkt neben dem für die Beleuchtung.»
Der Polizeichef betrachtete die Trennwand, stutzte unsicher. Carol schaltete das Mikrofon ein. «Ich hoffe, Sie haben alle tüchtigen Hunger. In ein paar Minuten bringe ich Ihnen das Dinner, und für die Wartezeit servieren wir Ihnen einen Cocktail: Manhattans, Martinis oder Daiquiris. Ich komme gleich und nehme Ihre Bestellungen entgegen.» Sie wandte sich an den Polizeichef und fragte respektvoll: «Einen Cocktail, Sir?»
«Nehmen Sie einen mit mir, Stewardeß?»
«Ich darf während der Arbeit nichts trinken.»
«Ich auch nicht.»
Was hat er damit gemeint, grübelte Carol, als sie das Cocktail-Tablett herumreichte. Noch ein Katz-und-Maus-Spielchen, befand sie, während sie fix die Fertiggerichte aus dem Eckkühlschrank in der Küche zog und die Tabletts zurechtmachte. Mit dem Dinner für den Polizeichef gab sie sich besondere Mühe, faltete die Leinenserviette sorgfältig und schenkte den Kaffee im allerletzten Augenblick ein, damit er kochend heiß blieb.
«Sind es normalerweise nicht zwei Flugbegleiter?» erkundigte sich der Polizeichef, als sie ihm das Tablett hinstellte.
«Ja, aber der Chefsteward ist krank. Er muß liegen.»
Sie versorgte die anderen, schenkte Kaffee nach, brachte der Crew ihr Essen. Tom überließ dem ersten Offizier die Steuerung und setzte sich an den Tisch des Navigators. «Ich bin heilfroh, wenn wir in Frankfurt landen», sagte er beunruhigt. «Bei dem Rückenwind dürften wir in einer halben Stunde dort sein. Ich war bei dem ganzen Flug kribbelig. Irgendwas beunruhigt mich.» Er grinste. «Aber vielleicht bin ich auch bloß müde und brauch' dringend 'ne Tasse von Ihrem guten Kaffee, Carol.»

Carol zog den Vorhang der Schlafkoje etwas beiseite. «Paul hat ganz schön lange geschlafen.»

«Er ist vorhin aufgewacht und hat mich gebeten, ihm seine Jacke zu holen. Er wollte Ihnen helfen. Aber ich hab' ihm befohlen, liegenzubleiben. Er fühlt sich hundsmiserabel.»

Joes Schicksal hing an einem derart hauchdünnen seidenen Faden. Wenn Paul zurückgekommen wäre, hätte er Joe gesehen. Wenn Pauls Jacke nicht in der Kabine gehangen hätte, wäre Joe von der Polizei entdeckt worden. Wenn Tom nicht gesagt hätte, daß sie die einzige Frau an Bord sei...

«Wenn wir nur noch eine halbe Stunde zu fliegen haben, sammle ich schon mal die Tabletts ein», sagte sie.

Sie begann abzuräumen, bei einem Passagier nach dem anderen. Das Tablett des Polizeichefs war unberührt. Er starrte es finster an. Eine Vorahnung warnte Carol, ihn nicht zu stören. Sie säuberte die anderen Tabletts und stapelte sie. Doch dann sagte ihr ein Blick auf die Armbanduhr, daß sie in zehn Minuten landen würden. Die Leuchtschrift erschien – BITTE ANSCHNALLEN. Sie ging das Tablett des Polizeichefs holen. «Kann ich es mitnehmen, Sir? Sie haben ja leider kaum etwas gegessen.»

Doch der Polizeichef stand auf. «Um ein Haar wären Sie damit durchgekommen, Miss, aber letztlich merkte ich, was mir entgangen war. In Danubia berichteten die Fahnder, der Chefsteward wäre krank und die Stewardeß überprüfe mit dem Steward zusammen Zolldeklarationen.» Sein Gesicht wurde hart. «Warum hat Ihnen nicht ein Steward beim Dinner geholfen? Weil gar keiner da ist.» Seine Finger gruben sich in Carols Schulter. «Unser Gefangener ist in dieses Flugzeug gelangt, und Sie haben ihn versteckt.»

Carol kämpfte gegen die wachsende Panik. «Lassen Sie mich los.»

«Er ist doch an Bord, oder? Nun, es ist noch nicht zu spät. Der Captain muß uns nach Danubia zurückbringen. Es wird eine gründliche Untersuchung stattfinden.»

Er stieß sie beiseite und stürzte auf die Tür zum Cockpit zu. Carol griff nach seinem Arm, doch er schlug ihre Hand weg. Die anderen Passagiere waren aufgesprungen, gafften.

Ihre letzte Hoffnung galt diesen Männern, die so verbittert die Suche verfolgt hatten. Würden sie ihr helfen?

«Ja, es ist ein entflohener Gefangener an Bord!» schrie sie. «Er ist noch ein halbes Kind, das Sie liebend gern erschießen würden, aber ich werde Sie daran hindern!»

Einen Augenblick klammerten sich die Passagiere, anscheinend teilnahmslos, an die Sessellehnen, suchten Halt während des Anflugs. Zutiefst verzweifelt, dachte Carol, daß sie von ihnen keine Hilfe zu erwarten hätte. Doch dann, als ob sie endlich begriffen hätten, was vor sich ging, stürzten sie gemeinsam vorwärts. Der Vierziger warf sich auf den Polizeichef und schlug seine Hand von der Türklinke. Einer der beiden Schachspieler drehte ihm die Arme auf den Rücken. Die Maschine kreiste über dem Flugplatz, die Positionslichter waren bereits in Fensterhöhe. Ein leichter Ruck – Frankfurt!

Die Passagiere ließen den Polizeichef los, als sich die Tür zum Cockpit öffnete. Da stand Tom, betrachtete verärgert die Szene. «Was zum Teufel ist hier los, Carol?»

Sie ging zu ihm, schloß die Augen vor dem Haß des Polizeichefs und vor der Wirkung, die ihre Worte auf Tom hatten. Sie fühlte sich krank, erschöpft. «Captain...», ihre Zunge war geschwollen, sie konnte sich kaum artikulieren, «Captain, ich möchte einen blinden Passagier melden...»

Dankbar schluckte sie den dampfenden Kaffee im Direktionsbüro des Frankfurter Flughafens. In der vergangenen Stunde hatte es ein wirres Durcheinander von Flughafenbeamten, Polizei, Fotografen gegeben. Wirklich deutlich war ihr nur die Forderung des Polizeichefs in Erinnerung: «Dieser Mann ist ein Staatsbürger meines Landes. Er muß sofort zurückgebracht werden.» Und die Antwort des Direktors: «Dies ist bedauerlich, aber wir müssen den blinden Passagier der Bundesregierung in Bonn überstellen. Wenn seine Angaben der Wahrheit entsprechen, wird ihm Asyl gewährt.»

Sie betrachtete ihre Hand, die Joe geküßt hatte, bevor man ihn in Gewahrsam nahm.

«Sie haben mir mein Leben, meine Zukunft geschenkt», hatte er dabei gesagt.

Die Tür öffnete sich, und Charley Wright kam herein, gefolgt von Tom. «Na, das wäre erledigt.»

Er fixierte Carol. «Sind Sie richtig stolz auf sich? Kommen Sie sich als echte Heldin vor und lauern schon auf die Schlagzeilen in den Morgenzeitungen? ‹Stewardeß versteckt blinden Passagier auf dramatischem Flug von Danubia.› Daß Northern in Danubia die Flugverkehrsrechte entzogen werden und Ihretwegen etliche Millionen Dollar Verluste entstehen, das werden die Zeitungen nicht drucken. Was Sie betrifft, Carol, Sie können kostenlos nach Hause fliegen, es wird eine Anhörung in New York geben, aber – Sie sind entlassen.»

«Damit habe ich gerechnet. Aber Sie müssen sich darüber im klaren sein, daß Tom nichts von dem blinden Passagier wußte.»

«Ein Captain muß darüber Bescheid wissen, was in seiner Maschine vor sich geht, das gehört zu seinen Aufgaben», konterte Charley. «Tom wird wahrscheinlich mit einem strengen Rüffel davonkommen, wenn er keine heroischen Anwandlungen kriegt und versucht, die Verantwortung auf sich zu nehmen. Aus der Gerüchteküche hörte ich, daß er schon mal für Sie in die Bresche gesprungen ist.»

«Das stimmt», entgegnete Carol. «Voriges Jahr hat er für mich die Schuld auf sich genommen, und ich hatte nicht einmal soviel Anstand, ihm dafür zu danken.» Sie blickte in Toms seltsam unergründliches Gesicht. «Tom, voriges Jahr waren Sie wütend auf mich, und das mit Recht. Ich war im Unrecht, auf der ganzen Linie. Diesmal tut's mir ehrlich leid, wenn Sie deswegen Ärger kriegen, aber ich konnte nicht anders handeln.»

Sie kämpfte mit den Tränen, als sie sich Charley zuwandte: «Wenn Sie fertig sind, gehe ich jetzt ins Hotel. Ich bin todmüde.»

Er sah sie mitfühlend an. «Carol, inoffiziell kann ich verstehen, was Sie getan haben. Offiziell...»

Sie lächelte mühsam. «Gute Nacht.» Sie verließ das Büro und begann die Treppe hinunterzugehen.

Tom holte sie auf dem Absatz ein. «Hör zu, Carol, laß uns die Dinge klarstellen – ich bin froh, daß der Junge durchgekommen ist. Du wärst nicht die Frau, die ich liebe, wenn du ihn diesen Bestien ausgeliefert hättest.»

Die Frau, die ich liebe...

«Aber Gott sei Dank wirst du nicht mehr in meiner Maschine fliegen. Ich hätte keine ruhige Minute mehr, wenn ich mich im Cockpit dauernd fragen müßte, was wohl in der Kabine vor sich geht.» Er schloß sie in die Arme.

«Aber wenn du nicht mehr bei mir in der Maschine bist, hätte ich's gern, daß du mich vom Flugplatz abholst. Du kannst dann Spione, Hunde und was dir sonst noch einfällt, auf dem Rücksitz verstecken. Carol, ich will dich damit bitten, mich zu heiraten.»

Carol sah ihn an, diesen hochgewachsenen, attraktiven Mann, dessen Augen voller Zärtlichkeit auf sie gerichtet waren. Dann fühlte sie seine Lippen warm auf den ihren, hörte ihn wieder die Worte sagen, nach denen sie sich seit langem gesehnt hatte: «Ich liebe dich, Carol.»

Im Warteraum des Terminals herrschten Halbdunkel und Stille. Nach einem kurzen Augenblick gingen sie die Treppe hinunter, das Echo ihrer Schritte hallte weithin.

Rivalinnen oder Schlangen im Paradies

Prolog
Juli 1969

Die Sonne tauchte Kentucky in glühende Hitze. Die achtjährige Elizabeth suchte, in eine Ecke der schmalen Veranda gedrückt, Schutz in dem spärlichen Schattenstreifen, den das überhängende Vordach warf. Das Haar, obwohl zurückgebunden, lastete ihr schwer im Nacken. Die Straße war menschenleer, die meisten Leute hielten entweder ihren sonntäglichen Mittagsschlaf oder tummelten sich in der städtischen Badeanstalt. Sie wäre auch gern schwimmen gegangen, hütete sich aber wohlweislich, um Erlaubnis zu bitten. Ihre Mutter und Matt hatten den ganzen Tag über getrunken und dann zu streiten angefangen. Sie haßte diese Auseinandersetzungen, besonders im Sommer, wenn die Fenster offenstanden. Alle Kinder hörten dann auf zu spielen und lauschten interessiert. Diesmal war der Krach wirklich lautstark ausgefallen. Ihre Mutter hatte Matt wüste Schimpfworte ins Gesicht geschrien, so lange, bis er sie wieder schlug. Jetzt schliefen sie beide, schlaff hingestreckt, ohne Bettdecke, die leeren Gläser neben sich auf dem Fußboden.

Wenn doch ihre Schwester Leila bloß nicht jeden Samstag und Sonntag arbeiten würde! Bevor Leila den sonntäglichen Job annahm, hatte sie den Tag ausdrücklich für Elizabeth reserviert und ihn gemeinsam mit ihr verbracht. Die Mädchen in Leilas Alter zogen meistens mit Jungen herum, doch Leila nie. Sie wollte nach New York und Schauspielerin werden und nicht in Lumber Creek, Kentucky, hockenbleiben. «Weißt du, Spatz, was der Haken bei all diesen Provinznestern ist? Da heiratet jeder gleich nach der High

School, und das Ende vom Lied ist dann ein Haufen plärrender Gören mit vollgekleckerten Turnhemden. Das bitte nicht mit mir.» Elizabeth hörte Leilas Schilderungen über ihre Zukunft als Star andächtig zu, auch wenn sie ihr zugleich Angst einflößten. Sie konnte es sich nicht vorstellen, in diesem Haus zusammen mit Mama und Matt zu leben – ohne Leila.

Zum Spielen war es zu heiß. Leise stand sie auf und zog ihr T-Shirt unter dem Gurtband der Shorts zurecht. Sie war ein mageres Kind, langbeinig, auf der Nase ein paar hingetupfte Sommersprossen. Ihre weit auseinanderliegenden Augen hatten einen ernsthaften, erwachsenen Ausdruck – «Prinzessin Rührmichnichtan» nannte Leila sie. Leila erfand ständig Namen für alle Welt – manchmal lustige, manchmal aber auch recht gehässige, wenn sie die Leute nicht mochte.

Im Haus war es womöglich noch heißer als auf der Veranda. Die grelle Nachmittagssonne schien durch die schmutzigen Fenster auf die Couch mit den durchgesessenen Sprungfedern und dem an den Nähten bereits herausquellenden Werg, auf den Linoleumboden, dessen ursprüngliche Farbe man schon gar nicht mehr erkennen konnte und der unter dem Ausguß voller Risse und Buckel war. Vier Jahre wohnten sie jetzt hier. An das andere Haus, in Milwaukee, konnte sich Elizabeth nur noch schwach erinnern. Es war ein bißchen größer, mit einer richtigen Küche, zwei Badezimmern und einem großen Hof. Elizabeth hätte gern im Wohnzimmer aufgeräumt, aber sobald Matt aufstand, würde es ja doch im Nu wieder ein heilloses Durcheinander geben – Bierflaschen, Zigarrenasche, achtlos herumliegende Kleidungsstücke. Doch vielleicht lohnte sich ein Versuch.

Aus dem offenen Schlafzimmer ertönte Schnarchen, rauh, widerlich. Sie spähte hinein. Mama und Matt hatten sich offensichtlich wieder vertragen. Sie lagen ineinander verschlungen da – sein rechtes Bein über ihrem linken, sein Gesicht in ihrem Haar vergraben. Hoffentlich wachten sie auf, bevor Leila heimkam. Leila konnte es nicht ausstehen, sie so zu sehen.

Leila machte offenbar Überstunden. Die Schnellgaststätte lag in der Nähe der Badeanstalt, und an manchen heißen Tagen erschienen einige Kellnerinnen einfach nicht zur Arbeit. «Ich hab meine Tage gekriegt», jammerten sie dann dem Geschäftsführer am Telefon vor. «Scheußliche Krämpfe, ehrlich.»

Leila hatte ihr davon erzählt und erklärt, was es bedeutete. «Mit deinen acht Jahren bist du zwar noch ziemlich klein, aber bei mir hat Mama sich nie zu einem Gespräch aufgerafft, und wie's dann passiert ist, konnte ich vor lauter Rückenschmerzen kaum nach Hause laufen. Ich will nicht, daß es dir auch so geht, und ich möchte auch nicht, daß andere Kinder irgendwelche dunklen Andeutungen machen und du dir sonst was vorstellst.»

Elizabeth tat ihr Bestes, das Wohnzimmer einigermaßen in Ordnung zu bringen. Sie ließ die Jalousien dreiviertel herunter, um die allzu grelle Sonne abzuhalten. Sie leerte die Aschenbecher, wischte die Tischplatte ab und räumte die Bierflaschen weg, die Mama und Matt vor ihrem Krach geleert hatten. Danach ging sie in ihr Zimmer, das gerade Platz bot für ein Bett, eine Kommode und einen Rohrstuhl mit geborstenem Sitz. Leila hatte ihr zum Geburtstag eine weiße Tagesdecke aus Chenille geschenkt und ein gebrauchtes Bücherregal gekauft, das sie rot gestrichen und an die Wand gehängt hatte.

Mindestens die Hälfte der Bücher im Regal waren Theaterstücke. Elizabeth suchte sich einen ihrer Lieblinge heraus, «Unsere kleine Stadt.» Leila hatte voriges Jahr in der High School die Emily gespielt und ihre Rolle so oft mit Elizabeth geprobt, daß die sie ebenfalls auswendig konnte. Manchmal las sie sich während der Rechenstunde ein ganzes Theaterstück lautlos aus dem Kopf vor. Das machte ihr weitaus mehr Spaß, als das Einmaleins herunterzuleiern.

Sie mußte eingedöst sein, denn als sie die Augen aufschlug, beugte sich Matt über sie. Sein Atem roch nach Tabak und Bier, was noch schlimmer wurde, als er lächelte und dabei zu keuchen begann. Elizabeth wich zurück, aber sie konnte sich ihm nicht entziehen. Er tätschelte ihr Bein. «Muß ja 'n ziemlich langweiliges Buch sein, Liz.»

Er wußte genau, daß sie Wert darauf legte, mit vollem Vornamen angeredet zu werden.

«Ist Mama wach? Dann kann ich anfangen, das Abendessen zu machen.»

«Deine Mama wird noch 'ne Weile schlafen. Wie wär's, wenn ich mich 'n bißchen hinlege und wir beide dann vielleicht gemeinsam lesen?» In Sekundenschnelle wurde Elizabeth an die Wand geschubst, und Matt machte sich auf dem Bett breit. Sie begann sich zu winden. «Ich steh jetzt auf und fange mit den Hacksteaks an», sagte sie, bemüht, ihre Angst nicht zu zeigen.

Er hielt ihre Arme mit festem Griff umklammert. «Vorher umarmst du Daddy erst mal so richtig lieb, Schätzchen.»

«Du bist nicht mein Daddy.» Blitzartig erkannte sie, daß sie in der Falle saß. Sie wollte versuchen, Mama durch Rufen zu wecken, aber jetzt küßte Matt sie.

«Bist 'n hübsches kleines Ding», murmelte er. «Aus dir wird später mal 'ne richtige Schönheit.» Seine Hand glitt über ihr Bein, tastete sich weiter nach oben.

«Ich mag das nicht», sagte sie.

«Was magst du nicht, Baby?»

Und dann sah sie über Matts Schulter hinweg Leila in der Tür stehen. Ihre grünen Augen waren dunkel vor Wut. Blitzschnell hatte sie das Zimmer durchquert und Matt so kräftig am Schopf gepackt, daß sein Kopf zurückschnellte, wobei sie ihn heftig anschrie – alles Wörter, die Elizabeth nicht verstand. Und dann brüllte sie: «Schlimm genug, was die anderen Kerle mir angetan haben, aber ich bringe dich um, wenn du sie auch nur anrührst!»

Matts Füße landeten krachend auf dem Boden. Mit einer Seitwärtsdrehung versuchte er, sich von Leila freizumachen. Doch sie hatte sein langes Haar fest im Griff, so daß jede Bewegung für ihn schmerzhaft war. Er fing seinerseits an, Leila anzuschreien, und wollte auf sie einschlagen.

Mama mußte wohl den Lärm gehört haben, denn das Schnarchen verstummte. Sie kam ins Zimmer, in ein Bettlaken gehüllt, Ringe unter den trüben Augen, das schöne rote Haar zerzaust. «Was geht hier vor?» murmelte sie. Ihre verschlafene Stimme klang ärgerlich. Elizabeth entdeckte eine Beule an ihrer Stirn.

«Mach du lieber deiner Tochter klar, daß sie nicht verrückt spielen soll, wo ich doch bloß 'n bißchen nett sein und ihrer Schwester vorlesen wollte – was ist denn da schon dabei?» Es hörte sich wütend an, aber Elizabeth merkte, daß Matt es mit der Angst zu tun bekam.

«Und du mach lieber diesem miesen Kinderschänder klar, daß er sich rausscheren soll, oder ich rufe die Polizei.» Leila riß Matt noch einmal heftig am Schopf, bevor sie ihn losließ, um ihn herumging, sich zu Elizabeth aufs Bett setzte und sie in die Arme nahm.

Mama begann auf Matt einzuschreien, dann begann Leila, auf Mama einzuschreien, und schließlich gingen Mama und Matt in ihr Zimmer und stritten sich dort weiter. Danach – lange Schweigepausen. Als sie aus dem Zimmer kamen, waren sie angezogen und sagten, das Ganze sei ein Mißverständnis und sie wollten jetzt ein Weilchen ausgehen, solange die beiden Mädchen hier zusammen wären.

Nachdem sie das Haus verlassen hatten, sagte Leila: «Ob du wohl eine Dose Suppe aufmachen und uns ein Hacksteak braten könntest? Ich muß inzwischen nachdenken.» Bereitwillig ging Elizabeth in die Küche, um das Essen vorzubereiten. Während sie es schweigend verzehrten, merkte Elizabeth, wie froh sie über Mamas und Matts Abwesenheit war. Wenn sie zu Hause waren, tranken sie und küßten sich, oder sie stritten und küßten sich. Beides war gleich gräßlich.

«Sie ändert sich nie», erklärte Leila schließlich.

«Wer?»

«Mama. Sie ist 'ne Säuferin, und egal wen, einen Kerl wird sie immer haben, bis sie dann einfach kein lebendes Mannsbild mehr findet. Aber ich kann dich nicht bei Matt zurücklassen.»

Zurücklassen! Leila durfte nicht weggehen...

«Also pack deine Sachen zusammen», befahl Leila. «Wenn dieser Schuft anfängt, dich zu betatschen, bist du hier nicht mehr sicher. Wir nehmen den letzten Bus nach New York.» Dann streckte sie die Hand aus und zerzauste ihr das Haar. «Wie ich es schaffe, wenn wir erst mal dort sind, das weiß nur der liebe Gott, Spatz, aber ich passe auf dich auf, das verspreche ich.»

An diesen Augenblick erinnerte sich Elizabeth später überdeutlich. Sie sah jede Einzelheit vor sich: Leilas Augen, nicht mehr von Zorn verdunkelt, sondern wieder smaragdgrün schimmernd, aber mit einem stahlharten Blick; Leilas schlanker, straffer Körper, ihre katzenhafte Anmut; Leilas glänzendes rotes Haar, das in dem von oben hereinfallenden Licht noch heller aufleuchtete; Leilas volltönende, kehlige Stimme, die sagte: «Hab keine Angst, Spatz. Es wird Zeit, den Staub unserer alten Heimat Kentucky von den Füßen zu schütteln.»

Dann begann Leila, trotzig lachend, zu singen: «Ich will dich nie mehr weinen sehn...»

Samstag, 29. August 1987

I

Die Sonne versank hinter den Zwillingstürmen des World Trade Center, als die Maschine aus Rom über Manhattan zu kreisen begann. Elizabeth preßte die Stirn an die Scheibe, trank den Anblick in sich hinein: die Wolkenkratzer, die frisch renovierte Freiheitsstatue, eine Fähre beim Durchqueren der Narrows. Diesen Augenblick hatte sie früher am Ende einer Reise genossen: das Gefühl, nach Hause zu kommen. Diesmal jedoch wünschte sie sich sehnlichst, an Bord bleiben zu können, weiterzufliegen – egal, wohin . . .

«Einfach zauberhaft, dieser Blick, finden Sie nicht?» Als sie an Bord gekommen war, hatte die Platznachbarin, ein Großmuttertyp, freundlich gelächelt und ihr Buch aufgeschlagen. Zu ihrer Erleichterung, denn sieben Stunden Konversation mit einer Unbekannten, das war das Letzte, was sich Elizabeth wünschte. Jetzt hatte sie freilich nichts mehr dagegen. In wenigen Minuten würden sie ja landen. Also fand sie den Blick ebenfalls zauberhaft.

«Das war meine dritte Italien-Reise», fuhr ihre Nachbarin fort. «Aber ich bin das letzte Mal im August dort gewesen. Es wimmelt nur so von Touristen. Und diese schreckliche Hitze. Wo waren Sie überall?»

Die Maschine setzte zum Landeflug auf den Kennedy Airport an. Elizabeth fand, daß sie die Frage genauso direkt beantworten konnte, anstatt irgendwelche Ausflüchte zu machen. «Ich bin Schauspielerin und war zu Dreharbeiten in Venedig.»

«Wie aufregend. Auf den ersten Blick erinnerten Sie mich ein bißchen an Candy Bergen. Sie haben fast die gleiche Größe und ebenso schönes blondes Haar und blaugraue Augen. Müßte ich Ihren Namen kennen?»

«Keineswegs.»

Es gab einen leichten Ruck, als das Flugzeug auf der Landebahn aufsetzte und auszurollen begann. Um weitere Fragen zu verhindern, zog Elizabeth ihre Bordtasche unter dem Sitz hervor und überprüfte ostentativ den Inhalt. Wenn Leila hier wäre, dachte sie, hätte es kein solches Ratespiel gegeben. Leila LaSalle erkannte jeder sofort. Aber Leila wäre ja erster und nicht Touristen-Klasse geflogen.

Wäre geflogen. Nach all den Monaten war es an der Zeit, ihren Tod als Tatsache zu akzeptieren.

Auf einem Zeitungsstand gleich hinter der Zollschranke stapelte sich die Abendausgabe des *Globe*. Unmöglich, die Schlagzeile zu übersehen. PROZESSBEGINN 8. SEPTEMBER! Der Untertitel lautete: «Richter Michael lehnt jede weitere Verschiebung im Mordprozeß gegen Multimillionär Ted Winters kategorisch ab.» Den Rest der Titelseite füllte eine vergrößerte Porträtaufnahme von Ted. In seinen Augen lag Bitterkeit; um den Mund hatte er einen harten, unbeugsamen Zug. Das Foto war entstanden, nachdem er erfahren hatte, daß die Anklagejury ihn beschuldigte, seine Verlobte Leila LaSalle ermordet zu haben.

Im Taxi las Elizabeth dann den Artikel – sämtliche Einzelheiten über Leilas Tod und das ganze Beweismaterial gegen Ted wurden wiederaufgewärmt. Über die nächsten drei Seiten verstreut Fotos von Leila: Leila bei einer Premiere mit ihrem ersten Ehemann; Leila auf Safari mit ihrem zweiten Ehemann; Leila mit Ted; Leila bei Entgegennahme des Oscar – alles Archivmaterial. Ein Foto erregte ihre Aufmerksamkeit. In Leilas Lächeln lag ein Anflug von Weichheit, eine Andeutung von Verletzlichkeit, was durchaus im Gegensatz stand zu dem arrogant hochgereckten Kinn, dem spöttischen Augenausdruck. Die halbe weibliche Jugend Amerikas hatte sich befleißigt, diesen Ausdruck nachzuahmen, Leila zu kopieren, wie sie das Haar zurückwarf, wie sie über die Schulter lächelte.

«Da wären wir.»

Verwirrt blickte Elizabeth auf. Das Taxi hielt vor dem Hamilton Arms, Ecke Fifty-seventh Street und Park Avenue. Die Zeitung rutschte ihr vom Schoß. Sie zwang sich zu einem gelassenen Tonfall. «Entschuldigen Sie bitte. Ich hab Ihnen die falsche Adresse gegeben. Ich möchte Ecke Eleventh und Fifth.»

«Ich hab den Taxameter schon abgeschaltet.»

«Dann lassen Sie ihn eben neu laufen.» Ihre Hände zitterten, als sie nach der Geldbörse suchte. Sie spürte, wie der Türsteher auf das Taxi zukam, und blickte nicht hoch. Sie wollte nicht erkannt werden. Gedankenlos hatte sie Leilas Adresse angegeben. Dies war das Gebäude, in dem Ted den Mord an Leila begangen hatte. Hier hatte er sie im Rausch und in rasender Wut von der Terrasse ihrer Wohnung hinuntergestoßen.

Elizabeth begann unkontrollierbar zu zittern bei der Vorstellung, die sie nicht loswerden konnte. Leilas wunderbarer Körper im weißen Satinpyjama, die flatternde rote Haarmähne, während sie vierzig Stockwerke tief auf den betonierten Hof stürzt.

Und die ständigen Fragen... War sie bei Bewußtsein? Wieviel hat sie realisiert?

Wie grauenvoll müssen diese letzten Sekunden für sie gewesen sein! Wenn ich bei ihr geblieben wäre, dachte Elizabeth, wäre das niemals geschehen...

Nach zweimonatiger Abwesenheit wirkte die Wohnung eng und stickig. Doch sobald sie die Fenster öffnete, wehte eine Brise herein und brachte jene sonderbar anheimelnde Mischung von Gerüchen mit sich, die so typisch für New York war: die scharfen exotischen Düfte aus dem kleinen indischen Restaurant gleich um die Ecke, dazu ein zarter Hauch von Blumen von der gegenüberliegenden Terrasse, die beißenden Abgaswolken der Busse auf der Fifth Avenue, eine Spur von Meeresluft vom Hudson. Ein paar Minuten lang atmete Elizabeth tief durch und spürte, wie sie sich allmählich entkrampfte. Nun war sie also hier, und es tat gut, daheim zu sein. Die Filmarbeit in Italien war doch nichts als wieder ein Entfliehen gewesen, ein weiterer kurzfristiger Aufschub. Doch mit alldem ließ sich die Tatsache nicht aus dem Bewußtsein verdrängen, daß sie letztlich vor Gericht erscheinen mußte, als Zeugin der Anklage gegen Ted.

Sie packte rasch aus und stellte ihre Pflanzen in den Ausguß. Offensichtlich hatte die Frau des Hausverwalters ihr Versprechen, sie regelmäßig zu gießen, nicht gehalten. Sie entfernte die verdorrten Blätter und wandte sich dann dem Postberg auf dem Eßzimmertisch zu. Sie sah ihn flüchtig durch, sortierte Reklamesendungen und Gutscheine aus, trennte die Privatbriefe von den Rechnungen. Lächelnd betrachtete sie einen Umschlag mit auffallend schöner Handschrift und exaktem Absender auf der oberen Ecke: *Miss Dora Samuels, Cypress Point Spa, Pebble Beach, California.* Sammy. Doch bevor sie ihn las, öffnete sie zögernd den amtlichen Umschlag OFFICE OF THE DISTRICT ATTORNEY!

Ein kurzes Schreiben. Es bestätigte die Vereinbarung, daß sie Staatsanwalt William Murphy nach ihrer Rückkehr am 29. August anrufen und einen Termin zwecks Überprüfung ihrer Zeugenaussage ausmachen würde.

Auf den Schock, den ihr diese amtliche Mitteilung versetzte, war sie nicht vorbereitet, obwohl sie doch vorhin die Zeitung gelesen und dem Taxifahrer Leilas Adresse angegeben hatte. Ihr Mund wurde trocken. Sie bekam Platzangst. Die endlosen Vernehmungen vor der Anklagejury standen ihr wieder vor Augen. Der Tag, an dem sie im Zeugenstand ohnmächtig geworden war, nachdem man ihr die Fotos von Leilas Leiche gezeigt hatte. Mein Gott, jetzt fängt das alles noch einmal von vorn an, dachte sie...

Das Telefon klingelte. «Hallo», flüsterte sie kaum hörbar.

«Elizabeth», dröhnte es ihr entgegen. «Wie geht's dir denn? Ich mach mir Sorgen um dich.»

Min von Schreiber! Ausgerechnet! Elizabeth fühlte sich prompt noch erschöpfter. Min hatte Leila den ersten Job als Fotomodell verschafft, war jetzt mit einem österreichischen Baron verheiratet und Eigentümerin von Cypress Point Spa in Pebble Beach, einem mondänen Kurzentrum. Eine gute alte Freundin, aber im Augenblick fühlte sich Elizabeth ihr nicht gewachsen. Und trotzdem gehörte Min zu den Menschen, denen sie nie etwas abschlagen konnte. Elizabeth bemühte sich, munter zu klingen. «Mir geht's prima, Min. Ein bißchen müde vielleicht. Ich bin erst vor ein paar Minuten nach Hause gekommen.»

«Pack ja nicht aus. Morgen früh kommst du her. Am Schalter von American Airlines ist ein Ticket für dich hinterlegt. Der übliche Flug. Jason holt dich am Flugplatz ab.»

«Ausgeschlossen, Min. Ich kann nicht.»

«Als mein Gast.»

Elizabeth unterdrückte ein Lachen. Leila hatte immer gesagt, dies seien die drei Worte, die auszusprechen Min am schwersten fielen. «Aber, Min...»

«Kein Aber. Neulich in Venedig hast du einfach jämmerlich ausgesehen. Klapperdürr. Dieser verdammte Prozeß wird die Hölle. Also komm. Du brauchst Ruhe. Laß dich verwöhnen.»

Elizabeth konnte sich Min deutlich vergegenwärtigen: das tiefschwarze Haar, das hochgekämmt den Kopf wie ein Helm umschloß, die dominierende Art, mit der sie als selbstverständlich voraussetzte, daß jeder ihrer Wünsche erfüllt wurde. Nach etlichen vergeblichen Protesten, in denen Elizabeth die Gründe aufzählte, weshalb sie nicht kommen konnte, hörte sie sich in Mins Pläne einwilligen. «Also dann morgen. Ich freue mich auf dich, Min.» Sie lächelte, als sie den Hörer auflegte.

Viereinhalbtausend Kilometer entfernt wartete Minna von Schreiber auf das Freizeichen, wählte dann sofort eine neue Nummer. Als sich der Teilnehmer meldete, flüsterte sie: «Sie hatten recht. Es ging ganz einfach. Sie kommt. Vergessen Sie nicht, Überraschung zu mimen, wenn Sie sie sehen.»

Ihr Mann kam herein, während sie telefonierte, und wartete das

Ende des Gesprächs ab. Dann explodierte er: «Du hast sie also tatsächlich eingeladen?»

Sie blickte trotzig auf. «Allerdings.»

Helmut von Schreiber runzelte die Stirn. Seine porzellanblauen Augen verfinsterten sich. «Nach all meinen Warnungen? Elizabeth könnte dieses Kartenhaus rundum zusammenfallen lassen, Minna. Bis zum Wochenende wirst du diese Einladung bereuen, wie du noch nie im Leben etwas bereut hast.»

Elizabeth beschloß, den Anruf beim Staatsanwalt sofort hinter sich zu bringen. William Murphy freute sich offenbar, von ihr zu hören. «Ich fing gerade an, mir Ihretwegen Sorgen zu machen, Miss Lange.»

«Ich hatte Ihnen doch gesagt, daß ich heute zurückkomme. Ich habe nicht damit gerechnet, Sie am Samstag anzutreffen.»

«Massenhaft Arbeit. Der Verhandlungstermin steht jetzt fest. Am 8. September fangen wir an.»

«Das hab ich gelesen.»

«Ich muß Ihre Aussage noch mal mit Ihnen durchgehen, um Ihr Gedächtnis aufzufrischen.»

«Das Ganze ist mir nie aus dem Kopf gegangen.»

«Verstehe. Aber ich muß über die speziellen Fragen sprechen, die der Verteidiger Ihnen stellen wird. Ich schlage vor, daß Sie am Montag auf ein paar Stunden herkommen, und dann könnten wir ja für nächsten Freitag noch einen weiteren Termin vereinbaren. Sie sind doch diese Woche hier erreichbar?»

«Ich verreise morgen früh», entgegnete sie. «Können wir denn nicht am Freitag über alles reden?»

Die Antwort beunruhigte sie. «Ich hätte gern eine Vorbesprechung. Es ist erst drei Uhr. Mit einem Taxi könnten Sie in einer Viertelstunde hier sein.»

Zögernd willigte sie ein. Mit einem Blick auf Sammys Brief beschloß sie, ihn erst nach ihrer Rückkehr zu lesen. Dann hätte sie wenigstens etwas, worauf sie sich freuen konnte. Sie duschte geschwind, drehte sich das Haar zu einem Knoten, zog ein leichtes blaues Baumwollkostüm an und dazu Sandalen.

Eine halbe Stunde später saß sie dem Staatsanwalt in seinem vollgestopften Büro gegenüber. Das Mobiliar bestand aus Schreibtisch, drei Stühlen und einer Reihe Aktenschränken aus grauem Stahl. Überall türmten sich in Pappdeckel sortierte Aktenbündel –

auf dem Schreibtisch, auf dem Fußboden, auf den Metallschränken. William Murphy scheint das Durcheinander nicht weiter zu stören – oder er hat sich damit abgefunden, dachte Elizabeth.

Murphy, ein Enddreißiger mit beginnender Glatze, pausbäckig, starker New Yorker Akzent, vermittelte den Eindruck von scharfem Intellekt und unermüdlicher Energie. Nach den Verhandlungen vor der Anklagejury hatte er ihr mitgeteilt, daß man Ted hauptsächlich aufgrund ihrer Aussage angeklagt habe. Sie wußte, daß er ihr damit hohes Lob zu zollen meinte.

Er schlug einen dicken Aktenordner auf: *Das Volk des Staates New York gegen Andrew Edward Winters III.* «Ich weiß, wie schwer dies für Sie ist», begann er. «Sie werden gezwungen sein, den Tod Ihrer Schwester noch einmal zu durchleben und damit auch den ganzen Schmerz. Und Sie werden als Zeugin gegen einen Mann aussagen, den Sie gern hatten und dem Sie vertrauten.»

«Ted hat Leila getötet. Der Mensch, den ich kannte, existiert nicht.»

«In dem vorliegenden Fall gibt es kein Wenn und Aber. Ihre Schwester hat durch ihn das Leben eingebüßt, es ist meine Aufgabe, mit Ihrer Hilfe dafür zu sorgen, daß er seine Freiheit einbüßt. Der Prozeß wird Ihnen furchtbare Qualen bereiten, aber danach werden Sie es leichter haben, zu Ihrem eigenen Leben zurückzufinden, das kann ich Ihnen versprechen. Nach der Vereidigung wird man Sie nach Ihren Personalien fragen. Wie ich weiß, ist ‹Lange› Ihr Künstlername. Denken Sie daran, daß Sie den Geschworenen den richtigen Familiennamen angeben müssen – LaSalle. Und nun wollen wir Ihre Aussage noch einmal durchgehen. Man wird Sie fragen, ob Sie bei Ihrer Schwester gewohnt haben.»

«Nein, nach dem College bin ich in eine eigene Wohnung gezogen.»

«Leben Ihre Eltern noch?»

«Nein, meine Mutter starb drei Jahre, nachdem Leila und ich nach New York kamen. Meinen Vater habe ich nie gekannt.»

«Schildern Sie den Tag vor dem Mord.»

«Ich war drei Monate auswärts auf Tournee... Ich kam am Freitag, den 28. März, abends zurück, gerade noch rechtzeitig zu Leilas Generalprobe.»

«Wie fanden Sie Ihre Schwester vor?»

«Sie stand offensichtlich furchtbar unter Druck und vergaß dauernd ihren Text. Ihr Spiel war eine glatte Katastrophe. Während der Pause ging ich zu ihr in die Garderobe. Sie hat nie getrunken, höchstens mal ein Glas Wein, und jetzt hatte sie sich puren Scotch eingeschenkt. Ich nahm ihn ihr weg und schüttete ihn ins Waschbekken.»

«Wie reagierte sie?»

«Sie war außer sich vor Wut. Ein völlig anderer Mensch. Aus Alkohol hatte sie sich nie viel gemacht, aber plötzlich trank sie in Mengen... Ted kam in die Garderobe. Sie schrie uns beide an, wir sollten rausgehen.»

«Hat Sie dieses Verhalten überrascht?»

«Es wäre wohl richtiger zu sagen, daß es mich entsetzt hat.»

«Haben Sie mit Winters darüber gesprochen?»

«Er wirkte bestürzt. Er war ebenfalls viel unterwegs gewesen.»

«Geschäftlich?»

«Ja, ich nehme an...»

«Die Vorstellung lief schlecht?»

«Ein Reinfall. Leila weigerte sich strikt, vor den Vorhang zu treten und sich zu verbeugen. Hinterher gingen wir alle ins *Elaine*.»

«Wen meinten Sie mit ‹wir›?»

«Leila... Ted und Craig... mich... Syd und Cheryl... Baron und Baronin von Schreiber. Den engen Freundeskreis.»

«Sie werden vor der Jury nähere Erklärungen zu den einzelnen Personen abgeben müssen.»

«Syd Melnick war Leilas Agent. Cheryl Crane ist eine sehr bekannte Schauspielerin. Baron und Baronin von Schreiber sind die Besitzer von Cypress Point Spa in Kalifornien. Min – die Baronin – hatte früher eine Fotomodell-Agentur in New York. Sie verschaffte Leila ihren ersten Job. Ted Winters – ihn kennt jeder, er war Leilas Verlobter. Craig Babcock ist Mitarbeiter von Ted, geschäftsführender Vizepräsident von Winters Enterprises.»

«Was geschah im *Elaine*?»

«Es gab eine fürchterliche Szene. Irgend jemand rief Leila zu, er habe gehört, das neue Stück sei durchgefallen. Sie wurde fuchsteufelswild. ‹Und ob!› brüllte sie. ‹Eine Superpleite, aber ohne mich! Habt ihr das alle gehört? Ich steige aus!› Danach feuerte sie Syd Melnick. Sie warf ihm vor, er habe sie nur seiner Prozente wegen da reingeritten. In den letzten zwei Jahren hätte er ihr alles mögliche aufgeschwatzt, weil er das Geld brauchte.» Elizabeth biß sich auf die Lippen. «Eins müssen Sie verstehen – das war nicht die wirkliche Leila. Sicher, wenn sie in einem neuen Stück spielte, konnte es

Überreaktionen geben. Sie war schließlich eine Perfektionistin. Aber so wie an dem Abend hat sie sich noch nie aufgeführt.»
«Was taten Sie?»
«Wir haben uns alle bemüht, sie zu beruhigen. Doch das bewirkte nur das Gegenteil. Als Ted versuchte, vernünftig mit ihr zu reden, zog sie den Verlobungsring vom Finger und schleuderte ihn quer durchs Lokal.»
«Wie reagierte er?»
«Er war wütend, wollte sich aber nichts anmerken lassen. Ein Kellner brachte den Ring zurück, und Ted steckte ihn ein. Er versuchte, die Sache ins Lächerliche zu ziehen, und sagte ungefähr: ‹Den nehm ich erst mal in Verwahrung bis morgen, wenn sie sich wieder abgeregt hat.› Danach verfrachteten wir sie ins Auto und fuhren nach Hause. Ted half mir, sie zu Bett zu bringen. Ich versprach ihm, dafür zu sorgen, daß sie ihn am nächsten Morgen anrief, sobald sie aufwachte.»
«Im Zeugenstand werde ich Sie nun nach den Wohnverhältnissen der beiden fragen.»
«Er hatte im zweiten Stock ein eigenes Apartment. Ich blieb die Nacht über bei Leila. Sie schlief bis mittags. Als sie nach zwölf aufwachte, fühlte sie sich miserabel. Ich gab ihr Aspirin, und sie legte sich wieder hin. Ich rief an ihrer Stelle bei Ted an. Er war im Büro und bat mich, ihr auszurichten, daß er abends gegen sieben zu ihr hinaufkäme.»
Elizabeth merkte, daß ihre Stimme zu schwanken anfing.
«Tut mir leid, aber ich muß weitermachen. Vielleicht könnten Sie das Ganze einfach nur als Probe ansehen. Je besser Sie vorbereitet sind, desto leichter wird es Ihnen später im Zeugenstand fallen.»
«Ist schon gut.»
«Haben Sie mit Ihrer Schwester über den vorhergehenden Abend gesprochen?»
«Nein. Sie wollte offenbar nicht darüber reden. Sie war sehr still. Ich solle jetzt nach Hause fahren und endlich auspacken, sagte sie. Ich hatte nämlich meine Koffer nur abgestellt und war dann gleich ins Theater gestürzt. Sie bat mich, sie gegen acht anzurufen, wir würden dann zusammen zu Abend essen. Ich nahm an, sie meinte damit sich, Ted und mich. Aber dann erklärte sie, daß sie seinen Ring nicht zurücknehmen würde. Sie sei fertig mit ihm.»
«Das ist ein sehr wichtiger Punkt, Miss Lange. Ihre Schwester sagte Ihnen, sie gedenke die Verlobung mit Ted Winters zu lösen?»

«Ja.» Elizabeth starrte auf ihre Hände hinunter. Sie erinnerte sich, wie sie sie Leila auf die Schultern gelegt und ihr dann damit über die Stirn gestrichen hatte. *Hör auf, Leila. Das meinst du doch nicht im Ernst.*

Aber ja, Spatz.

Nein, das stimmt nicht.

Was du denkst, ist deine Sache, Spatz. Ruf mich jedenfalls gegen acht an, ja?

In diesen letzten Minuten, die sie bei Leila war, hatte sie ihr die kalte Kompresse auf die Stirn gelegt, hatte sie fest in die Decken eingepackt und dabei gedacht, daß sie in ein paar Stunden wieder ganz sie selbst sein und die Geschichte amüsiert lachend als köstliche Anekdote zum besten geben würde. «Also hab ich Syd rausgeschmissen, Teds Ring weggeschmissen und die Rolle hingeschmissen. Das alles ging im *Elaine* in knapp zwei Minuten über die Bühne. Eine reife Leistung, oder?» Und dann würde sie den Kopf in den Nacken werfen und lachen, und rückblickend bekäme der Zwischenfall plötzlich Komik – ein Star, der in der Öffentlichkeit seinen Koller kriegt.

«Es war reines Wunschdenken, weil ich unbedingt daran glauben wollte», hörte Elizabeth sich zu William Murphy sagen.

Hastig begann sie den Rest herauszusprudeln. «Ich rief um acht an... Leila und Ted stritten sich. Sie klang, als habe sie wieder getrunken. Sie bat mich, in einer Stunde noch mal anzurufen. Das tat ich. Sie weinte. Sie hatte Ted weggeschickt und wiederholte unentwegt, daß sie keinem Mann trauen könne, daß sie keinen haben wolle, und ich solle mit ihr zusammen fortgehen.»

«Wie reagierten Sie darauf?»

«Ich ließ nichts unversucht, um sie zu beruhigen. Ich erinnerte sie daran, daß sie bei jedem neuen Stück solche nervösen Zustände bekam. Ich sagte ihr, diesmal sei ihr die Rolle wirklich auf den Leib geschrieben. Ich hielt ihr vor, daß Ted ganz vernarrt in sie sei, und das wisse sie auch. Dann tat ich wütend. Ich erklärte ihr...» Elizabeth stockte. Sie wurde kreidebleich. «Ich erklärte ihr, sie höre sich haargenau so an wie Mama, wenn sie wieder mal blau war.»

«Was sagte sie?»

«Anscheinend hatte sie das gar nicht mitgekriegt. Sie wiederholte nur dauernd: ‹Ich bin fertig mit Ted. Du bist die einzige, der ich noch vertrauen kann. Versprich mir, Spatz, daß du mit mir weggehst.›»

Elizabeth versuchte nicht mehr, die Tränen zurückzudrängen, die ihr in die Augen stiegen. «Sie weinte und schluchzte...»

«Und dann...»

«Ted kam zurück. Er begann sie anzuschreien.»

William Murphy beugte sich vor. Seine Stimme wurde eisig. «Also, Miss Lange, hier handelt es sich um den entscheidenden Punkt Ihrer Aussage. Bevor Sie sich im Zeugenstand näher dazu äußern, muß ich das Fundament legen, um den Richter zu überzeugen, daß Sie diese Stimme tatsächlich erkannt haben. Das gedenke ich folgendermaßen zu tun...» Er hielt inne, um die Spannung zu erhöhen. «Frage: Sie hörten eine Stimme?»

«Ja», entgegnete sie tonlos.

«Wie laut war diese Stimme?»

«Sie schrie.»

«Wie klang diese Stimme?»

«Wütend.»

«Wie viele Wörter hörten Sie diese Stimme aussprechen?»

Elizabeth überlegte kurz. «Elf Wörter. Zwei Sätze.»

«Haben Sie diese Stimme schon mal gehört, Miss Lange?»

«Unzählige Male.» Teds Stimme klang ihr in den Ohren. Ted, wie er lachte und Leila zurief: «He, Primadonna, beeil dich! Ich hab Hunger!» Ted, wie er Leila geschickt an einem allzu enthusiastischen Verehrer vorbeilotste: «Steig schnell ein, Liebling.» Ted, wie er im vergangenen Jahr bei ihrer eigenen Off-Broadway-Premiere erschien. «Ich soll Leila haarklein Bericht erstatten. Das Ganze kann ich in drei Worten zusammenfassen: Du warst einmalig...»

Was hatte Murphy sie gefragt?... «Miss Lange, haben Sie erkannt, wessen Stimme Ihre Schwester anschrie?»

«Eindeutig!»

«Miss Lange, wem gehörte die Stimme, die im Hintergrund schrie?»

«Ted... Ted Winters.»

«Was schrie er?»

Unwillkürlich antwortete sie diesmal lauter: «Leg den Hörer auf! Du sollst den Hörer auflegen, sag ich!»

«Hat Ihre Schwester darauf reagiert?»

«Ja.» Elizabeth rutschte unruhig hin und her. «Müssen wir das bis ins einzelne durchgehen?»

«Das wird es Ihnen erleichtern, wenn Sie sich vor dem Prozeß überwinden, darüber zu reden. Also was hat Leila gesagt?»

«Sie schluchzte immer noch... und sagte: ‹Verschwinde. Du willst ein Falke sein...?› Und dann knallte der Hörer auf die Gabel.»

«Sie hat den Hörer hingeknallt?»

«Ich weiß nicht, wer von beiden das getan hat.»

«Miss Lange, macht das Wort ‹Falke› für Sie irgendeinen Sinn?»

«Ja.» Sie sah Leilas Gesicht deutlich vor sich, den zärtlichen Augenausdruck, wenn sie Ted anblickte, die spontane Art, wie sie auf ihn zuging und ihn küßte. *Ich liebe dich, mein Falke.*

«Und wieso?»

«Das war Teds Spitzname... der Kosename, den ihm meine Schwester gegeben hatte. Das tat sie nämlich mit Vorliebe – für jeden, der ihr nahestand, dachte sie sich einen passenden Namen aus.»

«Hat sie irgendwann noch jemanden so genannt?»

«Nein... nie.» Elizabeth stand abrupt auf und ging zum Fenster. Es war mit einer Staubschicht bedeckt. Ein Schwall feuchtwarmer Luft schlug ihr entgegen, als sie es öffnete. *Wenn ich doch nur hier wegkäme,* dachte sie sehnsüchtig.

«Nur noch ein paar Minuten, Miss Lange, das verspreche ich Ihnen. Wissen Sie, um welche Zeit der Hörer hingeknallt wurde?»

«Genau um 21 Uhr 30.»

«Sind Sie da absolut sicher?»

«Ja. Während meiner Abwesenheit muß es einen Stromausfall gegeben haben. Ich habe an dem Morgen meine Uhr neu gestellt. Die Zeit stimmt, kein Zweifel.»

«Was taten Sie dann?»

«Ich war schrecklich aufgeregt. Ich mußte Leila sehen, stürzte auf die Straße. Es dauerte mindestens fünfzehn Minuten, bis ich ein Taxi erwischte. Als ich in Leilas Apartment kam, war es zehn vorbei.»

«Und es war kein Mensch da.»

«Niemand. Ich versuchte Ted anzurufen. Es meldete sich keiner. Da wartete ich einfach.» Sie wartete die ganze Nacht, schwankend zwischen Sorge und Erleichterung; sie hoffte, Leila und Ted hätten sich wieder versöhnt und wären ausgegangen, und ahnte nicht, daß Leila tot und zerschmettert im Hof lag.

«Als am nächsten Morgen die Leiche entdeckt wurde, nahmen Sie an, sie müsse von der Terrasse gestürzt sein? Warum sollte sie in einer kalten Märznacht nach draußen gehen?»

«Sie stand gern auf der Terrasse und genoß den Blick auf die Stadt. Bei jedem Wetter. Ich mahnte sie immer wieder zur Vorsicht... Das

Geländer war nicht besonders hoch. Schließlich hatte sie viel getrunken, dachte ich, sich zu weit über die Brüstung gelehnt, das Gleichgewicht verloren und war dann hinuntergestürzt...»

Sie erinnerte sich – an den gemeinsamen Schmerz: Hand in Hand hatten Ted und sie bei der Trauerfeier geweint. Mit festem Griff hatte er sie gestützt, als sie, von Schluchzen geschüttelt, zusammenzubrechen drohte. «Ich weiß, Spatz. Ich weiß», tröstete er sie. In Teds Jacht waren sie aufs Meer hinausgefahren, um Leilas Asche zu verstreuen.

Und dann war nach zwei Wochen eine Augenzeugin aufgetaucht und hatte unter Eid ausgesagt, sie habe gesehen, wie Ted um 21 Uhr 31 Leila von der Terrasse gestoßen habe.

«Ohne Ihre Aussage könnte die Verteidigung diese Sally Ross als Zeugin in der Luft zerreißen», hörte sie William Murphy sagen. «Wie Sie wissen, ist sie nachweislich psychisch schwer gestört. Bedauerlich, daß sie so lange gewartet hat, bis sie mit ihrer Geschichte rausrückte. Die Tatsache, daß ihr Psychiater nicht da war und sie es ihm zuerst sagen wollte, erklärt das Ganze wenigstens halbwegs.»

«Ohne meine Aussage steht ihr Wort gegen Teds, und er bestreitet, noch mal in Leilas Apartment gegangen zu sein.» Als sie von der Augenzeugin erfahren hatte, war sie außer sich geraten. Sie hatte Ted restlos vertraut, bis ihr dieser William Murphy mitteilte, daß Ted strikt ableugnete, in Leilas Apartment zurückgekehrt zu sein.

«Sie können beschwören, daß er dort war, daß sie sich stritten, daß der Hörer um 21 Uhr 30 aufgeknallt wurde. Sally Ross sah, daß Leila um 21 Uhr 31 von der Terrasse gestoßen wurde. Teds Version, er habe Leilas Apartment gegen zehn nach neun verlassen, um in sein eigenes zu gehen, wo er telefonierte und dann ein Taxi nach Connecticut nahm, hält nicht stand. Neben den Aussagen von Ihnen und dieser Frau haben wir in dem Fall auch noch starke Indizien. Sein zerkratztes Gesicht. Die von ihm stammenden Hautfetzen unter Leilas Fingernägeln. Die Blutspuren von ihr auf seinem Hemd. Die Aussage des Taxifahrers, daß er leichenblaß war und zitterte – daß er ihn kaum zu seinem Haus dirigieren konnte. Und warum zum Teufel hat er sich nicht seinen eigenen Chauffeur kommen lassen, damit er ihn nach Connecticut fährt? Weil er in Panik war, darum! Er kann keinerlei Beweis vorbringen, daß er irgend jemand telefonisch erreicht hat. Und er hat ein Motiv – Leila hatte ihm den Laufpaß gegeben. Aber über eins müssen Sie sich im klaren sein: Die Verteidigung wird auf der Tatsache herumreiten, daß Sie und Ted Winters nach Leilas Tod eine so enge Beziehung hatten.»

«Wir beide liebten sie am meisten», entgegnete Elizabeth leise. «Oder wenigstens dachte ich das. Kann ich jetzt bitte gehen?»

«Lassen wir's dabei bewenden. Sie sehen wirklich reichlich erschöpft aus. Das wird eine langwierige und unerfreuliche Verhandlung. Versuchen Sie, sich in der kommenden Woche etwas zu entspannen. Wissen Sie schon, wo Sie die nächsten paar Tage verbringen wollen?»

«Ja. Baronin von Schreiber hat mich nach Cypress Point Spa eingeladen.»

«Das ist doch hoffentlich nicht Ihr Ernst?»

«Warum sollte ich darüber Witze machen?»

Murphys Augen verengten sich. Sein Gesicht lief rot an, und die Backenknochen traten plötzlich scharf hervor. Offenbar mußte er sich beherrschen, um nicht loszubrüllen. «Ich fürchte, Miss Lange, Sie unterschätzen Ihren Stellenwert. Ohne Sie würde die andere Zeugin von der Verteidigung abgeschmettert. Das heißt, durch Ihre Aussage wird einer der vermögendsten, einflußreichsten Männer dieses Landes für mindestens fünfzehn Jahre ins Gefängnis wandern, und sogar für dreißig, wenn ich Mord zweiten Grades durchkriege. Handelte es sich hier um einen Mafia-Prozeß, hätte ich Sie bis zum Ende des Verfahrens unter falschem Namen und mit Polizeischutz in einem Hotel versteckt. Der Baron von Schreiber und seine Frau mögen ja Freunde von Ihnen sein, aber genauso von Ted Winters, für den sie in New York als Zeugen auftreten werden. Und Sie beabsichtigen ernstlich, ausgerechnet jetzt dorthin zu reisen?»

«Ich weiß, daß Min und ihr Mann als Leumundszeugen für Ted aussagen», erwiderte Elizabeth. «Ihrer Meinung nach ist er nicht fähig, einen Mord zu begehen. Ich wäre der gleichen Ansicht, wenn ich ihn nicht mit eigenen Ohren gehört hätte. Die beiden folgen ihrem Gewissen und ich dem meinen. Wir alle handeln so, wie wir müssen.»

Auf die Tirade, die Murphy nun losließ, war Elizabeth nicht gefaßt. Seine beschwörenden, mitunter sarkastischen Worte dröhnten ihr in den Ohren. «An dieser Einladung ist was faul. Das müßten Sie doch selber sehen. Sie behaupten, die Schreibers liebten Ihre Schwester. Dann fragen Sie sich doch gefälligst mal, wieso sie für Leilas Mörder auf die Barrikaden gehen wollen. Ich bestehe darauf, daß Sie sich von den beiden fernhalten, wenn schon nicht um meinetwillen oder in Ihrem eigenen Interesse, dann deshalb, weil Sie Gerechtigkeit für Leila verlangen!»

Es verwirrte Elizabeth, daß er sie so offensichtlich wegen ihrer Naivität verachtete, und sie erklärte sich schließlich bereit, die Reise abzublasen. Sie versprach, statt dessen nach Easthampton zu fahren, dort entweder Freunde zu besuchen oder sich in einem Hotel einzuquartieren.

«Ob Sie allein oder in Gesellschaft sind, seien Sie jedenfalls vorsichtig», schärfte Murphy ihr ein. Nachdem er seinen Willen durchgesetzt hatte, quälte er sich ein Lächeln ab, das jedoch sofort erstarrte, und seine Augen blickten finster und zugleich besorgt. «Vergessen Sie eins nicht – ohne Ihre Aussage bleibt Ted Winters auf freiem Fuß.»

Trotz der drückenden Schwüle beschloß Elizabeth, zu Fuß nach Hause zu gehen. Sie kam sich vor wie ein Punchingball, den eine Serie von wohlgezielten Schlägen rastlos hin- und herfliegen ließ. Natürlich hatte der Staatsanwalt recht. Sie hätte Mins Einladung ablehnen sollen. Sie würde sich in Easthampton bei niemandem melden, sondern lieber in ein Hotel gehen und die nächsten paar Tage nur müßig am Strand liegen.

Leila hatte immer gewitzelt: «Auf die Couch zwecks Seelenmassage wirst du nie müssen, Spatz. Dich braucht man nur in einen Bikini zu stecken und ins Meer zu tauchen, und schon bist du wunschlos glücklich.» Das stimmte. Sie erinnerte sich, mit welcher Begeisterung sie Leila die Preise gezeigt hatte, die sie beim Wettschwimmen gewonnen hatte. Vor acht Jahren hatte sie für die Olympiamannschaft einen zweiten Platz belegt. Und in Cypress Point Spa hatte sie vier Sommer lang Kurse für Unterwasseraerobic geleitet.

Unterwegs besorgte sie etwas zu essen – nur das Nötigste, um sich abends einen Salat und morgens rasch ein Frühstück zu machen. Als sie die letzten beiden Häuserblocks passierte, dachte sie, wie fern doch alles gerückt war. Ihr ganzes Leben vor Leilas Tod erschien ihr wie die unscharfen, vergilbten Fotos im Familienalbum.

Auf dem Tisch in der Eßecke lag die Post, obenauf Sammys Brief. Wieder mußte Elizabeth beim Anblick der gestochenen Handschrift lächeln. Sie sah Sammy deutlich vor sich – die zerbrechliche Gestalt, die irgendwie an einen Vogel erinnerte; die klugen Augen, eulenhaft hinter der randlosen Brille; die spitzenbesetzten Blusen und die soliden Strickjacken. Vor zehn Jahren hatte sich Sammy auf Leilas Anzeige um die Stelle einer Halbtags-Sekretärin beworben und sich binnen einer Woche unentbehrlich gemacht. Nach Leilas Tod hatte Min sie als Empfangsdame und Sekretärin für das Kurzentrum engagiert.

Elizabeth beschloß, den Brief nach dem Abendessen zu lesen. In ein paar Minuten hatte sie einen leichten Kaftan übergezogen, den Salat angemacht und sich ein Glas eisgekühlten Chablis eingeschenkt. Okay, Sammy, jetzt können wir uns in Ruhe unterhalten, dachte sie, als sie den Brief öffnete.

Die erste Seite enthielt das Übliche.

Liebe Elizabeth
Ich hoffe, Sie sind gesund und einigermaßen zufrieden. Mir kommt es vor, als ob ich Leila von Tag zu Tag mehr vermisse, und ich kann nur erahnen, wie Ihnen zumute ist. Ich bin überzeugt, daß alles besser wird, sobald der Prozeß hinter Ihnen liegt.
Es hat mir gutgetan, für Min zu arbeiten, trotzdem denke ich, daß ich den Job bald aufgeben werde. Ich habe mich nie richtig von der Operation erholt.

Elizabeth drehte das Blatt um, las ein paar Zeilen auf der Rückseite; dann schnürte es ihr die Kehle zu, sie schob die Salatschüssel weg.

Sie wissen ja, daß ich Leilas Fanpost weiterhin beantwortet habe. Es bleiben immer noch drei große Säcke zu erledigen. Ich schreibe Ihnen, weil ich gerade auf einen sehr beunruhigenden anonymen Brief gestoßen bin. Er ist gemein und bösartig und gehört offenbar zu einer ganzen Serie. Diesen hier hatte Leila nicht geöffnet, aber die vorhergegangenen muß sie gelesen haben. Vielleicht wären die eine Erklärung dafür, warum sie in jenen letzten Wochen so völlig durcheinander war. Das Schreckliche daran ist, daß der Brief, den ich entdeckt habe, eindeutig von einem Menschen stammt, der sie gut kannte. Eigentlich wollte ich ihn diesem Brief beilegen, aber da ich nicht weiß, wer während Ihrer Abwesenheit Ihre Post für Sie aufbewahrt, wollte ich lieber vermeiden, daß ihn womöglich ein Unbefugter zu Gesicht bekommt. Rufen Sie mich an, sobald Sie wieder in New York sind? Herzlichst Ihre
Sammy.

Je öfter Elizabeth diesen Brief las, desto mehr versetzte er sie in kaltes Grausen. Leila hatte also sehr beunruhigende, bösartige anonyme Briefe erhalten von einem Menschen, der sie genau kannte. Sammy, die nie zu Übertreibungen neigte, hielt es für denkbar, daß sich Leilas psychischer Zusammenbruch dadurch erklären ließ. In all diesen Monaten hatte Elizabeth in schlaflosen Nächten darüber nachgegrübelt, was Leila wohl zur Hysterie getrieben haben könnte. Gemeine anonyme Briefe, verfaßt von jemand, der sie gut kannte. Wer? Warum? Ob Sammy irgendeine dunkle Ahnung hatte?

Sie griff zum Telefon und wählte die Nummer des Büros in Cypress Point Spa. Hoffentlich meldet sich Sammy, dachte sie. Doch am Apparat war Min. Sammy sei verreist, teilte sie Elizabeth mit. Zu Besuch bei einer Kusine, irgendwo in der Nähe von San Francisco. Sie käme Montagabend zurück. «Du siehst sie ja dann.» Mins Tonfall verriet Neugier. «Du klingst so aufgeregt, Elizabeth. Was gibt's denn so Dringendes mit Sammy zu reden?»

Das war der geeignete Augenblick, Min mitzuteilen, daß sie nicht käme. «Der Staatsanwalt...», wollte Elizabeth gerade anheben, als ihr Blick auf Sammys Brief fiel. Sie mußte sie unbedingt sehen, nichts konnte sie daran hindern. Es war der gleiche zwanghafte Impuls, der sie in jener verhängnisvollen Nacht zu Leilas Apartment jagen ließ. Also sagte sie statt dessen: «Das eilt überhaupt nicht, Min. Auf Wiedersehen bis morgen.»

Ehe sie zu Bett ging, schrieb sie ein paar Zeilen an William Murphy mit Adresse und Telefonnummer des Kurzentrums. Gleich darauf zerriß sie den Zettel. Wozu diese Warnung? Schließlich war sie keine Zeugin gegen die Mafia und wollte weiter nichts als alte Freunde besuchen – Menschen, denen sie Liebe und Vertrauen entgegenbrachte, Menschen, die sie liebten und sich Sorgen um sie machten. Sollte er doch ruhig denken, sie sei in Easthampton.

Seit Monaten wußte er, daß es unerläßlich war, Elizabeth zu töten. Tag und Nacht hatte ihn der Gedanke an die Gefahr, die sie darstellte, begleitet. Ursprünglich hatte er geplant, sie in New York aus dem Weg zu räumen.

Der Prozeß stand unmittelbar bevor, so daß sie zweifellos jene letzten Tage innerlich immer wieder durchlebte, Sekunde um Sekunde. Dabei würde ihr unausweichlich klar werden, was sie ja bereits wußte – und mit diesem Erkenntnisprozeß wäre sein Schicksal besiegelt.

Ihr Tod würde in Kalifornien weniger offiziellen Verdacht erregen als in New York. Es gab verschiedene Möglichkeiten, sie in Cypress Point Spa zu beseitigen und das Ganze als Unfall zu tarnen. Er vergegenwärtigte sich ihre persönlichen Eigenheiten und Gewohnheiten, um den geeigneten Weg zu finden. Ein Blick auf die Uhr. In New York war es jetzt Mitternacht. Träume süß, Elizabeth, dachte er. Deine Zeit läuft ab.

Sonntag, 30. August 1987

Das Wort zum Tage:
Wo sind sie, die Liebe, Schönheit und Wahrheit, die wir suchen?

SHELLEY

Guten Morgen, lieber Gast!
Wir wünschen Ihnen viel Freude für den neuen Tag in Cypress Point Spa.

Wir können Ihnen die erfreuliche Mitteilung machen, daß zusätzlich zu ihrem individuellen Tagesprogramm zwischen 10 und 16 Uhr in der Damenabteilung Spezialkurse über die Kunst des Make-up stattfinden. Wie wäre es, wenn Sie sich in Ihren Freistunden von Madame Renford aus Beverly Hills in die Geheimnisse der schönsten Frauen der Welt einweihen ließen?

Unser Gast in der Herrenabteilung ist heute der bekannte Bodybuilder Jack Richard, der sein Trainingsprogramm um 16 Uhr vorführen wird.

Das musikalische Programm nach dem Dinner bietet etwas ganz Besonderes. Der Cellist Fione Navaralla, einer der erfolgreichsten jungen Künstler in England, spielt Stücke von Ludwig van Beethoven.

Wir hoffen, daß alle unsere Gäste einen angenehmen, erholsamen Tag verbringen. Denken Sie daran – um wirklich schön zu sein, müssen wir im Innern gleichbleibend heiter und gelassen sein und frei von beunruhigenden oder quälenden Gedanken.

Baron und Baronin von Schreiber

Mins langjähriger Chauffeur Jason wartete vor dem Flugsteig, seine silbergraue Uniform schimmerte hell in der sonnendurchfluteten Ankunftshalle. Die kleine, drahtige Statur verriet noch immer den einstigen Jockey. Ein Rennunfall hatte seine Karriere beendet. Als Min ihn engagierte, arbeitete er als Stallbursche. Elizabeth wußte, daß er Min bedingungslos ergeben war. Das gleiche traf auch auf das übrige Personal zu. Die Fältchen in seinem zerknitterten Gesicht vertieften sich, als er sie entdeckte und willkommen hieß. «Schön, daß Sie wieder da sind, Miss Lange.» Ob er sich wohl auch daran erinnerte, daß sie das letzte Mal zusammen mit Leila hergekommen war?

Sie beugte sich zu ihm und küßte ihn auf die Wange. «Würden Sie bitte mit der ‹Miss Lange›-Tour aufhören, Jason? Man könnte mich ja sonst glatt für einen zahlenden Gast oder so was halten.» Sie bemerkte die diskrete Karte mit dem Namen Alvirah Meehan in seiner Hand. «Sie holen noch jemand ab?»

«Nur eine Person. Eigentlich müßte sie längst draußen sein. Die Passagiere aus der ersten Klasse steigen meistens auch als erste aus.»

Wer spart schon am Flugpreis, wenn er sich mindestens dreitausend Dollar wöchentlich für den Aufenthalt in Cypress Point Spa leisten kann, dachte Elizabeth. Gemeinsam mit Jason musterte sie die von Bord gehenden Passagiere. Jason hielt mehreren vorbeikommenden eleganten Frauen die Karte entgegen, ohne Ergebnis. «Hoffentlich hat sie das Flugzeug nicht verpaßt», murmelte er, als noch eine Nachzüglerin auftauchte, eine massige Mitfünfzigerin mit breitem, scharfgeschnittenem Gesicht und sich lichtendem rötlichbraunen Haar. Sie trug ein grellrot bis rosa gemustertes und offensichtlich kostspieliges Baumwollkleid, das überhaupt nicht zu ihr paßte. An Taille und Oberschenkeln schlug es Falten, und der Saum rutschte über die Knie. Ein untrügliches Gefühl sagte Elizabeth, daß dies Mrs. Alvirah Meehan war.

Sie entdeckte ihren Namen auf der Karte und strebte mit strahlendem, erleichtertem Lächeln auf sie zu, ergriff Jasons Hand und schüttelte sie kräftig. «Da wäre ich also», verkündete sie. «Bin ich froh, euch zu sehen! Ich hatte solchen Bammel, es könnte irgendein Kuddelmuddel geben und keiner mich abholen.»

«Wir lassen nie einen Gast im Stich.»

Elizabeth konnte nur mit Mühe ernst bleiben bei Jasons entgeistertem Gesichtsausdruck. Mrs. Meehan entsprach offensichtlich nicht seiner Klischeevorstellung von einem Gast in Cypress Point Spa. «Könnte ich bitte Ihre Gepäckscheine haben, Ma'am?» «Das ist aber nett. Ist für mich 'ne Tour, nach 'ner langen Reise auch noch ums Gepäck anzustehn. Natürlich fahren Willy und ich meistens mit dem Greyhound-Bus, und da kriegt man ja die Koffer gleich, aber trotzdem... Ich hab nicht viel Zeug dabei. Eigentlich wollt' ich ja groß einkaufen, aber da sagte meine Freundin May: ‹Wart lieber damit, Alvirah, und sieh dir erst mal an, was die Leute dort tragen. In diesen Luxusschuppen gibt's doch jede Menge Boutiquen... Da zahlst du zwar Überpreise, aber kriegst wenigstens das Richtige für dein teures Geld.›» Sie reichte Jason das Ticket mit den angehefteten Gepäckabschnitten und wandte sich zu Elizabeth. «Ich bin Alvirah Meehan. Gehen Sie auch ins Kurzentrum? Sie sehen wahrhaftig nicht so aus, als ob Sie's nötig hätten, Kindchen!»

Eine Viertelstunde später verließen sie in der gepflegten Silbermetallic-Limousine das Flughafengelände. Alvirah lehnte sich, wohlig aufseufzend, in die brokatbezogenen Polster zurück. «Meine Güte, fühlt sich das aber toll an!»

Elizabeth betrachtete die Hände ihrer Nachbarin. Verarbeitete Hände mit verdickten Knöcheln und Schwielen. An den kurzen, stumpfen Fingernägeln hatte weder die offensichtlich teure Maniküre noch der glänzende Nagellack etwas verschönern können. Die Neugier, die sie gegenüber Alvirah Meehan empfand, brachte sie vorübergehend von den ständigen Gedanken an Leila ab. Diese Frau gefiel ihr instinktiv – sie hatte etwas bemerkenswert Offenes, Anziehendes an sich –, doch wer war sie? Wie kam sie ausgerechnet nach Cypress Point?

«Ich kann mich immer noch nicht dran gewöhnen», plauderte Alvirah munter weiter. «Ich denk mir, im nächsten Augenblick sitz ich wieder in meinem Wohnzimmer und nehme ein Fußbad. Jede Woche in fünf verschiedenen Häusern putzen, das ist kein Honigschlecken, kann ich Ihnen flüstern. Und der Job am Freitag war einfach das Letzte – sechs Gören und lauter Nieten, aber am schlimmsten war die Mutter. Und dann wurden bei der Lotterie die Nummern gezogen, und wir hatten alle. Willy und ich, wir konnten es gar nicht fassen. Nein... ‹Willy›, hab ich zu ihm gesagt, ‹jetzt sind wir reich.› Und er hat gebrüllt: ‹Und ob wir reich sind!› Sie müssen das doch im vergangenen Monat gelesen haben? Vierzig Millionen Dollar, und eben haben wir noch jeden Cent zweimal umgedreht.»

«Sie haben vierzig Millionen Dollar in der Lotterie gewonnen?»
«Wundert mich, daß Sie's nicht gelesen haben. Wir haben den größten Lotteriegewinn gemacht, den's im Staat New York je gegeben hat. Na, wie finden Sie das?»
«Ich finde das großartig», sagte Elizabeth ernst.
«Tja, und was ich als erstes tun wollte, das wußte ich haargenau, nämlich nach Cypress Point Spa gehen. Seit zehn Jahren hab ich dauernd davon gelesen und mir immer ausgemalt, wie's sein müßte, wenn ich 'ne Zeitlang dort sein und mit all den berühmten Leuten zusammentreffen könnte. Normalerweise muß man ja Monate vorher reservieren, aber ich hab's einfach so geschafft!» Sie schnippte mit den Fingern.

Weil Min zweifellos erkannt hat, wie werbewirksam es ist, wenn Alvirah Meehan aller Welt von ihrem Wunschtraum erzählt, einmal im Leben nach Cypress Point zu kommen, dachte Elizabeth. Min ließ sich nie eine Gelegenheit entgehen.

Sie waren auf der Küstenstraße angelangt. «Das soll doch angeblich so 'ne herrliche Strecke sein», sagte Alvirah. «Na, mich reißt's nicht vom Stuhl.»

«Ein bißchen weiter wird's atemberaubend», murmelte Elizabeth.

Alvirah Meehan richtete sich auf, wandte sich Elizabeth zu und musterte sie prüfend. «Bei meinem dauernden Gequatsche hab ich doch glatt Ihren Namen überhört.»

«Elizabeth Lange.»

Die braunen Augen, die bereits durch die dicken Brillengläser vergrößert wurden, weiteten sich noch mehr. «Ich weiß, wer Sie sind – die Schwester von Leila LaSalle. Sie war meine Lieblingsschauspielerin. Ich bin genau im Bilde über Leila und Sie. Wie Sie beide nach New York gekommen sind, als Sie noch ein kleines Mädchen waren, das ist eine so schöne, rührende Geschichte. Zwei Abende vor ihrem Tod hab ich noch 'ne öffentliche Probe ihres letzten Stücks gesehen. Ach, das tut mir leid – ich wollte Sie wirklich nicht aufregen...»

«Schon gut, ich hab bloß schreckliche Kopfschmerzen. Vielleicht wird's besser, wenn ich mich ein bißchen ausruhe...»

Elizabeth drehte den Kopf zum Fenster und strich sich über die Augen. Um Leila zu verstehen, mußte man diese Kindheit erlebt haben, diese Fahrt nach New York, die Angst und die Enttäuschungen... Und man mußte wissen, daß es alles andere als eine schöne, rührende Geschichte war, auch wenn es sich in der Zeitschrift *People* noch so gut las...

Die Busfahrt von Lexington nach New York dauerte vierzehn Stunden. Elizabeth hatte sich auf ihrem Sitz zusammengerollt und schlief, den Kopf in Leilas Schoß. Sie war ein bißchen verängstigt und traurig bei dem Gedanken an Mama, die bei ihrer Rückkehr das Haus leer vorfinden würde. Doch sie wußte auch, daß Matt sagen würde: «Trink erst mal 'nen Schluck, Schatz.» Dann würde er Mama ins Schlafzimmer ziehen, und bald darauf würden die beiden lachen und kreischen und die Sprungfedern ächzen und quietschen.

Leila erklärte ihr, welche Bundesstaaten sie durchquerten: Maryland, Delaware, New Jersey. Dann gab es anstelle der Felder nur noch häßliche Kesselbehälter, und die Straße wurde immer belebter. Beim Lincoln Tunnel mußte der Bus ständig bremsen und dann wieder anfahren. Elizabeth wurde irgendwie flau im Magen. Sie konnte es kaum abwarten, aus dem Bus herauszukommen. Endlich wollte sie wieder kühle, klare Luft atmen. Aber die war schwer und drückend und so heiß – sogar noch heißer als daheim. Bevor Elizabeth gereizt und müde ihr Klagelied anstimmen konnte, merkte sie, wie erschöpft Leila aussah.

Sie hatten gerade den Busbahnhof verlassen, als ein Mann auf Leila zukam. Er war mager, hatte dunkles, lockiges Haar und eine ziemliche Stirnglatze, lange Koteletten und kleine braune Augen, die zu schielen anfingen, wenn er lächelte. «Ich bin Lon Pedsell», stellte er sich vor. «Sind Sie das Fotomodell, das die Agentur Arbitron aus Maryland schickt?»

Natürlich war Leila nicht dieses Fotomodell, aber Elizabeth merkte, daß sie die Frage nicht rundweg verneinen wollte. «In dem Bus war sonst keine in meinem Alter», antwortete sie ausweichend.

«Und Sie sehen ganz nach einem Fotomodell aus.»

«Ich bin Schauspielerin.»

Der Mann strahlte, als habe Leila ihm ein Geschenk gemacht. «Das ist eine Chance für mich und hoffentlich auch für Sie. Wenn Sie als Fotomodell arbeiten wollen, wären Sie goldrichtig. Es bringt hundert Dollar für eine Sitzung.»

Leila stellte die Koffer ab und drückte Elizabeths Schulter. Das hieß bei ihr: «Überlaß das Reden mir.»

«Ich sehe schon, Sie sind einverstanden», sagte Lon Pedsell. «Gehen wir. Draußen steht mein Wagen.»

Beim Anblick seines Ateliers war Elizabeth perplex. Wenn Leila von New York sprach, hatte sie sich immer die herrlichsten Arbeitsplätze für sie ausgemalt. Doch Lon Pedsell brachte sie in eine schmutzige Straße, ungefähr sechs Häuserblocks vom Busbahnhof entfernt. Auf den Vorplätzen hockten Scharen von Menschen, und das Trottoir war mit Abfällen übersät. «Ich muß mich entschuldigen für meine derzeitige Behausung. Es handelt sich um eine Notlösung», erklärte er. «Ich mußte meine bisherige Wohnung am anderen Ende der Stadt aufgeben, und die neue wird gerade eingerichtet.»

Das Apartment, in das er sie führte, lag im vierten Stock und war genauso unordentlich wie Mamas Haus. Lon hatte darauf bestanden, die beiden großen Koffer zu schleppen, und keuchte schwer. «Wie wär's, wenn ich Ihrer kleinen Schwester ein Coke hole und sie solange vor den Fernseher setze, während Sie Modell stehen?» wandte er sich an Leila.

Elizabeth merkte, daß Leila nicht so recht wußte, was sie tun sollte. «Um was für Fotos geht's hier eigentlich?» erkundigte sie sich.

«Um eine neue Kollektion von Badeanzügen. Genaugenommen mache ich die Probeaufnahmen für die Agentur. Das Mädchen, das die dort aussuchen, posiert dann für die gesamte Anzeigenserie. Sie haben wirklich Dusel, daß Sie mir heute über den Weg gelaufen sind. Ich ahne so was, als ob Sie genau der Typ sind, der denen vorschwebt.»

Er führte sie in die Küche, einen winzigen, schmuddeligen Raum. Auf einem Sims über dem Ausguß stand ein kleiner Fernseher. Er goß Elizabeth ein Coke ein und Wein für sich und Leila. «Ich nehme auch ein Coke», erklärte Leila.

«Bedienen Sie sich.» Er schaltete den Fernseher ein. «Ich mache jetzt die Tür zu, Elizabeth, damit ich mich konzentrieren kann. Du bleibst hübsch hier und vertreibst dir die Zeit.»

Elizabeth schaute sich drei Programme an. Gelegentlich hörte sie Leilas Stimme von nebenan: «Dagegen hab ich was», doch das hörte sich nicht verängstigt an, sondern eher irgendwie bekümmert. Nach einer Weile erschien sie wieder. «Ich bin fertig, Spatz. Nimm deine Sachen.» Dann wandte sie sich an Lon: «Wissen Sie, wo wir ein möbliertes Zimmer kriegen können?»

«Wollen Sie hier übernachten?»

«Nein. Geben Sie mir nur die hundert Dollar.»

«Sobald Sie diese Quittung unterschrieben haben...»
Während sie unterzeichnete, lächelte er Elizabeth zu. «Du kannst stolz auf deine große Schwester sein. Sie ist auf dem besten Wege, ein Topmodell zu werden.»
Leila reichte ihm das Papier. «Geben Sie mir die hundert Dollar.»
«Oh, die bekommen Sie von der Agentur. Hier haben Sie die Karte. Gehen Sie vormittags dort vorbei, die stellen Ihnen dann den Scheck aus.»
«Aber Sie haben doch gesagt...»
«Sie müssen unbedingt lernen, Leila, wie der Laden läuft. Die Bezahlung der Modelle ist nicht Sache der Fotografen, sondern der Agentur. Die erledigt das, sobald ihr die Quittung vorliegt.»
Er machte keinerlei Anstalten, ihnen beim Hinuntertragen der Koffer zu helfen.
Nach einem Hamburger und einem Milchmixgetränk in einem Restaurant wurde ihnen beiden wohler. Leila hatte einen Stadtplan von New York und eine Zeitung gekauft. Sie begann den Immobilienteil zu studieren. «Die Wohnung hier wär's ungefähr: ‹Penthaus; vierzehn Räume, einmaliger Blick, Panoramaterrasse.› Eines Tages haben wir so was, Spatz, das verspreche ich dir.»
Sie entdeckten eine Anzeige, in der Mitmieter gesucht wurden. Leila konsultierte den Stadtplan. «Gar nicht übel», meinte sie. «Ninety-fifth Street und West End Avenue, das ist nicht allzu weit, und wir haben Busverbindung.»
Die Wohnung erwies sich als annehmbar, doch das freundliche Lächeln der Frau erlosch schlagartig, als sie hörte, daß Elizabeth dazugehörte. «Kinder nehm ich nicht», erklärte sie rundheraus.
Es war überall das gleiche Lied. Schließlich, um 7 Uhr, fragte Leila einen Taxichauffeur, ob er irgendeine billige, aber ordentliche Unterkunft kenne, wo man auch Elizabeth aufnehmen würde. Er empfahl ihr eine Pension in Greenwich Village.

Am nächsten Morgen gingen sie zu der Fotomodell-Agentur in der Madison Avenue, um Leilas Honorar zu kassieren. Die Tür war verschlossen, und auf einem Schild stand: «Infomaterial bitte in den Briefkasten werfen.» Im Briefkasten steckte bereits ein halbes Dutzend kartonierter Umschläge. Leila drückte auf die Klingel. Durch die Sprechanlage ertönte eine Stimme: «Haben Sie einen Termin?»
«Wir wollen mein Geld holen.»
Daraufhin entwickelte sich ein Wortwechsel zwischen Leila und

der Frauenstimme, die schließlich schrie: «Scheren Sie sich weg!» Leila drückte wiederum auf die Klingel und ließ den Knopf nicht los, bis jemand die Tür aufriß. Elizabeth schreckte zurück. Die Frau trug das dichte schwarze Haar zu Zöpfen geflochten und hochgesteckt. Die kohlschwarzen Augen und das ganze Gesicht verrieten eine rasende Wut. Sie war nicht mehr jung, aber bildschön. Ihr weißseidener Hosenanzug brachte Elizabeth zum Bewußtsein, daß sie verblichene blaue Shorts trug und daß rund um die Taschen ihres Polohemdes die Farbe ausgelaufen war. Wie hübsch Leila aussieht, hatte sie noch beim Weggehen gedacht, aber jetzt, neben dieser Frau, wirkte sie aufgedonnert und schäbig.

«Hören Sie zu», sagte die Frau, «wenn Sie Ihr Foto dalassen wollen, können Sie das tun. Aber wenn Sie noch einmal versuchen, hier einzudringen, lasse ich Sie verhaften.»

Leila hielt ihr die Quittung hin. «Sie schulden mir hundert Dollar, und ohne die geh ich nicht.»

Die Frau nahm den Zettel, las ihn und bekam einen solchen Lachanfall, daß sie sich gegen die Tür lehnen mußte. «Sie sind doch wirklich eine dumme Gans. Diese Gauner legen euch Provinztrottel alle mit so 'nem Wisch rein. Wo hat er Sie denn aufgegabelt? Im Busbahnhof? Sind Sie auch noch mit ihm im Bett gelandet?»

«Nein, bin ich nicht.» Leila schnappte sich das Papier, zerriß es und zertrat die Schnipsel mit dem Absatz. «Komm, Spatz. Der Kerl hat mich zum Narren gehalten, aber deshalb müssen wir uns noch lange nicht von dem Weibsbild auslachen lassen.»

Elizabeth merkte, daß Leila außer sich und den Tränen nahe war, und wollte verhindern, daß die Frau das mitbekam. Sie schüttelte Leilas Arm von der Schulter und pflanzte sich vor der Frau auf. «Ich finde Sie gemein», erklärte sie. «Der Mann war nett und freundlich, und wenn er meine Schwester umsonst arbeiten ließ, müßte Ihnen das leid tun, statt sich über uns lustig zu machen.» Sie wirbelte herum und zog Leila an den Händen fort. «Los, wir gehen.»

Sie marschierten davon, und die Frau rief ihnen nach: «Kommt zurück, ihr zwei.» Sie überhörten das. Dann schrie sie: «Ihr sollt zurückkommen, hab ich gesagt!»

Zwei Minuten später saßen sie in ihrem Privatbüro. «Aus Ihnen kann man was machen», wandte sich die Frau an Leila. «Aber diese Klamotten... Sie haben keinen Schimmer von Make-up; Sie brauchen einen flotten Haarschnitt – und eine Serie von guten Fotos. Haben Sie für den Halunken nackt posiert?»

«Ja.»

«Auch das noch. Wenn Sie irgendwas taugen, bringe ich Sie in einer Werbesendung für Ivory-Seife unter, und gleichzeitig wird Ihr Bild in einer einschlägigen Zeitschrift erscheinen. Filme von Ihnen hat er doch nicht gedreht, oder?»

«Nein, ich glaub's wenigstens nicht.»

«Immerhin etwas. Von jetzt ab manage ich Sie und buche Ihre Termine.»

Betäubt verabschiedeten sie sich. Leila hatte für den nächsten Tag mehrere Termine in einem Schönheitssalon. Danach war sie mit der Frau von der Agentur beim Fotografen verabredet.

«Nennen Sie mich Min», hatte die Frau gesagt. «Und machen Sie sich keine Gedanken wegen der Kleider. Ich bringe alles mit, was Sie brauchen.»

Elizabeth war so glücklich, daß sie wie auf Wolken schwebte, Leila dagegen blieb auffallend still. Sie gingen die Madison Avenue hinunter. Gutangezogene Menschen hasteten vorüber; die Sonne schien hell; fast an jeder Ecke gab es Stände, an denen Hot dogs oder Salzbrezeln feilgeboten wurden; Autos und Busse hupten sich gegenseitig an; die meisten Fußgänger schlängelten sich durch das Verkehrsgewühl, ohne sich um die roten Ampeln zu kümmern. Elizabeth fühlte sich glücklich und zu Hause. «Mir gefällt's hier», erklärte sie.

«Mir auch, Spatz. Und du hast mir den Tag gerettet. Ich weiß wahrhaftig nicht, wer von uns auf wen aufpaßt. Und Min ist ein prima Kerl. Aber eins haben sie mir endgültig beigebracht, Spatz – mein Widerling von Vater, das Pack, mit dem sich Mama eingelassen hat, oder dieser Lump gestern: Nie wieder trau ich einem Mann über den Weg.»

2

Elizabeth schlug die Augen auf. Der Wagen glitt geräuschlos am Pebble Beach Goldin Club vorbei über die mit Bäumen gesäumte Straße, von der man hinter Hecken aus Bougainvilleen und Azaleen die Landhäuser sehen konnte. Jason drosselte das Tempo, als er eine Kurve nahm und der Baum, dem Cypress Point Spa seinen Namen verdankte, ins Blickfeld kam.

Schlaftrunken strich sie sich das Haar aus der Stirn und sah sich um. Neben ihr lächelte Alvirah Meehan verklärt. «Sie müssen fix und fertig sein, Kindchen», sagte sie. «Sie haben praktisch die ganze Strecke verschlafen.» Sie schaute hinaus und schüttelte den Kopf. «Ist das 'ne Wucht!» Der Wagen fuhr durch den prachtvollen schmiedeeisernen Toreingang zum Hauptgebäude hinauf, einer weiträumigen, dreistöckigen, elfenbeinfarben verputzten Villa mit hellblauen Fensterläden. Mehrere Schwimmbecken waren über das Gelände verteilt, jeweils in Reichweite der verschiedenen Bungalow-Gruppen. Am Nordende des Grundstücks befand sich eine Terrasse, davor ein fünfzig Meter langes Schwimmbecken, das an beiden Seiten von Tischen mit Sonnenschirmen flankiert wurde. Dahinter erhoben sich zweistöckige, lavendelfarben gestrichene Zwillingsbauten. «Das sind die Kurzentren für Männer und Frauen», erklärte Elizabeth.

Die rechts vom Hauptgebäude gelegene Klinik war dessen verkleinertes Ebenbild. Eine Reihe von mit hohen, blühenden Hecken gesäumten Wegen führte zu verschiedenen Eingängen, durch die man in die Behandlungsräume gelangte. Diese waren jeweils so weit voneinander entfernt, daß die Gäste nicht zusammentrafen.

Als die Auffahrt eine Biegung machte, beugte sich Elizabeth schwer atmend vor. Zwischen Haupthaus und Klinik war ein gutes Stück weiter hinten ein riesiger Neubau zu sehen, dessen durch wuchtige Säulen akzentuierte schwarze Marmorfassade an einen drohend aufragenden Vulkan erinnerte, der jeden Augenblick ausbrechen konnte. Oder an ein Mausoleum, dachte Elizabeth.

«Was ist denn das?» erkundigte sich Alvirah Meehan.

«Die Kopie eines römischen Bades. Als ich vor zwei Jahren hier war, wurde gerade der Grund ausgehoben. Ist es schon eröffnet, Jason?»

«Noch nicht fertig, Miss Lange. Die bauen endlos weiter.»

Leila hatte sich unverhohlen lustig gemacht über dieses Projekt. «Wieder so eins von Helmuts bombastischen Hirngespinsten, um Min ihr Geld abzuknöpfen», lautete ihr Kommentar. «Der ist doch erst glücklich, wenn Mins Bankrott amtlich besiegelt wird.»

Der Wagen hielt vor der Treppe des Haupthauses. Jason war mit einem Satz draußen und riß die Tür auf. Alvirah Meehan zwängte sich wieder in ihre Schuhe und wuchtete sich aus den Polstern. «Vom Fußboden kommt man auch nicht schwerer hoch», meinte sie. «Sehen Sie mal, da ist ja Mrs. von Schreiber. Ich kenn' sie von Fotos. Soll ich sie mit Baronin anreden?»

Elizabeth antwortete nicht. Sie streckte die Arme aus, als Min rasch, aber dennoch würdevoll die Verandastufen hinabkam. Leila hatte diese unnachahmliche Bewegungstechnik immer mit der *Queen Elizabeth* verglichen, wenn sie majestätisch in den Hafen einfährt. Min trug ein schlichtes, bedrucktes Baumwollkleid, dem man erst auf den zweiten Blick ansah, daß es sich um ein Modell von Adolfo handelte. Das üppige dunkle Haar war zu einem Knoten hochgedreht. Sie schloß Elizabeth in die Arme und drückte sie stürmisch an sich. «Du bist viel zu mager», zischelte sie. «Im Badeanzug siehst du bestimmt wie ein Klappergestell aus.» Nach einer weiteren ungestümen Umarmung wandte Min ihre Aufmerksamkeit Alvirah zu. «Mrs. Meehan, die glücklichste Frau der Welt. Wie schön, Sie hierzuhaben.» Sie musterte Alvirah von Kopf bis Fuß. «In zwei Wochen wird jeder denken, daß Sie schon als Baby vierzig Millionen schwer waren.»

Alvirah Meehan strahlte. «Genauso fühle ich mich jetzt.»

«Du gehst nach oben ins Büro, Elizabeth. Helmut erwartet dich dort. Ich bringe Mrs. Meehan zu ihrem Bungalow und komme dann zu euch.»

Gehorsam betrat Elizabeth das Hauptgebäude, durchquerte die Halle mit dem kühlen Marmorfußboden, vorbei am Salon, dem Musikzimmer, den Speisesälen, und stieg die geschwungene Treppe hinauf, die zu den Privaträumen führte. Min und ihr Mann residierten in einem Bürotrakt, von dem aus man die Front sowie beide Seiten des Grundstücks überblickte. Von hier aus konnte Min jede Bewegung der Gäste und des Personals beobachten und alles unter Kontrolle halten. Beim Dinner regnete es dann Ermahnungen: «Als ich Sie lesend im Garten sah, hätten Sie eigentlich im Aerobic-Kurs sein sollen.» Auch Angestellte, die einen Gast warten ließen, erwischte sie mit unfehlbarer Sicherheit.

Elizabeth klopfte leise an die Tür zum privaten Bürotrakt. Als keine Antwort kam, öffnete sie. Auch diese Räume waren, wie alle anderen in Cypress Point Spa, erlesen möbliert. An der Wand über der perlgrauen Couch hing ein abstraktes Aquarell von Will Moses. Auf den dunklen Fliesen schimmerte ein Aubussonteppich. Der Schreibtisch im Empfang, ein echter Louis-quinze, war verwaist, was Elizabeth mit tiefer Enttäuschung erfüllte, bis sie sich erinnerte, daß Sammy ja am folgenden Abend zurückkommen sollte.

Zögernd näherte sie sich der halboffenen Tür zu dem gemeinsamen Büro der Schreibers, hielt dann wie vom Donner gerührt inne.

Helmut von Schreiber stand an der gegenüberliegenden Wand, an der Bilder von Mins berühmtesten Gästen hingen. Elizabeths Augen folgten ihm, und sie biß sich auf die Lippen, um nicht laut aufzuschreien.

Es war eine Porträtstudie von Leila, die er so eingehend und mit hartem Gesichtsausdruck betrachtete, die Aufnahme, die bei ihrem letzten Aufenthalt hier gemacht worden war. Unverkennbar – das kräftige Grün ihres Kleides, das leuchtend rote Haar, das ihr Gesicht umrahmte, die Geste, mit der sie ein Champagnerglas hob, als wolle sie einen Toast ausbringen.

Er sollte nicht merken, daß er beobachtet wurde. Deshalb kehrte Elizabeth schleunigst ins Vorzimmer zurück, öffnete und schloß nachhaltig die Tür und rief dann: «Niemand da?»

Unmittelbar darauf kam er herbeigeeilt. Eine frappierende Veränderung hatte sich vollzogen: Das war wieder ganz der charmante, verbindliche Europäer, wie sie ihn von jeher kannte, mit dem warmen, herzlichen Lächeln, dem Kuß auf beide Wangen, dem dezenten, halblauten Kompliment: «Du wirst von Tag zu Tag schöner, Elizabeth. So jung, so makellos, so rank und schlank.»

«Lang und dünn, meinst du wohl.» Elizabeth trat einen Schritt zurück. «Laß dich anschauen, Helmut.» Sie musterte ihn prüfend, ohne die geringste Spur von Anspannung in den babyblauen Augen zu entdecken. Sein Lächeln wirkte gelöst und völlig natürlich, ließ die gleichmäßigen weißen Zähne aufblitzen. Wie hatte Leila ihn beschrieben? *Ich kann mir nicht helfen, Spatz, der Knabe erinnert mich immer an einen Spielzeugsoldaten. Was meinst du, ob Min ihn morgens aufzieht? Seine Ahnengalerie ist ja vielleicht ganz eindrucksvoll, aber ich gehe jede Wette ein, daß bei ihm die Kohlen nie gestimmt haben, bis er dann bei Min fündig wurde.*

Elizabeth hatte widersprochen: «Er ist immerhin Facharzt für plastische Chirurgie und versteht mit Sicherheit eine Menge von Kurbehandlungen. Cypress Point hat einen hervorragenden Ruf.»

«Kann ja sein», hatte Leila entgegnet, «aber der Unterhalt verschlingt Unsummen. Ich würde meinen letzten Dollar darauf wetten, daß nicht mal diese Wucherpreise die laufenden Unkosten decken. Ich sollte mich ja mit so was auskennen, Spatz. Schließlich war ich bisher mit zwei Schnorrern verheiratet, stimmt's? Sicher behandelt er Min wie eine Königin, aber er bettet eben auch sein getöntes Haupthaar jeden Abend auf Kissenbezüge zu zweihundert Dollar. Und dann hat Min außer den Aufwendungen für Cypress

Point noch eine schöne Stange Geld in sein verfallenes Schloß in Österreich gesteckt.»

Wie alle anderen hatte auch Helmut von Leilas Tod erschüttert gewirkt, doch jetzt fragte sich Elizabeth, ob das nicht bloß Theater gewesen war.

«Na, so sag schon. Ist alles in Ordnung mit dir? Du kommst mir irgendwie besorgt vor. Womöglich hast du ein paar Fältchen entdeckt?» Er lachte gedämpft.

Sie brachte ein Lächeln zustande. «Du siehst glänzend aus, finde ich. Vielleicht hast du mir bloß angemerkt, mit welchem Schrecken ich festgestellt habe, wieviel Zeit seit unserem letzten Zusammensein vergangen ist.»

«Komm.» Er nahm sie bei der Hand und führte sie zu der Gruppe von Art-déco-Korbmöbeln an der Fensterfront. Er schnitt ein Gesicht, als er sich niederließ. «Ich bemühe mich unentwegt, Min beizubringen, daß diese Dinge zum Anschauen, nicht zum Gebrauch gedacht sind. Und nun berichte, wie's dir ergangen ist.»

«Viel Arbeit. Natürlich will ich's ja so haben.»

«Warum bist du inzwischen nicht mal hiergewesen?»

Weil ich wußte, daß ich hier Leila überall vor mir sehen würde.

«Ich habe Min vor drei Monaten in Venedig getroffen.»

«Und außerdem enthält Cypress Point zu viele Erinnerungen für dich, oder?»

«Das stimmt. Aber ihr habt mir beide gefehlt. Und ich freue mich auf das Wiedersehen mit Sammy. Wie geht es ihr deiner Meinung nach?»

«Du kennst doch Sammy. Sie klagt nie. Ich würde allerdings eher vermuten – nicht gut. Ich glaube nicht, daß sie sich jemals richtig erholt hat, weder von der Operation noch von dem Schock durch Leilas Tod. Und dann ist sie inzwischen über siebzig. Physiologisch noch kein hohes Alter, aber...»

Die Außentür wurde energisch geschlossen, und Mins Stimme ertönte aus dem Vorzimmer: «Wart's nur ab, bis du die Lotteriegewinnerin besichtigt hast, Helmut. Da hast du mehr als genug zu tun. Wir müssen unbedingt Interviews für sie arrangieren. Wenn sie loslegt, hört sich's an, als wär's hier wie im siebenten Himmel.»

Sie eilte auf Elizabeth zu und umarmte sie stürmisch. «Wenn du wüßtest, wie viele Nächte ich wachgelegen und mir Sorgen um dich gemacht habe! Wie lange kannst du bleiben?»

«Nicht sehr lang. Nur bis Donnerstag.»

«Das sind ja bloß fünf Tage!»

«Ich weiß, aber der Staatsanwalt will am Freitag noch mal meine Aussage durchgehen.» Elizabeth empfand es als wohltuend, daß Mins Arme sie so fest und liebevoll umfingen.

«Was müssen die denn durchgehen?»

«Die Fragen, die sie mir bei der Verhandlung stellen werden. Die Fragen, die mir Teds Anwalt stellen wird. Ich dachte, es würde genügen, einfach die Wahrheit zu sagen, aber anscheinend will die Verteidigung zu beweisen versuchen, daß ich mich mit dem Zeitpunkt des Anrufs irre.»

«Meinst du, daß du dich da irren könntest?» Mins Lippen streiften ihr Ohr, die Stimme hörte sich an, als flüstere sie von der Bühne ins Publikum. Verwirrt löste sich Elizabeth aus der Umarmung und sah, wie Helmut warnend die Stirn runzelte.

«Min, glaubst du, wenn ich nur den leisesten Zweifel hätte...»

«Schon gut», sagte Min eilfertig. «Wir sollten jetzt nicht davon sprechen. Du kannst also fünf Tage bleiben, um dich auszuruhen und verwöhnen zu lassen. Ich habe das Programm für dich zusammengestellt. Du fängst gleich am Nachmittag an mit einer kosmetischen Behandlung und anschließender Massage.»

Elizabeth verabschiedete sich nach ein paar Minuten. Schräge Sonnenstrahlen tanzten über die Blumenbeete neben dem Weg zu ihrem Bungalow. Beim Anblick der wilden Malven, der Heckenrosen, der blühenden Johannisbeersträucher überkam sie irgendwo im Unterbewußtsein ein Gefühl der Ruhe. Doch es vermochte nicht darüber hinwegzutäuschen, daß sich hinter der herzlichen Begrüßung und der scheinbaren Besorgnis von Min und Helmut etwas ganz anderes verbarg.

Die beiden waren aufgebracht, beunruhigt und feindselig. Und diese Feindseligkeit richtete sich gegen *sie*.

3

Syd Melnick fand die Fahrt von Beverly Hills nach Pebble Beach unerfreulich. Während der ganzen vier Stunden saß Cheryl Manning wortkarg und versteinert neben ihm. Die ersten drei Stunden hatte sie ihm nicht erlaubt, das Wagendach zurückzuklappen. Sie befürchtete, Gesichtshaut und Haar könnten im Fahrtwind zu sehr austrocknen. Kurz vor Carmel ließ sie ihn dann gewähren, denn sie legte Wert darauf, bei der Fahrt durch die Stadt erkannt zu werden. Hin und wieder musterte Syd sie verstohlen. Keine Frage, sie sah wirklich gut aus. Die blauschwarzen Haarmassen, die ihr Gesicht umwogten, wirkten aufregend sexy. Sie war sechsunddreißig; früher ein eher jungenhafter Typ, hatte sie jetzt die starke erotische Ausstrahlung der erfahrenen Frau, was ihr sehr zum Vorteil gereichte. «Denver» und «Dallas» hatten sich mittlerweile verbraucht und ihre Anziehungskraft für die Zuschauer verloren. Ein eindeutiger Trend zeichnete sich ab, mit den amourösen Eskapaden von Frauen in den Fünfzigern Schluß zu machen. Und in der Amanda hatte Cheryl endlich die Rolle gefunden, die sie zum Superstar hochkatapultieren konnte.

Wenn das klappte, würde auch Syd wieder zum Topagenten werden. Ein Schriftsteller war so gut wie sein letztes Buch. Der Marktwert eines Schauspielers richtete sich nach seinem letzten Film. Ein Agent brauchte Millionenabschlüsse, um zur ersten Garnitur zu zählen. Das Ziel, wieder zur Legende, zum zweiten Swifty Lazar zu werden, lag greifbar nahe. Und diesmal würde er das Geld nicht in Spielkasinos verpulvern oder auf der Rennbahn lassen, das schwor er sich.

In ein paar Tagen würde er erfahren, ob Cheryl die Rolle bekam. Unmittelbar vor der Abfahrt hatte er auf ihr Drängen Bob Koenig zu Hause angerufen. Vor fünfundzwanzig Jahren hatten sie sich in Hollywood kennengelernt und angefreundet – Bob, frisch vom College, und Syd, Laufbursche im Studio. Heute war Bob Präsident von World Films. Scharfgeschnittenes Gesicht, breite Schultern, verkörperte er auch äußerlich haargenau den Studioboß des neuen Typs. Syd dagegen wußte, daß er dem Rollenklischee «Brooklyn» entsprach – mit seinem langen, etwas traurigen Gesicht, dem sich lichtenden Kraushaar und dem Ansatz zum Bauch, gegen den auch hartes Training nicht ankam. Ein weiterer Grund, Bob Koenig zu beneiden.

Heute hatte Bob sich seine Gereiztheit anmerken lassen. «Ruf mich nicht sonntags zu Hause an, um wieder übers Geschäft zu reden! Cheryls Probeaufnahmen waren verdammt gut. Wir begutachten auch noch andere Mädchen. Du hörst von uns in den nächsten paar Tagen, so oder so. Und ich will dir noch etwas verraten. Sie im vorigen Jahr, als Leila LaSalle starb, in dem Stück auftreten zu lassen, war ein schwerer Mißgriff und macht uns die

Entscheidung für sie so problematisch. Mich sonntags zu Hause anzurufen, ist auch ein schwerer Mißgriff.»

Bei der Erinnerung an das Gespräch bekam Syd feuchte Hände. Ohne Blick für die Landschaft grübelte er darüber nach, daß er einen Fehler begangen und eine Freundschaft mißbraucht hatte. Wenn er in Zukunft nicht besser aufpaßte, würde er keinen seiner Bekannten mehr telefonisch erreichen, sondern mit der Ausrede abgespeist werden, der Betreffende sei gerade «in einer Konferenz».

Und Bob hatte recht. Es war ein unverzeihlicher Fehler von ihm gewesen, daß er Cheryl überredet hatte, nach nur ein paar Proben kurzfristig in dem Stück einzuspringen. Die Kritiker hatten sie in der Luft zerrissen.

Cheryl hatte neben ihm gestanden, als er Bob anrief, und mitgehört, daß sie eben wegen jenes Stückes die Rolle vielleicht nicht bekommen würde. Und das löste natürlich eine Explosion aus. Nicht die erste und auch nicht die letzte.

Dieses verfluchte Stück! Er war so überzeugt davon gewesen, daß er nicht nachließ, bis er eine Million Dollar, teils geschnorrt, teils gepumpt, zusammenhatte, um sie in die Aufführung zu investieren! Es hätte ein Bombenerfolg werden können. Und dann hatte Leila angefangen zu trinken und es so zu drehen versucht, als sei das Stück daran schuld . . .

Syd geriet in Rage, seine Kehle war wie ausgedörrt. Was hatte er nicht alles für dieses Miststück getan, und dann feuerte sie ihn im vollbesetzten *Elaine,* schrie ihm ihre Beleidigungen vor der versammelten Branche ins Gesicht! Und dabei wußte sie, wieviel Geld er in dieses Stück gesteckt hatte!

Sie durchquerten Carmel; Touristenmassen auf den Straßen; strahlender Sonnenschein; alles so gelöst und heiter. Er nahm den längeren Weg und schlängelte sich durch die verkehrsreichsten Straßen. Dabei konnte er die Bemerkungen der Leute aufschnappen, als sie Cheryl erkannten. Jetzt lächelte sie natürlich, versprühte Charme und Liebreiz. Sie brauchte Publikum wie andere die Luft zum Atmen.

Sie gelangten zum Schlagbaum von Pebble Beach. Er bezahlte die Straßenbenutzungsgebühr. Sie passierten den Pebble Beach Club, Crocker Woodland, den Toreingang von Cypress Point Spa.

«Setz mich an meinem Bungalow ab», sagte Cheryl kurz angebunden. «Ich möchte keinem in die Arme laufen, bevor ich mich nicht wieder in Ordnung gebracht habe.»

Sie wandte sich ihm zu, nahm die Sonnenbrille ab. Ihre unvergleichlichen Augen loderten. «Wie stehen meine Chancen in Sachen Amanda, Syd?»

Er beantwortete die Frage genauso, wie er es in der vergangenen Woche ein dutzendmal getan hatte. «Bestens, Baby», beteuerte er. «Allerbestens.»

Das sollten sie auch, sagte er sich, sonst ist alles aus.

4

Die «Westwind» ging in Schräglage, machte eine Kurve und begann niederzugehen zur Landung auf dem Flugplatz von Monterey. Methodisch kontrollierte Ted das Instrumentenbrett. Der Flug von Hawaii war gut verlaufen – keine starken Strömungen, nur gemächlich dahintreibende Wolkenbänke, wie Zuckerwatte. Komisch, er mochte Wolken, liebte es, über ihnen oder durch sie hindurchzufliegen, aber Zuckerwatte hatte er schon als Kind nicht ausstehen können. Wieder eine der vielen Widersprüchlichkeiten in seinem Leben...

Auf dem Kopilotensitz regte sich John Moore zum Zeichen seiner Bereitschaft, die Steuerung zu übernehmen, sofern Ted dies wollte. Moore war seit zehn Jahren Chefpilot von Winters Enterprises. Doch Ted wollte die Landung selber durchführen, um festzustellen, wie sanft er die Maschine aufsetzen konnte.

Craig war vor einer Stunde aufgetaucht und hatte ihn gedrängt, sich von John ablösen zu lassen.

«Die Cocktails sein serviert an Ihre Lieblingstisch in die Ecke, Monsieur Wintärs.»

Die täuschend echte Nachahmung des Geschäftsführers im *Four Seasons* mit seinem französischen Akzent gehörte zu Craigs Glanznummern.

«Um Himmels willen, verschone mich heute mit weiteren Proben deiner Imitationskünste. Ich kann das jetzt nicht brauchen.»

Ein Warnsignal für Craig, so daß er Teds Entscheidung, am Instrumentenbrett zu bleiben, widerspruchslos schluckte.

Die Landebahn sauste auf sie zu. Ted drückte die Maschine vorn leicht nach unten. Wie lange hatte er wohl noch die Freiheit, Flugzeuge zu steuern, zu reisen, einen Drink an der Bar zu nehmen, wenn er Lust dazu hatte, kurz – ein normales menschliches Dasein zu führen? Der Prozeß begann in der nächsten Woche. Er mochte seinen neuen Anwalt nicht. Henry Bartlett war zu großspurig, zu sehr auf Imagepflege bedacht.

Ted konnte sich ohne weiteres eine Anzeige im *New Yorker*, auf der Bartlett eine Flasche Scotch in der Hand hielt, vorstellen und dazu den Werbetext: «Dies ist die einzige Marke, die ich meinen Gästen vorzusetzen pflege.»

Die Laufräder setzten auf. Von dem Ruck war im Innern der Maschine so gut wie nichts zu spüren. Ted schaltete die Triebwerke um. «Saubere Landung, Sir», sagte John leise.

Erschöpft fuhr sich Ted mit der Hand über die Stirn. Wenn er John doch bloß dieses «Sir» abgewöhnen könnte! Und Henry Bartlett sein ewiges «Teddy». Hielten sich alle Strafverteidiger für berechtigt, sich derart herablassend zu gebärden, nur weil man ihre Dienste benötigte? Eine interessante Frage. Unter anderen Umständen hätte er nie etwas mit einem Mann wie Bartlett zu tun gehabt. Aber den angeblich besten Strafverteidiger des Landes hinauszuwerfen, wenn man mit einer lebenslänglichen Haftstrafe rechnen muß, wäre unklug. Er hatte sich immer für klug gehalten. Dessen war er sich nun nicht mehr so sicher.

Wenige Minuten später waren sie in einer Limousine nach Cypress Point Spa unterwegs. «Ich hab schon viel von der Monterey-Halbinsel gehört», bemerkte Bartlett, als sie auf den Highway 68 einbogen. «Trotzdem ist mir nach wie vor unklar, weshalb wir uns nicht in Ihr Haus nach Connecticut oder in Ihre New Yorker Wohnung zum Arbeiten zurückziehen konnten, aber Sie bezahlen ja die Rechnungen.»

«Wir sind hier, weil Ted in Cypress Point die Ruhe und Entspannung findet, die er braucht», erklärte Craig. Sein scharfer Ton war unüberhörbar.

Ted saß rechts auf der geräumigen Rückbank, Bartlett neben ihm. Craig hatte sich ihnen gegenüber, neben der Bar, plaziert. Er klappte den Deckel auf und mixte einen Martini, den er leicht lächelnd überreichte. «Du kennst doch Mins strikte Regeln punkto Alkohol. Kipp den lieber fix runter.»

Ted schüttelte den Kopf. «Die Erinnerung an das vorige Mal reicht mir. Da habe ich auch fix runtergekippt. Hast du ein kühles Bier da?»

«Teddy, ich möchte Sie bitten, nicht mehr von diesem Abend zu erzählen, als könnten Sie sich nicht mehr recht daran erinnern.»

Ted drehte sich zu Henry Bartlett um, musterte ihn eingehend, registrierte den Gesamteindruck: silbergraues Haar, weltläufiges Auftreten, leichter britischer Akzent. «Lassen Sie uns eins klarstellen», sagte er. «Nennen Sie mich ja nicht noch einmal Teddy. Mein Name ist Andrew Edward Winters, wie Sie wohl aus der stattlichen Vorschußzahlung ersehen haben dürften. Ich wurde von jeher Ted gerufen. Sollten Sie sich das zu schwer merken können, dürfen Sie mich Andrew nennen. Das hat meine Großmutter auch immer getan. Wenn Sie das begriffen haben, nicken Sie.»

«Immer mit der Ruhe», mahnte Craig leise.

«Mir wird sehr viel ruhiger zumute sein, wenn Henry und ich ein paar grundsätzliche Dinge geklärt haben.»

Er spürte, wie seine Hand das Glas umklammerte. Er geriet immer mehr durcheinander, das merkte er genau. In all den Monaten seit dem Anklagebeschluß hatte er sich sein seelisches Gleichgewicht bewahrt, indem er in seinem Haus in Maui Analysen über die Expansion der Städte und die Entwicklung der Einwohnerzahlen ausarbeitete, Hotels, Sportplätze und Einkaufszentren entwarf, die er bauen wollte, wenn das Ganze vorüber war. Irgendwie hatte er sich eingeredet, daß etwas geschehen, daß Elizabeth ihre irrige Aussage über den Zeitpunkt des Telefonanrufs erkennen und widerrufen, daß die sogenannte Augenzeugin wegen ihres labilen Geisteszustands abgelehnt würde...

Elizabeth blieb unerschütterlich bei ihrer Darstellung, die Augenzeugin rückte keinen Zentimeter von ihrer Aussage ab, und der Prozeß nahte drohend. Die Erkenntnis, daß sein erster Anwalt im Grunde genommen mit seiner Verurteilung rechnete, hatte Ted einen Schock versetzt und ihn veranlaßt, Henry Bartlett zu engagieren.

«Na schön, vergessen wir das vorläufig», sagte Henry Bartlett steif. Und zu Craig gewandt: «Wenn Ted keinen Drink will, ich hätte gern einen.»

Ted nahm das Bier, das Craig ihm hinhielt, und starrte aus dem Fenster. Hatte Bartlett recht? War es Unsinn, hierherzukommen, anstatt die Arbeit von Connecticut oder von New York aus zu erledigen? Doch der Aufenthalt in Cypress Point gab ihm jedesmal irgendwie das Gefühl von Ruhe, von Wohlbefinden. Das lag an den vielen Sommern, die er als Kind auf der Monterey-Halbinsel verbracht hatte.

Der Wagen hielt an der Schranke vor Pebble Beach, und der Chauffeur bezahlte die Straßengebühr. Die Prachtvillen mit Aussicht auf den Ozean kamen ins Blickfeld. Früher hatte er einmal geplant, sich hier ein Haus zu kaufen. Er und Kathy fanden die Gegend ideal für Teddy, der hier seine Ferien verbringen sollte. Und dann waren Teddy und Kathy tot.

Auf der linken Seite schimmerte der Pazifik wunderbar klar in der strahlenden Nachmittagssonne. Hier zu schwimmen war bei der starken Strömung riskant, aber es müßte köstlich sein, hineinzutauchen und sich vom Salzwasser umspülen zu lassen! Ob er sich wohl jemals wieder sauber fühlen, ob er jemals diese Bilder von Leilas zerschmetterter Leiche vergessen würde? In seinen Gedanken waren sie ständig da, gigantisch vergrößert, wie Plakatwände am Highway. Und in diesen letzten paar Monaten hatten die Zweifel begonnen.

«Egal, was du eben gedacht hast, hör auf damit, Ted», sagte Craig behutsam.

«Und du hör auf damit, in meinen Gedanken lesen zu wollen», herrschte Ted ihn an. Dann brachte er ein schwaches Lächeln zustande. «Entschuldige.»

«Schon vergessen.» Es klang aufrichtig und herzlich.

Craig hat sich von jeher darauf verstanden, eine Situation zu entschärfen, dachte Ted. Sie hatten sich im ersten Semester in Dartmouth kennengelernt. Craig war damals ein stämmiger Bursche gewesen. Mit siebzehn sah er aus wie ein blonder schwedischer Hüne. Mit vierunddreißig war er tipptopp durchtrainiert, straff, muskulös, keine Spur mehr von vierschrötig. Die kräftigen, groben Züge standen einem reifen Mann besser zu Gesicht als einem Halbwüchsigen. Auf dem College hatte Craig ein Teilstipendium gehabt, sich aber auf jeden Job gestürzt, den er ergattern konnte – als Tellerwäscher in der Küche, als Zimmerkellner in der Hanover Inn, als Krankenpfleger im Hospital auf dem Campus.

Und dabei war er stets für mich da, erinnerte sich Ted. Nach dem College war er Craig zu seiner Überraschung im Waschraum der Chefetage von Winters Enterprise in die Arme gelaufen. «Warum hast du dich nicht an mich gewandt, wenn du hier 'nen Job wolltest?» Ihm war nicht recht klar, ob er sich über die Begegnung freute.

«Wenn ich was tauge, schaff ich's auch aus eigener Kraft.»

Dagegen ließ sich nichts sagen. Und er hatte es geschafft, bis zum geschäftsführenden Vizepräsidenten. Wenn ich ins Gefängnis gehe, dachte Ted, wird er den Laden leiten. Ich wüßte gern, wie oft er mit diesem Gedanken spielt. Er schüttelte sich, angewidert von seinen eigenen Gedankengängen. Ich leide ja unter Verfolgungswahn wie einer, der auf verlorenem Posten steht. Ich stehe auf verlorenem Posten!

Sie fuhren an Pebble Beach Lodge vorbei, am Golfplatz, an Crocker Woodland, und das Areal von Cypress Point Spa kam in Sicht. «Bald werden Sie verstehen, warum wir hierher wollten», wandte sich Craig an Henry. Er sah Ted ins Gesicht. «Wir werden ein hieb- und stichfestes Konzept für die Verteidigung erarbeiten. Du weißt doch, Cypress Point hat dir immer Glück gebracht.» Dann, nach einem Blick aus dem Seitenfenster, erstarrte er. «Ach du lieber Himmel, ich glaub's einfach nicht! Das Kabrio – Cheryl und Syd sind hier!»

Erbittert drehte er sich zu Henry Bartlett um. «Mir beginnt zu dämmern, daß Sie recht haben. Wir hätten nach Connecticut fahren sollen.»

5

Min hatte Elizabeth den Bungalow zugewiesen, der früher immer für Leila reserviert war. Er gehörte zur teuersten Kategorie, doch Elizabeth war nicht sicher, ob sie sich dadurch geschmeichelt fühlte. Alles in diesen Räumen rief ihr Leilas Namen entgegen, die Schonbezüge in dem bestimmten Smaragdgrün, das Leila liebte, der tiefe Lehnsessel mit dem dazugehörigen niedrigen Sofa, auf dem sich Leila nach einer anstrengenden Gymnastikstunde auszustrecken pflegte – «Lieber Himmel, Spatz, wenn ich so weitermache, können sie nach meinen Maßen eine Kollektion für Magersüchtige entwerfen!» Der Kommentar zu dem Schreibtisch mit den erlesenen Intarsien: «Erinnerst du dich noch an die Einrichtung von unserer armen Mama? Stilechter früher Sperrmüll.»

In der kurzen Zeit, die Elizabeth oben bei Min und Helmut gewesen war, hatte ein Zimmermädchen ihre Koffer ausgepackt. Auf dem Bett lagen ein blauer Badeanzug und ein Bademantel aus elfenbeinfarbenem Velours, an dem ihr Terminplan für den Nachmittag festgeheftet war: Massage 16 Uhr, Gesichtsbehandlung 17 Uhr.

Das Gebäude, in dem die Behandlungsräume für Frauen untergebracht waren, befand sich am Ende des 50-Meter-Schwimmbeckens – ein weiträumiger, abgeschlossener einstöckiger Bau, der an ein spanisches Adobe erinnerte. So friedlich er von außen wirkte, so betriebsam ging es zumeist drinnen zu, wo Frauen jeden Alters und jeder Gewichtsklasse in Bademänteln aus elfenbeinfarbenem Velours über die gekachelten Gänge hasteten und der nächsten Behandlung zustrebten.

Elizabeth machte sich darauf gefaßt, bekannten Gesichtern zu begegnen – einigen der Stammgäste, die ungefähr alle drei Monate herkamen und die sie bei ihrer sommerlichen Unterrichtstätigkeit gut kennengelernt hatte. Sie wappnete sich gegen die unvermeidlichen Beileidskundgebungen, gegen die kopfschüttelnden Bemerkungen: «Also das hätte ich Ted Winters niemals zugetraut...»

Doch sie konnte kein bekanntes Gesicht entdecken unter den Frauen, die scharenweise vom Fitneßtraining zur kosmetischen Behandlung eilten. Überdies schien insgesamt weniger Betrieb zu herrschen als sonst. Im Frauentrakt lag die Spitzenkapazität bei etwa 60 Personen, in der Männerabteilung galt das gleiche. Von einer solchen Größenordnung konnte jetzt nicht die Rede sein.

Sie rief sich den Farbkode der verschiedenen Türen ins Gedächtnis: rosa für Gesichtsbehandlung; gelb für Massagen; blaurot für Kräuterpackungen; weiß für Dampfstrahl; blau für Blitzguß. Die Trainingsräume lagen jenseits des Innenschwimmbeckens, offenbar in erweiterter Anzahl. Im zentral gelegenen Solarium gab es mehr einzelne Quecksilberdampflampen als früher. Ein bißchen enttäuscht wurde sich Elizabeth bewußt, daß es zu spät war, sich diesen Genuß auch nur ein paar Minuten zu gönnen.

Sie nahm sich vor, abends ausgiebig schwimmen zu gehen.

Die ihr zugeteilte Masseuse gehörte zum alten Stammpersonal. Gina, eine kleine, zierliche Person mit kräftigen Armen und Händen, freute sich sichtlich über das Wiedersehen. «Sie arbeiten doch hoffentlich wieder bei uns? Natürlich nicht. Das wär auch zu schön gewesen.»

Die Massageräume waren offenbar gründlich renoviert worden. Hörte Min denn nie auf, Geld für dieses Unternehmen auszugeben? Immerhin waren die neuen Behandlungstische luxuriös gepolstert, und sie spürte, wie sie sich unter Ginas geübten Händen zu entspannen begann.

Gina knetete ihre Schultermuskeln. «Sie sind durch und durch verkrampft.»

«Das kommt mir auch so vor.»

«Kein Wunder. Sie haben auch jede Menge Gründe.»

Elizabeth wußte, daß dies Ginas Art war, ihr Mitgefühl auszudrücken. Und sie wußte ferner, wenn sie kein Gespräch anfing, würde Gina stumm bleiben. Dabei kam ihr eine von Mins strikten Verhaltensregeln zu Hilfe, wonach Unterhaltungen mit Gästen nur gestattet waren, wenn diese es wünschten. «Aber quasselt ja nicht über eure eigenen Probleme», pflegte Min ihnen bei den allwöchentlichen Personalversammlungen einzuschärfen. «Davon will kein Mensch etwas hören.»

Es wäre hilfreich, Gina auszuhorchen, wie sie die Lage beurteilte. «Scheint nicht viel los zu sein heute», begann sie. «Sind alle auf dem Golfplatz?»

«Ich wünschte, es wär' so. Wissen Sie, hier ist seit fast zwei Jahren kein richtiger Betrieb mehr. Entspannen, Elizabeth, Ihr Arm fühlt sich hart wie 'n Brett an.»

«Seit zwei Jahren? Was ist denn passiert?»

«Was soll ich dazu sagen? Angefangen hat's mit dem dämlichen Mausoleum. Die Leute zahlen doch nicht solche Preise, um Schuttberge zu sehen oder Preßlufthämmer zu hören. Und das Ding ist immer noch nicht fertig. Können Sie mir vielleicht sagen, wozu sie hier 'n römisches Bad brauchen?»

Elizabeth dachte an Leilas Bemerkungen darüber. «Genau das hat Leila auch immer gesagt.»

«Sie hatte recht. Ich muß Sie jetzt umdrehen.» Geschickt glättete sie das Laken. «Und wenn Sie schon den Namen erwähnen, muß ich Sie was fragen. Ist Ihnen eigentlich klar, was dieses Unternehmen Leila alles verdankt? Ihretwegen sind die Leute gekommen, weil sie hofften, ihr zu begegnen. Sie war die lebendige Reklame für Cypress Point, sie ganz allein. Und sie hat immer erzählt, daß sie und Ted Winters sich hier kennengelernt haben. Und jetzt – ich weiß nicht. Irgendwas ist anders geworden. Der Baron wirft das Geld wie verrückt zum Fenster raus – Sie haben doch die neuen Quecksilberdampflampen gesehen. Die Innenarbeiten am römischen Bad gehen endlos weiter. Und Min versucht, an allen Ecken und Enden zu knapsen. Ein Witz. Er klotzt ein römisches Bad hin, und sie predigt uns, sparsam mit den Handtüchern umzugehen!»

Die Kosmetikerin, eine Japanerin, war neu. Die Verspannung, die sich durch die Massage zu lösen begonnen hatte, wurde restlos beseitigt durch die warme Gesichtsmaske, die sie nach der Reinigung und dem Dampfbad auftrug.

Elizabeth dämmerte ein. Die leise Stimme der Japanerin weckte sie: «Haben Sie gut geschlafen? Sie sahen so friedlich aus, und da hab ich vierzig Minuten länger gewartet, Zeit genug hatte ich ja.»

6

Während das Zimmermädchen ihre Koffer auspackte, inspizierte Alvirah Meehan ihre neue Unterkunft. Sie wanderte von Raum zu Raum, beäugte alles mit scharfem Blick, dem nichts entging. In Gedanken bastelte sie an dem Text, den sie in den brandneuen Recorder diktieren wollte.

«Haben Sie noch irgendwelche Wünsche, Madame?» Das Zimmermädchen stand in der Tür zum Wohnzimmer. «Nein, vielen Dank.» Alvirah bemühte sich, den Tonfall von Mrs. Stevens zu kopieren, bei der sie dienstags putzte. Ein bißchen von oben herab, aber trotzdem freundlich.

Sobald sich die Tür hinter dem Zimmermädchen schloß, holte sie in Windeseile den Recorder aus dem eleganten Behälter. Der Reporter vom *New York Globe* hatte ihr gezeigt, wie das Ding funktionierte. Sie machte es sich auf der Couch im Wohnzimmer bequem und begann.

«Also, da wär' ich nun in Cypress Point Spa, und ich kann Ihnen versichern, es ist einfach Spitze. Ich spreche zum erstenmal auf Band und möchte mich vor allem bei Mr. Evans für sein Vertrauen bedanken. Als er mich und Willy nach dem Lotteriegewinn interviewt hat und ich ihm erzählte, wie ich mein Leben lang darauf versessen war, einmal nach Cypress Point Spa zu kommen, da sagte er, ich hätte 'nen Sinn fürs Dramatische und die Leser vom *Globe* würden sich brennend für alles interessieren, was ich von meinem Standpunkt aus über den Betrieb in so 'nem Luxusschuppen zu berichten hätte. Er sagte, die Leute, mit denen ich da zusammenkäme, würden nicht mal im Traum daran denken, daß ich was mit Schreiben zu tun haben könnte, und darum würde ich vermutlich allerhand Interessantes zu hören kriegen. Als ich ihm dann erklärt hab, daß ich mein ganzes Leben lang 'n echter Kinofan gewesen bin und 'ne Menge über das Privatleben der Filmstars weiß, sagte er, ihm schwante, daß ich 'ne gute Artikelserie schreiben könnte und womöglich sogar ein Buch.» Alvirah lächelte freudestrahlend und strich den Rock ihres purpurroten Reisekleides glatt.

«Ein Buch», fuhr sie fort und achtete darauf, direkt ins Mikrofon zu sprechen. «Ich, Alvirah Meehan. Aber wenn man an all die Prominenten denkt, die Bücher schreiben, und wie viele davon wirklich Mist sind, dann trau ich mir das schon zu.

Zu dem, was sich bisher getan hat: Ich fuhr in einer Limousine nach Cypress Point Spa, zusammen mit Elizabeth Lange. Sie ist eine hübsche junge Frau und tut mir leid. Ihre Augen schauen sehr traurig, und man merkt gleich, daß sie schwer unter Druck steht. Praktisch hat sie den ganzen Weg über von San Francisco an geschlafen. Elizabeth ist die Schwester von Leila LaSalle, sieht aber ganz anders aus. Leila hatte rotes Haar und grüne Augen. Sie konnte gleichzeitig auf Sexbombe und ganz große Dame machen. Ich finde, Elizabeth läßt sich gut mit dem Wort ‹natürlich› beschreiben.

Sie ist etwas zu mager, hat breite Schultern, riesige blaue Augen, honigfarbenes, schulterlanges Haar, schöne, kräftige Zähne. Ein einziges Mal hat sie gelächelt, und da wurde einem richtig warm ums Herz. Sie ist ziemlich groß – meiner Schätzung nach ungefähr einsfünfundsiebzig. Ich möchte darauf wetten, daß sie singt. Sie hat eine so angenehme Sprechstimme, aber nicht dieser übertriebene Bühnenton, wie man ihn heute von so vielen dieser grünen Starlets zu hören kriegt. Ich vermute, man nennt die gar nicht mehr Starlets. Wenn ich mich ein bißchen mit ihr anfreunde, erzählt sie mir vielleicht ein paar interessante Einzelheiten über ihre Schwester und Ted Winters. Ich überlege mir, ob der *Globe* mich über den Prozeß berichten lassen will.»

Alvirah hielt inne, drückte die Rücklauftaste und spielte dann das Band noch einmal ab. Es klappte einwandfrei, der Recorder funktionierte. Vielleicht sollte sie nun etwas über ihre neue Umgebung sagen.

«Mrs. von Schreiber geleitete mich zu meinem Bungalow. Ich hätte beinahe laut gelacht, als sie das einen Bungalow nannte. Wir haben nämlich regelmäßig einen in Rockaway Beach an der Ninety-ninth Street gemietet, direkt neben dem Vergnügungspark. Wenn der Getränkeautomat unten im Sommer auf Hochtouren lief, hat die ganze Bude gewackelt.

Der Bungalow hier hat einen ganz in hellblauem Chintz gehaltenen Wohnraum, und überall verteilt liegen Perserbrücken – handgeknüpft – ich hab nachgesehen... ein Schlafzimmer mit Himmelbett, einem kleinen Schreibtisch, einem bequemen Sessel, einer Kommode, einem Frisiertisch voller Kosmetika und allem, was man so zur Körperpflege braucht, und ein riesiges Bad mit 'ner eigenen

Quecksilberdampflampe. Außerdem gibt's noch einen Raum mit eingebauten Bücherregalen, einer echten Ledercouch, Sesseln und einem ovalen Tisch. Im Obergeschoß sind noch zwei Schlafzimmer und Bäder, die ich natürlich wirklich nicht brauche. Der schiere Luxus! Ich muß mich dauernd kneifen, ob ich nicht vielleicht träume.

Baronin von Schreiber hat mir erklärt, daß es früh um sieben mit einem flotten Spaziergang anfängt, an dem jeder Gast hier teilnehmen soll. Danach kriege ich ein kalorienarmes Frühstück im Zimmer serviert. Das Mädchen bringt gleich den Tagesplan für mich mit. Dazu gehört alles mögliche, zum Beispiel eine Gesichtsbehandlung, eine Massage, eine Kräuterpackung, ein Blitzguß – was immer das sein mag –, der Dampfstrahl, eine Pediküre, eine Maniküre und der Friseur. Das muß man sich mal vorstellen! Nachdem mich der Doktor von Kopf bis Fuß untersucht hat, kommt dann noch das Fitneßtraining dazu.

Jetzt lege ich mich ein bißchen aufs Ohr, und danach wird's Zeit, sich fürs Dinner zurechtzumachen. Ich ziehe den bunten Kaftan an, den ich bei Martha's auf der Park Avenue gekauft habe. Ich hab ihn der Baronin gezeigt, und sie sagte, er wär' genau richtig, aber die Kristallperlenkette, die ich in der Schießbude in Coney Island gewonnen habe, sollte ich lieber weglassen.»

Befriedigt strahlend schaltete Alvirah den Recorder aus. Wer hat jemals behauptet, Schreiben sei schwer? Mit einem Tonbandgerät war es ein Kinderspiel. Tonbandgerät! Hastig sprang sie auf und griff nach ihrer Handtasche. Aus einem Seitenfach mit Reißverschluß nahm sie eine kleine Schachtel, die eine rosettenförmige Anstecknadel enthielt.

Allerdings kein gewöhnliches Schmuckstück, dachte sie stolz. In dem hier war ein Mikrofon eingebaut; der Chefredakteur hatte ihr gesagt, sie solle es tragen, um damit Gespräche aufzunehmen. «Dann kann später niemand behaupten, Sie hätten ihn falsch zitiert.»

7

«Tut mir leid, daß ich Ihnen das zumuten muß, Ted, aber die Zeit wird knapp.» Henry Bartlett lehnte sich zurück in dem Polsterstuhl am Kopfende des Bibliothekstisches.

Ted spürte, wie es in der linken Schläfe hämmerte und der Schmerz über und hinter das linke Auge ausstrahlte. Er drehte den Kopf, um der durch das gegenüberliegende Fenster hereinflutenden Nachmittagssonne auszuweichen.

Sie saßen im Studio von Teds Bungalow, der in einem der zwei teuersten Unterkunftsbereiche von Cypress Point Spa lag. Craig, der Ted schräg gegenübersaß, machte ein ernstes Gesicht, die haselnußbraunen Augen schauten sorgenvoll.

Henry hatte diese Besprechung vor dem Dinner verlangt. «Uns bleibt nicht mehr viel Zeit», hatte er gesagt, «und solange wir uns nicht über unsere endgültige Strategie geeinigt haben, kommen wir keinen Schritt weiter.»

Zwanzig Jahre Gefängnis, dachte Ted. Das war das Urteil, das ihn erwartete. Unvorstellbar... Bei der Entlassung wäre er dann vierundfünfzig. Sämtliche alten Gangsterfilme, die er sich gern im Spätprogramm ansah, kamen ihm unvermittelt in den Sinn. Stahlgitter, hartgesottene Gefängniswärter, in der Hauptrolle Jimmy Cagney als tollwütiger Killer. Dieses Genre schätzte er von jeher als willkommene Zerstreuung.

«Wir haben zwei Möglichkeiten», sagte Henry Bartlett. «Wir können bei Ihrer ursprünglichen Darstellung bleiben –»

«Meiner ursprünglichen Darstellung», unterbrach ihn Ted wutschnaubend.

«Lassen Sie mich doch ausreden! Sie verließen Leilas Apartment gegen zehn nach neun. Sie gingen in Ihre eigene Wohnung. Sie versuchten, Craig zu erreichen.» Und zu diesem gewandt: «Verdammt schade, daß Sie nicht abgehoben haben.»

«Ich sah mir eine Sendung an, die mich interessierte. Der Anrufbeantworter war eingeschaltet. Ich wollte dann später bei allen zurückrufen, die eine Nachricht hinterlassen hatten. Und ich kann beschwören, das Telefon hat um 21 Uhr 20 geläutet, genau wie Ted sagt.»

«Warum haben Sie denn keine Nachricht hinterlassen, Ted?»

«Weil ich es hasse, mit Maschinen zu reden, besonders mit dieser.» Er preßte die Lippen zusammen. Craigs Gewohnheit, auf seinem Anrufbeantworter einen japanischen Hausdiener nachzuahmen, reizte ihn bis zur Weißglut, auch wenn die Imitation hervorragend war. Craig konnte jeden kopieren und hätte sich seinen Lebensunterhalt als Imitator verdienen können.

«Weshalb haben Sie denn Craig nun angerufen?»

«Mattscheibe. Ich war betrunken. Vermutlich wollte ich ihm mitteilen, daß ich eine Zeitlang weggehe.»

«Das hilft uns nicht weiter. Auch wenn Sie ihn erreicht hätten, würde uns das wahrscheinlich nicht weiterhelfen. Solange er nicht bestätigen kann, daß Sie genau um 21 Uhr 31 mit ihm gesprochen haben.»

Craig schlug mit der Faust auf den Tisch. «Dann werde ich das eben sagen. Ich bin zwar gegen Meineid, aber auch dagegen, daß Ted ins Kittchen wandert für etwas, das er nicht getan hat.»

«Dafür ist es zu spät. Sie haben bereits eine Aussage gemacht, Wenn Sie die jetzt widerrufen, verschlimmern Sie die Sache nur.»

Bartlett überflog die Unterlagen, die er aus seiner Aktenmappe genommen hatte. Ted stand auf und trat ans Fenster. Er hatte vorgehabt, drüben im Kurzentrum eine Weile zu trainieren. Aber Bartlett wollte sich nicht von dieser Besprechung abbringen lassen. Seine Freiheit wurde bereits eingeschränkt.

Wie oft war er in den drei Jahren ihrer Beziehung mit Leila nach Cypress Point Spa gekommen? Acht- bis zehnmal vermutlich. Leila war gern hier. Sie hatte sich amüsiert über Mins Herrschsucht, über die Aufgeblasenheit des Barons. Sie hatte die ausgedehnten Spaziergänge an der Steilküste genossen. «Schon gut, Falke, dann geh eben zu deinem verdammten Golfspiel, wenn du nicht mitkommen willst, und wir treffen uns dann später bei mir.» Dazu dieses aufmunternde Zwinkern, der vielsagende Seitenblick, die langen, schlanken Finger, die ihm über die Schultern strichen. «Mein Gott, Falke, du wirkst auf mich wie eine Droge.» Oder wenn er sie in den Armen hielt, während sie auf der Couch lagen und sich Filme im Spätprogramm ansahen. Ihr leises Murmeln: «Min hütet sich, uns eins von ihren verdammt schmalen antiken Möbeln zuzumuten. Sie weiß, wie gern ich mit meinem Bettgenossen schmuse...» Hier, an diesem Ort, hatte er die Leila gefunden, die er liebte, die Leila, die sie selbst sein wollte.

Was sagte Bartlett? «Entweder versuchen wir, Elizabeth Lange und der sogenannten Augenzeugin rundheraus zu widersprechen, oder wir bemühen uns, aus diesen Aussagen für uns Nutzen zu ziehen.»

«Wie macht man das?» Mein Gott, ich hasse diesen Mann, dachte Ted. Wie er schon dasitzt, kühl und gelassen. Man könnte meinen, er spricht über eine Schachpartie, nicht über den Rest meines Lebens. Er erstickte fast an dieser unsinnigen Wut. Er mußte hier raus. Schon wenn er sich mit einem Menschen, den er nicht leiden konnte, im gleichen Raum aufhielt, löste das bei ihm Klaustrophobie aus. Wie könnte er zwei oder drei Jahrzehnte eine Zelle mit einem anderen Häftling teilen? Ausgeschlossen. Das kam auf keinen Fall in Frage.

«Sie erinnern sich nicht, das Taxi gerufen zu haben oder an die Fahrt nach Connecticut?»

«Fehlanzeige.»

«Welches ist Ihre letzte klare Erinnerung an jenen Abend? Erzählen Sie mir das noch einmal.»

«Ich hatte mehrere Stunden mit Leila verbracht. Sie war hysterisch. Beschuldigte mich unentwegt, sie zu betrügen.»

«Haben Sie's getan?»

«Nein.»

«Weshalb hat sie Sie dann beschuldigt?»

«Leila war – schrecklich unsicher. Sie hatte schlechte Erfahrungen mit Männern gemacht und sich eingeredet, sie könnte nie mehr einem trauen. Ich dachte, soweit es unsere Beziehung betrifft, hätte ich sie davon abgebracht, aber von Zeit zu Zeit bekam sie Eifersuchtsanfälle.» Die Szene im Apartment. Leila, die sich auf ihn stürzte, ihm das Gesicht zerkratzte, ihre wütenden Beschuldigungen. Seine Hände, die ihre Gelenke mit eisernem Griff umklammert hielten, sie zu bändigen versuchten. Was hatte er empfunden? Ärger. Wut. Und Abscheu.

«Sie versuchten, ihr den Verlobungsring zurückzugeben?»

«Ja, und sie hat ihn zurückgewiesen.»

«Was geschah dann?»

«Elizabeth rief an. Leila begann in den Hörer zu schluchzen und schrie mich an, ich solle mich fortscheren. Ich sagte ihr, sie solle auflegen. Ich wollte der Sache auf den Grund gehen, wollte herausfinden, was das Ganze ausgelöst hatte. Ich erkannte, daß es hoffnungslos war und verließ die Wohnung, um in mein Apartment zu gehen. Ich glaube, ich habe das Hemd gewechselt. Ich versuchte, Craig anzurufen. Ich erinnere mich, das Apartment verlassen zu haben. Danach ist der Film gerissen, und ich weiß erst wieder, daß ich tags darauf in Connecticut aufgewacht bin.»

«Ist Ihnen klar, Teddy, was der Ankläger mit dieser Darstellung tun wird? Haben Sie eine Ahnung, wie viele aktenkundige Fälle es gibt, wo Menschen in einem Wutanfall töten und danach in eine psychotische Phase geraten, in der sie den Vorgang restlos verdrängen? In der Fachsprache bezeichnet man das als retroaktive Amnesie. Als Ihr Anwalt muß ich Ihnen etwas sagen: Diese Geschichte ist oberfaul! Für die Verteidigung gibt sie nichts her. Sicher, sicher, ohne Elizabeth Lange wäre das alles kein Problem... Der Fall wäre nicht mal aufgerollt worden. Ich könnte aus dieser sogenannten Augenzeugin Hackfleisch machen. Das ist eine Verrückte, reif für die geschlossene Abteilung. Aber wenn Elizabeth beschwört, daß Sie um 21 Uhr 30 in der Wohnung waren und eine heftige Auseinandersetzung zwischen Ihnen und Leila stattgefunden hat, dann wird die Irre glaubwürdig, wenn sie aussagt, daß Sie Leila um 21 Uhr 31 von der Terrasse hinuntergestoßen haben.»

«Was tun wir nun dagegen?» fragte Craig.

«Wir spielen Hasard», entgegnete Bartlett. «Ted stimmt mit der Darstellung von Elizabeth überein. Er erinnert sich jetzt, nach oben zurückgegangen zu sein. Leila war immer noch hysterisch. Sie knallte den Hörer auf und rannte auf die Terrasse. Sämtliche Gäste, die am Vorabend im *Elaine* waren, können bezeugen, in welch hochgradiger Erregung sie sich befand. Ihre Schwester gibt zu, daß sie getrunken hatte. Sie bangte um ihre Karriere. Sie hatte beschlossen, die Beziehung zu Ihnen zu lösen. Sie fühlte sich am Ende, erledigt. Sie wäre nicht die erste, die in einer solchen Lage einen Kopfsprung macht.»

Ted zuckte zusammen. Einen *Kopfsprung*. Waren alle Anwälte so gefühllos? Und dann das Bild von Leilas zerschmetterter Leiche; die erbarmungslosen Polizeifotos. Er spürte, wie ihm am ganzen Körper der Schweiß ausbrach.

Craig jedoch machte ein hoffnungsvolles Gesicht. «Das könnte klappen. In Tat und Wahrheit hat die Augenzeugin gesehen, wie Ted sich anstrengte, um Leila zu *retten*, und als Leila hinunterstürzte, setzte bei ihm eine Bewußtseinsstörung ein. Da begann die psychotische Phase. Das erklärt auch, wieso er im Taxi unverständlich vor sich hin gefaselt hat.»

Ted blickte durch das Fenster unverwandt auf den Ozean, der ungewöhnlich ruhig war, aber er wußte, daß die Flut bald donnernd heranrollen würde. Die Ruhe vor dem Sturm, dachte er. Im Augenblick haben wir eine rein klinische Diskussion. In zehn Tagen werde ich im Gerichtssaal stehen. *Das Volk des Staates New York gegen Andrew Edward Winters III.* «In Ihrer Theorie klafft ein großes Loch», sagte er unverblümt. «Wenn ich zugebe, daß ich in das Apartment zurückgekehrt bin und mich zusammen mit Leila auf der

Terrasse befunden habe, stecke ich den Kopf in die Schlinge. Wenn die Geschworenen zu dem Schluß kommen, daß ich dabei war, sie umzubringen, wird man mich schuldig sprechen wegen vorsätzlichen Mordes.»

«Dieses Risiko müssen Sie möglicherweise eingehen.»

Ted kam zum Tisch zurück und begann, die aufgeschlagenen Ordner in Bartletts Aktentasche zu stopfen. Sein Lächeln war alles andere als freundlich. «Ich bin mir nicht sicher, ob ich dieses Risiko eingehen kann. Es muß eine bessere Lösung geben. Und die gedenke ich zu finden, koste es, was es wolle. *Ich gehe nicht ins Gefängnis!*»

8

Min seufzte genüßlich. «Das tut gut. Ich schwör dir, du hast mehr los als unsere sämtlichen Masseusen zusammengenommen.»

Helmut beugte sich zu ihr hinunter und küßte sie auf die Wange. «Dich zu berühren, mein Liebes, bereitet mir eben Vergnügen, auch wenn es sich nur darum handelt, deine Schultern locker zu machen.»

Sie befanden sich in ihrer Wohnung, die den ganzen dritten Stock des Hauptgebäudes einnahm. Min, in einen weiten Kimono gehüllt, saß an ihrem Frisiertisch. Das schwere rabenschwarze Haar war nicht mehr aufgesteckt, sondern fiel ihr über die Schultern. Sie musterte ihr Spiegelbild. Eine Reklame für das Haus war sie heute gewiß nicht. Schatten unter den Augen – wie lange hatte sie diese Partie nicht mehr liften lassen? Fünf Jahre? Mit ihr geschah etwas, das schwer hinzunehmen war. Sie war neunundfünfzig. Bis vor kurzem hätte man ihr zehn Jahre weniger gegeben. Jetzt nicht mehr.

Helmut lächelte ihr im Spiegel zu. Behutsam stützte er sein Kinn auf ihren Kopf. Das Blau seiner Augen erinnerte sie immer an die Färbung der Adria bei Dubrovnik, ihrer Geburtsstadt. Das lange, distinguierte, gleichmäßig gebräunte Gesicht war faltenlos, die dunkelbraunen Koteletten wiesen kein einziges graues Haar auf. Helmut war fünfzehn Jahre jünger als sie. In den ersten Ehejahren hatte das keine Rolle gespielt. Aber jetzt?

Sie hatte ihn nach Samuels Tod in Baden-Baden kennengelernt. Die fünf Jahre, die sie sich diesem pedantischen alten Mann gewidmet hatte, waren der Mühe wert gewesen. Er hatte ihr zwölf Millionen Dollar und diesen Besitz hinterlassen. Daß Helmut ihr plötzlich Aufmerksamkeit schenkte, hatte sie nicht um den Verstand gebracht. Kein Mann wird von einer fünfzehn Jahre älteren Frau fasziniert, ohne daß er dabei ein bestimmtes Ziel im Auge hat.

Anfangs hatte sie es zynisch hingenommen, daß er sie hofierte, doch nach Ablauf von zwei Wochen wurde ihr klar, wie intensiv sie sich für ihn zu interessieren begann und ebenso für seinen Vorschlag, das Cypress Point Hotel zum Kurzentrum umzubauen ... Die Kosten waren beängstigend hoch, aber Helmut hatte sie beschworen, das als Investition und nicht als Ausgabe zu betrachten. Am Eröffnungstag hatte er sie gebeten, ihn zu heiraten. Sie seufzte tief.

«Was ist denn, Minna?»

Wie lange hatten sie einander im Spiegel angesehen? «Du weißt doch.»

Er beugte sich hinunter und küßte sie auf die Wange.

So unglaublich es klingen mochte, aber sie waren glücklich miteinander gewesen. Sie hatte es nie gewagt, ihm zu gestehen, wie sehr sie ihn liebte, aus Angst, ihm diese Waffe in die Hand zu geben, stets auf der Suche nach irgendwelchen Anzeichen von Unrast. Doch er ignorierte die jungen Frauen, die mit ihm flirteten. Nur Leila hatte ihn anscheinend zu blenden vermocht, nur Leila hatte sie in diese Todesangst versetzt, in der sie zu ertrinken drohte.

Vielleicht hatte sie sich geirrt. Falls man ihm glauben konnte, hatte er Leila im Grunde nicht gemocht, sie sogar gehaßt. Leila war Helmut mit offenkundiger Verachtung begegnet – aber schließlich hatte Leila jeden Mann, den sie gut kannte, verachtet ...

Die Schatten im Zimmer waren lang geworden. Die Brise vom Meer hatte sich merklich abgekühlt. Helmut umfaßte ihre Ellbogen. «Ruh dich ein wenig aus. In einer knappen Stunde mußt du dich mit der ganzen Meute abplagen.»

Sie umklammerte seine Hand. «Was meinst du, Helmut, wie wird sie reagieren?»

«Sehr heftig.»

«Sag so was nicht», jammerte sie. «Du weißt doch, Helmut, warum ich's versuchen muß. Das ist unsere einzige Chance.»

9

Um sieben wurde im Hauptgebäude die «Cocktail»-Stunde eingeläutet, und auf sämtlichen Wegen strömten die Gäste scharenweise herbei – Singles, Ehepaare, Gruppen. Alle waren gut angezogen, nicht zu formell – die Frauen trugen elegante Kaftane oder flatternde Überwürfe, die Männer Blazer, lange Hosen und Sporthemden. Dazu ein buntes Gemisch von prachtvollen Juwelen und originellem Modeschmuck. Bekannte Gesichter, herzliche Begrüßungen, kühles Nicken. Auf der erleuchteten Veranda servierten Kellner in elfenbeinfarbenen, blau abgesetzten Livreen Appetithäppchen und alkoholfreie «Cocktails».

Elizabeth entschloß sich für den einteiligen Hosenanzug aus blaßrosa Seide mit der fuchsroten Schärpe, dem letzten Geburtstagsgeschenk von Leila. Wie immer hatte sie dazu ein paar Zeilen auf ihrem Briefpapier geschrieben, die Elizabeth als Talisman im Seitenfach ihrer Geldbörse bei sich trug. Der Text lautete: «Zwischen März und Dezember liegt ein weiter Weg. Meinem lieben Steinbock-Schwesterlein die herzlichsten Glückwünsche zum Geburtstag vom Widder-Part.»

Nachdem sie sich fertig angezogen und Leilas Zeilen noch einmal gelesen hatte, fiel es Elizabeth irgendwie leichter, sich auf den Weg zum Hauptgebäude zu machen. Sie brachte ein etwas angestrengtes Lächeln zustande, als sie schließlich doch ein paar Stammgäste entdeckte. Mrs. Lowell aus Boston, die Mins Etablissement seit der Eröffnung immer wieder aufgesucht hatte. Gräfin d'Aronne, die zerbrechliche, alternde Schönheit, der man jetzt ihre siebzig Jahre doch ansah. Durch die Ermordung ihres viel älteren Mannes war sie bereits mit achtzehn zur Witwe geworden. Seitdem hatte sie noch viermal geheiratet, nach jeder Scheidung jedoch bei den französischen Behörden die neuerliche Zuerkennung des Adelstitels beantragt.

«Du siehst blendend aus.» Mins Stimme dröhnte ihr ins Ohr, Mins Arm hielt sie fest untergehakt. Elizabeth fühlte sich unerbittlich vorwärts getrieben. Es roch nach Meer und Bougainvillen, eine würzige Duftmischung. Ringsum Stimmengewirr und gelegentliches Auflachen als gepflegte Geräuschkulisse. Den musikalischen Rahmen lieferte Serber mit dem Violinkonzert in e-Moll von Mendelssohn-Bartholdy.

Ein Kellner bot ihr Getränke an – alkoholfreien Wein oder sonstige Soft Drinks. Sie wählte den alkoholfreien Wein. Leila hatte sich über Mins striktes Alkoholverbot mokiert: «Ich sag dir was, Spatz, die Hälfte der Kunden in diesem Laden sind Säufer. Die bringen sich alle ihren Schnapsvorrat mit, aber das reicht natürlich nicht. Also müssen sie sich notgedrungen einschränken und nehmen etliche Kilos ab, was Min dann als Erfolg für Cypress Point verbucht. Meinst du nicht auch, daß der Baron in seinem Studio eine Hausbar hat mit allem, was gut und teuer ist? Darauf kannst du jede Wette eingehen!»

Ich hätte nach Easthampton fahren sollen, dachte Elizabeth. Irgendwohin – alles andere, nur nicht hierher. Ihr war, als spüre sie Leilas Gegenwart, als versuchte Leila, zu ihr zu sprechen...

«Elizabeth.» Mins Stimme klang scharf. Scharf, aber auch nervös. «Die Gräfin redet mit dir.»

«Entschuldigen Sie vielmals.» Liebevoll ergriff sie die aristokratische Hand, die sich ihr entgegenstreckte.

Die Gräfin lächelte herzlich. «Ich habe mir Ihren letzten Film angesehen. Sie entwickeln sich zu einer ganz ausgezeichneten Schauspielerin, *chérie.*»

Gräfin d'Aronne hatte mit ihrem sechsten Sinn erahnt, daß sie nicht über Leila sprechen wollte. «Ich hatte Glück. Es war eine gute Rolle.» Und dann – sie wollte ihren Augen nicht trauen. «Da unten auf dem Weg, Min, kommen da nicht Syd und Cheryl?»

«Ja. Sie haben sich erst heute früh angemeldet. Ich hab vergessen, es dir zu sagen. Du hast doch nichts gegen ihre Anwesenheit?»

«Natürlich nicht. Es ist nur...» Sie verstummte. Die Art und Weise, wie Leila an jenem Abend im *Elaine* mit Syd umgesprungen war, machte ihr immer noch zu schaffen. Syd hatte Leila schließlich zur Starkarriere verholfen. Gleichgültig, zu welchen Mißgriffen er sie in diesen letzten paar Jahren beschwatzt hatte, all die Verträge über Traumrollen, die er früher für sie ausgehandelt hatte, wogen das mehr als auf...

Und Cheryl? Unter dem Deckmantel von Freundschaft hatte zwischen ihr und Leila eine starke berufliche und private Rivalität bestanden. Leila hatte Cheryl Ted abspenstig gemacht. Cheryl hatte um ein Haar ihre Karriere ruiniert, als sie Leilas Rolle übernahm...

Unwillkürlich straffte Elizabeth den Rücken. Andererseits hatte Syd an Leila ein Vermögen verdient. Cheryl hatte nichts unversucht gelassen, um Ted zurückzugewinnen. Wäre ihr das doch bloß gelungen, dachte Elizabeth, vielleicht wäre Leila dann noch am Leben...

Sie hatten sie entdeckt. Beide wirkten ebenso überrascht wie sie. Die Gräfin murmelte: «Bitte nicht dieses gräßliche Flittchen...»

Sie kamen die Stufen herauf. Elizabeth musterte Cheryl sachlich, als sie sich näherte. Das Haar umgab ihr Gesicht wie ein dichtes

Gespinst. Es war wesentlich dunkler als bei ihrer letzten Begegnung, was ihr sehr gut stand. Die letzte Begegnung? Die hatte bei der Trauerfeier für Leila stattgefunden.

Zögernd gestand Elizabeth sich ein, daß Cheryl noch nie besser ausgesehen hatte. Sie lächelte betörend, die berühmten bernsteinfarbenen Augen blickten sanft und zärtlich. Die Begrüßung hätte jeden, der sie nicht kannte, getäuscht. «Elizabeth, mein Schatz. Das hätte ich mir nicht träumen lassen, dich hier zu treffen, aber ich freu mich ja so! Wie ist's dir denn ergangen?»

Dann war Syd an der Reihe. Syd mit den spöttischen Augen und dem kummervollen Gesicht. Sie wußte, daß er aus der eigenen Tasche eine Million Dollar in Leilas Stück gesteckt hatte – Geld, das er sich wahrscheinlich geborgt hatte. Leila hatte ihn immer als «Krämerseele» bezeichnet. «Klar, er schuftet schwer für mich, Spatz, aber doch nur, weil ich ihm einen Haufen Geld bringe. Sobald mein Marktwert sinkt und ich für ihn kein Aktivposten mehr bin, geht er über meine Leiche. Ohne mit der Wimper zu zucken.»

Elizabeth fröstelte, als Syd sie mit dem obligaten Kuß begrüßte. Er wußte eben genau, was er dem Showgeschäft schuldete. «Gut schaust du aus. Ich werde dich wohl demnächst deinem Agenten wegschnappen müssen. Eigentlich hatte ich erst nächste Woche damit gerechnet, dich zu sehen.»

Nächste Woche. Natürlich. Vermutlich würde die Verteidigung Cheryl und Syd als Zeugen über Leilas Gemütsverfassung an jenem Abend im *Elaine* befragen.

«Vertrittst du einen der Kursleiter?» erkundigte sich Cheryl.

«Elizabeth ist hier, weil ich sie eingeladen habe», fuhr Min sie an.

Wieso macht Min bloß einen so furchtbar nervösen Eindruck, fragte sich Elizabeth. Mins Augen schweiften ruhelos umher, die Hand umklammerte immer noch ihren Ellbogen, als fürchte sie, Elizabeth zu verlieren.

Den Neuankömmlingen wurden «Cocktails» serviert. Freunde der Gräfin gesellten sich zu ihnen. Der Moderator einer Talk-Show begrüßte Syd jovial: «Paß bloß auf, daß der Bursche, den du uns für die nächste Sendung verkaufen willst, nüchtern im Studio aufkreuzt.»

«Das erlebst du bei dem nie.»

Dann hörte sie eine bekannte Stimme hinter ihrem Rücken, die sie erstaunt ansprach: «Elizabeth, was tust du denn hier?»

Sie drehte sich um, und schon umschlossen sie Craigs Arme – die kräftigen, zuverlässigen Arme des Mannes, der zu ihr geeilt war, als er die Meldung in den Nachrichten gehört hatte, der bei ihr in Leilas Apartment geblieben war und zuhörte, als sie ihrem Schmerz Luft machte, der ihr geholfen hatte, die Fragen der Polizei zu beantworten, dem es schließlich gelungen war, Ted ausfindig zu machen...

Im vergangenen Jahr hatte sie Craig drei- oder viermal gesehen. Er hatte sie während der Dreharbeiten besucht. «Wenn ich schon in der gleichen Stadt bin, muß ich dich doch wenigstens kurz begrüßen», sagte er dann. In stillschweigendem Einverständnis vermieden sie es, über den bevorstehenden Prozeß zu sprechen, doch es verging kein Dinner, bei dem nicht irgendwie die Rede darauf kam. Durch Craig hatte sie erfahren, daß Ted sich in Maui aufhielt, daß er zerfahren und reizbar war, daß er sich um Geschäftliches so gut wie gar nicht kümmerte und zu seinen Freunden keinerlei Kontakt mehr hatte. Und es war Craig, der ihr die unvermeidliche Frage gestellt hatte: «Bist du sicher?»

Bei ihrer letzten Begegnung war sie herausgeplatzt: «Wie kann man sich über irgend etwas oder irgend jemand sicher sein?» Und sie hatte ihn gebeten, sich erst nach dem Prozeß wieder mit ihr in Verbindung zu setzen. «Ich weiß, was dir die Loyalität gebietet.»

Doch was hatte er jetzt hier zu suchen? Wieso war er nicht bei Ted, um sich gemeinsam mit ihm auf den Prozeß vorzubereiten? Und als sie sich aus seiner Umarmung löste, sah sie Ted die Verandatreppe hinaufkommen.

Sie spürte, wie ihr das Herz bis zum Hals schlug. Irgendwie war es ihr gelungen, sein Bild in den letzten Monaten aus dem Bewußtsein zu verdrängen, und in ihren Alpträumen blieb er stets wesenlos – sie sah nur die mörderischen Hände, die Leila über die Brüstung stießen, die grausamen Augen, die ihren Sturz beobachteten...

Jetzt ging er die Treppe hinauf, eine unverändert imponierende Erscheinung. Andrew Edward Winters III., das dunkle Haar kontrastierte eindrucksvoll mit dem weißen Dinnerjackett, das markante, gleichmäßige Gesicht war tief gebräunt – das selbstauferlegte Exil in Maui hatte ihn nur noch attraktiver gemacht.

In blindwütigem Haß hätte sich Elizabeth am liebsten auf ihn gestürzt, ihn die Treppe hinuntergestoßen, wie er es mit Leila getan hatte, ihm sein gelassenes, hübsches Gesicht zerkratzt, genau wie Leila bei dem Versuch, ihr Leben zu retten. Sie hatte einen gallebitteren Geschmack im Mund und schluckte, um die aufsteigende Übelkeit zu unterdrücken.

«Da ist er ja!» schrie Cheryl. Blitzschnell schlängelte sie sich durch das Gedränge – ihre Absätze klapperten, die Schärpe des rotseidenen Abendanzugs flatterte. Die Gespräche verstummten, Köpfe drehten sich um, als sie sich Ted in die Arme warf. Wie ein Automat starrte Elizabeth auf die beiden hinunter. Es war, als blicke sie durch ein Kaleidoskop. Vor ihren Augen kreisten Farben, Wahrnehmungen – bruchstückhaft, zusammenhanglos. Teds weißes Jackett, Cheryls roter Hosenanzug; Teds dunkelbraunes Haar, seine langen, wohlgeformten Hände auf Cheryls Schultern, als er sich freizumachen suchte.

Bei der Verhandlung vor dem großen Geschworenengericht war sie an ihm vorbeigefegt, erfüllt von Selbsthaß, weil sie sich so hatte täuschen, so hereinlegen lassen von seinem Auftritt als Leilas gramgebeugter Verlobter. Jetzt blickte er hoch, und sie wußte, daß er sie gesehen hatte. Er wirkte erschreckt und entsetzt – oder war das auch bloß wieder gespielt? Er befreite seinen Arm aus Cheryls Umklammerung und kam die Stufen hinauf. Außerstande sich zu rühren, nahm sie vage wahr, wie die Menschen in ihrer unmittelbaren Umgebung jäh verstummten, während die weiter entfernten gar nicht merkten, was vor sich ging, und ihr munteres Geplauder fortsetzten. Ebenso verschwommen registrierte sie die letzten Töne des Violinkonzertes, den Geruch nach Blumen und Meer.

Er sah älter aus. Die Falten um Augen und Mund, die sich bei Leilas Tod abgezeichnet hatten, waren tiefer geworden und nun für immer in sein Gesicht eingemeißelt. Leila hatte ihn so geliebt, und er hatte sie getötet. Von neuem wallte Haß in Elizabeth auf. Die ganze unerträgliche Qual, das schmerzende Gefühl von Verlust, von Schuld, das wie ein Krebsgeschwür an ihrer Seele fraß, weil sie Leila am Ende im Stich gelassen hatte. Die Ursache für all das war dieser Mann.

«Elizabeth.»

Wie konnte er es wagen, sie anzusprechen? Das riß sie aus ihrer Erstarrung, sie wirbelte herum, wankte durch die Veranda in die Halle. Hinter sich hörte sie Absätze klappern. Min war ihr gefolgt. Elizabeth drehte sich wutentbrannt zu ihr um. «Hol dich der Teufel, Min. Was hast du dir denn bloß bei diesem infamen Spielchen gedacht?»

«Dort hinein.» Mit einer Kopfbewegung wies Min in Richtung Musiksalon. Sie sagte kein Wort, bis sie die Tür hinter sich geschlossen hatte. «Ich weiß, was ich tue, Elizabeth.»

«Ich nicht.» Elizabeth fühlte sich verraten. Erbittert fixierte sie Min. Kein Wunder, daß sie so nervös gewirkt hatte. Und jetzt war sie sogar noch nervöser – sie, die immer so gefeit gegen jegliche Belastungen schien, die immer den Eindruck von Überlegenheit vermittelt hatte, als könne sie jedes Problem lösen, zitterte nun.

«Als ich dich in Venedig traf, hast du mir selber erzählt, irgend etwas in dir könnte trotz allem nicht glauben, daß Ted imstande sein sollte, Leila etwas anzutun. Mir ist es egal, wie es sich ansieht. Ich kenne ihn länger als du – um Jahre länger... Du machst einen Fehler. Vergiß nicht, ich war an dem Abend ebenfalls im *Elaine*. Ich sage dir, Leila hatte den Verstand verloren. Anders läßt sich das nicht ausdrücken. Und du wußtest es! Komm mir nicht damit, daß du am nächsten Tag deine Uhr gestellt hast. Du warst außer dir ihretwegen. Bist du so unfehlbar, daß du sie nicht vielleicht doch falsch gestellt hast? Hattest du während des Telefongesprächs mit Leila kurz vor ihrem Tod fortwährend die Uhr im Auge? Betrachte Ted in den nächsten paar Tagen als Menschen, nicht als Ungeheuer. Denk daran, wie gut er zu Leila war.»

In Mins Gesicht spiegelte sich heftige Erregung. Ihre leise, eindringliche Stimme verfehlte ihre Wirkung nicht. Sie packte Elizabeth am Arm. «Du bist einer der aufrichtigsten Menschen, die ich kenne. Schon als kleines Mädchen hast du immer die Wahrheit gesagt. Kannst du dich wirklich der Tatsache verschließen, daß Ted durch deinen Irrtum den Rest seines Lebens im Gefängnis schmachten wird?»

Melodischer Glockenschlag hallte durch den Raum. Es war Zeit für das Dinner. Elizabeth packte Mins Handgelenk und zwang sie, sie loszulassen. Absurderweise fiel ihr dabei ein, wie Ted sich wenige Minuten zuvor von Cheryl befreit hatte.

«Min, nächste Woche beginnt eine Jury darüber zu befinden, wer die Wahrheit sagt. Du denkst, du kannst alles dirigieren, aber diesmal liegt es außerhalb deiner Einflußsphäre... Laß mir ein Taxi rufen.»

«Du darfst nicht wegfahren, Elizabeth!»

«Wieso nicht? Hast du eine Nummer, unter der ich Sammy erreichen kann?»

«Nein.»

«Wann genau wird sie zurückerwartet?»

«Morgen abend nach dem Dinner.» Flehentlich ergriff Min ihre Hände. «Ich bitte dich, Elizabeth.»

Elizabeth hörte, wie sich hinter ihr die Tür öffnete. Sie fuhr herum. Helmut stand auf der Schwelle. Mit beiden Händen umfaßte er ihre Arme – liebevoll, aber bestimmt. «Hör zu, Elizabeth», begann er leise. «Ich habe versucht, Min zu warnen. Sie hatte die verrückte Idee, wenn du Ted siehst, würdest du an die glücklichen Zeiten denken, würdest dich daran erinnern, wie sehr er Leila geliebt hat. Ich habe sie beschworen, davon abzulassen. Ted ist genauso empört und durcheinander wie du.»

«Kein Wunder. Würdest du mich bitte loslassen?»

Helmuts Stimme wurde besänftigend, bittend. «Nächste Woche ist Labor Day, Elizabeth. Auf der Halbinsel wimmelt's von Touristen. Junge Leute vom College wollen sich hier zu Hunderten noch einmal austoben, bevor die Schule wieder anfängt. Du kannst die halbe Nacht herumfahren, ohne ein freies Zimmer zu finden. Bleib hier. Mach's dir bequem. Sprich morgen abend mit Sammy und geh dann weg, wenn du unbedingt mußt.»

Es stimmt, dachte Elizabeth. Carmel und Monterey waren Ende August ein Mekka für Touristen.

«Elizabeth, bitte.» Min weinte. «Ich war eine Idiotin. Ich dachte, ich glaubte, wenn du Ted einfach triffst... nicht vor Gericht, sondern hier... Entschuldige.»

Elizabeth spürte, wie ihr Zorn verrauchte und lähmender Leere wich, Min blieb eben Min. Unvermittelt fiel ihr eine Episode aus längst vergangenen Zeiten ein. Damals hatte Min die zögernde Leila zu Probeaufnahmen für den Werbespot einer Kosmetikfirma geschickt und war schließlich explodiert: «Jetzt hör mir mal zu, Leila, du brauchst mir nicht zu sagen, daß sie dich nicht extra aufgefordert haben. Geh gefälligst hin. Laß dich ja nicht abwimmeln. Du bist genau der Typ, den sie suchen. Das ist deine große Chance.»

Leila bekam den Job, und die Kosmetikfirma beschäftigte sie in den folgenden drei Jahren als Modell für ihre sämtlichen Werbespots. Elizabeth zuckte die Achseln. «In welchem Speisesaal sitzt Ted?»

«Im Zypressensaal», entgegnete Helmut hoffnungsvoll.

«Syd? Cheryl?»

«Auch da.»

«Wo wollt ihr mich plazieren?»

«Ebenfalls bei uns. Aber die Gräfin läßt dich herzlich grüßen und bittet dich an ihren Tisch im Pazifiksaal.»

«Also gut. Ich bleibe, bis ich Sammy gesprochen habe.» Sie blickte Min streng an, die geradezu unterwürfig reagierte. «Jetzt bin ich es, die dich warnt, Min», sagte sie. «Ted ist der Mann, der meine Schwester getötet hat. Wage ja keinen weiteren Versuch, irgendwelche ‹zufälligen› Begegnungen zwischen ihm und mir zu arrangieren.»

10

Vor fünf Jahren hatte Min den Versuch unternommen, die vehementen Auseinandersetzungen zwischen Rauchern und Nichtrauchern dadurch zu bereinigen, daß sie den geräumigen Speisesaal durch eine Glaswand unterteilte. Der Zypressensaal war ausschließlich Nichtrauchern vorbehalten; im Pazifiksaal konnten Raucher ebenso wie Nichtraucher Platz finden. Es gab keine feste Sitzordnung, bis auf die Gäste, die an Mins und Helmuts Tisch gebeten wurden. Als Elizabeth in der Tür zum Pazifiksaal auftauchte, winkte sie die Gräfin d'Aronne an einen Tisch. Sie merkte rasch, daß diese Lösung einen Haken hatte: Von ihrem Platz aus konnte sie direkt auf Mins Tisch nebenan blicken. Es war eine Art Déjà-vu-Erlebnis, als sie dort alle zusammensitzen sah: Min, Helmut, Syd, Cheryl, Ted, Craig.

Außerdem gab es noch zwei Tischgenossen: Mrs. Meehan, die Lotteriegewinnerin, und einen soignierten älteren Herrn, den sie mehrmals dabei ertappte, wie er zu ihr hinüberblickte.

Irgendwie brachte sie das Dinner hinter sich, würgte ein paar Bissen Fleisch und Salat hinunter, machte angestrengt Konversation mit der Gräfin und ihren Freunden. Doch immer wieder stellte sie fest, daß sie Ted wie magisch angezogen beobachtete.

Die Gräfin merkte das natürlich. «Trotz allem sieht er doch phantastisch aus, nicht wahr? Ach, verzeihen Sie, meine Liebe. Ich hatte mir geschworen, ihn mit keiner Silbe zu erwähnen. Aber Sie dürfen nicht vergessen, daß ich Ted seit seiner Kindheit kenne. Seine Großeltern sind regelmäßig mit ihm hiergewesen. Damals war Cypress Point ja noch ein Hotel.»

Wie üblich stand Ted, selbst unter lauter Prominenz, im Mittelpunkt. Alles, was er tut, geschieht mühelos, wie selbstverständlich, dachte Elizabeth – die Kopfbewegung, mit der er sich aufmerksam Mrs. Meehan zuwendete, das ungezwungene Lächeln, mit dem er jeden Gruß erwiderte, die Art, wie er Cheryls Hand in die seine schlüpfen ließ und sich dann unauffällig wieder befreite. Mit Erleichterung registrierte sie seinen frühen Aufbruch, gemeinsam mit Craig und dem älteren Herrn.

Sie blieb nicht zum Kaffee, der im Musiksalon gereicht wurde, sondern eilte über die Veranda zurück zu ihrem Bungalow. Der leichte Nebel hatte sich verzogen, es war eine sternklare Nacht. In das Tosen der Brandung mischten sich ferne Celloklänge. Nach dem Dinner gab es regelmäßig ein musikalisches Programm. Elizabeth wurde von einem starken Gefühl der Isolation erfaßt, von einer unbestimmbaren Traurigkeit, die über Leilas Tod hinausging. Es hing auch nicht damit zusammen, daß sie sich ausgerechnet hier und jetzt in Gesellschaft dieser Menschen wiederfinden mußte, die einmal ein fester Bestandteil ihres Lebens gewesen waren. Syd, Cheryl, Min. Sie kannte sie seit ihrem achten Lebensjahr. Der Baron. Craig. Ted.

All diese Menschen waren lange Zeit Weggefährten gewesen, die sie für enge Freunde gehalten hatte und die jetzt geschlossen gegen sie antraten, die mit Leilas Mörder sympathisierten, die nach New York kommen und für ihn aussagen würden.

Bei ihrem Bungalow angelangt, zögerte Elizabeth und beschloß, eine Weile draußen zu sitzen. Die Veranda war komfortabel ausgestattet – eine gepolsterte Hollywoodschaukel und passende Liegestühle. Sie ließ sich in einer Ecke der Schaukel nieder und brachte sie zum Schwingen. Hier im Dunkeln konnte sie die Lichter des großen Hauses sehen und ruhig über die Menschen nachdenken, die an diesem Abend dort so unvermittelt aufeinandergetroffen waren.

Auf wessen Veranlassung?

Und aus welchem Grund?

II

«Für ein Dinner mit neunhundert Kalorien war es gar nicht schlecht.» Henry Bartlett kam aus seinem Bungalow, in der Hand einen eleganten Lederbehälter. Er stellte ihn auf den Tisch in Teds Wohnzimmer und öffnete ihn: eine Minibar für die Reise. Nachdem er eine Flasche Courvoisier und Kognakschwenker entnommen hatte, wandte er sich fragend an die beiden:

«Na, wie wär's?»

Craig nickte zustimmend, Ted schüttelte den Kopf. «Schnaps ist in Cypress Point tabu, das wissen Sie doch.»

«Wenn ich – oder sollte ich besser sagen Sie? – über siebenhundert Dollar täglich für meinen Aufenthalt hier zahle, dann entscheide ich, was ich trinke.»

Damit schenkte er großzügig ein, reichte das eine Glas Craig und ging mit dem anderen zu der gläsernen Schiebetür. Der Schein des Vollmonds und das Funkeln der unzähligen Sterne ließen eine weite Wasserfläche silbrig aufblitzen; dazu das Meeresrauschen, das Crescendo der heranrollenden Wogen, die sich donnernd am Ufer brachen. «Der Stille Ozean...», kommentierte Bartlett. «Wieso man ausgerechnet auf den Namen gekommen ist, werde ich nie begreifen. Schon gar nicht, wenn ich diese gewaltige Brandung höre.» Und zu Ted gewandt: «Die Anwesenheit von Elizabeth Lange könnte für Sie der Wendepunkt sein. Eine interessante Frau.»

Ted wartete ab. Craig drehte am Stiel des Glases. Bartlett blickte nachdenklich drein. «Interessant in vielfacher Hinsicht und ganz besonders wegen etwas, das keiner von Ihnen bemerken konnte. Ihr Gesichtsausdruck durchwanderte die ganze Gefühlsskala, wenn sie Sie ansah, Teddy. Traurigkeit. Unsicherheit, Haß. Sie hat sehr viel nachgedacht, und ich vermute, daß ihr eine innere Stimme sagt – zwei plus zwei ergibt nicht fünf.»

«Sie wissen ja nicht, wovon Sie reden», konterte Craig.

Bartlett öffnete die Schiebetür. Jetzt steigerte sich das Crescendo des Ozeans zum Fortissimo. «Hören Sie das?» fragte er. «Erschwert irgendwie die Konzentration, stimmt's? Sie zahlen mir einen Haufen Geld dafür, daß ich Ted aus der Patsche helfe. Am besten läßt sich das bewerkstelligen, wenn ich genau weiß, wo ich auflaufe und wo ich Punkte sammeln kann.»

Ein kalter Windstoß unterbrach ihn. Er schloß eilends die Schiebetür und kehrte zum Tisch zurück. «Mit der Sitzordnung hatten wir großes Glück. Während des Dinners habe ich viel Zeit darauf verwendet, Elizabeth Lange zu beobachten. Gesichtsausdruck und Körpersprache verraten eine Menge. Sie hat Sie keine Sekunde aus den Augen gelassen, Teddy. Wenn jemals bei einer Frau eine eindeutige Diagnose ‹Haßliebe› gestellt werden konnte, dann bei ihr. Meine Aufgabe ist es nun, herauszuklamüsern, wie wir das zu Ihren Gunsten verwerten können.»

12

Syd begleitete eine ungewöhnlich schweigsame Cheryl zu ihrem Bungalow. Er wußte, daß dieses Dinner eine Qual für sie gewesen war. Sie hatte es nie verwunden, Ted Winters an Leila verloren zu haben. Wie grenzenlos bitter mußte es nun für sie sein, bei Ted keinerlei Echo zu finden, obwohl Leila nicht mehr im Weg stand. Auf absurde Weise war die Lotteriegewinnerin eine ausgezeichnete Ablenkung für Cheryl. Alvirah Meehan wußte genauestens Bescheid über sämtliche Fernsehserien und hatte ihr mitgeteilt, sie sei wie geschaffen für die Rolle der Amanda. «Sie kennen das doch, wie man manchmal einen Star in einer bestimmten Rolle vor sich sieht», hatte Alvirah erklärt. «Ich hab *Till Tomorrow* in der Taschenbuchausgabe gelesen und gleich gesagt: ‹Willy, daraus läßt sich eine prima Fernsehserie machen, und für die Amanda gibt's auf der ganzen Welt nur eine Schauspielerin, und die heißt Cheryl Manning.›» Natürlich war es bedauerlich, daß sie Cheryl zugleich mitgeteilt hatte, Leila sei ihre Lieblingsschauspielerin und mit keiner anderen vergleichbar.

Sie gingen über die höchstgelegene Stelle des Grundstücks zurück zu Cheryls Bungalow. Die Wege wurden von japanischen Bodenlaternen beleuchtet, die die Zypressen im Schatten stehen ließen. Die Nacht war sternklar, aber laut Vorhersage sollte das Wetter umschlagen, und man spürte bereits etwas von der Luftfeuchtigkeit, die den für die Monterey-Halbinsel typischen dichten Nebel ankündigte. Im Gegensatz zu den Leuten, die Pebble Beach als wahres Paradies empfanden, hatte Syd sich immer etwas unbehaglich gefühlt inmitten dieser bizarren Zypressen. Kein Wunder, daß irgendein Dichter sie mit Gespenstern verglichen hatte. Er erschauerte.

Ohne Umschweife ergriff er Cheryls Arm, als sie vom Hauptweg zu ihrem Bungalow einbogen. Er wartete immer noch darauf, daß sie endlich zu reden anfing, doch sie blieb stumm. Er tröstete sich mit dem Gedanken, daß ihm ihre Launenhaftigkeit für einen Tag sowieso reichte, aber als er sich verabschieden wollte, fiel sie ihm ins Wort: «Komm rein.»

Innerlich stöhnend folgte er ihr. «Wo ist der Wodka?» fragte er.

«In meinem Schmuckkasten eingeschlossen. Der einzige sichere Aufbewahrungsort, an den sich die Zimmermädchen bei ihrer verdammten Schnüffelei nach Schnaps nicht rantrauen.» Sie warf ihm den Schlüssel zu und ließ sich auf der gestreiften Satincouch nieder. Er schenkte zwei Wodka auf Eis ein, reichte ihr das eine Glas und setzte sich ihr gegenüber, nahm einen Schluck und beobachtete sie. Sie sah ihn direkt an. «Nun, was hältst du von diesem Abend?» «Ich verstehe nicht ganz, worauf du hinauswillst.» Ein verächtlicher Blick und dann: «Natürlich weißt du's. Wenn Ted die Maske fallenläßt, macht er einen verstörten Eindruck, wie von Furien gejagt. Daß Craig krank vor Sorge ist, sieht ein Blinder. Min und der Baron erinnern mich an zwei Akrobaten auf einem schwankenden Hochseil. Der Anwalt hat Elizabeth keine Sekunde aus den Augen gelassen, und sie hat unentwegt unseren Tisch fixiert. Ich hab schon immer den Verdacht gehabt, daß sie in Ted verknallt ist. Und der verdrehten Lotteriegewinnerin dreh ich glatt den Hals um, falls Min mich morgen wieder neben sie setzt!»

«Du wirst den Teufel tun! Jetzt hör mal gut zu, Cheryl. Vielleicht kriegst du die Rolle. Phantastisch. Aber da ist immer noch das Risiko der Einschaltquoten. Damit steht und fällt jede Serie. Zugegeben, ein geringes Risiko, trotzdem läßt es sich nicht ableugnen. Und wenn das passiert, brauchst du eine Filmrolle. Die sind zwar reichlich gesät, aber Filme erfordern finanzielle Unterstützung. Die Lady hat jede Menge Kies zum Investieren. Die mußt du dir warmhalten.»

Cheryls Augen verengten sich zu Schlitzen. «Man könnte Ted überreden, für mich einen Film zu finanzieren. Da bin ich sicher. Er findet es unfair, daß ich letztes Jahr den Reinfall mit dem Stück ausbaden mußte. Das hat er mir selber gesagt.»

«Schreib dir das hinter die Ohren: Craig ist wesentlich vorsichtiger als Ted. Wenn Ted ins Kittchen wandert, wird Craig der Macher. Und noch was. Du spinnst, wenn du dir einbildest, Elizabeth wär in Ted verknallt. Wenn das stimmt, warum zum Teufel legt sie ihm dann die Schlinge um den Hals? Sie brauchte doch nichts weiter zu sagen, als daß sie sich mit der Zeit geirrt hat und wie wunderbar Ted zu Leila gewesen ist. Punkt. Fall erledigt.»

Cheryl trank aus und hielt ihm mit einer gebieterischen Geste das leere Glas hin. Schweigend erhob sich Syd, goß nach und schenkte sich selbst einen ordentlichen Schluck Wodka ein. «Um so was zu merken, sind Männer zu dämlich», belehrte ihn Cheryl, als er das Glas vor sich hinstellte. «Du erinnerst dich doch an Elizabeth als Kind. Höflich, aber auf direkte Fragen hast du auch eine direkte Antwort bekommen. Und Ausreden hat sie nie gebraucht. Sie kann einfach nicht lügen. Nicht für sich selbst und leider ebensowenig für Ted. Aber bevor das Ganze über die Bühne gegangen ist, wird sie jedes Steinchen umdrehen und nach einem einwandfreien Beweis dafür suchen, was wirklich an dem Abend passiert ist. Das kann sie sehr gefährlich machen.

Und noch was, Syd. Hast du gehört, wie diese überkandidelte Alvirah Meehan über den Bericht in einer Filmzeitschrift gesprochen hat, daß Leila LaSalles Apartment das reinste Motel gewesen sein soll? Daß Leila an ihre sämtlichen Freunde Schlüssel verteilt hat, falls sie mal dort übernachten wollten?»

Cheryl erhob sich von der Couch, ging hinüber zu Syd, setzte sich neben ihn und legte ihm die Hände auf die Knie. «Du hattest doch einen Schlüssel zu dem Apartment, nicht wahr, Syd?»

«Du auch.»

«Ich weiß. Leila hat sich einen Spaß daraus gemacht, mich zu begönnern, weil ich mir ja kein Zimmer dort leisten konnte, geschweige denn ein Apartment. Aber der Barmixer im Jockey Club kann bezeugen, daß ich bei einem Drink rumhockte, als sie starb. Der Mann, mit dem ich zum Dinner verabredet war, hatte sich verspätet. Und dieser Mann warst du, mein lieber Syd. Wieviel hast du für dieses gottverdammte Stück verpulvert?»

Syd spürte, wie er erstarrte, und hoffte, daß Cheryl es nicht merkte. «Worauf willst du hinaus?»

«An dem bewußten Nachmittag hast du mir erzählt, daß du zu Leila gehen und sie bitten wolltest, sich das Ganze noch mal zu überlegen. Du hattest mindestens eine Million reingebuttert. Dein eigenes Geld oder gepumptes, Syd? Dann hast du mich als Ersatz für Leila in den Schlamassel reinbugsiert, als Opferlamm. Warum? Weil du entschlossen warst, nach jedem Strohhalm zu greifen, um das Stück vielleicht doch noch zu retten und dafür gegebenenfalls meine Karriere aufs Spiel zu setzen. Und mein Gedächtnis hat sich erheblich verbessert. An dem Abend bist du fünfzehn Minuten zu spät gekommen. Du warst um 21 Uhr 45 im Jockey Club. Du warst leichenblaß. Deine Hände zitterten unaufhörlich. Du hast einen Drink auf dem Tisch verschüttet. Leila ist um 21 Uhr 31 gestorben. Von ihrem Apartment bis zum Jockey Club geht man zu Fuß knapp zehn Minuten.»

Cheryl stützte das Gesicht in beide Hände. «Ich habe zwei Wünsche, Syd. Erstens will ich die Rolle. Sieh zu, daß ich sie kriege. In dem Fall verspreche ich, mich weder betrunken noch nüchtern je wieder daran zu erinnern, daß du an dem Abend zu spät gekommen bist, daß du schrecklich aussahst, daß du einen Schlüssel zu Leilas Apartment hattest und daß Leila dich buchstäblich in den Ruin getrieben hat. Und zweitens will ich, daß du jetzt sofort abhaust. Ich brauche meinen Schönheitsschlaf.»

13

Min und Helmut lächelten ausdauernd und herzlich, bis sie sich in den eigenen vier Wänden geborgen wußten. Dort drehten sie sich wortlos zueinander um. Helmut schloß Min in die Arme, streifte mit den Lippen über ihre Wangen, massierte ihr mit geübten Griffen den Nacken.

«Liebchen.»

«Helmut, war's so schlimm, wie ich denke?»

Er entgegnete leise und sanft: «Ich habe dir klarzumachen versucht, Minna, daß es ein Fehler wäre, Elizabeth hierherzubringen, stimmt's? Jetzt ist sie wütend auf dich, aber außerdem ist noch etwas geschehen. Du hast beim Dinner mit dem Rücken zu ihr gesessen, während ich sie im Blickfeld hatte und mitbekam, wie sie uns von ihrem Tisch aus beobachtete. Es war, als sähe sie uns zum erstenmal.»

«Ich dachte, beim bloßen Zusammentreffen mit Ted... Du weißt doch, wie sie an ihm hing... Ich hatte immer den Verdacht, daß sie ebenfalls in ihn verliebt war...»

«Was du dir dabei gedacht hast, ist mir klar. Aber es hat nicht geklappt. Also Schluß damit für heute, Minna. Geh zu Bett. Ich mache dir noch eine Tasse heiße Milch und gebe dir eine Schlaftablette. Dann bist du morgen wieder frisch und munter und Herrin der Lage, wie üblich.»

Min lächelte matt und ließ sich von ihm zum Schlafzimmer führen. Er hatte weiterhin den Arm um sie gelegt, sie lehnte sich an ihn, bettete den Kopf an seine Schulter. Auch nach zehn Jahren verfehlte seine körperliche Nähe nicht ihre Wirkung, sie liebte diesen Hauch von teurem Eau de Cologne, die erstklassige Qualität dieses wie angegossen sitzenden Jacketts. In seinen Armen konnte sie die eiskalten Hände, die Launenhaftigkeit seines Vorgängers vergessen.

Als Helmut mit der heißen Milch zurückkam, lag sie im Bett,

Kopf und Schultern von seidenen Kissen gestützt, die das jetzt lose herabfallende Haar dekorativ umrahmten. Sie wußte, daß der rosa Schimmer der Nachttischlampe ihre hohen Wangenknochen und die dunklen Augen vorteilhaft betonte. Der anerkennende Blick, mit dem ihr Mann ihr die Tasse aus zartem Limoges-Porzellan reichte, befriedigte sie vollauf. «Liebchen», flüsterte er, «ich wünschte, du wüßtest, was ich für dich empfinde. Du traust meinen Gefühlen auch nach all den Jahren noch nicht, habe ich recht?»

Das war der geeignete Augenblick. Sie mußte ihn nutzen. «Irgend etwas stimmt nicht, Helmut, etwas Schlimmes, das du mir verschwiegen hast. Was ist es?»

Er zuckte die Achseln. «Du kennst das Problem. Überall im Land entstehen neue Kurzentren und Schönheitsfarmen. Die reichen Leute sind rastlos, unbeständig... Die Kosten für das römische Bad sind höher als erwartet – zugegeben... Trotzdem bin ich überzeugt, wenn es endlich fertig ist und wir eröffnen können...»

«Versprich mir eins, Helmut. Was auch immer passiert, das Schweizer Konto rühren wir nicht an. Eher gebe ich dies hier auf. In meinem Alter kann und will ich mir keine neue Pleite leisten.» Min bemühte sich, nicht laut zu werden.

«Wir werden es nicht antasten, Minna. Ich verspreche es.» Er reichte ihr die Schlaftablette. «So, die schluckst du jetzt sofort brav – auf Anordnung deines Ehemannes... und Arztes.»

«Gern.»

Er saß auf der Bettkante, während sie die Milch trank. «Kommst du nicht ins Bett?» fragte sie schläfrig.

«Nicht gleich. Ich möchte noch ein bißchen lesen. Das ist mein Schlafmittel.»

Nachdem er das Licht gelöscht und das Zimmer verlassen hatte, überkam Min bleierne Müdigkeit. Ein letzter klarer Gedanke, und dann nur noch die stumme, flehentliche Frage: «Was verheimlichst du vor mir, Helmut?»

14

Um Viertel vor zehn sah Elizabeth die Gäste aus dem Hauptgebäude hinausströmen. Erfahrungsgemäß dauerte es nun nur noch ein paar Minuten, bis überall Ruhe herrschte, die Vorhänge zugezogen, die Lichter gelöscht waren. In Cypress Point begann der Tag früh. Nach dem anstrengenden Fitneßtraining und den entspannenden kosmetischen Behandlungen gingen die meisten gern freiwillig um zehn ins Bett.

Seufzend stellte sie fest, daß jemand vom Hauptweg abbog und auf sie zukam. Instinktiv erriet sie, daß es sich um Mrs. Meehan handelte.

«Ich dachte, daß Sie sich vielleicht ein bißchen einsam fühlen», erklärte Alvirah und ließ sich unaufgefordert in einem der Liegestühle nieder. «War das Dinner nicht Klasse? Kein Mensch hätte da auf abgezählte Kalorien getippt, stimmt's? Wenn ich mein Leben lang so gegessen hätte, würde ich jetzt keine fünfundsiebzig Kilo auf die Waage bringen, das können Sie mir glauben.»

Sie drapierte sich den Schal wieder um die Schultern. «Das Ding rutscht in einer Tour.» Nach einem prüfenden Blick in die Runde: «Eine herrliche Nacht, finden Sie nicht? Die vielen Sterne. Sie haben hier garantiert nicht so 'ne Umweltverschmutzung wie wir in Queens. Und das Meer. Dieses Rauschen, einfach toll. Was hab ich gesagt? Ach ja – das Dinner. Mich hat's glatt umgehauen, wie der Kellner mir die Platte hingestellt hat, mit Löffel und Gabel. Zu Hause machen wir nämlich nicht solche Umstände, da hauen wir einfach rein. Ich meine, wer braucht schon Löffel und Gabel, um sich 'n paar grüne Bohnen oder 'n winziges Lammkotelett zu angeln? Aber dann ist mir eingefallen, wie Greer Garson sich in *Valley of Decision* von der pompösen Silberplatte bedient hat, und die Sache war für mich gelaufen. Aufs Kino ist eben immer Verlaß.»

Elizabeth mußte unwillkürlich lächeln. Alvirah Meehan hatte etwas so herzerfrischendes Echtes, Aufrichtiges an sich. Und Aufrichtigkeit war in Cypress Point dünn gesät. «Ich bin überzeugt, Sie haben alles hervorragend gemacht.»

Alvirah spielte mit ihrer Brosche. «Ehrlich gesagt mußte ich die ganze Zeit Ted Winters anschauen. Vorher hatte ich einen Mordshaß auf ihn, aber er war so nett zu mir. Und daß diese Cheryl Manning so ein freches Mundwerk hat, Junge, da war ich doch platt. Die konnte Leila auf den Tod nicht ausstehen, hab ich recht?»

Elizabeth fuhr sich mit der Zunge über die Lippen. «Wie kommen Sie denn darauf?»

«Beim Dinner hab ich 'ne Bemerkung gemacht, daß Leila meiner Meinung nach zur Legende werden würde, genau wie Marilyn Monroe, und da hat sie gesagt, wenn's immer noch der Trend ist, 'ne ausgeflippte Säuferin zur Legende hochzujubeln, dann hätte Leila ja wohl 'ne Chance.» Alvirah empfand heftige Gewissensbisse, das Leilas Schwester erzählen zu müssen. Andererseits hatte sie immer gelesen, daß für einen guten Reporter nur das Ergebnis zählt. «Wie haben die anderen darauf reagiert?» erkundigte sich Elizabeth gelassen.

«Die haben alle gelacht, bis auf Ted Winters. Es wär abscheulich, so was zu sagen, fand er.»

«Meinen Sie wirklich, daß Min und Craig das für komisch hielten?»

«So was kann man nie genau wissen», entgegnete Alvirah schroff. «Manchmal lachen Menschen ja auch aus Verlegenheit. Aber sogar der Anwalt, der mit Ted Winters hier ist, hat was in der Preislage von sich gegeben. Ungefähr so: ‹In diesem Kreis dürfte Leilas Popularitätskurve ungefähr bei Null liegen.›»

Elizabeth erhob sich. «Es war lieb von Ihnen, mal vorbeizuschauen, Mrs. Meehan. Leider muß ich mich jetzt umziehen. Ich schwimme immer vor dem Schlafengehen noch ein paar Runden.»

«Das weiß ich. Sie haben bei Tisch davon gesprochen. Craig – das ist doch der Name von Mr. Winters' Assistent...»

«Ja.»

«Craig hat sich bei der Baronin erkundigt, wie lange Sie bleiben. Vermutlich bis übermorgen, sagte sie. Sie warteten noch auf eine gewisse Sammy.»

«Stimmt.»

«Und Syd Melnick meinte, Sie wollten wohl keinem von ihnen begegnen. Darauf antwortete die Baronin, der einzige Ort, wo man Elizabeth immer antreffen kann, ist das große Schwimmbecken. Dort erscheint sie regelmäßig gegen zehn Uhr abends. Ich vermute, sie hat recht damit.»

«Sie weiß, daß ich gern schwimme. Finden Sie den Weg zu Ihrem Bungalow? Sonst begleite ich Sie. Man kann sich leicht verlaufen in der Dunkelheit.»

«Danke, ich komme schon zurecht. War mir ein Vergnügen, mit Ihnen zu schwatzen.» Alvirah wuchtete sich aus dem Liegestuhl hoch und marschierte quer über den Rasen auf dem kürzesten Weg zu ihrem Bungalow. Sie war enttäuscht, daß Elizabeth gar nichts geäußert hatte, was sie für ihre Artikelserie benutzen könnte. Andererseits hatte sie freilich beim Dinner eine Fülle von Material geliefert bekommen. Stoff genug für einen handfesten Artikel zum Thema Eifersucht.

Würde es die Leser denn nicht interessieren, etwas über Leila LaSalles engste Freunde zu erfahren, die sich alle so benahmen, als seien sie froh, daß sie tot war?

15

Behutsam ließ er die Sonnenblenden herunter und löschte die Lichter. Er hatte es schrecklich eilig. Vielleicht war es schon zu spät, aber früher hätte er sich unmöglich hinauswagen können. Als er die Außentür öffnete, begann er zu frösteln. Die Luft hatte sich stark abgekühlt, und er war nur mit Badehose und einem dunklen T-Shirt bekleidet.

Draußen herrschte Stille, das Gelände wurde nur von den jetzt abgedunkelten Laternen an den Fußwegen und in den Bäumen beleuchtet. Kein Kunststück, im Schatten verborgen zu bleiben, während er zum großen Schwimmbecken eilte. Würde sie noch dort sein?

Der Wind hatte sich gedreht und leichten Nebel vom Meer landeinwärts getrieben. Innerhalb von Minuten waren die Sterne und der Mond hinter Wolken verschwunden. Selbst wenn zufällig jemand am Fenster stehen und hinausschauen sollte, könnte er ihn nicht ausmachen.

Elizabeth beabsichtigte, bis zu ihrem Treffen mit Sammy am folgenden Abend zu bleiben. Das gab ihm lediglich anderthalb Tage – bis Dienstagmorgen –, alle Vorkehrungen für ihren Tod zu treffen.

Bei der Sträuchereinfassung der Terrasse am Schwimmbecken hielt er inne. In der Dunkelheit konnte er Elizabeth kaum sehen, wie sie mit schnellen, sicheren Stößen die Schwimmbahn durchmaß. Sorgfältig errechnete er seine Erfolgschancen. Die Idee war ihm gekommen, als Min erwähnte, daß Elizabeth gegen zehn regelmäßig hier im Schwimmbecken anzutreffen sei. Eine plötzliche Attacke, niemand in Hörweite, falls sie aufschrie, keine Spuren, keine Anzeichen eines Kampfes... Er wollte sich lautlos ins Wasser gleiten lassen, kurz bevor sie das entgegengesetzte Ende des Beckens erreichte, und abwarten, bis sie zurückkam, sich dann auf sie stürzen und sie untertauchen, bis sie sich nicht mehr wehrte. Jetzt schlich er sich hinter den Sträuchern hervor. Bei der Dunkelheit konnte er unbesorgt einen näheren Blick riskieren.

Er hatte vergessen, wie schnell sie schwamm. Obwohl sie überschlank war, hatte sie stahlharte Armmuskeln. Wenn sie nun den Kampf lange genug durchhalten konnte, um Aufmerksamkeit zu erregen? Und höchstwahrscheinlich trug sie auch noch so eine verdammte Trillerpfeife um den Hals, die Min für Einzelschwimmer zur Bedingung machte.

Vor Wut und Enttäuschung kniff er die Augen zusammen, als er sich geduckt immer näher an den Beckenrand heranschlich, bereit, hineinzutauchen, allerdings nicht sicher, ob dies genau der richtige Moment war. Sie schwamm schneller als er. Im Wasser könnte ihr das ihm gegenüber zum Vorteil gereichen... Er durfte sich keinen zweiten Fehler leisten.

In aqua sanitas! Die Römer hatten dieses Motto in die Wände ihrer Thermen eingemeißelt. Wenn ich an Reinkarnation glauben würde, wäre ich überzeugt, damals gelebt zu haben, dachte Elizabeth, als sie im Dunkeln dahinglitt. Als sie zu schwimmen begann, hatte sie nicht nur die äußeren Umrisse des Beckens genau erkennen können, sondern auch die nähere Umgebung – die Terrasse mit den Liegestühlen, den Tischen mit Sonnenschirmen und die blühenden Hekken. Jetzt sah sie das alles nur noch als schwarze Schattenrisse.

Die hartnäckigen Kopfschmerzen, die sie den ganzen Abend über geplagt hatten, ebbten allmählich ab, das Gefühl von Eingeengtsein schwand; wieder einmal erlebte sie die befreiende Wirkung, die sie von jeher im Wasser empfand. «Ob das schon im Mutterleib angefangen hat?» hatte sie Leila einmal im Scherz gefragt. «Ich meine dieses unbedingte Gefühl, frei zu sein, sobald ich ins Wasser eintauche.»

Leilas Antwort hatte sie aus der Fassung gebracht. «Vielleicht war Mama glücklich, als sie dich erwartete, Spatz. Ich hab Senator Lange immer für deinen Vater gehalten. Er und Mama hatten ein stürmisches Verhältnis, nachdem mein teurer Herr Vater spurlos von der Bildfläche verschwunden war. Als ich unterwegs war, nannte man mich vermutlich ‹das Mißgeschick›.»

Von Leila stammte der Vorschlag, Elizabeth solle den Bühnennamen Lange benutzen. »Wahrscheinlich müßtest du von Rechts wegen so heißen, Spatz», hatte sie gesagt. «Warum also nicht?»

Sobald Leila Geld zu verdienen begann, hatte sie Mama jeden Monat einen Scheck geschickt. Den letzten schickte dann Mamas letzter Liebhaber nicht eingelöst zurück. Mama war an akuter Alkoholvergiftung gestorben.

Elizabeth berührte den Beckenrand, zog die Knie an und schnellte sich mit einem Ruck vom Rücken auf den Bauch, um eine Runde Brustschwimmen einzulegen. War es möglich, daß Leilas Bindungsangst bereits im Augenblick der Empfängnis begonnen hatte? Kann so eine winzige Zelle spüren, daß ihr Feindseligkeit entgegengebracht wird, und vermag dies ein ganzes Leben zu beeinflussen? Und war es nicht Leilas Verdienst, daß ihr diese furchtbare Erfahrung, von den Eltern abgelehnt zu werden, erspart blieb? Sie erinnerte sich an die Schilderung ihrer Mutter von der Heimkehr aus dem Krankenhaus: «Leila nahm mir das Baby aus den Armen. Sie stellte das Kinderbett in ihr Zimmer. Sie war zwar erst elf, aber sie wurde die eigentliche Mutter der Kleinen, die ich Laverne nennen wollte. Doch da protesierte Leila energisch: ‹Sie heißt Elizabeth!›» Ein weiterer Grund, Leila dankbar zu sein, dachte Elizabeth.

Das gleichmäßige Plätschern des Wassers, das sie begleitete, ließ sie das leise Tappen von Füßen am entgegengesetzten Ende des Beckens überhören. Sie war am Nordrand angelangt und machte kehrt. Aus irgendeinem Grund begann sie mit Vehemenz zu schwimmen, als ob sie die Gefahr witterte.

Die schattenhafte Gestalt schlich sich an der Wand entlang. Eiskalt errechnete er das Tempo dieser zügigen Schwimmstöße. Auf das richtige Timing kam es an. Sie dann von hinten packen, so daß er über ihr lag, ihren Kopf so lange ins Wasser drücken, bis sie erschlaffte. Wieviel Zeit würde das beanspruchen? Eine Minute? Zwei? Doch wenn sie sich nicht so leicht unterkriegen ließ? Das Ganze mußte nach Unfalltod durch Ertrinken aussehen.
Dann kam ihm ein Gedanke. Sein Mund verzog sich zu einem Lächeln. Warum hatte er nicht schon früher an die Taucherausrüstung gedacht? Mit der Druckluftflasche war es ihm möglich, sie so lange am Boden des Schwimmbeckens festzuhalten, bis er sicher sein konnte, daß sie tot war. Der gesamte Aufzug mit Schwimmflossen, Taucherbrille bot eine perfekte Tarnung, falls ihn jemand auf dem Gelände sehen sollte.
Er beobachtete, wie sie auf die Leiter zuschwamm. Der Impuls, sich ihrer sofort zu entledigen, wurde übermächtig. Doch er mußte bis zum nächsten Abend warten. Dann aber bestimmt, gelobte er sich. Vorsichtig kam er näher, um zu beobachten, wie sie den Fuß auf die unterste Stufe der Leiter stellte und sich aufrichtete. Mit zusammengekniffenen Augen verfolgte er angestrengt jede ihrer

Bewegungen, als sie in den Bademantel schlüpfte und den Rückweg zu ihrem Bungalow antrat.

Am folgenden Abend würde er hier auf sie warten. Tags darauf würde dann jemand ihre Leiche am Boden des Schwimmbeckens entdecken – ebenso zufällig, wie der Arbeiter damals Leilas Leiche auf dem Hof entdeckt hatte.

Und er hätte dann nichts mehr zu befürchten.

Montag, 31. August 1987

Das Wort zum Tage:
Eine geistreiche Frau ist ein Schatz, eine geistreiche Schönheit
jedoch eine Macht.

GEORGE MEREDITH

Guten Morgen, lieber Gast!

Wir hoffen, Sie hatten eine angenehme Nacht. Der Wetterbericht verheißt uns einen neuen, herrlichen Tag in Cypress Point Spa.

Ein kleiner Hinweis. Einige unter uns vergessen, ihre Wünsche für den Lunch in unsere Speisekarten einzutragen. Wir möchten nicht, daß Sie auf die Bedienung warten müssen, nachdem Sie den Vormittag mit hartem Körpertraining und sanfter Schönheitspflege verbracht haben. Also nehmen Sie sich bitte einen kurzen Augenblick Zeit und kreuzen Sie Ihre Auswahl an, bevor Sie Ihr Zimmer verlassen.

Bitte beeilen Sie sich, damit Sie sich gleich unserem Morgenspaziergang anschließen können. Wir freuen uns schon, Sie in unserer Mitte zu begrüßen.

Und denken Sie daran – ein neuer Tag in Cypress Point Spa bedeutet zugleich, daß wiederum eine Reihe von kostbaren Stunden nur dem Ziel gewidmet ist, Ihre Schönheit zu vervollkommnen, Sie zu der anziehenden Persönlichkeit zu machen, deren Gesellschaft man sucht, die man berühren und lieben möchte.

Baron und Baronin von Schreiber

Am Montag wachte Elizabeth lange vor der Morgendämmerung auf. Selbst das Schwimmen hatte nicht die gewohnte magische Wirkung entfaltet. Den größten Teil der Nacht hatte sie sich mit ständig wechselnden Traumsequenzen herumgeschlagen. Alle tauchten sie darin auf: Mama, Leila, Ted, Craig, Syd, Cheryl, Sammy, Min, Helmut – sogar Leilas zwei Ehemänner, diese Scharlatane, die ihren Erfolg dazu benutzten, sich selbst ins Rampenlicht zu bringen, der erste ein Schauspieler, der zweite ein Möchtegern-Produzent und -Salonlöwe...

Um sechs erhob sie sich, zog die Jalousien hoch, kuschelte sich dann wieder unter die weiche Bettdecke. Es war kühl draußen, doch sie liebte es, den Sonnenaufgang zu beobachten. Für sie besaßen die frühen Morgenstunden etwas Besonderes, fast Unwirkliches. Kein menschlicher Laut war zu hören, nur die Seevögel an der Küste unterbrachen die Stille.

Um halb sieben klopfte es an die Tür. Vicky brachte das obligate Glas Saft. Sie arbeitete schon seit Jahren als Zimmermädchen in Cypress Point. Jetzt, als rüstige Sechzigerin, besserte sie die Rente ihres Mannes damit auf, daß sie «verblühten Spätlingen zur Aufmunterung das Frühstück servierte», wie sie gern spottete. Vicky und Elizabeth begrüßten sich herzlich wie alte Freundinnen.

«Ein komisches Gefühl, diesmal hier auf der Gästeliste zu stehen», bemerkte Elizabeth.

«Sie haben sich das redlich verdient. Ich hab Sie in *Hilltop* gesehen. Sie sind 'ne verdammt gute Schauspielerin.»

«Trotzdem fühle ich mich sicherer, wenn ich Unterwasseraerobic unterrichte.»

«Und Prinzessin Di kann jederzeit Kindergärtnerinnen ausbilden. Jetzt machen Sie mal 'nen Punkt!»

Elizabeth wartete, bis sich die tägliche Prozession zum sogenannten Zypressen-Marsch in Bewegung gesetzt hatte. Als sie nach draußen ging, näherten sich die Wanderer unter Führung von Min und Helmut bereits dem Weg zur Küste. Der flotte Morgenspaziergang folgte einer festgelegten Route und dauerte fünfunddreißig Minuten. Nach der Rückkehr gab es dann Frühstück.

Elizabeth wartete, bis sie außer Sicht waren, und begann, in entgegengesetzter Richtung zu joggen. Um diese frühe Stunde herrschte kaum Verkehr. Sie wäre lieber die Küste entlanggelaufen, wo sie den vollen Blick aufs Meer genießen konnte, doch damit hätte sie riskiert, von den anderen bemerkt zu werden.

Wenn doch Sammy bloß schon wieder da wäre, dachte sie, während sie das Tempo allmählich steigerte. Ich könnte mit ihr reden und nachmittags das Flugzeug nehmen. Sie wollte weg von hier. Falls man Alvirah Meehan glauben konnte, hatte Cheryl am Vorabend Leila eine «ausgeflippte Säuferin» genannt. Und alle hatten darüber gelacht – alle, bis auf Ted, ihren Mörder.

Min, Helmut, Syd, Craig, Ted. Die Menschen, die Leila am nächsten gestanden, die bei der Trauerfeier vor Schmerz geweint hatten.

Ich lasse dich nicht im Stich, Leila, gelobte sie. Mit einer ungeduldigen Bewegung wischte sie sich die Tränen aus den Augen. Sie lief immer schneller, als wolle sie den quälenden Gedanken entrinnen. Die Sonne brachte den Frühnebel zum Verschwinden; auf den dichten Hecken vor den Häusern am Wegrand glitzerte der Morgentau; über ihr kreisten Seemöwen und stießen dann wieder aufs Meer herab. Wie weit konnte man sich auf Alvirah Meehan als Zeugin verlassen? Sie hatte eine seltsame Intensität an sich, die sich kaum noch mit der Begeisterung über den Aufenthalt in Cypress Point erklären ließ.

Sie kam am Golfplatz vorbei, wo sich bereits einige Frühaufsteher betätigten. Sie hatte am College mit Golfspielen angefangen. Leila hatte zwar Ted gegenüber immer wieder beteuert, irgendwann würde sie sich ganz bestimmt die Zeit nehmen und es lernen, und dabei war es geblieben. Das wäre auch nichts für Leila gewesen, dachte Elizabeth, während ein Lächeln über ihre Lippen huschte. Leila war viel zu ungeduldig, um vier oder fünf Stunden hinter einem Ball herzulatschen.

Sie bekam kaum noch Luft und verlangsamte das Tempo. Ich bin nicht in Form, dachte sie. Sie nahm sich vor, ein volles Tagesprogramm mit Fitneßtraining und Behandlungen zu absolvieren. Damit wäre die Wartezeit sinnvoll ausgenutzt. Sie bog in die Straße ein, die nach Cypress Point zurückführte, und – stieß mit Ted zusammen.

Er packte sie bei den Armen, um sie vor dem Hinfallen zu bewahren. Sie atmete schwer nach dem heftigen Zusammenprall und bemühte sich, ihn wegzudrängen. «Laß mich los!» Und mit erhobener Stimme: «Du sollst mich loslassen, habe ich gesagt.» Weit und breit kein Mensch zu sehen. Er schwitzte, das T-Shirt klebte ihm am Körper.

Er ließ sie los. Vor Schreck wie gelähmt registrierte sie den unergründlichen Ausdruck, mit dem er zu ihr hinunterblickte. «Ich muß mit dir reden, Elizabeth.»

«Sag das, was du zu sagen hast, vor Gericht.» Damit wollte sie an ihm vorbei, doch er stellte sich ihr in den Weg. Unwillkürlich trat sie zurück. War es das, was Leila am Ende empfunden hatte, dieses Gefühl, in einer Falle gefangen zu sein?

«Du sollst mir zuhören, sagte ich.» Anscheinend spürte er ihre Angst und war wütend darüber.

«Du hast mir keine Chance gegeben, Elizabeth. Ich weiß, wie sich das Ganze ansieht. Vielleicht hast du recht, und ich bin tatsächlich wieder nach oben gegangen. Ich kann dazu nichts sagen, weil ich es einfach nicht weiß. Ich war betrunken, wütend, aber auch schrecklich besorgt wegen Leila. Elizabeth, überleg dir bitte folgendes: Falls du recht hast, falls ich tatsächlich nach oben zurückgegangen bin, falls diese Frau recht hat, die behauptet, sie hätte mich im Handgemenge mit Leila gesehen, würdest du dann nicht zumindest einräumen, daß ich sie vielleicht zu retten versuchte? Du weißt doch, wie deprimiert Leila an diesem Tag war. Sie war ja halb von Sinnen.»

«Falls du nach oben zurückgegangen bist. Soll das heißen, daß du jetzt bereit bist, das zuzugeben?» Elizabeth glaubte zu ersticken. Die Luft erschien plötzlich schwer und feucht. Obwohl Ted sie mit einer Länge von einem Meter achtzig um etliche Zentimeter überragte, wirkten sie jetzt gleich groß, als sie sich unverwandt anstarrten. Wieder wurde ihr bewußt, wie tief sich die Falten um Mund und Augen eingegraben hatten.

«Ich bin mir völlig klar über deine Einstellung zu mir, Elizabeth. Aber du mußt unbedingt eins begreifen. Ich erinnere mich nicht, was in jener Nacht passiert ist. Ich war stockbetrunken und völlig außer mir. Im Lauf der vergangenen Monate ist allmählich so eine dunkle Erinnerung aufgetaucht, daß ich an Leilas Wohnungstür gewesen bin, sie aufgestoßen habe. Also hast du vielleicht recht, hast du vielleicht tatsächlich gehört, daß ich ihr etwas zugerufen habe. Aber darüber hinaus erinnere ich mich an gar nichts! Das ist die Wahrheit, wie ich sie kenne. Die nächste Frage: Hältst du mich, ob betrunken oder nüchtern, eines Mordes für fähig?»

Aus seinen dunkelblauen Augen sprach Qual. Er biß sich auf die Lippen und streckte ihr flehend die Hände entgegen. «Nun, Elizabeth?»

Mit einem Satz schoß sie an ihm vorbei und rannte zum Eingangstor von Cypress Point. Der Staatsanwalt hatte es vorausgesagt. Wenn Ted einsah, daß er es nicht ableugnen konnte, mit Leila auf der Terrasse gewesen zu sein, würde er behaupten, er habe sie zu retten versucht.

Sie blickte nicht zurück, bis sie am Tor angelangt war. Ted hatte keine Anstalten gemacht, ihr zu folgen. Er stand da, wo sie ihn verlassen hatte, starrte ihr nach, beide Hände an den Mund gepreßt. Ihre Arme brannten noch von dem eisernen Griff, mit dem er sie gepackt hatte. Sie erinnerte sich an eine andere Bemerkung, die der Staatsanwalt gemacht hatte.

Ohne sie und ihre Aussage würde Ted freigesprochen.

2

Um acht Uhr früh manövrierte Dora «Sammy» Samuels ihren Wagen rückwärts aus der Ausfahrt vom Haus ihrer Kusine Elsie hinaus und machte sich mit einem Seufzer der Erleichterung auf den Weg vom Napa Valley zur Halbinsel Monterey. Mit etwas Glück würde sie um vierzehn Uhr dort sein. Ursprünglich wollte sie erst am Spätnachmittag aufbrechen, und Elsie hatte ihren Ärger über diese Umdisposition offen gezeigt, aber es zog sie zurück nach Cypress Point, um die restlichen Postbeutel zu sichten.

Die drahtige Siebzigjährige mit dem zu einem straffen Nackenknoten aufgesteckten Haar und der altmodischen, randlosen Brille auf der kleinen, geraden Nase hatte vor anderthalb Jahren eine lebensgefährliche Aneurysma-Operation durchgemacht. Seitdem wirkte sie gebrechlich und hinfällig, wollte jedoch bis jetzt nichts von Pensionierung wissen und wehrte jedes Gespräch darüber barsch ab. Dieses Wochenende hatte ihr zugesetzt. Ihre Kusine war von jeher gegen Doras Job bei Leila. «Fanpost von dämlichen Weibern beantworten, das ist doch keine Arbeit für dich», nörgelte sie ständig. «Ich möchte meinen, du mit deinem Köpfchen könntest mit deiner Zeit wirklich was Besseres anfangen. Unterrichten zum Beispiel. Warum stellst du dich nicht für so was zur Verfügung?»

Dora hatte längst den Versuch aufgegeben, Elsie zu erklären, daß sie nach fünfunddreißig Schuljahren nie wieder ein Lehrbuch sehen wollte, daß die acht Jahre bei Leila die anregendsten, spannendsten ihres ereignislosen Lebens gewesen waren.

Dieses Wochenende war besonders mühsam gewesen. Als Elsie

sie den Sack mit Fanpost durchgehen sah, hatte sie verblüfft gefragt: «Soll das etwa heißen, daß du sechzehn Monate nach dem Tod dieser Frau immer noch an ihre Fans schreibst? Bist du verrückt?» Nein, das bin ich nicht, sagte Dora bei sich, während sie – unter genauer Beachtung des Tempolimits – durch das Weingebiet fuhr. Trotz der ermüdenden Hitze herrschte bereits reger Ausflugsverkehr, vollbesetzte Autobusse unternahmen die üblichen Rundfahrten durch die Weingärten, Weinproben inbegriffen.

Sie hatte sich erst gar nicht bemüht, Elsie klarzumachen, daß sie mit einigen persönlichen Zeilen an die Menschen, die Leila geliebt hatten, zugleich auch ihren eigenen Schmerz etwas linderte. Ebensowenig hatte sie ihrer Kusine den Grund verraten, weshalb sie den schweren Postsack mitgeschleppt hatte. Sie durchsuchte ihn, um festzustellen, ob Leila noch weitere anonyme Briefe bekommen hatte.

Der eine, den sie bereits gefunden hatte, war drei Tage vor Leilas Tod aufgegeben worden. Die Adresse auf dem Umschlag und der Text der Mitteilung waren auf die bekannte Art zusammengestükkelt. Der Absender hatte die einzelnen Schnipsel aus Zeitschriften und Zeitungen herausgeschnitten. Der Inhalt lautete:

Leila
Wie oft soll ich Ihnen denn noch schreiben? Können Sie nicht kapieren, daß Ted Sie satt hat? Seine neue Flamme ist bildschön und viel jünger als Sie. Die passende Smaragdkette zu dem Armband, das er Ihnen geschenkt hat, trägt sie jetzt, das wissen Sie ja schon von mir. Er hat das Doppelte dafür bezahlt, und sie steht ihr zehnmal besser. Wie ich höre, ist Ihr Stück ein Reinfall. Sie sollten wirklich Ihren Text lernen. Ich melde mich bald wieder.

Ein Freund

Bei dem Gedanken an diesen Wisch und die vorangegangenen geriet sie wieder in Rage. Wie tief mußte das Leila getroffen haben...

Sie hatte wohl am schärfsten erkannt, wie schrecklich verletzlich Leila war, hatte begriffen, daß dieses zur Schau getragene Selbstbewußtsein, dieses strahlende Image nichts als Fassade war, hinter der sich ein zutiefst unsicheres Wesen verbarg.

Sie erinnerte sich an eine Szene, die sich zu Anfang ihrer Tätigkeit bei Leila abgespielt hatte. Elizabeth war zu ihrer neuen Schule abgereist, und Sammy hatte Leila bei der Rückkehr vom Flugplatz erlebt – in Tränen aufgelöst, verlassen, völlig niedergeschmettert. «Meine Güte, Sammy, ich kann's nicht fassen, daß ich Spatz womöglich monatelang nicht sehe», schluchzte sie. «Aber ein Schweizer Internat müßte doch für sie eine tolle Sache sein? Ein himmelweiter Unterschied, wenn ich an meine sogenannte Alma Mater in Lumber Creek denke.» Und dann zögernd: «Sammy, heute abend möchte ich nichts unternehmen. Könnten Sie hierbleiben und mit mir essen?»

Die Jahre vergehen so schnell, dachte Dora, als abermals ein Bus sie ungeduldig hupend überholte. Ihr schien, als erinnere sie sich an diesem Morgen besonders deutlich an Leila. An Leilas Eskapaden, an die Sorglosigkeit, mit der sie das Geld ebenso schnell wieder ausgab, wie sie es verdient hatte. An Leilas zwei Ehen... Sie hatte Leila inständig gebeten, den zweiten nicht zu heiraten. «Haben Sie denn Ihre Lektion noch immer nicht gelernt?» hatte sie sie beschworen. «Ein zweiter Parasit – das können Sie sich doch nicht antun!»

Darauf Leila, die Arme um die Knie geschlungen: «So schlimm ist er ja gar nicht, Sammy. Er bringt mich zum Lachen, und das ist immerhin ein Plus.»

«Wenn Sie unbedingt lachen wollen, dann engagieren Sie sich doch einen Clown.»

Leilas stürmische Umarmung. «Ach Sammy, versprechen Sie, mir immer alles ins Gesicht zu sagen. Wahrscheinlich haben Sie recht, aber ich mache eben keine halben Sachen. Nein, jetzt will ich's genau wissen.»

Den Spaßvogel loszuwerden hatte sie zwei Millionen Dollar gekostet.

Leila über Ted: «Sammy, das kann einfach nicht dauern. So wunderbar ist niemand. Was sieht er bloß in mir?»

«Sind Sie übergeschnappt? Schauen Sie denn nicht mehr in den Spiegel?»

Leila, nach jeder Filmpremiere von Selbstzweifeln geplagt: «Sammy, in der Rolle habe ich versagt. Ich hätte sie nicht annehmen sollen. Sie liegt mir nicht.»

«Reden Sie keinen Unsinn. Ich habe auch die Zeitungen gelesen. Sie sind großartig.»

Sie hatte für ihre schauspielerische Leistung den Oscar gewonnen.

In den letzten paar Jahren hatte sie in der Tat in drei Filmen ungeeignete Rollen zugeteilt bekommen. Die Sorgen um ihre Karriere wurden zur fixen Idee. Ihre Angst, Ted zu verlieren, war nicht weniger groß als ihre Liebe zu ihm. Und dann hatte Syd ihr das Theaterstück gebracht. «Ich schwör's Ihnen, Sammy, hier muß ich überhaupt nicht spielen, nur ich selbst sein. Die Rolle ist mir auf den Leib geschrieben, einfach toll!» Dann war es aus, dachte Dora. Am Schluß haben wir sie alle im Stich gelassen. Ich war krank. Elizabeth war selber auf Tournee. Ted war ständig geschäftlich unterwegs. Und irgend jemand, der Leila gut kannte, bombardierte sie mit diesen anonymen Briefen, zerstörte diese zerbrechliche Persönlichkeit, die sich dann mit Alkohol zu betäuben suchte.

Dora merkte, daß ihre Hände zitterten, und begann, die Schilder am Straßenrand zu studieren. Eine Teepause würde ihr vielleicht guttun. In Cypress Point würde sie dann die restliche ungeöffnete Post sichten.

Sie war überzeugt davon, daß es Elizabeth irgendwie gelingen würde, den Absender der anonymen Briefe ausfindig zu machen.

3

In ihrem Bungalow fand Elizabeth eine Mitteilung von Min vor, die zusammen mit dem Tagesprogramm an dem Veloursbademantel auf dem Bett steckte. Sie lautete:

Meine liebe Elizabeth
Ich hoffe, daß Du diesen Tag bei uns samt Fitneßtraining und Schönheitsbehandlung genießt. Wie Du weißt, muß sich jeder neue Gast zuvor kurz mit Helmut unterhalten. Ich habe Dich als erste vorgemerkt.
Vergiß nicht, wie sehr mir Dein Wohlergehen und Dein Glück am Herzen liegen.

Der Briefstil war ebenso typisch für Min wie die schwungvolle Handschrift. Elizabeth überflog rasch den Tagesplan. 8 Uhr 45: ärztliche Beratung bei Dr. Helmut von Schreiber; 9 Uhr: Aerobic-Tanzkurs; 9 Uhr 30: Massage; 10 Uhr: Trampolinspringen; 10 Uhr 30: Unterwasseraerobic für Fortgeschrittene – diesen Kurs hatte sie damals hier geleitet; 11 Uhr: Gesichtsbehandlung; 11 Uhr 30:

Waldlauf; 12 Uhr: Kräuterwickel. Für den Nachmittag standen eine Luffa-Abreibung, Maniküre, Yoga, Pediküre, zweimal weiteres Wassertraining auf dem Programm.

Sie hätte den Besuch bei Helmut gern vermieden, wollte jedoch daraus kein Problem machen. Es wurde eine kurze Konsultation. Er kontrollierte Puls und Blutdruck und untersuchte dann ihre Haut bei starker Beleuchtung. «Dein Gesicht ist wie fein gemeißelt», erklärte er. «Du gehörst zu den glücklichen Frauen, die mit zunehmendem Alter schöner werden. Das läßt sich am Knochenbau ablesen.»

Dann, als denke er laut: «Leila war hinreißend, aber von einer ungebändigten Schönheit, die dahinwelkt, sobald sie den Höhepunkt überschritten hat. Bei ihrem letzten Besuch hier schlug ich ihr vor, mit Kollagenbehandlungen anzufangen. Außerdem hatten wir vor, die Augenpartie zu liften. Wußtest du das?»

«Nein.» Es gab Elizabeth einen Stich, als ihr klar wurde, daß sie auf diese Eröffnung gekränkt reagiert hatte, weil sie in Leilas Pläne nicht eingeweiht worden war. Oder hatte er ihr Lügen aufgetischt?

«Tut mir leid», entschuldigte sich Helmut. «Ich hätte ihren Namen nicht erwähnen sollen. Und falls du dich fragst, warum Leila dir nichts davon anvertraut hat, mußt du dir meiner Meinung nach vergegenwärtigen, daß sie sich über die drei Jahre Altersunterschied zwischen ihr und Ted sehr bewußt geworden war. Ich konnte ihr aufrichtig versichern, daß dies zwischen Menschen, die sich lieben, keine Rolle spielt – ich muß das ja schließlich wissen –, aber trotz alledem bereitete es ihr weiter Kopfzerbrechen. Und mit anzusehen, wie du immer schöner wurdest, während sie bei sich die ersten Vorboten des Alterns zu entdecken begann, war ein Problem für sie.»

Elizabeth erhob sich. Wie alle anderen Arbeitsräume hier glich auch dieser einem wohlausgestatteten Wohnzimmer. Die blau und grün gemusterten Bezüge von Sofas und Sesseln wirkten kühl und beruhigend, die zurückgezogenen Vorhänge ließen die Sonne hereinfluten. Die Aussicht umfaßte das Grün des Golfplatzes und das Meer.

Sie wußte, daß Helmut sie einer eingehenden Prüfung unterzog. Seine übertriebenen Komplimente sollten eine bittere Pille versüßen. Er versuchte ihr einzureden, Leila habe angefangen, sie als Konkurrenz zu betrachten. Aber wozu das? Sie erinnerte sich an Helmuts feindseligen Ausdruck, als er vor Leilas Foto stand und sich unbeobachtet glaubte. Ob diese Anspielung auf Leilas langsam dahinschwindende Schönheit Helmuts späte Rache für all ihre bissigen Bemerkungen war?

Sie sah Leila plötzlich vor sich: den schönen Mund, das betörende Lächeln, die smaragdgrünen Augen, das prachtvolle flammend rote Haar, das sich um die Schultern lockte. Um ihr Gleichgewicht wiederzufinden, markierte sie Interesse für die gerahmten Werbeplakate an der Wand. Eine Textzeile fiel ihr ins Auge. Wie ein Schmetterling, der auf einer Wolke dahintreibt. Wieso kam ihr das bekannt vor? Der Gürtel ihres Bademantels hatte sich gelockert. Sie zog ihn wieder fest und drehte sich zu Helmut um. «Wenn von den Frauen, die hier ein Vermögen hinblättern, jede zehnte auch nur annähernd so aussähe wie Leila, wäre für dich nichts mehr zu holen, Baron.»

Er antwortete nicht.

In der Frauenabteilung herrschte mehr Betrieb als am Vortag, trotzdem war es nicht mit früher zu vergleichen. Elizabeth absolvierte ihr Programm, war froh, sich körperlich wieder einmal auszuarbeiten, und überließ sich dann ebensogern den geschickten Händen der Masseuse und der Kosmetikerin. In den zehnminütigen Zwischenpausen traf sie mehrmals mit Cheryl zusammen. *Eine ausgeflippte Säuferin.* Sie wahrte Cheryl gegenüber mit knapper Mühe den Anschein, was diese offenbar gar nicht merkte. Sie wirkte geistesabwesend.

Alvirah Meehan nahm am gleichen Aerobic-Tanzkurs teil – eine erstaunlich gelenkige Alvirah mit einem ausgeprägten Sinn für Rhythmus. Warum um Himmels willen trug sie eine Rosette am Bademantel? Sobald sie mit jemand ins Gespräch kam, machte sie sich an der Brosche zu schaffen, wie Elizabeth feststellte. Einigermaßen erheitert bemerkte sie außerdem Cheryls erfolglose Ausweichmanöver.

Zum Lunch kehrte sie in ihren Bungalow zurück, denn auf der Terrasse beim Schwimmbecken wäre sie womöglich abermals mit Ted zusammengetroffen. Während sie den frischen Obstsalat verzehrte und dazu Eistee trank, buchte sie telefonisch ihren Flug um. Sie bekam eine Reservierung in der Maschine, die am nächsten Morgen um zehn in San Francisco nach New York startete.

Sie war ganz versessen darauf gewesen, aus New York herauszukommen. Jetzt strebte sie, wiederum mit aller Macht, von hier weg.

Sie schlüpfte in den Bademantel und bereitete sich auf den zweiten Teil ihres Tagespensums vor. Den ganzen Vormittag über hatte sie sich bemüht, Teds Bild zu verdrängen. Jetzt stand es ihr wieder deutlich vor Augen. Schmerzgequält. Zornig. Flehend. Welchen Ausdruck hatte sie in diesem Gesicht wahrgenommen? Und würde sie den Rest ihres Lebens mit Fluchtversuchen verbringen, nach dem Prozeß – und dem Urteil?

4

Mit einem dankbaren Seufzer ließ sich Alvirah auf ihr Bett fallen. Sie hätte wer weiß was für ein Nickerchen gegeben, sah aber ein, daß sie ihre Eindrücke unbedingt festhalten mußte, solange sie noch frisch im Gedächtnis waren. Sie setzte sich auf den Kissen zurecht, angelte nach dem Recorder und begann zu sprechen.

«Es ist vier Uhr, und ich ruhe mich in meinem Bungalow aus. Ich habe mein erstes volles Tagesprogramm in Cypress Point Spa hinter mir und muß gestehen, daß ich fix und fertig bin. Es ging rund. Wir haben mit einem flotten Spaziergang angefangen, dann kam ich hierher zurück, und das Zimmermädchen brachte meinen Tagesplan auf dem Frühstückstablett mit. Es gab ein verlorenes Ei auf ein paar Krümeln Vollkorntoast und Kaffee. Mein Plan, der am Bademantel zu befestigen ist, beinhaltete zwei Lektionen Unterwasseraerobic, einen Yogakurs, eine Gesichtsbehandlung, eine Massage, zwei Tanzkurse, eine Behandlung mit dem Warmwasserschlauch, fünfzehn Minuten in der Dampfstrahl-Kabine und ein kurzes Bad im Whirlpool.

Die Lektionen in Unterwasseraerobic sind sehr interessant. Ich schubse da einen Wasserball herum, was sich sehr einfach anhört, aber jetzt tun mir die Schultern weh, und ich spüre, daß ich Muskeln in den Oberschenkeln habe, die mir nie aufgefallen sind. Der Yogakurs war nicht übel, nur krieg ich mit meinen Knien den Lotossitz nicht hin. Das Tanztraining hat Spaß gemacht. Ich muß selber sagen, daß ich schon immer eine gute Tänzerin war, und wenn man hier auch bloß von einem Fuß auf den anderen hopst und viel rumzappelt, hab ich doch ein paar von den Jüngeren ganz schön blamiert. Vielleicht wär ich der geborene weibliche Rocker.

Die Behandlung mit dem Warmwasserschlauch erfüllt den gleichen Zweck wie die Wasserwerfer der Polizei. Da drehen sie den

Wasserstrahl voll auf und spritzen darauflos, während man splitterfasernackt dasteht und sich an einer Metallstange festklammert, um ja nicht weggeschwemmt zu werden. Aber angeblich gehen davon die Fettpolster weg, und in jedem Fall lasse ich mir auch zwei Behandlungen täglich verpassen.

Die Klinik ist ein sehr interessantes Gebäude. Von außen sieht sie genauso aus wie das Haupthaus. Aber innen ist sie ganz anders. Alle Behandlungsräume haben ihren eigenen Eingang, zu dem Wege mit hohen Hecken an beiden Seiten führen. Dadurch sollen unliebsame Begegnungen verhindert werden. Von mir aus kann ja jeder ruhig wissen, daß ich ein paar Kollagenspritzen kriege, weil die Falten um den Mund ausgebügelt werden sollen, aber ich kann gut verstehen, wenn jemand wie Cheryl Manning außer sich wäre, wenn das allgemein bekannt würde.

Morgens war ich zu Baron von Schreiber bestellt, um alles wegen der Kollageninjektionen zu besprechen. Ein charmanter Mann. Sehr attraktiv, und wie er sich so über meine Hand beugte, hab ich das große Flattern gekriegt. Wenn ich seine Frau wäre, würde es mir schwer zu schaffen machen, ob und wie ich ihn halten kann, vor allem bei fünfzehn Jahren Altersunterschied. Ich denke, es sind fünfzehn Jahre, aber das muß ich noch mal nachprüfen, wenn ich meinen Artikel schreibe.

Der Baron hat mein Gesicht unter einer starken Lampe untersucht und gesagt, meine Haut wäre bemerkenswert straff, und er würde außer den regelmäßigen Gesichtsbehandlungen und einer Maske zwecks Peeling nur die Kollageninjektion empfehlen. Ich erklärte ihm, daß Dora Samuels, seine Empfangsdame, mir bei der Anmeldung zu einem Allergietest geraten hätte. Dabei hat sich dann herausgestellt, daß ich nicht gegen Kollagen allergisch bin. Aber dafür hab ich eine Heidenangst vor Nadeln, und ich wollte von ihm wissen, wie viele er dazu braucht.

Er war so reizend. Da wär ich nicht die einzige, hat er gesagt, und die Schwester würde mir vorher eine starke Valiumpille geben. Wenn er dann mit den Injektionen anfängt, wird es mir wie ein paar kleine Mückenstiche vorkommen.

Ach ja, noch was. Im Sprechzimmer hängen überall schöne Bilder, aber wirklich fasziniert hat mich die Anzeige, die in Zeitschriften wie *Architectural Digest* und *Vogue* erschienen ist. Er sagte, daß in jedem Bungalow eine Kopie davon an der Wand hängt. Der Text ist so geschickt formuliert.

Den Baron schien es zu freuen, daß ich das bemerkt habe. Er hat bei der Abfassung mitgewirkt, wie er sagt.»

5

Ted verbrachte den Vormittag damit, sich in der Sporthalle des Männertrakts auszuarbeiten. Zusammen mit Craig betätigte er sich an den verschiedenen Trainingsgeräten – ruderte, radelte, nahm sich methodisch die verschiedenen Aerobic-Apparate vor.

Zum Abschluß wollten sie noch ein paar Runden schwimmen und trafen dabei auf Syd, der das Innenbecken zügig durchquerte. Impulsiv schlug Ted ihm und Craig ein Wettschwimmen vor. Obwohl er in Hawaii täglich trainiert hatte, schaffte er es nur knapp vor Craig; selbst Syd blieb zu seiner Überraschung lediglich ein paar Meter hinter ihm zurück. «Du hältst dich gut in Form», sagte er anerkennend. Syd war durchaus nicht als Mann mit sitzender Lebensweise abzutun, sondern erwies sich jetzt sogar als erstaunlich gestählt.

«Ich hatte reichlich Zeit, mich in Form zu halten. Im Büro rumzuhocken und darauf zu warten, daß das Telefon klingelt, wird auf die Dauer langweilig.» In stillschweigender Übereinkunft gingen sie zu den Liegestühlen, die nicht mehr in Hörweite des Schwimmbeckens waren.

«Ich hab mich gewundert, dich hier zu treffen, Syd. Bei unserem Gespräch letzte Woche hast du kein Wort davon erwähnt.» Craigs Blick war eisig.

Syd zuckte die Achseln. «Du hast mir ja auch nicht gesagt, daß ihr herkommt. Es war nicht meine Idee, sondern Cheryls Entscheidung.» Er fixierte Ted. «Sie muß was läuten gehört haben, daß du hier aufkreuzt.»

«Min würde sich hüten zu klatschen...»

Syd unterbrach Craig und winkte den Kellner heran, der mit alkoholfreien Getränken von Tisch zu Tisch ging. «Ein Perrier.»

«Geben Sie uns drei», sagte Craig.

«Das für mich kannst du dann auch gleich trinken», fuhr ihn Ted an. «Ich nehme ein Coke.»

«Das tust du doch sonst nie», meinte Craig einlenkend und blickte ihn aus hellbraunen Augen nachsichtig an. Er korrigierte die Bestellung: «Zwei Perrier und einen Orangensaft.»

Syd ignorierte das Intermezzo geflissentlich. «Min würde sicher nicht tratschen, aber meinst du nicht auch, daß vom Personal manche den Kolumnisten gegen Bezahlung einen Tip geben? Bettina Scuda hat gestern früh bei Cheryl angerufen. Wahrscheinlich hat sie ihr geflüstert, daß du hierher unterwegs bist. Was spielt's schon für eine Rolle? Sie bezirzt dich also wieder mal. Ist das etwa was Neues? Mach's dir zunutze. Sie brennt darauf, bei dem Prozeß als Zeugin für dich aufzutreten. Wenn jemand die Geschworenen davon überzeugen kann, wie verrückt sich Leila bei *Elaine* aufgeführt hat, dann Cheryl. Und ich werde ihr den Rücken stärken.»

Er legte Ted freundschaftlich die Hand auf die Schulter. «Das Ganze ist 'ne oberfaule Kiste. Wir helfen dir, da mit Glanz rauszukommen. Auf uns kannst du dich verlassen.»

«Im Klartext heißt das, du schuldest ihm eine Million», bemerkte Craig auf dem Rückweg zu Teds Bungalow. «Fall bloß nicht darauf rein. Er hat eine Million an diesem gottverdammten Stück verloren, na und? Du hast vier Millionen eingebüßt, und er hat dich überredet, Geld reinzustecken.»

«Nein, ich habe investiert, weil ich nach Lektüre des Stücks zu der Meinung gelangt bin, daß es jemand geglückt ist, Leilas Wesenskern zu erfassen, eine Figur zu schaffen, die alles in einem war – witzig und verletzlich, eigensinnig, unmöglich und mitfühlend. Es hätte ein Triumph für sie werden müssen.»

«Es war ein Vier-Millionen-Dollar-Irrtum», sagte Craig. «Entschuldige, Ted, aber du bezahlst mich dafür, dich gut zu beraten.»

Henry Bartlett verbrachte den Vormittag in Teds Bungalow, wo er das Protokoll der Verhandlung vor dem großen Geschworenengericht studierte und zwischendurch mit seiner Praxis in der Park Avenue telefonierte. «Für den Fall, daß wir die Verteidigungsstrategie auf Unzurechnungsfähigkeit während der Tatzeit anlegen, benötigen wir hinreichendes Dokumentationsmaterial über positiv entschiedene Präzedenzfälle.» Er war mit einem offenen Baumwollhemd und weiter, knielanger Khakihose bekleidet. Der leibhaftige Sahib, dachte Ted und fragte sich, ob Bartlett auf dem Golfplatz wohl Knickerbocker trug.

Auf dem Tisch häuften sich mit Anmerkungen versehene Schriftstücke. «Weißt du noch, wie Leila und Elizabeth und wir beide hier immer Scrabble gespielt haben?» wollte Ted wissen.

«Und ihr beide, du und Leila, ihr habt immer gewonnen», erwiderte Craig. «Elizabeth hatte mich als Klotz am Bein. Wie Leila treffend bemerkte: Bulldoggen können eben nicht buchstabieren.»
«Was soll das heißen?» erkundigte sich Henry.
«Ach, Leila hatte Spitznamen für ihre sämtlichen intimen Freunde», erklärte Craig. «Meiner war Bulldogge.»
«Ich hätte mich da wohl kaum geschmeichelt gefühlt.»
«Aber ja doch. Wenn Leila Ihnen einen Spitznamen gab, bedeutete das, Sie gehörten fortan zum engeren Kreis.»
Stimmte das? Ted überlegte. Wenn man die Spitznamen, die Leila verlieh, nachschlug, stieß man stets auf eine zweischneidige Definition. Falke: Greifvogel, der zum Jagen und Töten abgerichtet werden kann. Bulldogge: Haushund mit massigem, quadratischem Kopf, kurzhaarigem Fell, gedrungenem Körperbau, nicht leicht abzuschütteln, wenn er einmal zugeschnappt hat.
«Ich schlage vor, uns was zum Lunch zu bestellen», sagte Henry. «Wir haben einen langen, arbeitsreichen Nachmittag vor uns.»
Bei einem Sandwich schilderte Ted seinen Zusammenstoß mit Elizabeth. «Ihren gestrigen Einfall können Sie also vergessen», wandte er sich an Henry. «Es ist genauso, wie ich dachte. Wenn ich die Möglichkeit einräume, daß ich in Leilas Apartment zurückgegangen sein könnte, dann wandere ich nach Elizabeths Zeugenaussage schnurstracks ins Gefängnis.»
Es wurde ein langer Nachmittag. Ted hörte aufmerksam zu, als Henry Bartlett seine Theorie über zeitweilige Unzurechnungsfähigkeit entwickelte. «Leila hatte Sie in der Öffentlichkeit abgewiesen, sie hatte ihre Rolle in einer Aufführung hingeschmissen, in die Sie vier Millionen Dollar investiert haben. Tags darauf flehten Sie sie an, sich mit Ihnen wieder zu versöhnen. Sie überhäufte Sie weiter mit Beschimpfungen und verlangte, daß Sie mit ihr beim Trinken mithielten.»
«Ich konnte die vier Millionen von der Steuer abschreiben, das war zu verschmerzen.»
«Das weiß ich. Mir erzählen Sie damit nichts Neues. Aber der kleine Geschworene, der mit den Raten für seinen Wagen in Verzug ist, nimmt Ihnen das nicht ab.»
«Ich weigere mich zuzugeben, daß ich Leila vielleicht getötet haben könnte. Daran verschwende ich auch keinen einzigen Gedanken.»
Bartlett bekam einen roten Kopf. «Wenn Sie doch nur begreifen

würden, daß ich Ihnen zu helfen versuche, Ted. Also gut, Sie haben an der Reaktion von Elizabeth Lange heute gesehen, daß Ihre Annahme richtig war. Demnach können wir nicht zugeben, daß Sie womöglich nach oben zurückgekehrt sind. Wenn wir für Sie keine totale Bewußtseinsstörung geltend machen, müssen wir die Aussagen von Elizabeth Lange und der Augenzeugin entkräften. Die eine oder die andere – vielleicht. Das habe ich Ihnen bereits gesagt. Beide – ausgeschlossen.»

«Es besteht eine Möglichkeit, die ich gern eingehend untersuchen möchte», meinte Craig. «Wir haben Informationen über diese sogenannte Augenzeugin, die auf einen psychiatrischen Befund schließen lassen. Ich habe Teds erstem Anwalt vorgeschlagen, einen Detektiv auf sie anzusetzen und mehr über sie in Erfahrung zu bringen. Ich halte das nach wie vor für eine gute Idee.»

«Allerdings.» Bartletts Blick verfinsterte sich. «Ich wollte, das wäre längst erledigt.»

Sie reden über mich, dachte Ted. Sie erörtern, was geschehen kann und was nicht, um schließlich das Ziel – meine Freiheit – zu erreichen, als ob ich gar nicht da wäre. Ein langsam aufwallender, heftiger Zorn, jetzt anscheinend Bestandteil seiner Persönlichkeit, erweckte in ihm den Wunsch, auf die beiden einzuschlagen. Auf sie einzuschlagen? Auf den Anwalt, der angeblich seinen Prozeß gewinnen würde? Auf den Freund, der ihm in diesen Monaten mit Augen, Ohren und Stimme ganz zur Verfügung gestanden hatte? Aber ich will mir nicht von ihnen mein Leben aus der Hand nehmen lassen, dachte Ted und spürte plötzlich einen ätzenden Geschmack im Mund. Ich kann ihnen keine Schuld geben, aber trauen kann ich ihnen auch nicht. Wie dem auch sei, ich hab's ja immer gewußt: Um diese Sache muß ich mich selber kümmern.

Bartlett unterhielt sich immer noch mit Craig. «Haben Sie eine bestimmte Firma im Auge?»

«Zwei bis drei. Wir haben uns an sie gewandt, wenn es darum ging, ein internes Problem unter Ausschluß der Öffentlichkeit zu lösen.» Er nannte die Namen der Detektivbüros.

Bartlett nickte. «Sie sind alle erstklassig. Stellen Sie fest, wer von denen sich unverzüglich an die Recherchen machen kann. Ich will wissen, ob Sally Ross trinkt; ob sie Freunde hat, denen sie vertraut; ob sie mit ihnen jemals über den Fall gesprochen hat; ob einer von ihnen in der Nacht, als Leila LaSalle starb, bei ihr war. Vergessen Sie nicht, jeder glaubt ihr aufs Wort, daß sie zu Hause war und zufällig genau in dem Augenblick, in dem Leila von der Terrasse stürzte, hinübergeschaut hat.»

Ein flüchtiger Blick streifte Ted. «Mit oder ohne Teddys Hilfe.»

Als Craig und Henry ihn um Viertel nach fünf endlich verließen, fühlte sich Ted völlig ausgepumpt. Nervös schaltete er den Fernseher ein und sofort wieder aus. Von irgendwelchen stupiden Serien würde er bestimmt keinen klaren Kopf bekommen. Ein Spaziergang wäre dafür weit besser geeignet, ein langer, ausgedehnter Spaziergang, auf dem er die salzige Meeresluft inhalieren und vielleicht am Haus seiner Großeltern vorbeiwandern konnte, wo er als Kind oft gewesen war.

Doch schließlich entschied er sich für die Dusche. Er ging ins Badezimmer und betrachtete sich kurz in dem eingelassenen Spiegel, der die halbe Wandfläche um das überdimensionale marmorne Duschbecken einnahm. Graumelierte Schläfen. Abgespannte Augenpartien. Ein verbitterter Zug um den Mund. Streß manifestiert sich geistig wie körperlich. Diesen Kernsatz hatte er von einem dieser Psychologen für den Hausgebrauch in einem Morgenmagazin gehört. Der Mann hat recht, dachte er.

Craig hatte vorgeschlagen, einen Bungalow mit zwei Schlafzimmern zu nehmen, und Teds Verstummen offenbar richtig gedeutet, denn er war nicht mehr darauf zurückgekommen.

Wäre es nicht schön, wenn jeder verstünde, daß man einen gewissen Freiraum brauchte, ohne daß man es ihm erst erklären mußte? Er zog sich aus und warf die Sachen in den Wäschekorb. Er lächelte ein wenig, als er sich daran erinnerte, wie Kathy, seine Frau, es ihm abgewöhnt hatte, Kleider und Wäsche einfach bloß fallen zu lassen. «Euer Reichtum kann mir gestohlen bleiben», schimpfte sie vor sich hin. «Ich finde es einfach abscheulich, zu erwarten, daß ein anderer deine schmutzige Wäsche vom Boden aufhebt.»

«Aber die Wäsche ist von feinster Qualität.»

Sein Gesicht in ihr Haar vergraben. Der Duft nach ihrem gewohnten Zwanzig-Dollar-Eau-de-Cologne. «Spar dir dein Geld. Ich kann kein teures Parfüm tragen. Das betäubt mich.»

Unter der eiskalten Dusche ließ der dumpfe, pochende Kopfschmerz nach. Einigermaßen erfrischt, wickelte sich Ted in den Bademantel, klingelte dem Zimmermädchen und bestellte Eistee. So gern er sich ins Freie gesetzt hätte, fand er es doch zu riskant. Er wollte nicht mit irgendwelchen Passanten ins Gespräch kommen.

Cheryl. Es sähe ihr ähnlich, ganz «zufällig» vorbeizukommen. Du lieber Himmel, würde sie ihre flüchtige Affäre denn nie vergessen? Sie war schön, amüsant und von einer gewissen wohltuenden, ungeschminkten Direktheit – zugegeben. Doch auch ohne den bevorstehenden Prozeß führte da kein Weg zurück.

Er setzte sich auf die Couch, von wo er den Blick aufs Meer hatte, und beobachtete die Seemöwen, die über der schäumenden Brandung kreisten – außerhalb der Gefahrenzone, so daß sie weder vom Sog noch von den Wellen erfaßt und gegen die Steilfelsen geschleudert werden konnten.

Er konnte die bohrenden Gedanken an den Prozeß nicht verscheuchen und spürte, wie ihm der Schweiß ausbrach. Ungeduldig erhob er sich und stieß die Tür zur Seitenterrasse auf. Ende August begann es sich um diese Tageszeit meist angenehm abzukühlen. Er stützte sich auf die Brüstung.

Wann war ihm erstmals klargeworden, daß es mit ihm und Leila auf die Dauer nicht gutgehen konnte? Ihr tiefverwurzeltes Mißtrauen Männern gegenüber war unerträglich geworden. Hatte er deshalb Craigs Rat verworfen und die Million in ihr Stück investiert? Unterbewußt hatte er sich dabei einen durchschlagenden Erfolg erhofft, der sie voll beanspruchen und so die Entscheidung herbeiführen würde, daß sie die gesellschaftlichen Verpflichtungen oder seinen Wunsch nach Familie nicht akzeptieren könne. Leila war Schauspielerin – und das hundertprozentig. Sie sprach zwar davon, daß sie ein Kind haben wollte, aber das waren Worte, eine überzeugend dargestellte Rolle. In Wahrheit hatte sie ihre mütterlichen Instinkte vollauf befriedigt, als sie Elizabeth großzog.

Die Sonne begann allmählich über dem Pazifik zu sinken. Die Luft war erfüllt vom Zirpen der Grillen. Abend. Dinner. Er konnte den Ausdruck auf den um den Tisch versammelten Gesichtern vor sich sehen. Min und Helmut: geheucheltes Lächeln, sorgenvolle Augen. Craig, der versuchte, in seinen Gedanken zu lesen. Syd, der eine gewisse trotzige Nervosität um sich verbreitete. Wieviel schuldete Syd den falschen Leuten für das Geld, das er in die Produktion gesteckt hatte? Wieviel erhoffte er sich zu leihen? Wieviel war seine Zeugenaussage wert? Cheryl: ganz verführerischer Zauber. Alvirah Meehan: ständig an der verdammten Rosette nestelnd, neugierig funkelnde Augen. Henry, der Elizabeth durch die gläserne Trennwand beobachtete. Elizabeth, die sie alle mit kaltem, verächtlichem Gesicht fixierte.

Ted blickte nach unten. Der Bungalow lag an einem Abhang, und unter der vorspringenden Seitenveranda ging es drei Meter in die Tiefe. Er starrte auf die rotblühenden Sträucher hinab. Vor seinem inneren Auge formten sich Bilder, und er stürzte wieder nach drinnen.

Er zitterte noch immer, als das Zimmermädchen den Eistee brachte. Ohne auf die zarte Satinsteppdecke zu achten, warf er sich auf das stabile, überbreite Bett. Wenn doch nur das Dinner, wenn doch nur die Nacht mit all ihren Begleiterscheinungen schon vorbei wäre...

Ein verkrampftes Lächeln umspielte seine Lippen. Weshalb hatte er es so eilig, den Abend hinter sich zu bringen? Wie mochte wohl ein Dinner im Gefängnis verlaufen, fragte er sich.

Um das festzustellen, würden ihm mehr als genug Abende zur Verfügung stehen.

6

Dora traf nachmittags um halb drei in Cypress Point Spa ein, stellte den Koffer in ihrem Zimmer ab und ging geradewegs zu ihrem Schreibtisch im Empfangsbüro.

Min hatte ihr erlaubt, die Beutel mit der unbeantworteten Fanpost im Abstellraum neben der Registratur aufzubewahren. Normalerweise nahm Dora jeweils eine Handvoll Briefe heraus und verstaute sie in der untersten Schublade ihres Schreibtisches. Sie wußte, daß der Anblick von Leilas Post auf Min wie ein rotes Tuch wirkte. Doch jetzt war es ihr gleichgültig, ob sie Min reizte. Sie hatte für den Rest des Tages frei und wollte nach weiteren anonymen Briefen suchen.

Sie nahm sich den einen, den sie gefunden hatte, zum zehnten Mal vor. Jede Lektüre bestärkte sie in der Überzeugung, daß darin vielleicht doch ein Körnchen Wahrheit steckte. Wie glücklich Leila auch mit Ted gewesen war, so reagierte sie aus Kummer über die letzten drei bis vier Filme oft aufbrausend und launenhaft. Dora hatte festgestellt, daß Ted für diese Ausbrüche zunehmend weniger Geduld aufbrachte. Interessierte er sich mittlerweile für eine andere Frau?

Das wären genau Leilas Gedankengänge gewesen, wenn sie einen oder mehrere dieser Briefe geöffnet hätte. Es würde die Angst, das Trinken, die Verzweiflung jener letzten Monate erklären. Leila pflegte oft zu sagen: «Auf dieser Welt gibt es nur zwei Menschen, von denen ich weiß, daß ich ihnen vertrauen kann. Spatz und Falke. Dazu gehören jetzt auch Sie, Sammy.» Dora hatte das als Auszeichnung empfunden. «Und die Queen Elizabeth II.» – Leilas Name für Min – «ist eine Busenfreundin durch dick und dünn, vorausgesetzt, es springt etwas für sie dabei heraus und der Spielzeugsoldat hat nichts dagegen.»

Zu Doras Erleichterung waren Min und Helmut nicht im Büro. Sie eilte in die Registratur. Mit ihrer Vorliebe für dekorative Ausstattung hatte Min selbst diesen kleinen Lagerraum extravagant gestalten lassen. Die maßgefertigten Aktenordner waren sonnengelb, der Fußboden gold- und bernsteinfarben ausgekachelt, das Büromaterial wurde in einem antiken englischen Schrank aufbewahrt.

Es gab noch zwei volle Postsäcke zu sichten, ein buntes Sortiment – Briefe, für die man liniierte Seiten aus Schulheften herausgerissen hatte, und andere auf teurem, parfümiertem Papier. Dora trug einen Armvoll zu ihrem Schreibtisch.

Ein langwieriges Verfahren. Sie konnte ja nicht davon ausgehen, daß die Adressen bei weiteren anonymen Briefen genauso aus Zeitungsausschnitten zusammengesetzt waren wie bei dem, den sie gefunden hatte. Sie fing mit den bereits geöffneten Briefen an, denjenigen, die Leila gesehen hatte. Vierzig Minuten verstrichen ohne greifbares Resultat. Fast durchweg der übliche Inhalt: *Sie sind meine Lieblingsschauspielerin… Ich habe meine Tochter nach Ihnen genannt… Ich habe Sie in der Talkshow von Johnny Carson gesehen. Sie waren einfach toll und so urkomisch…* Aber es waren auch etliche erstaunlich scharfe, kritische Sätze darunter. *Das war das letzte Mal, daß ich fünf Dollar hingeblättert habe, um Sie zu sehen… Und das für so einen Mistfilm… Lesen Sie eigentlich die Drehbücher vorher, Leila, oder nehmen Sie einfach jede Rolle, die Sie kriegen können?*

Sie war so vertieft, daß sie nicht bemerkte, wie Min und Helmut um vier Uhr auftauchten. Als sie sich ihrem Schreibtisch näherten, schreckte sie hoch, bemühte sich, unbefangen zu lächeln, und schob den anonymen Brief unauffällig zwischen die anderen.

Kein Zweifel, Min war völlig außer sich. Daß Dora vorzeitig zurückgekommen war, schien sie gar nicht zu registrieren. «Sammy, bringen Sie mir die Akte über das römische Bad.»

Min wartete, bis sie die Unterlagen geholt hatte. Als sie damit erschien, wollte Helmut ihr die Mappe abnehmen, doch Min riß sie

ihr förmlich aus der Hand. Sie war geisterhaft blaß. Helmut tätschelte ihr den Arm. «Tief durchatmen, Minna, bitte!»
Sie ignorierte ihn. «Kommen Sie mit», befahl sie Dora.
«Ich will bloß noch geschwind aufräumen.» Dora zeigte auf ihren Schreibtisch.
«Lassen Sie alles liegen. Das spielt auch keine Rolle mehr.» Ihr blieb nichts weiter übrig. Wenn sie versuchte, den anonymen Brief in die Schublade zu tun, würde Min ihn bestimmt zu sehen verlangen. Also strich Dora ihr Haar glatt und folgte den beiden ins Privatbüro. Irgend etwas war oberfaul, und das hatte mit diesem verdammten römischen Bad zu tun.
Min setzte sich an ihren Schreibtisch, schlug die Akte auf und durchblätterte sie in Windeseile. Die Korrespondenz bestand vorwiegend aus Rechnungen des Bauunternehmers. «Fünfhunderttausend bar, dreihunderttausend, fünfundzwanzigtausend...» Sie las weiter vor, die Stimme wurde immer schriller. «Und jetzt weitere vierhunderttausend Dollar, bevor er mit den Innenarbeiten weitermachen kann.» Sie schmiß die Papiere hin und schlug mit der Faust darauf.
Dora lief zum Kühlschrank, um ihr ein Glas Eiswasser zu holen. Helmut war mit einem Satz bei Min, legte ihr die Hände an die Schläfen und sprach leise, beruhigend auf sie ein. «Minna, Minna, du mußt dich entspannen. Denk an etwas Erfreuliches. Wenn du dich weiter so aufregst, steigt dein Blutdruck viel zu hoch an.»
Dora reichte Min das Glas und bedachte Helmut mit einem verächtlichen Blick. Dieser Verschwender bringt Min mit seinen größenwahnsinnigen Projekten noch ins Grab, dachte sie. Min lag goldrichtig mit ihrem Vorschlag, im rückwärtigen Teil des Grundstücks ein selbständiges Kurzentrum zu erschwinglichen Preisen zu errichten. Das hätte Hand und Fuß gehabt. Heutzutage machten Sekretärinnen genauso ihre Kur wie Angehörige der oberen Zehntausend. Statt dessen hatte sie dieser aufgeblasene Narr zum Bau der Thermen beredet. «Damit setzen wir uns ein bleibendes Denkmal», verkündete er hochtrabend, während er Min beschwatzte, sich in Schulden zu stürzen. Dora wußte über die Finanzlage des Unternehmens ebensogut Bescheid wie die beiden. So durfte es nicht weitergehen. Sie unterbrach Helmuts Gesäusel: «Minna, Minna –»
«Lassen Sie die Bauarbeiten sofort einstellen», empfahl sie. «Die Fassade ist fertig, also kann der Anblick auch keinen stören. Sagen Sie einfach, mit dem Marmor, den Sie für die Innenräume bestellt

haben, gibt's Lieferschwierigkeiten. Das schluckt doch jeder. Mit den Zahlungen an den Bauunternehmer sind Sie doch so ziemlich auf dem laufenden, oder?»

«Weitgehend», bestätigte Helmut. Er bedachte Dora mit einem strahlenden Lächeln, als habe sie soeben ein verzwicktes Rätsel gelöst. «Dora hat recht, Minna. Wir verschieben die Fertigstellung der Thermen.»

Min schenkte ihm keine Beachtung. «Ich möchte die Zahlen noch einmal durchgehen.» In der folgenden halben Stunde steckten sie die Köpfe zusammen und verglichen die Verträge, die Kostenvoranschläge und die tatsächlichen Rechnungsbeträge.

Schließlich warf Min ihr die Originalentwürfe über den Schreibtisch zu. «Ich will mit diesem verdammten Anwalt sprechen. Mir sieht's ganz danach aus, als wäre der Bauunternehmer von A bis Z zu Preisüberschreitungen berechtigt.»

«Der Mann ist mit dem Herzen dabei», entgegnete Helmut. «Er hat unser Vorhaben genau erfaßt. Wir stoppen die Bauarbeiten, Minna, wie Dora gesagt hat. Wir machen aus der Not eine Tugend. Wir erwarten eine Ladung Marmor aus Carrara, basta. Unter dem tun wir's doch nach wie vor nicht, oder? Für diesen Purismus werden wir Anerkennung ernten. Es ist ebenso wichtig, einen Wunschtraum zu schaffen wie ihn zu verwirklichen, findest du nicht, Liebchen?»

Dora wurde plötzlich bewußt, daß sie Gesellschaft bekommen hatten. Sie blickte rasch hoch. Da stand Cheryl, dekorativ an den Türrahmen geschmiegt; ihre Augen blitzten amüsiert. «Ich hab wohl einen ungünstigen Moment erwischt?» erkundigte sie sich strahlend. Ohne eine Antwort abzuwarten, schlenderte sie zum Schreibtisch und beugte sich über Dora. «Aha, ich sehe, ihr habt die Entwürfe für das römische Bad beim Wickel.»

Nach eingehender Prüfung gab sie ihren Kommentar: «Vier Schwimmbecken, Dampfstrahlkabinen, Saunas, Massageräume, Schlafzimmer? Eine phantastische Idee, daß man sich hinlegen kann, nachdem man sich in den Mineralbädern so richtig ausgetobt hat! Ach, übrigens – kostet das nicht ein Vermögen, echtes Mineralwasser für die Badekur zu beschaffen? Denkt ihr dabei an ein Ersatzprodukt Marke Eigenbau oder wollt ihr's durch 'ne Pipeline aus Baden-Baden beziehen?» Sie richtete sich anmutig auf. «Hat ganz den Anschein, als könntet ihr beide 'ne Kapitalspritze gebrauchen. Ted gibt viel auf meine Meinung. Ehrlich, er hat immer sehr auf mich gehört, bevor Leila ihn in den Fängen hatte. Also bis nachher beim Dinner!»

In der Tür wandte sie sich noch einmal um und blickte über die Schulter. «Ach, nebenbei, Min, ich habe meine Rechnung auf Doras Schreibtisch deponiert. Das war doch bestimmt ein Versehen, daß ich eine bekommen habe. Ich weiß genau, daß du mich einladen wolltest, meine Liebe.»

Cheryl hatte die Rechnung auf ihrem Schreibtisch deponiert. Dora wußte, was das bedeutete: Cheryl hatte sich natürlich für die Briefe interessiert und mit größter Wahrscheinlichkeit dabei den anonymen entdeckt. Typisch Cheryl.

Min sah Helmut mit schwimmenden Augen an. «Sie weiß, wie tief wir in der Bredouille stecken, und hätte garantiert keine Hemmungen, den Kolumnisten einen Tip zu geben! Jetzt haben wir noch einen Nassauer am Hals – und bilde dir bloß nicht ein, sie würde sich hier nicht wie zu Hause fühlen!» Verzweifelt stopfte Min die Rechnungen und Entwürfe in die Mappe zurück.

Dora nahm sie ihr ab und stellte sie wieder in die Registratur. Ihr Herz hämmerte, als sie die Rezeption betrat. Die Briefe lagen auf ihrem Schreibtisch verstreut – der anonyme fehlte.

Entsetzt versuchte Dora zu bemessen, ob und wieviel Schaden er anrichten könnte. Ließe er sich verwenden, um Ted zu erpressen? Oder wollte der Absender ihn unbedingt zurückhaben, um auf alle Fälle seine Spuren zu verwischen? Hätte sie ihn doch bloß nicht gerade in dem Augenblick gelesen, als Min und Helmut hereinkamen! Dora sank auf ihren Schreibtischsessel und bemerkte jetzt erst, daß Cheryls Wochenrechnung an ihrem Kalender lehnte.

Quer darüber hatte sie geschrieben: *Bezahlt.*

7

Um halb sieben läutete das Telefon in Elizabeths Bungalow. Min. «Ich möchte dich gern einladen, Elizabeth, heute mit Helmut und mir zu Abend zu essen. Die übrigen gehen alle aus – Ted, sein Anwalt, Craig, Cheryl, Syd.» Im ersten Augenblick hörte sich das nach der alten Min an – herrisch, kein Nein duldend. Doch dann, noch ehe Elizabeth antworten konnte, wurde ihr Ton sanfter. «Bitte, Elizabeth, du fliegst doch morgen schon zurück. Wir haben dich vermißt.»

«Ist das wieder eins von deinen Spielchen, Min?»
«Dieses Zusammentreffen gestern abend hätte ich unter gar keinen Umständen erzwingen dürfen. Es war ein unverzeihlicher Fehler, ich kann dich nur um Verzeihung bitten.» Min klang erschöpft, und Elizabeth begann Mitleid zu empfinden. Wenn Min an Teds Unschuld glauben wollte, so war das ihre Sache. Mit ihrem Plan, dieses Zusammentreffen zu arrangieren, hatte sie weit übers Ziel hinausgeschossen, aber das war nun mal ihre Art.

«Bist du wirklich sicher, daß keiner von den anderen im Speisesaal sein wird?»

«Hundertprozentig. Setz dich zu uns, Elizabeth. Ich hab dich ja kaum zu Gesicht bekommen.»

Dieses flehentliche Bitten sah Min so gar nicht ähnlich. Jedenfalls wäre das die einzige Gelegenheit, mit Min zusammenzusein, und außerdem fand Elizabeth die Aussicht, allein zu essen, nicht gerade verlockend.

Sie hatte einen ausgefüllten Nachmittag hinter sich: eine Luffa-Behandlung, zwei Kurse für Streckübungen, eine Pediküre und Maniküre und zum Schluß ein Yogakurs. Dabei war es ihr trotz aller Bemühungen nicht gelungen, sich von ihren Gedanken freizumachen und ganz auf den Unterricht zu konzentrieren. Statt dessen klang ihr gegen ihren Willen wieder und wieder Teds Frage in den Ohren: *Falls ich tatsächlich nach oben zurückgegangen bin ... Habe ich da nicht vielleicht versucht, sie zu retten?*

«Elizabeth ...?»

Sie umklammerte den Hörer und ließ den Blick durch den Raum schweifen, genoß die wohltuende Wirkung der auf einen Farbton abgestimmten Ausstattung dieses teuren Bungalows. «Leila-Grün», nannte ihn Min. Kein Zweifel, sie hatte Leila geliebt ... Elizabeth hörte sich die Einladung annehmen.

Zu dem geräumigen Badezimmer gehörten eine eingelassene Wanne, in die Stufen hinunterführten, Whirlpool, Duschkabine und eine eigene Dampfvorrichtung. Sie wählte die Kombination, die Leila zur Entspannung bevorzugt hatte. In der Wanne liegend, hatte sie beides gleichzeitig – Dampf und Whirlpool. Mit geschlossenen Augen, den Kopf auf die mit Velours bezogene Nackenstütze gebettet, spürte sie, wie die Anspannung unter dem feuchten Dunst und dem schäumenden Wasser wich.

Wieder stellte sie sich die Frage, was das alles gekostet hatte. Min mußte die ererbten Millionen im Blitztempo durchgebracht haben. Das gesamte Stammpersonal machte sich die gleichen Sorgen. Rita, die Maniküre, hatte ihr wortwörtlich daselbe erzählt wie die Masseuse. «Ich sag's Ihnen, Elizabeth, seit Leilas Tod ist in Cypress Point einfach nichts mehr los. Wer auf Prominenz aus ist, geht jetzt nach La Costa. Natürlich treffen Sie auch hier noch ein paar große Namen, aber es heißt, daß die Hälfte von denen keinen Cent bezahlt.»

Nach zwanzig Minuten schaltete sich der Dampf automatisch aus. Zögernd stellte sich Elizabeth unter die kalte Dusche, schlüpfte danach in einen dicken Bademantel und band sich ein Handtuch um den Kopf. Es gab noch etwas, das sie in ihrem Zorn über das Zusammentreffen mit Ted übersehen hatte. Mins Zuneigung für Leila war echt, ihr Schmerz nach Leilas Tod nicht gespielt. Doch Helmut? Der feindselige Ausdruck, mit dem er Leilas Bild betrachtet hatte, seine hinterhältigen Andeutungen, daß Leila äußerlich verloren habe... Was hatte diese Gehässigkeit ausgelöst? Sicherlich nicht Leilas Sticheleien, mit denen sie ihn, den «Spielzeugsoldaten», bedachte. Wenn er sie mitbekam, war er stets amüsiert. Sie erinnerte sich an den Abend, an dem er zum Dinner in Leilas Apartment erschienen war, angetan mit einem hohen, altmodischen Tschako.

«Ich bin bei einem Kostümverleih vorbeigekommen, sah ihn im Schaufenster und konnte nicht widerstehen», erklärte er, als alle ihn mit Beifall begrüßten. Leila hatte schallend gelacht und ihn geküßt.

«Hoheit, du bist ein prima Kerl», sagte sie.

Was also hatte seinen Zorn erregt? Elizabeth rieb das Haar trocken, bürstete es zurück und steckte es zum Chignon auf. Als sie das Make-up auflegte und Lippen und Wangen mit Glanzpuder bestäubte, hörte sie deutlich Leilas Stimme: «Mein Gott, Spatz, du wirst von Tag zu Tag attraktiver. Du kannst wirklich von Glück sagen, daß Mama ein Verhältnis mit Senator Lange hatte, als du gezeugt wurdest. Erinnere dich nur an ihre anderen Männer. Hättest du etwa Matt gern zum Vater gehabt?»

Im Sommer vergangenen Jahres war sie mit einem Ensemble auf Tournee. Als sie in Kentucky gastierten, hatte sie im Archiv der führenden Zeitung in Louisville nach Unterlagen über Everett Lange geforscht. Die Veröffentlichung des Nachrufs lag damals vier Jahre zurück. Er enthielt Einzelheiten über Familie, Ausbildung, Ehe mit

218

einer Angehörigen der Oberschicht, Leistungen im Kongreß. Auf dem Foto hatte sie ihr männliches Ebenbild entdeckt... Wäre ihr Leben anders verlaufen, wenn sie ihren Vater gekannt hätte? Sie verdrängte den Gedanken. In Cypress Point Spa war es Usus, daß man sich zum Dinner umzog. Sie entschied sich für ein weites Deux-pièces aus weißem Seidenjersey mit Bindegürtel und dazu silberne Sandalen. Sie fragte sich, ob Ted und die anderen nach Monterey ins *Cannery* gefahren waren, von jeher sein Lieblingslokal.

Vor drei Jahren war Leila plötzlich abberufen worden, weil ein paar Szenen nachgedreht werden mußten, und Ted hatte sie an einem Abend ins *Cannery* eingeladen. Sie saßen stundenlang dort und unterhielten sich. Damals erzählte Ted ihr von den Sommern, die er bei seinen Großeltern in Monterey verbracht hatte, vom Selbstmord seiner Mutter, den er als Zwölfjähriger miterlebt hatte, von der tiefen Verachtung für seinen Vater. Und er sprach von dem Autounfall, bei dem seine Frau und sein Kind ums Leben gekommen waren.

«Ich war unfähig zu arbeiten», sagte er. «Fast zwei Jahre lang war ich wie gelähmt, ein Schatten meiner selbst. Wenn Craig nicht gewesen wäre, hätte ich die Geschäftsleitung abgeben müssen. Er übernahm meine Aufgaben. Er wurde mein Sprachrohr. Er war praktisch mein zweites Ich.»

Am folgenden Tag stellte er fest: «Du bist eine sehr gute Zuhörerin.»

Es war ihm offensichtlich peinlich, ihr so viel Einblick in sein Privatleben gewährt zu haben.

Sie zögerte ihren Aufbruch bis kurz vor Ende der «Cocktail»-Stunde hinaus. Auf dem Weg zum Hauptgebäude blieb sie stehen, um die Szenerie auf der Veranda zu beobachten. Das hellerleuchtete Haus, die gutangezogenen Menschen, die sich unterhielten, lachten, ihren sogenannten Cocktail schlürften, von einer Gruppe zur anderen wanderten.

Sie war empfänglich für die atemberaubende Schönheit des nächtlichen Sternenhimmels, das kunstvolle Arrangement der Laternen, die den Weg erhellten und die Blüten an den Hecken aufleuchten ließen, das sanfte Rauschen des Meeres und hinter dem Hauptgebäude den drohend aufragenden Schatten des römischen Bades, dessen schwarze Marmorfassade im Widerschein fluoreszierte.

Wohin gehöre ich eigentlich, fragte sich Elizabeth. Während der

Arbeit in Europa war es leichter gewesen, das Gefühl der Isolation, der Entfremdung von allen Mitmenschen zu vergessen, die zum festen Bestandteil ihres Daseins geworden waren. Sobald der Film abgedreht war, eilte sie nach Hause in der Überzeugung, in ihrer Wohnung einen sicheren Hort, in der vertrauten Umgebung von New York tröstliche Geborgenheit zu finden, doch innerhalb von zehn Minuten gab es nur noch den zwanghaften Wunsch zu fliehen, so daß sie sich an Mins Einladung klammerte wie die Ertrinkende an einen Strohhalm. Und jetzt zählte sie die Stunden, bis sie nach New York und in ihr Apartment zurückkehren konnte. Ihr war, als habe sie tatsächlich kein Zuhause.

Würde der Prozeß sich als Katharsis erweisen? Würde das Bewußtsein, zur Bestrafung von Leilas Mörder beigetragen zu haben, eine befreiende Wirkung auf sie ausüben, so daß sie Kontakt zu anderen suchen, ein neues eigenes Leben anfangen konnte?

«Entschuldigung.»

Ein junges Paar ging hinter ihr. Sie erkannte ihn – ein Tennisspieler der Spitzenklasse. Wie lange hatte sie den beiden schon den Weg versperrt?

«Tut mir leid. Ich muß wohl geträumt haben.»

Sie trat beiseite, und die beiden konnten nun unbehindert, Hand ind Hand, unverbindlich lächelnd, vorbei. Sie folgte ihnen langsam bis zum Ende des Weges, die Verandatreppe hinauf. Ein Kellner bot ihr einen Drink an. Sie nahm ihn entgegen und stellte sich ganz hinten an die Brüstung. Für nichtiges Gespräch fehlte ihr der Sinn.

Min und Helmut machten die Runde bei den Gästen mit der Gewandtheit alterprobter Party-Veranstalter.

Min, im flatternden Kaftan aus gelbem Satin, dazu lange Diamant-Ohrgehänge, zeigte sich in strahlender Siegerlaune. Zu ihrer nicht geringen Überraschung stellte Elizabeth fest, daß Min eigentlich recht schlank war. Es lag an ihrer Vollbusigkeit und dem hochfahrenden Gehabe, daß sie einen derart imposanten Eindruck erweckte.

Helmut war wie immer tadellos gekleidet – marineblaues Seidenjackett und hellgraue Flanellhosen. Er verströmte Charme, beugte sich über Damenhände, lächelte, zog eine makellos geschwungene Braue hoch – der vollendete Gentleman.

Aber warum haßte er Leila?

An diesem Abend waren die Speisesäle pfirsichfarben dekoriert: pfirsichfarbene Tischdecken und Servietten, Tafelaufsätze mit pfirsichfarbenen Rosen, Lenox-Porzellan mit zartem Dessin in Pfirsichfarben und Gold. Mins Tisch war für vier Personen gedeckt. Im Näherkommen bemerkte Elizabeth, wie der Oberkellner Min zum Telefon dirigierte. Sie kehrte offensichtlich verärgert zurück. Trotzdem schien die Freude, mit der sie Elizabeth begrüßte, echt zu sein. «Endlich ein bißchen Zeit für ein kurzes Zusammensein, Elizabeth. Ich hatte gehofft, Sammy und dir eine freudige Überraschung zu bereiten. Sammy ist zeitig zurückgekommen. Offenbar hat sie meine Nachricht nicht gefunden und wußte daher nicht, daß du hier bist. Ich habe sie eingeladen, mit uns zu essen, aber sie hat mir eben am Telefon gesagt, daß sie sich nicht besonders fühlt. Ich hab ihr erklärt, daß du jetzt im Speisesaal bist. Sie kommt dann nach dem Dinner in deinen Bungalow.»

«Ist sie krank?» erkundigte sich Elizabeth besorgt.

«Sie hat eine lange Fahrt hinter sich. Trotzdem sollte sie was essen. Ich wünschte, sie hätte sich dazu aufgerafft.» Min wollte eindeutig jede weitere Diskussion unterbinden.

Elizabeth beobachtete Min, wie sie mit geübtem Blick alles scharf überwachte. Wehe dem Kellner, der sich auch nur die geringste Unkorrektheit zuschulden kommen ließ, der mit dem Geschirr klapperte oder etwas verschüttete oder an den Stuhl eines Gastes anstieß. Ihr fiel ein, daß es Min gar nicht ähnlich sah, Sammy an ihren Tisch zu bitten. War es denkbar, daß Min hinter ihrem Wunsch, auf Sammy zu warten, einen besonderen Grund vermutete und den erfahren wollte?

Und war es möglich, daß Sammy diese Klippe geschickt umschifft hatte?

«Bitte entschuldigen Sie die Verspätung.» Alvirah Meehan zog den Stuhl unter dem Tisch hervor, ehe der Kellner ihr dabei helfen konnte. «Die Kosmetikerin hat mich extra für den Abend zurechtgemacht, nachdem ich mich angezogen hatte», verkündete sie strahlend. «Na, wie gefällt's Ihnen?»

Alvirah trug einen beigefarbenen Kaftan mit rundem Halsausschnitt und brauner Perlenstickerei, der sehr kostspielig aussah. «Den hab ich in der Boutique gekauft», erklärte sie. «Sie haben da wirklich hübsche Sachen. Und ich hab alles, was mir die Kosmetikerin empfohlen hat, mitgenommen. Sie war so hilfsbereit.»

Als Helmut am Tisch erschien, beobachtete Elizabeth innerlich erheitert Mins Gesicht. Man wurde ausdrücklich eingeladen, sich zu Min und Helmut zu setzen – eine feine Nuance, die Mrs. Meehan weder kennen noch verstehen konnte. Min könnte ihr das erklären und sie an einem anderen Tisch plazieren. Andererseits bewohnte Mrs. Meehan den teuersten Bungalow, kaufte offensichtlich alles, was ihr vor die Augen kam, so daß es äußerst unklug wäre, sie zu beleidigen. Min rang sich ein gequältes Lächeln ab. «Sie sehen bezaubernd aus», teilte sie Alvirah mit. «Morgen helfe ich Ihnen persönlich bei der weiteren Auswahl.»

«Das ist sehr nett von Ihnen.» Alvirah spielte an ihrer Rosette und wandte sich Helmut zu. «Ich muß Ihnen sagen, Baron, daß ich Ihr Inserat noch mal gelesen habe – Sie wissen schon, das eingerahmte, das in jedem Bungalow hängt.»

«Ja?»

Elizabeth fragte sich, ob sie es sich bloß einbildete, daß Helmut plötzlich auf der Hut zu sein schien.

«Also ich muß Ihnen sagen, daß jedes Wort über Cypress Point stimmt. Sie erinnern sich doch an den bewußten Satz? ‹Am Ende einer hier verbrachten Woche fühlen Sie sich frei und sorglos wie ein Schmetterling, der auf einer Wolke dahinsegelt.›»

«Ja, so was Ähnliches steht in dem Inserat.»

«Aber Sie haben doch den Text geschrieben – haben Sie mir das denn nicht vorhin erzählt?»

«Ich habe daran mitgewirkt, sagte ich. Wir beschäftigen eine Werbeagentur.»

«Unsinn, Helmut. Mrs. Meehan stimmt offensichtlich mit dem Text der Anzeige überein. Ja, Mrs. Meehan, mein Mann ist überaus kreativ. Den täglichen Rundbrief an die Gäste verfaßt er selber, und als wir vor zehn Jahren das Hotel zum Kurzentrum umgebaut haben, konnte er den vorgelegten Anzeigenentwurf einfach nicht akzeptieren und hat ihn selber umgeschrieben. Dieses Inserat hat viele Preise bekommen, deshalb haben wir in sämtlichen Räumen einen gerahmten Abzug hängen.»

«Bestimmt hat das bedeutende Leute veranlaßt hierherzukommen», meinte Alvirah. «Wie gern wär ich da ’ne Fliege an der Wand gewesen, um alle zu belauschen...» Sie strahlte Helmut an. «Oder ein Schmetterling, der auf einer Wolke dahinsegelt.»

Sie verzehrten die kalorienarme Mousse, als es Elizabeth dämmerte, wie geschickt Mrs. Meehan die beiden ausgeholt hatte. Sie hatten ihr Geschichten erzählt, die Elizabeth nie zuvor gehört hatte, von einem exzentrischen Millionär, der am Eröffnungstag auf dem Fahrrad angekommen war, während sein Rolls-Royce ihm in gebührendem Abstand das Geleit gab; oder von einem Charterflugzeug, das ein Ölscheich beauftragt hatte, die wertvollen Juwelen zu holen, die eine seiner vier Frauen auf einem Tisch am Schwimmbekken liegengelassen hatte.

Als sie aufstehen wollten, stellte Alvirah ihre letzte Frage: «Welches war der aufregendste Gast, den Sie jemals hatten?»

Ohne Zögern, ohne einander auch nur anzusehen, antworteten sie: «Leila LaSalle.»

Aus einem unerklärlichen Grund lief es Elizabeth kalt über den Rücken.

Elizabeth überging den Kaffee und das anschließende musikalische Programm und eilte in ihren Bungalow zurück, um Sammy anzurufen. Als sie sich in ihrem Zimmer nicht meldete, wählte Elizabeth die Büronummer.

Sammys Stimme klang erregt, drängend: «Elizabeth, ich bin ja fast in Ohnmacht gefallen, als ich von Min hörte, daß Sie hier sind. Nein, mir fehlt gar nichts, ich komme gleich rüber.»

Zehn Minuten später riß Elizabeth die Tür auf und umarmte diese zerbrechliche Frau, die mit ihr zusammen Leilas letzte Lebensjahre begleitet und stets unerschütterliche Loyalität bewiesen hatte.

Als sie sich auf den beiden Sofas gegenübersaßen, musterten sie sich gegenseitig. Elizabeth stellte erschrocken fest, wie sehr sich Dora verändert hatte. «Ich weiß», erklärte diese schief lächelnd, «ein umwerfender Anblick bin ich nicht gerade.»

«Sie sehen wirklich nicht gut aus, Sammy», entgegnete Elizabeth. «Wie geht's Ihnen denn nun ehrlich?»

Dora zuckte die Achseln. «Ich fühle mich immer noch so schuldbewußt. Sie waren unterwegs und konnten nicht mitkriegen, wie Leila sich von Tag zu Tag veränderte. Ich dagegen konnte es mit eigenen Augen sehen, wenn sie mich im Krankenhaus besuchte. Irgend etwas machte sie kaputt, aber sie sprach nicht darüber. Ich hätte mich mit Ihnen in Verbindung setzen müssen. Ich habe sie schmählich im Stich gelassen. Und jetzt habe ich das Gefühl, ergründen zu müssen, was passiert ist. Vorher finde ich keine Ruhe.»

Elizabeth kamen die Tränen. «Jetzt haben Sie mich doch tatsächlich zum Weinen gebracht. Das ganze erste Jahr hatte ich ständig eine dunkle Brille dabei. Ich brauchte sie als Schutz, weil ich nie wissen konnte, wann sich die Tränenschleusen öffneten. Meine Trauerausrüstung nannte ich sie.»

Sie faltete die Hände. «Sagen Sie mir eins, Sammy – besteht auch nur die entfernte Möglichkeit, daß ich im Fall Ted unrecht habe? Mit der Zeit habe ich mich nicht geirrt, und wenn er Leila von der Terrasse hinuntergestoßen hat, muß er dafür bezahlen. Aber ist es denkbar, daß er sie zu halten versuchte? Warum war sie so außer sich? Warum hat sie getrunken? Sie haben es doch aus ihrem eigenen Mund gehört, wie zuwider ihr Leute waren, die zu viel tranken. In der Nacht damals war ich wenige Minuten vor ihrem Tod ausgesprochen garstig zu ihr. Ich benutzte die gleiche Methode, die sie Mama gegenüber angewandt hatte – eine Art Schocktherapie, die ihr die Augen dafür öffnen sollte, was sie sich selbst antat. Vielleicht wäre es richtiger gewesen, mehr Mitgefühl zu zeigen. Sammy, wenn ich sie doch bloß nach dem Grund gefragt hätte!»

Spontan ging Dora zu ihr, schloß sie in die Arme, spürte, wie sie am ganzen Leib zitterte, und dachte an den Teenager, der die große Schwester so vergöttert hatte. «Ach, Spatz», sagte sie, ohne zu merken, daß sie Leilas Kosenamen für Elizabeth benutzte, «was würde Leila wohl von uns beiden denken, wenn sie uns so sähe?»

«Sie würde sagen: ‹Hört auf zu klagen, tut lieber was.›» Elizabeth betupfte sich die Augen und brachte ein Lächeln zustande.

«Genau.» Mit einer hastigen, nervösen Bewegung strich Dora die dünnen Haarsträhnen zurück, die sich wie üblich aus ihrem Knoten gelöst hatten. «Rekonstruieren wir mal den Ablauf. Hatte Leila sich schon irgendwie verstört verhalten, bevor Sie auf Tournee gingen?»

Elizabeth bemühte sich angestrengt, unwesentliche Erinnerungen auszuklammern und sich auf die wesentlichen zu konzentrieren. «Unmittelbar vor meiner Abreise war Leilas Scheidung ausgesprochen worden. Sie hatte ihren Steuerberater aufgesucht, der ja auch die ganze Buchführung machte. Seit Jahren erlebte ich es zum erstenmal, daß sie sich Geldsorgen machte. Sie sagte ungefähr: ‹Ich hab unheimlich viel Geld gescheffelt, Spatz, und jetzt sitze ich ganz schön in der Tinte, ehrlich.›

Ich antwortete, ihre verflossenen Ehemänner, diese Nassauer, hätten sie in diese Klemme gebracht, aber ich sähe keinen Grund zur Beunruhigung, wenn man kurz vor der Hochzeit mit einem Multimillionär wie Ted stünde. Darauf fragte sie etwas wie: ‹Ted liebt mich doch aufrichtig, nicht wahr?› Ich bat sie, doch um Himmels willen mit der Tour aufzuhören: ‹Wenn du weiter so an ihm zweifelst, jagst du ihn garantiert in die Flucht. Ted ist vernarrt in dich. Mach du dich lieber daran, die vier Millionen, die er in dich investiert hat, zu verdienen!›»

«Was sagte sie darauf?» wollte Dora wissen.

«Sie fing an zu lachen – Sie kennen ja ihr unvergleichliches Lachen – und sagte dann: ‹Du hast recht wie immer, Spatz.› Sie war wie elektrisiert durch das Stück.»

«Und nach ihrer Abreise wurde ich krank, Ted war dauernd unterwegs, und da startete jemand eine Kampagne, mit der er sie kaputtmachen wollte.» Dora griff in die Tasche ihrer Strickjacke. «Der Brief, über den ich Sie informierte, wurde heute von meinem Schreibtisch gestohlen. Aber kurz vor Ihrem Anruf fand ich einen weiteren in Leilas Post. Auch den hat sie nicht gelesen – er war ungeöffnet –, aber er spricht für sich.»

Entsetzt entzifferte Elizabeth den achtlos aneinandergeklebten Text, las ihn ein zweites Mal:

Leila

Warum geben Sie nicht endlich zu, daß Ted Sie loswerden will? Seine neue Flamme hat das Warten allmählich satt. Die vier Millionen Dollar waren seine Abfindung für Sie. Und weit mehr, als Sie verdienen. Verpulvern Sie's nicht, Schätzchen. Das Stück ist lausig, heißt es überall, und Sie sind auch zehn Jahre zu alt für die Rolle.

Ein Freund

Dora beobachtete Elizabeth, die blaß und versteinert dasaß.

«Leila hat den nicht zu Gesicht bekommen?» erkundigte sie sich.

«Nein, aber sie muß davon eine ganze Reihe gekriegt haben.»

«Wer könnte den anderen heute weggenommen haben?»

Dora informierte sie kurz über die Auseinandersetzung wegen der Kostenexplosion und Cheryls unverhofftes Erscheinen. «Ich weiß, daß Cheryl an meinem Schreibtisch war. Sie hat ihre Rechnung dort deponiert. Aber genauso könnte jemand anders den Brief genommen haben.»

«Das hier riecht stark nach Cheryl!» Elizabeth hielt den Brief mit spitzen Fingern an einer Ecke, als fürchte sie, sich schmutzig zu machen. «Ich überlege, ob sich das nachweisen läßt.»

«Fingerabdrücke?»

«Das, und für das Schriftbild gibt es auch bestimmte Anhaltspunkte. Schon die Feststellung, aus welchen Zeitschriften und Zeitungen die Wortschnipsel herausgeschnitten wurden, wäre eine Hilfe. Einen Augenblick.» Elizabeth ging ins Schlafzimmer und kam mit einem Plastikbeutel zurück, in den sie den anonymen Brief vorsichtig einwickelte. «Ich erkundige mich, wo man so was analysieren lassen kann.» Sie setzte sich wieder und schlang die Arme um die Knie. «Erinnern Sie sich noch genau an den Wortlaut des anderen Briefes, Sammy?»

«Ich denke schon.»

«Dann schreiben Sie's auf. Ich bringe Ihnen gleich etwas Papier.»

Dora machte sich ans Werk, strich durch, änderte und reichte schließlich Elisabeth das beschriebene Blatt. «Das ist jetzt annähernd genau.»

Leila
Wie oft soll ich Ihnen denn noch schreiben? Können Sie nicht endlich kapieren, daß Ted sie satt hat? Seine neue Flamme ist bildschön und viel jünger als Sie. Die passende Smaragdkette zu dem Armband, das er Ihnen geschenkt hat, trägt sie jetzt, das wissen Sie ja schon von mir. Er hat das Doppelte dafür bezahlt, und sie steht ihr zehnmal besser. Wie ich höre, ist Ihr Stück ein Reinfall. Sie sollten wirklich Ihren Text lernen. Ich melde mich bald wieder.

Ein Freund

Auch diesen Brief las Elizabeth mehrmals. «Das Armband, Sammy. Wann hat Ted es Leila geschenkt?»

«Irgendwann nach Weihnachten. War es nicht zum Jahrestag ihres ersten Rendezvous? Ich mußte es in den Tresor schließen, weil sie mit den Proben anfing und wußte, daß sie es während der Zeit nicht tragen würde.»

«Darauf will ich hinaus. Wie viele Personen konnten von dem Armband gewußt haben? Ted hat es ihr bei einer Dinnerparty geschenkt. Wer war dabei?»

«Die üblichen Leute. Min. Helmut. Craig, Cheryl, Syd. Ted. Sie und ich.»

«Und derselbe Personenkreis wußte auch, wieviel Geld Ted in das Stück investiert hat. Denken Sie daran, daß er nichts darüber veröffentlicht haben wollte. Sind Sie mit der Durchsicht der Post ganz fertig, Sammy?»

«Außer dem, an den ich mich heute nachmittag gemacht habe, ist noch ein großer Sack übrig. Da dürften sechs- bis siebenhundert Briefe drin sein.»

«Morgen früh helfe ich Ihnen bei der Durchsicht. Denken Sie darüber nach, Sammy, wer diese Briefe geschrieben haben könnte. Min und Helmut hatten mit dem Stück nichts zu tun; für sie war es nur von Vorteil, wenn sie Ted und Leila zusammen hier hatten, bei den vielen Leuten, die sie nach sich zogen. Syd hatte eine Million Dollar in das Stück gesteckt. Craig benahm sich so, als hätte er die von Ted investierten vier Millionen aus eigener Tasche bezahlt. Er hätte bestimmt nichts getan, was den Erfolg gefährden könnte. Cheryl dagegen hat es Leila nie verziehen, daß sie ihr Ted weggenommen hatte. Sie hat es Leila nie verziehen, daß sie ein Superstar geworden war. Sie kannte Leilas wunde Punkte. Und sie wäre diejenige, die nun die Briefe zurückhaben will.»

«Was hat sie davon?»

Elizabeth erhob sich langsam, ging zum Fenster und zog die Vorhänge zurück. Die Nacht war immer noch strahlend klar. «Weil es ihre Karriere ruinieren kann, wenn die Spur zu ihr führt? Wie würde die Öffentlichkeit reagieren, wenn sie erführe, daß Leila von einer Frau, die sie für ihre Freundin hielt, in den Selbstmord getrieben wurde?»

«Elizabeth, haben Sie gehört, was Sie da eben sagten? Sie haben eben die Tatsache anerkannt, daß Leila vielleicht Selbstmord begangen hat.»

Elizabeth rang nach Luft. Sie wankte durchs Zimmer, fiel auf die Knie und bettete den Kopf in Sammys Schoß. «Helfen Sie mir, Sammy», flehte sie. «Ich weiß nicht mehr, was ich glauben soll. Und ich weiß nicht mehr ein noch aus.»

8

Der Vorschlag, auswärts zu essen und Cheryl und Syd dazu einzuladen, stammte von Henry Bartlett. Auf Teds Protest, er wolle nichts mit Cheryl zu tun haben, hatte Henry scharf gekontert: «Ob's Ihnen nun paßt oder nicht, Teddy, Sie haben mit Cheryl zu tun. Sie und Syd Melnick können als Zeugen sehr wichtig für Sie sein.»

«Ich sehe nicht, wie.»

«Wenn wir nicht einräumen, daß Sie möglicherweise nach oben zurückgegangen sind, müssen wir beweisen, daß Elizabeth Langes Zeitangaben bezüglich des Telefongesprächs nicht ganz schlüssig sind, und ferner die Geschworenen glauben machen, daß Leila möglicherweise Selbstmord begangen hat.»

«Was ist mit der Augenzeugin?»

«Sie sah, daß sich ein Baum auf der Terrasse bewegte. Sie hat eine lebhafte Phantasie und bildete sich ein, das seien Sie im Handgemenge mit Leila. Sie ist reif fürs Irrenhaus.»

Sie gingen ins *Cannery*, in dem sich auch jetzt, gegen Ende des Sommers, die Gäste drängten, doch Craig hatte telefonisch Plätze reserviert, und sie bekamen einen Fenstertisch mit Rundblick auf den Hafen von Monterey. Cheryl rutschte neben Ted, legte ihm die Hand aufs Knie. «Wie in den alten Zeiten», flüsterte sie. Sie trug ein rückenfreies Oberteil aus Lamé und dazu passende hautenge Hosen. Als sie durch das Lokal geschritten war, hatten sich alle die Köpfe nach ihr verrenkt und den effektvollen Auftritt mit anerkennendem Gemurmel begleitet.

In den vergangenen Monaten hatte Cheryl ihn wiederholt angerufen, doch er hatte nie zurückgerufen. Jetzt, als ihre warmen Finger unablässig sein Knie streichelten, fragte sich Ted, ob er nicht ein Narr sei, das nicht zu nehmen, was ihm so bereitwillig angeboten wurde. Cheryl würde alles sagen, was er verlangte und was zu seiner Verteidigung beitragen könnte. Doch zu welchem Preis?

Syd, Bartlett und Craig waren sichtlich erleichtert, Cypress Point entronnen zu sein. «Warten Sie erst mal das Essen ab», wandte sich Syd an Henry. «Da lernen Sie echte Meeresfrüchte kennen und schätzen.»

Der Kellner erschien. Bartlett bestellte einen Whisky. Sein Aufzug war untadelig: champagnerfarbenes Jackett, dazu ein farblich genau abgestimmtes Sporthemd und zimtfarbene Hosen, beides eindeutig maßgefertigt. Das dichte, überaus sorgfältig frisierte Haar und das faltenlose gebräunte Gesicht erzielten eine eindrucksvolle Kontrastwirkung. Ted stellte ihn sich vor, wie er die Geschworenen abwechselnd belehrte, umwarb, beschimpfte. Ein ausgekochter Effekthascher. Offensichtlich betrieb er das mit Erfolg. Doch wie würde sich das konkret auf die Höhe der Haftstrafe auswirken? Er wollte einen Wodka Martini bestellen, entschloß sich aber dann zu einem Bier. Jetzt mußte er seine fünf Sinne beieinanderhaben.

Es war erst sieben, noch früh fürs Dinner. Aber er hatte darauf bestanden. Craig und Syd unterhielten sich angeregt. Syd machte einen fast fröhlichen Eindruck. Zeugenaussage im Sonderangebot, dachte Ted. Leila als delirierende Alkoholikerin hinstellen. Das könnte total danebengehen, Leute, und dann bin ich derjenige, der dafür bezahlt.

Craig erkundigte sich nach Syds Agentur, bedauerte ihn wegen des Geldes, das er an Leilas Stück verloren hatte. «Wir sind dabei auch baden gegangen», meinte er. Er sah zu Cheryl hinüber und lächelte herzlich. «Und wir finden das einfach toll von dir, Cheryl, daß du versucht hast, das Schiff vorm Kentern zu bewahren, das war einsame Spitze.»

Trag doch um Himmels willen nicht so dick auf! Ted biß sich auf die Lippen, um Craig nicht anzuschreien. Doch die anderen lächelten breit. Er war der Fremdkörper in der Gruppe, der unbequeme Außenseiter. Er spürte die Blicke der übrigen Gäste, die sich auf seinen Tisch, auf ihn richteten. Genauso hätte er ihre gedämpften Kommentare wiedergeben können: «Nächste Woche beginnt sein Prozeß.»... «Denken Sie, daß er's getan hat?»... «Mit seinem Geld schafft er's vermutlich, rausgepaukt zu werden. So läuft's doch immer.»

Nicht unbedingt.

Gereizt blickte Ted auf die Bucht. Im Hafen lagen viele Schiffe – große, kleine, Segelboote, Motorjachten. Seine Mutter war mit ihm hierhergefahren, sooft sie konnte. Es war der einzige Ort, an dem sie sich je glücklich gefühlt hatte.

«Die Familie von Teds Mutter stammte aus Monterey», sagte Craig, zu Henry Bartlett gewandt.

Wieder stieg in Ted die heftige Gereiztheit hoch, die Craig in ihm auszulösen begonnen hatte. Seit wann? Hatte es in Hawaii angefangen? Schon vorher? Lies nicht meine Gedanken. Sprich nicht für mich. Ich habe das satt. Leila fragte ihn oft, ob es ihm denn nicht zuviel würde, wenn sich die Bulldogge ständig an seine Fersen heftete.

Die Drinks kamen. Bartlett riß das Gespräch an sich. «Wie Sie wissen, sind Sie alle als potentielle Zeugen der Verteidigung registriert. Offenbar können Sie zu der Szene im *Elaine* aussagen. Das gleiche gilt für zweihundert weitere Personen. Im Zeugenstand hätte ich jedoch gern Ihre Unterstützung, um für die Geschworenen ein vollständiges Bild von Leila zu zeichnen. Sie alle kennen das Image, das sie in der Öffentlichkeit hatte. Aber Sie wissen auch, daß sie eine zutiefst unsichere Frau war, die kein Selbstvertrauen hatte, die ständig die Angst zu versagen verfolgte.»

«Eine Verteidigung nach dem Muster Marilyn Monroe», meinte Syd. «Bei all den wilden Gerüchten über Marilyns Tod wurde allgemein bereitwillig akzeptiert, daß sie Selbstmord begangen hat.»

«Genau.» Bartlett bedachte Syd mit einem freundlichen Lächeln. «Nun erhebt sich die Frage nach dem Motiv. Erzählen Sie mir von dem Stück, Syd.»

Syd zuckte die Achseln. «Das war ihr auf den Leib geschrieben. Die ideale Rolle. Sie war ganz vernarrt in das Manuskript. Die Proben liefen anfangs wie geschmiert. Ich sagte immer zu ihr, wir könnten glatt in einer Woche eröffnen. Und dann passierte irgendwas. Sie erschien um neun Uhr früh im Theater – betrunken. Von da an ging's bergab.»

«Lampenfieber?»

«Das haben viele. Helen Hayes erbrach vor jeder Vorstellung. Sobald Jimmy Stewart einen Film abgedreht hatte, war er felsenfest davon überzeugt, daß ihm kein Mensch je wieder einen neuen anbieten würde. Leila übergab sich und machte sich Sorgen. So ist eben das Showgeschäft.»

«Genau das möchte ich im Zeugenstand nicht hören», erklärte Henry scharf. «Ich beabsichtige, das Bild einer Frau mit Alkoholproblemen zu zeichnen, die eine schwere Depression durchmachte.»

Ein Teenager tauchte hinter Cheryl auf. «Könnte ich bitte ein Autogramm haben?» Er knallte ihr eine Speisekarte hin.

«Selbstverständlich.» Cheryl signierte strahlend.

«Stimmt es, daß Sie in dieser neuen Serie die Amanda spielen?»

«Ich denke schon. Halten Sie mir jedenfalls die Daumen.» Cheryl sonnte sich in der Bewunderung, die ihr dieser Teenager entgegenbrachte.

«Sie als Amanda, das wäre einfach super. Und vielen Dank auch.»

»Hätten wir das doch bloß auf Band, dann könnten wir's Bob Koenig schicken», bemerkte Syd sarkastisch.

«Wann erfährst du es?» erkundigte sich Craig.

«Vermutlich in den nächsten Tagen.»

Craig erhob sein Glas. «Auf Amanda.»

Cheryl ignorierte ihn und wandte sich zu Ted. «Willst du denn darauf nicht trinken?»

Er erhob sein Glas. «Selbstverständlich.» Das meinte er ernst. Die unverhüllte Hoffnung in ihren Augen hatte etwas merkwürdig Rührendes. Leila hatte Cheryl immer in den Schatten gestellt. Warum waren sie bei der Farce von den guten Freundinnen geblieben? Lag es daran, daß Cheryls unablässiges Streben, Leila zu überflügeln, für diese eine Herausforderung bedeutet hatte, einen ständigen willkommenen Ansporn, ihr Bestes zu geben?

Cheryls Lippen streiften seine Wange. Er zuckte nicht zurück. Beim Kaffee stützte Cheryl die Ellbogen auf den Tisch und dann den Kopf in die Hände. Ihre vom Champagner leicht vernebelten Augen schienen verheißungsvoll zu glühen. Mit etwas heiserer Stimme tuschelte sie Bartlett zu: «Und wenn Leila nun geglaubt hätte, daß Ted sie wegen einer anderen Frau fallenlassen wollte? Inwieweit würde das die Selbstmordtheorie unterstützen?»

«Ich war an keiner anderen Frau interessiert», konterte Ted.

«Darling, hier handelt es sich doch nicht um die Stunde der Wahrheit. Du hältst jetzt besser den Mund», wies ihn Cheryl zurecht. «Beantworten Sie meine Frage, Henry.»

«Wenn wir einen Beweis dafür hätten, daß Ted sich für eine andere interessierte und daß Leila davon wußte, wäre damit ein Grund für ihre Verzweiflung gegeben. Wir würden die These des Anklägers erschüttern, Ted habe Leila getötet, weil sie ihn zurückgewiesen hatte. Wollen Sie mir damit sagen, es sei zwischen Ihnen und Ted etwas gelaufen, bevor Leila starb?» fragte Bartlett hoffnungsvoll.

«Das beantworte ich», fuhr Ted ihn an. «Mit einem klaren Nein.»

«Ihr habt nicht richtig zugehört», beschwerte sich Cheryl. «Ich sagte, ich hätte vielleicht einen Beweis dafür, daß Leila dachte, Ted wolle sie wegen einer anderen fallenlassen.»

«Du weißt ja nicht, was du sprichst, Cheryl. Ich schlage vor, du hältst jetzt den Mund», empfahl Syd. «Laß uns gehen. Du hast entschieden zuviel getrunken.»

«Du hast recht», entgegnete Cheryl liebenswürdig. «Das passiert nicht gerade oft, Syd, mein Lieber, aber diesmal hast du wirklich recht.»

«Einen Moment noch», unterbrach sie Bartlett. «Falls Sie nicht irgendein Spielchen spielen, Cheryl, sollten Sie lieber Ihre Karten auf den Tisch legen. Alles, was Aufschluß gibt über Leilas Gemütsverfassung, über ihren Geisteszustand, ist für Teds Verteidigung von elementarer Bedeutung. Was bezeichnen Sie als ‹Beweis›?»

«Vielleicht etwas, das Sie nicht mal interessieren würde», erwiderte Cheryl. «Lassen Sie mich die Sache überschlafen.»
Craig verlangte die Rechnung. «Ich habe das Gefühl, dieses Gespräch ist reine Zeitverschwendung.»

Um halb zehn brachte die Limousine sie wieder zurück. «Ted soll mich zu meinem Bungalow begleiten.» Cheryls Stimme hatte jetzt einen scharfen Beiklang.
«Ich begleite dich», protestierte Syd.
«Nein, Ted kommt mit», beharrte Cheryl.
Sie lehnte sich eng an ihn, als sie den Weg zu ihrem Bungalow entlanggingen. Aus dem Hauptgebäude strebten schon die ersten Gäste ihren Quartieren zu. «War das nicht ein hübscher Abend für uns beide?» murmelte Cheryl.
«Cheryl, ist dieses Gerede von einem ‹Beweis› wieder mal eins von deinen Spielchen?» Ted strich ihr die schwarze Mähne aus dem Gesicht.
«Ich mag's, wenn du mein Haar berührst.» Sie waren bei ihrem Bungalow angelangt. «Komm rein, Darling.»
«Nein. Ich wünsche dir eine gute Nacht.»
Sie zog seinen Kopf zu sich herunter, bis ihre Lippen sich fast berührten. Hatte sie ihren alkoholisierten Zustand nur vorgetäuscht? fragte er sich. «Darling», flüsterte sie erregt, «begreifst du denn nicht, daß ich dir dazu verhelfen kann, den Gerichtssaal als freier Mann zu verlassen?»

Craig und Bartlett verabschiedeten sich von Syd und machten sich auf den Weg zu ihrem Bungalow. Henry Bartlett war sichtlich zufrieden. «Anscheinend ist Teddy endlich ein Licht aufgegangen. Es ist wichtig für ihn, die Kleine beim Prozeß auf seiner Seite zu haben. Was hat sie mit diesem Hokuspokus gemeint, daß Ted sich für eine andere interessiert?»
«Wunschdenken. Wahrscheinlich möchte sie sich um die Rolle bewerben.»
«Verstehe. Wenn er schlau ist, akzeptiert er's.»
Sie langten bei Craigs Bungalow an. «Ich würde gern noch auf einen Sprung reinkommen», erklärte Bartlett. «Eine gute Gelegenheit, sich unter vier Augen zu unterhalten.» Drinnen sah er sich um und konstatierte: «Wieder was ganz anderes.»
«Auf Mins Wertskala rangiert dies unter männlich-rustikal»,

erläuterte Craig. «Sie hat nichts ausgespart – massive Kiefernholztische, überall Bohlenbelag. Das Bett sogar mit spartanischem Lattenrost. Sie hat mich ganz automatisch in dieser Kategorie untergebracht. Vermutlich bin ich in ihrem Unterbewußsein als schlichter, unkomplizierter Typ eingeordnet.»

«Und sind Sie's?»

«Ich denke nicht. Und selbst wenn ich's wäre, bevorzuge ich doch Betten in Übergröße und Sprungfedernmatratzen, man muß sich nämlich mächtig abstrampeln, um sich aus der armseligen Gegend hochzuboxen, wo mein Alter sein Delikatessengeschäft hatte...»

Bartlett musterte ihn eingehend. «Bulldogge» war eine passende Beschreibung für ihn, befand er. Rotblondes Haar, unauffälliges Aussehen, Wangen, die lauter Wülste bilden würden, wenn er nicht sein Gewicht hielt. Ein solider Bürger. Jemand, den man gern auf seiner Seite hatte. «Ein Glück für Ted, daß er Sie hat», meinte er.

«Ich glaube, er weiß das gar nicht zu schätzen.»

«Da irren Sie sich aber. Er ist jetzt darauf angewiesen, daß ich ihn in der Firma vertrete, und das ärgert ihn. Um das abzureagieren, verlagert er seinen Groll über diese Situation auf mich, den vermeintlichen Sündenbock. Das Problem liegt darin, daß eben diese meine Stellvertreterexistenz ein Symbol für seine vertrackte Lage ist.»

Craig ging zum Wandschrank und nahm einen Koffer heraus. «Ich habe auch meinen Privatvorrat mitgebracht.» Er schenkte den Courvoisier ein, reichte Bartlett ein Glas und setzte sich auf die Couch, beugte sich vor, drehte das Glas in der Hand. «Ich erzähle jetzt ein typisches Beispiel. Meine Kusine hatte einen Unfall und lag annähernd ein Jahr im Krankenhaus. Ihre Mutter brachte sich förmlich um, während sie die Kinder betreute. Und wissen Sie was? Meine Kusine war eifersüchtig auf ihre Mutter. Sie sagte, ihre Mutter hätte nun die Freude an den Kindern, während doch eigentlich sie bei ihnen sein müßte. Das gleiche Lied wie bei Ted und mir. Sobald meine Kusine aus dem Krankenhaus entlassen wurde, sang sie wahre Lobeshymnen auf ihre Mutter, die alles so fabelhaft gemacht hätte. Wenn Ted freigesprochen wird, läuft zwischen uns alles wieder normal. Und eins kann ich Ihnen versichern – seine Wutausbrüche über mich ergehen zu lassen, ist mir wesentlich lieber, als in seinen Schuhen zu stecken.»

Bartlett erkannte, daß er Craig Babcock vorschnell als aufgeblasenen Speichellecker abqualifiziert hatte. Das kommt davon, wenn man hochnäsig ist, dachte er verdrießlich. Seine Antwort war entsprechend wohlabgewogen. «Ich verstehe, was Sie damit sagen wollen, und finde Sie sehr scharfsinnig.»

«Unerwartet scharfsinnig?» fragte Craig schwach lächelnd.

Bartlett ließ sich nicht ködern. «Allmählich wird mir bei der Sache auch etwas wohler. Vielleicht können wir eine Verteidigung aufbauen, die in den Köpfen der Geschworenen zumindest gewisse Zweifel erweckt. Haben Sie sich um die Detektei gekümmert?»

«Ja. Wir haben zwei Privatdetektive angesetzt, soviel wie möglich über die Dame Ross in Erfahrung zu bringen. Ein dritter beschattet sie auf Schritt und Tritt. Mag übertrieben sein, aber man kann ja nie wissen.»

«Nichts, was weiterhilft, ist übertrieben.» Bartlett ging zur Tür.

«Ihnen ist zweifellos klar, daß Ted Winters mich zum Teufel wünscht, vermutlich aus dem gleichen Grund, aus dem er Ihnen an die Kehle springt. Wir beide wollen, daß er den Gerichtssaal als freier Mann verläßt. Eine Verteidigungslinie, die ich vor diesem Abend nicht erwogen habe, dient dem Zweck, die Jury zu überzeugen, daß er und Cheryl sich kurz vor Leila LaSalles Tod wieder zusammengetan haben und daß die Millionen, die er in das Theaterstück investierte, Leilas Abfindung darstellten.»

Bartlett öffnete die Tür und blickte kurz über die Schulter zurück.

«Überschlafen Sie's und kommen Sie morgen früh zu mir mit einem fertigen Schlachtplan.»

Er hielt inne und fügte nach einer Pause hinzu: «Aber wir müssen Teddy dazu überreden, daß er mit uns am gleichen Strick zieht.»

Als Syd in seinen Bungalow zurückkehrte, fand er eine Nachricht vor, daß eine telefonische Voranmeldung für ihn vorliege. Er hatte sofort eine untrügliche Ahnung – das mußte Bob Koenig sein. Der Präsident der World Motion Pictures war bekannt für seine Marotte, nächtliche Gespräche zum Billigtarif zu führen. Das konnte nur eins bedeuten: Die Entscheidung über Cheryl und die Rolle der Amanda war gefallen. Ihm brach der kalte Schweiß aus.

Mit einer Hand angelte er nach einer Zigarette, mit der anderen nach dem Telefonhörer, und während er «Syd Melnick» in die Muschel blaffte, klemmte er den Hörer mit der Schulter fest, um die Zigarette anzuzünden.

«Fein, daß du mich heute abend noch erreicht hast, Syd. Ich hatte ein Gespräch für sechs Uhr früh angemeldet.»

«Da wär ich auch wach gewesen. Wer kann schon schlafen in dieser Branche?»

«Ich schlafe wie ein Murmeltier. Syd, ich hab ein paar Fragen.» Er sah Bob vor sich, lässig zurückgelehnt in dem lederbezogenen Drehstuhl zu Hause in seiner Bibliothek. Mit gefühlsbetonten Entscheidungen wäre Bob nie an die Spitze gelangt. Cheryls Probeaufnahmen waren großartig ausgefallen, erinnerte sich Syd hoffnungsvoll. Aber worum ging's denn? «Schieß los», sagte er, bemüht, entspannt und locker zu klingen.

«Wir schwanken immer noch zwischen Cheryl und Margo Dresher. Du weißt ja selber, wie mühsam es ist, eine Serie zu lancieren. Margo hat den größeren Namen. Cheryl war gut, verdammt gut sogar – wahrscheinlich besser als Margo. Allerdings werde ich abstreiten, das je gesagt zu haben. Aber Cheryl hat seit Jahren nichts Spektakuläres aufzuweisen, und das Fiasko am Broadway kam in der Konferenz immer wieder aufs Tapet.»

Das Theaterstück. Schon wieder dieses verdammte Stück. Syd sah Leilas Gesicht deutlich vor sich, vergegenwärtigte sich, wie sie ihn im *Elaine* angebrüllt hatte. Damals kannte er nur den einen Wunsch, sie niederzuschlagen, diese zynische, spottende Stimme auszulöschen, für immer...

«Das Stück war als Zugnummer für Leila gedacht. Ich übernehme die volle Verantwortung dafür, Cheryl da reingehetzt zu haben.»

«Das haben wir doch schon alles durchgekaut, Syd. Ich will ganz offen zu dir sein. Letztes Jahr hatte Margo ein kleines Drogenproblem, alle Kolumnisten haben darüber berichtet. Das Publikum kriegt allmählich die Schnauze voll von Stars, die ihr halbes Leben mit Entziehungskuren in irgendwelchen Sanatorien verbringen. Ich möchte eine klare Antwort – gibt es irgendwas bei Cheryl, das uns in Verlegenheit bringen könnte, wenn wir uns für sie entscheiden?»

Syd umklammerte den Hörer. Cheryl war im Vorteil. Der plötzliche Hoffnungsstrahl ließ sein Herz stürmisch klopfen. Er bekam schweißnasse Hände.

«Bob, ich schwöre dir...»

«Heilige Eide schwört mir jeder. Wie wär's, wenn du mir statt dessen reinen Wein einschenkst? Wenn ich mich exponiere und für Cheryl stark mache, wird das dann ein Eigentor? Sollte das je passieren, Syd, bist du erledigt.»

«Ich schwöre, ich schwör's dir beim Grab meiner Mutter...»

Syd legte den Hörer auf, kauerte sich zusammen und barg das

Gesicht in den Händen. Feuchtkalter Schweiß brach ihm aus allen Poren. Wieder einmal lag der große Coup in Reichweite. Nur war es diesmal Cheryl, nicht Leila, die ihm alles verderben konnte.

9

Als sie von Elizabeth wegging, trug Dora den in Plastik verpackten anonymen Brief in ihrer Jackentasche. Sie hatten beschlossen, daß sie ihn im Büro fotokopieren sollte und Elizabeth dann am nächsten Morgen dem Sheriff in Salmas das Original übergeben würde. Scott Alshorne, der Sheriff des County, gehörte zu den regelmäßigen Dinnergästen von Cypress Point. Er war mit Mins erstem Mann befreundet gewesen, und Leila hatte sehr an ihm gehangen.

«Anonyme Briefe sind was anderes, als wenn jemand seinen Schmuck vermißt», gab Dora zu bedenken.

«Ich weiß, aber Scott kann uns sagen, wohin wir den Brief zur Analyse schicken müssen oder ob ich ihn einfach im Büro des Staatsanwalts in New York abliefern soll. Ich möchte jedenfalls auch eine Kopie haben.»

«Dann mache ich's am besten noch heute abend. Morgen ist Min wieder in der Nähe, und wir dürfen nicht riskieren, daß sie ihn liest.»

Beim Abschied schloß Elizabeth sie in die Arme. «Sie halten Ted nicht für schuldig, stimmt's, Sammy?»

«Des vorsätzlichen Mordes? Nein, das kann ich einfach nicht glauben. Und wenn er sich tatsächlich für eine andere interessierte, hatte er kein Motiv, Leila zu töten.»

Dora mußte sowieso noch einmal ins Büro zurück. Sie hatte auf dem Schreibtisch verstreute Briefe und den Plastikbeutel mit der noch nicht gesichteten Post auf dem Fußboden hinterlassen. Min würde einen Tobsuchtsanfall bekommen, wenn sie das entdeckte.

Ihr Dinnertablett stand noch auf dem Tisch neben ihrem Arbeitsplatz, fast unberührt. Merkwürdig, wie wenig Appetit sie in letzter Zeit hatte. Einundsiebzig – das war doch wirklich nicht so alt. Durch die Operation und Leilas Tod war eben ein Funke erloschen, die Spontanität, mit der Leila sie immer aufgezogen hatte.

Der Fotokopierer war in einer Nußbaumtruhe verborgen. Sie

öffnete den Deckel und schaltete das Gerät ein, zog den Brief behutsam aus dem Plastikbeutel, hielt ihn mit den Fingerspitzen am Rand fest. Sie beeilte sich, denn es stand immer zu befürchten, daß es Min plötzlich einfallen könnte, ins Büro hinunterzukommen. Helmut saß zweifellos in seinem Studio. Er litt unter Schlaflosigkeit und las bis spät in die Nacht.

Ein kurzer Blick durch das halboffene Fenster. Nur das gewohnte Donnern der Brandung und der belebende Salzgeruch. Der kühle Luftzug störte sie nicht, auch wenn er sie frösteln ließ.

Sämtliche Gäste befanden sich inzwischen in ihren Bungalows, wo man hinter den zugezogenen Vorhängen noch die Lichter brennen sah. Am Horizont zeichneten sich die Umrisse der Tische mit den Sonnenschirmen rund um das große Schwimmbecken ab. Links ragte die Silhouette des römischen Bades drohend auf. Die Nacht begann dunstig zu werden, was die Sicht erschwerte. Plötzlich beugte sich Dora vor. Da ging jemand, nicht auf dem Weg, sondern im Schatten der Zypressen, als fürchte er, gesehen zu werden. Sie rückte ihre Brille zurecht und stellte erstaunt fest, daß die Gestalt da draußen einen Taucheranzug trug. Was hatte dieser Mensch hier zu suchen? Anscheinend wollte er zum großen Schwimmbecken.

Elizabeth wollte noch schwimmen gehen, wie sie ihr erzählt hatte. Dora erfaßte eine unerklärliche Angst. Sie schob den Brief in die Jackentasche, eilte hinaus und die Treppe hinunter, so schnell es ihre arthritischen Glieder erlaubten, durch die verdunkelte Eingangshalle und die selten benutzte Seitentür nach draußen. Der Eindringling ging jetzt am römischen Bad vorbei. Sie rannte, um ihm den Weg abzuschneiden. Vermutlich ist es einer von den College-Studenten, die in Pebble Beach Lodge wohnen, überlegte sie. Von Zeit zu Zeit schlichen sie sich herum, um im großen Becken zu schwimmen. Doch ihr war unbehaglich bei dem Gedanken, daß dieser hier mit Elizabeth zusammentreffen würde, während sie allein im Wasser war.

Sie drehte sich um und merkte, daß er sie gesehen hatte. Den Abhang hinauf näherten sich Scheinwerfer – der Torwächter machte seine Runde im zweirädrigen Geländewagen. Die Gestalt im Taucheranzug lief auf das römische Bad zu, dessen Tor nur angelehnt war. Wahrscheinlich hat sich Helmut, dieser Narr, nachmittags nicht die Mühe gemacht abzusperren, dachte Dora.

Mit zitternden Knien jagte sie hinter der Gestalt her. Der Wächter mußte jeden Augenblick vorbeifahren, und sie wollte den Eindringling nicht entwischen lassen. Zögernd betrat sie das römische Bad.

Die Eingangshalle war ein riesiger offener Raum mit marmorverkleideten Wänden und zwei völlig gleichen Treppen am anderen Ende. Von den japanischen Laternen in den Bäumen fiel genug Licht herein, so daß Dora erkennen konnte: Dieser Bereich war leer. Seit ihrem letzten kurzen Besuch hier drin vor ein paar Wochen waren sie mit den Arbeiten tatsächlich ein gutes Stück vorangekommen. Durch die Türöffnung links sah sie den Lichtstrahl einer Taschenlampe. Der Bogengang führte zu den Umkleideräumen, und dahinter befand sich das erste der Meerwasserbecken.

Für eine Sekunde gewann Furcht die Oberhand über ihre Empörung. Sie beschloß, draußen auf den Wächter zu warten.

«Dora, hier rein!»

Die vertraute Stimme – ihr wurde ganz schwach vor Erleichterung. Vorsichtig durchquerte sie die dunkle Halle und gelangte durch den Umkleideraum in die Nähe des Innenbeckens.

Er erwartete sie, in der Hand die Taschenlampe. Der schwarze Taucheranzug, die dicke Taucherbrille, der geduckte Kopf, die jähen ruckartigen Bewegungen der Taschenlampe ließen sie zurücktaumeln. «Um Himmels willen, nehmen Sie doch das Ding weg, ich kann ja nichts sehen», sagte sie.

Ein dicker schwarzer Taucherhandschuh streckte sich drohend nach ihr aus, griff nach ihrer Kehle. Der Lichtstrahl der Taschenlampe richtete sich auf ihre Augen, blendete sie.

In panischer Angst begann Dora zurückzuweichen. Sie hob die Hände, um sich zu schützen, und merkte nicht, daß ihr dabei der Brief aus der Jackentasche gefallen war. Sie nahm kaum wahr, daß sie ins Leere trat, bevor sie rücklings stürzte.

Ihr letzter Gedanke, bevor sie mit dem Kopf auf den scharfkantigen Betonboden des Beckens aufschlug, war, daß sie nun endlich wußte, wer Leila getötet hatte.

10

Elizabeth durchquerte das Schwimmbecken im Rekordtempo. Der Nebel begann hereinzubrechen – trieb in Schwaden heran, verhüllte das umliegende Gebäude, lichtete sich gleich darauf wieder. Ihr war es lieber, wenn er alles verdunkelte. Dann konnte sie sich ganz ausarbeiten, wohl wissend, daß sich durch die körperliche Anstrengung irgendwann die innerlich aufgestaute Angst lösen würde. Sie erreichte das Nordende des Beckens, berührte den Rand, holte tief Luft, wendete und jagte im Bruststil die Bahn zurück. Sie bekam Herzklopfen bei diesem selbstgesetzten Tempo. Es war verrückt, sich auf diese Art zu überfordern. Dafür fehlte ihr wirklich die Kondition. Doch sie gab nicht nach, versuchte, unter Aufwendung aller körperlichen Energie ihren Gedanken zu entfliehen.

Endlich merkte sie, daß sie allmählich ruhiger wurde, drehte sich auf den Rücken und verlegte sich aufs Wassertreten, wobei sie mit den Armen weitausholende, gleichmäßige Kreise beschrieb.

Die Briefe. Der eine, den sie besaßen, der andere, den jemand gestohlen hatte, die weiteren, die sie vielleicht noch in der ungeöffneten Post finden mochten. Diejenigen, die Leila vermutlich gesehen und vernichtet hatte. Warum hat Leila mir nichts darüber gesagt? Warum hat sie mich ausgeschlossen? Sie hat mich doch immer als eine Art Schall- und Stoßdämpfer benutzt. Und sie hat immer gesagt, ich könnte sie davor bewahren, Kritiken zu ernst zu nehmen.

Leila hatte ihr nichts erzählt, weil sie überzeugt davon war, daß Ted sich für eine andere interessierte, daß sie daran nichts ändern konnte. Aber Sammy hatte recht. Wenn Ted sich für eine andere interessierte, hatte er kein Motiv, Leila zu töten.

Aber ich habe mich in dem Zeitpunkt des Telefongesprächs nicht geirrt...

Wenn nun Leila hinuntergestürzt war, ohne daß er sie halten konnte, und er dann einen solchen Schock erlitten hatte, daß sein Gedächtnis aussetzte? Wenn nun diese Briefe sie in den Selbstmord getrieben hatten? Ich muß den Absender ausfindig machen, dachte Elizabeth.

Höchste Zeit zurückzugehen. Sie war todmüde und endlich etwas ruhiger geworden. Am nächsten Morgen würde sie die restliche Post gemeinsam mit Sammy sichten, den Brief, den sie gefunden hatten, zu Scott Alshorne bringen. Möglicherweise verlangte er, daß sie ihn direkt dem Staatsanwalt in New York übergab. Verschaffte sie Ted ein Alibi? Und für wen hatte er sich interessiert?

Als sie auf der Leiter hinauskletterte, erschauderte sie. Die Nachtluft hatte sich stark abgekühlt, und sie war länger als beabsichtigt im Wasser geblieben. Sie schlüpfte in den Bademantel und holte die Armbanduhr aus der Tasche. Die Leuchtziffern zeigten halb elf.

Sie meinte, hinter den Zypressen am Rand der Terrasse ein raschelndes Geräusch zu vernehmen. «Wer ist da?» Sie wußte, daß ihre Stimme nervös klang. Keine Antwort. Sie ging zum Rand der Terrasse und spähte angestrengt über die Hecken zu den Bäumen hinüber. In der Dunkelheit wirkten die Silhouetten der Zypressen bizarr und unheildrohend, doch bis auf das schwache Rascheln der Zweige bewegte sich nichts. Die kühle Seebrise frischte auf. Natürlich, das war die Erklärung. Mit einer resoluten Geste wickelte sie sich in den Bademantel und zog die Kapuze über das Haar.

Doch das unbehagliche Gefühl hielt an, und sie beschleunigte ihre Schritte, als sie den Weg zu ihrem Bungalow einschlug.

Er hatte Sammy nicht angefaßt. Aber es würden Fragen gestellt werden. Was hatte sie in den Thermen zu suchen? Er verwünschte die offenstehende Tür, die ihn veranlaßt hatte, hineinzulaufen. Wäre er einfach um das Gebäude herumgegangen, hätte sie ihn nie erwischt.

Der Umstand indes, daß sie den Brief bei sich hatte, daß er ihr aus der Tasche gefallen war – das war einfach Glück. Sollte er ihn vernichten? Er wußte es nicht recht. Das war ein zweischneidiges Schwert.

Jetzt steckte er den Brief in seinen Taucheranzug. Die Tür zum römischen Bad war zugeschnappt. Der Wächter hatte seine Runden absolviert und würde in dieser Nacht nicht mehr aufkreuzen. Langsam, mit unendlicher Vorsicht näherte er sich dem Schwimmbecken. Ob sie noch dort war? Höchstwahrscheinlich. Sollte er die Gelegenheit beim Schopf packen und es riskieren? Zwei Unfälle. War es riskanter, als sie am Leben zu lassen? Elizabeth würde Aufschluß verlangen, wenn man Sammys Leiche fand. Hatte Elizabeth diesen Brief gesehen?

Er hörte das Wasser im Becken plätschern. Vorsichtig trat er hinter dem Baum hervor und beobachtete die im Wasser dahinschnellende Gestalt. Er müßte warten, bis sie das Tempo verlangsamte. Dann wäre sie auch entsprechend ermüdet. Vielleicht war jetzt der richtige Zeitpunkt... Zwei Unfälle in einer Nacht, die nichts miteinander zu tun hatten. Würde es in dem darauffolgenden Durcheinander gelingen, die Leute auf der falschen Fährte zu halten? Er machte einen Schritt nach vorn in Richtung Schwimmbecken.

Und sah ihn. Hinter dem Gebüsch stehend. Elizabeth beobachtend. Was tat er dort? Argwöhnte er, daß sie in Gefahr schwebte? Oder war er ebenfalls zu dem Schluß gelangt, daß sie ein untragbares Risiko darstellte?

Der Taucheranzug glänzte feucht vom Nebel, als sein Träger lautlos hinter die schützenden Zypressenzweige glitt und in der Dunkelheit verschwand.

Dienstag, 1. September 1987

Das Wort zum Tage:
Der Liebsten, Allerschönsten, die meines Lebens Glück und Wonne.

CHARLES BAUDELAIRE

Guten Morgen, *bonjour* unseren lieben Gästen.

Heute früh ist es ein wenig frischer draußen, also wappnen Sie sich für das belebende Prickeln der kühlen, klaren Luft.

Naturfreunden bieten wir einen halbstündigen Spaziergang nach dem Lunch an; er führt an unserer unvergleichlichen Pazifikküste entlang und gibt Ihnen Gelegenheit, die einheimische Flora zu erkunden. Falls Ihnen der Sinn danach steht, erwartet Sie unser sachkundiger Führer um 12 Uhr 30 am Haupttor.

Ein aktueller Tip. Unsere Speisenfolge bietet am heutigen Abend besonders erlesene Köstlichkeiten. Ziehen Sie Ihre schönsten, kleidsamsten Sachen an und laben Sie sich an unseren Leckerbissen in dem angenehmen Bewußtsein, daß Ihnen die Schlemmergerichte höchsten Genuß bei niedrigstem Kaloriengehalt sichern.

Ein bleibender Gedanke. Schönheit liegt im Auge des Betrachters, aber wenn Sie in den Spiegel schauen, sind Sie der Betrachter.

Baron und Baronin von Schreiber

I

Der Morgen begann gerade zu dämmern. Min lag hellwach in dem überbreiten Himmelbett, das sie mit Helmut teilte. Vorsichtig, um ihn ja nicht zu wecken, drehte sie ihm den Kopf zu, stützte sich auf den Ellbogen. Ein schöner Mann, selbst im Schlaf... Er lag auf der Seite, das Gesicht ihr zugewandt, eine Hand nach ihr ausgestreckt, sein Atem ging jetzt ruhig und gleichmäßig.

So hatte er die ganze Nacht nicht geschlafen. Sie wußte nicht, wann er zu Bett gegangen war, doch um zwei hatte er sie aufgeschreckt. Er wälzte sich unruhig hin und her, stieß mit gedämpfter Stimme Zorneslaute aus. Sie fand keinen Schlaf mehr, als sie verstand, was er sagte: «Hol dich der Teufel, Leila, fahr zur Hölle.» Instinktiv hatte sie ihm die Hand auf die Schulter gelegt, leise besänftigend auf ihn eingeredet, bis er sich entspannte. Würde er sich an den Traum erinnern, daran, daß er im Schlaf gesprochen hatte? Sie hatte sich durch nichts anmerken lassen, daß sie ihn gehört hatte. Zu erwarten, daß er ihr die Wahrheit sagte, wäre sinnlos. Hatte es also doch etwas zwischen ihm und Leila gegeben, so unglaubhaft das auch scheinen mochte? Oder war es ein einseitiges Gefühl, das Helmut zu Leila hingezogen hatte?

Das machte die Sache keineswegs leichter.

Morgenlicht, inzwischen mehr goldfarben als rosa getönt, erhellte allmählich das Zimmer. Vorsichtig stieg Min aus dem Bett. Trotz aller Seelenqual genoß sie einen Augenblick lang die Schönheit des Raumes. Helmut hatte die gesamte Innenausstattung besorgt. Wer sonst hätte sich eine derart ausgeklügelte farbliche Abstimmung ausdenken können: pfirsichfarbene Vorhänge und Bettwäsche zu dem tiefen Blauviolett des Teppichs?

Wie lange würde sie wohl noch hier wohnen? Dies könnte ihre letzte Saison sein. Die Million Dollar auf dem Schweizer Bankkonto darf ich nicht vergessen, sagte sie sich. Allein die Zinsen würden reichen.

Reichen für wen? Für sie? Vielleicht. Für Helmut? Niemals! Sie hatte immer gewußt, daß Cypress Point einen großen Teil ihrer Anziehungskraft für ihn ausmachte, es bot ihm die ersehnte Kulisse, sich effektvoll zu präsentieren, die Gelegenheit, Prominenz um sich zu scharen. Meinte sie im Ernst, er würde sich mit einem verhältnismäßig einfachen Lebensstil an der Seite einer alternden Frau zufriedengeben?

Geräuschlos glitt Min durchs Zimmer, schlüpfte in einen Bademantel und ging die Treppe hinunter. Helmut würde noch eine halbe Stunde schlafen. Sie mußte ihn regelmäßig um halb sieben wecken. In dieser halben Stunde konnte sie ungestört einige Unterlagen durchsehen, insbesondere die Abrechnungen von American

Express. In den Wochen vor Leilas Tod war Helmut häufig abwesend gewesen. Er war eingeladen worden, auf mehreren Ärzteseminaren und -tagungen Vorträge zu halten, er hatte seinen Namen für einige Wohltätigkeitsbälle hergegeben und auch an einigen teilgenommen. Das war gut fürs Geschäft. Doch was hatte er sonst noch getan, wenn er an der Ostküste war? Um jene Zeit war auch Ted sehr viel auf Reisen gewesen. Sie verstand Helmut. Leilas offenkundige Geringschätzung mußte ihn herausfordern. Hatte er sie gesehen? Am Vorabend von Leilas Tod hatten sie die öffentliche Generalprobe ihres Stücks besucht, waren danach im *Elaine*. Sie hatten im Plaza gewohnt und waren morgens nach Boston zu einem Wohltätigkeitsbankett geflogen. Abends um halb sieben hatte er sie zu einem Flugzeug nach San Francisco gebracht. Hatte er, wie vorgesehen, an dem Dinner in Boston teilgenommen oder die 19-Uhr-Maschine nach New York genommen?

Der Gedanke verfolgte sie.

Um Mitternacht kalifornischer Zeit – an der Ostküste war es also drei Uhr früh – hatte Helmut sie angerufen, um sich zu vergewissern, ob sie gut daheim angekommen war. Sie hatte angenommen, er telefoniere aus Boston.

Das ließ sich im dortigen Hotel leicht überprüfen.

Am Fuß der Treppe wandte sich Min nach links und ging, den Schlüssel in der Hand, zum Büro. Die Tür war nicht abgeschlossen. Der Zustand, in dem sie den Raum vorfand, traf sie wie ein Schlag. Das Licht brannte noch, auf Doras Schreibtisch lagen stapelweise Briefe herum, Plastikbeutel, deren Inhalt über den Fußboden verstreut war, ein achtlos beiseite geschobenes Tablett mit Essensresten. Bis jetzt hatte sie doch zumindest noch so viel Verstand besessen, das Büro mit diesem albernen Kram zu verschonen. Wenn sie diese Post unbedingt erledigen will, wird sie das künftig in ihrem eigenen Zimmer tun. Damit basta. Oder vielleicht war es an der Zeit, jemanden loszuwerden, der so stur an seinem Leila-Kult festhielt. Was wäre das für Cheryl für ein Festessen gewesen, diese Gelegenheit zu ergreifen und in den privaten Unterlagen herumzuschnüffeln. Vermutlich hatte Dora die Müdigkeit gepackt, so daß sie beschloß, erst morgen aufzuräumen. Doch den Fotokopierer und die Beleuchtung eingeschaltet zu lassen, war unverzeihlich. Nachher würde sie Dora mitteilen, daß sie sich unverzüglich auf ihre Pensionierung vorbereiten solle.

Doch zunächst mußte sie sich der Angelegenheit zuwenden, die sie hergeführt hatte. Min suchte sich in der Registratur den Ordner mit der Aufschrift «Reisespesen, Baron von Schreiber» heraus. In knapp zwei Minuten fand sie das Gewünschte. Der Anruf von der Ostküste in der Nacht von Leilas Tod stand auf der Liste der Telefonate, die er mit Kreditkarte bezahlt hatte. Er war aus New York gekommen.

2

Aus schierer Übermüdung war Elizabeth in einen unruhigen Schlaf voller Träume verfallen. Leila stand vor Stapeln von Fanpost, Leila las ihr die Briefe vor, Leila schrie: «Ich kann keinem Menschen trauen... Niemandem...»

Am Morgen war es für sie klar, daß sie die erforderlichen Schritte unternehmen mußte. Sie duschte, drehte das Haar zu einem Knoten auf, schlüpfte in den Jogginganzug, wartete, bis die Wanderer losmarschiert waren, und startete dann zum Hauptgebäude.

Es versetzte ihr einen Schock, als sie das sonst so untadelige Rezeptionsbüro übersät mit Briefen fand. Ein großes Blatt Papier mit den unheilverkündenden Worten «Erbitte Rücksprache» und Mins Unterschrift ließ keinerlei Zweifel, daß Min das Durcheinander gesehen hatte.

Das Ganze war so untypisch für Sammy! In all den Jahren, die Elizabeth sie kannte, hatte sie ihren Schreibtisch nie unaufgeräumt hinterlassen. Undenkbar, daß sie ausgerechnet hier in der Rezeption ein solches Risiko eingehen würde. Das wäre der sicherste Weg, einen von Mins berüchtigten Wutanfällen zu provozieren.

Aber wenn sie nun krank war? Elizabeth eilte in die Halle hinunter und zu dem Aufgang, der in den Personaltrakt führte. Dora bewohnte ein Apartment im zweiten Stock. Sie klopfte energisch an – keine Antwort. Um die Ecke ertönte ein Staubsauger, den Nelly betätigte, eine langjährige Angestellte, die Elizabeth noch aus der Zeit kannte, als sie hier unterrichtet hatte. Nelly öffnete Doras Tür bereitwillig mit dem Hauptschlüssel. Mit wachsender Panik ging Elizabeth durch die freundlichen Räume: das Wohnzimmer, in Lindgrün und Weiß gehalten, auf den Fensterbrettern und Tischen überall Sammys sorgfältig gepflegte Topfpflanzen; das Bett, auf dem Nachttisch Sammys Bibel.

Nelly zeigte auf die ordentlich straffgezogene Bettdecke: «Sie hat diese Nacht nicht hier geschlafen, Miss Lange! Schauen Sie mal runter!» Sie ging zum Fenster. «Ihr Wagen steht auf dem Parkplatz. Vielleicht hat sie sich schlecht gefühlt und ein Taxi gerufen, das sie ins Krankenhaus fahren sollte? Das sähe Miss Samuels ähnlich. Sie kennen Sie ja, immer unabhängig!»

Aber im Monterey Hospital war keine Dora Samuels eingeliefert worden. Mit ständig wachsender Angst wartete Elizabeth auf Mins Rückkehr vom Morgenspaziergang. Um sich von ihrer Besorgnis, daß Sammy etwas zugestoßen war, abzulenken, begann sie, die Fanpost zu sichten: Autogrammwünsche neben Beileidsschreiben. Wo war der anonyme Brief, den Dora fotokopieren wollte?

Trug sie ihn noch bei sich?

3

Um fünf vor sieben machte sich Syd auf den Weg zum Treffpunkt der Morgenwanderer. Cheryl konnte in ihm lesen wie in einem offenen Buch, da mußte er auf der Hut sein. Bobs endgültige Entscheidung war erst am Nachmittag fällig. Wenn es nicht um dieses vermaledeite Theaterstück ginge, hätte er sie längst in der Tasche.

Er brachte ein verzerrtes Lächeln zustande. Die Clique aus Greenwich, Connecticut, war vollzählig zum Frühsport angetreten, passend ausstaffiert, tadellos frisiert, makellose Haut, manikürte Hände. Von denen hatte garantiert noch keiner, nervös bis in die Fingerspitzen, auf einen Anruf gelauert oder sich mit Klauen und Zähnen in einer mörderischen Branche den Weg nach oben erkämpft oder sich von jemand mit einer Kopfbewegung in den Bankrott stürzen lassen.

Das Wetter verhieß einen Tag wie aus dem Bilderbuch. Die kühle Morgenluft wurde bereits von der Sonne erwärmt, der schwache Salzgeruch vom Pazifik mischte sich mit dem Duft der blühenden Bäume rund um das Hauptgebäude. Syd erinnerte sich an das Mietshaus in Brooklyn, in dem er aufgewachsen war. Vielleicht hätte er dort bleiben sollen...

Min und der Baron erschienen auf der Veranda. Syd merkte sofort, wie mitgenommen Min aussah. Ihr Gesicht wirkte maskenhaft starr, wie jemand, der Augenzeuge eines Unfalls wurde und das Gesehene nicht fassen kann. Wieviel hatte sie erraten? Er verschwendete keinen Blick auf Helmut, sondern wandte den Kopf Cheryl und Ted zu, die den Weg hinaufkamen. Syd durchschaute Ted. Er hatte sich immer schuldbewußt gefühlt, weil er Cheryl wegen Leila fallengelassen hatte, aber es war offensichtlich, daß er die Beziehung nicht erneuern wollte. Offensichtlich für jeden, nur nicht für Cheryl.

Was zum Teufel hatte sie mit diesem dämlichen Gefasel gemeint von einem «Beweis», daß Ted unschuldig war? Worauf wollte sie jetzt hinaus?

«Guten Morgen, Mr. Melnick.» Er drehte sich um und sah Alvirah Meehan, die ihn anstrahlte. «Warum ziehen wir nicht einfach gemeinsam los?» fragte sie. «Ich weiß doch, wie enttäuscht Sie darüber sein müssen, daß höchstwahrscheinlich Margo Dresher die Amanda spielen wird. Ich sag Ihnen, die machen da einen furchtbaren Fehler.»

Syd merkte nicht, wie eisern er ihren Arm umklammert hatte, bis er sie zurückzucken sah.

«Entschuldigen Sie, Mrs. Meehan, aber Sie haben ja keine Ahnung, wovon Sie reden.»

Zu spät wurde Alvirah klar, daß nur Insider diesen Tip erhalten hatten – der Reporter vom *Globe,* mit dem sie zusammenarbeitete, hatte sie gebeten, Cheryl Manning zu beobachten, wenn sie die Nachricht erfuhr. Ihr war ein schlimmer Ausrutscher unterlaufen. «Ach, liege ich da falsch?» fragte sie. «Vielleicht hab ich bloß das mißverstanden, was mein Mann mir erzählt hat, irgendwas von einem Kopf-an-Kopf-Rennen zwischen Cheryl und Margo Dresher soll in der Zeitung gestanden haben.»

Syd schlug einen vertraulichen Ton an. «Würden Sie mir wohl einen Gefallen tun, Mrs. Meehan? Reden Sie bitte mit keinem darüber. Es stimmt nicht, und Sie können sich ja vorstellen, wie das Miss Manning aufregen würde.»

Cheryl hatte die Hand auf Teds Arm gelegt. Was immer sie gesagt haben mochte, sie hatte ihn jedenfalls zum Lachen gebracht. Sie war eine unwahrscheinlich gute Schauspielerin – aber nicht gut genug, um Gelassenheit zu bewahren, wenn ihr die Rolle der Amanda entging. Und sie würde auf ihn losfahren wie eine Straßenkatze. Als Syd hinüberschaute, winkte ihm Ted lässig zu und joggte dann in Richtung Eingangstor.

«Guten Morgen allerseits», dröhnte Min, ein zweckloser Versuch, den gewohnten Elan zu markieren. «Machen wir uns auf den

Weg. Vergessen Sie bitte nicht – flottes Tempo und tief durchatmen!»

Alvirah trat zurück, als Cheryl sie einholte. Auf dem Weg, der in den Wald führte, schlossen sie sich den übrigen an. Syd blickte prüfend nach vorn, um festzustellen, wer sich zu wem gesellt hatte. Craig ging neben Henry Bartlett, dem Anwalt. Unmittelbar hinter ihnen die Gräfin samt Gefolge. Der Tennis-Profi und seine Freundin hielten Händchen. Der Showmaster hatte seine derzeitige Gespielin bei sich, ein zwanzigjähriges Fotomodell. Die verschiedenen anderen Zweier- oder Dreiergruppen kannte er nicht.

Als Leila Cypress Point zu ihrem Stammsitz erkor, hat sie ihm Geltung verschafft, dachte Syd. Min braucht einen neuen Superstar. Ihm war nicht entgangen, wie gebannt sich alle Blicke auf Ted gerichtet hatten, als er losjoggte. Ted war ein Superstar.

Cheryl war sichtlich in Hochstimmung. Das dunkle Haar umwogte ihr Gesicht. Über den riesigen bernsteinfarbenen Augen wölbten sich kohlschwarze Brauen. Den üppigen Mund umspielte ein verführerisches Lächeln. Sie begann vor sich hin zu summen – «That Old Feeling...». Die hohen, spitzen Brüste zeichneten sich unter dem Jogginganzug ab, als wäre er eine zweite Haut.

«Wir müssen miteinander reden», teilte Syd ihr leise mit.

«Schieß los.»

«Nicht hier.»

Cheryl zuckte die Achseln. «Dann eben später. Mach kein so miesepetriges Gesicht, Syd. Tief durchatmen. Das vertreibt boshafte Gedanken.»

«Gib dir keine Mühe, bei mir den besorgten Kumpel zu mimen. Wenn wir zurückkommen, schaue ich bei dir rein.»

«Was soll der Quatsch?» Cheryl wollte sich offenkundig nicht die Laune verderben lassen.

Syd warf einen Blick zurück. Alvirah war unmittelbar hinter ihnen. Er konnte beinahe ihren Atem im Nacken spüren.

Er kniff Cheryl warnend in den Arm.

Als sie die Straße erreichten, führte Min weiter in Richtung auf die einsame Zypresse, während Helmut allmählich zurückblieb, um mit den Gästen zu schwatzen. «Einen schönen guten Morgen... Was für ein herrlicher Tag... Versuchen Sie, das Tempo zu beschleunigen... Sie machen das phantastisch.» Seine gekünstelte Fröhlichkeit fiel Syd auf die Nerven. Leila hatte recht gehabt. Der Baron war ein Spielzeugsoldat. Man zog ihn auf, und er marschierte drauflos.

Helmut stoppte neben Cheryl. «Ich hoffe, ihr beide hattet gestern einen genußreichen Abend.» Dazu setzte er sein strahlendes automatisches Lächeln auf. Syd konnte sich nicht einmal erinnern, was er gegessen hatte. «Es war okay.»

«Wie erfreulich.» Helmut blieb zurück, um sich bei Alvirah Meehan nach ihrem Befinden zu erkundigen.

«Ganz fabelhaft.» Ihre Stimme klang hart und schneidend. «Man könnte sagen, ich bin so heiter wie ein Schmetterling, der auf einer Wolke dahinsegelt.» Ihr lautes Lachen ließ Syd frösteln.

Hatte es sogar Alvirah Meehan kapiert?

Henry Bartlett fühlte sich uneins – mit der Welt im allgemeinen und mit seiner Situation im besonderen. Als man ihn gebeten hatte, den Fall Ted Winters zu übernehmen, war er sofort daran gegangen, seinen Terminkalender zu revidieren. Nur wenige Anwälte würden es aus Zeitmangel ablehnen, einen Multimillionär zu vertreten. Doch zwischen ihm und Ted Winters gab es ein Dauerproblem. Das treffende Wort dafür war «Wellenlänge», und da hatten sie eben nicht die gleiche.

Während er mißmutig den Gewaltmarsch hinter Min und dem Baron absolvierte, gestand sich Henry ein, daß hier jeder erdenkliche Luxus geboten wurde, daß die Lage paradiesisch war, daß er unter anderen Umständen die Reize von Monterey und Cypress Point Spa durchaus zu schätzen wüßte. Jetzt jedoch galt für ihn ein Countdown. Der Prozeß gegen Andrew Edward Winters III. begann in genau einer Woche. Bei einem Fall, der Schlagzeilen machte, war Publicity überaus wünschenswert, sofern man ihn gewann, was allerdings auszuschließen war, solange sich Ted Winters nicht zur Kooperation bequemte.

Min beschleunigte das Tempo, Henry desgleichen. Ihm waren die anerkennenden Blicke der aschblonden Fünfzigerin in Begleitung der Gräfin keineswegs entgangen. Unter anderen Umständen würde er der Sache nähertreten. Aber nicht jetzt.

Craig marschierte in zügigem, gleichmäßigem Tempo hinter ihm. Henry konnte immer noch nicht exakt sagen, wie Craig Babcock wirklich war, was ihn trieb. Einerseits hatte er von Vaters Delikatessenladen auf der Lower East Side gesprochen. Andererseits war er offenkundig der Statthalter für Ted Winters. Ein Jammer, daß es jetzt zu spät war für seine Aussage, er und Ted hätten miteinander telefoniert, als die sogenannte Augenzeugin behauptete, Ted gesehen zu haben. Das erinnerte Henry daran, was er Craig fragen wollte. «Was haben Sie mit der Detektivagentur wegen der Berichte über Sally Ross vereinbart?»

«Der Obermacher ruft mich jeden Morgen um halb zehn New Yorker Zeit an, das heißt um halb sieben Ortszeit. Ich habe gerade mit ihm gesprochen. Bis jetzt gibt's noch nichts Nennenswertes, weitgehend das, was wir bereits wissen. Sie ist zweimal geschieden, hat ständig Krach mit den Nachbarn, beschuldigt dauernd Leute, sie anzustarren. Bei der Funkstreife ist sie Stammkundin, ruft unentwegt an und faselt was von verdächtigen Typen.»

«Ich werde aus ihr im Zeugenstand Kleinholz machen», verkündete Bartlett. «Ohne die Aussage von Elizabeth Lange stünde die Anklage auf schwachen Füßen. Übrigens wüßte ich gern, wie gut sie sieht, ob sie eine Brille braucht, wie stark die Gläser sind, wann sie zuletzt ausgewechselt wurden und so weiter ... alles über ihr Sehvermögen.»

«Gut, ich geb das telefonisch weiter.»

Einige Minuten marschierten sie stumm weiter. Ein strahlender Morgen, auf der Straße kaum Verkehr, die schmale Brücke zur Zypresse leer.

Bartlett sah über die Schulter nach hinten. «Ich hatte gehofft, Ted und Cheryl Händchen halten zu sehen.»

«Morgens joggt er immer. Vielleicht hat er die ganze Nacht über Händchen mit ihr gehalten.»

«Hoffentlich. Ihr Freund Syd sieht nicht gerade glücklich aus.»

«Er soll pleite sein, heißt es. Mit Leila als Kundin war er der große Macher. Wenn er für sie einen Film abschloß, galt es als zusätzlich vereinbart, daß ein paar von seinen übrigen Klienten ebenfalls irgendwo beschäftigt wurden. Auf diese Weise hat er Cheryl laufend untergebracht. Ohne Leila und bei dem vielen Geld, das er in dem Stück verloren hat, steckt er in der Klemme. Er würde Ted brennend gern auf der Stelle anpumpen. Das lasse ich nicht zu.»

«Er und Cheryl sind die wichtigsten Zeugen für die Verteidigung, die wir haben», fuhr ihn Henry an. «Sie sollten da vielleicht besser großzügiger sein. Ich jedenfalls werde das Ted nahelegen.»

Sie hatten den Pebble Beach Club passiert und befanden sich auf dem Rückweg. «Nach dem Frühstück machen wir uns an die Arbeit», verkündete Bartlett. «Ich muß eine Entscheidung über die Strategie treffen und ebenso, ob ich Ted als Zeugen aufrufen soll.

Meiner Einschätzung nach wird er für sich selbst einen miserablen Zeugen abgeben; aber da kann der Richter die Geschworenen noch so eingehend belehren, es macht psychologisch einen gewaltigen Unterschied, wenn der Angeklagte nicht bereit ist, sich einem Verhör zu unterziehen.»

Syd ging zusammen mit Cheryl zu ihrem Bungalow. «Machen wir's kurz», sagte sie, sobald sich die Tür hinter ihnen geschlossen hatte. «Ich möchte duschen und habe Ted zum Frühstück eingeladen.» Sie zog das Sweatshirt über den Kopf, stieg aus den Hosen und angelte nach dem Bademantel. «Was gibt's?»

«Du mußt wohl immer 'ne Schau abziehen, was?» schnauzte Syd sie an. «Heb dir die Nummer für die Idioten auf, Schätzchen. Ich hätt's lieber mit 'nem Tiger zu tun als mit dir.» Er musterte sie eine Weile stumm. Sie hatte das Haar für die Probeaufnahmen dunkler tönen lassen und damit eine verblüffende Wirkung erzielt. Der weichere Farbton hatte das Kesse, im Kern Billige, das ihr anhaftete und das sie nie ganz unterdrücken konnte, verwischt und die phantastischen Augen hervorgehoben. Selbst im Veloursbademantel besaß sie Klasse. Im Inneren wußte Syd freilich, daß sie dasselbe intrigante Flittchen war, mit dem er es seit bald zwei Jahrzehnten zu tun hatte.

Jetzt lächelte sie ihn strahlend an. «Ach, Syd, laß uns nicht streiten. Was willst du? Immer raus mit der Sprache!»

«Mit Vergnügen. Ich fasse mich auch kurz. Wie kommst du darauf, daß Leila Selbstmord begangen haben könnte? Weshalb sollte sie geglaubt haben, daß Ted sich für eine andere interessierte?»

«Ich habe einen Beweis.»

«Was für einen?»

«Einen Brief.» Mit Windeseile haspelte sie ihre Erklärung herunter. «Ich bin gestern zu Min raufgegangen. Die hatten doch tatsächlich die Frechheit, hier eine Rechnung hinzulegen, wo sie doch ganz genau wissen, daß ich 'ne Zugnummer für ihren Laden bin. Sie waren in ihrem Büro, und ich hab zufällig die Menge Fanpost auf Sammys Schreibtisch entdeckt, und wie ich näher hingucke, sehe ich diesen verrückten Brief. Und den hab ich mitgehen lassen.»

«Du hast ihn geklaut?»

«Na klar. Ich zeig ihn dir.» Sie eilte ins Schlafzimmer, um ihn zu holen, und beugte sich dann über seine Schulter, um ihn gemeinsam mit ihm zu lesen. «Verstehst du nicht? Ted muß mit einer anderen was gehabt haben. Aber würde er dann nicht gern mit Leila Schluß gemacht haben? Und wenn er sagen möchte, daß ich diejenige welche war, soll's mir nur recht sein. Ich gebe ihm volle Rückendeckung.»

«Du dämliches Luder!»

Cheryl richtete sich auf und ging hinüber zu der anderen Couch. Sie setzte sich, beugte sich vor und sprach langsam und deutlich wie zu einem geistig minderbemittelten Kind: «Anscheinend begreifst du nicht, daß dieser Brief mir Gelegenheit gibt, Ted zu zeigen, wie sehr mir sein Wohl und Wehe am Herzen liegt.»

Syd näherte sich, entriß Cheryl den Brief und zerfetzte ihn. «Vor einer Stunde hat mich Bob Koenig angerufen. Er wollte ganz sichergehen, daß nichts Nachteiliges über dich an die Öffentlichkeit kommen könnte. Weißt du, weshalb du bis jetzt für die Rolle der Amanda vorne liegst? Weil Margo Dresher 'ne mehr als reichlich miese Presse hatte. Was meinst du wohl, wie deine Publicity aussähe, wenn Leilas Fans rausfinden, daß du sie mit anonymen Briefen in den Selbstmord getrieben hast?»

«Aber ich hab doch den Brief nicht geschrieben!»

«Das kannst du deiner Großmutter erzählen! Wie viele Leute wußten von dem Armband? Ich hab deine Augen gesehen, als Ted es Leila schenkte. Du hättest sie am liebsten auf der Stelle erdolcht. Die Proben fanden unter Ausschluß der Öffentlichkeit statt. Wie viele Leute wußten von Leilas Textschwierigkeiten? Du wußtest es. Und warum? Weil ich es dir erzählt habe. Du hast den Brief verfaßt und weitere von der Sorte. Wieviel Zeit hast du gebraucht, die Schnipsel auszuschneiden und aufzukleben? Mich wundert's, daß du die Geduld dafür aufgebracht hast. Wie viele gibt's noch außer dem da, und besteht die Möglichkeit, daß sie auftauchen?»

Cheryl war alarmiert. «Ich schwör's dir, Syd, ich hab den Brief nicht verfaßt und auch keine anderen. Jetzt erzähl mir, Syd, was hat Bob Koenig gesagt?»

Nun war es Syd, der langsam und deutlich sein Gespräch mit Bob Koenig wiederholte. Als er fertig war, streckte ihm Cheryl die Hand hin. «Hast du 'n Streichholz? Du weißt doch, ich rauche nicht mehr.»

Syd sah zu, wie die Papierfetzen sich ringelten und dann zu Asche wurden.

Cheryl legte ihm die Arme um den Hals. «Ich wußte, du wirst mir die Rolle verschaffen, Syd. Den Brief zu vernichten, war goldrichtig. Ich denke, ich sollte trotzdem im Prozeß aussagen. Das gibt 'ne tolle Publicity. Aber findest du nicht auch, ich müßte mir deutlich anmerken lassen, wie tief es mich getroffen hat, daß meine allerbeste Freundin so deprimiert und verzweifelt war? Dann könnte ich noch erklären, von welch schrecklichen Angstzuständen selbst die unter uns, die ganz oben sind, heimgesucht werden.»

Aus ihren weitgeöffneten Augen tropften zwei Tränen, rannen langsam über die Wangen. «Ich denke, es würde Bob Koenig gefallen, wenn ich die Szene so anlege, meinst du nicht auch?»

4

«Elizabeth!» Mins überraschte Stimme schreckte sie auf. «Was ist los? Wo ist Sammy?»

Min und Helmut im Partnerlook. Mins schwarzes Haar war zu einem stattlichen Knoten aufgesteckt, ihr Make-up jedoch verdeckte die ungewohnten Falten um die Augen, die geschwollenen Lider nur zum Teil. Der Baron schien wie immer zu posieren: leicht gespreizte Beine, die Arme hinter dem Rücken verschränkt, Kopf vorgebeugt, verwirrte, unschuldige Augen.

Elizabeth berichtete kurz, was geschehen war. Sammy war spurlos verschwunden, ihr Bett war unberührt.

Min war alarmiert. «Ich kam um sechs hinunter. Sämtliche Lichter brannten, das Fenster stand offen, der Fotokopierer lief. Ich war verärgert. Sammy wird nachlässig, dachte ich bei mir.»

«Der Fotokopierer lief! Dann ist sie also vergangene Nacht ins Büro zurückgekommen.» Elizabeth durchquerte eilends den Raum. «Hast du nachgesehen, ob der Brief, den sie kopieren wollte, noch drin ist?»

Er lag nicht im Kopierer. Aber neben dem Gerät fand sie den Plastikbeutel, in den sie ihn eingewickelt hatten.

Binnen fünfzehn Minuten wurde in aller Stille ein Suchtrupp organisiert. Zögernd willigte Elizabeth auf Mins beschwörende Bitten hin ein, die Polizei nicht sofort zu verständigen. «Sammy war schwer krank letztes Jahr», hielt ihr Min vor. «Sie hatte einen leichten Schlaganfall und war desorientiert. Das kann sich wiederholt haben. Du weißt doch, wie sie Getue haßt. Laß uns erst mal zusehen, ob wir sie nicht selber finden.»

«Ich warte bis mittag», erklärte Elizabeth entschieden, «und dann melde ich sie als vermißt. Sollte sie tatsächlich eine Attacke gehabt haben, dann irrt sie jetzt ziellos am Strand oder sonstwo umher.» «Min hat Sammy aus Mitleid einen Job gegeben», konterte Helmut kurz angebunden. «Das A und O an Cypress Point ist doch, daß man hier absolut ungestört und zurückgezogen den Aufenthalt genießen kann. Wenn es aber überall wimmelt von Polizisten, packen die Gäste ihre Koffer und reisen ab.»

Elizabeth kochte vor Wut, doch es war Min, die antwortete. «Hier wurde schon viel zuviel verheimlicht», meinte sie ruhig. «Wir schieben den Anruf bei der Polizei um Sammys willen hinaus, nicht unseretwegen.»

Gemeinsam verstauten sie die Briefstöße wieder in den Säcken. «Das ist Leilas Post», bemerkte Elizabeth und verknotete die Beutel sorgfältig. «Die nehme ich nachher mit in meinen Bungalow.» Sie überprüfte die Knoten und stellte befriedigt fest, daß man sie nicht aufmachen konnte, ohne dabei die Säcke zu beschädigen.

«Du bleibst also noch?» Helmuts Versuch, erfreut zu klingen, mißglückte.

»Zumindest bis Sammy aufgefunden wird», entgegnete Elizabeth. »Jetzt sollten wir ein paar Hilfskräfte zusammentrommeln.»

Für die Suchaktion wurden die vertrauenswürdigsten Angestellten ausgewählt. Das Zimmermädchen Nelly, das Doras Apartment aufgeschlossen hatte, der Chauffeur Jason, der erste Gärtner standen vor Mins Schreibtisch und erwarteten nähere Anweisungen.

Elizabeth ergriff das Wort. «Zum Schutz von Miss Samuels' Privatleben möchten wir keinerlei Verdacht aufkommen lassen, daß irgend etwas nicht stimmt.» Dann wies sie jedem kurz seine Aufgabe zu. «Sie, Nelly, kontrollieren die leerstehenden Bungalows. Erkundigen Sie sich bei den anderen Zimmermädchen, ob sie Dora gesehen haben. Sie, Jason, setzen sich mit den verschiedenen Taxi-Unternehmen in Verbindung. Stellen Sie möglichst unauffällig fest, ob ein Fahrer hier in der Gegend zwischen neun Uhr abends und sieben Uhr früh jemand aufgelesen hat.» Sie nickte dem Gärtner zu. «Lassen Sie das Gelände Zentimeter um Zentimeter absuchen.» Und zu Min und Helmut gewandt: «Min, du übernimmst das Haus und den Frauentrakt. Du, Helmut, siehst nach, ob sie irgendwo in der Klinik ist. Ich durchforste die Umgebung.»

Nach einem Blick auf die Uhr: «Denkt daran, ihr habt bis mittag Zeit, sie zu finden. Dann ist die Frist abgelaufen.»

Auf dem Weg zum Tor wurde Elizabeth klar, daß sie dieses Zugeständnis nicht Mins oder Helmuts wegen gemacht hatte, sondern weil sie wußte, daß es für Sammy sowieso bereits zu spät war.

5

Ted weigerte sich schlankweg, mit der Arbeit an seiner Verteidigung anzufangen, sondern wollte zuvor eine Stunde in der Sporthalle trainieren. Als Bartlett und Craig in seinem Bungalow eintrafen, war er gerade mit dem Frühstück fertig. Bei seinem Anblick in blauem Sporthemd und weißen Shorts konnte Henry Bartlett durchaus verstehen, weshalb Frauen wie Cheryl sich ihm an den Hals warfen, weshalb ein Superstar wie Leila LaSalle bis über beide Ohren in ihn verliebt gewesen war. Ted verfügte über jene undefinierbare Mischung – gut aussehend, gescheit, charmant –, die auf Männer ebenso anziehend wirkt wie auf Frauen.

Im Lauf der Jahre hatte Bartlett viele Reiche und Mächtige verteidigt, eine Erfahrung, die ihn zum Zyniker hatte werden lassen. Für einen Kammerdiener gibt es keine Helden. Für einen Rechtsanwalt ebensowenig. Bartlett empfand selber ein gewisses Gefühl von Macht, wenn er für schuldige Angeklagte einen Freispruch erwirkte, eine Verteidigung auf Lücken im Gesetz gründen konnte. Seine Mandanten wußten ihm Dank dafür und zahlten bereitwillig fürstliche Honorare.

Ted Winters war ein Sonderfall. Er behandelte Bartlett geringschätzig. Er spielte bei seiner eigenen Verteidigungsstrategie den Advocatus Diaboli. Er griff keine der Andeutungen auf, die Bartlett ihm zuwarf, Winke, die unverblümt auszusprechen ihm sein Berufsethos verbot. Jetzt teilte ihm Ted mit: «Sie fangen schon mal an, meine Verteidigung zu konzipieren, Henry. Ich gehe inzwischen auf eine Stunde in die Sporthalle. Und danach schwimme ich vielleicht ein paar Runden. Wenn ich dann zurückkomme, möchte ich genau sehen, welche Linie Sie bei Ihrer Verteidigung verfolgen und ob ich damit leben kann. Ich setze Ihr Verständnis dafür voraus, daß ich keinesfalls zu sagen gedenke: Ja, kann sein, vielleicht bin ich tatsächlich wieder nach oben gestolpert.»

«Teddy, ich...»

Ted stand auf, stieß das Frühstückstablett beiseite. Er nahm eine drohende Haltung ein, während er den Anwalt starr anblickte.

«Lassen Sie mich etwas klarstellen. Teddy ist der Name eines zweijährigen Jungen. Den schildere ich Ihnen jetzt. Er war das, was meine Großmutter als Flachskopf zu bezeichnen pflegte... sehr, sehr hellblond. Ein robuster kleiner Kerl, der mit neun Monaten laufen und mit fünfzehn ganze Sätze sprechen konnte. Er war mein Sohn. Seine Mutter, eine bezaubernde junge Frau, konnte sich unglücklicherweise nicht an den Gedanken gewöhnen, einen schwerreichen Mann geheiratet zu haben. Sie lehnte es ab, eine Haushälterin zu engagieren, sondern erledigte ihre Einkäufe selber. Sie verwahrte sich strikt gegen einen Chauffeur und wollte nichts von einem teuren Wagen hören. Kathy lebte in der Angst, die Leute aus Iowa City könnten meinen, sie würde allmählich hochnäsig. An einem regnerischen Abend fuhr sie vom Großmarkt zurück, und – so nehmen wir an – eine gottverdammte Dose Tomatensuppe rollte aus der Tüte und unter ihren Fuß. Und daher konnte sie vor der Ampel nicht bremsen, und ein Lastwagen mit Anhänger donnerte mit Wucht in diese verfluchte Blechbüchse hinein, die sie als Auto bezeichnete. Und sie und der kleine Junge namens Teddy starben. Das geschah vor acht Jahren. Haben Sie jetzt kapiert, daß ich jedesmal, wenn Sie mich Teddy nennen, einen kleinen blonden Jungen vor mir sehe, der früh laufen und sprechen lernte und nächsten Monat zehn Jahre alt geworden wäre?»

Teds Augen funkelten. «So, und nun entwerfen Sie das Konzept für meine Verteidigung. Dafür werden Sie ja bezahlt. Ich gehe in die Sporthalle. Craig, du hast die Wahl.»

«Ich komme mit zum Sport.»

Sie machten sich auf den Weg zum Männertrakt. «Um Himmels willen, wo hast du denn den bloß aufgetrieben?» wollte Ted wissen.

«Sei nicht so streng, Ted. Er ist immerhin der beste Strafverteidiger, den wir haben.»

«Nein, das ist er nicht. Und ich sage dir auch, wieso. Weil er mit einer vorgefaßten Meinung in den Fall eingestiegen ist und mich zum idealen Angeklagten umzumodeln versucht. Und das ist fauler Zauber.»

Der Tennisspieler und seine Freundin kamen aus ihrem Bungalow. Sie begrüßten Ted herzlich. «Hab Sie letztes Mal in Forest Hills vermißt.»

«Nächstes Mal bestimmt.»

«Wir halten Ihnen alle die Daumen», beteuerte die Begleiterin, ein Fotomodell, mit geübtem Lächeln.

Ted lächelte zurück. «Sie hätt' ich gern als Geschworene...» Er winkte den beiden verbindlich zu und ging weiter. Das Lächeln verschwand. «Ob sie im Gefängnis wohl Tennisturniere mit Starbesetzung veranstalten?» «Das kann dir doch schnuppe sein, dich betrifft's sowieso nicht.» Craig blieb stehen. «Sieh mal, ist das nicht Elizabeth?» Sie befanden sich fast direkt vor dem Hauptgebäude. Über die weite Rasenfläche hinweg beobachteten sie, wie die schlanke Gestalt die Verandatreppe hinunterlief und den Weg zum Außentor einschlug. Sie war es unverkennbar – der honigblonde hochgedrehte Haarschopf, das vorgereckte Kinn, die natürliche Grazie. Sie betupfte sich die Augen, zog dann eine Sonnenbrille aus der Tasche und setzte sie auf.

«Ich dachte, sie reist heute früh ab.» Teds Stimme klang unbeteiligt. «Da stimmt was nicht.»

«Möchtest du's feststellen?»

«Meine Gegenwart würde sie zweifellos noch mehr aus der Fassung bringen. Warum heftest du dich nicht an ihre Fersen? Dich hält sie doch nicht für Leilas Mörder.»

«Ted, hör um Gottes willen endlich damit auf! Ich lege die Hand für dich ins Feuer, und das weißt du auch, aber wenn ich zum Prügelknaben werde, beflügelt mich das nicht gerade.»

Ted zuckte die Achseln. «Ich entschuldige mich. Du hast ganz recht. Jetzt sieh zu, ob du Elizabeth behilflich sein kannst. Wir treffen uns dann in etwa einer Stunde bei mir.»

Craig holte sie am Tor ein. Sie erklärte rasch, was geschehen war. Es ermutigte sie, wie prompt er reagierte. «Soll das heißen, daß Sammy vielleicht schon seit Stunden verschwunden ist und die Polizei noch nicht verständigt wurde?»

«Das passiert, sobald wir das Gelände durchsucht haben. Ich dachte, daß ich vielleicht...» Sie schluckte die Tränen hinunter. «Du erinnerst dich doch, wie sie die erste Attacke hatte. Sie war völlig desorientiert und danach so verlegen...»

Craig legte den Arm um sie. «Okay, Kopf hoch! Laß uns ein bißchen laufen.» Sie überquerten die Straße in Richtung auf den Weg, der zu der allein stehenden Zypresse führte. Die Sonne hatte den letzten Morgennebel aufgelöst. Es war ein strahlender, warmer Tag. Strandläufer schwirrten über ihre Köpfe dahin, kreisten und kehrten zu ihren Nistplätzen an der Felsküste zurück. An der

Zypresse, einem beliebten Ausflugsziel, drängten sich bereits Scharen von Touristen mit gezückten Kameras.

Elizabeth begann reihum zu fragen: «Wir suchen nach einer älteren Dame ... Sie ist ziemlich klein und vielleicht krank ...» Craig übernahm ihren Part und gab zunächst eine genaue Beschreibung von Dora. «Was hatte sie an, Elizabeth?» «Eine beigefarbene Strickjacke, gleichfarbige Baumwollbluse, hellbrauner gerader Rock.»

«Hört sich ganz nach meiner Mutter an», bemerkte ein Tourist im roten Sporthemd und mit geschulterter Kamera.

«Das könnten viele von ihr sagen, sie ist so ein Typ», meinte Elizabeth.

Sie klingelten an den Villen, die hinter Sträuchern versteckt lagen. Hausgehilfinnen, manche mitfühlend, manche mürrisch, versprachen, «die Augen offenzuhalten».

Sie gingen zur Pebble Beach Lodge. «An ihren freien Tagen hat Sammy gelegentlich hier gefrühstückt», erklärte Elizabeth. Sie klammerte sich an diese Hoffnung, als sie die Speisesäle absuchte und betete, daß sie die kleine, aufrechte Gestalt irgendwo entdecken möge – daß Sammy sich dann über den ganzen Aufwand wundern würde. Doch überall saßen nur Feriengäste, in salopper, teurer Sportkleidung, zumeist Golfspieler.

Elizabeth wandte sich zum Gehen, doch Craig hielt sie fest. «Ich wette, du hast noch keinen Bissen gegessen.» Er winkte dem Kellner.

Beim Kaffee zogen sie das Fazit. «Falls sich bei unserer Rückkehr herausstellt, daß die Suchaktion ergebnislos verlaufen ist, müssen wir darauf bestehen, daß die Polizei zugezogen wird», sagte Craig.

«Ihr ist etwas zugestoßen.»

«Das kannst du nicht so sicher behaupten. Erzähl mir mal genau, ob sie bei eurem Zusammensein irgendwas von Weggehen geäußert hat.»

Elizabeth zögerte. Sie war sich nicht recht klar darüber, ob sie Craig von den anonymen Briefen erzählen sollte. Andererseits stand für sie fest, daß seine sichtbare Anteilnahme und Besorgnis einen großen Trost bedeuteten, daß er notfalls sämtliche dem mächtigen Konzern Winters Enterprises zu Gebote stehenden Mittel einsetzen würde, um der Suche nach Sammy Nachdruck zu verleihen. Sie wählte ihre Worte sorgfältig: «Beim Abschied sagte Sammy, sie wolle noch eine Weile ins Büro zurückgehen.»

«Ich kann mir nicht vorstellen, daß sie aus lauter Arbeitsüberlastung bis spät in die Nacht Überstunden machen mußte.»
Elizabeth lächelte leicht: «Keine Rede von spät in der Nacht. Es war halb zehn.» Um weitere Fragen zu vermeiden, trank sie rasch den restlichen Kaffee aus. «Hast du was dagegen, Craig, wenn wir jetzt aufbrechen? Vielleicht gibt's inzwischen irgendeine Nachricht.»

Das war allerdings nicht der Fall. Und wenn man den Zimmermädchen, dem Gärtner und dem Chauffeur glauben konnte, war das ganze Gelände gründlichst abgesucht worden. Selbst Helmut war nun einverstanden, nicht bis mittags zu warten, sondern unverzüglich eine Vermißtenanzeige bei der Polizei zu erstatten.

«Das reicht nicht», protestierte Elizabeth. «Ich wünsche, daß Scott Alshorne verständigt wird.»

Sie wartete an Sammys Schreibtisch auf Scott. «Möchtest du, daß ich bleibe?» erkundigte sich Craig.

«Nein, nicht nötig.»

Sein Blick streifte die Müllsäcke. «Was ist denn das?»

«Leilas Fanpost. Sammy hat sie beantwortet.»

«Fang ja nicht an, die alle lesen zu wollen. Das regt dich bloß auf.» Craig spähte in Mins und Helmuts Büro. Die beiden saßen auf dem Art-déco-Korbsofa, dicht nebeneinander, und unterhielten sich gedämpft. Er beugte sich über den Schreibtisch. «Elizabeth, du mußt wissen, daß ich momentan zwischen zwei Stühlen sitze. Aber wenn das Ganze vorbei ist, wie's auch ausgehen mag, dann müssen wir miteinander reden. Du hast mir schrecklich gefehlt.» Mit erstaunlicher Behendigkeit war er neben ihr, legte ihr die Hand aufs Haar, küßte sie auf die Wange. «Ich bin immer für dich da», raunte er ihr zu. «Sollte Sammy was zugestoßen sein und du brauchst eine Schulter zum Anlehnen oder ein offenes Ohr... Du weißt, wo du mich erreichen kannst.»

Elizabeth ergriff seine Hand und drückte sie einen Augenblick an ihre Wange. Sie spürte die verläßliche Kraft, die Wärme, die breiten, stumpfen Finger. Und dachte plötzlich an Teds langfingrige, wohlgeformten Hände. Sie ließ Craig los und rückte ein Stück weg. «Paß ja auf, du bringst mich gleich zum Weinen.» Sie bemühte sich, unbeschwert zu klingen, die Atmosphäre zu entspannen.

Craig hatte offenbar verstanden. Er richtete sich auf und sagte sachlich: «Ich bin in Teds Bungalow, falls du mich brauchst.»

Das Warten war nahezu unerträglich. Es erinnerte sie an die Nacht, als sie in Leilas Apartment gesessen und inständig gehofft hatte, daß Leila und Ted, wieder versöhnt, miteinander ausgegangen waren, und doch mit allen Fasern spürte, daß etwas nicht stimmte. An Sammys Schreibtisch zu sitzen bedeutete Marter.

Sie wollte davonrennen, irgendwohin ... und weiter nach Sammy suchen.

Statt dessen öffnete Elizabeth einen der Postsäcke und entnahm ihm eine Handvoll Briefe. Sie konnte wenigstens etwas tun.

Sie konnte nach weiteren anonymen Briefen suchen.

6

Sheriff Scott Alshorne war ein alter Freund von Samuel Edgers, Mins erstem Mann, der das Cypress Point Hotel erbaut hatte. Er und Min hatten sich von Anfang an gemocht, und er konnte mit Genugtuung feststellen, daß sie die eingegangene Verpflichtung gewissenhaft erfüllte. Sie gab dem kränklichen, mürrischen Achtzigjährigen in den fünf Jahren ihrer Ehe neue Lebenszuversicht.

Scott hatte teils neugierig, teils besorgt mit angesehen, wie Min und ihr zweiter Ehemann, dieser adlige Taugenichts, ein komfortables, gewinnbringendes Hotel in einen unersättlichen Moloch verwandelten. Min lud ihn jetzt mindestens einmal monatlich zum Dinner ein, und in den letzten anderthalb Jahren hatte er Dora Samuels recht gut kennengelernt. Deshalb fürchtete er auch bei Mins telefonischer Benachrichtigung instinktiv das Schlimmste.

Sollte Sammy einen Schlaganfall erlitten haben und ziellos umherwandern, hätte man sie bestimmt bemerkt. Alte, kranke Leute übersah man auf der Halbinsel Monterey nicht. Scott war stolz auf seinen Bezirk. Seine Dienststelle befand sich in Salinas, der Kreishauptstadt, rund fünfzehn Kilometer von Pebble Beach entfernt. Umgehend erteilte er Anweisungen für die Veröffentlichung einer Vermißtenanzeige und beorderte einen Streifenwagen aus Pebble Beach nach Cypress Point Spa.

Während der Fahrt sagte er kein Wort. Der junge Polizist am Steuer registrierte, daß die Stirn seines Chefs ungewöhnlich tiefe Sorgenfalten aufwies, daß das kantige, gebräunte Gesicht unter der widerspenstigen weißen Mähne gedankenzerfurcht war. Wenn der Boß so dreinschaute, sah er große Schwierigkeiten voraus.

Um halb elf passierten sie das Eingangstor. Das ganze Areal machte einen ruhigen Eindruck. Es waren nur wenige Leute unterwegs. Scott wußte, daß die meisten Gäste sich in den Kuranlagen aufhielten, wo sie trainierten, sich durchwalken, abreiben und strecken ließen, so daß Angehörige und Freunde nach ihrer Rückkehr in Begeisterungsstürme über ihr phantastisches Aussehen ausbrachen. Oder sie befanden sich in der Klinik, wo Helmut ihnen eine seiner raffinierten und höchst kostspieligen Spezialbehandlungen verpaßte.

Er hatte gehört, daß Ted Winters' Privatjet am Sonntagnachmittag auf dem Flugplatz gelandet war und daß Ted sich hier aufhielt. Er hatte mit sich gekämpft, ob er ihn anrufen sollte. Ted stand unter Mordanklage. Er war aber auch der Junge, der damals mit seinem Großvater und Scott begeistert auf Segeltörn gegangen war.

Von Teds Anwesenheit wußte er also, aber als er Elizabeth an Sammys Schreibtisch sitzend vorfand, blieb ihm vor Überraschung das Wort im Hals stecken. Sie hatte ihn nicht die Treppe heraufkommen hören, und er ließ sich einen Augenblick Zeit, sie unbemerkt zu studieren. Sie war totenblaß und hatte rote Augen. Aus dem Haarknoten hatten sich Strähnen gelöst, die ihr ins Gesicht hingen. Sie zog Briefe aus Umschlägen, warf sie nach einem kurzen Blick ungeduldig beiseite. Offensichtlich suchte sie nach etwas. Er stellte fest, daß ihre Hände zitterten.

Er klopfte laut an die offene Tür und sah sie hochschrecken. In ihrer Miene spiegelten sich Erleichterung und zugleich schlimmste Befürchtungen. Spontan sprang sie auf und lief mit ausgestreckten Armen auf ihn zu. Kurz vor ihm hielt sie plötzlich inne. «Entschuldigung... Wie geht's Ihnen, Scott? Schön, Sie zu sehen.»

Er erriet ihre Gedanken. Sie vermutete, daß er sie wegen seiner langjährigen Freundschaft mit Ted als Feindin betrachten könnte. Armes Kind... Rasch zog er sie an sich und umarmte sie stürmisch. Um seine Rührung zu verbergen, sagte er barsch: «Sie sind ja nur noch Haut und Knochen! Ich hoffe, Min hat Sie nicht zu einer ihrer Hollywood-Kuren verdonnert.»

«Umgekehrt. Ich werde genudelt – jede Menge Bananensplit und Schokoladenkuchen mit Nüssen.»

«Na, ausgezeichnet.»

Zusammen gingen sie in Mins Büro. Scott zog die Augenbrauen hoch, als er Mins abgehärmten Gesichtsausdruck, die wachsamen, verschleierten Blicke des Barons registrierte. Sie waren beide verängstigt, und das seiner Meinung nach in einem Maße, das über die normale Besorgnis wegen Sammy hinausging. Mit gezielten Fragen erhielt er die gewünschten Informationen. «Und jetzt möchte ich mir Sammys Wohnung ansehen.»

Min führte ihn nach oben, gefolgt von Elizabeth und Helmut. Scotts Anwesenheit gab Elizabeth wenigstens einen schwachen Hoffnungsschimmer. Zumindest geschah jetzt etwas. Er war sichtlich ungehalten, weil sie ihn so spät verständigt hatten.

Scott inspizierte das Wohnzimmer und ging dann ins Schlafzimmer. Er deutete auf den Koffer, der neben dem Wandschrank am Boden stand. «Hatte sie vor zu verreisen?»

«Sie ist gerade zurückgekommen», erklärte Min und stutzte. «Das sieht aber Sammy gar nicht ähnlich, nicht sofort auszupacken.»

Scott öffnete den Koffer. Obenauf lag ein Kulturbeutel voller Pillenfläschchen. Er las die Gebrauchsanweisung: «Zweimal täglich im Abstand von vier Stunden eine Tablette, vor dem Schlafengehen zwei Tabletten.» Er runzelte die Stirn. «Sammy war sehr korrekt, auch mit ihren Medikamenten. Sie wollte jedes Risiko vermeiden. Min, zeigen Sie mir, in welchem Zustand Sie das Büro vorgefunden haben.»

Der Fotokopierer verursachte ihm anscheinend das meiste Kopfzerbrechen. «Das Fenster stand offen. Das Gerät war eingeschaltet.» Er stand davor und sinnierte. «Sie wollte etwas fotokopieren. Sie schaute aus dem Fenster – und dann was? Ihr wurde schwindlig? Sie wanderte nach draußen? Aber wohin wollte sie gehen?» Er starrte aus dem Fenster. Von hier aus überblickte man die weite Rasenfläche im Süden, die verstreuten Bungalows am Weg zum großen Schwimmbecken und zum römischen Bad, diesem monströsen Bauwerk.

«Sie sagen, das gesamte Gelände, jedes Gebäude wurde abgesucht?»

«Ja», versicherte Helmut wie aus der Pistole geschossen. «Dafür habe ich persönlich gesorgt.»

Scott fiel ihm ins Wort. «Wir fangen das Ganze noch mal von vorn an.»

Die nächsten Stunden verbrachte Elizabeth an Sammys Schreibtisch. Sie sah Dutzende von Briefen durch und bekam allmählich taube Finger. Immer dasselbe – Autogrammwünsche, Bitten um ein Foto. Bis jetzt keine Spur von weiteren anonymen Briefen.

Um zwei Uhr hörte sie einen Schrei. Sie stürzte zum Fenster und sah einen Polizisten in der Tür zum römischen Bad wie wild gestikulieren. Ihre Füße flogen die Treppe hinunter. Auf der vorletzten Stufe stolperte sie und fiel hin, schlug mit Armen und Beinen auf die gewienerten Fliesen. Ohne auf die heftig schmerzenden Handflächen und Knie zu achten, rannte sie über den Rasen zu den Thermen, wo sie gerade anlangte, als Scott drinnen verschwand. Sie folgte ihm durch den Umkleideraum zu den Becken.

Neben dem ersten Becken stand ein Polizist und zeigte auf Sammys verkrümmten leblosen Körper.

Später erinnerte sie sich dunkel, daß sie neben Sammy gekniet, die Hand ausgestreckt hatte, um ihr das blutverklebte Haar aus der Stirn zu streichen, erinnerte sich an Scotts eisernen Griff, an seinen scharfen Befehlston: «Keine Berührung!» Sammys weit aufgerissene Augen, die schreckerstarrten Züge, die verrutschte Brille, die abwehrend ausgestreckten Hände, als stoße sie etwas zurück... Die beigefarbene Strickjacke war noch zugeknöpft, die weiten aufgesetzten Taschen fielen plötzlich ins Auge. «Sehen Sie nach, ob sie den Brief an Leila noch hat», hörte sich Elizabeth sagen. «Untersuchen Sie die Taschen.» Dann weiteten sich auch ihre Augen vor Entsetzen. Die beigefarbene Strickjacke wurde zu Leilas weißem Seidenpyjama, und sie kniete wieder über Leilas Leiche.

Barmherzige Ohnmacht umfing sie.

Als sie das Bewußtsein wiedererlangte, lag sie auf dem Bett in ihrem Bungalow. Helmut beugte sich über sie; hielt ihr etwas scharf und beißend Riechendes unter die Nase. Min rieb ihr die Hände warm. Wildes Schluchzen durchschüttelte sie, und sie hörte sich sagen: «Nicht auch noch Sammy, nicht auch noch Sammy...»

Min hielt sie fest. «Ruhig, Elizabeth... Ganz ruhig.»

Helmut murmelte: «Das hilft dir bestimmt.» Ein Nadelstich in den Arm...

Als sie aufwachte, waren die Schatten im Zimmer lang. Das Zimmermädchen Nelly, das bei der Suche geholfen hatte, tippte sie an die Schulter. «Tut mir leid, Sie zu stören, Miss, aber ich bring Ihnen Tee und etwas zu essen. Der Sheriff läßt ausrichten, daß er nicht länger warten kann. Er muß mit Ihnen sprechen.»

Die Nachricht von Sammys Tod verbreitete sich wie ein Lauffeuer und scheuchte die Gäste vorübergehend auf, etwa wie ein Wolkenbruch eine Picknickgesellschaft. Es wurden Fragen gestellt. Aus Neugier: «Was wollte sie nur ausgerechnet dort?» Aus innerer Abwehr gegen den Tod: «Wie alt war sie eigentlich?» Aus Gleichgültigkeit: «Ach so, Sie meinen diese adrette ältere Person im Büro?» Und dann wandte man sich schnell wieder der erfreulicheren Beschäftigung mit sich selbst zu. Schließlich bezahlte man teures Geld für den Aufenthalt hier und wollte dafür auch seine Ruhe haben. Schwierigkeiten hatte man wahrhaftig übergenug, häusliche wie berufliche.

Ted war nachmittags zur Massage gegangen, von der er sich eine gewisse entspannende Wirkung erhoffte. Bei seiner Rückkehr erfuhr er von Craig, was geschehen war. «Man hat ihre Leiche im römischen Bad gefunden. Ihr muß schwindlig geworden sein, und da ist sie hinuntergestürzt.»

Ted dachte an den Nachmittag in New York, an dem Sammy den ersten Schlaganfall bekommen hatte. Sie waren alle in Leilas Apartment, und Sammy hatte mitten in einem Satz die Stimme versagt. Ihm war sofort klar, daß es sich um etwas Ernstes handelte. Er war froh, ihr in den letzten paar Tagen nicht begegnet zu sein. Seiner Meinung nach hielt Sammy die Frage seiner Schuld für ungeklärt und wäre daher ihm gegenüber befangen gewesen.

«Wie nimmt es Elizabeth auf?» erkundigte er sich.

«Es geht ihr sehr nahe, sie soll ohnmächtig geworden sein.»

«Sie hatte eine starke Bindung an Sammy. Sie...» Er biß sich auf die Lippen und wechselte das Thema. «Wo steckt Bartlett?»

«Auf dem Golfplatz.»

«Meines Wissens habe ich ihn nicht zum Golfspielen mitgenommen.»

«Reg dich ab, Ted! Er hat seit dem frühen Morgen geackert. Angeblich kann er besser denken, wenn er sich etwas Bewegung verschafft.»

«Erinnere ihn daran, daß ich nächste Woche vor Gericht stehe. Er täte besser daran, seine sportliche Betätigung etwas einzuschränken.» Ted zuckte die Achseln. «Es war eine Schnapsidee, hierherzukommen. Keine Ahnung, wieso ich mir eingebildet habe, es könnte mir helfen, ruhiger zu werden. Jedenfalls klappt das nicht.»

«Wart's doch ab. In New York oder Connecticut würde es auch nicht besser. Ach ja, eben bin ich deinem alten Freund, Sheriff Alshorne, in die Arme gelaufen.»

«Scott ist hier? Dann muß Grund zu der Annahme bestehen, daß irgendwas faul ist. Weiß er, daß ich hier bin?»

«Ja. Er hat sich sogar ausdrücklich nach dir erkundigt.»

«Wollte er, daß ich ihn anrufe oder aufsuche?»

Craig zögerte kaum merklich. «Nun ja, nicht direkt – aber schließlich handelte es sich ja auch nicht um ein Privatgespräch.»

Noch einer, der mir aus dem Weg geht, dachte Ted. Noch einer, der das Ergebnis der Beweisaufnahme vor Gericht abwarten will. Ruhelos wanderte er im Wohnzimmer auf und ab, das auf einmal zum Käfig geworden war – wie jeder Raum nach der Anklageerhebung. Es handelte sich offenbar um eine psychische Reaktion. «Ich gehe spazieren», erklärte er abrupt, fügte dann hinzu, bevor Craig ihm seine Begleitung anbieten konnte: «Ich bin rechtzeitig zum Dinner zurück.»

Als er am Pebble Beach Club vorbeikam, überfiel ihn wieder dieses Gefühl der Isolation; er empfand die Trennwand zwischen sich und den anderen, die unterwegs zu den Restaurants, den Geschäften, den Golfplätzen waren. Sein Großvater hatte ihn als Achtjährigen zum erstenmal dorthin mitgenommen. Sein Vater konnte Kalifornien nicht ausstehen, und so war er immer allein mit seiner Mutter hergefahren und hatte beobachtet, wie sie ihre Nervosität, ihre Geziertheit ablegte und jünger, unbeschwerter wurde.

Weshalb hatte sie seinen Vater nicht verlassen? Ihre Familie besaß zwar keine Millionen wie die Winters, doch an Geld hätte es ihr bestimmt nicht gemangelt. Ob sie aus Angst, das Sorgerecht für Ted zu verlieren, in dieser unerträglichen Ehe ausgeharrt hatte? Sein Vater hatte sie den ersten Selbstmordversuch nie vergessen lassen. Und so war sie denn geblieben, hatte seine periodischen Wutausbrüche im Vollrausch, die Verachtung, mit der er sie wegen ihrer Ängste verhöhnte, ihre Manieriertheiten nachäffte, widerspruchslos erduldet und dann eines Nachts erkannt, daß sie es nicht länger ertragen konnte.

Ted ging den Seventeen Miles Drive entlang, sah weder nach rechts noch links. Er hatte keinen Blick für den Pazifik zu seinen Füßen, für die Häuser über Stillwater Cove und Carmel Bay, er spürte nichts vom Duft der Bougainvilleen, achtete nicht auf die teuren Wagen, die an ihm vorbeiflitzten.

In Carmel wimmelte es noch von Sommergästen, College-Studenten, die sich vor Beginn des Herbstsemesters noch einmal austoben wollten. Wenn er mit Leila durch die Stadt gegangen war, hatte sie jedesmal den Verkehr zum Stocken gebracht. Beim Gedanken daran zog er die Sonnenbrille aus der Tasche. Damals trafen ihn stets neidische Blicke von männlichen Passanten. Jetzt nahm er bei Fremden, die ihn erkannten, einen feindseligen Gesichtsausdruck wahr.

Feindseligkeit. Isolation. Angst.

Diese letzten achtzehn Monate hatten sein gesamtes Leben verändert, hatten ihn gezwungen, Dinge zu tun, die er nie für möglich gehalten hätte. Jetzt akzeptierte er die Tatsache, daß ihm vor dem Prozeß noch eine gewaltige Hürde zu überwinden blieb.

Schweiß brach ihm aus allen Poren, als er sich vergegenwärtigte, was ihm da bevorstand.

8

Alvirah saß in ihrem Bungalow am Frisiertisch und musterte vergnügt die vor ihr aufgebauten Dosen und Tuben, die sie nachmittags im Schminkkurs geschenkt bekommen hatte. Dazu gab es noch ein paar wertvolle Tips von der Kosmetikerin. So hatte sie gelernt, daß sich bei ihren flachen Backenknochen ein viel schönerer Effekt erzielen ließ mit einem hellen Rouge anstelle des gewohnten kräftigen. Außerdem hatte man sie zu dem Versuch überredet, braune Wimperntusche zu benutzen und nicht die pechschwarze, mit der sie ihre Augen wirkungsvoll zu betonen glaubte. «Weniger ist mehr», hatte ihr die Beraterin zugeredet, und es machte tatsächlich einen Unterschied. Alvirah fand, daß sie mit dem neuen Make-up und dem dezenter getönten braunen Haar genauso aussah, wie sie Tante Agnes in Erinnerung hatte, und Agnes war stets die Schönheit der Familie gewesen. Ebenso erfreulich fand sie es, daß die Schwielen an den Händen allmählich verschwanden. Keine schwere Putzarbeit mehr. Das war aus und vorbei.

«Das jetzt ist noch gar nichts. Warten Sie mal ab, wie fabelhaft Sie aussehen, wenn Baron von Schreiber mit seiner Behandlung fertig ist», hatte die Kosmetikerin gesagt. «Mit seinen Kollageninjektionen bringt er die kleinen Fältchen an Mund, Nase und Stirn völlig weg. Das ist wie ein Wunder.»

Alvirah seufzte vor Glück. Willy hatte immer erklärt, sie sei die bestaussehende Frau in Queens und ihm gefalle es, etwas Handfestes wie sie im Arm zu halten statt einer modischen Bohnenstange. Aber in den letzten Jahren hatte sie eben erheblich zugenommen. Wäre es nicht toll, wenn sie sich zur echten Klassefrau gemausert hätte, bevor sie gemeinsam auf die Suche nach einem neuen Haus gingen? Sie gedachte dabei keineswegs mit den Rockefellers in nachbarschaftliche Beziehungen zu treten – nur mit Leuten aus dem Mittelstand, die es genau wie sie zu etwas gebracht hatten. Und wenn Willy und sie weitaus besser abschnitten als die meisten anderen, wenn sie vom Glück begünstigt waren wie kaum jemand, so tat es doch gut, zu wissen, daß man seinen Mitmenschen hilfreich unter die Arme greifen konnte.

Sobald sie die Artikelserie für den *Globe* beendet hätte, würde sie sich ernstlich an das Buch machen. Ihre Mutter pflegte immer zu sagen: «Du hast eine so lebhafte Phantasie, Alvirah, eines Tages wird aus dir noch 'ne Schriftstellerin.» Vielleicht hieß das – jetzt und hier?

Alvirah spitzte den Mund und trug mit dem neu erworbenen Pinsel sorgfältig korallenroten Lippenglanz auf. Jahrelang hatte sie sich ein herzförmiges Puppenmündchen gemalt, um die ihrer Meinung nach zu schmalen Lippen voller erscheinen zu lassen, war jedoch hier eines Besseren belehrt worden. Sie legte den Pinsel weg und betrachtete ihr Werk.

Irgendwie fühlte sie sich ein wenig schuldbewußt, so glücklich und an allem interessiert zu sein, während diese nette alte Dame steif und starr im Leichenschauhaus lag. Schließlich war sie einundsiebzig, tröstete sich Alvirah, und es muß ganz schnell gegangen sein. Genauso wünsche ich es mir, wenn die Reihe an mir ist. Doch damit hatte es noch viel Zeit. Wie ihre Mutter zu sagen pflegte: «In unserer Familie werden die Frauen steinalt.» Ihre Mutter war vierundachtzig und ging immer noch regelmäßig jeden Mittwochabend zum Kegeln.

Das Make-up war zu ihrer Zufriedenheit ausgefallen. Nun holte Alvirah das Tonbandgerät aus dem Koffer und legte die Kassette vom Dinner am Sonntag ein. Beim Abhören runzelte sie nachdenklich die Stirn. Merkwürdig, wie sich das Bild von Menschen veränderte, wenn man sie nur reden hörte, ohne sie dabei vor sich zu sehen. Syd Melnick zum Beispiel war doch angeblich ein mächtiger, einflußreicher Agent, aber von Cheryl Manning ließ er sich herumschubsen, und wie. Und sie konnte sich im Handumdrehen verwandeln – eben noch eine wüste Schimpfkanonade gegen Syd Melnick wegen Wasser, das sie selber verschüttet hatte, und gleich darauf die Sanftheit und Liebenswürdigkeit in Person, als sie Ted Winters bat, ob sie einmal zusammen mit ihm die Winters-Sporthalle im Dartmouth College besichtigen dürfe. Dabei fiel Alvirah ein, wie Craig Babcock sie korrigiert und ihr die richtige Aussprache dieses Namens beigebracht hatte. Und das mit einer so angenehmen, ruhigen Stimme. «Sie hören sich so kultiviert an», teilte sie ihm mit. Er lachte. «Da hätten Sie mich mal als Teenager hören sollen!» Der Stimme von Ted Winters war die gute Kinderstube deutlich anzumerken. Da gab es nichts, was er sich erst mühsam erarbeiten mußte, das stand für Alvirah fest. Sie hatten sich über dieses Thema angeregt zu dritt unterhalten.

Alvirah überprüfte, ob das Mikrofon in der Mitte der Rosette richtig befestigt war, und verkündete ihre Erkenntnis: «Die Stimme verrät viel über den Menschen.»

Das Klingeln des Telefons überraschte sie. In New York war es jetzt neun Uhr, und Willy sollte eigentlich noch in der Gewerkschaftsversammlung sein. Wenn sie ihn drängte, seine Stellung zu kündigen, sagte er jedesmal, sie solle ihm Zeit lassen. Er konnte sich nicht so schnell daran gewöhnen, ein Millionär zu sein.

Am Apparat war Charley Evans, der für die Sonderberichte zuständige Redakteur vom *New York Globe*. «Na, wie geht's denn meiner Starreporterin?» erkundigte er sich. «Irgendwelche Probleme mit dem Recorder?»

«Das geht wie geschmiert», beruhigte ihn Alvirah. «Mir gefällt's großartig hier, ich hab ein paar interessante Leute kennengelernt.»

«Irgendwelche Prominenz?»

«Aber ja.» Alvirah konnte nicht umhin zu prahlen. «Vom Flughafen bin ich zusammen mit Elizabeth Lange in einer Limousine gefahren, und beim Dinner sitze ich am gleichen Tisch mit Cheryl Manning und Ted Winters.» Befriedigt hörte sie Charley Evans nach Luft ringen.

«Was sagen Sie da – Elizabeth Lange und Ted Winters sind zusammen dort?»

«Na ja, zusammen nicht direkt», erklärte Alvirah hastig. «Tatsächlich kommt sie ihm gar nicht in die Nähe. Sie wollte sofort wieder abreisen, hat dann aber auf die Sekretärin ihrer Schwester gewartet. Das Schlimme dabei ist nur, daß Leilas Sekretärin heute nachmittag im römischen Bad tot aufgefunden wurde.»

«Warten Sie einen Augenblick, Mrs. Meehan. Ich möchte, daß Sie das, was Sie eben gesagt haben, ganz langsam, Wort für Wort, wiederholen. Es schreibt jemand mit.»

9

Auf Scott Alshornes Ansuchen hin nahm der Leichenbeschauer von Monterey County die Autopsie von Dora Samuels' sterblichen Überresten sofort vor. Als Todesursache stellte er eine schwere Kopfverletzung fest, wobei Knochensplitter der Schädeldecke schwere Hirnverletzungen herbeigeführt hatten; hinzu kam ein mittelschwerer Schlaganfall.

In seinem Büro studierte Scott den Autopsie-Bericht und grübelte stumm darüber nach, was genau ihn wohl zu der Annahme veranlaßte, bei Dora Samuels' Tod sei irgend etwas nicht mit rechten Dingen zugegangen.

Dieses römische Bad. Es sah aus wie ein Mausoleum und war zu Sammys Grabstätte geworden. Wofür hielt sich Mins Mann eigentlich, daß er ihr diese Monstrosität aufgehalst hatte?

Wieso hatte sich Sammy im römischen Bad aufgehalten? War sie einfach so hineingegangen? Wollte sie dort jemanden treffen? Das ergab keinen Sinn. Die Beleuchtung war nicht eingeschaltet. Es mußte stockfinster gewesen sein.

Min und Helmut hatten erklärt, normalerweise werde das römische Bad abgeschlossen, aber zugleich zugegeben, das Gebäude gestern nachmittag in Eile verlassen zu haben. «Minna war außer sich wegen der Kostenüberschreitungen», hatte Helmut erläutert. «Ich machte mir Sorgen um ihren Gemütszustand. Die Tür ist schwer. Möglicherweise habe ich sie nicht fest genug zugezogen.»

Sammys Tod war durch Verletzungen am Hinterkopf verursacht worden. Sie war rücklings in das Becken gestürzt. Gestürzt oder – gestoßen worden? Scott stand auf und begann rückwärts das Büro zu durchqueren. Ein praxisbezogener, kein wissenschaftlich fundierter Test, befand er. Egal, wie benommen oder verwirrt, die meisten Menschen gehen jedenfalls nicht rückwärts, es sei denn, sie weichen vor jemandem oder vor etwas zurück...

Er ließ sich wieder am Schreibtisch nieder. Eigentlich sollte er an einem Dinner beim Bürgermeister von Carmel teilnehmen. Das würde er streichen, um statt dessen nach Cypress Point zurückzufahren und mit Elizabeth Lange zu sprechen. Ihm schwante, daß sie wußte, weshalb Sammy um halb zehn Uhr abends unbedingt noch einmal ins Büro zurückgehen und was für ein wichtiges Dokument sie dort fotokopieren mußte.

Auf der Fahrt kreisten seine Gedanken um zwei Wörter: Hinuntergestürzt? Hinuntergestoßen? Als der Wagen dann Pebble Beach Lodge passierte, wurde ihm klar, was ihm keine Ruhe gelassen hatte. Es ging um dieselbe Frage, die Ted Winters unter Mordanklage vor Gericht brachte.

10

Craig verbrachte den restlichen Nachmittag damit, in Teds Bungalow die umfangreiche Postsendung zu sichten, die das New Yorker Büro durch Kurier hergeschickt hatte. Mit geübtem Blick überflog er Memos, überprüfte Computer-Tabellen, studierte Diagramme. Je mehr er las, desto mehr umwölkte sich seine Stirn. Diese Gruppe von Eierköpfen, die Ted vor zwei Jahren engagiert hatte, stellte für ihn ein ständiges Ärgernis dar. Wenn es nach denen ginge, würde Ted Hotels auf Raumstationen bauen.

Zumindest waren sie intelligent genug zu erkennen, daß sie Craig nicht länger übergehen konnten. Die Memos und Briefe waren sämtlich an ihn und Ted gemeinsam gerichtet.

Ted kam um fünf zurück. Der Spaziergang hatte ihn offenbar keineswegs ruhiger gemacht. Er war schlecht gelaunt. «Gibt es irgendeinen Grund dafür, daß du nicht bei dir arbeiten kannst?» lautete seine erste Frage.

«Keinen. Es erschien mir nur einfacher, mich hier zu deiner Verfügung zu halten.» Craig deutete auf die Geschäftsunterlagen. «Da wäre einiges durchzusprechen.»

«Interessiert mich nicht. Mach, was du für richtig hältst.»

«Ich halte es für richtig, wenn du deinen Scotch trinkst und ein bißchen lockerer wirst. Und im Interesse von Winters Enterprises halte ich es für richtig, die beiden Armleuchter aus Harvard abzuhalftern. Ihre Spesenabrechnungen sind astronomisch. Das grenzt schon an bewaffneten Bankraub.»

«Ich möchte das jetzt nicht erörtern.»

Bartlett erschien, rosig angehaucht von dem Nachmittag in der

Sonne. Craig sah, wie Ted bei Bartletts heiterer Begrüßung den Mund zusammenkniff. Er kippte den ersten Scotch rasch hinunter und erhob keine Einwände, als Craig nachschenkte.

Bartlett wollte über die Liste diskutieren, auf der Craig ihm die Zeugen für die Verteidigung zusammengestellt hatte. Er las sie Ted vor – ein imposantes Aufgebot an berühmten Namen.

«Da fehlt nur noch der Präsident», bemerkte Ted sarkastisch.

Bartlett fiel darauf herein. «Welcher Präsident?»

«Der Vereinigten Staaten natürlich. Ich gehörte zu seinen Golfpartnern.»

Bartlett schlug achselzuckend den Aktendeckel zu. «Das Arbeitsklima ist momentan offenbar ziemlich ungünstig. Gedenken Sie, auswärts zu essen?»

«Nein, ich gedenke hierzubleiben. Und als nächstes gedenke ich, mich aufs Ohr zu legen.»

Craig und Bartlett verließen den Bungalow gemeinsam. «Ihnen ist doch klar, daß sich das zu einem hoffnungslosen Fall entwickelt», bemerkte Bartlett.

Um halb sieben erhielt Craig einen Anruf von der Detektei, die er mit Ermittlungen über die Augenzeugin Sally Ross beauftragt hatte. «In dem Haus, wo die Ross wohnt, gab's einen ziemlichen Rummel», teilte man ihm mit. «Die Mieterin direkt über ihr hat einen Einbrecher überrascht. Der Kerl wurde geschnappt – ein sauberer Dieb mit 'nem langen Strafregister. Die Ross hat das Haus nicht verlassen.»

Um sieben trafen sich Craig und Bartlett in Teds Bungalow. Ted war nicht anwesend. Sie gingen gemeinsam zum Hauptgebäude.

«Derzeit sind Sie bei Teddy genauso beliebt wie ich», meinte Bartlett.

Craig entgegnete achselzuckend: «Wenn er's an mir auslassen will, von mir aus. In gewisser Weise hab ich ihm das eingebrockt.»

«Wie kommen Sie denn darauf?»

«Ich hab ihn mit Leila bekannt gemacht. Sie war zuerst meine Partnerin.»

Auf der Veranda wurden sie mit dem neuesten Witz begrüßt: Für viertausend Dollar wöchentlich dürfen einige der Becken in Cypress Point Spa benutzt werden. Bei fünftausend sind die inbegriffen, in denen Wasser eingelassen ist.

Während der «Cocktail»-Stunde war von Elizabeth nichts zu sehen. Craig hielt vergebens nach ihr Ausschau. Bartlett gesellte sich zu dem Tennis-Profi und seiner Gespielin. Ted plauderte mit der Gräfin und ihrer Clique; Cheryl hing an seinem Arm. Ein grämlicher Syd stand allein abseits. Craig schlenderte zu ihm hinüber. «Was hat's eigentlich mit diesem sogenannten Beweis auf sich? War Cheryl gestern blau, oder hat sie bloß dummes Zeug geschwatzt, wie üblich?» erkundigte er sich.

Er wußte, daß Syd ihm am liebsten einen Schwinger verpassen würde. Wie all diese Schmarotzer in Teds Umgebung hielt Syd ihn im Hinblick auf Teds Freigebigkeit für eine Art Notbremse. Craig sah sich eher als Torhüter – nur über ihn führte der Weg zum Ziel.

«Ich würde es so sagen – Cheryl hat ihre übliche hervorragende Schau abgezogen», erklärte Syd.

Min und Helmut erschienen erst im Speisesaal, nachdem die Gäste ihre Plätze eingenommen hatten. Wie verhärmt sie aussehen, dachte Craig, wie starr sie lächeln bei ihrer Runde von Tisch zu Tisch. Sie hatten sich dem Kampf gegen Alter, Krankheit und Tod verschrieben, die sie mit allen erdenklichen Mitteln hinausschieben wollten. An diesem Nachmittag nun hatte Sammy den Beweis erbracht, daß dieser Versuch zwecklos war.

Min entschuldigte sich für die Verspätung und setzte sich. Ted ignorierte Cheryl, die seine Hand umklammerte, und fragte: «Wie geht's Elizabeth?»

«Sie nimmt es sehr schwer», antwortete Helmut. «Ich hab ihr ein Beruhigungsmittel verabreicht.»

Hörte Alvirah Meehan denn nie auf, an dieser dämlichen Brosche herumzufummeln, fragte sich Craig. Sie hatte sich zwischen ihm und Ted niedergelassen. Er blickte in die Runde. Min. Helmut. Syd. Cheryl. Bartlett. Ted. Mrs. Meehan. Er selbst. Neben ihm lag noch ein Gedeck. Er erkundigte sich bei Min, wen sie noch erwarte.

«Sheriff Alshorne. Er ist eben noch mal vorbeigekommen. Im Augenblick spricht er mit Elizabeth.» Sie biß sich auf die Lippen. «Bitte. Ich weiß, wie tief uns alle der Verlust von Sammy trifft, aber ich halte es für besser, beim Dinner nicht darüber zu reden.»

«Warum will der Sheriff mit Elizabeth Lange sprechen?» erkundige sich Alvirah Meehan. «Er denkt doch nicht etwa, an dem Tod von Miss Samuels im römischen Bad könnte irgendwas nicht koscher sein, oder?»

Sieben starr blickende Augenpaare verhinderten weitere Fragen. Es gab eine Kaltschale aus Pfirsichen und Erdbeeren, eine Spezialität des Hauses, die Alvirah genüßlich löffelte. Den *Globe* würde es sicher interessieren, daß Ted Winters sich ganz offensichtlich Sorgen wegen Elizabeth machte.

Sie konnte es kaum erwarten, den Sheriff kennenzulernen.

11

Elizabeth stand am Fenster ihres Bungalows und schaute zum Hauptgebäude hinüber, wo die Gäste gerade zum Dinner hineinströmten. Nelly hatte sie weggeschickt. «Sie haben einen langen Tag hinter sich, und ich bin wieder völlig in Ordnung.» Sie hatte sich im Bett aufgesetzt, um Tee und Toast zu sich zu nehmen, anschließend rasch geduscht in der Hoffnung, unter dem eiskalten Wasserstrahl wieder einen klaren Kopf zu bekommen. Die Wirkung des Beruhigungsmittels war noch nicht verflogen, sie fühlte sich groggy.

Ein grobmaschiger naturfarbener Pulli und hellbraune Stretchhosen waren ihre bevorzugte Freizeitkleidung. Barfüßig, das Haar locker hochgebunden, fühlte sie sich darin am wohlsten, war irgendwie ganz sie selbst.

Nun war auch der letzte Gast im Haus verschwunden. Doch da entdeckte sie Scott, der über den Rasen in ihre Richtung ging.

Sie saßen sich gegenüber, leicht vorgebeugt, bemüht, den richtigen Anfang zu finden. Beim Anblick von Scott mit seinen freundlichen, fragenden Augen erinnerte sich Elizabeth an einen Ausspruch von Leila: «Ihn hätte ich gern zum Vater gehabt.» Und Sammy hatte letzte Nacht vorgeschlagen, ihm den anonymen Brief zu bringen.

«Tut mir leid, aber ich konnte nicht bis morgen warten», sagte Scott. «An Sammys Tod gibt es zu viele Dinge, die mir keine Ruhe lassen. Soweit ich bisher erfahren habe, ist Sammy gestern fünf Stunden von Napa Valley mit dem Auto gefahren und gegen zwei angekommen. Sie wurde erst am späten Abend erwartet. Obwohl sie ganz schön müde gewesen sein muß, hat sie nicht mal den Koffer ausgepackt, sondern ist schnurstracks ins Büro gegangen. Sie behauptete, sich nicht wohl zu fühlen und wollte deshalb nicht zum Dinner in den Speisesaal hinunterkommen. Doch das Zimmermädchen berichtete mir, sie hätte ein Tablett mit Essen im Büro stehen gehabt und eifrig Postsäcke durchgesehen. Dann erschien sie bei Ihnen und ging gegen halb zehn. Mittlerweile dürfte sie zum Umfallen müde gewesen sein, trotzdem eilte sie ins Büro zurück und schaltete den Fotokopierer ein. Weshalb?»

Elizabeth stand auf und holte aus dem Koffer im Schlafzimmer Sammys Brief, den sie in New York vorgefunden hatte. Sie zeigte ihn Scott. «Als ich merkte, daß Ted hier ist, wäre ich am liebsten sofort wieder abgereist, aber ich mußte ja auf Sammy warten, um mit ihr darüber zu reden.» Sie berichtete von dem Brief, der aus Sammys Büro gestohlen wurde, und gab ihm die Niederschrift, die Sammy aus dem Gedächtnis angefertigt hatte. «Das hier ist der ziemlich genaue Wortlaut.»

Tränen stiegen ihr in die Augen, als sie diese gestochene Schrift sah. «Gestern abend fand sie in einem der Säcke einen weiteren anonymen Brief. Sie wollte ihn für mich fotokopieren, und das Original sollten dann Sie bekommen. Ich hab den Inhalt nach dem Gedächtnis niedergeschrieben. Wir hatten gehofft, anhand des Originals könnte man Rückschlüsse auf den Absender ziehen. Für den Schriftsatz der verschiedenen Zeitungen und Zeitschriften gibt es doch einen Code, nicht wahr?»

«Ja.» Scott las den Text der beiden Briefe mehrmals. «Eine üble Geschichte.»

«Jemand versuchte systematisch, Leila kaputtzumachen», sagte Elizabeth. «Irgend jemand will verhindern, daß diese Briefe gefunden werden. Irgend jemand hat gestern einen von Sammys Schreibtisch genommen und den anderen vielleicht von Sammys Leiche gestern nacht.»

«Wollen Sie damit sagen, Sammy könnte ermordet worden sein?»

Elizabeth zuckte zusammen, sah ihn dann gerade an. «Das kann ich einfach nicht beantworten. Ich weiß mit Sicherheit, daß jemand wegen dieser Briefe in Panik geraten ist und sie unbedingt zurückhaben wollte. Ich weiß, daß mit einer ganzen Serie solcher Briefe Leilas Verhalten zu erklären wäre. Diese Briefe führten den Streit mit Ted herbei, und diese Briefe haben etwas mit Sammys Tod zu tun. Ich werde herausfinden, wer sie geschrieben hat, das schwöre ich Ihnen, Scott. Mag sein, daß eine strafrechtliche Verfolgung nicht möglich ist, aber es muß einen Weg geben, den Betreffenden dafür zahlen zu lassen. Diese Person stand Leila sehr nahe, ich habe da einen bestimmten Verdacht!»

Nach fünfzehn Minuten ging Scott, die Niederschriften der beiden anonymen Briefe in der Tasche. Elizabeth hielt Cheryl für die Verfasserin. Das klang plausibel. Cheryl war eine solche Infamie zuzutrauen. Vorher machte er noch einen Umweg zum rechten Flügel des Hauptgebäudes. Dort oben war das Fenster, an dem Sammy gestanden hatte, als sie den Fotokopierer einschaltete. Falls nun jemand auf der Treppe zum römischen Bad sie heruntergewinkt hätte...

Durchaus möglich. Aber natürlich wäre Sammy einer solchen Aufforderung nur gefolgt, wenn es sich um jemand handelte, den sie kannte. Und dem sie vertraute.

Die anderen waren bereits beim Haupteingang, als Scott zu ihnen stieß. Der freie Stuhl befand sich zwischen Min und einer Frau, die als Alvirah Meehan vorgestellt wurde. Scott ergriff die Initiative und begrüßte Ted. Ihm entging nicht, wie Cheryl sich um Ted bemühte, wie sie immer wieder den körperlichen Kontakt suchte. Kein Wunder, wenn sich die Frauen um einen so außergewöhnlichen Mann rissen, wenn ihnen jedes Mittel recht war, ihn einer anderen auszuspannen...

Scott bediente sich von den Lammkoteletts, die der Kellner ihm auf einer Silberplatte servierte.

«Sie sind köstlich», tuschelte ihm Alvirah Meehan zu. «Bei den winzigen Portionen können die hier nie pleite gehen, aber ich versichere Ihnen, hinterher haben Sie das Gefühl, Sie hätten 'ne Riesenmahlzeit verputzt.»

Alvirah Meehan. Natürlich. In der *Monterey Review* hatte Scott über die Frau mit dem Lotteriegewinn von vierzig Millionen Dollar gelesen, die sich mit dem Aufenthalt in Cypress Point Spa einen lebenslangen Wunschtraum verwirklichen wollte. «Gefällt es Ihnen hier, Mrs. Meehan?»

Alvirah strahlte. «Und wie. Alle sind so reizend und so freundlich zu mir.» Ihr Lächeln galt der ganzen Tischrunde. Min und Helmut bemühten sich, es zu erwidern. «Bei den Anwendungen kommen Sie sich wie eine Prinzessin vor. Die Diätberaterin meint, in zwei Wochen könnte ich spielend fünf Pfund abnehmen. Morgen kriege ich Kollagen gegen die Falten um den Mund. Ich hab 'ne Mordsangst vor Spritzen, aber Baron von Schreiber gibt mir was für die Nerven. Bei der Abreise werde ich mich wie neugeboren fühlen... Wie ein Schmetterling, der auf einer Wolke dahinsegelt.» Sie wies auf Helmut. «Das hat der Baron geschrieben. Ist er nicht ein richtiger Dichter?»

Alvirah merkte, daß sie zuviel redete. Sie hatte ein schlechtes Gewissen wegen ihrer Spitzelrolle als Reporterin und deshalb das Bedürfnis, über jeden hier etwas Nettes zu sagen. Doch jetzt sollte sie besser den Mund halten und aufpassen, ob der Sheriff sich zu Dora Samuels' Tod äußern würde. Zu ihrer Enttäuschung kam dieses Thema überhaupt nicht auf. Erst bei der Vanillemousse fragte der Sheriff nicht von ungefähr: «Sie sind doch alle in den nächsten paar Tagen hier erreichbar? Oder gedenkt jemand abzureisen?»

«Unsere Pläne stehen noch nicht fest», erklärte Syd. «Cheryl muß vielleicht kurzfristig zurück nach Beverly Hills.»

«Ich halte es für ratsam, wenn sie sich bei mir meldet, bevor sie nach Beverly Hills oder sonstwohin fährt», sagte Scott liebenswürdig. «Ach, übrigens, Baron – die Säcke mit Leilas Fanpost, die nehme ich mit.»

Er legte den Löffel hin und schob seinen Stuhl zurück. «Schon merkwürdig, aber ich hab so eine Ahnung, als ob jemand in dieser Runde, Mrs. Meehan ausgenommen, ein paar ganz üble Briefe an Leila LaSalle geschrieben haben könnte. Ich bin richtig versessen darauf, herauszufinden, wer das wohl gewesen sein mag.»

Zu Syds Entsetzen richtete sich Scotts stahlharter Blick unverwandt auf Cheryl.

12

Es war kurz vor zehn, als sie endlich in ihrer Wohnung unter sich waren. Min hatte den ganzen Tag mit sich gerungen, ob sie Helmut mit dem Beweis konfrontieren sollte, daß er in der Nacht von Leilas Tod in New York gewesen war. Wenn sie es tat, zwang sie ihn zuzugeben, daß etwas zwischen ihm und Leila bestanden hatte. Wie töricht von ihm, den Nachweis für das Telefongespräch nicht zu vernichten.

Er ging unverzüglich in seinen Ankleideraum, und kurz darauf hörte sie die Dusche in seinem Badezimmer. Als er zurückkam, erwartete sie ihn in einem der tiefen Armsessel vor dem Kamin. Unbeteiligt musterte sie ihn: tadellos frisiert wie für einen offiziellen Empfang, maßgefertigter seidener Morgenmantel, kerzengerade Haltung, die ihn größer als seine einsfünfundsiebzig erscheinen ließ.

Er machte sich einen Scotch mit Soda zurecht und schenkte für sie, ohne zu fragen, einen Sherry ein. «Das war ein schwerer Tag, Minna. Du bist gut damit fertig geworden.» Sie blieb stumm, und endlich schien ihm diese ungewohnte Schweigsamkeit aufzufallen. «Dieser Raum hat eine so beruhigende Wirkung», bemerkte er. «Bist du nicht froh, daß du mir die Farbenzusammenstellung überlassen hast? Sie paßt zu dir. Starke, schöne Farben für eine ebenso starke wie schöne Frau.»

«Ich würde dieses Pfirsichrosa nicht gerade zu den kräftigen Farben rechnen.»

«In der Verbindung mit Dunkelblau wird es dazu. Wie ich, Minna. Ich werde stark, weil ich bei dir bin.»

«Wozu dann dies?» Sie zog die Telefonabrechnung aus der Tasche und sah, wie sich erst Bestürzung, dann Furcht in seinem Gesicht malte. «Warum hast du mich belogen? Du warst in jener Nacht in New York. Warst du bei Leila? Bist du zu ihr gegangen?»

Er seufzte. «Ich bin froh, daß du es herausgefunden hast, Minna. Ich wollte es dir so gern erzählen.»

«Dann tu's jetzt. Du warst in Leila verliebt. Du hattest ein Verhältnis mit ihr.»

«Nein, ich schwör's dir.»

«Du lügst.»

«Das ist die reine Wahrheit, Minna. Ja, ich bin dort gewesen – als Freund – als Arzt. Das war um halb zehn. Die Wohnungstür stand einen Spalt breit offen. Ich konnte Leilas hysterische Stimme hören. Ted schrie sie an, sie solle den Hörer auflegen. Sie brüllte zurück. Der Fahrstuhl kam. Ich wollte nicht gesehen werden. Du kennst doch die Ecke in der Halle, hinter der hab ich mich versteckt...»

Helmut sank Min zu Füßen. «Es hat mich fast umgebracht, dir das nicht zu sagen, Minna. Ted hat sie hinuntergestoßen, Minna. Ich hörte sie schreien. *Nicht! Nicht doch!* Und dann ihr Angstschrei, als sie hinunterstürzte.»

Min erbleichte. «Wer kam aus dem Fahrstuhl? Hat dich jemand gesehen?»

«Keine Ahnung. Ich bin über die Feuertreppe nach unten gerannt.»

Dann verlor er die Fassung, beugte sich vor, barg den Kopf in den Händen und begann zu weinen.

Mittwoch, 2. September 1987

Guten Morgen, hochgeschätzter Gast
Fühlen Sie sich heute früh ein wenig unlustig? Keine Bange.
Nach ein paar Tagen läßt die Anspannung nach, und wir alle
verfallen in einen köstlichen, gelösten Zustand und finden, wir
sollten vielleicht gerade an diesem Morgen einfach im Bett liegen-
bleiben.

Nichts da! Wir winken Ihnen aufmunternd zu, uns zu begleiten
auf diesem wunderbaren, belebenden Morgenspaziergang durch
unser herrliches Gelände und an der Küste entlang. Sie werden es
nicht bereuen. Vielleicht wissen Sie ja bereits aus Erfahrung, wieviel Freude die Begegnung mit neuen Freunden, das Wiedersehen
mit alten im hellen Sonnenschein macht.

Ein zarter Hinweis: Alle Gäste, die in einem der Becken allein
schwimmen, müssen unbedingt die vorschriftsmäßige Trillerpfeife
tragen. Obwohl sie bisher noch nie gebraucht wurde, halten wir
diese Sicherheitsmaßnahme für unerläßlich. Schauen Sie in den
Spiegel. Beginnen nicht all die Schönheitsbehandlungen und das
Fitneßtraining Wirkung zu zeigen? Leuchten Ihre Augen nicht
heller, strahlender? Hat sich Ihre Haut nicht gestrafft? Wird das
nicht ein Vergnügen sein, wenn Sie Ihren Angehörigen und Freunden dieses neue Ich präsentieren können?

Und noch ein Gedanke zum Abschluß. Alle Sorgen, die Sie
hierher mitgebracht haben, sollten mittlerweile vergessen sein.
Seien Sie positiv.

Baron und Baronin von Schreiber

I

Um sechs Uhr klingelte Elizabeths Telefon. Schlaftrunken griff sie
nach dem Hörer. Ihre Lider waren schwer. Die Nachwirkungen des
Beruhigungsmittels machten es ihr unmöglich, klar zu denken.

Es war William Murphy, der Staatsanwalt aus New York. Bei
seinen ersten Worten wurde sie mit einem Schlag hellwach. «Ich war
der Meinung, Miss Lange, Sie wollten den Mörder Ihrer Schwester

277

verurteilt sehen.» Ohne eine Antwort abzuwarten, fuhr er hastig fort. «Könnten Sie mir wohl bitte erklären, wieso Sie sich am gleichen Ort aufhalten wie Ted Winters?»

Elizabeth rappelte sich hoch und schwang die Beine aus dem Bett. «Ich hatte keine Ahnung, daß er hier sein würde. Ich bin ihm nicht in die Nähe gekommen.»

«Das mag ja stimmen, aber sobald Sie ihn sahen, hätten Sie das nächste Flugzeug nach New York nehmen müssen. Schauen Sie sich mal den heutigen *Globe* an. Die bringen ein Foto von Ihnen beiden Arm in Arm.»

«Ich war nie –»

«Es stammt von der Trauerfeier, aber die Art, wie Sie einander ansehen, läßt allerhand Rückschlüsse zu. Reisen Sie jetzt sofort ab! Und was ist das für eine Geschichte mit der Sekretärin Ihrer Schwester?»

«Sie ist der Grund dafür, daß ich hier nicht wegkann.» Sie berichtete von den Briefen, von Sammys Tod. «Ich gehe Ted aus dem Weg», versprach sie, «aber ich bleibe bis morgen hier, wie ursprünglich geplant. Das läßt mir zwei Tage, den Brief zu finden, den Dora bei sich trug, oder festzustellen, wer ihn ihr gestohlen hat.»

Sie ließ sich nicht umstimmen, und schließlich legte Murphy auf, nicht ohne einen letzten Knalleffekt. «Sollte der Mörder Ihrer Schwester freigesprochen werden, haben Sie den Grund bei sich selbst zu suchen.» Er hielt inne. «Und wie ich Ihnen schon sagte: *Seien Sie vorsichtig!*»

Sie joggte nach Carmel. Dort gab es die New Yorker Zeitungen an den Kiosken. Es war wieder ein prachtvoller Spätsommertag. Glänzende Limousinen und Mercedes-Kabrioletts folgten einander auf der Straße zum Golfplatz. Andere Jogger winkten ihr freundlich zu. Ein herrlicher Tag, wie geschaffen, sich seines Lebens zu freuen, dachte Elizabeth. Bei dem Gedanken an Sammys starren Körper im Leichenschauhaus erschauerte sie.

Während sie auf der Ocean Avenue Kaffee trank, las sie den *Globe*. Jemand hatte das Foto am Schluß der Trauerfeier geschossen. Sie hatte angefangen zu weinen. Ted stand neben ihr, hatte den Arm um sie gelegt und sie zu sich herumgedreht. Sie verdrängte die Erinnerung daran, wie geborgen sie sich in seinen Armen gefühlt hatte.

Verzweifelte Selbstvorwürfe quälten sie, sie legte Geld auf den Tisch und verließ fluchtartig das Lokal. Auf dem Weg nach draußen warf sie die Zeitung in einen Papierkorb. Wer in Cypress Point hat wohl dem *Globe* diesen Tip gegeben? Vielleicht jemand vom Personal? Da sickerte zu Mins und Helmuts Verdruß ständig etwas durch. Es hätte auch einer von den Gästen sein können, der für sich selbst die Werbetrommel rühren wollte und im Austausch dafür den Kolumnisten Informationen zuspielte. Es hätte auch Cheryl gewesen sein können.

Als sie in ihren Bungalow zurückkehrte, erwartete sie Scott bereits auf der Veranda. «Sie sind wirklich ein Frühaufsteher», begrüßte sie ihn.

Er hatte tiefe Ringe unter den Augen. «Ich hab letzte Nacht kaum geschlafen. Irgendwas daran, daß Sammy rücklings in dieses Becken gestürzt ist, läßt mir einfach keine Ruhe.»

Elizabeth fuhr zusammen bei dem Gedanken an Sammys blutverklebten Kopf.

«Entschuldigen Sie, tut mir leid», sagte Scott.

«Schon gut. Mir geht's doch ganz genauso. Haben Sie in den Postsäcken noch mehr anonyme Briefe gefunden?»

«Nein. Ich möchte Sie bitten, Sammys persönliche Sachen gemeinsam mit mir durchzugehen. Ich weiß zwar nicht, wonach ich suche, aber vielleicht fällt Ihnen etwas auf, was ich übersehen habe.»

«Geben Sie mir zehn Minuten zum Duschen und Umziehen.»

«Sind Sie auch sicher, daß es Sie nicht zu sehr mitnimmt?»

Elizabeth lehnte sich an das Geländer und fuhr sich mit der Hand durchs Haar. «Hätte sich der Brief bei ihr gefunden, könnte ich ja an irgendeinen Anfall glauben, der Sammy herumirren ließ. Aber so, wo der Brief spurlos verschwunden ist... Scott, wenn jemand ihr einen Stoß versetzt oder sie so erschreckt hat, daß sie zurückwich, dann ist derjenige ein Mörder.»

Die Türen der umliegenden Bungalows öffneten sich. Männer und Frauen in einheitlich elfenbeinfarbenen Veloursbademänteln strebten den Kurmittelhäusern zu. «In einer Viertelstunde fängt der Betrieb an», erklärte Elizabeth. «Massagen, Gesichtsbehandlungen, Dampfbäder und Gott weiß was alles. Ist es nicht unvorstellbar, daß einer von den Leuten, die heute hier verhätschelt werden, Sammy mutterseelenallein in diesem schauerlichen Mausoleum sterben ließ?»

Craigs erster Anruf am frühen Morgen kam von dem Privatdetektiv, der sich eindeutig besorgt anhörte. «Keine weiteren neuen Erkenntnisse über Sally Ross», teilte er mit. «Aber der Dieb, den sie in ihrem Haus erwischt haben, behauptet angeblich, er hätte Informationen über Leila LaSalles Tod. Er versucht, sich mit dem Staatsanwalt zu arrangieren.»

«Um was für eine Art Information handelt es sich? Das könnte doch die Chance sein, auf die wir warten.»

«Mein Gewährsmann teilt diese Auffassung nicht.»

«Was soll das heißen?»

«Der Staatsanwalt ist hocherfreut. Daraus muß man schließen, daß seine Position gestärkt wurde, nicht geschwächt.»

Craig rief Bartlett an und berichtete ihm von dem Gespräch. «Ich lasse das von meinem Büro recherchieren», erklärte der. «Kann sein, daß die was Genaueres rausfinden. Wir müssen abwarten, bis wir wissen, was eigentlich los ist. Inzwischen gedenke ich Sheriff Alshorne aufzusuchen. Ich verlange vollständige Aufklärung über diese ‹anonymen› Briefe, die er erwähnte. Sind Sie sicher, daß Teddy nichts mit einer anderen hatte, einer Frau, die er womöglich schützen will? Ihm scheint nicht klar zu sein, wie sehr das seiner Sache helfen könnte. Vielleicht sollten Sie ihm das nahebringen.»

Syd wollte gerade zur Morgenwanderung aufbrechen, als sein Telefon klingelte. Eine innere Stimme sagte ihm, das müsse Bob Koenig sein. Er irrte sich. Drei endlose Minuten beschwor er einen Kredithai, ihm für die Begleichung seiner restlichen Schulden ein bißchen mehr Zeit einzuräumen. «Wenn Cheryl die Rolle kriegt, kann ich meine Provision beleihen», argumentierte er. «Sie liegt vor Margo Dresher im Rennen, ich schwör's Ihnen... Das hat mir Koenig persönlich gesagt...»

Er saß zitternd auf der Bettkante, als er den Hörer auflegte. Ihm blieb keine Wahl. Er mußte zu Ted gehen und das, was er wußte, benutzen, um das erforderliche Geld zu bekommen.

Die Zeit war abgelaufen.

Sammys Wohnung wirkte irgendwie völlig verändert. Elizabeth erschien es so, als habe Sammys Tod auch jede persönliche Atmosphäre ausgelöscht, die Räume kalt und leblos hinterlassen. «Min hat sich mit Sammys Kusine wegen der Beisetzung verständigt», erklärte Scott.

«Wo ist die Leiche jetzt?»

«Sie wird heute im Leichenschauhaus abgeholt und nach Ohio übergeführt, wo sie im Familiengrab beerdigt werden soll.»

Elizabeth fiel ein, wie stark der Betonstaub Sammys Rock und Strickjacke verschmutzt hatte. «Kann ich Ihnen Kleider für Sammy mitgeben?» fragte sie. «Oder ist es dafür zu spät?»

«Nein, die Zeit reicht noch.»

Das letzte Mal hatte sie Leila diesen Dienst erwiesen. Sammy war ihr beim Aussuchen des Kleides behilflich gewesen, in dem Leila bestattet werden sollte. «Vergessen Sie nicht, der Sargdeckel wird geschlossen», hatte Sammy sie erinnert.

«Darum geht's nicht. Sie kennen doch Leila. Wenn sie sich unpassend angezogen fühlte, verdarb ihr das den ganzen Abend, egal, ob alle anderen sie toll aussehend fanden. Ich möchte nicht, daß sie...»

Sammy hatte verstanden, was sie meinte. Und ihre Wahl war dann auf das grüne Samtkleid mit den Chiffonärmeln gefallen, das Leila bei der Oscar-Verleihung angehabt hatte. Sie waren die einzigen, die sie im Sarg gesehen hatten. Das Bestattungsinstitut hatte vorzügliche Arbeit geleistet, die sichtbaren Verletzungen abgedeckt, das schöne Gesicht makellos wiederhergerichtet; es hatte seltsam friedlich gewirkt, als habe sie endlich Ruhe gefunden. Eine Weile hatten sie stumm dagesessen, in Erinnerungen versunken, Sammy hielt Elizabeths Hand, mahnte sie schließlich, daß es an der Zeit sei, die Fans an der Bahre vorbeidefilieren zu lassen, daß der Sarg noch geschlossen und mit dem von Ted und Elizabeth bestellten Blumenschmuck dekoriert werden müsse.

Elizabeth musterte den Kleiderschrank durch. Scott beobachtete sie. «Das blaue aus Krawattenseide», murmelte sie, «das Leila ihr vor zwei Jahren zum Geburtstag geschenkt hat. Sammy sagte immer, wenn sie in ihrer Jugend solche Kleider gehabt hätte, wäre vielleicht ihr ganzes Leben anders verlaufen.»

Sie packte den kleinen Wochenendkoffer voll mit Unterwäsche, Strümpfen, Schuhen und legte die schlichte Perlenkette dazu, die Sammy stets zu ihren «guten Kleidern» trug. «Wenigstens etwas, das ich für sie tun kann», sagte sie zu Scott. «Als nächstes müssen wir herauskriegen, was ihr zugestoßen ist.»

Sammys Schubladen enthielten nur persönliche Dinge. Im Schreibtisch befanden sich ihr Scheckbuch, Notizblock, Briefpapier. In einem Schrankfach entdeckten sie hinter einem Stapel

Pullover einen zwei Jahre alten Terminkalender und eine gebundene Kopie von *Karussell* von Clayton Anderson.

«Leilas Stück», sagte Elizabeth. «Ich bin nie dazu gekommen, es zu lesen.» Sie schlug es auf und blätterte die Seiten durch. «Sehen Sie, es ist ihr Arbeitsexemplar. Sie machte immer so viele Anmerkungen und Textänderungen, stellte Sätze um, wo es ihr richtig erschien.»

Scott beobachtete, wie Elizabeth liebevoll über die Randnotizen strich. «Wollen Sie's nicht mitnehmen?» fragte er.

«Sehr gern.»

Er öffnete den Terminkalender. Die Eintragungen wiesen die gleiche verschnörkelte Handschrift auf. «Der gehörte also auch Leila.» Nach dem 31. März gab es keinerlei Eintragungen mehr. Auf diese Seite hatte Leila in Druckbuchstaben gemalt: ERÖFFNUNGSVORSTELLUNG! Scott blätterte zurück. Unter den meisten davorliegenden Daten fand sich lediglich der Vermerk *Probe,* jeweils säuberlich durchgestrichen.

Außerdem waren verschiedene andere Termine eingetragen: Friseur, Anproben, Besuch bei Sammy im Mount-Sinai-Krankenhaus, Blumen an Sammy schicken lassen, PR-Auftritte. In den letzten sechs Wochen waren diese Termine vermehrt gestrichen worden. Es gab auch Notizen dieser Art: Spatz, L. A.; Ted, Budapest; Spatz, Montreal; Ted, Bonn... «Sie scheint die Reiserouten von Ihnen beiden ständig vor sich gehabt zu haben.»

«Stimmt. So wußte sie immer, wo sie uns erreichen konnte.»

Scott verweilte bei einer Seite. «An dem Abend wart ihr zwei in derselben Stadt.» Er blätterte langsamer weiter. «Ted ist offenbar ziemlich regelmäßig in den Städten aufgekreuzt, wo Sie gastiert haben.»

«Ja. Nach der Vorstellung sind wir essen gegangen und haben Leila angerufen.»

Scott betrachtete Elizabeth forschend. Ganz kurz war ein anderer Ausdruck über ihr Gesicht geglitten. War es möglich, daß Elizabeth sich in Ted verliebt hatte und das nicht wahrhaben wollte? Und wäre es in dem Fall denkbar, daß ein Schuldgefühl sie unbewußt verlangen ließ, Ted für Leilas Tod zu bestrafen und damit gleichzeitig sich selbst? Er versuchte, diesen beunruhigenden Gedanken schleunigst abzuschütteln. «Dieser Terminkalender ist höchstwahrscheinlich völlig belanglos für den Fall, trotzdem sollte ihn der Staatsanwalt in New York bekommen.»

«Warum?»

«Kein spezieller Grund. Aber er könnte immerhin als Beweisstück gelten.»

Weiter fand sich nichts mehr in Sammys Wohnung. «Ich mache Ihnen einen Vorschlag», sagte Scott. «Sie gehen jetzt rüber und spulen Ihr Tagesprogramm ab. In der Fanpost gab es keine anonymen Briefe mehr, das hab ich Ihnen ja schon erzählt. Meine Leute haben sie vergangene Nacht gründlichst durchsiebt. Unsere Chance, den Absender ausfindig zu machen, ist verschwindend klein. Ich rede nachher mit Cheryl, aber sie ist ziemlich ausgekocht. Ich glaube nicht, daß sie sich eine Blöße gibt.»

Gemeinsam durchquerten sie den langen Korridor, der zum Hauptgebäude führte. «Sammys Büroschreibtisch haben Sie nicht durchgesehen, oder?» fragte Scott.

«Nein.» Elizabeth merkte, wie fest sie das Manuskript umklammerte. Sie hatte den zwanghaften Wunsch, es zu lesen. Sie kannte es nur aus dieser einen grauenhaften Aufführung. Dem Vernehmen nach sollte die Rolle Leila auf den Leib geschrieben sein. Nun wollte sie sich selbst ein Urteil bilden. Widerstrebend begleitete sie Scott zum Büro – ein weiterer Ort, den sie lieber gemieden hätte.

Helmut und Min waren in ihrem Privatbüro. Die Tür stand offen. Henry Bartlett und Craig waren bei ihnen. Bartlett verlangte unverzüglich eine Erklärung zu den anonymen Briefen. «Sie könnten sich für die Verteidigung meines Mandanten sehr wohl als relevant erweisen», betonte er. «Wir haben ein Recht auf umfassende Information.»

Elizabeth beobachtete Bartlett, während er Scotts Ausführungen folgte. Sein Gesichtsausdruck verriet gespannte Aufmerksamkeit, die Züge traten schärfer hervor, die Augen blickten hart, unerbittlich. Dies war also der Mann, der sie vor Gericht ins Kreuzverhör nehmen würde. Er glich einem Raubtier, das auf Beute lauerte.

«Lassen Sie mich dies klarstellen», sagte Bartlett. «Miss Lange und Miss Samuels waren sich einig, daß Leila LaSalle zutiefst verstört gewesen sein könnte durch anonyme Briefe, in denen stand, daß Ted Winters sich für eine andere interessierte. Und eben diese Briefe sind jetzt spurlos verschwunden? Am Montagabend schrieb Miss Samuels den ersten Brief nach dem Gedächtnis nieder? Miss Lange hat eine Niederschrift des zweiten angefertigt? Ich verlange Kopien.»

«Ich sehe keinen Grund, Ihnen das zu verweigern», entgegnete Scott. Er legte Leilas Terminkalender auf Mins Schreibtisch. «Ach ja, der Ordnung halber – dies schicke ich ebenfalls nach New York. Es ist Leilas Kalender für die letzten drei Monate ihres Lebens.» Ohne um Erlaubnis zu bitten, griff Henry Bartlett danach. Elizabeth wartete vergebens auf Scotts Protest. Bartlett in Leilas persönlichen Notizen herumblättern zu sehen, empfand sie als unbefugtes Eindringen. Was ging ihn das an? Sie warf Scott einen wütenden Blick zu, den er gleichgültig erwiderte. Er versucht, mich auf die kommende Woche vorzubereiten, dachte sie bekümmert, vielleicht sollte ich ihm dafür sogar dankbar sein. Nächste Woche würde alles, was Leila ausmachte, zwölf Menschen zur kritischen Begutachtung vorgelegt; ihre eigene Beziehung zu Leila, zu Ted – nichts bliebe verborgen, kein Privatbereich ausgespart. «Ich gehe Sammys Schreibtisch durchsuchen», sagte sie unvermittelt.

Sie deponierte das Skript, das sie immer noch in der Hand hielt, auf Sammys Schreibtisch und sah rasch die Schubladen durch. Sie enthielten absolut nichts Persönliches, nur die üblichen Büroutensilien.

Min und der Baron waren ihr gefolgt und standen jetzt vor dem Schreibtisch, starrten beide gebannt auf den Ledereinband mit der Aufschrift *Karussell*.

«Leilas Stück?» erkundigte sich Min.

«Ja. Sammy hat Leilas Arbeitsexemplar aufgehoben. Ich nehme es jetzt an mich.»

Craig, Bartlett und der Sheriff kamen aus dem Privatbüro. Henry Bartlett lächelte – ein selbstzufriedenes, überhebliches, eisiges Lächeln. «Miss Lange, Sie waren uns heute eine große Hilfe. Doch ich sollte Sie wohl darauf hinweisen, daß die Geschworenen sich kaum mit der Tatsache befreunden werden, daß Sie Ted Winters aus verschmähter Liebe durch dieses Fegefeuer getrieben haben.»

Elizabeth erhob sich, bleich bis an die Lippen. «Wovon reden Sie eigentlich?»

«Ich rede von der Tatsache, daß Ihre Schwester mit eigener Hand den Zusammenhang hergestellt hat, als Sie und Ted sich so häufig ‹zufällig› in der gleichen Stadt aufhielten. Ich rede von der Tatsache, daß jemand anders ebenfalls diesen Zusammenhang herstellte und sie mit jenen Briefen zu warnen versuchte. Ich rede von Ihrem Gesichtsausdruck, als Ted Sie bei der Trauerfeier in die Arme nahm. Sie haben doch bestimmt die Morgenzeitung heute gesehen. Offenbar nehmen Sie das ernst, was für Ted ein kleiner Flirt war, und als er Sie fallenließ, entdeckten Sie einen Weg, sich zu rächen.»

«Sie gemeiner, niederträchtiger Lügner!» Elizabeth merkte erst, als es gegen Henry Bartletts Brust prallte, daß sie das Skript nach ihm geworfen hatte.

Er quittierte es mit unbeteiligter, eigentlich sogar erfreuter Miene. Er hob das Skript auf und gab es ihr zurück. «Tun Sie mir einen Gefallen, Kindchen, und legen Sie nächste Woche vor den Geschworenen einen ebensolchen Ausbruch hin, und sie werden Ted garantiert freisprechen.»

2

Während Craig und Bartlett den Sheriff aufsuchten, trainierte Ted in der Sporthalle. Jedes Gerät, an dem er sich ausarbeitete, schien seine eigene Situation widerzuspiegeln. Das Ruderboot, das nirgendwohin fuhr, das Fahrrad, das sich nicht vom Fleck rührte, auch wenn er noch so wütend in die Pedale trat. Äußerlich ließ er sich nichts anmerken, sondern tauschte sogar ein paar Scherzworte mit einigen Anwesenden – dem Vorstand der Chicagoer Börse, dem Präsidenten von Atlantic Banks, einem pensionierten Admiral.

Bei allen spürte er eine gewisse Vorsicht; sie wußten nicht recht, was sie sagen sollten, scheuten sich, ihm «viel Glück» zu wünschen. Es war leichter für sie – und für ihn –, wenn sie die Geräte betätigten und sich ganz auf das Muskeltraining konzentrierten.

Gefängnishaft machte schlapp, kraftlos. Zuwenig körperliche Bewegung. Stumpfsinn. Fahle Haut. Ted betrachtete seinen sonnengebräunten Körper. Hinter Gittern würde das nicht lange vorhalten...

Um zehn war er mit Craig und Bartlett in seinem Bungalow verabredet. Statt dessen schwamm er im Innenbecken. Das 50-Meter-Becken wäre ihm zwar lieber gewesen, doch dort bestand immer die Möglichkeit, Elizabeth zu begegnen. Ihr wollte er keinesfalls in die Arme laufen.

Nach ungefähr zehn Runden entdeckte er Syd, der am entgegengesetzten Beckenrand ins Wasser sprang. Zwischen ihnen lagen sechs Bahnen, und Ted achtete nach kurzem Zuwinken nicht weiter auf Syd. Doch als nach zwanzig Minuten die drei Schwimmer zwischen ihnen gegangen waren, stellte er überrascht fest, daß Syd mit ihm gleichauf lag. Er hatte einen beachtlichen Rückenschlag und durchmaß das Becken präzise und zügig. Auf Teds Versuch, ihn zu schlagen, reagierte Syd prompt. Nach sechs Runden endete es mit einem toten Rennen.

Gleichzeitig stiegen sie aus dem Wasser. Syd schlang sich ein Handtuch um die Schultern und ging auf ihn zu. «Prima Training. Du bist gut in Form.»

«Kein Wunder. Immerhin bin ich auf Hawaii täglich geschwommen, und das fast anderthalb Jahre hindurch.»

«Das Becken in meinem Club kann zwar mit Hawaii nicht konkurrieren, aber es hält mich immerhin fit.» Syd blickte sich um. «Ich muß mit dir unter vier Augen reden, Ted.»

Sie gingen auf die andere Seite hinüber. Dort waren sie außer Hörweite der drei neuen Schwimmer im Becken. Ted beobachtete Syd, der sich mit dem Handtuch das dunkelbraune Haar trockenrieb, und stellte fest, daß die Brusthaare bereits völlig grau waren. Das kommt als nächstes, überlegte er. Ich werde im Gefängnis alt und grau.

Syd machte keine Umschweife. «Ich sitze in der Patsche, Ted. Es gibt große Scherereien mit Kerlen, die vor nichts zurückschrecken. Angefangen hat das Ganze mit dem verdammten Theaterstück. Ich hab mir zuviel gepumpt. Dachte, ich könnt's irgendwie hinkriegen. Wenn Cheryl die Rolle bekommt, geht's wieder aufwärts mit mir. Aber ich kann die Leute nicht länger hinhalten. Ich brauche ein Darlehen, Ted, und wenn ich sage Darlehen, meine ich es auch so. Aber ich brauche es sofort.»

«Wieviel?»

«Sechshunderttausend Dollar. Für dich ist das ein Klacks, Ted, und es handelt sich um ein Darlehen. Aber du bist es mir schuldig.»

«Ich schulde es dir?»

Syd schaute sich um und trat noch näher heran, so daß er Ted ins Ohr flüstern konnte. «Ich hätte nie davon gesprochen... mit keiner Silbe erwähnt, daß ich weiß... Aber ich hab dich damals in jener Nacht gesehen, Ted. Du bist an mir vorbeigerannt, einen Block von Leilas Apartment entfernt. Dein Gesicht blutete, deine Hände waren zerkratzt. Du warst im Schock. Du erinnerst dich nicht daran, oder? Du hast mich nicht mal gehört, als ich dich rief. Du bist einfach weitergerannt.» Syds Stimme wurde noch leiser. «Ich hab dich eingeholt, Ted, und gefragt, was denn passiert ist. Und du hast mir erzählt, daß Leila tot sei, daß sie von der Terrasse gestürzt ist. Und dann, Ted, dann hast du zu mir gesagt... bei Gott, ich schwör's... du hast zu mir gesagt: ‹Mein Vater hat sie hinuntergestoßen, mein Vater hat sie hinuntergestoßen.› Wie ein kleines Kind hast du versucht, einem andern die Schuld zuzuschieben für das, was du getan hast. Du hast dich sogar angehört wie ein kleiner Junge.» Ted drehte es den Magen um. «Ich glaube dir nicht.» «Wozu sollte ich lügen? Du bist auf die Straße gelaufen, Ted. Ein Taxi kam vorbei. Du wolltest es anhalten und wärst um ein Haar überfahren worden. Frag den Chauffeur, der dich nach Connecticut gebracht hat. Er ist doch als Zeuge geladen, nicht wahr? Frag ihn, ob er dich nicht beinahe erfaßt hätte. Ich bin dein Freund, Ted. Ich weiß, wie dir zumute war, als Leila im *Elaine* verrückt spielte. Ich weiß ja, wie mir zumute war. Ich war so wütend, daß ich sie selber hätte umbringen können. Hab ich das je dir gegenüber erwähnt? Kein Mensch hat je ein Wort davon erfahren und würde es auch jetzt nicht – außer ich werde zur Verzweiflung getrieben. Du mußt mir helfen! Wenn ich das Geld nicht binnen achtundvierzig Stunden beschaffe – bin ich erledigt.»

«Du bekommst das Geld.»

«Herrje, Ted, ich hab's ja gewußt, daß ich mich auf dich verlassen kann. Ich danke dir, Ted!» Er legte ihm die Hand auf die Schulter.

«Scher dich fort!» Es war fast ein Aufschrei. Die Schwimmer sahen neugierig zu ihnen hinüber. Ted schüttelte Syd ab, ergriff sein Handtuch und verließ fluchtartig die Schwimmhalle.

3

Scott befragte Cheryl in ihrem Bungalow. Für die Ausstattung war hier ein extravaganter gelb-grün-weiß gemusterter Dekorationsstoff verwendet worden, dazu weiße Spannteppiche und weiße Wände. Scott spürte den dicken Teppichboden unter den Füßen. Reine Wolle. Spitzenqualität. Sechzig... siebzig Dollar der Meter? Kein Wunder, wenn Min so gequält dreinblickte! Scott wußte genau, wieviel ihr der alte Samuel hinterlassen hatte. Nach dem, was sie hier reingebuttert hatte, konnte nicht mehr viel übrig sein...

Cheryl war nicht gerade beglückt, daß man sie wegen dieses Treffens überall ausgerufen hatte. Sie trug ihre eigene Variante des Standard-Badeanzugs: ein winziges Gebilde, das knapp die Brüste bedeckte und die Lenden bis zu den Hüftknochen freiließ. Den Bademantel hatte sie um die Schultern gehängt. «In zehn Minuten muß ich im Gymnastikkurs sein», teilte sie ihm ungeduldig mit.

«Nun, hoffen wir, daß Sie's schaffen.» Seine Abneigung gegen Cheryl wuchs und schnürte ihm fast die Kehle zu. «Mit ein paar klaren, offenen Antworten können Sie Ihre Chancen erheblich verbessern. Zum Beispiel: Haben Sie Leila vor ihrem Tod etliche bösartige Briefe geschickt?»

Wie er vorausgesehen hatte, verlief die Befragung zunächst ergebnislos. Cheryl manövrierte geschickt. Anonyme Briefe? Was hätte sie für ein Interesse daran? Ted und Leila auseinanderdividieren? Wozu? Selbst wenn die beiden schließlich doch geheiratet hätten, wäre das nicht von Dauer gewesen. Es lag nicht in Leilas Natur, bei einem Mann zu bleiben. Sie mußte den Männern weh tun, bevor sie ihr weh taten. Das Theaterstück? Sie hatte keinen blassen Schimmer, wie die Proben gelaufen waren. Offen gestanden, interessierte sie sich damals auch nicht besonders dafür.

Schließlich reichte es Scott. «Hören Sie mal zu, Cheryl, es wäre besser, wenn Sie sich folgendes klarmachen. Ich gebe mich nicht zufrieden mit dem Befund, daß Sammy eines natürlichen Todes gestorben sein soll. Der zweite anonyme Brief, den sie bei sich trug, ist verschwunden.

Sie sind an Sammys Schreibtisch gewesen. Sie haben eine Rechnung mit dem Vermerk ‹Bezahlt› dort deponiert. Auf dem Schreibtisch lag ein anonymer Brief zusammen mit Fanpost. Und dann war er einfach weg. Zugegeben, es kann auch jemand anders so leise in die Rezeption gekommen sein, daß weder Min noch der Baron noch Sammy ihn gehört haben, obwohl die Tür offenstand. Doch das ist ein bißchen unwahrscheinlich, finden Sie nicht?» Er unterschlug wohlweislich, daß Min ebenso wie der Baron Zugang zum Schreibtisch gehabt hatten in Sammys Abwesenheit. Mit Genugtuung nahm er Cheryls leicht alarmierten Augenausdruck wahr. Sie fuhr sich nervös mit der Zunge über die Lippen.

«Sie meinen doch nicht etwa, ich hätte irgendwas mit Sammys Tod zu tun?»

«Ich meine, daß Sie den ersten Brief von Sammys Schreibtisch weggenommen haben, und den verlange ich auf der Stelle zurück. Es handelt sich um belastendes Material in einem Mordprozeß.»

Sie schaute weg. Ihr Gesichtsausdruck verriet unverhüllte Panik. Scott folgte ihrem Blick und entdeckte unter der Wandleiste einen verkohlten Papierkringel. Cheryl sprang auf, um ihn hervorzuholen, doch Scott war schneller.

Auf den Papierfetzen waren drei aufgeklebte Wörter erkennbar:

«Ihren Text lernen.» Scott verstaute den Schnipsel sorgfältig in seiner Brieftasche. «Sie haben also diesen Brief gestohlen. Die Vernichtung von Beweismaterial stellt eine strafbare Handlung dar, auf die Gefängnis steht. Was ist mit dem zweiten Brief? Mit dem, den Sammy bei sich trug? Haben Sie den auch vernichtet? Und wie sind Sie da rangekommen? Sie besorgen sich besser einen Anwalt, Lady.»

Cheryl packte seinen Arm. «Mein Gott, Scott, bitte! Ich schwöre, daß ich diese Briefe nicht verfaßt habe. Ich schwöre, daß ich Sammy nur in Mins Büro gesehen habe, sonst nicht. Nun gut, ich hab den Brief von Sammys Schreibtisch genommen. Ich dachte, vielleicht könnte er Ted helfen. Ich zeigte ihn Syd. Er sagte, die Leute würden denken, ich hätte ihn geschrieben. Er hat ihn zerrissen, nicht ich. Das ist alles, was ich weiß, ich schwör's.» Tränen rannen ihr über die Wangen. «Wenn davon auch nur das Geringste an die Öffentlichkeit dringt, Scott, könnte das meine Aussichten auf die Amanda ruinieren. Bitte, Scott...»

Scott hörte sich verächtlich erwidern: «Mir ist es wirklich vollkommen gleichgültig, wie sich Publizität auf Ihre Karriere auswirkt, Cheryl. Wie wär's, wenn wir eine Abmachung treffen? Ich nehme von Ihrer offiziellen Vernehmung Abstand, und Sie denken scharf nach. Wer weiß, vielleicht wird Ihr Gedächtnis plötzlich besser. In Ihrem Interesse hoffe ich es.»

4

Vor Erleichterung wie betäubt machte sich Syd auf den Rückweg. Ted würde ihm das Geld leihen. Im letzten Moment hatte er der Versuchung widerstanden, seiner Schilderung einen zusätzlichen dramatischen Effekt zu verleihen und zu behaupten, Ted habe zugegeben, daß er Leila getötet hatte, sondern Ted genau zitiert. Was der in jener Nacht über seinen Vater zusammengefaselt hatte, war schaurig genug. Wenn er daran dachte, wie er hinter Ted hergelaufen war, krampfte sich auch jetzt noch alles in ihm schmerzhaft zusammen. Daß Ted sich in einer Art psychotischem Zustand befand, war sofort offensichtlich. Nach Leilas Tod hatte er abgewartet, ob Ted ihn über diese Begegnung ausfragen würde. Seine Reaktion heute bewies, daß er keinerlei Erinnerung daran hatte.

Er überquerte den Rasen, vermied absichtlich die Fußwege. Er wollte mit niemandem reden. Am Vortag waren einige neue Gäste eingetroffen, einen davon erkannte er wieder: ein junger Schauspieler, der seine Fotos in der Agentur hinterlassen hatte und unentwegt anrief. Welches von den alten Weibern hier mochte ihn wohl aushalten? Ausgerechnet heute wollte Syd keinesfalls seine Zeit damit verplempern, Möchtegernklienten mit irgendwelchen faulen Ausreden abzuwimmeln.

In seinem Quartier angelangt, machte er sich als erstes einen Drink zurecht. Den hatte er nötig. Und den verdiente er auch. Als nächstes telefonierte er mit dem frühmorgendlichen Anrufer. «Bis zum Wochenende habe ich das Geld für Sie.» Er hatte seine Zuversicht wiedergefunden.

Jetzt fehlte nur noch eine Nachricht von Bob Koenig. Er hatte es kaum zu Ende gedacht, da klingelte schon das Telefon. Er solle bitte am Apparat bleiben, sie verbinde ihn gleich mit Mr. Koenig, sagte die Vermittlung. Seine Hände begannen zu zittern. Ein Blick in den Spiegel zeigte ihm, daß er keineswegs das siegesgewisse Image verkörperte, auf das man in Los Angeles zu setzen pflegte.

«Gratuliere, Syd!» waren Bobs erste Worte.

Cheryl hatte die Rolle! Zahlen begannen ihm durch den Kopf zu schwirren, automatisch errechnete er seine Provisionsanteile. Mit zwei Worten hatte Bob ihn an die Spitze zurückkatapultiert.

«Ich weiß gar nicht, was ich sagen soll.» Seine Stimme wurde kräftiger, selbstbewußter. «Bob, ich versichere dir, du hast die richtige Wahl getroffen. Cheryl schlägt garantiert wie eine Bombe ein.»

«Geschenkt, Syd, das weiß ich alles. Der springende Punkt ist folgender: Bevor wir mit Margo eine schlechte Presse riskieren, nehmen wir lieber Cheryl. Ich hab sie hochgelobt. Von mir aus soll sie doch kein Kassenmagnet sein, sondern genau das Gegenteil. Das gleiche haben sie Joan Collins nachgesagt, und wie steht sie jetzt da?»

«Was hab ich dir die ganze Zeit erzählt, Bob?»

«Hoffentlich behalten wir beide recht. Ich arrangiere einen Presseempfang für Cheryl im Beverly Hilton am Freitagnachmittag gegen fünf.»

«Wir sind pünktlich da.»

«Hör gut zu, Syd, das ist sehr wichtig. Von jetzt ab betrachten wir Cheryl als Superstar, und bring Cheryl bei, daß sie sich als ewig Lächelnde zu maskieren hat. Die Amanda ist ein starker, aber liebenswerter Charakter. Von Wutausbrüchen gegenüber Kellnern oder irgendwelchen Lieferanten wünsche ich nichts mehr zu lesen. Und das ist mein voller Ernst.»

Fünf Minuten später sah sich Syd einer völlig hysterischen Cheryl Manning gegenüber. «Du meinst, du hast bei Scott zugegeben, den Brief genommen zu haben, du dämliches Luder?» Er rüttelte sie an den Schultern. «Halt die Klappe und hör mir gut zu. Existieren noch weitere Briefe?»

«Laß mich los. Du tust mir weh. Ich weiß es nicht.» Cheryl versuchte auf Distanz zu gehen. «Ich kann diese Rolle nicht verlieren. Das darf nicht sein! Ich bin die geborene Amanda.»

«Und ob du diese Rolle nicht verlieren darfst!» Syd stieß sie zurück, und sie fiel auf die Couch.

Ihre Angst verwandelte sich in Wut. Cheryl strich das Haar zurück, biß die Zähne zusammen. Um den verkniffenen Mund lag ein bedrohlicher Zug. «Stößt du immer gleich zu, wenn dich der Zorn packt, Syd? Du solltest dir lieber etwas einhämmern: Den Brief hast du zerrissen, nicht ich. Und ich habe auch weder den noch irgendwelche anderen verfaßt. Scott glaubt mir nicht. Deshalb wirst du dich jetzt gefälligst in Bewegung setzen und ihm die Wahrheit verklickern: daß ich vorhatte, Ted den Brief zu geben und ihm damit bei seiner Verteidigung zu helfen. Du wirst Scott davon überzeugen, hast du mich verstanden, Syd? Ich bin nämlich am Freitag nicht hier, sondern auf meinem Presseempfang, und da wird kein Ton davon zu hören sein, daß ich auch nur das geringste mit anonymen Briefen oder Vernichtung von Beweismaterial zu tun haben könnte.»

Sie starrten sich haßerfüllt an. Fassungslos vor Enttäuschung wurde Syd klar, daß sie womöglich die Wahrheit sagte und daß er es war, der mit der Verbrennung des Briefes auch die Chancen für die Fernsehserie zunichte gemacht haben könnte. Wenn die Presse vor Freitag auch nur von der kleinsten schädlichen Information Wind bekam... Wenn Scott es nicht erlaubte, daß Cheryl Cypress Point Spa verließ...

«Ich muß mir das reiflich überlegen. Es wird mir schon etwas einfallen», sagte er.

Er hatte noch einem Trumpf in der Hand.

Die Frage war, wie er ihn ausspielen sollte.

5

Bei seiner Rückkehr wurde Ted von Craig und Bartlett erwartet. Bartlett in seiner Hochstimmung schien Teds Schweigsamkeit gar nicht zu bemerken. «Ich denke, das war ein Glückstreffer», jubilierte er. Sobald Ted am Tisch Platz genommen hatte, berichtete Bartlett ihm von Leilas Terminkalender. «Mit eigener Hand hat sie die Daten angekreuzt, zu denen Sie und Elizabeth Lange sich gleichzeitig in einer Stadt aufhielten. Haben Sie sich dann jedesmal gesehen?»

Ted lehnte sich zurück, kreuzte die Arme im Nacken und schloß die Augen. Das alles schien weit zurückzuliegen.

«Endlich kann ich mal etwas Nützliches beisteuern.» Craig legte eine Begeisterung an den Tag, die er seit langem hatte vermissen lassen. «Du hattest Elizabeths Tourneeplan ständig auf deinem Schreibtisch. Ich kann beschwören, daß du deine Reisen darauf abgestimmt hast, dich mit ihr treffen zu können.»

Ted fragte, ohne dabei die Augen zu öffnen: «Würdet ihr mir das freundlicherweise näher erläutern?»

Henry Bartlett explodierte. «Hören Sie, Mr. Winters, ich wurde nicht engagiert, diesen Fall zu übernehmen, damit Sie mich als Fußabtreter benutzen können. Es geht um Ihr weiteres Leben, aber auch um meine berufliche Reputation. Wenn Sie bei Ihrer Verteidigung nicht kooperieren können oder wollen, dann suchen Sie sich einen anderen Anwalt – vielleicht ist es dafür noch nicht zu spät.» Er schob seinen Aktenstapel über den Tisch. «Sie wollten unbedingt hierherfahren, während es viel günstiger gewesen wäre, in Reichweite meines Büros zu bleiben. Sie verschwanden gestern zu einem langen Spaziergang, als wir eigentlich arbeiten wollten. Sie hätten vor einer Stunde hier sein sollen, und wir haben in der Wartezeit Däumchen gedreht. Sie haben eine aussichtsreiche Verteidigungsstrategie gekippt. Und jetzt, wo uns die geeignete Munition zur Verfügung steht, Elizabeth Lange als Zeugin unglaubwürdig zu machen, interessiert Sie das gar nicht.»

Ted öffnete die Augen, ließ langsam die Arme auf den Tisch sinken. «Aber nein, ich bin durchaus interessiert. Informieren Sie mich darüber.»

Bartlett überhörte den Spott geflissentlich. «Wir können den Wortlaut von zwei Briefen vorlegen, die Leila erhalten hat und die besagen, daß Sie eine andere hätten. Diese andere könnte Cheryl sein. Wir wissen, daß sie das jederzeit bestätigen würde. Doch es gibt noch eine bessere Möglichkeit. Sie haben doch versucht, Ihre Reisepläne mit denen von Elizabeth zu koordinieren –»

Ted unterbrach ihn. «Elizabeth und ich waren sehr gute Freunde. Wir mochten uns. Wir waren gern zusammen. Wenn ich die Wahl hatte, am Mittwoch in Chicago und am Freitag in Dallas zu sein oder umgekehrt, und feststellte, daß eine gute Freundin, mit der ich mich zu einem erholsamen späten Abendessen treffen konnte, sich zur gleichen Zeit ebenfalls dort aufhielt – ja, dann habe ich meine Termine entsprechend arrangiert. Na und?»

«Mach halblang, Ted. Du hast das ein halbes dutzendmal getan, und zwar in eben den Wochen, in denen Leilas Zerfallsprozeß anfing – als sie diese Briefe bekam.»

Ted zuckte die Achseln.

«Henry bemüht sich, deine Verteidigung zu planen, Ted», fuhr Craig ihn an. «Hör ihm wenigstens zu.»

Bartlett räusperte sich. «Was wir Ihnen zu zeigen versuchen, ist folgendes. Erstens: Leila erhielt Briefe, in denen stand, daß Sie sich für eine andere interessierten. Zweitens: Craig kann bezeugen, daß Sie Ihren Reiseplan auf den von Elizabeth abstimmten. Drittens: Leila stellte in ihrem Tageskalender mit eigener Hand die offensichtliche Verbindung zwischen Ihnen beiden her. Viertens: Sie hatten keinen Grund, Leila zu töten, wenn Sie nicht mehr an ihr interessiert waren. Fünftens: Was für Sie ein kleiner Flirt war, sah für Elizabeth völlig anders aus. Sie war bis über beide Ohren in Sie verliebt.»

Henry warf Ted triumphierend den *Globe* zu. «Sehen Sie sich doch nur das Bild an!»

Ted betrachtete es eingehend. Er erinnerte sich an den Augenblick, als am Schluß der Trauerfeier irgendein Idiot den Organisten gebeten hatte, «My Old Kentucky Home» zu spielen. Von Leila wußte er, daß sie Elizabeth dieses Lied vorgesungen hatte, als sie nach New York abfuhren. Elizabeth hatte nach Luft gerungen, dann strömten ihr die bis dahin mühsam zurückgehaltenen Tränen über die Wange. Er hatte die Arme um sie gelegt, sie zu sich herumgedreht und geflüstert: «Nicht weinen, Spatz.»

«Sie liebte Sie», fuhr Henry fort. «Als sie merkte, daß es für Sie nur ein Flirt war, hat sie sich gegen Sie gestellt. Sie machte sich die absurde Anschuldigung dieser armen Irren zunutze, um Sie zu vernichten. Ich versichere Ihnen, Teddy, wir können es schaffen, das alles hieb- und stichfest zu untermauern.»

Ted zerriß die Zeitung. «Offenbar fällt mir die Aufgabe zu, den Advocatus Diaboli zu spielen. Unterstellen wir mal, daß Ihr Szenarium stimmt. Elizabeth liebte mich also. Aber gehen wir noch einen Schritt weiter. Was wäre, wenn ich erkannt hätte, daß ein Zusammenleben mit Leila von ständigen Hochs und Tiefs begleitet würde, von Wutanfällen, von einer Unsicherheit, die jedesmal, wenn ich einer anderen ein paar Liebenswürdigkeiten sagte, Eifersuchtsszenen heraufbeschwören würde? Wenn ich nun erkannt hätte, daß Leila Schauspielerin von A bis Z war, daß sie kein Kind wollte? Und wenn mir schließlich klargeworden wäre, daß ich in Elizabeth das gefunden hatte, wonach ich ein Leben lang gesucht hatte?»

Ted schlug mit der Faust auf den Tisch. «Sehen Sie denn nicht, daß Sie mir eben den denkbar besten Grund geliefert haben, Leila zu töten? Bilden Sie sich etwa ein, Elizabeth hätte mich auch nur eines Blickes gewürdigt, solange ihre Schwester lebte?» Er stieß den Stuhl so heftig zurück, daß er umkippte. «Warum geht ihr zwei nicht Golf spielen oder schwimmen oder unternehmt sonst etwas. Vergeudet doch nicht hier eure Zeit. Ich jedenfalls gedenke das nicht zu tun.»

Bartlett wurde puterrot. «Jetzt reicht's mir», brauste er auf. «Hören Sie, Mr. Winters, Sie mögen ja etwas von Hotels verstehen, aber Sie haben nicht den leisesten Schimmer, was in einem Gerichtssaal vor sich geht. Sie haben mich engagiert, um Sie vor dem Gefängnis zu bewahren, doch das schaffe ich nicht allein. Und überdies habe ich das auch nicht vor. Entweder fangen Sie endlich an zu kooperieren, oder Sie suchen sich einen anderen Anwalt.»

«Beruhigen Sie sich, Henry», sagte Craig.

«Nein. Ich denke gar nicht daran. Ich brauche diesen Fall nicht. Ich kann ihn möglicherweise gewinnen, aber nicht auf die Art, wie es jetzt läuft.» Er wies auf Ted. «Wenn Sie so überzeugt davon sind, daß jede Verteidigung, die ich vorschlage, nichts bringt, warum bekennen Sie sich nicht gleich schuldig? Ich könnte dann im Gegenzug maximal sieben bis zehn Jahre aushandeln. Ist es das, was Sie wollen? Dann sagen Sie es. Sonst setzen Sie sich gefälligst an diesen Tisch.»

Ted hob den umgestoßenen Stuhl auf. «Machen wir uns an die Arbeit», sagte er tonlos. «Ich muß mich wohl bei Ihnen entschuldigen. Mir ist klar, daß Sie auf Ihrem Gebiet der Beste sind, aber ich nehme an, daß Sie Verständnis dafür aufbringen, wenn ich mir wie in einer Falle vorkomme. Meinen Sie wirklich, daß eine Chance für einen Freispruch besteht?»

«Ich habe schon öfter in ebenso schwierigen Fällen einen Freispruch erwirkt», entgegnete Bartlett. «Was Sie anscheinend nicht nachvollziehen, ist folgendes: Schuld und Urteil sind zweierlei, sie haben nichts miteinander zu tun.»

6

Min lavierte sich irgendwie durch den Rest des Vormittags. Ununterbrochene Anrufe der Medien nahmen sie voll in Anspruch, so daß sie an die Szene zwischen Elizabeth und Teds Anwalt nicht einmal denken konnte. Nach dem Krach hatten alle sofort das Büro verlassen: Bartlett und Elizabeth wütend, Craig verzweifelt, Scott mit finsterem Gesicht. Helmut war in die Klinik geflüchtet, wohl wissend, daß sie mit ihm reden wollte. Er war ihr an diesem Vormittag ebenso aus dem Weg gegangen wie in der Nacht zuvor, als er sich nach seinem Bericht über die mit angehörte Szene zwischen Ted und Leila in seinem Studio eingeschlossen hatte.

Wer wohl hatte es der Presse gesteckt, daß Elizabeth und Ted hier waren? Sie fertigte die hartnäckigsten Fragen mit ihrer Standardantwort ab: «Wir geben die Namen unserer Gäste prinzipiell nicht bekannt.» Und auf die Mitteilung, Elizabeth und Ted seien in Carmel gesehen worden: «Kein Kommentar.»

Zu jeder anderen Zeit wäre ihr diese Publicity hoch willkommen gewesen. Doch jetzt? Man fragte sie, ob es bei dem Tod ihrer Sekretärin irgendwelche ungewöhnlichen Begleitumstände gegeben habe. «Mit Sicherheit nicht.»

Um zwölf bat sie die Zentrale, die Anrufe entgegenzunehmen, und ging in den Frauentrakt des Kurhauses. Zu ihrer Erleichterung stellte sie fest, daß die Atmosphäre dort normal war. Sammys Tod schien kein Thema mehr zu sein. Sie plauderte angelegentlich mit den Gästen, die auf der Terrasse am Schwimmbecken lunchten. Alvirah Meehan, die ebenfalls dort saß, hatte Scotts Wagen gesehen und bombardierte Min mit Fragen nach dem Grund seiner Anwesenheit.

Als Min ins Hauptgebäude zurückkehrte, ging sie direkt nach oben in die Wohnung. Helmut saß auf der Couch und trank eine Tasse Tee. Sein Gesicht war aschgrau. «Ach, Minna.» Er bemühte sich zu lächeln.

Sie verzog keine Miene. «Wir müssen miteinander reden», erklärte sie kurz. «Warum bist du in jener Nacht zu Leilas Wohnung gegangen? Hattest du ein Verhältnis mit ihr? Sag mir die Wahrheit!» Die Tasse klapperte, als er sie hinstellte. «Ein Verhältnis! Minna, ich hab diese Frau gehaßt!» Sie registrierte die roten Flecken in seinem Gesicht, die krampfhaft zusammengepreßten Hände. «Denkst du, ich fand die Art und Weise amüsant, wie sie mich lächerlich gemacht hat? Ein Verhältnis mit ihr?» Er hieb mit der Faust auf den Tisch. «Minna, du bist die einzige Frau in meinem Leben. Seitdem ich dir begegnet bin, hat es nie eine andere gegeben, das schwör ich dir.»

«Lügner!» Mit einem Sprung war Min bei ihm, beugte sich hinunter und packte ihn bei den Rockaufschlägen. «Sieh mich an. Ich sag dir, sieh mir ins Gesicht. Hör auf mit diesem falschen aristokratischen Getue und der Schauspielerei. Du warst geblendet von Leila. Welcher Mann war das nicht? Mit jedem deiner Blicke hast du sie ausgezogen und vergewaltigt. Ihr alle wart doch scharf auf sie, wie ihr da seid. Ted. Syd. Sogar Craig, dieser Tölpel. Aber du warst der Schlimmste. Liebe. Haß. Das kommt aufs selbe raus. Und du bist doch in deinem ganzen Leben noch nie für jemand eingestanden. Ich verlange die Wahrheit. Warum bist du in jener Nacht zu ihr gegangen?» Sie ließ ihn los, plötzlich leer und ausgepumpt.

Er sprang auf. Dabei streifte er die Tasse, so daß sie überschwappte und Tee auf den Tisch und den Teppich spritzte. «Das ist unerträglich, Minna. Ich lasse mich von dir nicht wie ein Bazillus behandeln, den du durchs Mikroskop studierst.» Angewidert blickte er auf die Teeflecken. «Laß das saubermachen», ordnete er an. «Ich muß in die Klinik. Mrs. Meehan bekommt heute nachmittag ihre Kollageninjektionen.» Sarkastisch fügte er hinzu: «Nur Mut, meine Liebe. Wie du weißt, strömt damit wieder ein saftiges Honorar in die Kasse.»

«Vor einer Stunde hab ich diese Landplage gesehen. Da hast du wieder eine Eroberung gemacht. Sie hat wahre Lobeshymnen auf dich gesungen, von deinen Talenten geschwärmt und gesagt, daß sie es dir zu verdanken hat, wenn sie sich wie ein Schmetterling fühlt, der auf einer Wolke dahinsegelt. Sollte ich diese idiotische Formulierung noch einmal von ihr hören...»

Sie stockte. Helmut begannen die Knie wegzusacken. Sie packte ihn, ehe er hinfallen konnte. «Sag mir, was passiert ist!» schrie sie. «Sag mir, was du getan hast!»

7

Elizabeth eilte von Mins Büro zu ihrem Bungalow, wütend auf sich, weil sie sich von Bartlett hatte hinreißen lassen. Er würde alles sagen, alles tun, um sie als Zeugin zu diskreditieren, und sie spielte ihm noch in die Hände.

Um sich abzulenken, schlug sie das Skript von Leilas Stück auf. Doch die Buchstaben verschwammen ihr vor den Augen. Enthielten Bartletts Anschuldigungen ein Körnchen Wahrheit? War Ted absichtlich ihren Spuren gefolgt? Sie blätterte ziellos in dem Textbuch, beschloß, es später zu lesen. Dann fiel ihr Blick auf eine von Leilas Randnotizen. Erschrocken sank sie auf die Couch und schlug die Titelseite auf. *Karussell. Komödie von Clayton Anderson.*

Sie las das Stück eilends durch, saß dann lange still, gedankenversunken. Schließlich griff sie zu Block und Kugelschreiber und begann langsam mit der zweiten Lektüre, wobei sie sich eigene Notizen machte.

Um halb drei legte sie den Kugelschreiber beiseite. In dem Block war Seite um Seite mit Anmerkungen bedeckt. Ihr wurde bewußt, daß sie den Lunch übersprungen und dumpfes Kopfweh hatte. Manche von Leilas Randnotizen waren fast unleserlich, aber letztlich hatte sie alle entziffert.

Clayton Anderson. Der Autor von *Karussell*. Der wohlhabende College-Professor, der eine Million Dollar Eigenkapital in das Stück investiert hatte, dessen wahre Identität jedoch niemand kannte. Wer war er? Ein intimer Kenner Leilas...

Sie rief im Hauptgebäude an. Die Baronin sei zwar in ihrer Wohnung, dürfe aber nicht gestört werden, hieß es. «Ich komme gleich rüber», entgegnete Elizabeth kurz. «Sagen Sie der Baronin, daß ich sie sprechen muß.»

Min lag im Bett. Sie sah krank aus. Keine Großspurigkeit, kein herrischer Ton. «Na, was gibt's, Elizabeth?»

Sie hat Angst vor mir, dachte Elizabeth. Etwas von der alten Zuneigung wallte in ihr auf, als sie sich ans Bett setzte: «Warum hast du mich herkommen lassen, Min?»

Min zuckte die Achseln. «Ob du's nun glaubst oder nicht – weil ich mir Sorgen um dich gemacht hab, weil ich an dir hänge.»

«Das glaube ich dir. Und der andere Grund?»

«Weil mich die Vorstellung entsetzt, daß Ted vielleicht sein weiteres Leben im Gefängnis verbringen muß. Manchmal tun Menschen im Zorn schreckliche Dinge, weil sie die Kontrolle über sich verloren haben – Dinge, die sie vermutlich nie getan hätten, wenn sie nicht aufs äußerste gereizt worden wären, so daß sie sich nicht mehr in der Gewalt hatten. Ich glaube, das war geschehen. Ich weiß, daß es Ted so ergangen ist.»

«Was meinst du damit – du weißt es?»

«Nichts... gar nichts.» Min schloß die Augen. «Elizabeth, tu, was du tun mußt. Aber ich warne dich. Du wirst bis ans Ende deiner Tage damit leben müssen, daß du Ted vernichtet hast. Einmal wirst du Leila wieder gegenüberstehen. Ich denke, sie wird dir nicht dafür danken. Du weißt doch, wie sie nach jedem ihrer heftigen Ausfälle war. Zerknirscht. Liebevoll. Großzügig. Alles in einem.»

«Gibt es nicht noch einen anderen Grund, weshalb du Ted freigesprochen wissen möchtest? Es hat etwas mit Cypress Point zu tun, stimmt's?»

«Was meinst du damit?»

«Ich meine, daß Ted kurz vor Leilas Tod erwog, all seinen neuen Hotels eine Filiale von Cypress Point Spa anzugliedern. Was ist aus diesem Plan geworden?»

«Seit dem Anklagebeschluß hat Ted solche neuen Planungen nicht weiterverfolgt.»

«Genau. Also gibt es zwei Gründe, aus denen du Ted freigesprochen sehen möchtest. Min, wer ist Clayton Anderson?»

«Keine Ahnung. Ich bin sehr müde, Elizabeth. Vielleicht können wir uns später unterhalten.»

«Komm schon, Min. So müde bist du gar nicht.» Der scharfe Tonfall ließ Min die Augen öffnen und sich aufsetzen. Ich hatte recht, dachte Elizabeth. Sie ist weniger krank als vielleicht verängstigt. «Min, ich hab eben das Stück, in dem Leila auftrat, zweimal hintereinander gelesen. Ich hab es ja zusammen mit euch allen in der letzten öffentlichen Generalprobe gesehen, aber nicht richtig hingehört, weil ich mir solche Sorgen wegen Leila machte. Min, dieses Stück hat jemand geschrieben, der Leila in- und auswendig kannte. Deshalb war es wie für sie gemacht. Jemand hat sogar Helmuts Redewendung benutzt – ‹ein Schmetterling, der auf einer Wolke dahinsegelt›. Leila ist das auch aufgefallen. Sie hat eine Randnotiz gemacht: ‹Dem Baron erzählen, daß ihn jemand plagiiert.› Min...»

Sie hatten beide denselben Gedanken und starrten sich entgeistert an. «Helmut hat die Werbetexte geschrieben», flüsterte Elizabeth. «Die täglichen Rundbriefe sind auch von ihm. Vielleicht existiert gar kein wohlhabender College-Professor. Min, hat Helmut dieses Stück geschrieben?»

«Ich ... weiß ... es ... nicht.» Min erhob sich. Sie trug einen losen Hänger, der auf einmal viel zu weit erschien, als sei sie darin zusammengeschrumpft. «Entschuldigst du mich jetzt bitte, Elizabeth? Ich muß in die Schweiz anrufen.»

8

Bedrückt trottete die sonst so unbekümmerte, forsche Alvirah über den heckengesäumten Pfad, der zum Behandlungsraum C führte. Die Anweisungen der Krankenschwester wurden noch einmal bekräftigt durch die Mitteilung auf dem Frühstückstablett. Sie las sich freundlich und aufmunternd, aber trotzdem fühlte sich Alvirah nun, da es soweit war, ziemlich flau.

In der Mitteilung hieß es, daß der Zugang zu den Behandlungsräumen durch die zugehörigen Außentüren erfolgte, um strikte Diskretion zu gewährleisten. Alvirah sollte sich um 15 Uhr im Behandlungsraum C einfinden und dort auf den Tisch legen. Wegen ihrer Aversion gegen Spritzen würde man ihr eine starke Dosis Valium verabreichen, und sie dürfe sich dann bis 15 Uhr 30 ausruhen, dem Zeitpunkt, zu dem Dr. von Schreiber die Behandlung durchführen werde. Danach könne sie sich eine weitere halbe Stunde ausruhen, bis die Wirkung des Valiums nachgelassen habe.

Die blühenden Hecken waren fast zwei Meter hoch, sie kam sich darin vor wie ein junges Mädchen in einer Laube. Es war ein ziemlich warmer Tag, aber die hohen Hecken spendeten Schatten, und die Azaleen erinnerten sie an ihre eigenen vor dem Haus, die im Frühjahr so herrlich geblüht hatten.

Sie stand an der Tür zum Behandlungsraum. Sie war hellblau gestrichen, und ein winziges goldenes C bestätigte, daß sie hier richtig war. Zögernd öffnete sie und trat ein.

Der Raum wirkte wie ein Damenzimmer – Blumentapete, blaßgrüner Teppichboden, ein kleiner Toilettentisch und ein zweisitziges Sofa. Der Behandlungstisch war wie ein Bett hergerichtet: zur Tapete passende Laken, blaßrosa Tagesdecke und ein spitzenbesetztes Kissen. An der Wandschranktür hing ein goldgerahmter Spiegel mit abgeschrägten Kanten. Nur ein Schrank mit medizinischen Geräten wies auf die eigentliche Bestimmung dieses Raums hin, und selbst der war aus poliertem hellem Holz mit in Blei gefaßten Glastüren handgefertigt.

Alvirah zog ihre Sandalen aus und stellte sie ordentlich nebeneinander unter den Tisch. Sie hatte Schuhgröße 42 und wollte vermeiden, daß der Doktor darüber stolperte, wenn er ihr die Spritze gab. Sie legte sich auf den Tisch, zog die Decke hoch und schloß die Augen.

Gleich darauf öffnete sie sie wieder, als die Schwester hereinkam. Sie hieß Regina Owens und hatte ihre Krankengeschichte aufgenommen. «Machen Sie doch kein so ängstliches Gesicht», sagte Miss Owens. Alvirah mochte sie. Sie erinnerte sie an eine der Frauen, bei denen sie früher geputzt hatte. Regina Owens war um die Vierzig, hatte dunkles, kurzes Haar, hübsche, große Augen und ein freundliches Lächeln.

Sie reichte Alvirah ein Glas Wasser und zwei Pillen. «Davon werden Sie angenehm schläfrig und merken dann gar nichts von der tollen Verschönerung.»

Gehorsam schluckte Alvirah die Tabletten hinunter. «Ich komme mir wie ein kleines Kind vor», entschuldigte sie sich.

«Keine Rede davon. Sie würden sich wundern, wie viele Leute Angst vor Spritzen haben.» Miss Owens trat ans Kopfende und begann, ihr die Schläfen zu massieren. «Sie sind ganz schön verspannt. Ich lege Ihnen nachher ein feines, kühles Tuch über die Augen, und Sie lassen sich einfach in den Schlaf gleiten. Der Doktor und ich kommen in etwa einer halben Stunde wieder. Das kriegen Sie wahrscheinlich gar nicht mehr mit.»

Alvirah spürte die kräftigen Finger, die gegen ihre Schläfen drückten. «Das tut gut», murmelte sie.

«Das glaub ich gern.» Einige Minuten massierte Miss Owens ihr noch Stirn und Nacken, und Alvirah fühlte, wie sie allmählich in einen angenehmen Dämmerzustand versank. Dann wurde ihr ein kühles Tuch über die Augen gelegt. Sie hörte kaum noch die Tür klicken, als Miss Owens sich auf Zehenspitzen hinausschlich.

Ihr schossen so viele Gedanken durch den Kopf wie lose Fäden, die sie nicht recht verknüpfen konnte.

Ein Schmetterling, der auf einer Wolke dahinsegelt...

Sie begann sich zu erinnern, warum ihr das bekannt vorkam. Sie hatte es beinahe...

«Können Sie mich hören, Mrs. Meehan?»
Sie hatte nicht gemerkt, daß Baron von Schreiber hereingekommen war. Seine Stimme klang leise und etwas heiser. Hoffentlich funktionierte das Mikrofon. Sie wollte alles aufzeichnen.
«Ja.»
Auch ihre Stimme klang weit entfernt.
«Keine Angst. Sie werden den Nadelstich kaum spüren.»
Er hatte recht. Sie spürte fast gar nichts, höchstens wie bei einem Mückenstich. Und davor hatte sie sich so gefürchtet! Sie wartete. Der Doktor hatte ihr gesagt, er würde das Kollagen an zehn bis zwölf Stellen auf beiden Seiten des Mundes injizieren. Worauf wartete er denn?
Das Atmen fiel ihr schwer. Sie bekam keine Luft. «Hilfe!» schrie sie, aber das Wort blieb ihr im Hals stecken. Sie riß den Mund auf, rang verzweifelt nach Luft. Sie konnte sich nicht mehr rühren. Hilf mir, lieber Gott, so hilf mir doch, dachte sie.
Dann umfing sie Dunkelheit, als die Tür aufging und Schwester Owens munter sagte: «Hier sind wir, Mrs. Meehan. Sind Sie bereit für die Verschönerung?»

9

Was beweist das, fragte sich Elizabeth auf dem Weg vom Hauptgebäude zur Klinik. Wenn Helmut das Theaterstück geschrieben hatte, mußte er jetzt durch die Hölle gehen. Der Autor hatte eine Million Dollar in die Produktion gesteckt. Deswegen auch Mins Anruf in der Schweiz. Ihr Notgroschen auf einem Nummernkonto war ein beliebter Witz. «Ich werde nie pleite sein», hatte sie sich oft und gern gebrüstet.
Min lag an Teds Freispruch, weil dann das Projekt, in allen seinen neuen Hotels ein Cypress Point Spa einzurichten, verwirklicht werden konnte. Helmut besaß einen weitaus zwingenderen Grund. Falls er Clayton Anderson war, wußte er nur zu gut, daß selbst der Notgroschen futsch war.
Sie konnte ihn zwingen, ihr die Wahrheit zu sagen.
In der Eingangshalle der Klinik herrschte gedämpfte Stille, doch die Empfangsdame saß nicht an ihrem Schreibtisch. Hinten im Korridor hörte Elizabeth hastende Schritte und laute Stimmen. Sie eilte in die Richtung. Am Flur öffneten sich Türen, und Gäste, die

gerade behandelt wurden, spähten neugierig hinaus. Der Raum am Ende des Korridors stand offen. Von dort kam der Lärm. Raum C. Du lieber Himmel, hier sollte doch Mrs. Meehan ihre Kollageninjektion erhalten. Im ganzen Cypress Point gab es wohl keinen, der davon nicht gehört hatte. War etwas schiefgegangen? Elizabeth stieß beinahe mit der Schwester zusammen, die aus dem Behandlungsraum kam.

«Sie dürfen da nicht rein», rief sie zitternd.

Elizabeth schob sie zur Seite.

Helmut beugte sich über den Behandlungstisch, drückte Alvirahs Brustkorb zusammen. Sie hatte eine Sauerstoffmaske über dem Gesicht. Das Geräusch eines Beatmungsgerätes erfüllte den Raum. Die Decke war zurückgeschlagen, der Bademantel zusammengeknüllt, die unvermeidliche Rosette funkelte am Kragen. Schreckgelähmt sah Elizabeth, wie die Schwester Helmut eine Kanüle reichte, die er an einem Schlauch befestigte und dann in Alvirahs Vene einführte. Ein Krankenpfleger übernahm die Herzmassage.

Von ferne hörte Elizabeth, wie eine Ambulanz mit heulender Sirene und quietschenden Reifen durch das Haupttor fegte.

Um 16 Uhr 15 erfuhr Scott, daß Alvirah Meehan, die Frau, die vierzig Millionen Dollar in der Lotterie gewonnen hatte, ins Monterey Peninsula Hospital eingeliefert worden und möglicherweise einem Mordversuch zum Opfer gefallen war. Der Streifenpolizist, der ihn telefonisch verständigte, hatte den Notruf entgegengenommen und die Ambulanz nach Cypress Point begleitet. Die Besatzung des Krankenwagens vermutete ein Verbrechen, und der Arzt in der Notaufnahme teilte diese Auffassung. Dr. von Schreiber behauptete, sie habe noch gar keine Kollagenbehandlung bekommen, ein Blutstropfen auf dem Gesicht schien jedoch für eine kurz zuvor erfolgte Injektion zu sprechen.

Alvirah Meehan! Scott rieb sich die plötzlich müden Augen. Sie war eine intelligente Person. Er dachte an ihre Bemerkungen beim Dinner. Sie glich dem Kind in Andersens Märchen «Des Kaisers neue Kleider», das ruft: «Aber er hat ja gar nichts an!»

Warum sollte jemand Alvirah Meehan etwas antun wollen? Scott hätte eher befürchtet, daß sich große und kleine Betrüger an sie heranmachen und ihr mit windigen Versprechungen Geld abschwatzen würden, doch daß jemand sie absichtlich umzubringen versucht hatte, erschien ihm unvorstellbar.

«Ich komme sofort», versprach er und knallte den Hörer wütend auf die Gabel.

Der Warteraum im Monterey Hospital war hell und freundlich, mit Grünpflanzen und einem Teich, fast wie eine Hotelhalle. Er mußte jedesmal an die Stunden denken, die er hier gesessen hatte, als Jeanie im Krankenhaus lag. Die Ärzte seien noch mit Mrs. Meehan beschäftigt, teilte man ihm mit, Dr. Whitley stehe ihm gleich für ein kurzes Gespräch zur Verfügung. Während er wartete, erschien Elizabeth.

«Wie geht's ihr?»

«Keine Ahnung.»

«Sie hätte diese Injektion nicht kriegen dürfen. Sie hatte wirklich Angst. Es war ein Herzanfall, nicht wahr?»

«Wir wissen es noch nicht. Wie sind Sie hergekommen?»

«Min hat mich in ihrem Wagen mitgenommen. Sie parkt ihn gerade. Helmut fuhr in der Ambulanz mit Mrs. Meehan. Das darf doch alles nicht wahr sein.» Ihre Stimme wurde lauter, so daß sich die Leute ringsum zu ihr umdrehten und sie anstarrten.

Scott zog sie auf das Sofa neben sich. «Reißen Sie sich zusammen, Elizabeth. Sie haben Mrs. Meehan doch erst vor ein paar Tagen kennengelernt. Sie dürfen sich nicht so aufregen.»

«Wo ist Helmut?» Das war Min. Sie stand hinter ihnen. Ihre Stimme war tonlos, verriet keinerlei Gefühlsregung. Offenbar befand sie sich in einer Art Schockzustand. Sie umrundete die Couch und sank in einen Sessel ihnen gegenüber. «Er muß völlig außer sich sein...» Sie verstummte. «Da ist er ja.»

Für Scotts geschultes Auge erweckte Helmut den Eindruck, als habe er ein Gespenst gesehen. Er trug noch den erstklassig geschnittenen blauen Kittel, in dem er seine chirurgischen Eingriffe vorzunehmen pflegte. Er ließ sich in den Sessel neben Min fallen und griff nach ihrer Hand. «Sie liegt im Koma. Die Kollegen sagen, sie habe irgendeine Injektion bekommen. Das ist unmöglich, Min, ich schwör's dir, absolut unmöglich!»

«Sie bleiben hier.» Das galt allen dreien. Scott hatte den Chefarzt erspäht, der ihm auf dem langen Korridor zur Notaufnahme zuwinkte.

Sie unterhielten sich im Privatbüro. «Man hat ihr etwas injiziert, das einen Schock hervorgerufen hat», erläuterte Dr. Whitley tonlos. Der hochgewachsene Dreiundsechzigjährige, sonst stets umgänglich und verständnisvoll, war jetzt stahlhart, und Scott erinnerte sich, daß sein langjähriger Freund den Zweiten Weltkrieg als Jagdflieger mitgemacht hatte.

«Wird sie's überleben?»

«Das läßt sich unmöglich sagen. Sie liegt im Koma, aus dem sie vielleicht nie wieder aufwacht. Bevor sie völlig in Bewußtlosigkeit versank, versuchte sie noch etwas mitzuteilen.»

«Was war das?»

«Es hörte sich an wie ‹sti›. Mehr hat sie nicht rausbekommen.»

«Das hilft uns nicht weiter. Was hat der Baron zu sagen? Hat er eine Ahnung, wie das passiert sein kann?»

«Wir haben ihn nicht in ihre Nähe gelassen, Scott, ehrlich.»

«Daraus schließe ich, daß ihr von dem guten Doktor nicht viel haltet?»

«Ich habe keine Veranlassung, an seinen ärztlichen Fähigkeiten zu zweifeln. Aber er hat was an sich, das bei mir jedesmal, wenn ich ihn sehe, die Alarmglocke auslöst. Und wenn nicht er Mrs. Meehan die Spritze gegeben hat, wer denn dann, zum Teufel?»

Scott schob den Stuhl zurück. «Genau das gedenke ich herauszufinden.»

Als er das Büro verlassen wollte, rief ihn Whitley noch einmal zurück. «Scott, das hilft uns vielleicht weiter – könnte jemand Mrs. Meehans Räume durchsuchen und uns sämtliche Medikamente bringen, die sie womöglich genommen hat? Bis wir ihren Mann erreicht haben und ihre Krankengeschichte kennen, tappen wir völlig im dunkeln.»

«Ich kümmere mich persönlich darum.»

Elizabeth fuhr mit Scott nach Cypress Point zurück. Unterwegs erzählte er ihr von dem verkohlten Papierfetzen, den er in Cheryls Bungalow gefunden hatte. «Dann stammen die Briefe also doch von ihr!» rief Elizabeth.

Scott schüttelte den Kopf. «Ich weiß, es hört sich verdreht an, und ich weiß auch, wie mühelos Cheryl lügen kann, aber ich hab den ganzen Tag darüber nachgedacht, und meine innere Stimme sagt mir, daß sie die Wahrheit spricht.»

«Was ist mit Syd? Haben Sie sich mit ihm unterhalten?»

«Noch nicht. Sie muß ihm erzählen, daß sie zugegeben hat, den Brief gestohlen zu haben, den er dann zerriß. Ich beschloß, ihn schmoren zu lassen, bevor ich ihn befrage. Manchmal funktioniert das. Aber ich sage Ihnen, ich bin geneigt, Cheryl die Geschichte abzunehmen.»

«Aber wenn sie die Briefe nicht geschrieben hat, wer dann?»

Scott warf ihr einen Seitenblick zu. «Ich weiß es nicht.» Nach einer Pause fügte er hinzu: «Ich will damit sagen – ich weiß es noch nicht.»

Min und Helmut folgten Scotts Wagen in ihrem Kabrio. Min saß am Steuer. «Ich kann dir nur helfen, wenn ich die Wahrheit weiß», sagte sie. «Hast du der Frau irgend etwas getan?»

Der Baron zündete sich eine Zigarette an und inhalierte tief. Seine porzellanblauen Augen tränten. Die Abendsonne ließ sein rötliches Haar flammend aufleuchten. Das Wagendach war zurückgeklappt. Ein kühler Landwind hatte die letzte Tageswärme vertrieben.

«Was redest du da für dummes Zeug, Minna? Ich ging in den Raum. Sie rang nach Luft. Ich hab ihr das Leben gerettet. Was für einen Grund sollte ich haben, ihr etwas anzutun?»

«Helmut – wer ist Clayton Anderson?»

Er ließ die Zigarette auf den Ledersitz fallen. Min langte hinüber und hob sie auf. «Es wäre ratsam, diesen Wagen nicht zu ruinieren. Es gibt nämlich keinen neuen mehr. Ich wiederhole: Wer ist Clayton Anderson?»

«Ich weiß nicht, wovon du sprichst», flüsterte er.

«Da bin ich allerdings anderer Ansicht. Elizabeth war bei mir. Sie hat das Stück gelesen. Deshalb warst du doch heute vormittag so außer dir, stimmt's? Es ging nicht um den Terminkalender, sondern um das Theaterstück. Leila hatte Randbemerkungen gemacht. Ihr fiel dieser idiotische Satz auf, den du in den Anzeigen verwendest. Elizabeth ist auch darübergestolpert. Mrs. Meehan dito. Sie war in einer der öffentlichen Proben. Deshalb hast du versucht, sie umzubringen, stimmt's? Du hofftest immer noch, es geheimzuhalten, daß du das Stück geschrieben hast.»

«Minna, ich sag dir eins – du bist verrückt! Unseres Wissens hat sich die Frau selber gespritzt.»

«Unsinn. Sie hat doch unentwegt von ihrer Angst vor Spritzen geredet.»

«Das könnte Tarnung gewesen sein.»

«Der Autor hat über eine Million Dollar in das Stück investiert. Wenn du dieser Autor bist, woher hättest du wohl das Geld genommen?»

Sie waren am Eingangstor angelangt. Min verlangsamte das

Tempo und sah ihn ernst an. «Ich hab versucht, in der Schweiz anzurufen und meinen Kontostand zu überprüfen. Natürlich war dort schon Feierabend. Ich telefoniere morgen wieder, Helmut. Ich hoffe – um deinetwillen –, das Geld liegt auf meinem Konto.» Er machte die gewohnte höfliche Miene, doch seine Augen glichen denen eines Verurteilten auf dem Weg zum Galgen.

Sie trafen sich auf der Veranda von Alvirah Meehans Bungalow. Der Baron öffnete die Tür, und sie gingen hinein. Scott registrierte, daß Min sich Alvirahs Naivität kräftig zunutze gemacht hatte. Dies war die teuerste Unterkunft des Etablissements – die Räume, welche die First Lady benutzte, wenn sie es für angezeigt hielt, sich in Cypress Point Spa Ruhe und Erholung zu gönnen. Wohnzimmer, Speisezimmer, Bibliothek, ein riesiges Elternschlafzimmer, zwei komplette Bäder im Obergeschoß. Die Quelle haben sie aber ordentlich angezapft, dachte Scott.

Die Inspektion beanspruchte verhältnismäßig wenig Zeit. Der Arzneischrank im Badezimmer, den Alvirah benutzte, enthielt ausschließlich rezeptfreie Medikamente wie Nasenspray und Rheumasalbe.

Es schien ihm, als sei der Baron enttäuscht. Unter Scotts wachsamen Blicken öffnete er beharrlich sämtliche Fläschchen, schüttete den Inhalt auf den Tisch, untersuchte ihn gründlich auf irgendwelche eingeschmuggelten Drogen. Zog er eine Schau ab? Ein wie guter Schauspieler war der Spielzeugsoldat?

In Alvirahs Wandschrank fanden sich abgetragene Flanellnachthemden neben teuren Kleidern und Jacken, die meisten mit Firmenschildern von Martha Park Avenue und Cypress Point Spa Boutique.

Das einzige, was aus dem Rahmen fiel, war der teure japanische Recorder in einem Köfferchen des luxuriösen Gepäck-Sets. Scott zog die Augenbrauen hoch. Eine derart hochkarätige, professionelle Ausstattung hätte er bei Alvirah Meehan nicht vermutet.

Elizabeth beobachtete ihn, als er die Kassetten durchsah. Drei waren fortlaufend numeriert, die anderen offenbar leer. Scott legte sie achselzuckend zurück und machte den Koffer zu. Kurz darauf ging er gemeinsam mit Elizabeth zu seinem Wagen. Auf der Herfahrt hatte sie ihm gegenüber nichts von ihrem Verdacht erwähnt, daß Helmut das Stück geschrieben haben könnte. Sie wollte sich ihrer Sache erst ganz sicher sein, Helmut selbst nach der Wahrheit fragen. Es war immerhin möglich, daß Clayton Anderson existierte, sagte sie sich.

Um Punkt 18 Uhr passierte Scotts Wagen das Tor. Es wurde kühl. Elizabeth steckte die Hände in die Taschen und spürte die Rosette. Sie hatte die Brosche von Alvirahs Bademantel mitgenommen. Sie wollte sie aufheben, da sie für Alvirah offensichtlich Erinnerungswert besaß.

Man hatte Alvirahs Mann gebeten, sofort herzukommen. Sie würde ihm die Brosche dann morgen geben.

10

Ted kehrte um 18 Uhr 30 in seinen Bungalow zurück. Er hatte von der Stadt den Umweg durch Crocker Woodland zum Lieferanteneingang von Cypress Point Spa genommen. Die Autos, die auf beiden Seiten der Zufahrt halb versteckt im Gebüsch parkten, waren ihm keineswegs entgangen. Reporter. Wie Jagdhunde auf der Fährte folgten sie der Spur, die der Artikel im *Globe* gelegt hatte.

Er ließ die Jalousien herunter, machte Licht und starrte verblüfft auf den schwarzen Haarschopf über der Rückenlehne der Couch. Min. «Ich muß dringend mit dir reden.» Der altbekannte Ton – herzlich, aber herrisch, eine sonderbare Mischung, die seinerzeit Vertrauen eingeflößt hatte. Sie trug eine lange, ärmellose Jacke über einem einteiligen Lurexanzug.

Ted setzte sich ihr gegenüber und zündete sich eine Zigarette an. «Ich hab das Rauchen vor Jahren aufgegeben, aber es ist schon erstaunlich, wie viele schlechte Angewohnheiten man wieder aufnimmt, wenn einem lebenslängliche Haft bevorsteht. Das zum Thema Disziplin. Ich sehe nicht sehr präsentabel aus, Min – aber schließlich bin ich auch nicht darauf eingestellt, daß Besuch auf diese Weise unverhofft ins Haus schneit.»

«Unverhofft und ungebeten.» Min musterte ihn. «Warst du beim Jogging?»

«Nein. Ich bin spazierengegangen. Eine ziemlich lange Strecke. Das gibt mir Zeit zum Nachdenken.»

«Momentan sind es wohl keine sehr erfreulichen Gedanken.»

«Nein. Wahrhaftig nicht.» Ted wartete ab.

«Kann ich eine haben?» Min deutete auf das Päckchen Zigaretten, das er auf den Tisch geworfen hatte.

Er bot ihr eine an und gab ihr Feuer.

«Ich hab auch damit aufgehört, aber in Streßsituationen...» Sie zuckte die Achseln. «Ich hab in meinem Leben schon viele Dinge aufgegeben, während ich mich nach oben boxte. Na, du weißt ja, wie das ist... eine Modell-Agentur aufziehen und in Gang halten, wenn kein Geld reinkommt... einen kranken alten Mann heiraten und für endlose Jahre für ihn Krankenschwester, Geliebte, Gesellschafterin sein... Ich dachte, nun eine gewisse Sicherheit erreicht zu haben. Ich dachte, ich hätte es mir verdient.»

«Und es ist nicht so?»

Sie winkte ab. «Es ist schön hier, nicht wahr? Eine ideale Gegend. Der Pazifik zu unseren Füßen, die grandiose Küste, das Wetter, der Komfort, die einmaligen Kureinrichtungen... Sogar Helmuts monströses römisches Bad könnte eine phänomenale Zugnummer werden. Niemand sonst wäre so töricht, sich an einen solchen Bau zu wagen, niemand sonst es mit dem nötigen Geschick betreiben.»

Kein Wunder, daß sie hergekommen ist, dachte Ted. In Craigs Gegenwart könnte sie ein solches Gespräch mit mir niemals riskieren.

Min schien seine Gedanken zu lesen. «Ich weiß, was Craig raten würde. Aber du bist schließlich der Unternehmer, Ted, der kühne Geschäftsmann. Wir beide haben die gleiche Wellenlänge. Helmut ist denkbar unpraktisch – da mache ich mir nichts vor, aber er hat auch einen geradezu prophetischen Blick, eine visionäre Begabung. Was er braucht und immer gebraucht hat, ist das Geld, seine Träume zu verwirklichen. Erinnerst du dich an das Gespräch, das wir drei hatten, als deine verdammte Bulldogge, dieser Craig, nicht dabei war? Wir unterhielten uns über das Projekt, deinen sämtlichen neuen Hotels ein Cypress Point Spa anzugliedern. Eine phantastische Idee. Das würde ein Schlager.»

«Wenn ich im Gefängnis bin, Min, dann gibt es keine neuen Hotels. Seit der Anklageerhebung haben wir einen Baustopp. Das weißt du genau.»

«Dann leih mir jetzt das Geld.» Min ließ die Maske fallen. «Ted, ich bin verzweifelt. In wenigen Wochen gehe ich bankrott. Das muß nicht sein! In den letzten zwei Jahren ist hier manches schiefgelaufen. Helmut hat keine neuen Gäste hergebracht. Ich kenne jetzt wahrscheinlich den Grund für seine miserable Verfassung. Doch das ließe sich alles ändern. Was meinst du wohl, weshalb ich Elizabeth hergeholt habe? Um dir zu helfen.»

«Du hast es doch selber erlebt, Min, wie sie auf mich reagiert hat. Wenn überhaupt, dann hast du alles nur noch schlimmer gemacht.»

«Da bin ich nicht sicher. Heute nachmittag bat ich sie eindringlich, sich das alles noch einmal durch den Kopf gehen zu lassen. Ich sagte ihr, daß sie es sich nie verzeihen würde, wenn sie dich zerstört.» Min drückte die Zigarette aus. «Ich weiß genau, was ich sage, Ted. Elizabeth liebt dich. Schon lange. Mach dir das zunutze. Es ist noch nicht zu spät.» Sie packte ihn am Arm.

Er schüttelte sie ab. «Du weißt ja nicht, wovon du redest, Min.»

«Ich sage dir, was ich weiß. Ich hab das vom ersten Augenblick an gespürt. Hast du überhaupt eine Ahnung, wie schwer das für sie war, mit dir und Leila zusammenzusein, Leila glücklich sehen zu wollen, euch beide zu lieben? Ein furchtbarer Zwiespalt. Deshalb ging sie auf Tournee damals, vor Leilas Tod. An der Rolle lag ihr gar nichts. Sammy hat mit mir darüber gesprochen, ihr war das alles auch klar. Ted... Elizabeth bekämpft dich, weil sie sich schuldig fühlt. Sie weiß, daß Leila dich bis zur Weißglut gereizt hat. Mach es dir zunutze! Und ich bitte dich, Ted – hilf mir jetzt! Ich flehe dich an!»

Sie fixierte ihn eindringlich. Er war bei dem Spaziergang in Schweiß geraten, und das dunkelbraune Haar hatte sich dabei gewellt und gelockt. Eine Frau würde viel geben für solches Haar, dachte Min. Die hohen Wangenknochen unterstrichen die schmale, wohlgeformte Nase. Der Mund war gleichmäßig, das Kinn kantig und kraftvoll. Das Hemd klebte ihm an dem gebräunten, muskulösen Körper. Als sie überlegte, wo er gewesen sein mochte, wurde ihr klar, daß er vielleicht noch nichts von der Sache mit Alvirah Meehan gehört hatte. Sie wollte jetzt nicht mit ihm darüber reden.

«Ich kann unmöglich Kurzentren planen für Hotels, die nicht gebaut werden, wenn ich ins Gefängnis wandere. Aber aus der Klemme helfen kann ich dir jetzt und werde es auch tun. Doch ich möchte dich etwas fragen: Ist dir je der Gedanke gekommen, Elizabeth könnte unrecht haben, könnte sich in der Zeit irren? Ist dir je der Gedanke gekommen, daß ich die Wahrheit sage, wenn ich erkläre, daß ich nicht wieder nach oben gegangen bin?»

Min lächelte zunächst erleichtert, dann konsterniert. «Du kannst mir vertrauen, Ted. Genauso kannst du dich auf Helmut verlassen. Er hat zu keiner Menschenseele davon gesprochen außer mir... Er wird es auch nie jemandem erzählen... Er hörte, wie du Leila angeschrien hast. Er hörte sie um ihr Leben flehen.»

11

Hätte sie Scott von ihrer Vermutung, den Baron betreffend, erzählen sollen? Diese Frage beschäftigte Elizabeth, als sie in die wohltuende Ruhe ihres Bungalows zurückkehrte. Wieder beschwor die Farbkombination – Smaragdgrün und Weiß – Erinnerungen herauf, und sie meinte fast, den Duft nach «Joy» wahrzunehmen. Leila... Rote Haare. Smaragdgrüne Augen. Die blasse Haut der echten Rothaarigen. Der weite weiße Satinpyjama, den sie am Abend ihres Todes trug, mußte sich wie ein Segel aufgebläht haben, als sie in die Tiefe stürzte. Lieber Gott... Elizabeth schob den Riegel vor und kauerte sich auf die Couch, vergrub den Kopf in den Händen, versuchte, die quälenden Gedanken an jene Nacht loszuwerden.

Helmut. War er der Autor von *Karussell?* Wenn ja, hatte er dann Mins wohlgehütetes Schweizer Konto geplündert, um die Aufführung zu finanzieren? Er mußte völlig außer sich geraten sein, als Leila erklärte, sie werde nicht mehr auftreten. Wieweit hatte er die Kontrolle über sich verloren?

Alvirah Meehan. Die Sanitäter in der Ambulanz. Der Blutstropfen auf Alvirahs Gesicht. Der ungläubige Ton, mit dem der Notarzt zu Helmut sprach: «Was soll das heißen, Sie hätten noch nicht mit den Injektionen angefangen? Wer soll Ihnen denn den Blödsinn abnehmen?»

Helmuts Hände, die Alvirahs Brustkorb zusammenpreßten... Helmut bei der Vorbereitung der intravenösen Injektion... Aber Helmut mußte durch Alvirahs ständiges Gerede vom «Schmetterling, der auf einer Wolke dahinsegelt» zur Raserei gebracht worden sein. Alvirah hatte eine der öffentlichen Proben besucht. Leila hatte den Zusammenhang zwischen Stück und Helmut hergestellt. War Alvirah ebenfalls darauf gekommen?

Sie dachte an Mins Worte vom Nachmittag. Ohne Teds Schuld auch nur in Frage zu stellen, wollte sie ihr einreden, daß Leila ihn immer und immer wieder provoziert hätte. Stimmte das?

Hatte Min recht – daß es niemals Leilas Wunsch gewesen wäre, Ted für den Rest seines Lebens hinter Gittern zu sehen? Und warum klang Min so überzeugt von Teds Schuld? Vor zwei Tagen hatte sie noch steif und fest behauptet, es müsse ein Unfall gewesen sein.

Elizabeth schlang die Arme um ihre Knie und bettete den Kopf in den Händen.

«Ich weiß nicht, was ich tun soll», flüsterte sie. In ihrem ganzen Leben hatte sie sich noch nie so verlassen gefühlt.

Um sieben hörte sie von ferne, wie die «Cocktail»-Stunde eingeläutet wurde. Sie beschloß, sich das Dinner in den Bungalow bringen zu lassen. Sie hätte es nicht ertragen, sich drüben unter die Leute zu mischen, belanglose Höflichkeiten auszutauschen, während Sammys Sarg im Leichenschauhaus zur Überführung nach Ohio bereitstand, während Alvirah Meehan im Monterey Hospital um ihr Leben kämpfte. Zwei Abende zuvor hatte sie noch am gleichen Tisch mit Alvirah Meehan gesessen. Zwei Abende zuvor war Sammy hier in diesem Zimmer mit ihr zusammengewesen. Wer würde das nächste Opfer sein?

Um Viertel vor acht rief Min an: «Elizabeth, alles fragt nach dir. Bist du in Ordnung?»

«Natürlich. Ich brauche bloß etwas Ruhe.»

«Bist du auch bestimmt nicht krank? Du ahnst gar nicht, wie besorgt vor allem Ted ist.»

Überlaß das Min. Sie gibt nie auf. «Mir geht's wirklich gut, Min. Könntest du mir das Essen rüberbringen lassen? Ich möchte mich ein bißchen ausruhen und später noch schwimmen gehen. Mach dir keine Sorgen meinetwegen.»

Sie legte auf, wanderte ruhelos im Zimmer auf und ab, wäre am liebsten sofort ins Schwimmbecken gesprungen.

In aqua sanitas – so lautete die Inschrift. Dieses eine Mal hatte Helmut recht. Das Wasser würde besänftigend auf sie wirken, sie auf andere Gedanken bringen.

12

Er griff gerade nach der Druckluftflasche, als es laut an der Tür klopfte. Ungestüm riß er die Maske vom Gesicht und befreite die Arme aus dem lästigen Taucheranzug. Er stopfte Druckluftflasche und Taucherbrille in den Wandschrank, eilte dann ins Bad und drehte die Dusche an.

Wieder wurde ungeduldig an die Tür gehämmert. Er zwängte sich aus dem Taucheranzug, warf ihn hinter die Couch und langte nach dem Bademantel.

Um einen verärgerten Ton bemüht, rief er: «Ja doch, ich komm ja schon!» und öffnete die Tür.

Sie wurde aufgestoßen. «Warum dauert das so lange? Wir müssen miteinander reden.»

Es war fast zehn Uhr, als er endlich zum Schwimmbecken gehen konnte. Er kam gerade zurecht, um Elizabeth auf dem Rückweg zu ihrem Bungalow zu sehen. In seiner Hast streifte er einen Stuhl am Rand der Terrasse. Sie drehte sich um, und ihm blieb kaum noch Zeit, sich in den Schutz der Sträucher zurückzuziehen. Er mußte es auf den nächsten Abend verschieben. Es bestand immer noch die Chance, sie hier zu erwischen. Wenn nicht, mußte eben ein anderer Unfall arrangiert werden. Wie Alvirah Meehan hatte auch sie die Witterung aufgenommen und führte Scott Alshorne auf die richtige Spur.

Das kratzende Geräusch. Ein Stuhl, der über den Fliesenboden der Terrasse scharrt. Es war kühl geworden, aber es herrschte völlige Windstille. Sie hatte sich rasch umgedreht und ganz kurz geglaubt, etwas sich bewegen zu sehen. Doch das war unsinnig. Wozu sollte sich jemand im Schatten der Bäume verstecken?

Trotzdem beschleunigte Elizabeth ihre Schritte und war froh, als sie wieder im Bungalow war und die Tür abgeschlossen hatte. Sie rief im Krankenhaus an. Mrs. Meehans Zustand war unverändert.

Es dauerte lange, bis sie endlich einschlief. Was war ihr entgangen? Irgendein Satz, eine Bemerkung, bei der sie hätte einhaken müssen...

Sie suchte jemand... Sie war in einem leeren Gebäude mit langen, dunklen Fluren... Ihr Körper schmerzte vor Verlangen... Sie streckte die Arme aus... Sie sah eine Treppe... Sie eilte die Stufen hinab... Da war er. Er kehrte ihr den Rücken zu. Sie schlang die Arme um ihn. Er drehte sich um, zog sie an sich, hielt sie fest. Sein Mund lag auf dem ihren. «Ted, ich liebe dich, ich liebe dich», sagte sie, wieder und wieder...

Irgendwie gelang es ihr, aus dem Traum zu erwachen. Den Rest der Nacht lag sie, unglücklich und verzweifelt, in dem Bett, das Leila und Ted so oft miteinander geteilt hatten – in der festen Absicht, nicht zu schlafen.

Nicht zu träumen.

Donnerstag, 3. September 1987

Das Wort zum Tage:
Die Macht der Schönheit lebt noch in mir fort.
DRYDEN

Lieber Gast von Cypress Point
Einen frohen guten Morgen wünsche ich Ihnen. Ich hoffe, Sie genießen bei der Lektüre dieser Zeilen einen unserer köstlichen Fruchtsäfte zum Frühschoppen. Wie manchen von Ihnen bekannt, werden sämtliche Orangen und Grapefruits eigens für uns gezogen. Haben Sie diese Woche schon in unserer Boutique eingekauft? Wenn nicht, müssen Sie sich unbedingt die soeben eingetroffenen atemberaubenden Kreationen für Damen und Herren ansehen. Selbstverständlich nur Modelle. Jeder unserer Gäste ist einzigartig. Ein Hinweis zur Gesundheit. Inzwischen spüren Sie vielleicht Muskeln, deren Vorhandensein Sie längst vergessen hatten. Denken Sie daran: Körperbewegung ist niemals gleichbedeutend mit Schmerz. Ein leichtes Unbehagen zeigt Ihnen, daß Sie das Stadium des Überdehnens erreichen. Und achten Sie darauf, daß die Knie stets gelockert bleiben. Sehen Sie optimal aus? Freud und Leid haben in Ihrem Gesicht Spuren hinterlassen, winzige Fältchen, die Kollagen jedoch wie mit Zauberhand zu glätten vermag. Denken Sie daran, daß Ihnen dieser Weg jederzeit offensteht. Seien Sie heiter. Seien Sie ruhig. Seien Sie fröhlich. Und verleben Sie einen hübschen Tag.

Baron und Baronin von Schreiber

I

Um sechs stand Ted auf und machte sich zum Jogging fertig. Der Morgen war kühl und klar, doch tagsüber würde es wieder heiß werden. Er hatte kein festes Ziel, sondern überließ es dem Zufall, wohin ihn seine Füße tragen würden. Daß er sich nach zwanzig Minuten vor dem Haus seines Großvaters in Carmel befand, überraschte ihn keineswegs. Damals war es weiß, der jetzige Besitzer hatte es moosgrün streichen lassen – recht attraktiv, doch ihm war die weiße Farbe lieber, die in der Nachmittagssonne so unvergleichlich leuchtete. Der Strand hier gehörte zu seinen frühesten Erinnerungen. Seine Mutter half ihm, eine Sandburg zu bauen, lachend, das dunkle Haar flatternd, voller Glück, hier zu sein anstatt in New York, voller Dankbarkeit für die Atempause. Dieser gemeine Kerl, den er Vater nannte! Die infame Art, wie er sie lächerlich gemacht, wie er sie nachgeäfft hatte, die Brutalität. Warum? Woher stammte diese grausame Ader? Oder war es einfach der Alkohol, durch den das Rohe und Böse in seinem Vater zum Vorschein kam, bis er soviel trank, daß ihm die wilde Ader zur zweiten Natur wurde, daß sich seine Persönlichkeit auf Schnapsflasche und Fäuste reduzierte? *Und hatte er, Ted, diese brutale Ader geerbt?*

Ted stand am Strand, starrte zum Haus hinüber, sah seine Mutter und Großmutter auf der Veranda, sah seine Großeltern beim Begräbnis seiner Mutter, hörte seinen Großvater sagen: «Wir hätten sie dazu bringen müssen, ihn zu verlassen.»

Seine Großmutter flüsterte: «Sie wäre nie von ihm weggegangen – dann hätte sie ja auf Ted verzichten müssen.»

War es seine Schuld? Die Frage hatte er sich als Kind immer wieder gestellt. Und er stellte sie sich heute noch. Es gab keine Antwort darauf.

Jemand beobachtete ihn vom Fenster aus. Rasch joggte er weiter am Strand entlang.

Bartlett und Craig erwarteten ihn in seinem Bungalow. Sie hatten bereits gefrühstückt. Er bestellte sich telefonisch Saft, Toast, Kaffee. «Ich komme gleich wieder», entschuldigte er sich, duschte und zog Shorts und ein T-Shirt an. Das Frühstück für ihn war inzwischen gebracht worden. «Prompte Bedienung, nicht wahr? Min versteht sich wirklich darauf, einen solchen Betrieb zu leiten! Wäre eine gute Idee gewesen, eine Option zu erwerben und solche Kurzentren in neuen Hotels einzurichten.»

Keine Antwort. Die beiden saßen am Tisch, beobachteten ihn, wußten anscheinend, daß er einen Kommentar weder erwartete noch wünschte. Er leerte das Glas Orangensaft in einem Zug und schenkte sich Kaffee ein. «Ich werde den Vormittag über trainieren. Die letzte Gelegenheit, wir fliegen morgen nach New York. Craig, du berufst bitte den Vorstand zu einer Sondersitzung für Samstagvormittag ein. Ich trete von meinem Amt als Direktor und Vorstandsvorsitzender der Gesellschaft zurück und ernenne dich zu meinem Nachfolger.»

Seine Miene duldete keinen Widerspruch. Er wandte sich an

Bartlett und blickte ihn eisig an. «Ich habe beschlossen, mich für schuldig zu erklären, Henry. Geben Sie mir ein Resümee, mit was für einem Urteil ich im besten und im schlimmsten Fall zu rechnen habe.»

2

Elizabeth lag noch im Bett, als Vicky ihr das Frühstück brachte. Sie stellte das Tablett auf den Nachttisch und betrachtete Elizabeth prüfend. «Sie fühlen sich nicht wohl.»

Elizabeth schob das Kissen ans Kopfende und setzte sich auf. «Na, ich nehme an, ich werd's überleben.» Sie bemühte sich zu lächeln. «Irgendwie müssen wir ja weitermachen, oder?» Sie musterte das Tablett. «Das Frühstück, das Sie verblühten Spätlingen zur Aufmunterung servieren – so sagen Sie doch immer?»

«Damit meine ich natürlich nicht Sie», protestierte Vicky. «Ich hatte zwei Tage frei und hab das mit Miss Samuels eben erst erfahren. Sie war so ein lieber Mensch. Aber können Sie mir erklären, was sie im römischen Bad zu suchen hatte? Mir hat sie mal erzählt, sie kriegt vom bloßen Anblick 'ne Gänsehaut. Es erinnert sie an eine Gruft, das hat sie gesagt. Auch wenn sie sich schlecht fühlte, dahin wäre sie zuallerletzt gegangen.»

Nachdem Vicky sich verabschiedet hatte, nahm Elizabeth den Tagesplan vom Tablett. Ursprünglich wollte sie keine weiteren Behandlungen, überlegte es sich dann aber anders. Sie war um zehn zur Massage bei Gina vorgemerkt. Vielleicht konnte sie von der redseligen Gina mehr an Personalklatsch erfahren, wenn sie die richtigen Fragen stellte.

Elizabeth beschloß, das volle Programm zu absolvieren, solange sie hierblieb. Seit der ersten Gymnastikstunde waren ihre Glieder zunehmend lockerer und geschmeidiger geworden, aber es war ihr schwergefallen, nicht ständig zu Alvirah Meehans Platz in der ersten Reihe hinüberzuschauen. Sie hatte sich so abgeplagt, daß sie am Schluß mit hochrotem Gesicht schwer schnaufte. «Immerhin hab ich die ganze Zeit mitgehalten», hatte sie Elizabeth stolz mitgeteilt.

Auf dem Korridor zu den Kosmetikräumen stieß sie mit Cheryl zusammen. Sie war im Bademantel und hatte Finger- und Fußnägel knallrot lackiert. Elizabeth wollte wortlos vorübereilen, doch Cheryl hielt sie am Arm fest. «Ich muß mit dir reden, Elizabeth.»

«Worüber?»

«Über diese anonymen Briefe. Besteht die Möglichkeit, noch welche zu finden?» Ohne eine Antwort abzuwarten, sprach sie überstürzt weiter: «Solltest du nämlich noch welche haben oder finden, wünsche ich, daß man sie analysiert, auf Fingerabdrücke oder sonstige Hinweise untersucht, alles, was du und die Wissenschaftler tun können, um dem Absender auf die Spur zu kommen. Ich war's jedenfalls nicht! Kapiert?»

Elizabeth sah ihr nach, wie sie den Korridor entlangfegte. Sie hörte sich überzeugend an, darin mußte sie Scott zustimmen. Wenn sie andererseits so gut wie sicher war, daß nach diesen letzten beiden Briefen keine weiteren mehr auftauchen konnten, hatte sie absolut richtig und glaubhaft reagiert. Eine wie gute Schauspielerin war Cheryl?

Um zehn lag Elizabeth auf dem Massagetisch. Gina kam herein. «Für Aufregung ist hier reichlich gesorgt», begann sie.

«Das kann man wohl sagen.»

Gina streifte Elizabeth eine Plastikhaube über das Haar. «Erst Miss Samuels, dann Mrs. Meehan. Unglaublich.» Sie begann, Elizabeth den Nacken zu massieren. «Da ist wieder alles verspannt. Eine scheußliche Zeit für Sie, wo Sie doch mit Miss Samuels befreundet waren.»

«Ja, das stimmt», murmelte sie und lenkte dann ab, um nicht weiter über Sammy reden zu müssen. «Haben Sie auch Mrs. Meehan behandelt, Gina?»

«Na klar. Montag und Dienstag. Eine beachtliche Frau. Was ist denn mit ihr passiert?»

«Das weiß man nicht genau. Sie wollen jetzt ihre Krankengeschichte überprüfen.»

«Ich hatte sie für kerngesund gehalten. Ein bißchen untersetzt, aber Tonus, Herzschlag, Atmung einwandfrei. Sie hatte Angst vor Spritzen, aber davon kriegt man doch keinen Herzstillstand.»

Elizabeth zuckte zusammen, als Gina nun ihre Schulterpartie durchwalkte.

Gina lachte bekümmert. «Meinen Sie etwa, es gab auch nur einen im Haus, der nicht wußte, daß Mrs. Meehan im Behandlungsraum C eine Kollageninjektion bekommen sollte? Eins von den Mädchen hat sie Cheryl Manning fragen hören, ob sie dort schon mal Kollagen gekriegt hat. Können Sie sich so was vorstellen?»

«Nein. Sie haben mir doch neulich gesagt, Gina, seit Leilas Tod wär's hier nicht mehr dasselbe. Ich weiß schon, sie zog eine bestimmte Sorte von Schickeria an, aber der Baron hat doch jedes Jahr eine ansehnliche Menge neuer Gesichter ins Haus gebracht.» Gina brauchte noch etwas Creme, um weiterzumassieren. «Irgendwie komisch, vor ungefähr zwei Jahren war's aus damit. Keiner kann sagen, warum. Rumgereist ist er ja reichlich, meistens in der New Yorker Ecke. Sie erinnern sich doch, früher hat er regelmäßig Wohltätigkeitsbälle in einem Dutzend Großstädten abgeklappert, den Gewinnern einen Gutschein für eine Woche Aufenthalt in Cypress Point persönlich überreicht, 'ne Weile geplaudert, und am Schluß hatten sich dann drei Freundinnen entschlossen, die glückliche Gewinnerin zu begleiten – als zahlende Gäste, versteht sich.»

«Weshalb hat das Ihrer Meinung nach aufgehört?»

Gina senkte die Stimme. «Er war auf irgendwas aus. Keiner konnte rauskriegen, was – auch Min nicht, vermute ich... Sie fing an, ihn öfter zu begleiten. Sie bekam es mit der Angst zu tun, der hohe Herr hätte womöglich in New York irgendwas angefangen...»

Etwas angefangen? Elizabeth verstummte. Handelte es sich dabei um ein Theaterstück mit dem Titel *Karussell*? Und hatte in dem Fall Min die Wahrheit schon seit langem geahnt?

3

Ted verließ das Kurzentrum um elf. Die Sonne schien warm, es war windstill; ein Schwarm Kormorane zog am wolkenlosen Himmel dahin. Auf der Terrasse hielten sich die Kellner bereit, den Lunch zu servieren.

Wieder wurde Ted bewußt, wie perfekt der Betrieb funktionierte. Unter anderen Umständen würde er Min und den Baron damit betrauen, ein Dutzend Filialen weltweit einzurichten. Er lächelte schwach. Mit gewissen Einschränkungen – sämtliche Kostenvoranschläge des Barons würden von einem scharfsichtigen Buchhalter vorher genau unter die Lupe genommen.

Bartlett hatte inzwischen vermutlich mit dem Staatsanwalt telefoniert, so daß er ihm Genaueres über das zu erwartende Strafmaß sagen konnte. Es erschien immer noch völlig unwirklich. Und doch hatte eine Tat, an die er keinerlei Erinnerung besaß, ihn selbst und sein bisheriges Leben grundlegend verändert.

Er ging langsam zu seinem Bungalow, nickte den Gästen, die sich rund um das Schwimmbecken sonnten, förmlich zu. Er wollte sich in keine Gespräche einlassen. Er wollte auch nicht an die Diskussionen denken, die ihm mit Henry Bartlett bevorstanden. Erinnerung. Das Wort verfolgte ihn. Es gab nur unzusammenhängende Bruchstücke. Im Fahrstuhl zurück nach oben... Schwankend in der Halle... Er war so sternhagelvoll betrunken. Und dann weiter? Warum hatte er es ausgelöscht? Weil er sich nicht daran erinnern wollte, was er getan hatte? Gefängnis. Eingesperrt in einer Zelle. Vielleicht wäre es besser, wenn er...

In seinem Bungalow war niemand. Das bedeutete zumindest eine Atempause. Er hatte erwartet, sie wieder am Tisch sitzend vorzufinden. Er hätte Bartlett dieses Quartier geben und sich das kleinere nehmen sollen. Damit wäre ihm wenigstens etwas mehr Ruhe geblieben. Wahrscheinlich kamen sie zum Lunch zurück.

Craig. Ein guter Mann für die Kleinarbeit. Mit ihm am Ruder würde die Firma zwar nicht wachsen, doch er dürfte es wohl schaffen, sie auf Kurs zu halten. Er sollte dankbar für Craig sein. Craig war eingestiegen, als das Flugzeug mit acht leitenden Angestellten aus der Spitzenriege der Firma in Paris abstürzte. Craig war unentbehrlich, als Kathy starb. Craig war jetzt unentbehrlich. Und künftig...

Wie viele Jahre mußte er wohl absitzen? Sieben? Zehn? Fünfzehn?

Etwas mußte er noch erledigen. Er holte persönliches Briefpapier aus der Aktenmappe und begann zu schreiben. Dann versiegelte er den Umschlag, klingelte dem Zimmermädchen und bat sie, den Brief in Elizabeths Bungalow abzugeben.

Er hätte damit lieber bis kurz vor seiner Abreise morgen gewartet, aber wenn sie erfuhr, daß kein Prozeß stattfinden würde, entschloß sie sich vielleicht, noch ein wenig hierzubleiben.

Als sie mittags zurückkam, fand Elizabeth die Nachricht vor. Der Anblick des Umschlages – kirschrot mit weißem Rand, das Firmenzeichen von Winters Enterprises – mit ihrem Namen in der vertrauten energischen Handschrift weckte Erinnerungen. Wie oft war ein Brief auf dem gleichen Papier, in der gleichen Handschrift während der Pause in ihrer Garderobe abgegeben worden? «Hallo, Elizabeth, bin eben eingetroffen. Wollen wir nach der Vorstellung zusammen essen – falls Du nichts anderes vorhast? Der erste Akt war großartig.

Herzliche Grüße Ted.» Sie aßen miteinander und riefen Leila vom Restaurant aus an. «Gib acht auf den Meinen, Spatz. Paß auf, daß ihn kein aufgetakeltes Flittchen ködert.»
Sie hatten beide das Ohr an den Hörer gepreßt. «Du hast mich geködert, Superstar», war dann Teds Antwort.
Und sie spürte seine Nähe, seine Wange dicht an der ihren, ihre Finger klammerten sich an das Telefon, und sie hatte nur den einen Wunsch: daß sie den Mut aufbringen könnte, ihn nicht zu sehen.
Sie öffnete den Umschlag. Nachdem sie zwei Sätze gelesen hatte, stieß sie einen erstickten Schrei aus und mußte eine Weile innehalten, ehe sie die Kraft aufbrachte, die Lektüre zu beenden.

Liebe Elizabeth,
Ich kann Dir nur sagen, daß es mir leid tut, und das sind nur Worte ... Du hattest recht. Der Baron hörte in jener Nacht meinen Streit mit Leila. Syd sah mich auf der Straße. Ich erzählte ihm, Leila sei tot. Es hat keinen Sinn mehr, die Behauptung aufrechterhalten zu wollen, ich sei nicht dortgewesen. Glaub mir, ich hab nicht die leiseste Erinnerung an jene Augenblicke, aber angesichts all dieser Fakten werde ich mich nach meiner Rückkehr des Totschlags für schuldig bekennen.
Zumindest wird dies einen Schlußpunkt unter diese furchtbare Angelegenheit setzen und Dir den Alptraum ersparen, in meinem Prozeß auszusagen und Leilas Tod in allen Einzelheiten noch einmal durchmachen zu müssen.
Gott schütze Dich. Vor langer Zeit erzählte mir Leila, daß sie Dir damals, als Ihr von Kentucky nach New York aufgebrochen seid und Du, ein kleines Mädchen, Angst hattest, ein Lied vorgesungen hat: «Ich will dich nie mehr weinen sehn.»
Denke an sie, wie sie Dir jetzt dieses Lied vorsingt, und versuche, einen neuen und glücklicheren Abschnitt Deines Lebens zu beginnen.

Ted

Die nächsten zwei Stunden kauerte Elizabeth auf der Couch, die Arme um die Knie geschlungen, blicklos vor sich hin starrend. Das war es doch, was du wolltest, versuchte sie sich einzureden. Er wird für das bezahlen, was er Leila angetan hat. Doch der Schmerz quälte sie so übermächtig, daß er sie allmählich betäubte.
Als sie sich erhob, waren ihre Beine steif geworden, so daß sie sich

vorsichtig wie eine alte Frau bewegte. Trotz allem gab es da immer noch die Sache mit den anonymen Briefen.

Sie würde nun nicht eher ruhen, bis sie herausgefunden hatte, wer der Absender und damit auch der Urheber des Dramas war.

Nach ein Uhr erhielt Ted einen Anruf von Bartlett. «Wir müssen sofort miteinander reden», teilte ihm Henry kurz mit. «Kommen Sie zu mir rüber, sobald Sie können.»

«Gibt es einen Grund, weshalb wir uns nicht hier treffen können?»

«Ich erwarte ein paar Anrufe aus New York, die ich keinesfalls verpassen möchte.»

Als Craig ihm öffnete, hielt sich Ted nicht mit langen Vorreden auf. «Was ist los?»

«Es wird Ihnen nicht gefallen.»

Bartlett saß nicht wie üblich an dem ovalen Eßtisch, den er zum Arbeiten benutzte, sondern zurückgelehnt in einem Armsessel, die eine Hand auf dem Telefon, griffbereit. Er sieht nachdenklich aus, befand Ted, fast wie ein Philosoph, der vor ein unlösbares Problem gestellt wird.

«Wie schlimm ist es?» fragte Ted. «Zehn Jahre? Fünfzehn Jahre?»

«Schlimmer. Man will kein Schuldbekenntnis entgegennehmen. Es ist ein neuer Augenzeuge aufgetaucht.»

Bartlett erklärte kurz und schonungslos: «Wie Sie wissen, haben wir Privatdetektive auf Sally Ross angesetzt. Wir wollten sie auf jede nur mögliche Weise diskreditieren. Einer der Detektive befand sich vorletzte Nacht in ihrem Wohnhaus. Ein Dieb wurde auf frischer Tat ertappt, als er das einen Stock über Mrs. Ross gelegene Apartment auszurauben versuchte. Er hat von sich aus ein Abkommen mit dem Staatsanwalt getroffen. Er war schon einmal in jener Wohnung. Am späten Abend des 29. März. Er behauptet, gesehen zu haben, wie Sie Leila von der Terrasse hinunterstießen.»

Er sah, wie Teds gebräuntes Gesicht sich aschgrau verfärbte.

«Also nichts mit meinem Schuldbekenntnis», flüsterte er tonlos.

«Wozu sollten sie sich dazu bereitfinden bei einem solchen Zeugen? Meine Leute versichern, seine Sicht sei durch nichts behindert gewesen, während sie bei Sally Ross durch den Eukalyptusbaum auf der Terrasse verdunkelt wurde. Eine Etage höher war er nicht mehr im Weg.»

«Mir ist's völlig egal, wie viele Leute Ted in jener Nacht gesehen haben», platzte Craig heraus. «Er war betrunken. Er wußte nicht, was er tat. Ich widerrufe meine Aussage und erkläre, er habe um 21 Uhr 31 mit mir telefoniert.»

«Ausgeschlossen, das können Sie nicht!» fuhr ihn Bartlett an. «Sie haben bereits zu Protokoll gegeben, daß Sie das Telefon klingeln hörten und nicht abnahmen. Schlagen Sie sich das ja aus dem Kopf!» Ted steckte die zu Fäusten geballten Hände in die Taschen. «Vergiß das gottverdammte Telefon. Was genau behauptet dieser Zeuge gesehen zu haben?»

«Bisher hat es der Staatsanwalt abgelehnt, Anrufe von mir entgegenzunehmen. Durch meine internen Kanäle habe ich erfahren, daß der Kerl behauptet, Leila habe um ihr Leben gekämpft.»

«Das hieße dann für mich die Höchststrafe?»

«Der für diesen Fall bestellte Richter ist ein Idiot. Der läßt einen armen Schlucker mit einem freundlichen Klaps laufen, egal, was er auf dem Kerbholz hat, aber wenn er es mit bedeutenden Leuten zu tun hat, spielt er gern den harten Burschen. Und Sie gehören nun mal zur Elite.»

Das Telefon läutete. Bartlett nahm sofort ab. Ted und Craig sahen, wie er die Stirn immer tiefer runzelte, mit der Zunge über die Lippen fuhr, sich auf die Lippen biß. Sie hörten die barschen Anweisungen: «Ich will das Strafregister von dem Kerl. Ich will genau wissen, was für eine Übereinkunft ihm angeboten wurde. Ich will Aufnahmen haben, die den Blick von der Terrasse dieses Apartments bei Dunkelheit und Regen zeigen. Macht euch schleunigst an die Arbeit.»

Als er den Hörer auflegte, stellte er fest, daß Ted im Sessel zusammengesackt war, während Craig sich kerzengerade aufgerichtet hatte. «Wir gehen vor Gericht», erklärte er. «Der neue Augenzeuge ist früher schon mal in der Wohnung gewesen. Er hat den Inhalt von etlichen Wandschränken beschrieben. Diesmal wurde er erwischt, kaum daß er den Fuß in den Hausflur gesetzt hatte. Er sagt, er habe Sie gesehen, Teddy. Leila packte Sie, versuchte, sich zu retten. Sie hoben sie hoch, Sie hielten sie über das Geländer und schüttelten sie, bis sie Ihre Arme losließ. Keine hübsche Szene, wenn die vor Gericht geschildert wird.»

«Ich... hielt... sie... über... das...» Ted ergriff eine Vase und schleuderte sie quer durch den Raum in den Marmorkamin. Sie zerschellte, ein Hagel von Kristallsplittern ergoß sich über den Teppich. «Nein! Das ist nicht möglich!» Er machte auf dem Absatz kehrt und stürzte blindlings zur Tür. Er warf sie mit solcher Wucht hinter sich zu, daß die Scheiben klirrten.

Sie blickten ihm nach, als er über den Rasen zu den Bäumen rannte, welche die Grenzlinie zwischen Cypress Point und Crocker Woodland markierten. «Er ist schuldig», bemerkte Bartlett. «Jetzt gibt es keine Möglichkeit mehr, wie ich ihn herauspauken könnte. Geben Sie mir einen eindeutigen Lügner, und ich kann mit ihm arbeiten. Wenn ich dagegen Teddy in den Zeugenstand rufe, werden die Geschworenen ihn arrogant finden. Und wenn ich's nicht tue, haben wir Elizabeths Schilderung, wie er Leila anschrie, und zwei Augenzeugen, die berichten, wie er sie getötet hat. Und damit soll ich arbeiten?» Er schloß die Augen. «Für seinen Jähzorn hat er uns ja eben einen Beweis geliefert.»

«Es gab einen besonderen Grund für diesen Ausbruch», erklärte Craig leise. «Als Achtjähriger hat Ted mit angesehen, wie sein betrunkener Vater in einem Wutanfall seine Mutter über die Terrassenbrüstung ihres Penthauses hielt.» Er holte tief Luft. «Nur daß sein Vater sich entschlossen hat, sie nicht fallen zu lassen.»

4

Um zwei Uhr rief Elizabeth bei Syd an und bat ihn, sich mit ihr am großen Schwimmbecken zu treffen. Als sie hinkam, hatte gerade ein Kurs für Unterwasseraerobic begonnen. Männer und Frauen, mit Wasserbällen ausgerüstet, folgten eifrig den Anweisungen: «Halten Sie den Ball mit beiden Händen, schwingen Sie ihn hin und her... nein, unter Wasser natürlich...» Musikbegleitung erklang.

Sie wählte einen Tisch am anderen Ende der Terrasse. Es war niemand in der Nähe. Nach zehn Minuten hörte sie hinter sich ein scharrendes Geräusch. Sie rang nach Luft. Syd... Er hatte sich durch die Sträucher geschlängelt und einen Stuhl beiseite gestoßen, um auf die Terrasse zu gelangen. Er wies mit dem Kopf in Richtung Schwimmbecken. «Ich bin in einer Hausmeisterwohnung in Brooklyn aufgewachsen. Kaum zu glauben, wie das Besenschwingen die Muskulatur meiner Mutter gestrafft hat.»

Das kam im liebenswürdigen Plauderton, doch er war auf der

Hut. Das Polohemd und die Shorts, die er trug, ließen die kräftigen, drahtigen Arme und die strammen, muskulösen Beine erkennen. Merkwürdig, dachte Elizabeth, ich habe Syd immer als weichlichen Typen betrachtet, vielleicht wegen seiner miserablen Haltung. Das scharrende Geräusch. Hatte sie vergangene Nacht ein Stuhlrücken gehört, als sie den Rückweg antrat? Und Montagabend hatte sie gemeint, etwas oder jemanden sich bewegen zu sehen. War es möglich, daß sie beim Schwimmen beobachtet wurde? Ein flüchtiger, aber beunruhigender Gedanke.

«Dafür, daß hier für teures Geld Entspannung geboten wird, gibt's ne ganz beachtliche Menge Nervenbündel», spottete Syd, während er sich ihr gegenübersetzte.

«Und ich dürfte wohl das schlimmste Nervenbündel sein. – Syd, du hattest dein eigenes Geld in *Karussell* investiert. Du hast Leila das Manuskript gebracht, hast dich um die von ihr gewünschten Änderungen gekümmert. Ich muß mit dem Autor sprechen, mit Clayton Anderson. Wo kann ich ihn erreichen?»

«Keine Ahnung. Ich bin ihm nie begegnet. Der Vertrag wurde durch seinen Anwalt abgeschlossen.»

«Dann nenne mir den Namen des Anwalts.»

«Nein.»

«Weil es nämlich gar keinen Anwalt gibt, stimmt's, Syd? Dieses Stück hat Helmut geschrieben, oder etwa nicht? Er hat es dir gebracht, und du hast es Leila gegeben. Helmut wußte, daß Min sich fürchterlich aufregen würde, wenn sie dahinterkäme. Dieses Stück hat ein Mann geschrieben, der besessen war – von Leila. Deshalb hätte es auch ein Erfolg werden müssen.»

Er wurde puterrot. «Du weißt ja nicht, wovon du redest.»

Sie gab ihm Teds Brief. «Wirklich nicht? Erzähl mir von deiner Begegnung mit Ted an jenem Abend. Warum bist du damit nicht schon vor Monaten herausgerückt?»

Syd überflog den Brief. «Er hat das schriftlich gegeben? Er ist ein noch größerer Narr, als ich dachte.»

Elizabeth beugte sich vor. «Demnach hat der Baron Teds Auseinandersetzung mit Leila gehört, und Ted hat dir erzählt, daß Leila tot sei. Ist es denn keinem von euch beiden eingefallen, nachzusehen, was passiert war, ob man ihr noch irgendwie helfen konnte?»

Syd schob den Stuhl zurück. «Mir reicht's, das hör ich mir nicht länger an.»

«Nein, du wirst ruhig weiter zuhören, Syd. Warum bist du an

jenem Abend zu Leilas Wohnung gegangen? Warum war der Baron dort? Sie hatte keinen von euch zu sich gebeten.»

Syd stand auf. Sein wutverzerrtes Gesicht wirkte abstoßend. «Jetzt hör du mal zu, Elizabeth. Deine Schwester hat mich ruiniert, als sie die Rolle hinschmiß. Ich wollte sie bitten, sich das noch mal zu überlegen. Ich habe das Gebäude gar nicht betreten. Ted rannte auf der Straße an mir vorbei. Ich jagte hinterher. Er sagte mir, sie sei tot. Wer überlebt schon einen solchen Sturz? Ich hab mich da rausgehalten. Den Baron hab ich an dem Abend überhaupt nicht gesehen.» Er warf ihr Teds Brief zu. «Bist du nicht zufrieden? Ted wandert ins Gefängnis. Das hast du doch gewollt, oder?»

«Geh nicht, Syd. Ich hab noch eine Menge Fragen. Der Brief, den Cheryl gestohlen hat, warum hast du ihn vernichtet? Er hätte Ted vielleicht geholfen. Ich dachte immer, du wolltest ihm unbedingt helfen.»

Syd setzte sich bedächtig. «Ich möchte ein Abkommen mit dir treffen, Elizabeth. Es war mein Fehler, den Brief zu zerreißen. Cheryl schwört, daß sie weder den noch sonst einen geschrieben hat. Ich glaube ihr.»

Elizabeth wartete. Sie würde ihm nicht auf die Nase binden, daß Scott seine Meinung teilte.

«Du hast recht mit dem Baron», fuhr Syd fort. «Er hat das Stück geschrieben. Du weißt, wie geringschätzig Leila ihn behandelt hat. Er wollte Macht über sie haben, sie zu Dank verpflichten. Jeder andere hätte sie lieber ins Bett gezogen.» Er hielt inne. «Elizabeth, wenn Cheryl morgen nicht abreisen kann zu ihrem Presseempfang, geht ihr die Serie verloren. Das Studio läßt sie glatt fallen, wenn sich rausstellt, daß sie festgehalten wird. Auf dich hört Scott. Überrede ihn, Cheryl da rauszulassen, und ich gebe dir dafür einen Wink wegen der Briefe.»

Elizabeth starrte ihn an. Er schien ihr Schweigen für Zustimmung zu nehmen. Während er weitersprach, trommelte er mit den Fingern auf dem Tisch. «Der Baron hat *Karussell* geschrieben. Ich hab die ersten Entwürfe mit seinen handschriftlichen Korrekturen. Spielen wir's doch mal durch, Elizabeth, rein hypothetisch. Angenommen, das Stück wird ein Hit. Der Baron braucht Min nicht mehr. Cypress Point hängt ihm zum Hals raus. Er ist jetzt Broadway-Autor und ständig mit Leila zusammen. Wie könnte Min das verhindern? Indem sie dafür sorgt, daß es garantiert ein Reinfall wird. Wie bewerkstelligt sie das? Indem sie Leila zerstört. Und sie wußte am besten, wie das zu geschehen hätte. Ted und Leila waren seit drei Jahren liiert. Wenn Cheryl sie auseinanderbringen wollte, warum hätte sie damit so lange gewartet?»

Bevor sie antworten konnte, machte der Stuhl das gleiche scharrende Geräusch wie bei seiner Ankunft. Elizabeth blickte ihm nach. Es war möglich. Und es ergab Sinn. Sie hörte Leila sagen: Meine Güte, Spatz, ist das bei Min nicht die reine Affenliebe? Ich möchte um alles in der Welt nicht diejenige sein, die ihr bei ihrem Spielzeugsoldaten in die Quere kommt. Min würde sofort das Kriegsbeil ausgraben und damit auf mich losgehen.»

Oder mit Schere und Klebstoff?

Syd entschwand ihren Blicken. Es könnte klappen, dachte er. Sie hatte es ihm leichtgemacht, seinen Trumpf auszuspielen. Wenn sie es schluckte, würde der Verdacht gegen Cheryl vielleicht hinfällig. Das flüchtige Lächeln erlosch wieder. Vielleicht...

Doch wie stand es um ihn selbst?

5

Blicklos und wie erstarrt saß Elizabeth am Schwimmbecken, bis die muntere Stimme der Kursleiterin sie aus ihrem Schock aufschreckte. Mit wachsendem Entsetzen hatte sie die Ungeheuerlichkeit von Mins möglichem Verrat zu ermessen versucht. Nun stand sie auf und machte sich auf den Weg zum Hauptgebäude.

Der Nachmittag hielt, was der Morgen versprochen hatte. Warmer Sonnenschein, kein Windhauch, selbst die Zypressen wirkten sanft und nicht bedrohlich, ihre dunklen Blätter glänzten. Die farbfrohen Blumenrabatten waren frisch gegossen und entfalteten ihre Blütenpracht.

Am Empfang amtierte eine Aushilfskraft, eine freundliche Dreißigerin. Der Baron und seine Frau waren ins Monterey Hospital gefahren, um Mr. Meehan ihren Beistand anzubieten. «Sie sind völlig verzweifelt ihretwegen.» Die Fürsorge schien sie zutiefst zu beeindrucken.

Sie waren auch verzweifelt, als Leila starb, dachte Elizabeth. Jetzt fragte sie sich, inwieweit Mins Kummer ihrem Schuldgefühl entsprungen war. Sie schrieb ein paar Zeilen an Helmut und verschloß den Umschlag. «Bitte geben Sie dies dem Baron, sobald er zurückkommt.»

Sie warf einen Blick auf den Fotokopierer. Sammy hatte das Gerät eingeschaltet, als sie aus irgendeinem Grund ins römische Bad wanderte. Wenn sie nun wirklich durch irgendeinen Anfall desorientiert war? Wenn sie nun den Brief im Fotokopierer gelassen hatte? Min war am nächsten Morgen früh nach unten gekommen. Womöglich hatte sie ihn gefunden und vernichtet.

Erschöpft ging Elizabeth zu ihrem Bungalow. Sie würde nie erfahren, wer diese Briefe geschickt hatte. Niemand würde das je zugeben. Wozu blieb sie noch hier? Es war alles vorbei. Und was gedachte sie mit dem Rest ihres Lebens anzufangen? Ted hatte ihr in seinem Brief gewünscht, sie möge einen neuen, glücklicheren Abschnitt beginnen. Wo? Wie?

Ihr Kopf schmerzte – ein dumpfes, pausenloses Hämmern. Ihr fiel ein, daß sie den Lunch abermals übersprungen hatte. Sie wollte sich telefonisch nach Alvirah Meehan erkundigen und dann packen. Eine traurige Bilanz: Es gab keinen einzigen Ort der Welt, an den es sie hinzog, keinen einzigen Menschen, den sie sehen wollte. Sie holte einen Koffer aus dem Wandschrank, klappte ihn auf, hielt jäh inne.

Sie hatte immer noch Alvirahs Brosche. Sie steckte noch in der Hosentasche. Sie nahm sie heraus und stellte fest, daß sie schwerer war, als man ihr ansah. Sie war zwar keine Schmuckexpertin, doch hier handelte es sich zweifellos nicht um ein wertvolles Stück. Sie drehte es um, betrachtete die Rückseite. Die Brosche besaß nicht den üblichen Sicherheitsverschluß. Statt dessen gab es eine eingearbeitete Vorrichtung. Sie untersuchte abermals die Vorderseite. Die winzige Öffnung in der Mitte war ein Mikrofon!

Diese Entdeckung traf sie wie ein Schlag. Die scheinbar simplen Fragen, Alvirahs Herumspielen an der Brosche – damit hatte sie das Mikrofon ausgerichtet, um alles mitzubekommen, was in ihrer Umgebung gesprochen wurde. Der Koffer in ihrem Bungalow mit der kostspieligen Ausrüstung, die Kassetten – sie mußte sie an sich bringen, bevor es jemand anders tat.

Sie klingelte nach Vicky.

Fünfzehn Minuten später war sie wieder in ihrem Bungalow, mit den Kassetten und dem Recorder aus Alvirah Meehans Koffer. Vicky wirkte nervös und etwas verängstigt. «Hoffentlich hat uns keiner da reingehen sehen», flüsterte sie.

«Ich übergebe alles Sheriff Alshorne», beruhigte sie Elizabeth. «Ich möchte bloß sicherstellen, daß sie nicht spurlos verschwinden, wenn Mrs. Meehans Mann jemand davon erzählt.» Sie stimmte Vickys Vorschlag zu, ihr Tee und ein Sandwich zu bringen. Als Vicky mit dem Tablett erschien, fand sie Elizabeth mit Kopfhörern vor, einen Notizblock auf dem Schoß, einen Kugelschreiber in der Hand, während sie die Tonbänder abspielte.

6

Scott Alshorne schätzte keine ungeklärten Fälle, zumal wenn sie derart verdächtige Begleitumstände aufwiesen. Gut, Dora Samuels hatte unmittelbar vor ihrem Tod einen leichten Schlaganfall erlitten. Wie lange vorher? Auf Alvirah Meehans Gesicht hatte sich ein Blutstropfen gefunden, der auf eine Injektion schließen ließ. Der Laborbefund zeigte einen sehr niedrigen Blutzuckerspiegel, möglicherweise die Folge einer Injektion. Die Intensivmaßnahmen des Barons hatten ihr zum Glück das Leben gerettet.

Mrs. Meehans Mann konnte erst sehr spät ausfindig gemacht werden – um ein Uhr früh New Yorker Zeit. Er hatte ein Flugzeug gechartert und traf um 7 Uhr morgens Ortszeit ein. Am frühen Nachmittag fuhr Scott ins Monterey Hospital, um mit ihm zu sprechen.

Der Anblick von Mrs. Meehan – geisterhaft bleich, kaum atmend, an Apparate angeschlossen – erschien Scott unwirklich. Menschen wie Mrs. Meehan sollten eigentlich nicht krank werden. Sie waren dafür zu robust, zu lebensvoll. Der stämmige Mann, der ihm den Rücken zukehrte, nahm offenbar keine Notiz von seiner Anwesenheit. Er saß vornübergebeugt und flüsterte seiner Frau etwas zu.

Scott tippte ihm auf die Schulter. «Mr. Meehan, ich bin Scott Alshorne, der Sheriff von Monterey County. Das mit Ihrer Frau tut mir sehr leid.»

Willy Meehan machte eine ruckartige Kopfbewegung in Richtung Schwesternstation. «Ich weiß genau, was die über ihren Zustand denken. Aber ich sag Ihnen, sie wird wieder kerngesund. Ich hab ihr angedroht, wenn sie sich untersteht und vor mir stirbt, dann verjuxe ich das ganze Geld mit einem blonden Flittchen. Dazu läßt sie's nicht kommen – nicht wahr, Schatz?» Tränen rollten ihm über die Wangen.

«Mr. Meehan, ich muß mich kurz mit Ihnen unterhalten, nur ein paar Minuten.»

Sie konnte hören, wie Willy auf sie zuging, doch er blieb unerreichbar. Noch nie hatte sich Alvirah so schwach gefühlt. Sie konnte nicht einmal die Hand bewegen, sie war so müde. Und dabei mußte sie ihnen etwas sagen. Sie wußte jetzt, was geschehen war. Es war sonnenklar. Sie mußte sich irgendwie zum Sprechen bringen, versuchte, die Lippen zu bewegen, aber es ging nicht. Dann bemühte sie sich, mit dem Finger zu wackeln. Willys Hand lag auf der ihren, und sie konnte einfach nicht die Kraft aufbringen, ihm begreiflich zu machen, daß sie ihm etwas mitteilen wollte.

Wenn sie doch bloß die Lippen bewegen, seine Aufmerksamkeit erwecken könnte... Er sprach von den Reisen, die sie unternehmen wollten. Sie empfand eine leichte Gereiztheit, hätte ihm gerne zugerufen, er solle den Mund halten und ihr zuhören... Bitte, Willy, hör mir zu...

Das Gespräch auf dem Korridor vor der Intensivstation verlief ergebnislos. Alvirah hatte eine Konstitution «wie ein Pferd». Sie war nie krank, nahm keine Medikamente. Scott fragte erst gar nicht, ob sie vielleicht drogensüchtig sein könnte. Das war sowieso ausgeschlossen, und er wollte den verzweifelten Ehemann nicht kränken.

«Sie hat sich so auf diese Reise gefreut», erzählte Willy Meehan. «Sie hat sogar für den *Globe* Artikel darüber geschrieben. Sie hätten sehen sollen, wie aufgeregt sie war, als die ihr zeigten, wie man Gespräche aufzeichnet...»

«Sie hat Artikel geschrieben?» rief Scott. «Und Gespräche aufgezeichnet?»

Er wurde unterbrochen. Eine Schwester stürzte aus der Intensivstation. «Mr. Meehan, würden Sie bitte hereinkommen? Sie versucht wieder zu sprechen. Wir hätten gern, daß Sie mit ihr reden.»

Scott eilte hinterher. Alvirah gelang es mit ungeheurem Kraftaufwand, die Lippen zu bewegen. «Sti... Sti...»

Willy ergriff ihre Hand. «Ich bin ja da, Schatz, ich bin bei dir.»

Die Anstrengung war so groß. Sie war so müde. Sie würde gleich einschlafen. Wenn sie doch nur ein einziges Wort herausbekommen könnte, um sie zu warnen. Mit unendlicher Mühe schaffte es Alvirah. Sie artikulierte das Wort laut genug, um es selber hören zu können.

Sie sagte: «Stimmen.»

7

Die nachmittäglichen Schatten wurden länger, doch Elizabeth war jedes Zeitgefühl abhanden gekommen, während sie Alvirah Meehans Tonbänder abhörte. Gelegentlich drückte sie auf die Stopptaste und ließ das Band zurücklaufen, um sich einen bestimmten Abschnitt mehrmals vorzuspielen. Der Block füllte sich mit Notizen.

All diese taktlos erscheinenden Fragen waren tatsächlich ungemein clever. Elizabeth dachte daran, wie sie mit der Gräfin zusammengesessen und sich gewünscht hatte, die Gespräche an Mins Tisch belauschen zu können. Jetzt konnte sie es. Manches war akustisch unscharf, doch sie konnte genug hören, um Streß, Ausflüchte, Versuche, das Thema zu wechseln, auszumachen.

Sie begann, ihre Notizen systematisch zu ordnen, legte für jeden am Tisch ein eigenes Blatt an. Auf jeder Seite schrieb sie unten die Fragen hin, die sich ihr dazu stellten. Als sie mit dem ersten Band fertig war, kam ihr das Ganze wie ein heilloser Mischmasch von verwirrenden Sätzen vor.

Ach, Leila, wie ich dich herbeiwünsche. Du warst zu zynisch, aber in bezug auf Menschen hattest du so oft recht. Du konntest hinter ihre Fassaden sehen. Etwas stimmt nicht, und ich überhöre es. Was ist es nur?

Sie meinte, Leilas Antwort zu vernehmen, als sei sie tatsächlich anwesend. *Um Himmels willen, Spatz, mach doch die Augen auf! Sieh nicht bloß das, was die Leute dich sehen lassen wollen. Fang an zuzuhören, eigenständig zu denken. Hab ich dir denn nicht wenigstens das beigebracht?*

Sie wollte gerade die letzte Kassette einlegen, als das Telefon klingelte. Helmut. «Du hast eine Nachricht für mich hinterlassen.»

«Ja. Warum bist du an dem Abend, an dem sie starb, zu Leilas Apartment gegangen, Helmut?»

Er rang hörbar nach Luft. «Doch nicht am Telefon, Elizabeth. Darf ich jetzt zu dir herüberkommen?»

Während sie auf ihn wartete, versteckte sie den Recorder nebst Kassetten sowie ihren Notizblock. Das ging Helmut nichts an. Von der Existenz der Tonbänder sollte er nicht einmal etwas ahnen.

Diesmal hatte ihn seine steife militärische Haltung anscheinend verlassen. Er saß ihr mit herabhängenden Schultern gegenüber. Mit leiser, hastiger Stimme und stärkerem Akzent als sonst berichtete er ihr, was er Min zuvor gebeichtet hatte. Er hatte das Stück geschrieben. Er wollte Leila an jenem Abend anflehen, sich die Sache noch einmal zu überlegen.

«Das Geld hast du von Mins Schweizer Konto genommen?» Er nickte. «Minna hat es vermutet. Was hilft's?»

«Ist es möglich, daß sie es die ganze Zeit wußte? Daß sie diese Briefe geschickt hat, weil sie Leila damit aus der Fassung bringen und so die Aufführung torpedieren wollte? Niemand kannte Leilas emotionalen Zustand besser als Min.»

Der Baron machte große Augen. «Aber das ist ja einfach großartig. Es liegt genau auf Mins Linie. Dann hat sie vielleicht die ganze Zeit gewußt, daß kein Geld mehr da war. Ob sie mich wohl einfach bestrafen wollte?»

Elizabeth kümmerte es nicht, daß man ihr den Abscheu vom Gesicht ablesen konnte. «Ich teile deine Bewunderung für diese Machenschaften keineswegs, falls sie tatsächlich auf Min zurückgehen.» Sie holte sich einen neuen Block vom Schreibtisch. «Du hast Teds Auseinandersetzung mit Leila gehört?»

«Ja.»

«Wo warst du? Wie bist du hineingekommen? Wie lange hast du dich dort aufgehalten? Was genau hast du gehört?»

Es half ihr, Wort für Wort mitzuschreiben, was er sagte, sich ganz darauf zu konzentrieren. Er hatte Leila um ihr Leben flehen hören und nicht einmal versucht, ihr zu helfen.

Als er endete, glitzerten Schweißtropfen auf seinen glattrasierten Wangen. Sie wollte ihn aus den Augen haben, konnte sich jedoch nicht enthalten zu fragen: «Und wenn du nun nicht weggelaufen, sondern statt dessen in die Wohnung gegangen wärst? Leila könnte dann noch am Leben sein. Ted würde sich nicht wegen einer geringeren Haftstrafe schuldig bekennen, wenn du nicht nur daran gedacht hättest, deine eigene Haut zu retten.»

«Das glaube ich nicht, Elizabeth. Das alles hat sich in Sekunden abgespielt.» Er sah sie aus weitaufgerissenen Augen an. «Aber hast du's denn nicht gehört? Von Schuldbekenntnis kann keine Rede mehr sein. Es war in den Nachrichten. Ein zweiter Augenzeuge hat Ted gesehen, als er Leila über die Terrassenbrüstung hielt, bevor er sie fallen ließ. Der Staatsanwalt plädiert auf lebenslänglich.»

Leila war nicht bei einem Kampf über die Brüstung gestürzt. Er hatte sie darübergehalten, dann absichtlich fallen lassen. Daß Leilas Tod um einige Schrecksekunden verlängert wurde, erschien Elizabeth grausamer als das, was sie in ihren schlimmsten Angstträumen verfolgt hatte. Ich sollte froh sein, daß sie die Höchststrafe erwägen, sagte sie sich. Ich sollte froh über die Gelegenheit sein, gegen ihn auszusagen.

Sie sehnte sich verzweifelt danach, allein zu sein, rang sich jedoch noch eine Frage ab: «Hast du Syd in jener Nacht in der Nähe von Leilas Wohnung gesehen?»

Konnte sie seinem erstaunten Gesicht trauen? «Nein», antwortete er entschieden. «War er denn dort?»

Es ist vorbei, sagte sich Elizabeth. Sie rief bei Scott Alshorne an. Der Sheriff war dienstlich unterwegs. Sie hinterließ die Bitte um Rückruf. Sie wollte ihm Alvirah Meehans Recorder nebst Zubehör übergeben und die nächste Maschine nach New York nehmen. Kein Wunder, daß sich alle bei Alvirahs unablässigen Fragen so gereizt anhörten. Die meisten hatten ja etwas zu verbergen.

Die Rosette. Sie wollte sie schon zu den übrigen Sachen in den Koffer packen, als ihr klar wurde, daß sie die letzte Kassette nicht abgehört hatte. Ihr fiel ein, daß Alvirah die Brosche in der Klinik angehabt hatte... Es gelang ihr, die Kassette aus dem winzigen Behälter zu lösen. Ob Alvirah trotz ihrer Angst vor den Kollagenspritzen den Recorder laufen gelassen hatte?

Tatsächlich, die Kassette war bespielt. Sie begann mit der Unterhaltung zwischen Alvirah und der Krankenschwester über die beruhigende Wirkung von Valium. Dann Türklicken, Alvirahs Atemgeräusche, abermals Türklicken... Die etwas gedämpfte, undeutliche Stimme des Barons, die Alvirah Mut zusprach; wiederum Türklicken, Alvirahs Keuchen, ihr Versuch, um Hilfe zu rufen, ihr Ringen nach Luft, neuerliches Türklicken, die fröhliche Stimme der Schwester: «Hier sind wir, Mrs. Meehan. Sind Sie bereit für die Verschönerung?» Und dann die Schwester in höchster Erregung, am Rande der Panik: «Mrs. Meehan, was ist denn los? Doktor...»

Nach einer Pause Helmuts Stimme, knappe, barsche Anweisungen: «Runter mit dem Bademantel!» Der Ruf nach dem Sauerstoffgerät. Ein hämmerndes Geräusch – offenbar die Herzmassage; danach verlangte Helmut, alles für eine intravenöse Injektion vorzubereiten. Das geschah dann in meiner Gegenwart, dachte Elizabeth. Er hat versucht, sie zu töten. Was immer er ihr gab, es sollte sie umbringen. Alvirahs beharrliche Hinweise auf den Satz vom «Schmetterling, der auf einer Wolke dahinsegelt», ihre ständige

Wiederholung, daß sie das an etwas erinnere, ihre Lobsprüche über seine schriftstellerischen Qualitäten – empfand er das als Katz-und-Maus-Spiel? Hatte er trotz allem die Hoffnung, irgendwie würde Min nicht die Wahrheit über das Theaterstück, über ihr Schweizer Konto erfahren?

Sie spielte das letzte Band immer wieder ab. Da war etwas, das sie nicht verstand. Was überhörte sie?

Ohne zu wissen, wonach sie eigentlich suchte, las sie die Notizen noch einmal durch, die sie sich bei Helmuts Schilderung von Leilas Tod gemacht hatte. Ihr Blick heftete sich auf einen Satz. Aber das ist doch falsch, dachte sie.

Es sei denn ...

Wie ein erschöpfter Bergsteiger, den nur noch wenige Zentimeter vom Gipfel trennen, ging sie die Notizen durch, die sie zu Alvirah Meehans Tonbändern gemacht hatte.

Und fand die Lösung.

Sie hatte die ganze Zeit auf sie gewartet. Wußte er, wie nahe sie der Wahrheit gekommen war?

Ja, er wußte es.

Sie erschauerte, wenn sie sich an die scheinbar so unschuldigen Fragen erinnerte, an ihre verwirrten Antworten, die für ihn so bedrohlich geklungen haben mußten.

Hastig griff sie zum Telefon. Sie wollte Scott anrufen. Und dann ließ sie die Hand wieder sinken. Was sollte sie ihm sagen? Es gab nicht den Schatten eines Beweises. Es würde ihn niemals geben.

Es sei denn, sie konnte ihn zum Handeln zwingen ...

8

Über eine Stunde saß Scott an Alvirahs Bett in der Hoffnung, sie würde noch etwas sagen. Dann erklärte er Willy Meehan: «Ich bin gleich wieder da.» Er hatte John Whitley draußen entdeckt und folgte ihm in sein Sprechzimmer.

«Haben Sie weitere Informationen für mich, John?»

«Nein.» Der Arzt wirkte zugleich wütend und perplex. «Ich hab was dagegen, wenn ich nicht weiß, woran ich eigentlich bin. Ihr Blutzucker war so niedrig, daß wir – in Ermangelung einer nachgewiesenen schweren Hypoglykämie – von dem Verdacht ausgehen müssen, jemand habe ihr Insulin injiziert. Es besteht nicht der geringste Zweifel, daß sich an der Stelle auf der Wange, wo wir den Blutstropfen entdeckt haben, ein Einstich befindet. Wenn nun der Kollege von Schreiber behauptet, ihr keinerlei Injektion im Gesicht verabfolgt zu haben, ist da irgend etwas faul.»

«Wie stehen ihre Chancen?» fragte Scott.

John zuckte die Achseln. «Ich weiß es nicht. Zum jetzigen Zeitpunkt läßt sich noch nicht sagen, ob sie eine Gehirnschädigung davongetragen hat. Wenn Willenskraft sie zurückholen kann, dann schafft das ihr Mann. Er macht das genau richtig. Erzählt ihr von dem Flugzeug, das er hierher gechartert hat, von der Renovierung des Hauses nach ihrer Rückkehr. Wenn sie ihn hören kann, fühlt sie sich dadurch gefordert und – unentbehrlich.»

Von Johns Zimmer hatte man Aussicht auf den Garten. Scott trat ans Fenster. Wenn er doch nur eine Weile allein sein, das Ganze durchdenken könnte! «Wir können nicht beweisen, daß Mrs. Meehan Opfer eines Mordversuchs war. Wir können nicht beweisen, daß Miss Samuels ermordet wurde.»

«Hieb- und stichfest bestimmt nicht.»

«Das heißt also, selbst wenn wir herausbekämen, wer am Tod der beiden Frauen interessiert gewesen sein könnte – und den Mut aufbringt, seinen Mordplan ausgerechnet dort durchzuführen –, wären wir trotzdem vielleicht außerstande, irgend etwas zu beweisen.»

«Das gehört zwar eher in Ihren Aufgabenbereich, aber ich stimme Ihnen zu.»

Scott hatte noch eine letzte Frage: «Mrs. Meehan hat zu sprechen versucht und brachte schließlich ein Wort heraus – ‹Stimmen›. Ist es denkbar, daß jemand in ihrem Zustand sich tatsächlich eine Mitteilung abringt, die Hand und Fuß hat?»

Whitley zuckte die Achseln. «Meinem Eindruck nach ist das Koma noch immer zu tief, um irgendwelche Rückschlüsse zu ziehen. Doch ich könnte mich irren. Es wäre nicht das erste Mal.»

Scott unterhielt sich nochmals mit Willy Meehan im Korridor. Alvirah wollte eine Artikelserie schreiben. Der Chefredakteur vom *New York Globe* hatte sie aufgefordert, so viele Insider-Informationen wie nur möglich über die Prominenz zusammenzutragen. Scott erinnerte sich an die unzähligen Fragen, die sie in seiner Gegenwart beim Dinner gestellt hatte. Was mochte Alvirah wohl unwissentlich erfahren haben? Das lieferte immerhin einen Grund für den

Anschlag auf ihr Leben – sofern es sich um einen Anschlag gehandelt hatte. Und es erklärte die kostspielige Recorder-Ausrüstung in ihrem Koffer. Um fünf hatte er einen Termin beim Bürgermeister von Carmel. Über das Sende- und Empfangsgerät in seinem Wagen hörte er, daß Elizabeth zweimal angerufen hatte. Der zweite Anruf war dringend. Sein Instinkt veranlaßte ihn, die Verabredung mit dem Bürgermeister zum zweitenmal innerhalb von zwei Wochen abzusagen und direkt nach Cypress Point Spa zu fahren.

Durch das große Aussichtsfenster konnte er Elizabeth beobachten. Sie telefonierte. Er wartete, bis sie aufgelegt hatte, bevor er anklopfte. Die dreißig Sekunden boten ihm Gelegenheit, Elizabeth eingehend zu betrachten. Die schrägen Strahlen der Nachmittagssonne mit ihren Schatteneffekten brachten die hohen Wangenknochen, den breiten, empfindsamen Mund, die leuchtenden Augen zur Geltung. Wäre ich ein Bildhauer, hätte ich sie gern als Modell, dachte er. Sie ist nicht nur schön, sondern besitzt darüber hinaus Stil und natürliche Eleganz. Eines Tages hätte sie Leila in den Schatten gestellt.

Elizabeth übergab ihm die Tonbänder. Sie wies auf den vollgeschriebenen Notizblock. «Tun Sie mir einen Gefallen, Scott, hören Sie diese Bänder sehr, sehr sorgfältig ab. Dies hier», sie deutete auf die Kassette, die sie der Rosette entnommen hatte, «wird Ihnen einen Schock versetzen. Spielen Sie's ganz ab und warten Sie ab, ob Sie das mitkriegen, was ich gehört zu haben meine.» Sie reckte das Kinn entschlossen vor, ihre Augen funkelten.

«Was haben Sie vor, Elizabeth?» fragte er.

«Etwas, das ich tun muß – das einzige, was ich tun kann.»

Mehr sagte sie nicht, so ernst auch Scott in sie drang. Er erzählte ihr, daß Alvirah Meehan schließlich ein Wort herausgebracht hatte: Stimmen. «Gibt Ihnen das irgendeinen Anhaltspunkt?»

Elizabeth lächelte vielsagend.

«Und ob», sagte sie heftig.

9

Ted hatte das Gelände von Cypress Point Spa um die Mittagsstunde fluchtartig verlassen und war um fünf immer noch nicht zurück. Henry Bartlett drängte es sichtlich wieder nach New York. «Wir

334

sind hergekommen, um Teds Verteidigung vorzubereiten», beschwerte er sich. «Hoffentlich ist er sich klar darüber, daß sein Prozeß in fünf Tagen beginnt. Wenn er nicht mit mir konferieren will, dann hat es für mich keinen Sinn, weiter tatenlos hier herumzusitzen.» Das Telefon klingelte. Craig sprang wie elektrisiert auf. «Elizabeth! Was für eine nette Überraschung... Ja, das stimmt. Ich klammere mich an den Gedanken, daß wir den Staatsanwalt trotzdem noch überreden können, auf ein Schuldbekenntnis einzugehen, aber das ist ziemlich unrealistisch... Wir haben noch nicht übers Dinner gesprochen, aber natürlich wäre es schön, mit dir zu essen... Ach, das! Ich weiß nicht. Da war irgendwie kein Witz mehr drin. Und Ted hat sich immer darüber geärgert. Fein... Also dann bis zum Dinner.»

Scott fuhr mit heruntergekurbelten Wagenfenstern nach Hause, um die jetzt vom Meer wehende kühle Brise zu genießen. Das war angenehm, dennoch vermochte er die bösen Vorahnungen nicht abzuschütteln, die ihn erfaßten. Elizabeth führte etwas im Schilde, und er spürte instinktiv, daß es gefährlich sein könnte.

An der Küstenlinie bei Pacific Grove kam leichter Nebel auf, der sich später bestimmt verdichten würde. Er bog um die Ecke und steuerte in die Zufahrt zu einem hübschen, schmalen Haus. Seit sechs Jahren kam er nun in ein leeres Heim zurück und empfand jedesmal wieder die schmerzliche Leere, die Jeanies Tod hinterlassen hatte. Mit ihr hatte er über seine Fälle gesprochen. An diesem Abend hätte er ihr beispielsweise einige hypothetische Fragen gestellt: Meinst du, daß ein Zusammenhang besteht zwischen Dora Samuels' Tod und Alvirah Meehans Koma? Und noch eine Frage schoß ihm durch den Kopf: Hältst du es für möglich, daß zwischen diesen beiden Frauen und Leilas Tod ein Zusammenhang besteht?

Und schließlich: Jeanie, was zum Teufel hat Elizabeth vor?

Scott duschte, zog alte Hosen und einen Pullover an, kochte eine Kanne Kaffee und legte einen Hamburger auf den Grill. Als er sich zum Essen setzte, ließ er das erste von Alvirahs Tonbändern laufen. Er begann mit dem Abhören um Viertel nach sechs. Um sieben war sein Notizblock ebenso vollgeschrieben wie der von Elizabeth. Um Viertel nach acht spielte er die Bandaufnahme aus der Klinik ab. «Dieser Mistkerl», murmelte er. Er hat ihr tatsächlich irgendwas gespritzt. Aber was? Wenn er nun mit dem Kollagen angefangen und sofort gemerkt hatte, daß sie kollabierte? Er war schließlich unmittelbar danach mit der Schwester zurückgekommen.

Scott ließ das Band nochmals durchlaufen, dann ein drittes Mal, und da wurde ihm endlich klar, was Elizabeth gemeint hatte. Als der Baron das erste Mal mit Mrs. Meehan sprach, klang seine Stimme irgendwie sonderbar: heiser, guttural, jedenfalls verblüffend anders als die, mit der er wenige Sekunden später der Schwester Anweisungen zubrüllte.

Er rief das Monterey Hospital an und verlangte Dr. Whitley, um ihm eine Frage zu stellen: «Kann es Ihrer Meinung nach einem Arzt passieren, daß nach einer Injektion eine Nachblutung auftritt?»

«Schlampige Injektionen hab ich auch bei erstklassigen Chirurgen schon öfter erlebt. Und wenn es ein Arzt war, der Mrs. Meehan mit dieser Spritze schaden wollte – dann war er vielleicht anstandshalber wenigstens nervös.»

«Vielen Dank, John.»

«Keine Ursache.»

Er wärmte gerade den Kaffee auf, als es an der Haustür klingelte. Er eilte hinaus, um zu öffnen. Vor ihm stand Ted Winters.

Zerknitterte Kleider, beschmutztes Gesicht, zerzaustes Haar, Arme und Beine mit frischen Kratzwunden übersät. Er stolperte herein und wäre hingefallen, wenn ihn Scott nicht rechtzeitig gepackt hätte.

«Scott, du mußt mir helfen. Jemand muß mir helfen. Das ist eine Falle, ich schwör's. Ich hab's stundenlang probiert, Scott, und konnte es einfach nicht. Ich konnte mich nicht dazu bringen.»

«Ruhig, ganz ruhig.» Scott legte den Arm um Ted und führte ihn zur Couch. «Du kippst ja gleich um.» Er goß einen ordentlichen Brandy ein. «Los, trink das.»

Nach ein paar Schlucken fuhr sich Ted mit der Hand über das Gesicht, als wolle er die schiere Panik wegwischen, die er gezeigt hatte. Ein kläglicher Versuch zu lächeln scheiterte, er war zum Umfallen müde. Er wirkte jung, verletzlich, keine Spur mehr von dem souveränen Leiter eines Wirtschaftsimperiums. Fünfundzwanzig Jahre waren ausgelöscht, und Scott meinte, den neunjährigen Jungen vor sich zu sehen, mit dem er immer fischen gegangen war.

«Hast du heute schon was gegessen?» fragte er.

«Ich kann mich nicht erinnern.»

«Dann trink den Brandy langsam. Ich mach dir ein Sandwich und Kaffee.»

Er wartete, bis Ted das Sandwich gegessen hatte, bevor er begann: «Na gut, am besten erzählst du mir jetzt mal alles der Reihe nach.»

«Scott, ich hab keine Ahnung, was eigentlich los ist, aber eins weiß ich: Ich hätte Leila nicht auf diese Weise töten können, wie man es mir einzureden versucht. Mir ist es gleich, wie viele Zeugen auf der Bildfläche erscheinen – etwas stimmt da nicht.»

Er beugte sich vor, blickte Scott flehend an. «Erinnerst du dich an Mutters furchtbare Höhenangst, Scott?»

«Dafür hatte sie auch allen Grund. Dein Vater, dieser Schuft...»

Ted fiel ihm ins Wort. «Es widerte ihn an, als er bemerkte, daß sich bei mir die gleiche Phobie entwickelte. Ich war ungefähr acht, als er sie eines Tages auf die Terrasse des Penthauses kommandierte, von wo sie nach unten schauen sollte. Sie begann zu weinen und sagte: ‹Komm, Teddy›, und wir wollten hineingehen. Er packte sie, hob sie hoch und hielt sie über das Geländer. Das war achtunddreißig Stockwerke hoch. Sie schrie, bettelte. Ich krallte mich an ihm fest. Er hob sie erst zurück, als sie ohnmächtig wurde. Dann ließ er sie einfach zu Boden fallen und sagte zu mir: ‹Wenn ich dir je hier draußen auch nur die leiseste Angst anmerke, mach ich mit dir genau dasselbe.›»

Ted schluckte und fuhr mit erstickter Stimme fort: «Dieser neue Augenzeuge sagt, ich hätte das mit Leila gemacht. Ich hab heute versucht, die Klippen in Point Sur runterzuklettern. Ich konnte es nicht! Ich konnte meine Beine nicht zwingen, bis zum Rand zu gehen.»

«Unter Streß bringen Menschen ganz seltsame Dinge zuwege.»

«Nein. Nein. Falls ich Leila getötet habe, dann auf irgendeine andere Weise. Das weiß ich. Zu behaupten, ich könnte sie, betrunken oder nüchtern, über das Geländer halten... Syd schwört, ich hätte ihm erzählt, mein Vater habe Leila von der Terrasse gestoßen; vielleicht kannte er die alte Geschichte. Vielleicht belügen sie mich alle. Scott, ich muß mich daran erinnern, was in jener Nacht passiert ist.»

Mitfühlend betrachtete ihn Scott, nahm die schlaff herabhängenden Schultern wahr, die unendliche Müdigkeit, die ihn zeichnete. Er war den ganzen Tag herumgelaufen, hatte sich zu zwingen versucht, am Rand einer Felsklippe zu stehen. Er wollte seine Höhenangst mit allen Mitteln überwinden, um die Wahrheit herauszufinden. «Hast du das erwähnt, als man dich wegen Leilas Tod zu verhören begann?»

«Es hätte sich lächerlich angehört.»

Es wurde dunkel. Über Teds Wangen rannen Schweißperlen. Scott machte Licht. Ted hatte anscheinend keinen Blick für das behagliche Zimmer mit den vielen Polstermöbeln, Jeanies handgestickten Kissen, dem hochlehnigen Schaukelstuhl, dem Bücherregal aus Kiefernholz. Er saß in einer Falle, die ihm andere mit ihren Zeugenaussagen gestellt hatten, stand unmittelbar vor der Verurteilung zu zwanzig bis dreißig Jahren Gefängnis. Er hat recht, befand Scott. Für ihn gab es nur die eine Hoffnung, sich in jene Nacht zurückzuversetzen. «Bist du bereit zu einer Hypnose oder Pentothal?» fragte er.

«Eins... beides... ist mir gleich.»

Scott rief abermals im Krankenhaus an und verlangte John Whitley. «Gehen Sie eigentlich nie nach Hause?»

«Gelegentlich schon. Ich bin jetzt gerade im Aufbruch.»

«Daraus wird leider nichts, John. Wir haben noch einen Notfall.»

10

Craig und Bartlett gingen zusammen zum Speisesaal. Sie hatten die «Cocktail»-Stunde absichtlich übersprungen und sahen gerade die letzten Gäste auf der Veranda aufbrechen.

«Mir gefällt das nicht», erklärte Bartlett. «Elizabeth Lange führt doch irgendwas im Schilde, wenn sie uns um ein gemeinsames Dinner bittet. Ich kann Ihnen sagen, der Staatsanwalt wird wenig erbaut sein, wenn er hört, daß seine Kronzeugin mit der Gegenseite an einem Tisch sitzt.»

«Seine ehemalige Kronzeugin», erinnerte ihn Craig.

«Das ist und bleibt sie. Die Ross ist völlig übergeschnappt. Der andere ist ein kleiner Dieb. Ich hab nichts dagegen, die beiden ins Kreuzverhör zu nehmen.»

Craig blieb stehen und packte ihn am Arm. «Meinen Sie damit, daß Ted trotz allem noch eine Chance hat?»

«Natürlich nicht. Er ist schuldig. Und ein zu schlechter Lügner, um sich selber rauszuwinden.»

Ein Plakat in der Halle kündigte einen Konzertabend für Flöte und Harfe an. Bartlett las die Namen der Künstler. «Die sind erstklassig. Ich hab sie vergangenes Jahr in der Carnegie Hall gehört. Gehen Sie auch manchmal dorthin?»

«Gelegentlich.»

«Welches Musikgenre mögen Sie?»

«Fugen von Bach. Und das überrascht Sie vermutlich.»

«Offen gestanden, darüber hab ich noch nie nachgedacht», erwiderte Bartlett kurz. Himmel, werde ich froh sein, wenn dieser Fall abgeschlossen ist, dachte er. Ein schuldiger Mandant, der nicht lügen kann, und ein Vize, der sich alles aufbuckelt und nie über seinen Minderwertigkeitskomplex wegkommen wird.

Min, der Baron, Syd, Cheryl und Elizabeth saßen bereits bei Tisch. Nur Elizabeth wirkte völlig entspannt. Sie hatte irgendwie anstelle von Min die Rolle der Gastgeberin übernommen. Die Stühle rechts und links neben ihr waren frei. Als die beiden näher kamen, streckte sie ihnen die Arme entgegen. «Die Plätze habe ich eigens für euch reserviert.»

Und was zum Teufel soll das heißen, fragte sich Bartlett.

Der Kellner schenkte alkoholfreien Wein ein. «Ich muß dir gestehen, Min, ich freue mich jetzt schon auf den ersten kräftigen Drink zu Hause», sagte Elizabeth.

«Warum machst du's nicht wie alle anderen?» fragte Syd. «Wo hast du deinen Koffer mit Vorhängeschloß?»

«In dem sind weitaus interessantere Dinge als Schnaps», entgegnete sie. Während des Dinners gab sie den Ton an, schwelgte in Erinnerungen an die Zeiten, die sie hier gemeinsam verbracht hatten.

Beim Dessert ergriff Bartlett die Initiative. «Miss Lange, ich kann mich des Eindrucks nicht erwehren, daß Sie irgendein Spielchen spielen, und ich für mein Teil mache bei so was grundsätzlich nicht mit, solange ich nicht die Spielregeln kenne.»

Elizabeth schob einen Löffel Himbeeren in den Mund, legte dann den Löffel nieder. «Sie haben ganz recht», entgegnete sie. «Ich wollte heute abend aus einem sehr speziellen Grund mit euch allen zusammen sein. Ihr alle sollt erfahren, daß ich nicht mehr glaube, Ted sei verantwortlich für den Tod meiner Schwester.»

Sie starrten sie entgeistert an.

«Laßt uns darüber reden. Jemand hat Leila absichtlich kaputtgemacht, indem er ihr diese anonymen Briefe schickte. Ich denke, das warst du oder du.»

Sie deutete auf Cheryl, dann auf Min.

«Da bist du völlig im Irrtum», widersprach Min entrüstet.

«Ich hab dir doch gesagt, du sollst weitere Briefe beibringen und sie untersuchen lassen, um den Absender zu ermitteln», fuhr Cheryl sie giftig an.

«Vielleicht tue ich genau das», konterte Elizabeth. «Mr. Bartlett, hat Ted Ihnen erzählt, daß Syd und der Baron sich in der Nacht, in der meine Schwester starb, dort aufgehalten haben?» Sie schien seine erstaunte Miene zu genießen. «Hinter dem Tod meiner Schwester steckt mehr, als bisher ans Licht gekommen ist. Ich weiß das. Einer, vielleicht auch zwei von euch wissen es. Es ist nämlich eine andere Version denkbar. Syd und Helmut hatten Geld in das Stück investiert. Syd war bekannt, daß Helmut das Stück geschrieben hatte. Sie zogen gemeinsam hin, um Leila zu beknien. Irgend etwas ging schief, und Leila starb. Man hätte es als Unfall betrachtet, wäre da nicht diese Frau gewesen, die schwor, sie habe Ted im Handgemenge mit Leila gesehen. An diesem Punkt ließ meine Aussage, daß Ted zurückgekommen war, die Falle zuschnappen.»

Der Kellner näherte sich beflissen, Min winkte abwehrend. Bartlett bemerkte, daß die Leute an den umliegenden Tischen sie beobachteten. «Ted hat keinerlei Erinnerung daran, daß er in Leilas Apartment zurückkehrte», fuhr Elizabeth fort. «Aber wenn er nun zurückging und sofort wieder kehrtmachte, wenn nun einer von euch mit Leila handgemein wurde? Ihr seid alle ungefähr gleich groß. Es regnete. Diese Ross könnte doch Leila gesehen und dann einfach als selbstverständlich angenommen haben, es sei Ted, gegen den sie sich zur Wehr setzte. Ihr beide habt euch geeinigt, Ted die Schuld an Leilas Tod zuzuschanzen, und die Geschichten ausgeheckt, die ihr ihm dann auftischtet. Wäre doch durchaus denkbar, oder?»

«Minna, die Frau hat den Verstand verloren», blubberte der Baron. «Du mußt wissen...»

«Ich bestreite nachdrücklich, in der fraglichen Nacht in der Wohnung gewesen zu sein», erklärte Syd.

«Du gibst zu, daß du hinter Ted hergerannt bist. Doch von wo aus? Von der Wohnung? Weil er dich Leila hinunterstoßen sah? Ein einmaliger Glückstreffer für dich, wenn er so traumatisiert war, daß sein Gedächtnis aussetzte. Der Baron behauptet, den Streit zwischen Leila und Ted gehört zu haben. Aber das gilt für mich genauso. Ich war Ohrenzeugin am Telefon. Und ich habe nicht gehört, was er gehört zu haben behauptet!»

Elizabeth stützte die Ellbogen auf den Tisch und blickte forschend von einem wütenden Gesicht zum nächsten.

«Ich bin überaus dankbar für diese Information», wandte sich Henry Bartlett an sie. «Sie haben jedoch anscheinend vergessen, daß es einen neuen Zeugen gibt.»

«Einen sehr gelegenen neuen Zeugen», entgegnete Elizabeth. «Ich habe heute nachmittag mit dem Staatsanwalt gesprochen. Dieser Zeuge entpuppt sich als geistig etwas unterbelichtet. In der Nacht, in der er von jener Wohnung aus angeblich Ted beobachtete, wie er Leila von der Terrasse fallen ließ, saß er im Gefängnis.» Sie stand auf. «Craig, würdest du mich begleiten? Ich muß noch zu Ende packen und möchte dann noch schwimmen. Es dürfte lange dauern, bis ich wieder hierherkomme – falls überhaupt.»

Draußen war es jetzt stockfinster. Mond und Sterne lagen hinter einem dichten Nebelschleier; die japanischen Laternen in den Bäumen und Sträuchern waren nur schwach glimmende Lichtpünktchen.

Craig legte ihr den Arm um die Schultern. «Das war eine Glanzvorstellung.»

«Genau das war es: eine Vorstellung. Beweisen kann ich gar nichts.»

«Hast du noch weitere anonyme Briefe?»

«Nein, das war reiner Bluff.»

«Die Enthüllungen über den neuen Zeugen waren ein Volltreffer.»

«Auch da hab ich geblufft. Er war tatsächlich an dem Aband im Gefängnis, wurde aber um acht gegen Kaution freigelassen. Leila starb um halb zehn. Sie können höchstens seine Glaubwürdigkeit in Zweifel ziehen.»

Vor ihrem Bungalow lehnte sie sich an ihn. «Ach, Craig, das ist alles so verrückt, nicht wahr? Ich grabe wie besessen nach der Wahrheit und komme mir dabei vor wie früher die Goldsucher... Der einzige Haken ist, daß ich keine Zeit mehr habe, deshalb mußte ich zu sprengen anfangen. Aber letzten Endes habe ich vielleicht doch einen von ihnen so aufgeschreckt, daß er – oder sie – einen Fehler macht.»

Er strich ihr über das Haar. «Du reist morgen ab?»

«Ja. Und du?»

«Ted ist noch nicht wieder aufgekreuzt. Vielleicht ist er auf Sauftour. Ich könnte es ihm nicht verdenken. Allerdings sähe ihm das nicht ähnlich... Wir werden wohl auf ihn warten. Aber wenn das Ganze vorüber ist und du magst – versprich mir, daß du mich anrufst.»

«Und kriege dann vom Anrufbeantworter deine Imitation eines japanischen Hausdieners geboten? Ach, ich vergaß. Du sagtest ja, daß du's geändert hast. Warum hast du das getan, Craig? Ich fand die Nummer immer sehr komisch. Leila auch.»

Er sah verwirrt aus. Sie wartete nicht auf Antwort, sondern fuhr fort: «Was haben wir hier früher für Spaß gehabt. Weißt du noch, wie Leila dich das erste Mal nach Cypress Point eingeladen hat, bevor Ted auf der Bildfläche erschien?»

«Natürlich erinnere ich mich daran.»

«Wie hast du Leila kennengelernt? Ich hab das ganz vergessen.»

«Sie wohnte im Beverly Winters. Ich schickte Blumen in ihre Suite. Sie rief an und bedankte sich, und wir nahmen zusammen einen Drink. Sie war auf dem Weg hierher und forderte mich auf mitzukommen...»

«Und dann begegnete sie Ted...» Elizabeth küßte ihn auf die Wange. «Halt mir die Daumen, daß mein Auftritt vorhin kein Schlag ins Wasser war. Wenn Ted unschuldig ist, liegt mir genausoviel an seiner Freiheit wie dir.»

«Das weiß ich. Du liebst ihn, nicht wahr?»

«Vom ersten Tag an, als du ihn Leila und mir vorgestellt hast.»

Elizabeth zog Schwimmanzug und Bademantel an, setzte sich an den Schreibtisch und schrieb einen langen Brief an Scott Alshorne. Dann läutete sie dem Zimmermädchen. Ein neues Gesicht, das sie noch nie gesehen hatte, aber das Risiko mußte sie eingehen. Sie steckte den Brief an Scott in einen zweiten Umschlag und kritzelte ein paar Zeilen dazu. «Geben Sie dies morgen früh Vicky. Keinesfalls jemand anders. Ist das klar?»

«Selbstverständlich.» Das neue Zimmermädchen war gekränkt.

«Vielen Dank.» Elizabeth blickte ihr nach und fragte sich, was sie wohl sagen würde, wenn sie die Mitteilung an Vicky lesen könnte.

Sie lautete: «Im Fall meines Todes übergeben Sie bitte diesen Brief unverzüglich Sheriff Alshorne.»

Um acht betrat Ted ein Privatzimmer im Monterey Peninsula Hospital. Dr. Whitley machte ihn mit einem Psychiater bekannt, der ihn zur Verabreichung der Injektion erwartete. Eine Videokamera war bereits installiert. Scott und ein Hilfssheriff sollten als Zeugen für die unter Pentothalnarkose gemachten Aussagen fungieren.

«Ich bin nach wie vor der Meinung, du solltest deinen Anwalt dabeihaben», mahnte Scott.

Ted schüttelte gereizt den Kopf. «Bartlett ist ja derjenige gewesen, der mich bedrängt hat, mich diesem Test nicht zu unterziehen. Ich gedenke keine Zeit mehr mit fruchtlosen Diskussionen darüber zu vergeuden. Die Wahrheit soll endlich ans Licht kommen.»

Er zog die Jacke aus, streifte die Schuhe ab und legte sich auf das Ruhebett.

Wenige Minuten, nachdem die Injektion zu wirken begonnen hatte, beantwortete er Fragen nach der letzten mit Leila verbrachten Stunde.

«Sie beschuldigte mich unentwegt, daß ich sie betrüge. Hatte Fotos von mir mit anderen Frauen. Gruppenbilder. Ich sagte ihr, daß so was auch zu meinem Job gehört. Die Hotels. Ich war nie allein mit irgendeiner Frau. Ich bemühte mich, vernünftig mit ihr zu reden. Sie hatte den ganzen Tag getrunken. Ich hielt mit. Ich hatte es gründlich satt. Ich warnte sie, sie müsse Vertrauen zu mir haben, ich könnte solche Szenen nicht ein Leben lang ertragen. Sie sagte, sie wisse ja, daß ich mit ihr zu brechen versuchte. Leila. Leila. Sie geriet außer sich. Ich wollte sie beruhigen. Sie zerkratzte mir die Hände. Das Telefon klingelte. Es war Elizabeth. Leila schrie mich weiter an. Ich ging weg. Nach unten in mein Apartment. Sah in den Spiegel. Blut an der Wange. An den Händen. Versuchte, Craig zu erreichen. Wußte, daß ich so nicht weiterleben konnte. Wußte, daß es aus war. Dachte aber, vielleicht tut sich Leila was an. Besser bei ihr bleiben, bis ich Elizabeth erreichen kann. Mein Gott, ich bin so betrunken. Der Fahrstuhl. Leilas Stockwerk. Tür öffnen. Leila schreit.»

Scott fragte eindringlich: «Was schreit sie, Ted?»

«Tu's nicht! Bitte tu's nicht!» Ted zitterte, schüttelte den Kopf, entsetzt, ungläubig.

«Ted, was siehst du? Was ist passiert?»

«Stoße die Tür auf. Zimmer ist dunkel. Die Terrasse... Leila... Halt. Hör auf. Hilf ihr. Pack sie! Laß sie nicht fallen! Laß Mammy nicht fallen!»

Ted begann zu schluchzen, wurde von krampfartigen Zuckungen geschüttelt.

«Ted, wer hat das mit ihr gemacht?»

«Hände. Sehe bloß Hände. Sie ist tot. Mein Vater...» Die Worte kamen abgehackt. «Leila ist tot. Daddy hat sie runtergestoßen. Daddy hat sie getötet.»

Der Psychiater sah Scott an. «Mehr kriegen Sie jetzt nicht zu hören. Entweder ist das alles, was er weiß, oder er kann sich noch nicht mit der vollen Wahrheit konfrontieren.»

«Genau das befürchte ich», flüsterte Scott. «Dauert es lange, bis er wieder klar ist?»

«Das geht ziemlich schnell. Er sollte sich eine Weile ausruhen.»

John Whitley stand auf. «Ich schaue eben mal nach Mrs. Meehan. Bin gleich zurück.»

«Ich würde gern mitkommen.» Der Kameramann packte seine Ausrüstung zusammen. «Geben Sie das Band in meinem Büro ab», ersuchte ihn Scott. Und zu seinem Stellvertreter gewandt: «Sie bleiben hier. Lassen Sie Mr. Winters nicht weg.»

Die Oberschwester der Intensivstation war sichtlich aufgeregt. «Wir wollten Sie gerade holen lassen, Doktor. Mrs. Meehan scheint aus dem Koma zu erwachen.»

«Sie hat wieder ‹Stimmen› gesagt.» Willy Meehan strahlte hoffnungsvoll. «Klar und deutlich.

«Heißt das, sie ist außer Gefahr?» erkundigte sich Scott.

John Whitley studierte das Krankenblatt und fühlte Alvirah den Puls. Er antwortete leise, damit Willy Meehan ihn nicht verstehen konnte: «Nicht unbedingt. Aber es ist zweifellos ein gutes Zeichen. Alles weitere müssen wir abwarten.»

Alvirahs Lider öffneten sich zuckend. Sie schaute starr geradeaus, dann konzentrierte sich ihr Blick auf Scott. Ihr Gesicht bekam einen drängenden Ausdruck. «Stimmen», flüsterte sie. «War's nicht.»

Scott beugte sich über sie. «Ich kann Sie nicht verstehen, Mrs. Meehan.»

Sie wollte ihnen sagen, wer ihr das angetan hatte, doch ihr fiel der Name nicht ein. Sie konnte ihn klar und deutlich sehen, aber an den Namen erinnerte sie sich nicht. Verzweifelt versuchte sie, sich dem Sheriff verständlich zu machen. «War nicht der Doktor... er hat's nicht getan... war nicht seine Stimme... Jemand anders...» Sie schloß die Augen und schlief ein.

«Es geht ihr besser», flüsterte Willy Meehan frohlockend. «Sie versucht, Ihnen was mitzuteilen.»

«War nicht der Doktor... war nicht seine Stimme...» Was zum Teufel meinte sie damit?

344

Scott eilte in das Zimmer, wo Ted wartete. Er saß jetzt mit gefalteten Händen in dem kleinen Kunststoffsessel. «Ich hab die Tür geöffnet», begann er tonlos. «Hände hielten Leila über das Geländer. Ich konnte bloß sehen, wie sich der weiße Satin blähte, wie sie mit den Armen um sich schlug...»

«Du konntest nicht erkennen, wer sie hielt?»

«Es ging so schnell. Ich glaube, ich versuchte, laut zu rufen, und dann war sie weg und dieser Jemand verschwunden. Er muß die Terrasse entlanggelaufen sein.»

«Hast du eine Vorstellung von seiner Größe?»

«Nein, es war, als ob ich meinen Vater beobachtete, wie er das meiner Mutter antat. Ich hab sogar das Gesicht meines Vaters vor mir gesehen.» Er blickte zu Scott auf. «Und geholfen hab ich weder dir noch mir, stimmt's?»

«Nein», antwortete Scott unumwunden. «Ich möchte, daß du jetzt frei assoziierst. Stimmen – sag, was dir spontan als erstes dazu einfällt.»

«Identifikation.»

«Weiter.»

«Einmalig. Persönlich.»

«Weiter.»

Ted zuckte die Achseln. «Mrs. Meehan. Sie brachte das Thema wiederholt auf. Offenbar hatte sie die Idee, einen Rhetorikkurs zu besuchen, und verwickelte jeden in Diskussionen über Akzent und alles, was mit Stimmen zusammenhängt.»

Scott dachte an Alvirahs Flüstern: «Nicht der Doktor... nicht seine Stimme...» Er vergegenwärtigte sich die Aufzeichnungen von den Gesprächen beim Dinner. Identifikation... Einmalig... Persönlich...

Die Stimme des Barons auf dem letzten Tonband. Er holte tief Luft. «Ted, erinnerst du dich, was Mrs. Meehan sonst noch über Stimmen gesagt hat? Etwas über Craig, wenn er deine imitiert?»

Ted runzelte die Stirn. «Sie fragte mich nach einer Geschichte, die sie vor Jahren in *People* gelesen hatte – daß Craig im Studentenheim die Anrufe für mich entgegennahm und daß die Mädchen unsere Stimmen nicht unterscheiden konnten. Ich sagte ihr, daß es stimmte. In der Schule hatte Craig mit seinen Imitationen immer stürmische Lacherfolge.»

«Und sie bat ihn um eine Probe seines Könnens, was er strikt ablehnte.» Als Ted ihn verblüfft ansah, schüttelte er ungeduldig den

Kopf. «Spielt keine Rolle, woher ich das weiß. Das war's, worauf mich Elizabeth mit der Nase stoßen wollte.»

«Keine Ahnung, wovon du sprichst.»

«Mrs. Meehan hat Craig unentwegt gelöchert, deine Stimme nachzuahmen. Verstehst du denn nicht? Keiner sollte auf den Gedanken kommen, daß er ein guter Imitator ist. Elizabeths Aussage gegen dich basiert einzig und allein darauf, daß sie deine Stimme hörte. Elizabeth verdächtigt ihn, aber wenn sie damit rausrückt, nimmt er sie aufs Korn.»

Düstere Ahnungen trieben ihn zur Eile. Er packte Ted am Arm und brüllte: «Los, wir müssen sofort nach Cypress Point!» Auf dem Weg nach draußen schrie er dem Streifenbeamten Anweisungen zu: «Rufen Sie Elizabeth Lange in Cypress Point Spa an. Sagen Sie ihr, sie soll im Haus bleiben und die Tür fest verschließen. Schicken Sie noch einen Streifenwagen rüber.»

Er stürmte durch die Halle, gefolgt von Ted. In seinem Wagen schaltete Scott sofort die Sirene ein. Es ist zu spät für dich, dachte er, das Bild des Mörders vor Augen. Elizabeth zu töten hilft dir nicht mehr...

Der Wagen raste über den Highway zwischen Salinas und Pebble Beach. Scott ratterte Anweisungen in das Sendegerät. Beim Zuhören erfaßte Ted erst die volle Bedeutung des Geschehens – die Hände, die Leila über die Terrasse gehalten hatten, wurden zu Armen, zu einer Schulter, Fragmente, die sich zu einem vertrauten Bild zusammenfügten. Entsetzen lähmte ihn, als er die Gefahr, in der Elizabeth schwebte, in ihrem vollen Ausmaß erkannte...

Hatte sie mit ihm gespielt? Natürlich. Aber sie hatte ihn unterschätzt – wie die anderen. Und dafür würde sie bezahlen – wie die anderen.

Gelassen zog er sich aus und öffnete den Koffer. Als er die Taucherausrüstung herausnahm, erinnerte er sich amüsiert daran, wie Sammy im letzten Moment seine Augen hinter der Taucherbrille erkannt hatte. Als er sie mit Teds Stimme gerufen hatte, war sie sofort zu ihm gerannt. Allen Beweisen zum Trotz hatte sie bis zuletzt nicht gegen Ted Stellung bezogen. Und weder das erdrückende Beweismaterial, das er so sorgfältig arrangiert hatte, noch der manipulierte neue Augenzeuge hatten Elizabeth zu überzeugen vermocht.

Der Taucheranzug war lästig. Sobald alles vorbei war, würde er sich die gesamte Ausrüstung vom Hals schaffen. Sollte doch jemand an dem Unfalltod von Elizabeth zweifeln und Fragen stellen, wäre es höchst unklug, sich durch solche Gegenstände als qualifizierter Taucher auszuweisen. Ted müßte sich natürlich daran erinnern. Aber dem war ja in all den Monaten noch nicht einmal in den Sinn gekommen, wie täuschend er ihn imitieren konnte. Ted – so dumm, so naiv. «Ich hab versucht, dich anzurufen, daran erinnere ich mich deutlich.» Und so war Ted zu seinem einwandfreien Alibi geworden. Bis diese neugierige Alvirah Meehan nicht mehr locker ließ. «Ich möchte Sie Teds Stimme imitieren hören. Nur einmal. Bitte. Sagen Sie irgendwas.» Er hätte sie am liebsten erwürgt, mußte sich allerdings bis gestern gedulden, als er sich vor ihr in den Behandlungsraum C schlich, im Wandschrank auf sie wartete, die Spritze für eine subkutane Injektion in der Hand. Zu schade, daß ihr nicht bewußt geworden war, wie täuschend echt er die Stimme des Barons nachgeahmt hatte.

Den Taucheranzug hatte er nun an. Er schnallte sich die Druckluftflasche auf den Rücken, machte das Licht aus und wartete. Er öffnete die Tür einen Spalt breit und lauschte. Nichts zu sehen oder zu hören. Der Nebel verdichtete sich, kein Problem, sich hinter den Bäumen an das Schwimmbecken heranzupirschen. Er mußte vor ihr dort sein, warten, bis sie vorbeischwamm, sich die Trillerpfeife schnappen, bevor sie sie an die Lippen führen konnte.

Er schlüpfte hinaus, schlich geräuschlos vorwärts, hielt sich im Schatten. Hätte er das Ganze doch nur am Montagabend hinter sich bringen können... aber da hatte Ted in der Nähe des Schwimmbeckens gestanden und Elizabeth beobachtet.

Ted war ihm immer im Weg. Immer derjenige, der Geld hatte, blendend aussah, dem die Frauen zuflogen. Er hatte sich gezwungen, das zu akzeptieren, sich Ted nützlich zu machen, zuerst auf dem College, dann im Büro: der Hofnarr, der verläßliche Assistent. Er hatte sich seinen Weg nach oben erkämpfen müssen, bis er nach dem Flugzeugabsturz dann sofort zur rechten Hand von Ted aufrückte; und nach dem Tod von Kathy und Teddy die Leitung der Firma übernehmen konnte...

Bis Leila in Erscheinung trat. Leila, der er verfallen war, die ihm gehört hatte – bis er mit ihr hierhergefahren war und sie Ted kennenlernte. Und ihn ausrangiert hatte wie ein abgelegtes Kleidungsstück.

Er hatte zugesehen, wie diese schlanken Arme Ted umschlangen, wie dieser sinnliche Körper sich an ihn schmiegte, war dann gegangen – hilflos, erbittert. Er konnte den Anblick der beiden nicht mehr ertragen, sann auf Rache, wartete seine Zeit ab.

Und die kam mit dem Theaterstück. Er mußte beweisen, daß es ein Fehler war, darin Geld zu investieren. Daß Ted ihn auszubooten begann, war bereits klar zu erkennen. Und es war seine Chance, Leila innerlich zu zerbrechen. Diese Briefe abzuschicken, Leilas Verfall zu beobachten – ein unvergleichliches Hochgefühl! Sie hatte sie ihm sogar jedesmal gleich nach Erhalt gezeigt. Er hatte ihr dringend geraten, sie zu verbrennen, sie vor Ted und Elizabeth geheimzuhalten. «Ted hat deine Eifersucht allmählich satt, und wenn du Elizabeth erzählst, wie sehr dich das aus der Fassung bringt, läßt sie die Tournee sausen, um bei dir zu sein. Damit könnte sie ihre Karriere ruinieren.»

Leila hatte seinen Rat dankbar akzeptiert. «Sag mir nur eins, Bulldogge. Ist das wahr? Gibt es eine andere?» Seine ausgeklügelten Proteste hatten die gewünschte Wirkung. Sie glaubte den Briefen.

Diese letzten beiden hatten ihm kein Kopfzerbrechen bereitet. Er nahm an, die gesamte ungeöffnete Post sei einfach weggeworfen worden. Trotzdem war dadurch kein Schaden entstanden. Den einen hatte Cheryl verbrannt, den anderen hatte er Sammy abgenommen. Endlich arbeitete alles für ihn. Morgen würde er Aufsichtsratsvorsitzender und Direktor von Winters Enterprises.

Er war am Schwimmbecken angelangt.

Geräuschlos glitt er in das dunkle Wasser und schwamm zum seichten Ende. Elizabeth sprang immer an der tiefsten Stelle hinein. An jenem Abend im *Elaine* hatte er gewußt, daß die Zeit gekommen war, Leila zu töten. Jeder würde an einen Selbstmord glauben. Er hatte sich durch eine der Gästesuiten im Obergeschoß des Apartments Einlaß verschafft und ihren Streit belauscht. Als er Ted hinausstürmen hörte, war ihm die Idee gekommen, dessen Stimme zu imitieren und damit Elizabeth den Eindruck zu vermitteln, Ted sei unmittelbar vor Leilas Tod bei ihr gewesen.

Er hörte Schritte. Sie war da. Bald würde er in Sicherheit sein. In jenen Wochen nach Leilas Tod hatte er gedacht, das Spiel verloren zu haben. Ted war nicht zusammengebrochen. Er hatte sich Elizabeth zugewandt. Leilas Tod wurde als Unfall angesehen. Und dann ereignete sich dieses unwahrscheinliche Glück mit der Verrückten, die behauptete, das Handgemenge zwischen Ted und Leila gesehen zu haben. Und Elizabeth wurde zur Kronzeugin.

Eine Schicksalsfügung. Jetzt waren der Baron und Syd zu unentbehrlichen Zeugen gegen Ted geworden. Der Baron konnte unmöglich abstreiten, Teds tätliche Auseinandersetzung mit Leila gehört zu haben. Syd hatte Ted auf der Straße getroffen. Sogar Ted selbst müßte etwas von der Szene auf der Terrasse mitbekommen haben, doch sein betrunkener Zustand und die Dunkelheit hatten eine Bewußtseinsverschiebung bewirkt und ihn die Kindheitsepisode mit seinem Vater noch einmal durchleben lassen.

Die Schritte näherten sich. Er ließ sich auf den Beckenboden sinken. Sie war ihrer selbst so sicher, so clever. Doch er hatte sie durchschaut und würde ihren Plan durchkreuzen, ihr keine Gelegenheit geben, die Trillerpfeife zu betätigen und Hilfe herbeizurufen.

Elizabeth deponierte den Bademantel am Beckenrand und spähte angestrengt ins Wasser. Es war völlig unbewegt. Sie tastete nach der Trillerpfeife. Sie mußte es nur schaffen, sie an den Mund zu führen...

Sie sprang hinein. Das Wasser erschien ihr recht kühl. Oder lag es daran, daß sie Angst hatte? Ich kann schneller schwimmen als jeder andere, dachte sie. Ich muß dieses Risiko eingehen. Würde er den Köder schlucken?

Stimmen. Alvirah Meehan hatte dieses Thema immer wieder aufgegriffen. Diese Hartnäckigkeit würde sie vielleicht das Leben kosten. Sie hatte erkannt, daß es nicht Helmuts Stimme gewesen war, und sich bemüht, ihnen das mitzuteilen.

Stimmen. Mit ihrer Aussage, es sei Teds Stimme gewesen, hatte sie ihn als denjenigen identifiziert, der wenige Minuten vor Leilas Tod bei ihr gewesen war.

Craig hatte behauptet, er habe sich in jener Nacht in seiner Wohnung befunden und ferngesehen, als Ted ihn anzurufen versuchte. Niemand hatte bezweifelt, daß Craig zu Hause war. Ted war sein Alibi.

Stimmen.

Craig wollte Ted verurteilt sehen. Ted wollte ihm die Leitung von Winters Enterprises übertragen. Hatte sie Craig mit ihrer Frage wegen der geänderten Ansage auf seinem Anrufbeantworter hinreichend erschreckt, um ihn zum offenen Angriff zu zwingen?

Elizabeth begann Freistil zu schwimmen, als sie plötzlich von unten in einen Zangengriff genommen wurde, der ihre Arme wie ein Schraubstock an den Körper preßte. Sie keuchte und schluckte

Wasser, würgte und wurde nach unten gezogen. Sie begann, mit den Fersen zu schlagen, die jedoch an dem dicken Gummi des Taucheranzugs abglitten. Mit einer verzweifelten Kraftanstrengung rammte sie die Ellbogen tief in die Rippen ihres Angreifers. Für einen Augenblick lockerte sich der Griff, und sie stieg langsam wieder an die Oberfläche. Als sie gerade mit dem Gesicht auftauchte, Luft holte und nach der Trillerpfeife tastete, umklammerten sie die Arme aufs neue, und sie glitt durch das dunkle Wasser hinunter zum Beckenboden.

II

«Nach dem Tod von Kathy und Teddy bin ich innerlich zerbrochen.» Es war, als spräche Ted nicht zu Scott, sondern zu sich selbst. Der Wagen passierte ohne Halt den Schlagbaum an der Zahlstelle von Pebble Beach. Das Heulen der Sirene störte den Abendfrieden, die Sichtweite betrug bei dem immer dichter werdenden Nebel nur noch wenige Meter.

«Craig übernahm die gesamte Geschäftsführung. Das gefiel ihm. Zuweilen meldete er sich am Telefon mit meiner Stimme und meinem Namen. Ich bat ihn schließlich, das zu unterlassen. Dann lernte er Leila kennen. Ich nahm sie ihm weg. In den Monaten vor Leilas Tod war ich vollauf in Anspruch genommen, weil ich eine Reorganisation plante. Ich hatte vor, seine Funktionen zu beschneiden, die Kompetenzen aufzuteilen zwischen ihm und zwei weiteren Mitarbeitern. Er wußte, was sich da anbahnte. Und er hat die Privatdetektive engagiert zur Beschattung der ersten Zeugin, eben jene Detektive, die so rechtzeitig zur Stelle waren, um den zweiten Zeugen nur ja nicht entwischen zu lassen.»

Sie waren auf dem Gelände von Cypress Point angelangt. Scott überquerte den Rasen und hielt vor Elizabeths Bungalow. Das Zimmermädchen eilte aus der Personalunterkunft herbei. Ted hämmerte an die Tür. «Wo ist Elizabeth?»

«Ich weiß es nicht. Sie gab mir einen Brief. Sie hat nichts davon gesagt, daß sie ausgeht.»

«Zeigen Sie mir den Brief.»

«Ich...»

«Geben Sie her.» Scott überflog die Mitteilung für Vicky, riß den andern adressierten Umschlag auf und vertiefte sich in den Brief.

«Wo ist sie?» drängte Ted.

«Mein Gott... so ein Wahnsinn...» Scott rang nach Fassung. «Sie ist zum Schwimmbecken...»

Der Wagen donnerte durch Hecken, über Blumenbeete zum Nordende des Areals. In den Bungalows begannen die Lichter anzugehen.

Sie erreichten die Terrasse. Ein Kotflügel streifte einen Tisch, warf ihn um. Sie stoppten am Rand des Schwimmbeckens. Scott ließ die Scheinwerfer an, so daß die Wasserfläche beleuchtet wurde.

Sie blickten angestrengt in das Schwimmbecken hinunter.

«Da ist niemand», stellte Scott fest. Panische Angst erfaßte ihn. Waren sie zu spät gekommen?

Ted deutete auf Luftblasen, die an die Oberfläche stiegen. «Sie ist da unten.» Er schleuderte die Schuhe weg und sprang hinein, tauchte bis zum Boden und kam wieder nach oben. «Hol Hilfe!» brüllte er und tauchte wieder.

Scott kramte im Handschuhfach nach seiner Taschenlampe, knipste sie an und sah eine Gestalt im Taucheranzug, die auf der Leiter hinauskletterte. Mit gezogener Pistole stürmte er zur Leiter. Mit einem raschen Sprung stürzte sich der Taucher auf ihn, rannte ihn um. Als Scott mit dem Rücken aufschlug, fiel ihm die Waffe aus der Hand.

Ted kam wieder an die Oberfläche, eine schlaffe Gestalt in den Armen. Er begann in Richtung Leiter zu schwimmen, und als Scott sich benommen aufsetzte, sah er, wie der Taucher sich rücklings auf Ted warf und ihn sowie Elizabeth nach unten zog.

Nach Luft ringend tastete Scott mit tauben Fingern umher, bis er seine Waffe gefunden hatte, er gab zwei Schüsse in die Luft ab, worauf zu seiner Erleichterung prompt die Sirenen der heranjagenden Streifenwagen ertönten.

Ted versuchte verzweifelt, Elizabeth mit einem Arm festzuhalten, während der andere seinen Angreifer mit Faustschlägen traktierte. Seine Lungen barsten; die Nachwirkungen der Pentothalnarkose machten ihm noch zu schaffen; er spürte, wie er das Bewußtsein zu verlieren drohte. Seine Attacken prallten wirkungslos an dem dicken Gummi des Taucheranzugs ab.

Die Atemmaske. Er mußte sie ihm vom Gesicht ziehen. Er ließ

Elizabeth los, versuchte mit aller Kraft, sie an die Oberfläche zu stoßen. Einen Moment lockerte sich der Zugriff, eine Hand streckte sich nach Elizabeth aus, um sie wieder nach unten zu ziehen. Das gab ihm die Möglichkeit, die Atemmaske zu packen. Doch ehe er sie ihm abreißen konnte, ließ ihn ein heftiger Stoß zurückschnellen.

Sie hatte den Atem angehalten, sich ganz locker und schlaff gemacht. Es bestand keine Möglichkeit, sich ihm zu entziehen. Ihre einzige Hoffnung war, daß er sie für bewußtlos hielt und so liegen ließ. Sie hatte ihn gezwungen, sich vorzuwagen – und jetzt würde er abermals damit durchkommen.

Die Sinne drohten ihr zu schwinden. Halt durch, dachte sie. Nein, es war Leila, die ihr gut zuredete. *Spatz, das ist es, was ich dir zu sagen versucht hab. Laß mich jetzt nicht im Stich. Er glaubt sich in Sicherheit. Du kannst es schaffen, Spatz.*

Sie spürte, wie die Arme sie loszulassen begannen. Sie trieb nach unten, unterdrückte den Impuls, sich den Weg an die Oberfläche zu erkämpfen. *Warte noch, Spatz, warte. Laß ihn nicht merken, daß du noch bei Bewußtsein bist.*

Und dann hatte sie gespürt, wie jemand sie packte, nach oben zog... andere Arme, die ihr Halt, Geborgenheit gaben. Ted... Sie spürte die Nachtluft auf dem Gesicht, atmete tief durch, als er sie keuchend weiterschleppte. Und dann – noch ehe sie es sah, fühlte sie, wie die massige Gestalt sich auf sie wuchtete, und schaffte es, einmal tief einzuatmen, bevor ihr Gesicht wieder unter Wasser war.

Teds Arm straffte sich. Sie fühlte, wie er sich wehrte. Craig versuchte, sie beide umzubringen. Er hatte nur noch ein Ziel, sie hier und jetzt zu vernichten. Sie konnte nichts gegen Teds Zugriff ausrichten, spürte, wie er sie mit einem Stoß an die Oberfläche befördern wollte, spürte, wie Craig ihren Knöchel umspannte und schaffte es, ihn wegzukicken.

An der Wasseroberfläche konnte sie die Wagen vorfahren sehen, die lauten Rufe hören. Sie holte ein-, zweimal tief Luft, pumpte die Lungen voll und tauchte dann wieder nach unten, wo Ted um sein Leben kämpfte. Sie wußte, wo sich Craig befand; sie hatte seinen Kopf angepeilt und war nun direkt über ihm. Er drückte Teds Hals zusammen. Scheinwerfer suchten die Wasserfläche ab. Sie konnte den Umriß von Craigs Armen erkennen, Teds Körper, der sich verzweifelt aufbäumte. Sie hatte nur eine Chance.

Jetzt. Sie war direkt über Craig. In einem waghalsigen Vorstoß gelang es ihr, die Finger unter die Atemmaske zu schieben. Er stieß heftig zurück, aber sie hielt die Maske fest, bis sie sie ihm vom Gesicht gezerrt hatte.

Sie hielt sie fest, während er danach griff, während seine Arme ihren Körper umklammerten, während er sie ihr zu entreißen versuchte, hielt sie fest, bis sie spürte, wie er von ihr weggezerrt wurde, hielt sie fest, bis sie sich mit berstenden Lungen an der Oberfläche wiederfand.

Endlich konnte sie durchatmen. Sie würgte, von heftigem Schluchzen geschüttelt, als Ted schließlich Craig den Polizisten überließ, die sich ringsum im Wasser befanden. Dann, wie von einer unwiderstehlichen magnetischen Anziehungskraft gesteuert, trieben sie und Ted aufeinander zu und legten eng umschlungen den Weg bis zur Leiter am Ende des Schwimmbeckens zurück.

Freitag, 4. September 1987

Das Wort zum Tage:
Doch Liebe, Schönheit, Herzensfreude, sie sind unsterblich
und unwandelbar.

Shelley

Liebe Gäste

Einige von Ihnen werden uns heute verlassen. Vergessen Sie nicht – unsere einzige Sorge galt Ihnen, Ihrem Wohlbefinden, Ihrer Gesundheit, Ihrer Schönheit. Kehren Sie zurück in den Alltag mit dem Bewußtsein, daß Ihnen in Cypress Point Spa Zuneigung und Fürsorge entgegengebracht wurden, daß wir uns sehnlichst wünschen, Sie bald wieder hier begrüßen zu können. Demnächst wird unser einzigartiges römisches Bad fertiggestellt sein. Es gibt für Frauen und Männer getrennte Öffnungszeiten, zwischen vier und sechs kann es jedoch nach europäischer Art von beiden gemeinsam benutzt werden, ein Vergnügen ganz besonderer Art.

Kommen Sie bald wieder, lassen Sie sich verwöhnen und Ihre Gesundheit festigen in der friedlichen Atmosphäre von Cypress Point Spa.

Baron und Baronin von Schreiber

Ein klarer, strahlender Morgen brach an. Der warme Sonnenschein vertrieb den Frühnebel. Seemöwen und Stärlinge kreisten hoch über der Brandung und ließen sich dann an der Felsküste nieder.

In Cypress Point Spa absolvierten die verbliebenen Gäste ihr Tagesprogramm. Im großen Schwimmbecken fanden die gewohnten Kurse statt, Massagen wurden verabfolgt, es gab Gesichtspflege, Kräuterpackungen, das Geschäft mit Schönheit und Luxus funktionierte weiter.

Scott hatte Min und Helmut, Syd und Cheryl, Elizabeth und Ted für elf zu einer Zusammenkunft bestellt. Sie versammelten sich im Musiksalon hinter verschlossenen Türen, den neugierigen Augen und Ohren von Gästen und Personal entzogen.

Elizabeth erinnerte sich an den Rest der Nacht nur verschwommen: Ted hielt sie... Jemand wickelte sie in den Bademantel... Dr. Whitley verordnete Bettruhe. Um zehn vor elf klopfte Ted an die Tür ihres Bungalows. Hand in Hand gingen sie den Weg entlang, zwischen ihnen bedurfte es keiner Worte.

Min und der Baron saßen nebeneinander. Min sieht erschöpft, aber irgendwie ruhiger aus, dachte Elizabeth. In ihren Augen blitzte etwas von der früheren eisernen Entschlossenheit auf. Der Baron, wie immer tipptopp vom Scheitel bis zur Sohle, von selbstverständlicher Eleganz, als wäre das Sporthemd ein Hermelinmantel, reservierte Haltung, wiedergewonnene Sicherheit. Auch für ihn waren in dieser Nacht böse Geister ausgetrieben worden.

Cheryls Augen wanderten unablässig zu Ted, verengten sich, wenn sie ihm ins Gesicht sahen. Mit ihrer spitzen Zunge fuhr sie sich über die Lippen, wie eine Katze, die zum Sprung ansetzt, um die verbotene Sahneschüssel auszulecken.

Neben ihr räkelte sich Syd. Er strahlte etwas aus, das ihm lange gefehlt hatte – ungezwungene Erfolgssicherheit.

Ted saß neben Elizabeth, den Arm auf ihrer Sessellehne, beschützend und wachsam, als fürchte er, sie könnte ihm entgleiten.

«Ich meine, wir sind nun am Ende des Weges angelangt.» Scotts müde Stimme verriet, daß er in dieser Nacht kaum geschlafen hatte. «Craig hat Henry Bartlett als Anwalt genommen, der ihm dringend empfahl, keine Aussage zu machen. Als ich ihm jedoch Elizabeths Brief vorlas, gab er alles zu. Ich möchte Ihnen diesen Brief ebenfalls vorlesen.» Scott zog ihn aus der Tasche.

Lieber Scott

Es gibt nur eine Möglichkeit, wie ich meinen Verdacht beweisen kann, und das möchte ich jetzt tun. Es könnte fehlschlagen, aber wenn mir irgend etwas passiert, dann hat das seinen Grund darin, daß ich in Craigs Augen der Wahrheit zu nahe komme. Heute abend habe ich Syd und den Baron beschuldigt, Leilas Tod verursacht zu haben. Ich hoffe, dieser Köder genügt, um Craig in Sicherheit zu wiegen, wenn er mir etwas anzutun versucht. Ich glaube, das wird am Schwimmbecken geschehen. Meiner Meinung nach war er neulich abends auch dort. Ich kann mich nur darauf verlassen, daß ich schneller schwimme, und wenn er mich anzugreifen versucht, hat er sich selbst entlarvt. Wenn es ihm jedoch gelingt, machen Sie ihn dingfest – für mich und für Leila. Inzwischen werden Sie die Bänder abgehört haben. Ist Ihnen aufgefallen, wie erregt er sich anhörte, als Alvirah Meehan zu viele Fragen stellte? Er versuchte, Ted das Wort abzuschneiden, als dieser davon sprach, daß Craig seine Stimme täuschend nachahmen könne.

Ich meinte Ted gehört zu haben, der Leila anschrie, sie solle auflegen. Ich meinte sie sagen zu hören: *«Du willst ein Falke sein?»* Aber Leila schluchzte. Deshalb habe ich mich verhört. Helmut war in der Nähe. Er hörte sie sagen: *«Du willst mein Falke sein?»* Er hat richtig gehört, ich nicht.

Zu Alvirah Meehans Bandaufnahme im Behandlungsraum. Hören Sie genau hin. Die erste Stimme klingt wie der Baron, aber etwas stimmt nicht. Meiner Meinung nach war es Craig, der den Baron imitierte.

Scott, all das ist kein Beweis. Den wird es nur geben, wenn Craig mich als zu gefährlich ansieht.

Warten wir ab, was passiert. Eines weiß ich und habe es in meinem Innern wahrscheinlich immer gewußt. Ted ist unfähig, einen Mord zu begehen, und mich schert es nicht, wie viele Zeugen noch auftreten und behaupten, sie hätten gesehen, wie er Leila tötete.

Elizabeth

Scott legte den Brief hin und fixierte Elizabeth streng. «Ich wünschte, Sie hätten mir vertraut und sich helfen lassen. Sie sind fast dabei draufgegangen.»

«Es war die einzige Möglichkeit», entgegnete Elizabeth. «Aber was hat er Mrs. Meehan angetan?»

«Eine Insulininjektion. Sie wissen ja, daß er während seiner College-Zeit in den Sommerferien im Krankenhaus gearbeitet hat. In den Jahren bekam er eine Menge medizinische Kenntnisse mit. Das Insulin war allerdings ursprünglich nicht für Alvirah Meehan bestimmt.» Er sah Elizabeth an. «Seiner Überzeugung nach waren Sie gefährlich. Er wollte Sie kommende Woche vor dem Prozeß in New York irgendwie aus dem Weg räumen. Doch als Ted sich entschloß hierherzufahren, überredete Craig schließlich Min, Sie ebenfalls einzuladen. Wenn Sie Ted sähen, würden Sie eventuell von einer Aussage gegen ihn Abstand nehmen – mit diesem Argument überzeugte er Min. Er wollte sich damit die Gelegenheit verschaffen, einen Unfall zu arrangieren. Alvirah Meehan wurde zur Bedrohung. Er besaß bereits das Mittel, sich ihrer zu entledigen.» Scott stand auf. «Und jetzt fahre ich nach Hause.»

An der Tür blieb er stehen. «Nur noch eine abschließende Bemerkung. Sie, Baron, und Sie, Syd, waren bereit, die Justiz zu behindern, als Sie Ted für schuldig hielten. Sie taten ihm keinen Gefallen damit, daß Sie das Gesetz selber in die Hand nahmen, und dürften wohl indirekt für Sammys Tod und für den Anschlag auf Mrs. Meehan verantwortlich sein.»

Min sprang auf. «Wenn sie damit an die Öffentlichkeit getreten wären, hätte sich Ted vermutlich mühelos zu einem Schuldbekenntnis überreden lassen. Ted sollte den beiden dankbar sein.»

«Bist du dankbar, Min?» fragte Cheryl. «Meines Erachtens hat der Baron das Stück tatsächlich geschrieben. Du hast nicht nur einen Adligen, einen Arzt, einen Innenarchitekten geheiratet, sondern auch noch einen Autor. Du mußt völlig hingerissen sein – und pleite.»

«Ich habe einen Renaissancemenschen geheiratet», erklärte Min. «Der Baron wird seine chirurgische Tätigkeit an der Klinik wieder in vollem Umfang aufnehmen. Ted hat uns ein Darlehen versprochen. Es kommt alles in die Reihe.»

Helmut küßte ihr die Hand. Wieder erinnerte er Elizabeth an einen kleinen Jungen, der lächelnd zu seiner Mutter aufblickt. Min sieht ihn jetzt so, wie er wirklich ist, dachte sie. Ohne sie wäre er verloren. Es hat sie eine Million Dollar gekostet, das festzustellen, aber vielleicht findet sie, daß es das wert war.

«Mrs. Meehan ist über den Berg», fügte Scott hinzu. «Das haben wir Dr. von Schreibers Sofortmaßnahmen zu verdanken.» Ted und Elizabeth folgten ihm nach draußen. «Versucht, das alles hinter euch zu lassen», sagte Scott. «Ich hab so eine Ahnung, als ob ab jetzt alles viel besser für euch beide wird.»

«Das ist es bereits», versicherte Ted mit Nachdruck.

2

Die Sonne stand hoch am Himmel. Vom Pazifik wehte eine leichte Brise. Sogar die Azaleen, die vergangene Nacht von den Streifenwagen niedergewalzt worden waren, wollten sich offenbar wieder aufrichten. Die bei Nacht so bizarren Zypressen wirkten im strahlenden Sonnenschein tröstlich wie gute alte Bekannte. Elizabeth und Ted blickten Scotts Wagen nach, drehten sich dann zueinander um. «Es ist wirklich vorbei», sagte Ted. «Ich fange gerade erst an, das zu realisieren, Elizabeth. Ich kann wieder atmen. Ich werde nicht mehr mitten in der Nacht aufwachen und darüber nachgrübeln, wie es sich wohl in einer Gefängniszelle lebt. Ich will wieder zu arbeiten anfangen. Ich will...» Seine Arme umfingen sie. «Ich will dich.»

Mach schon Spatz. Diesmal ist's richtig. Vertrödel keine Zeit. Tu, was ich dir sage. Ihr zwei seid füreinander geschaffen.

Elizabeth lächelte Ted zu. Sie zog sein Gesicht zu sich hinab, bis ihre Lippen sich trafen.

Sie glaubte, Leila wieder singen zu hören – wie damals: «Ich will dich nie mehr weinen sehn...»

Da haben wir
die Bescherung

Dies alles wäre nie geschehen, wenn Wilma Bean nicht ihre Schwester Dorothy in Philadelphia besucht hätte. Dann hätte Ernie gewußt, daß Wilma die Ziehung im Fernsehen verfolgen würde, wäre um Mitternacht von seiner Arbeit als Wachmann im Kaufen-Sie-Hier-Einkaufszentrum in Paramus nach Hause gerast, und sie hätten zusammen gefeiert. *Zwei Millionen Dollar!* Das war ihr Gewinn in der Weihnachts-Sonderlotterie.

Weil Wilma jedoch ihrer Schwester Dorothy in Philadelphia einen vorweihnachtlichen Besuch abstattete, kehrte Ernie im Glücksklee-blatt-Wasserloch auf einen oder zwei Drinks ein und beschloß dann den Abend in der sechs Häuserblocks von seiner Wohnung entfernten Harmonie-Bar. Dort nickte er Lou, dem Besitzer und Barmann, glücklich zu, schlang seine dicken, sechzig Jahre alten Beine um den Fuß des Barhockers und dachte verträumt darüber nach, wie Wilma und er den plötzlichen Geldsegen ausgeben würden.

Genau in diesem Augenblick erblickten Ernies blaßblaue Augen Loretta Thistlebottom, die auf einem Barhocker in der Ecke an der Wand lehnte und sich mit einer Hand an einem Bierkrug und mit der anderen an einer Marlborough festhielt. Loretta war eine sehr attraktive Frau. Heute abend fielen ihre glänzenden blonden Haare in einer Innenrolle auf ihre Schultern herab, der rosa Lippenstift bildete die passende Ergänzung zu ihren großen, violett umrahmten Augen, und ihr üppiger Busen hob und senkte sich aufreizend gleichmäßig.

Ernie beobachtete Loretta mit beinahe unpersönlicher Bewunderung. Es war allgemein bekannt, daß Lorettas Mann, Jimbo Potters, ein vierschrötiger Lastwagenfahrer, sehr stolz darauf war, daß Loretta in ihrer Jugend als Tänzerin gearbeitet hatte; außerdem war er extrem eifersüchtig. Es hieß, daß er Loretta nicht nur einmal verprügelt habe, wenn sie zu anderen Männern zu freundlich war.

Doch da Lou, der Barmann, Jimbos Vetter war, hatte dieser nichts dagegen, wenn Loretta in den Nächten, in denen er mit einem Ferntransport unterwegs war, in der Bar saß. Das Lokal war schließlich ein beliebter Treffpunkt. Eine Menge Ehefrauen kamen mit ihren Freundinnen hierher, und Loretta meine: «Jimbo kann nicht erwarten, daß ich allein in die Röhre gucke oder auf Tupperware-Partys gehe, wenn er Knoblauchknollen oder Bananen spazierenfährt. Da ich aus einer berühmten Künstlerfamilie stamme, brauche ich Menschen um mich.»

Lorettas bevorzugtes Gesprächsthema war ihre Karriere im Showgeschäft; sie wurde im Lauf der Jahre immer großartiger. Das war auch der Grund, warum Loretta – obwohl sie Mrs. Jimbo Potters hieß – stets ihren Künstlernamen Thistlebottom verwendete, wenn sie von sich sprach.

In dem spärlichen Licht, das die Kugellampe – eine Tiffany-Imitation – auf die verschrammte Theke warf, bewunderte der schweigsame Ernie Loretta wortlos. Sie mußte bereits Mitte Fünfzig sein, hatte aber noch immer eine sehr, sehr gute Figur. Trotzdem beschäftigte er sich nicht weiter mit ihr. Das Lotterie-Gewinnlos, das er mit einer Sicherheitsnadel an seinem Unterhemd befestigt hatte, erwärmte seine Herzgegend. Es war, als glühe dort ein Feuer. Zwei Millionen Dollar! Das waren mit Zinsen zwanzig Jahre lang hunderttausend Dollar jährlich. Und soviel würden sie bis weit in das einundzwanzigste Jahrhundert beziehen. Vielleicht wären Sie dann sogar in der Lage, mit dem Reisebüro Cook auf den Mond zu fliegen.

Ernie versuchte, sich Wilmas Gesichtsausdruck vorzustellen, wenn sie von dem Gewinn erfuhr. Wilmas Schwester Dorothy besaß keinen Fernsehapparat und hörte nur selten Radio, deshalb wußte Wilma in Philadelphia noch nicht, daß sie reich war. In dem Augenblick, in dem Ernie die gute Nachricht in seinem Kofferradio gehört hatte, war er eine Sekunde lang in Versuchung gewesen, zum Telefon zu stürzen und Wilma anzurufen, hatte aber sofort erkannt, daß es so keinen Spaß machen würde. Erst als er daran dachte, daß

Wilma am nächsten Tag nach Hause kommen würde, lächelte er glücklich, so daß sein rundes Gesicht wie ein fröhlicher Pfannkuchen aussah. Er würde sie am Bahnhof in Newark abholen. Sie würde ihn fragen, wie nahe sie an einen Gewinn herangekommen wären. «Haben wir zwei von den Zahlen richtig? Oder drei?» Er würde behaupten, daß sie nicht einmal eine Zahl richtig hatten. Wenn sie dann nach Hause kamen, würde ihre Strumpfhose auf dem Kaminsims hängen wie damals, als sie jung verheiratet waren. Früher hatte Wilma Strümpfe und Strumpfbänder getragen. Jetzt trug sie Strumpfhosen in Übergröße, mußte sich also bis zur Zehenspitze durcharbeiten, um das Los herauszuholen. «Such nur», wollte er sagen, «du wirst überrascht sein.» Er konnte sich genau vorstellen, wie sie ihn jubelnd umarmen würde.

Als er Wilma vor vierzig Jahren geheiratet hatte, war sie ein verdammt niedliches junges Mädchen gewesen. Doch war ihr Gesicht noch immer hübsch, und ihr weiches, weißblondes Haar war naturgewellt. Sie war kein Revuegirl wie Loretta, aber er mochte sie, wie sie war. Manchmal war sie schlecht gelaunt, weil er gelegentlich mit den Jungs einen hob, aber für gewöhnlich war Wilma ein prima Kerl. Was das für ein Weihnachten dieses Jahr werden würde! Vielleicht würde er mit ihr zu Fred, dem Pelzhändler, gehen und ihr einen Lammfellmantel oder so was kaufen.

Ernie bestellte seinen vierten Seven and Seven, während er darüber nachdachte, was für ein Vergnügen es sein würde, seine Großzügigkeit zur Schau zu stellen. Doch seine Aufmerksamkeit wurde abgelenkt, weil Loretta Thistlebottom mit einem eigentümlichen Ritual beschäftigt war. Alle paar Minuten legte sie die Zigarette in ihrer rechten Hand in den Aschenbecher, stellte den Bierkrug in ihrer linken Hand auf die Theke und kratzte die Handfläche, die Finger und den Rücken der rechten Hand kräftig mit den langen, spitzen Fingernägeln der Linken. Ernie bemerkte, daß die rechte Hand entzündet, hochrot und mit kleinen, gemein aussehenden Blasen bedeckt war.

Es wurde spät, und die Gäste brachen allmählich auf. Das Paar, das neben Ernie im rechten Winkel zu Loretta gesessen hatte, machte sich ebenfalls auf den Weg. Loretta sah, daß Ernie sie beobachtete, und zuckte mit den Schultern. «Giftsumach», erklärte sie. «Würdest du glauben, daß es im Dezember Giftsumach gibt? Jimbos idiotische Schwester findet, daß sie gärtnerische Begabung besitzt, und hat ihren armen Trottel von Ehemann dazu gebracht, neben ihrer Küche ein Treibhaus aufzustellen. Und was wächst in ihm? Unkraut und Giftsumach. Das ist eine Meisterleistung.» Loretta hob noch einmal die Schultern und holte sich ihr Bier und ihre Zigarette wieder. «Wie geht es eigentlich dir, Ernie? Gibt es etwas Neues?»

Ernie war vorsichtig. «Nicht viel.»

Loretta seufzte. «Bei mir auch nicht. Immer das gleiche alte Lied. Jimbo und ich sparen, damit wir nächstes Jahr, wenn er in Pension geht, von hier fortziehen können. Alle behaupten, daß in Fort Lauderdale wirklich was los ist. Jimbo bekommt von den Jahren, in denen er den Sattelschlepper gefahren hat, Hämorrhoiden. Ich rechne ihm immer wieder vor, wie viel ich als Aushilfskellnerin verdienen könnte, aber er will nicht, daß jemand mit mir flirtet.» Loretta rieb ihre Hand an der Theke und schüttelte den Kopf. «Kannst du dir vorstellen, daß Jimbo nach fünfundzwanzig Ehejahren noch immer glaubt, daß jeder Mann auf der Welt auf mich scharf ist? Natürlich schmeichelt es mir, aber es kann einen auch ganz schön nerven.» Sie seufzte tief. «Jimbo ist der leidenschaftlichste Mann, den ich je gekannt habe. Aber wie meine Mutter immer gesagt hat, ist eine gute Nummer im Bett noch besser, wenn zwischen Federn und Matratze eine volle Brieftasche liegt.»

«Das hat deine Mutter gesagt?» Diese Lebensweisheit stimmte Ernie nachdenklich. Er nahm seinen vierten Seagrams mit Seven-Up in Angriff.

Loretta nickte. «Sie war immer gut gelaunt, aber sie nahm auch kein Blatt vor den Mund. Hol's der Teufel. Vielleicht gewinne ich eines Tages in der Lotterie.»

Die Versuchung war zu groß. Ernie glitt so rasch, wie es seinem dicken Körper möglich war, über die beiden freien Barhocker. «Zu schade, daß du nicht mein Glück hast», flüsterte er.

Während Lou, der Barmann, «Letzte Bestellung, Leute!» brüllte, klopfte sich Ernie genau über seinem Herzen auf die massive Brust.

«Wie man so sagt, Loretta, sind manche auserwählt. Bei der Weihnachts-Sonderziehung gab es sechzehn Gewinnlose. Eines von ihnen ist mit einer Sicherheitsnadel an meiner Unterwäsche befestigt.» Ernie fiel auf, daß seine Zunge sich schwer anfühlte. Seine Stimme sank zu einem verstohlenen Flüstern herab. *Zwei Millionen Dollar. Was sagst du dazu?»*

Loretta ließ ihre Zigarette fallen und auf der Kummer gewohnten Theke unbeachtet weiterglimmen. *Du machst Witze!»*

«Mach ich nicht.» Jetzt strengte ihn das Sprechen wirklich an. «Wilma und ich setzen immer die gleiche Zahl, 1-9-4-7-5-2. 1947, weil es das Jahr war, in dem ich von der High-School abging. Zweiundfünfzig das Jahr, in dem Wee Willie (Wee = winzig) zur Welt kam.» Sein triumphierendes Lächeln ließ keinen Zweifel daran aufkommen, daß er die Wahrheit sagte. «Das Verrückte daran ist, daß Wilma es noch gar nicht weiß. Sie ist bei ihrer Schwester Dorothy auf Besuch und kommt erst morgen zurück.» Ernie suchte seine Brieftasche und verlangte gleichzeitig die Rechnung. Als er schwankte, weil der Fußboden plötzlich schief schien, kam Lou hinter der Theke hervor und beobachtete ihn: «Du wartest hier, Ernie», befahl er. «Du bist blau. Sobald ich dichtgemacht habe, fahre ich dich nach Hause. Du mußt deinen Wagen stehenlassen.»

Ernie machte sich beleidigt auf den Weg zur Tür. Lou deutete doch tatsächlich an, daß er betrunken war. Der Kerl hatte Nerven. Ernie öffnete die Tür zur Damentoilette und bemerkte seinen Irrtum erst, als er sich in der Kabine befand.

Loretta glitt vom Barhocker und sagte schnell: «Ich setze ihn ab, Lou. Er wohnt nur zwei Häuserblocks von mir entfernt.»

Lou runzelte die Stirn. «Jimbo wird nicht damit einverstanden sein.»

«Dann erzähl es ihm nicht.» Sie sahen zu, wie Ernie unsicher aus der Damentoilette herausschwankte. «Glaubst du wirklich, daß er einen Annäherungsversuch unternehmen wird?» fragte sie verächtlich.

Lou gelangte zu einem Entschluß. «Du tust mir damit einen Gefallen. *Aber erzähle es Jimbo nicht.*»

Loretta stieß ihr widerliches Ha-ha-Gebrüll aus. «Glaubst du, daß ich meine neuen Jackettkronen riskiere? Ich muß sie noch ein Jahr abstottern.»

Ernie vernahm undeutlich irgendwo hinter sich Stimmen und Gelächter. Er fühlte sich plötzlich elend. Das bunte Muster des verfliesten Bodens begann zu tanzen, so daß sich wirbelnde Punkte vor seinen Augen drehten und ihm übel wurde. Jemand packte seinen Arm. «Ich werde dich absetzen, Ernie.» Durch das Dröhnen in seinen Ohren erkannte er Lorettas Stimme.

«Verdammt nett von dir, Loretta», murmelte er. «Wahrscheinlich habe ich zu ausgiebig gefeiert.» Ihm wurde undeutlich bewußt, daß Lou etwas von einem Weihnachtsdrink auf Kosten des Hauses sagte, nachdem er seinen Wagen geholt hatte.

In Lorettas altem Bonneville Pontiac lehnte er den Kopf an die Rücklehne und schloß die Augen. Erst als Loretta ihn wachrüttelte, merkte er, daß sie seine Auffahrt erreicht hatten. «Gib mir deinen Schlüssel, Ernie. Ich helfe dir ins Haus.»

Sie legte sich seinen Arm über die Schultern und stützte ihn den Weg entlang. Ernie hörte, wie der Schlüssel im Schloß gedreht wurde, und fühlte, wie sich seine Füße durch das Wohnzimmer und den kurzen Korridor bewegten.

«Welches?»

«Welches?» Ernie konnte seine Zunge nicht dazu bringen, sich zu bewegen.

«Welches Schlafzimmer?» wiederholte Loretta gereizt. «Komm schon, Ernie, du bist keine Feder. Ach, vergiß es. Es muß das andere sein. Dieses hier ist mit den Vogelstatuen vollgestopft, die deine Tochter produziert. Du könntest sie nicht einmal als Preise in einer Klapsmühle verschenken, Mann. *So* verrückt ist kein Mensch.»

Ernie nahm es Loretta instinktiv übel, daß sie seine Tochter Wilma Jr., Wee Willie, wie er sie nannte, heruntermachte. Sie würde einmal eine berühmte Bildhauerin sein. Seit sie 1968 das Studium abgebrochen hatte, wohnte sie in New Mexico und verdiente ihren Lebensunterhalt, indem sie abends als Kellnerin bei McDonalds arbeitete. Tagsüber fertigte sie Tonwaren an und meißelte Vögel.

Ernie spürte, daß man ihn umdrehte und ihm einen Schubs versetzte. Seine Knie gaben nach, und er hörte das vertraute Quietschen der Bettfedern. Dankbar seufzend streckte er sich aus und war hinüber.

Wilma Bean und ihre Schwester Dorothy hatten einen angenehmen Tag verbracht. Wilma war achtundfünfzig und von Zeit zu Zeit gern mit der dreiundsechzigjährigen Dorothy zusammen. Die Schwierigkeit bestand darin, daß Dorothy sehr überheblich war und ständig an Ernie und Wee Willie etwas auszusetzen hatte, und das vertrug Wilma auf die Dauer nicht. Aber Dorothy tat ihr leid. Ihr Mann hatte sie vor zehn Jahren verlassen und lebte jetzt mit seiner zweiten Frau, einer Karate-Lehrerin, in Saus und Braus. Mit ihrer Schwiegertochter vertrug Dorothy sich nicht. Dorothy arbeitete noch immer stundenweise in einem Versicherungsbüro als Schadenssachverständige. Sie erzählte Wilma oft: «Gefälschte Schadensansprüche haben bei mir keine Chance.»

Nur wenige Menschen glaubten, daß sie Schwestern waren.

Dorothy sah, wie Ernie es ausdrückte, wie eine Eins aus – gerade hinauf und gerade hinunter; sie hatte schütteres graues Haar, das sie im Nacken zu einem strengen Knoten aufgesteckt trug. Tatsächlich war Dorothy immer noch neidisch, weil Wilma die Hübschere gewesen war; auch jetzt war sie zwar rundlich, hatte aber keine Falten und hatte sich auch sonst kaum verändert. Abgesehen davon fand Wilma, daß Blut dicker ist als Wasser und daß einmal in vier Monaten ein Wochenende in Philadelphia, vor allem zur Weihnachtszeit, noch immer Vergnügen bereitete.

Am Nachmittag des Tages, an dem die Lotterie-Ziehung stattfand, holte Dorothy ihre Schwester Wilma vom Bahnhof ab. Sie aßen beim Burger King einen späten Lunch und fuhren dann durch die Gegend, in der Grace Kelly aufgewachsen war. Beide waren sie begeisterte Fans von ihr gewesen. Nachdem sie sich darauf geeinigt hatten, daß Prinz Albert heiraten sollte, daß Prinzessin Caroline ruhiger geworden war und sich benahm, wie es sich gehörte, und daß Prinzessin Stephanie in ein Kloster gesperrt werden sollte, bis sie vernünftig würde, gingen sie ins Kino und anschließend in Dorothys Wohnung. Dort erwartete sie ein gebratenes Huhn; sie tratschten beim Essen und dann bis spät in die Nacht hinein.

Dorothy beschwerte sich bei Wilma darüber, daß ihre Schwiegertochter keine Ahnung habe, wie man ein Kind erzieht, und zu eigensinnig wäre, um nützliche Ratschläge zu befolgen.

«Du hast wenigstens Enkel», seufzte Wilma. «Bei Wee Willie läuten noch lange keine Hochzeitsglocken. Sie will unbedingt als Bildhauerin Karriere machen.»

«Ausgerechnet als Bildhauerin?» fuhr Dorothy sie an.

«Wenn wir uns nur einen guten Lehrer leisten könnten», seufzte Wilma und versuchte, den Seitenhieb zu überhören.

«Ernie sollte Willie nicht auch noch ermutigen», meinte Dorothy schonungslos. «Sag ihm, er soll kein solches Theater um das Zeug machen, das sie nach Hause schickt. Bei euch sieht es aus wie in einem von einem Irren entworfenen Vogelhaus. Wie geht es Ernie? Du hältst ihn hoffentlich von Bars fern. Hör auf mich: Er hat die Anlagen zum Alkoholiker. All diese geplatzten Äderchen auf seiner Nase.»

Wilma dachte an die übergroßen Weihnachtspakete von Wee Willie, die vor einigen Tagen eingetroffen waren. *Erst zu Weihnachten öffnen,* stand auf ihnen, und im Begleitbrief hatte sie geschrieben: «Warte, bis du sie siehst, Mutter. Ich bin jetzt bei Pfauen und

Papageien.» Wilma dachte auch an die kürzliche Weihnachtsfeier im Kaufen-Sie-Hier-Einkaufszentrum, bei der Ernie zuviel getrunken und eine Kellnerin in die Kehrseite gezwickt hatte.

Obwohl Dorothy damit recht hatte, daß Ernie dem Alkohol nicht widerstehen konnte, ärgerte sich Wilma darüber, daß sie ihr die Wahrheit so schonungslos unter die Nase rieb. «Ernie wird vielleicht unvernünftig, wenn er ein oder zwei Gläschen zuviel getrunken hat, aber in bezug auf Wee Willie irrst du dich. Sie hat wirklich Talent, und wenn ich zu Geld komme, werde ich ihr helfen, das zu beweisen.»

Dorothy schenkte sich noch eine Tasse Tee ein. «Du vergeudest offenbar immer noch dein Geld für Lotterielose.»

«Klar», antwortete Wilma fröhlich; sie mußte sich bemühen, ihre gute Laune zu retten. «Heute abend ist die Weihnachtsziehung. Wenn ich zu Hause wäre, würde ich vor dem Apparat sitzen und beten.»

«Die Zahlenkombination, die du ständig spielst, ist lächerlich. 1-9-4-7-5-2. Ich kann verstehen, daß eine Frau das Jahr wählt, in dem ihr Kind zur Welt kam, aber das Jahr, in dem Ernie von der High-School abging? Das ist kindisch.»

Wilma hatte Dorothy nie erzählt, daß Ernie sechs Jahre gebraucht hatte, um sich durch die High-School zu kämpfen, und daß seine Familie nach dem Examen den ganzen Block zur Feier eingeladen hatte. «Die schönste Party, auf der ich jemals war», erzählte er Wilma immer wieder und strahlte noch bei der Erinnerung. «Sogar der Bürgermeister ist gekommen.»

Außerdem mochte Wilma diese Zahlenkombination. Sie war davon überzeugt, daß sie und Ernie eines Tages mit ihr viel Geld gewinnen würden. Nachdem sie Dorothy gute Nacht gesagt und vor Anstrengung keuchend die Couch zurechtgemacht hatte, auf der sie bei ihren Besuchen schlief, dachte sie darüber nach, daß Dorothy von Mal zu Mal bissiger wurde. Sie redete ihren Gesprächspartnern ein Loch in den Bauch, und es war kein Wunder, daß ihre Schwiegertochter sie als «unerträgliche Nervensäge» bezeichnete.

Am nächsten Tag stieg Wilma zu Mittag in Newark aus dem Zug. Ernie sollte sie abholen. Als sie zu ihrem Treffpunkt beim Haupteingang der Station kam, erblickte sie zu ihrem Schrecken aber statt Ernie ihren Nachbarn Ben Gump.

Sie lief auf ihn zu; ihr üppiger Körper war vor Spannung verkrampft. «Ist etwas geschehen? Wo ist Ernie?»

Bens hageres Gesicht verzog sich zu einem Lächeln. «Nein, es ist alles in Ordnung, Wilma. Ernie ist mit einem Anflug von Grippe oder etwas Ähnlichem aufgewacht und hat mich gebeten, dich abzuholen. Ich habe ja nichts zu tun und kann den ganzen Tag lang zusehen, wie das Gras wächst.» Er lachte herzlich über diesen Witz, der seit seiner Pensionierung sein Markenzeichen war.

«Grippe», spottete Wilma. «Ich fresse sofort einen Besen...»

Ernie war ein ruhiger Mann, und Wilma hatte sich auf die friedliche Heimfahrt gefreut. Beim Frühstück hatte Dorothy, die ihre Zuhörerin verlor, nonstop gesprochen, ein Wasserfall von bissigen Bemerkungen, und Wilma hatte Kopfschmerzen bekommen.

Um sich durch Bens Schneckentempo und seine langatmigen Geschichten nicht aus der Ruhe bringen zu lassen, konzentrierte sie sich auf den angenehm aufregenden Augenblick, wenn sie sofort nach ihrer Ankunft die Lotterieergebnisse in der Zeitung aufschlagen würde. 1-9-4-7-5-2, 1-9-4-7-5-2, summte sie vor sich hin. Natürlich war das dumm, die Ziehung war ja vorbei – aber sie hatte trotzdem ein gutes Gefühl. Ernie hätte sie bestimmt angerufen, wenn sie gewonnen hätten, aber selbst wenn sie nur in die Nähe gekommen waren, vielleicht drei oder vier der sechs Zahlen erraten hatten, wußte sie, daß sie von nun an Glück haben würden.

Sie stellte fest, daß der Wagen nicht in der Auffahrt stand, und erriet den Grund. Wahrscheinlich parkte er vor der Harmonie-Bar. Sie schaffte es, Ben Gump an der Tür abzuschütteln, indem sie ihm überschwenglich dafür dankte, daß er sie abgeholt hatte, aber die deutlichen Hinweise auf eine Tasse heißen, starken Kaffee überhörte. Dann ging sie direkt ins Schlafzimmer. Wie sie erwartet hatte, lag Ernie im Bett. Er hatte sich die Decke bis zur Nasenspitze hinaufgezogen, doch ein einziger Blick genügte ihr, um festzustellen, daß er einen ausgewachsenen Kater hatte. «Wenn die Katze aus dem Haus ist, tanzen die Mäuse auf dem Tisch», seufzte sie. «Hoffentlich fühlt sich dein Kopf wie ein Fesselballon an.»

In ihrem Ärger stieß sie gegen den einen Meter großen Pelikan, den Wee Willie zum Erntedankfest geschickt hatte und der auf einem Tisch neben der Schlafzimmertür stand. Bei seinem Sturz riß er eine Tonvase mit, ein Frühwerk von Wee Willie, und dazu das Christfestarrangement aus Weihnachtssternen und blühenden Blumen, das Wilma kunstvoll gebastelt hatte.

Als Wilma die Scherben der Vase zusammengefegt, das Arrangement wiederhergestellt und den Pelikan, dem jetzt ein Stück eines Flügels fehlte, auf den Tisch zurückgestellt hatte, war sie mit ihrer Geduld am Ende. Aber der Gedanke an den magischen Augenblick, in dem sie nachsah und feststellte, wie nahe sie dem Gewinn gekommen waren – vielleicht waren sie diesmal sogar sehr nahe drangewesen –, brachte ihre übliche gute Laune zurück. Sie machte sich eine Tasse Kaffee und Zimttoast zurecht, setzte sich an den Küchentisch und schlug die Zeitung auf.

Sechzehn glückliche Gewinner teilen sich den Zweiunddreißig-Millionen-Dollar-Preis, lautete die Schlagzeile.

Sechzehn glückliche Gewinner. Wenn sie nur einer von ihnen wäre! Wilma legte die Hand über die Zahlenreihe. Sie wollte eine Zahl nach der anderen aufdecken – das erhöhte die Spannung.

1-9-4-7-5 –

Wilma holte tief Luft. Ihr Kopf hämmerte. Die Spannung war beinahe unerträglich, als sie die Hand wegzog.

Bei ihrem Aufschrei und dem Geräusch des umfallenden Küchenstuhls setzte sich Ernie kerzengerade im Bett auf. Das Jüngste Gericht stand bevor.

Wilma stürzte mit strahlendem Gesicht herein. «Warum hast du es mir nicht erzählt, Ernie? *Gib mir das Los!*»

Ernies Kopf sank herab. Seine Stimme war ein heiseres Flüstern. «Ich habe es verloren.»

Loretta hatte gewußt, daß es unvermeidlich war. Trotzdem rief der Anblick von Wilma Bean, die mit dem verlegenen, niedergeschlagenen Ernie im Schlepptau den schneebestäubten Betonweg heraufkam, bei ihr einen Augenblick lang Panik hervor. «Vergiß es», sagte sie sich. «Sie haben keinerlei Beweise. Ich habe meine Spur vollkommen verwischt», redete sie sich noch einmal ein, während Wilma und Ernie zwischen den beiden immergrünen Büschen, die Loretta mit Dutzenden von Weihnachtskerzen geschmückt hatte, die Stufen zu der Veranda hinaufstiegen. Loretta hatte sich ihre Geschichte genau zurechtgelegt. Sie hatte Ernie bis zu seiner Haustür begleitet. Jeder, der wußte, wie eifersüchtig Big Jimbo war, würde verstehen, daß Loretta die Schwelle zum Heim eines anderen Mannes nur dann überschritt, wenn seine Frau zu Hause war.

Wenn Wilma sich nach dem Los erkundigte, würde Loretta fragen: «Was für ein Los?» Ernie hatte ihr gegenüber *nichts* von einem Los erwähnt. Er war in seinem Zustand gar nicht fähig gewesen, vernünftig zu sprechen. Frag Lou. Ernie war nach ein paar Drinks blau gewesen. Wahrscheinlich war er schon vorher irgendwo eingekehrt.

Hatte Loretta ein Los für die Weihnachts-Sonderziehung gekauft? Natürlich hatte sie etliche Lose gekauft. Willst du sie sehen? Immer, wenn sie daran dachte, nahm sie ein paar Lose mit. Nie im gleichen Geschäft. Im Spirituosenladen, im Papiergeschäft – wie es der Zufall wollte. Und immer nahm sie die Zahlen, die ihr auf Anhieb einfielen.

Loretta kratzte heftig ihre rechte Hand. Der verdammte Giftsumach. Sie hatte das Gewinnlos 1-9-4-7-5-2 sicher in der Zuckerschale ihres besten Services versteckt. Man hatte ein Jahr Zeit, um seinen Gewinn anzufordern. Knapp bevor das Jahr zu Ende war, würde sie «zufällig» darüber stolpern. Mochten Wilma und Ernie doch heulen, daß es das ihre war.

Es klingelte. Loretta fuhr sich über das leuchtende Goldhaar, das sie zu einer Windstoßfrisur aufgetürmt hatte, schob die Achselpolster ihres flitterbesetzten Pullovers zurecht und lief in den winzigen Vorraum. Als sie die Tür öffnete, setzte sie ein strahlendes Lächeln auf, achtete aber gleichzeitig darauf, nicht zu sehr zu lächeln. Ihr Gesicht war eine ihrer ständigen Sorgen, weil das Gesicht ihrer Mutter im Alter von sechzig Jahren wie zerknittertes Seidenpapier ausgesehen hatte. «Was für eine reizende Überraschung – Wilma, Ernie», sprudelte sie hervor. «Kommt herein, kommt doch herein.»

Sie übersah großzügig, daß weder Wilma noch Ernie ihr antworteten, daß keiner sich die Mühe machte, sich auf der eigens zu diesem Zweck im Vorzimmer liegenden Fußmatte den Schnee von den Schuhen abzustreifen, daß sie die Begrüßung weder lächelnd noch herzlich erwiderten.

Wilma lehnte es ab, sich zu setzen, eine Tasse Tee oder eine Bloody Mary zu trinken. Sie sagte klar und deutlich, weshalb sie gekommen waren. Ernie hatte ein Zwei-Millionen-Lotterielos besessen. Er hatte Loretta in der Harmonie-Bar davon erzählt. Loretta hatte ihn von der Harmonie nach Hause gefahren und in sein Zimmer gebracht. Ernie war umgekippt – und das Los war weg.

Bevor Loretta hauptberuflich Revuegirl wurde, hatte sie 1945 in der Sonny-Tufts-Schule für Thespisjünger Theaterspielen gelernt. Sie stützte sich auf diese lang zurückliegende Erfahrung, während sie Wilma und Ernie ihre gut einstudierte Szene ehrlich und ernsthaft vorspielte. Ernie hatte ihr nie auch nur ein Wort von einem Gewinnlos gesagt. Sie hatte ihn nur deshalb nach Hause gefahren, weil sie ihm und Lou einen Gefallen erweisen wollte. Lou wollte noch zusperren, und er war außerdem ein solcher Zwerg, daß er mit Ernie nicht um die Wagenschlüssel kämpfen konnte. «Du hast dich wenigstens bereit erklärt, mich fahren zu lassen», erklärte sie Ernie entrüstet. «Indem ich dich in meinem Wagen schnarchen ließ, habe ich mein Leben aufs Spiel gesetzt.» Sie wandte sich an Wilma, um von Frau zu Frau mit ihr zu sprechen. «Du weißt doch, wie eifersüchtig Jimbo, dieser dumme Kerl, auf mich ist. Als wäre ich noch sechzehn. Ich würde auf keinen Fall dein Haus betreten, Wilma, wenn du nicht da bist. In der Harmonie warst du wirklich schnell hinüber, Ernie. Frag doch Lou. Bist du zuerst in einem anderen Lokal eingekehrt und hast dort vielleicht jemandem von dem Los erzählt?»

Als Loretta den Zweifel und die Verwirrung auf den Gesichtern der beiden sah, beglückwünschte sie sich. Einige Minuten später gingen sie. «Hoffentlich findet ihr es. Ich werde darum beten», versprach sie fromm. Sie wollte ihnen nicht die Hand geben und erzählte Wilma vom Treibhaus ihrer dummen Schwägerin und ihrer Giftsumach-Zucht. «Kommt auf einen Weihnachtsdrink zu uns», drängte sie. «Jimbo wird am Heiligen Abend gegen vier Uhr nach Hause kommen.»

Als sie zu Hause niedergeschlagen bei einer Tasse Tee saßen, erklärte Wilma: «Sie lügt. Ich weiß, daß sie lügt, aber wer kann es beweisen? Fünfzehn Gewinner haben sich bereits gemeldet. Einer fehlt und hat ein Jahr Zeit, den Gewinn zu beanspruchen.» Sie merkte gar nicht, daß ihr Tränen der Enttäuschung über die Wangen liefen. «Sie erzählt jedem, der es hören will, daß sie ihre Lose in den verschiedensten Geschäften kauft. Das wird sie auch während der nächsten einundfünfzig Wochen tun, und dann wird sie das Los finden, das sie vollkommen vergessen hatte.»

Ernie beobachtete seine Frau verzweifelt und stumm. Es kam nicht häufig vor, daß Wilma weinte. Als ihr Gesicht fleckig wurde und ihre Nase anfing zu laufen, hielt er ihr sein rotes, großes Taschentuch hin. Seine plötzliche Bewegung brachte einen Keramik-Kolibri aus dem Gleichgewicht, der von der Anrichte hinter Ernie auf den Boden fiel. Der Schnabel des Kolibris zersplitterte auf den Fliesen aus Marmorimitation in der Frühstücksnische der Küche, und Wilma begann wieder zu jammern.

«Ich hatte gehofft, daß Wee Willie in der Lage sein würde, den Posten bei McDonald aufzugeben, zu studieren und nur noch Vögel herzustellen», schluchzte sie. «Und jetzt ist dieser Traum geplatzt.» Um ganz sicher zu sein, ging sie zum Glückskleeblatt in der Nähe des Kaufen-Sie-Hier-Einkaufszentrums in Paramus: Der Barmann bestätigte, daß Ernie am vergangenen Abend gegen Mitternacht dort gewesen war, zwei oder drei Drinks konsumiert, aber mit niemandem gesprochen hatte. «Er hat nur dagesessen und gegrinst wie ein Kater, der den Kanarienvogel gefressen hat.»

Nach dem Abendessen, das keiner von ihnen anrührte, untersuchte Wilma sorgfältig Ernies Unterhemd, an dem noch die Sicherheitsnadel hing. «Sie hat sich nicht einmal die Mühe gemacht, die Nadel herauszuziehen», stellte sie erbittert fest. «Sie hat einfach hineingegriffen und es losgerissen.»

«Können wir sie vielleicht verklagen?» schlug Ernie vorsichtig vor. Ihm wurde immer klarer, wie ungeheuer dumm er gewesen war. Er hatte sich betrunken, hatte Loretta sein Herz ausgeschüttet.

Wilma war zu müde, um zu antworten. Sie öffnete den Koffer, den sie noch nicht ausgepackt hatte, und nahm ihr Flanellnachthemd heraus. «Natürlich können wir sie verklagen», meinte sie sarkastisch, «dafür, daß sie zu schnell denkt, wenn sie es mit einem Blödmann zu tun hat. Jetzt schalte das Licht ab, geh zu Bett und höre auf, dich zu kratzen. Du machst mich wahnsinnig.»

Ernie rieb sich ungefähr dort die Brust, wo sich das Herz befindet. «Etwas juckt», jammerte er.

Als Wilma die Augen schloß, klingelte es irgendwo in ihrem Hinterkopf. Sie war so erschöpft, daß sie beinahe sofort einschlief, aber in ihren Träumen schwebten Lotterielose wie Schneeflocken durch die Luft. Von Zeit zu Zeit rissen sie Ernies ruhelose Bewegungen aus dem Schlaf. Normalerweise rührte er sich genauso wenig wie ein Bär während des Winterschlafs.

Der Weihnachtsmorgen dämmerte grau und trostlos herauf. Wilma schleppte sich im Haus herum und legte lustlos Geschenke unter den Baum. Die beiden Pakete von Wee Willie. Hätten sie das Gewinnlos nicht verloren, hätten sie Wee Willie anrufen und sie auffordern können, über Weihnachten nach Hause zu kommen. Vielleicht wäre sie ja gar nicht gekommen... Wee Willie mochte die Mittelklasse-Haushalte im Vorstadtmilieu nicht. In diesem Fall hätte Ernie seinen Job an den Nagel hängen können, und sie hätten Wee Willie demnächst in Arizona besucht. Und Wilma wäre in der

Lage gewesen, den Fernsehapparat mit dem Achtzig-Zentimeter-Bildschirm zu kaufen, der sie vergangene Woche bei Trader Horn so beeindruckt hatte. Wenn sie sich vorstellte, daß sie J. R. achtzig Zentimeter groß sah...

Schon gut. Verschüttete Milch. Nein, verschütteter *Alkohol*. Ernie hatte ihr erzählt, daß er vorgehabt hatte, das Lotterielos in ihre Strumpfhose zu stecken und das Ganze auf den Kaminsims zu hängen. Wilma versuchte, nicht daran zu denken, wie aufregend das gewesen wäre.

Ernie war seinen Kater noch immer nicht los und hatte sich schon den zweiten Tag krank gemeldet, aber Wilma ging trotzdem nicht gerade freundlich mit ihm um. Sie setzte ihm genau auseinander, was er mit seinem Brummschädel tun konnte.

Am Nachmittag ging Ernie in das Schlafzimmer und schloß die Tür hinter sich. Nach einer Weile wurde Wilma besorgt und folgte ihm. Ernie saß auf dem Bettrand, hatte das Hemd ausgezogen und kratzte sich kläglich die Brust. «Mir geht's gut», erklärte er mit der Leidensmiene, die ihm nun scheinbar zur Gewohnheit wurde. «Es juckt nur so verdammt.»

Wilma war zwar etwas erleichtert, weil er keine Möglichkeit gefunden hatte, Selbstmord zu begehen, fragte aber gereizt: «Was juckt denn so schrecklich? Es ist noch nicht Zeit für deine Allergien. Ich höre den ganzen Sommer über nichts anderes.»

Dann betrachtete sie die entzündete Haut genauer. «Um Himmels willen, das kommt von Giftsumach. Wo hast du das her?»

Giftsumach.

Sie starrten einander an.

Wilma holte Ernies Unterhemd von der Kommode. Sie hatte es dort liegenlassen; die Sicherheitsnadel steckte noch in ihm, und das Papierfetzchen daran war ein stummer, feindseliger Beweis für seine Dummheit. «Zieh es an», befahl sie.

«Aber...»

«Zieh es an!»

Es war sofort klar, daß sich das Zentrum des Giftsumachs genau dort befand, wo das Los versteckt gewesen war.

«Dieses verlogene Miststück.» Wilma schob das Kinn vor und richtete sich auf. «Sie hat doch gesagt, daß Big Jimbo gegen vier Uhr nach Hause kommen wird?»

«Ich glaube schon.»

«Gut. Es gibt nichts Besseres als ein Empfangskomitee.»

Um fünfzehn Uhr dreißig fuhren sie vor Lorettas Haus vor und parkten. Wie erwartet, war Jimbos achtachsiger Sattelschlepper noch nicht da. «Wir bleiben einige Minuten sitzen und bringen die Betrügerin aus der Ruhe», entschied Wilma.

Sie sahen zu, wie die Rollos im Vorderfenster von Lorettas Haus sich bewegten. Drei Minuten vor vier deutete Ernie nervös nach vorn. «Dort. Bei der Ampel. Das ist Jimbos Laster.»

«Gehen wir», befahl Wilma.

Loretta öffnete die Tür wieder mit strahlendem Lächeln. Wilma stellte mit grimmiger Befriedigung fest, daß das Lächeln diesmal aber sehr, sehr verkrampft wirkte.

«Ernie. Wilma. Wie nett. Ihr seid tatsächlich auf einen Weihnachtsdrink vorbeigekommen.»

«Ich werde den Weihnachtsdrink später zu mir nehmen», erklärte Wilma. «Um zu feiern, daß wir unser Los wiederhaben. Wie geht es deinem Giftsumach-Ausschlag, Loretta?»

«Der wird langsam besser. Aber mir gefällt dein Ton nicht, Wilma.»

«Nein, wirklich?» Wilma ging an dem Raumteiler mit der schwarz-rot karierten Tapete vorbei und zog das Rollo hoch. «Sieh mal an. Da ist ja Big Jimbo. Ihr beiden Turteltäubchen könnt es wahrscheinlich nicht mehr erwarten, zu schnäbeln. Er wird vermutlich richtig wütend werden, wenn ich ihm erzähle, daß ich dich wegen Ehebruch verklage, weil du es mit meinem Mann getrieben hast.»

«Ich habe was?» Lorettas sorgfältig aufgetragener purpurroter Lippenstift wirkte intensiver, weil ihr Gesicht kalkweiß wurde.

«Du hast mich sehr gut verstanden. Ich habe Beweise dafür. Ernie, zieh dein Hemd aus. Zeig dieser Verführerin von Ehemännern deinen Ausschlag.»

«Ausschlag?» stöhnte Loretta.

«Giftsumach, genau wie deiner. Hat auf seiner Brust begonnen, als du die Hand unter seine Unterwäsche schobst, um zu dem Los zu gelangen. Komm schon. Leugne es! Sag Jimbo, daß du nichts von einem Los weißt, daß du und Ernie nur ein kleines Techtelmechtel hattet.»

«Du lügst. Verschwinde von hier. Knöpf das Hemd nicht auf, Ernie.» Loretta packte fieberhaft Ernies Hände.

«Was für ein großer Mann dein Jimbo ist», stellte Wilma bewundernd fest, als er aus dem Lastwagen kletterte. Sie winkte ihm zu.

«Ein wirklich großer Mann.» Sie ließ das Rollo los und ging rasch zu Loretta. «Er hat den Ausschlag auch *dort unten*», flüsterte sie.

«O mein Gott. Ich hole es. Ich hole es. Laß die Hose an!» Loretta rannte in das kleine Eßzimmer und riß den Wandschrank auf, der das Porzellanservice ihrer Mutter enthielt. Sie hob mit zitternden Händen die Zuckerschale heraus. Als sie nach dem Lotterielos griff, entglitt ihr die Schale und zerbrach. In dem Augenblick, in dem sie Wilma das Los in die Hand drückte, drehte sich Jimbos Schlüssel im Schloß. «Verschwindet jetzt. Und haltet den Mund.»

Wilma setzte sich auf die rot-schwarz karierte Couch. «Es wäre wirklich merkwürdig, wenn wir jetzt hinausstürmen würden. Ernie und ich werden dir und Big Jimbo bei einem Weihnachtsdrink Gesellschaft leisten.»

Die Häuser in ihrem Block waren auf den Dächern mit Weihnachtsmännern, auf dem Rasen mit Engeln und um die Fenster mit Lichterketten geschmückt. Als sie ausstiegen, bemerkte Wilma mit friedlichem Lächeln, daß es eine wirklich hübsche Wohngegend war. Drinnen überreichte sie Ernie das Los. «Steck es in meine Strumpfhose, wie du es vorgehabt hast.»

Er ging gehorsam ins Schlafzimmer und suchte ihre Lieblingsstrumpfhose heraus, die weiße mit den Straßsteinen. Sie stöberte in seiner Schublade und förderte einen seiner eleganten Socken zutage; er war etwas unförmig, weil Wilma nicht besonders gut stricken konnte, gehörte aber trotzdem zu seinem besten Paar. Während sie die Strümpfe an dem Sims über dem Schein-Kamin befestigte, sagte Ernie: «Wilma, ich habe . . », seine Stimme sank zu einem Flüstern herab . . ., «dort unten keinen Giftsumach.»

«Davon war ich überzeugt, aber es hat gewirkt. Jetzt steck das Los in meine Strumpfhose, und ich stecke dein Geschenk in deinen Socken.»

«Du hast mir ein Geschenk gekauft? Nach all den Schwierigkeiten, die ich dir gemacht habe? O Wilma!»

«Ich habe es nicht gekauft. Ich habe es aus dem Medikamentenkästchen ausgegraben und eine Masche drum gebunden.» Wilma ließ mit glücklichem Lächeln eine Flasche mit Galmei-Tinktur, wie man sie bei Ausschlägen verwendet, in Ernies Socken plumpsen.

Die Stimme
im Keller

Als sie ankamen, war es dunkel. Mike steuerte den Wagen von der schmutzigen Straße in die lange Zufahrt und hielt vor dem kleinen Landhaus. Die Grundstücksmaklerin hatte versprochen, Heizung und Beleuchtung einzuschalten. Stromvergeudung war offenbar nicht ihre Sache.

Über der Tür entsandte eine Spezialbirne für Insektenschutz einen fahlen gelblichen Strahl, der im gleichmäßigen Nieselregen vibrierte. Die Fenster mit den kleinen Scheiben waren in dem schwachen Lichtschein, der durch einen Vorhangspalt drang, kaum auszumachen.

Mike streckte sich. Vierzehn Stunden am Steuer während der letzten drei Tage – kein Wunder, daß sein langer, muskulöser Körper völlig verkrampft war. Er strich sich das dunkelbraune Haar aus der Stirn und wünschte, er hätte sich vor der Abfahrt in New York die Zeit genommen, sich die Haare schneiden zu lassen. Laurie zog ihn auf, als sie zu wachsen anfingen. «Du siehst aus wie ein dreißigjähriger römischer Kaiser, Lockenköpfchen», stellte sie fest. «Dir fehlt nur noch 'ne Toga und ein Lorbeerkranz, dann bist du komplett.»

Vor etwa einer Stunde war sie eingeschlafen. Ihr Kopf lag in seinem Schoß. Unschlüssig schaute er hinunter, es widerstrebte ihm, sie zu wecken. Zwar konnte er ihr Profil kaum erkennen, doch er wußte, daß im Schlaf die verkniffene Mundpartie und der Ausdruck panischen Schreckens aus ihrem Gesicht verschwanden.

374

Vor vier Monaten hatte der ständig wiederkehrende Alptraum begonnen, dieser Horror, der sie gellend aufschreien ließ: «Nein, ich komme nicht mit euch. Ich will nicht mit euch singen.»

Er rüttelte sie wach. «Ist ja schon gut, Liebes. Alles in Ordnung.»

Ihre Schreie verebbten zu verängstigtem Schluchzen. «Ich weiß nicht, wer sie sind, aber sie wollen mich, Mike. Ich kann ihre Gesichter nicht erkennen, aber sie drängen sich alle dicht zusammen und winken mir zu.»

Er war mit ihr zum Psychiater gegangen, der sofort eine intensive Behandlung begann. Doch die Alpträume gingen weiter, unvermindert. Sie hatten eine begabte vierundzwanzigjährige Sängerin, die gerade als Solistin in ihrem ersten Musical am Broadway aufgetreten war, in ein zitterndes Wrack verwandelt, das nach Einbruch der Dunkelheit nicht allein sein konnte.

Der Psychiater hatte einen Urlaub vorgeschlagen. Mike erzählte ihm von den Sommern, die er im Haus seiner Großmutter am Oshbee Lake, fünfundsechzig Kilometer von Milwaukee, verbracht hatte. «Meine Großmutter ist im vergangenen September gestorben», hatte er erklärt. «Das Haus steht zum Verkauf. Laurie ist nie dort gewesen, und sie liebt Wasser.»

Der Arzt war einverstanden. «Aber geben Sie acht auf sie», warnte er. «Sie ist schwer depressiv. Ich bin sicher, diese Alpträume sind eine Reaktion auf ihre Kindheitserlebnisse, aber sie erdrücken sie.»

Laurie hatte die Gelegenheit wegzufahren freudig begrüßt. Mike war Juniorpartner in der Anwaltskanzlei seines Vaters. «Nimm dir soviel Zeit, wie du brauchst», meinte der. «Hauptsache, es hilft Laurie.»

Ich erinnere mich hier an strahlende Helle, dachte Mike, als er das in Dunkelheit getauchte Haus mit wachsendem Schrecken betrachtete. Ich erinnere mich, wie sich das Wasser anfühlte, wenn ich hineinsprang, an die warme Sonne auf meinem Gesicht, an den Wind, wie er die Segel füllte und das Boot über den See gleiten ließ.

Es war Ende Juni, hätte aber genausogut Anfang März sein können. Dem Radio zufolge dauerte der Kälteeinbruch in Wisconsin seit drei Tagen an. Hoffentlich ist genügend Kohle da, um die Heizung in Gang zu halten, dachte Mike, andernfalls verliert diese Maklerin den Auftrag.

Er mußte Laurie wecken. Sie auch nur für eine Minute allein im Wagen zu lassen, wäre schlimmer. «Wir sind da, Liebes», sagte er, seine Stimme täuschte Heiterkeit vor.

Laurie regte sich. Er fühlte, wie sie sich versteifte, dann entspannte, als er sie fest in die Arme schloß. «Es ist so dunkel», flüsterte sie.

«Wir gehen rein und machen Licht.»

Er erinnerte sich an den ständigen Ärger mit dem Schloß. Man mußte die Tür kräftig anziehen, bevor man den Schlüssel herumdrehen konnte. In einer Steckdose in der kleinen Diele war eine Nachtbeleuchtung angeschlossen. Das Haus war zwar nicht warm, aber auch nicht so eiskalt, wie er befürchtet hatte.

Rasch knipste Mike das Licht im Flur an. Die Tapete mit den Efeuranken wirkte verblichen und verschmutzt. Das Haus war in den fünf Sommern, die seine Großmutter im Pflegeheim verbrachte, vermietet worden. Mike erinnerte sich, wie sauber und warm und anheimelnd es war, solange sie hier wohnte.

Lauries Schweigen war vielsagend. Den Arm um sie gelegt, führte er sie ins Wohnzimmer. Die samtbezogenen Polstermöbel, in denen er es sich mit einem Buch bequem zu machen pflegte, standen noch auf ihrem Platz, wirkten aber, wie die Tapete, schmuddelig und schäbig.

Mike runzelte besorgt die Stirn. «Tut mir leid, Schatz. War eine Schnapsidee, hierherzukommen. Möchtest du in ein Hotel gehen? Wir sind an zwei recht ordentlich aussehenden vorbeigefahren.»

Laurie lächelte ihn an. «Ich möchte hierbleiben, Mike. Ich möchte, daß du mich an all den wunderbaren Sommern teilhaben läßt, die du hier verbracht hast. Ich möchte deine Großmutter als meine reklamieren. Dann komme ich vielleicht über all das hinweg, was mit mir geschieht.»

Laurie war von ihrer Großmutter erzogen worden, die an schwerer Angstneurose litt. Sie hatte versucht, Laurie Angst vor der Dunkelheit einzuflößen, Angst vor Fremden, Angst vor Flugzeugen und Autos, Angst vor Tieren. Als Laurie und Mike sich vor zwei Jahren kennenlernten, hatte sie ihn schockiert und amüsiert mit der Litanei haarsträubender Geschichten, die ihre Großmutter ihr tagtäglich vorgesetzt hatte.

«Wie hast du dich nur so normal entwickelt, so heiter und vergnügt?» fragte Mike sie dann jedesmal.

«Hätte ich mich von ihr irrenhausreif machen lassen, wär's aus und vorbei gewesen mit mir.» Doch die letzten vier Monate hatten gezeigt, daß Laurie letztlich nicht ohne psychischen Schaden davongekommen war.

Jetzt lächelte Mike ihr zu, betrachtete liebevoll die leuchtenden meergrünen Augen, die dichten dunklen Wimpern, die Schatten warfen auf ihre porzellanweiße Haut, die kastanienbraunen Locken, die das ovale Gesicht anmutig umrahmten.

«Du bist so verdammt hübsch», sagte er, «und natürlich erzähl' ich dir alles über Großmama. Du kanntest sie ja nur, als sie schon krank und gebrechlich war. Ich werde dir Geschichten auftischen von unserem gemeinsamen Angeln bei Sturm, vom Joggen rund um den See und wie sie mich da angebrüllt hat, Schritt zu halten, vom Wettschwimmen, bei dem ich sie zum erstenmal schlagen konnte, als sie sechzig war.»

Laurie nahm sein Gesicht in die Hände. «Hilf mir, so zu sein wie sie.»

Gemeinsam brachten sie die Koffer und die Lebensmittel herein, die sie unterwegs gekauft hatten. Mike ging in den Keller hinunter. Er schnitt eine Grimasse, als er einen Blick in den 1,20 Meter breiten und 1,80 Meter langen Bretterverschlag neben dem Heizkessel warf, in dem die Kohlen lagerten; er befand sich direkt unter dem Fenster, das beim Entladen des Kippers für die Rutsche geöffnet wurde. Mike erinnerte sich, wie er als Achtjähriger seiner Großmutter geholfen hatte, einige Bretter des Verschlages zu ersetzen. Jetzt wirkten sie durchweg morsch.

«Auch im Sommer wird es nachts manchmal kalt, aber wir werden's immer hübsch warm haben, Mike», sagte seine Großmutter oft, wenn er ihr helfen durfte, Kohlen in den alten, schwarz gewordenen Heizkessel zu schaufeln. Mike entsann sich noch genau, daß sich die blanken schwarzen Eierbriketts früher immer zu Bergen türmten. Jetzt war der Verschlag fast leer. Der Vorrat reichte gerade noch für zwei bis drei Tage. Er griff zur Schaufel.

Der Heizkessel funktionierte noch, kam geräuschvoll auf Touren, was rasch im ganzen Haus zu hören war. Die Röhren klapperten und rasselten, als Heißluft zischend nach oben entwich.

In der Küche hatte Laurie die Lebensmittel ausgepackt und mit der Zubereitung eines Salates begonnen. Mike grillte ein Steak. Sie machten eine Flasche Bordeaux auf und aßen nebeneinander an dem alten Emailtisch, im vertraulichen Schulterschluß.

Als sie die Treppe zum Schlafzimmer hinaufgingen, entdeckte Mike den Zettel, den die Maklerin auf dem Flurtisch hinterlassen hatte. «Hoffe, Sie finden alles in Ordnung vor. Tut mir leid wegen des Wetters. Kohlenlieferung am Freitag.»

Sie entschieden sich für das Zimmer seiner Großmutter. «Sie hat dieses Messingbett geliebt», erklärte Mike. «Keine einzige Nacht, in der sie nicht wie ein Baby darin geschlafen hätte, behauptete sie immer.»

«Hoffen wir, daß es mir genauso geht.» Laurie seufzte. Im Wäscheschrank lagen saubere Laken, aber sie fühlten sich feucht und klamm an. Die Sprungfedermatratzen rochen muffig. «Wärme mich», flüsterte Laurie erschauernd, als sie sich zudeckten.

«Mit Vergnügen.»

Sie hielten sich fest umschlungen, als sie einschliefen. Um drei Uhr begann Laurie zu schreien, ein durchdringender, wehklagender Schrei, der durchs ganze Haus hallte. «Geht weg. Weg mit euch. Ich will nicht. Nein, ich will nicht.»

Es dämmerte bereits, als sie aufhörte zu schluchzen. «Sie kommen näher», sagte sie zu Mike. «Sie kommen immer näher.»

Der Regen hielt den ganzen Tag über an. Das Außenthermometer zeigte drei Grad Celsius. Den Vormittag verbrachten sie lesend, jeder auf einer Samtcouch zusammengerollt. Mike beobachtete, wie Laurie sich allmählich entspannte. Als sie nach dem Lunch in tiefen Schlaf fiel, ging er in die Küche und rief den Psychiater an.

«Ihr Gefühl, daß sie näher kommen, kann ein gutes Zeichen sein», meinte der Arzt. «Möglicherweise befindet sie sich unmittelbar vor der Bewußtseinsschwelle. Ich bin überzeugt, daß die Wurzel dieser Alpträume in den Ammenmärchen zu suchen ist, die Lauries Großmutter ihr erzählte. Wenn wir genau definieren können, welches diese Angst ausgelöst hat, sind wir in der Lage, sie davon und von allen anderen zu befreien. Beobachten Sie sie sorgfältig, und denken Sie daran – sie ist stark und kräftig und will gesund werden. Damit ist die Sache schon halb gewonnen.»

Als Laurie aufwachte, beschlossen sie, sich das Inventar des Hauses anzusehen. «Dad hat gesagt, wir können alles haben, was wir wollen», erinnerte Mike sie. «Zwei Tische sind antik, und die Kaminuhr ist ein wahres Prachtstück.» Ein Wandschrank im Flur diente als Speicher. Sie begannen ihn auszuräumen und die Sachen ins Wohnzimmer zu schaffen. Laurie, in Jeans und Pullover, das Haar zum Pferdeschwanz aufgebunden, sah wie achtzehn aus und gewann Spaß an der Durchsicht. «Die hiesigen Maler waren ziemlich lausig», lachte sie, «aber die Rahmen sind toll. Kannst du sie dir nicht genau bei uns an der Wand vorstellen?»

Im vorigen Jahr hatte Mikes Familie ihnen eine Mansarde in Greenwich Village als Hochzeitsgeschenk gekauft. Bis vor vier Monaten waren sie in ihrer Freizeit ständig auf der Suche nach günstigen Gelegenheiten, grasten Auktionen und Trödler ab. Seit Beginn der Alpträume hatte Laurie das Interesse verloren, die Wohnung weiter einzurichten. Mike drückte die Daumen. Vielleicht war sie wirklich auf dem Weg der Besserung.

Auf dem obersten Fach entdeckte er hinter zusammengerollten Quiltdecken ein Grammophon. «Mein Gott, das hatte ich ja völlig vergessen», sagte er. «Ein echter Fund. Sieh mal. Hier ist auch noch ein Stapel alter Platten.»

Er merkte nicht, daß Laurie plötzlich verstummte, als er die Staubschicht abwischte und den Deckel öffnete. Auf der Innenseite befand sich das Markenzeichen von Edison, ein Hund, der lauschend vor einem Trichter sitzt, und die Inschrift *His Master's Voice*. «Es ist sogar 'ne Nadel dran», stellte Mike fest. Rasch legte er eine Platte auf den Teller, betätigte die Kurbel, drückte den Hebel und beobachtete, wie die Platte sich zu drehen begann. Behutsam setzte er den Tonarm mit der dünnen Nadel in die erste Rille.

Die Platte war zerkratzt. Hohe Männerstimmen sangen, es hörte sich beinahe wie Falsett an. Das Ganze lief viel zu schnell und nicht synchron. «Ich kann den Text nicht verstehen», sagte Mike. «Kennst du das Stück?»

«Es ist ‹Chinatown›», erwiderte Laurie. «Hör zu.» Sie begann mitzusingen, übernahm mit ihrem bezaubernden Sopran die Führung. *Das Herz kennt keine andre Welt und findet nirgends Ruh.* Ihre Stimme brach. Keuchend schrie sie: «Stell das ab, Mike! Stell's sofort ab!» Sie hielt sich die Ohren zu, sank in die Knie, totenblaß.

Mike riß die Nadel mit einem Ruck von der Platte. «Was ist denn los, Schatz?»

«Ich weiß es nicht. Ich weiß es einfach nicht.»

Bei Tagesanbruch saßen sie in der Küche und tranken Kaffee. «Es fällt mir wieder ein, Mike», sagte Laurie. «Ich war noch klein. Meine Großmutter hatte auch so ein Grammophon. Und die gleiche Platte. Ich fragte sie, wo denn die Leute sind, die da singen. Ich dachte, sie müßten sich irgendwo im Haus verstecken. Sie nahm mich mit in den Keller und zeigte auf den Verschlag mit den Kohlen. Von dort kämen die Stimmen, sagte sie. Die Leute, die das Lied sangen, wären im Kohlenkeller, das könnte sie mir schwören.»

Mike stellte die Kaffeetasse hin. «Großer Gott!»

«Danach bin ich nie wieder in den Keller runtergegangen. Ich hatte Angst. Dann zogen wir um in eine Wohnung, und sie verschenkte das Grammophon. Deswegen hab' ich das Ganze wohl vergessen.» In Lauries Augen leuchtete Hoffnung auf. «Mike, vielleicht hat diese alte Angst mich aus irgendeinem Grund eingeholt. Zu Ende der Spielzeit war ich so erschöpft. Unmittelbar danach fingen die Alpträume an. Mike, die Platte ist vor 'ner Ewigkeit aufgenommen worden. Die Sänger sind mittlerweile wahrscheinlich alle tot. Und ich habe wahrhaftig gelernt, wie das mit der Tontechnik läuft. Vielleicht kommt doch alles wieder in Ordnung.»

«Darauf kannst du jede Wette eingehen.» Mike stand auf und ergriff ihre Hand. «Bist du bereit, die Probe aufs Exempel zu machen? Unten ist ein Kohlenkeller. Ich möchte gern, daß du mit mir runterkommst und dir den Verschlag ansiehst.»

Lauries Augen blickten angstvoll, dann biß sie sich auf die Lippen. «Laß uns gehen», sagte sie.

Mike beobachtete Lauries Gesicht, als sie sich im Keller umschaute. Dabei wurde ihm klar, wie verwahrlost er war. Die einsame Glühbirne, die an der Decke baumelte. Die vor Feuchtigkeit glänzenden Hohlziegelwände. Der Zementstaub vom Fußboden, der an ihren Hausschuhen haftenblieb. Die Betonstufen, über die man zu den beiden Metalltüren gelangte, die auf den Hinterhof führten. Der verrostete Riegel, mit dem sie verschlossen waren, sah aus, als wäre er seit Jahren nicht mehr zurückgeschoben worden.

Der Verschlag grenzte an den Heizkessel an der Vorderseite des Hauses. Mike spürte, wie sich Lauries Nägel in seine Handfläche gruben, als sie ihn ansteuerten.

«Wir haben praktisch keine Kohlen mehr», erklärte er. «Ein wahres Glück, daß heute welche geliefert werden sollen. Sag mir, Schatz, was siehst du hier?»

«Einen Verschlag. Bestenfalls ungefähr zehn Schaufeln Kohle. Ein Fenster. Ich erinnere mich, wie sie damals die Rutsche des Lieferwagens durchs Fenster geschoben haben und die Kohlen dann herunterpolterten. Ich hab' immer darüber nachgedacht, ob das den Sängern nicht furchtbar weh tut, wenn alles auf sie herunterprasselt.» Laurie versuchte zu lachen. «Keinerlei Anzeichen, daß hier irgend jemand wohnt. Also auch kein Grund mehr für Alpträume, so Gott will.»

Hand in Hand gingen sie wieder nach oben. Laurie gähnte. «Ich bin so müde, Mike. Und du Ärmster hast meinetwegen seit Monaten keine ruhige Nacht mehr gehabt. Warum legen wir uns nicht einfach wieder zu Bett und verschlafen den Tag? Ich gehe jede Wette ein, daß ich nicht durch einen Traum aufwache.»

Ihr Kopf ruhte auf seiner Brust, seine Arme hielten sie umfangen. «Träum süß, Liebes», flüsterte er.

«Diesmal bestimmt, das verspreche ich. Ich liebe dich, Mike. Hab Dank für alles.»

Die geräuschvoll durch die Rutsche in den Keller polternden Kohlen weckten Mike. Er blinzelte. Hinter den Vorhängen strömte Licht herein. Automatisch warf er einen Blick auf die Uhr. Kurz vor drei. Meine Güte, er mußte wirklich übermüdet gewesen sein. Laurie war bereits aufgestanden. Er zog lange Khakihosen an, dazu Turnschuhe, lauschte nach Geräuschen aus dem Badezimmer. Nichts zu hören. Lauries Morgenrock und die Slipper lagen auf dem Sessel. Sie mußte bereits angezogen sein. Plötzlich von panischer Angst erfaßt, zerrte sich Mike ein Sweatshirt über den Kopf.

Das Wohnzimmer. Das Eßzimmer. Die Küche. Ihre Kaffeetassen standen noch auf dem Tisch, die Stühle zurückgeschoben, wie sie sie hinterlassen hatten. Mike schnürte es die Kehle zu. Das laute Prasseln von Kohle ebbte ab. *Die Kohle.* Vielleicht. Er nahm zwei Stufen auf einmal. Kohlenstaub wogte durch den Keller. Im Verschlag türmten sich blanke schwarze Eierbriketts. Er hörte das Fenster zuschnappen. Er starrte hinunter auf die Fußspuren am Boden. Die Abdrücke von seinen Turnschuhen. Daneben die anderen, die er und Laurie morgens mit ihren Hausschuhen hinterlassen hatten.

Und dann sah er, Schritt für Schritt, den Abdruck von Lauries bloßen Füßen, die Abdrücke dieser hochgewölbten, schlanken, zartknochigen Füße. Bis zum Bretterverschlag. Keinerlei Anzeichen, daß sie zur Treppe zurückgekehrt war.

Es läutete, das schrille, hohe, beharrliche Klingeln, das ihn immer geärgert und seine Großmutter amüsiert hatte. Mike raste die Treppe hinauf. Laurie... Laß es Laurie sein...

Der Fahrer des Lieferwagens mit einer Rechnung in der Hand. «Quittieren Sie bitte den Empfang, Sir.»

Die Kohlenlieferung. Mike packte den Mann am Arm.

«Haben Sie in den Verschlag geschaut, bevor Sie die Kohlen runterschütteten?»

Blaßblaue Augen in einem freundlichen, vom Wetter gegerbten Gesicht musterten ihn mit offenem, wenn auch etwas verdutztem Blick. «Na klar hab ich reingeschaut, um mich zu vergewissern, wieviel Sie brauchen. Das bißchen, was noch da war, hätte Ihnen nicht mal für den ganzen Tag gereicht. Der Regen hat ja aufgehört, aber es bleibt weiter ganz schön kalt.»

Mike bemühte sich, ruhig zu klingen. «Hätten Sie's gesehen, wenn jemand in dem Verschlag gewesen wäre? Ich meine, es ist doch ziemlich dunkel im Keller. Hätten Sie's bemerkt, wenn da drin eine schlanke junge Frau vielleicht ohnmächtig geworden wäre?» Er konnte die Gedanken des Mannes lesen. Er hält mich für betrunken oder drogensüchtig. «Verflucht!» schrie Mike. «Meine Frau ist verschwunden. Meine Frau ist spurlos verschwunden!»

Die Suche nach Laurie ging über Tage. Mike beteiligte sich fieberhaft daran. Er durchkämmte jeden Zentimeter der dichtbewaldeten Umgebung des Hauses. Er kauerte zitternd auf Deck, als sie den See absuchten. Er stand mißtrauisch dabei, als die gerade gelieferten Kohlen aus dem Verschlag auf den Kellerboden geschaufelt wurden.

Umringt von Polizisten, deren Namen und Gesichter spurlos an ihm vorüberglitten, sprach er mit Lauries Arzt. Ungläubig, fast tonlos berichtete er ihm von Lauries Angst vor den Stimmen im Kohlenkeller. Als er geendet hatte, unterhielt sich der Polizeichef mit dem Arzt. Er legte auf, packte Mike bei der Schulter. «Wir suchen weiter.»

Vier Tage später fand ein Taucher Lauries Leiche im See. Tod durch Ertrinken. Sie war im Nachthemd. An der Haut und im Haar hingen noch Reste von Kohlenstaub. Der Polizeichef bemühte sich vergebens, die unbegreifliche Tragik dieses Todes zu mildern. «Deshalb endeten die Fußspuren am Verschlag. Sie muß hineingeraten und aus dem Fenster geklettert sein. Es ist ziemlich breit, und sie war schlank. Ich hab' noch mal mit ihrem Arzt gesprochen. Vermutlich hätte sie schon früher Selbstmord begangen, wenn Sie nicht dagewesen wären. Furchtbar, was Menschen ihren Kindern antun. Ihr Arzt sagte, ihre Großmutter hat sie mit blödsinnigen Ammenmärchen von klein auf so traktiert, daß sie vor Angst wie gelähmt war.»

«Sie hat darüber mit mir gesprochen. Sie wollte es schaffen.» Mike hörte sich protestieren, hörte sich die Vorkehrungen für Lauries Einäscherung treffen.

Als er am nächsten Morgen seine Sachen packte, kam die Immobilienmaklerin vorbei, eine praktisch gekleidete weißhaarige Frau mit magerem Gesicht, die das Mitgefühl in ihren Augen auch nicht hinter einem betont energischen Auftreten verstecken konnte. «Wir haben einen Käufer für das Haus», sagte sie. «Ich werde veranlassen, daß Ihnen alles, was Sie behalten wollen, zugeschickt wird.»

Die Uhr. Die antiken Tische. Die Bilder, über die Laurie gelacht hatte, samt den wunderschönen Rahmen. Mike versuchte sich auszumalen, allein ihre Mansarde in Greenwich Village zu betreten, und konnte es nicht.

«Was ist mit dem Grammophon?» fragte die Maklerin. «Eine echte Rarität.»

Mike hatte es in den Wandschrank zurückgestellt. Jetzt holte er es heraus, hatte Lauries Schrecken wieder vor Augen, hörte sie «Chinatown» intonieren, sich mit den Falsettstimmen auf der alten Platte vereinen. «Ich weiß nicht, ob ich's haben möchte», erklärte er.

Die Maklerin machte ein mißbilligendes Gesicht. «Das ist ein Objekt für Sammler. Ich muß mich verabschieden. Geben Sie mir deswegen Bescheid.»

Mike blickte ihrem Wagen nach, bis er in der kurvenreichen Zufahrt verschwand. *Laurie, ich brauche dich.* Er öffnete den Deckel des Grammophons, wie er es vor fünf Tagen getan hatte, vor einer Ewigkeit. Er betätigte die Kurbel, suchte die Platte mit «Chinatown», legte sie auf, drückte die Abspieltaste. Er beobachtete, wie der Plattenteller sich zu drehen begann, löste den Tonarm und setzte die Nadel in der Einlaufrille auf.

«Chinatown, my Chinatown...»

Mike fühlte, wie er am ganzen Körper erschauerte. *Nein! Nein!* Atemlos, wie gelähmt starrte er auf die rotierende Platte.

«... Das Herz kennt keine andre Welt und findet nirgends Ruh...»

Über den kratzigen Falsettstimmen der längst vergessenen Sänger erhob sich Lauries strahlender Sopran, erfüllte den Raum mit seiner herzzerreißenden, wehmütigen Schönheit.